KNAUR

Im Knaur Taschenbuch Verlag sind bereits folgende Bücher der Autorin erschienen:
Die Regenkönigin
Die Traumtänzerin
Die Sturmfängerin
Roter Hibiskus
Das Herz einer Löwin

Über die Autorin:
Katherine Scholes wurde auf einer Missionsstation in Tansania geboren und hat den größten Teil ihrer Kindheit dort verbracht, bevor sie nach England und dann nach Tasmanien zog. Sie hat mehrere Romane, darunter einige für Jugendliche, geschrieben und arbeitet auch im Filmbereich. Ihre Romane »Die Regenkönigin« und »Die Traumtänzerin« wurden Bestseller. Sie lebt zurzeit mit ihrem Mann und ihren beiden Söhnen in Tasmanien.

KATHERINE SCHOLES

Die Traummalerin

Roman

Aus dem Englischen übersetzt
von Margarethe von Pée

Die australische Originalausgabe erschien 2013
unter dem Titel »The Perfect Wife« bei Penguin, Australia

Besuchen Sie uns im Internet:
www.knaur.de

Deutsche Erstausgabe Dezember 2014
Knaur Taschenbuch

Ein Unternehmen der Droemerschen Verlagsanstalt
Th. Knaur Nachf. GmbH & Co. KG, München

Redaktion: Ilse Wagner
Umschlaggestaltung: ZERO Werbeagentur, München
Umschlagabbildung: Gettyimages / Gary Palmer
Satz: Adobe InDesign im Verlag
Druck und Bindung: CPI books GmbH, Leck
ISBN 978-3-426-51588-4

2 4 5 3 1

Für Jonny und Linden, mit all meiner Liebe

I

Ungeduldig rutschte Kitty auf ihrem Sitz hin und her. Die Reise hatte sich scheinbar endlos hingezogen, aber jetzt endlich war das Ende in Sicht. Bald würde sie wieder mit ihrem Ehemann vereint sein. Sie würden von vorn anfangen und ihre Ehe neu beleben. Die Vergangenheit lag abgeschlossen hinter ihnen, und alles würde neu, sauber und unbeschädigt sein. Sie konnte es kaum erwarten, dass das Flugzeug zur Landung ansetzte – und ihr Leben in Afrika endlich begann.

Um sich abzulenken, zupfte sie an ihrer Jacke und wischte ein paar Krümel von ihrem cremefarbenen Leinenrock. Dann lehnte sie den Kopf zurück und schloss die Augen. Sie waren heiß und trocken – in den letzten vierundzwanzig Stunden hatte sie kaum geschlafen. Irgendwo zwischen Rom und Bengasi hatte die Crew für die neun Passagiere die Betten gemacht, aber obwohl es bequem war, konnte Kitty sich nicht entspannen. Das dumpfe Pochen der Propeller, das durch die dünne Metallwand drang, störte sie. Außerdem war es ihr unangenehm, sich in Gesellschaft von Männern hinzulegen, die ihr vor dem Flug völlig unbekannt gewesen waren. Kitty hatte das Gefühl, gerade erst eingeschlummert zu sein, als die Flugbegleiter auch schon wieder kamen, um die Betten zusammenzuklappen und das Frühstück zu servieren.

Sie öffnete die Augen und wandte sich dem Passagier neben ihr zu. Paddy zeigte keine Anzeichen von Müdigkeit. Er saß aufrecht da und las in einem Taschenbuch, dessen Seiten voller Eselsohren waren. Als ob er Kittys Blick spüren würde, blickte er auf.

»Jetzt dauert es nicht mehr lange. Ich wette, Sie können es kaum erwarten, Ihren Mann wiederzusehen.«

Kitty nickte. »Die sechs Wochen kamen mir wie eine Ewigkeit vor.«

»Dann ist es also wahre Liebe.« Er grinste verschmitzt.

Kitty lächelte. Paddy war viel ungezwungener als die meisten Briten. Sie konnte sich bei ihm nicht vorstellen, dass er wie Theo in Anwesenheit einer Dame so lange stehen blieb, bis sie sich gesetzt hatte. In dieser Hinsicht war der Ire eher wie ein Australier – vielleicht fühlte sie sich deshalb so wohl mit ihm. Und mit seiner kleinen, rundlichen Statur wirkte er wie ein freundlicher Welpe. Von ihm ging keinerlei Bedrohung aus.

»Ich will das noch fertig lesen, bevor wir ankommen.« Paddy blätterte die restlichen Seiten seines Romans durch. »Wir werden wahrscheinlich viel zu tun haben.« Er wandte sich wieder seinem Buch zu und fuhr mit dem Finger über die Seite, um die Stelle zu finden, an der er aufgehört hatte.

Kitty dachte an den zugigen Hangar außerhalb von London, wo sie Paddy und den anderen Passagieren, die mit ihr nach Tanganjika flogen, zum ersten Mal begegnet war. Der Krieg war seit drei Jahren vorbei, aber die Männer stellten sich immer noch mit militärischem Rang und Namen vor. Sie waren alle Ingenieure und Mechaniker, die zu den Kongara-Traktor-Werkstätten flogen. Sie hatten als Gruppe zusammengestanden, die Koffer vor sich, und begonnen, über das Erdnuss-Projekt zu reden – was sie gehört hatten, was sie wussten. Kitty hatte zugehört und sich alles gemerkt. Sie wollte gut informiert sein, wenn sie ankam, damit Theo von Anfang an jeden Tag nach Hause kommen und mit seiner Frau über seine Arbeit sprechen konnte.

Paddy war zu spät gekommen, außer Atem und rot im Gesicht. Ein Tornister hing über seiner Schulter, und in der Hand hielt er seine zerknüllten Reisedokumente. Dem offiziellen Vertreter des Ministeriums für Ernährung war anzusehen, dass er zwischen Empörung über Paddys Unpünktlichkeit und Erleichterung darüber, dass er den letzten Namen auf seiner Liste abhaken konnte, schwankte. Er dirigierte seine Schützlinge zur Hangartür.

Als sie nach draußen traten, hielt sich Kitty den Pelzkragen ihres Mantels zu; es war ziemlich kalt. Der Betonboden war vereist, und sie blickte auf ihre Füße, als sie über die Landebahn gingen, deshalb hörte sie den Mann, der neben ihr ging, eher, als dass sie ihn sah.

»Mein Name ist Paddy O'Halloran.« Er lächelte fröhlich. »Ich habe nicht im Krieg gekämpft.«

Kitty zog die Augenbrauen hoch. Seine direkte, beinahe neckende Art erschreckte sie. »Ich bin Mrs. Hamilton.«

»Ja, in der Tat«, sagte er. »Ich weiß alles über Sie.«

Kitty schwankte und blickte ihn alarmiert an. Kurz hörte sie in Gedanken Theos wütende Stimme.

Meine Frau, so scheint es, ist berühmt.

Dann hatte er so heftig mit der Zeitung auf den Tisch geschlagen, dass die Teetassen auf ihren Porzellanuntertellern klapperten.

Kitty schluckte und wappnete sich für das, was als Nächstes kommen musste. Aber Paddys Tonfall blieb gleichmütig. »Sie fliegen nach Tanganjika zu Ihrem Mann, Wing Commander Theo Hamilton. Leiter der Verwaltung. Man hat uns bei der Einweisung mitgeteilt, dass Sie an Bord sein würden.« Er zwinkerte ihr zu. »Wahrscheinlich wollte man sichergehen, dass wir uns alle benehmen. Manche von den Jungs sind nicht an eine Dame gewöhnt.«

Bevor Kitty antworten konnte, spürte sie, wie sie auf dem Eis ausglitt. Paddy packte sie am Arm und hielt sie fest. »Verdammt glatt. Passen Sie auf.«
Als sie sich dem Flugzeug näherten, zeigte er auf die Reihe viereckiger Fenster am Rumpf. »Das ist ein umgebauter Lancaster-Bomber, wissen Sie. Wollen wir mal hoffen, dass sie außer Fenstern auch Sitze eingebaut haben.«
»Mein Mann hat eine Lancaster geflogen.«
»Wie viele Einsätze hat er gehabt?«
»Neunundvierzig«, sagte Kitty stolz.
Paddy stieß einen Pfiff aus. »Er ist bestimmt unsterblich.« Er trat beiseite, um Kitty vor sich die Metallstufen hinaufgehen zu lassen.
Sie hielt sich am Geländer fest. Die Kälte drang durch ihre dünnen Ziegenlederhandschuhe. Sie hatte das Gefühl, die Lancaster sei ein riesiges, wildes Tier, das sie zu verschlingen drohte, aber sie bemühte sich, es zu ignorieren. Nachrichtenszenen gingen ihr durch den Kopf. Sie hörte das hektische Stottern kaputter Maschinen. Sie sah Cockpits in Flammen aufgehen und dunkle Rauchfahnen aufsteigen. Die Flugzeuge sahen aus wie Spielzeug, wenn sie vom Himmel ins Meer stürzten. In den drei langen Jahren, in denen Theo im aktiven Dienst gestanden hatte, hatte sie in ständiger Angst gelebt, ihn zu verlieren. Beinahe wäre dies auch geschehen: Bei einem Bombenangriff in Deutschland war sein Flugzeug getroffen worden. Es war ihm gelungen, die Lancaster zurück nach England zu bringen, wo er auf einem Acker notlandete – aber er hatte als Einziger von der Mannschaft die Flammen überlebt. Am nächsten Tag war er wieder zum Dienst erschienen. Der Alptraum war noch nicht zu Ende gewesen – seine Freunde starben, einer nach dem anderen. Fast hatte Kitty das Gefühl gehabt, es wäre eine Erleichterung, wenn auch sie

endlich das Telegramm erhalten würde, das ihre Ängste bestätigte.
Oben an der Treppe blieb Kitty stehen und holte tief Luft, um sich zu beruhigen. Theo hatte überlebt. Der Krieg war Vergangenheit. Und heute wurde der Bomber zu nützlicheren Zwecken eingesetzt.
Die Flugbegleiter brachten die Passagiere zu ihren Sitzen, verstauten Mäntel, Taschen und Zeitungen. Paddy hatte sich auf den Platz neben Kitty gesetzt.
»Ich fliege zum ersten Mal«, hatte er gesagt. »Auf einem Schiff fühle ich mich mehr zu Hause. Was ist mit Ihnen?«
»Ich bin schon einige Male mit einem kleinen Flugzeug geflogen«, erwiderte Kitty. »Aber das ist nicht dasselbe.« Nicht nur die Verbindung der Lancaster mit dem Krieg machte Kitty nervös: Die Dimensionen des Bombers jagten ihr Angst ein. Der Pilot und die Kontrollgeräte waren so weit weg. Wenn sie in der einmotorigen Tiger Moth direkt vor Theo saß, fühlte sie sich sicherer.
»Machen Sie sich keine Sorgen«, hatte Paddy gesagt. »Uns passiert schon nichts.« Kitty hatte das Gefühl, er tröstete damit nicht nur sie, sondern vor allem auch sich selbst.
In den langen Stunden des Flugs waren sie in Turbulenzen geraten. Die Passagiere umklammerten die Armlehnen ihrer Sitze, und Spucktüten wurden verteilt. Als die Maschine wieder ruhig flog, erzählten die Männer Geschichten oder machten Witze über das Essen. Es gab sogar Bemerkungen über die Toilette, aber Kitty wusste, dass sie nicht für ihre Ohren bestimmt waren. Bei den Tankaufenthalten in Italien, Libyen, Uganda und Kenia hatten sie gemeinsam in ehemaligen Militärschuppen gewartet, die als Flughafengebäude genutzt wurden. Es roch nach Diesel, und sie tranken warme Coca-Cola oder abgestandenen Tee. Bei der letzten Zwischenlandung in Nairobi hatten sie köstliche

kleine Snacks, *samosas,* angeboten bekommen. Alle hatten sie mit den Fingern gegessen und sich diese anschließend schamlos abgeleckt. Es war nicht überraschend, dass sie sich jedes Mal, wenn sie ihre Plätze im Flugzeug wieder einnahmen, mehr wie Freunde fühlten.

Jetzt, wo die Reise fast vorüber war, blickte Kitty sich in der Kabine um und betrachtete ihre Gefährten. Sie würden in den Werkstätten schwere Maschinen reparieren und in den Quartieren für alleinstehende Männer untergebracht sein. Kitty wusste, dass sie in einem richtigen Haus wohnen würde – die Renovierungsarbeiten hatten sich verzögert, und deshalb hatte sie die Wochen nach Theos Abreise in England warten müssen. Aber darüber hinaus wusste sie nicht, was sie erwartete. Neben der Vorfreude auf ein Wiedersehen mit Theo verspürte Kitty eine unterschwellige Spannung. Sie tröstete sich mit dem Gedanken, dass Kongara nicht so groß war – wenigstens ab und zu würde sie diesen Männern noch einmal begegnen. Es würde gut sein, vertraute Gesichter inmitten all dieses Neuen und Fremden zu sehen.

Kitty fuhr sich mit den Fingern durch die Haare und strich sich ein paar verirrte Strähnen aus dem Gesicht. Der schicke Bob war ganz neu. Dass jetzt unterhalb ihrer Kinnlinie nichts mehr war, schockierte sie immer noch; sie vermisste ihre langen dunklen Haare, die ihr bis auf die Schultern gefallen waren, solange sie denken konnte. Sie hatte sie nicht ganz abschneiden wollen – die neue Frisur war Teil der Vereinbarung gewesen, die sie mit Theo getroffen hatte. Er wollte nicht, dass jemand sie erkannte. Kitty wollte das natürlich auch nicht. Aber als ihre langen Haare immer kürzer wurden, traten ihr doch Tränen in die Augen. Ihre Verwandlung hatte natürlich vor allem damit zu tun, dass Theo Anspruch auf sie erhob. Mit ihrer neuen Erscheinung erkannte sie an, dass sie

sich wirklich dessen schämte, was sie getan hatte – wer sie gewesen war. Sie schüttelte den Kopf und spürte das leichte Kitzeln der Haare, die ihre Wangen streiften. Kürzere Haare waren eine vernünftige Entscheidung, sagte sie sich. Sie passten viel besser zum heißen Klima.
Sie ergriff ihre Handtasche, öffnete sie und nahm ihre Puderdose heraus. Sie wollte gerade den Deckel aufklappen, als sie innehielt und unbehaglich das eingravierte goldene Monogramm betrachtete. Eigentlich hätte sie alles zurücklassen müssen, was sie mit Katya verband, aber die Puderdose hatte sie unbedingt behalten wollen. Jetzt jedoch stieg der Gedanke in ihr auf, dass das vielleicht ein Fehler gewesen war. Sie sollte sie besser loswerden, bevor jemand sie sah. Aber als sie das glatte Schildpatt der Dose in der Hand fühlte, dachte sie trotzig: Ach was, Theo wird sie wahrscheinlich gar nicht bemerken. Und was jemand anderen betraf – die Initialen YKA waren so verschlungen, dass sie kaum zu lesen waren.
In dem kleinen, von Puder bestäubten Spiegel betrachtete sie prüfend ihre Lippen, die sie mit einem matt glänzenden, dunkelroten Lippenstift geschminkt hatte. Ihre Augenbrauen waren dünn gezupft und mit einem Augenbrauenstift nachgezogen. An ihre neue Frisur hatte sie sich noch nicht gewöhnt. Sie hatte das Gefühl, eine Fremde im Spiegel zu sehen.
Nase und Stirn glänzten ein bisschen. Kittys Hand verharrte zögernd über der Puderquaste. Sie konnte beinahe Theos Mutter hören, die ihre Ansicht über Frauen kundtat, die sich in der Öffentlichkeit die Nase puderten. Es war nur eines der kleinen Verbrechen, vor denen Louisa das Mädchen aus Australien gewarnt hatte. Kitty schloss kurz die Augen, um die Erinnerung an Louisa, die ihr einredete, sie müsse Distanz zur normalen Welt halten, aus ihren Gedanken zu verbannen.

Der Name einer Dame taucht in ihrem Leben nur drei Mal in der Zeitung auf. Wenn sie zur Welt kommt, wenn sie heiratet und wenn sie beerdigt wird.
Wegen dem, was später geschah, waren die Worte in Kittys Kopf immer größer und bedrohlicher geworden. Als kleine Wiedergutmachung gab sie den Gedanken auf, sich die Nase zu pudern. Sie wusste, dass selbst der Gang zur Toilette unter all diesen Männerblicken etwas Unschickliches hätte. Entschlossen klappte sie die Puderdose zu und steckte sie wieder in ihre Tasche.
Neben ihr legte Paddy sein Buch beiseite und stand auf, um aus einem der Fenster zu blicken. Er stand breitbeinig da, musste sich aber trotzdem bücken, um hindurchspähen zu können.
»Ist schon etwas zu sehen?«, fragte Kitty ihn.
Er schüttelte den Kopf.
Seufzend überlegte sie, ob sie ihr Buch *Swahili im Selbststudium* herausholen und ein wenig üben sollte. Janet, die pensionierte Missionarin, die Kitty vor ihrer Abreise aus England Sprachunterricht gegeben hatte, hätte das wahrscheinlich gebilligt – sie hatte ständig betont, dass sie in jedem freien Moment Vokabeln lernen sollte. Aber Kitty konnte sich nicht konzentrieren. Müßig betrachtete sie ihre Schuhe. Sie waren ein bisschen staubig, sahen aber trotzdem noch schick aus. Das Leder schmiegte sich an ihre Füße, und die hohen Absätze ließen ihre Waden lang und elegant erscheinen. Sie konnte nur hoffen, dass sie ihren Mann nicht überragte.
Plötzlich richtete sich Paddy auf und rief über die Schulter: »Da ist es! Kommen Sie her!«
Kitty sprang auf und stellte sich neben ihn. In den letzten vier oder fünf Stunden waren sie nur über Wildnis geflogen – eine unauffällige Landschaft, die sie an zu Hause erinner-

te. Aber als sie jetzt hinaussah, hielt sie überrascht den Atem an.

Die Landschaft unter ihnen hatte sich verändert. Büsche, Gras und Bäume gab es nicht mehr, und man sah blanke, rote Erde. Das gerodete Land, das sich bis zum Horizont erstreckte, war durch ein Netz gerader Linien in große Rechtecke aufgeteilt. Die Linien waren wohl die Straßen, vermutete Kitty; sie erinnerten sie an die Wege, die über die großen Weiden auf der Farm ihres Vaters in Australien führten. Als sie genauer hinschaute, sah sie wellige Linien auf der Erde. Sie fragte sich, ob sie Wind abhalten oder Erosion durch Wasser vermeiden sollten. Vielleicht beides.

»Sehen Sie sich nur an, wie riesig das ist!« Paddy pfiff durch die Zähne. »Jede dieser Plantagen ist hundert Mal so groß wie die meisten englischen Höfe.« Er lächelte Kitty an. »Ich habe bei der Einführung gut zugehört. Das Tanganjika-Erdnuss-Projekt umfasst fast dreizehntausend Quadratkilometer. Halb so groß wie Wales. Offensichtlich haben sich schon hunderttausend Ex-Soldaten beworben.« Er grinste. »Das sind wir – die Erdnuss-Armee.«

Die anderen Passagiere versammelten sich ebenfalls an den Fenstern und starrten fasziniert auf das riesige Gelände unter ihnen.

»Wisst ihr, wie das alles angefangen hat?« Kitty erkannte die Stimme von Billy, einem Ingenieur aus dem Middlesex-Regiment, der immer noch aufgrund einer Schrapnell-Wunde humpelte. »Der Ernährungsminister, Mr. Strachey, hat im Krieg die Idee gehabt, als er Lastwagen beobachtete, die an die Front fuhren. Er träumte von einer anderen Art von Konvoi. Pflugscharen statt Waffen für Afrika.«

Alle schauten Billy an. Er hatte während der Reise viele Witze erzählt, aber jetzt war sein Tonfall fast andächtig.

»Und genau das ist es«, fuhr er fort, »eine Chance, etwas Gutes zu tun, Tod und Zerstörung wiedergutzumachen. Und wir sind ein Teil davon. Ein Krieg gegen den Hunger.«
Kitty wechselte Blicke mit Billy und Paddy, und dann schaute sie die anderen an – Nick, Jimmy, Jamie, Robby, Ralph und Peter. Die gemeinsame Mission verband sie miteinander, und Kitty spürte förmlich, wie ihre Angst vor dem, was sie in Kongara erwartete, von ihr abfiel. Ihr neues Leben würde aufregend werden, und sie würde immer etwas Sinnvolles zu tun haben.

Die Männer ließen Kitty als Erste aussteigen. Als sie die Metalltreppe betrat, die ans Flugzeug geschoben worden war, traf sie ein Schwall heißer, trockener Luft – die Art von Hitze, die sie von zu Hause gewöhnt war. Hinter dem Dieselgestank lag der vertraute Geruch des Buschs: Staub, Kuhdung und der Moschusduft der Blätter. Ihr Blick glitt über die kleine Menge, die sich auf dem Rollfeld versammelt hatte. Sie hielt Ausschau nach Theos rotblonden Haaren oder seiner auffälligen Haltung – er beugte den Körper immer ein wenig vor, als ob er gegen den Wind ankämpfen müsse. Er war nirgendwo zu sehen. Ein paar Männer standen zusammen, schick gekleidet in Anzügen und Hemden, mit Krawatten und Hüten. Eine weitere Gruppe trug Khakihemden und weite Shorts, Kniestrümpfe und Stiefel. Keiner von ihnen sah wie Theo aus.
Sie schirmte die Augen mit der Hand gegen die Nachmittagssonne ab und blickte sich suchend um. Die einzige andere weiße Person, die sie sehen konnte, trug einen blauen Overall und schien zum Flughafenpersonal zu gehören. Angst stieg in ihr auf, dass Theo krank sein könnte oder einen Unfall gehabt hatte. Sie versuchte, nicht an das Schicksal des Mannes zu denken,

den er hier ersetzen sollte; ihm war etwas so Schreckliches widerfahren, dass Theo es ihr noch nicht einmal erzählen wollte. Aber sie wusste, dass es ein grauenhafter Unfall gewesen sein musste. Normalerweise war der Job ihres Mannes hier nicht gefährlich. Sie ging die Stufen hinunter. Hinter sich hörte sie die schweren Tritte von Paddys Stiefeln. Sie hob das Kinn, entschlossen, sich nichts von ihrer Angst anmerken zu lassen. Es gab bestimmt einen einfachen, ganz gewöhnlichen Grund dafür, dass Theo nicht hier war, um sie zu begrüßen.

Kaum hatte sie den Fuß auf den Asphalt gesetzt, trat einer der Männer im Anzug vor. Er reichte ihr einen in Zellophan verpackten Blumenstrauß.

»Willkommen in Tanganjika – und willkommen in Kongara.«

Kitty nahm die Blumen entgegen und blickte den Mann forschend an. Ob er wohl schlechte Nachrichten hatte?

Er streckte die Hand aus. »Private Toby Carmichael, der Assistent Ihres Mannes.«

»Sehr erfreut«, erwiderte sie. Seine blasse Haut irritierte sie – es sah nicht so aus, als ob er sich allzu oft an der frischen Luft aufhalten würde.

»Leider wurde er abberufen. Eine dringende Angelegenheit, die keinen Aufschub duldet. Es tut mir leid.« Die Wahl seiner Worte erinnerte Kitty an Theo. »Er ist bei den Einheiten. Gegen Ende des Nachmittags wird er zurück sein.« Er wies auf ein Mädchen, das mit einem Clipboard in der Hand in der Nähe stand. Sie hatte ein rundes, junges Gesicht, rote Lippen und sorgfältig frisierte Haare. Gekleidet war sie in einen schlichten Khakirock mit passender Bluse. »Ich habe veranlasst, dass Lisa Sie zum Haus bringt. Mr. Hamilton wird so bald wie möglich zurückkommen. Hoffentlich war Ihre Reise nicht zu beschwerlich – obwohl sie natürlich sehr lang war.«

»Wohin musste Theo?« Jetzt, wo Kitty wusste, dass Theo nicht krank war und auch keinen Unfall gehabt hatte, fühlte sie sich von ihm im Stich gelassen.
»Es hat Probleme mit den irischen Arbeitern unten an den Einheiten gegeben.« Toby senkte die Stimme, als wolle er vertrauliche Informationen weitergeben. »Absolut kein Grund zur Beunruhigung.«
Kitty verdrängte ihre verletzten Gefühle. Die Arbeit ging vor. Deshalb waren sie ja hier. Der Krieg gegen den Hunger.
»Haben Sie ›die Einheiten‹ gesagt?«, fragte sie.
»Ja. So nennen wir die Plantagen.«
Sie merkte sich den Ausdruck. Sie hatte bereits entdeckt, dass die Straßen hier »Pisten« hießen. OFC war die Abkürzung für Overseas Food Corporation. UAC war die United Africa Company, die an den OFC Arbeitskräfte vermittelte. Und Erdnüsse waren, nun ja, Erdnüsse.
»Kommen Sie«, sagte Toby, »ich stelle Ihnen ein paar Leute vor.«
Der Austausch von Name und Rang, das Lächeln und Händeschütteln schien ewig zu dauern, während Toby ihr jeden Einzelnen vorstellte. Kitty unterdrückte ein Gähnen, indem sie sich die Hand vor den Mund hielt. Plötzlich jedoch wurde sie hellwach, als sie aus den Augenwinkeln eine Bewegung bemerkte. Ein Auto näherte sich in raschem Tempo. Eine große, glänzende Limousine, so blau wie der Himmel.
Als sie näher kam, sah Kitty, dass es sich um einen Mercedes handelte – in den Ställen von Hamilton waren zwei untergestellt. Dieser hier war ein neueres Modell, aber er strahlte trotzdem noch altmodische Eleganz aus mit den geschwungenen Radläufen und dem breiten, flachen Chassis.
Das Auto kam ein paar Meter vor ihr zum Stehen. Ein Afrikaner saß am Steuer. Seine Gesichtszüge waren hinter der glänzenden Windschutzscheibe fast nicht zu erkennen. Kitty

blickte zur hinteren Tür, weil sie erwartete, Theo dort zu sehen. Er hatte sich von seiner Arbeit freigemacht, weil er es nicht ertragen konnte, ihre Ankunft zu verpassen!
Hinten im Fond saß eine Frau mit Sonnenbrille, auf dem Kopf einen großen, zitronengelben Hut.
Der Fahrer sprang aus dem Wagen und öffnete ihr die Tür. Er war anscheinend im mittleren Alter, trug jedoch eine Art Matrosenanzug.
Ein weißer, hochhackiger Schuh wurde auf den Asphalt gesetzt, ein weiterer folgte. Beine in Seidenstrümpfen tauchten auf, und schließlich erschien die ganze Frau. Sie trug passend zu ihrem Hut ein gelbes Kleid, und ihre Handschuhe waren weiß wie die Schuhe. Kurz blieb sie stehen und inspizierte die Szene, dann nahm sie die Sonnenbrille ab.
»Verdammt! Ich wusste, dass ich zu spät komme.« Sie warf ihrem Fahrer einen vorwurfsvollen Blick zu. Dann wandte sie sich zu Kitty und fixierte sie aus graugrünen, sorgfältig mit Lidstrich und Lidschatten geschminkten Augen. »Sie müssen Theos Frau sein.« Sie hatte den gleichen gepflegten englischen Akzent wie Theo, aber ihre Aussprache war gedehnter. »Ich bin Mrs. Richard Armstrong. Mein Mann hat mich gebeten, Sie zu begrüßen, da Richard dringend wegmusste.«
»Wie freundlich von Ihnen, dass Sie extra hierhergekommen sind«, sagte Kitty.
Am Verhalten der Frau war nicht zu erkennen, ob die Aufgabe für sie ein Vergnügen oder eine Pflicht war. Sie schenkte den Anwesenden die Andeutung eines Lächelns und wandte sich dann zu Toby. Kitty sah, wie er die Schultern straffte und fast Haltung annahm. »Bitte, sorgen Sie dafür, dass Mrs. Hamiltons Gepäck zum Haus geschickt wird. Wir fahren schon vor.«

»Ja, selbstverständlich.« Toby warf Lisa, die immer noch mit dem Klemmbrett dastand, einen Blick zu. Sie wirkte enttäuscht, weil man ihr ihre Aufgabe weggeschnappt hatte.
Kitty durchforstete ihr Gedächtnis nach dem Namen Armstrong. War das Theos Vorgesetzter, der Generaldirektor? Oder vielleicht sein Kollege, der für die Landwirtschaft zuständig war?
Die Frau wandte sich wieder an Kitty. »Sie können Diana zu mir sagen.«
»Danke. Bitte, nennen Sie mich Kitty.«
Dianas Blick wanderte über Kittys Gesicht und Figur. Jetzt war sie froh, dass sie ihr Versprechen gegenüber Theo gehalten und ihre Erscheinung verändert hatte. Unter Dianas kritischem Blick kamen ihr Rock und Jackett viel zu schlicht vor, und auch die neuen Schuhe wirkten langweilig, aber zumindest ihre Frisur und die Augenbrauen waren zeitgemäß.
»Lassen Sie uns fahren«, sagte Diana.
Kitty blickte sich suchend nach Paddy um. Er grinste ihr aufmunternd zu und winkte. Sie wollte gerade Diana zum Wagen folgen, als ein plötzlicher Windstoß aufkam. Die Männer hielten ihre Hüte fest und wandten sich von dem beißenden Staub ab. An Lisas Klemmbrett flatterte das Papier. Kitty kniff die Augen zusammen und warf Diana einen verstohlenen Blick zu. Aufrecht und ungerührt stand die Frau da. Sie senkte nur ein wenig den Blick, so dass ihre getuschten Wimpern wie dunkle Halbmonde auf ihrer Haut lagen. Mit einer behandschuhten Hand griff sie nach der Krempe ihres gelben Hutes.

Der Mercedes fuhr vom Rollfeld auf eine neu angelegte Straße – ein frisch asphaltiertes Band, das sich durch gerodeten Busch zog. Die beiden Frauen saßen nebeneinander hinten im

Auto. Diana hielt den Blick starr nach vorn gerichtet. Auch aus der Nähe war ihre Haut makellos – gleichmäßig gepudert und mit Rouge aufgefrischt.
»Sie sind Australierin«, sagte Diana, ohne Kitty anzusehen.
Kitty warf ihr einen unbehaglichen Blick zu. Theo hatte ihr das bestimmt nicht gesagt, also musste Diana ihren Akzent erkannt haben. Der Sprachlehrer hatte Theos Mutter versichert, dass niemand hören würde, woher ihre Schwiegertochter kam. Aber anscheinend hatte die Unterhaltung mit Paddy Kittys Akzent wieder an die Oberfläche geholt. Vielleicht war das geschehen, als sie dem Iren von der Farm im Outback erzählt hatte, auf der sie aufgewachsen war.
»Ja, ursprünglich«, sagte sie schließlich. »Aber ich lebe schon seit Jahren in England. Ich bin kurz vor dem Krieg dorthin gezogen.«
Diana schwieg. Sie legte den Kopf zurück. Anscheinend war sie erschöpft, weil sie gerade eine so schwierige Aufgabe bewältigt hatte. Als das Schweigen sich in die Länge zog, blickte Kitty aus dem Seitenfenster. Die rote Erde war fruchtbar, aber die Vegetation spärlich. Alles kam ihr sehr trocken vor. Ihr Vater hatte sein Leben lang mit dem trockenen Boden gekämpft und sich bemüht, so viel herauszuholen, dass er seine Familie davon ernähren konnte. Und doch war dies das Gebiet, das für eines der ehrgeizigsten Landwirtschaftsprojekte der Welt ausgewählt worden war. Vielleicht lag es bloß an der Jahreszeit, dachte Kitty – die Wirkung des extremen tropischen Klimas; Dinge, von denen sie nichts verstand. Sie blickte sich im Inneren des Wagens um, betrachtete das polierte Holz, die glänzenden Nickelbeschläge und die dunkelroten Ledersitze. Der Wagen hatte mit der Welt da draußen nichts zu tun.
Die Straße führte in ein Gebiet, wo der gerodete Busch felsiger wurde. Der Mercedes fuhr zwischen blassen Steinhügeln

voller Büsche hindurch, bis sie schließlich wieder in offenes Gelände kamen. Zugleich machte die Straße eine scharfe Kurve. Kitty setzte sich aufrecht hin und öffnete überrascht den Mund. Vor ihnen tauchte eine Bergkette auf – so abrupt, als seien die Berge zufällig dort hingeworfen worden. Beim Landeanflug hatte sie sie vom Flugzeug aus nicht gesehen. Es waren spitze, zerklüftete Gipfel, die hoch aufragten wie Pyramiden, von einem Kind gezeichnet.

Sie wandte sich an Diana. »Diese Berge ... Sie sind wunderschön!«

Diana zuckte leicht mit den Schultern. »Ich würde sie eher als Hügel bezeichnen. Auf Bergen kann man Ski laufen.«

Danach herrschte wieder Schweigen, nur durchbrochen vom leisen Brummen des Motors. Im Gegensatz zu den Bergen wirkte die Landschaft um sie herum sogar noch weniger bemerkenswert. Dann kam in der Ferne eine Ansiedlung in Sicht. Kitty spähte durch die Windschutzscheibe und versuchte, etwas zu erkennen. Als sie näher kamen, nahmen die seltsamen Formen und Farben Gestalt an.

Es war ein Meer von Zelten, die sich bis weit in die Ferne erstreckten – identische, schmutzig weiße Dreiecke in schnurgeraden Reihen.

»Was ist das hier?«, fragte Kitty Diana. Es gab auch hohe Drahtzäune und Parkplätze mit weiß markierten Steinen. »Es sieht aus wie ein Armee-Lager.«

»Das ist Kongara.«

Kitty verbarg ihre Verwirrung. Aus Theos Bemerkungen nach seiner Einführung in London und den beiden Briefen, die er aus Tanganjika geschickt hatte, hatte sie sich einen kleinen Ort vorgestellt, der aus einfachen, aber soliden Häusern bestand. Er hatte einen Club mit einem Swimmingpool und eine Reihe von Geschäften erwähnt. *Du wirst dein neues Zu-*

hause lieben, hatte Theo geschrieben. *Der* OFC *hat es voll eingerichtet, bis hin zu rosa Handtüchern im Badezimmer.*
»Die Afrikaner nennen es *Londoni.*« Diana stieß ein kurzes Lachen aus. »Das ist Swahili für London – obwohl man es kaum verstehen kann, so wie sie es aussprechen. Aber wir haben uns an den Namen gewöhnt, und mittlerweile benutzen wir ihn alle. Nicht für das gesamte Gebiet – nur für den Ort.«
Kitty wiederholte das Wort im Geiste. Lon-*do*-ni. Die mittlere Silbe war langgezogen, wodurch der Name melodisch und faszinierend klang. Sie betrachtete die Zeltreihen. Dazwischen fielen ihr einige runde Hütten mit Lehmwänden und Segeltuchdächern auf. Dann sah sie ein langes, schmales Gebäude mit einer Veranda. Ein Ende war weiß gestrichen, und über der Tür stand *Speisesaal.* Das andere Ende war aus blankem Holz, und dort stand *Messe* über der Tür. Beide Bereiche waren eingezäunt und hätten Vorgärten sein können, wenn etwas dort gewachsen wäre. Sie sah auch ein paar Wellblechbaracken – während des Krieges waren sie in England ein vertrauter Anblick gewesen. Und es gab ein Außenkino mit einer Leinwand und Sitzreihen.
Das Auto fuhr nur noch Schritttempo, als sie einen Bereich mit größeren Zelten erreichten. Plötzlich tauchten von überallher Menschen auf. Hellhäutige Europäer, Afrikaner, ein paar Inder – alle in Khakikleidung, was zu der Atmosphäre eines Armeecamps beitrug. Die meisten waren Männer, aber Kitty sah auch ein paar junge Frauen in Rock und Bluse – wie Lisa. Alle bewegten sich rasch. Ein Mann in einem Tropenanzug blickte auf seine Armbanduhr, dann begann er zu laufen.
»Hauptquartier«, sagte Diana.
Vor dem größten Zelt stand ein Fahnenmast, an dem schlaff der Union Jack hing. Daneben parkte ein schwarzer Rolls-Royce. Ein afrikanischer Soldat in einem schicken Jackett mit

Gürtel, einen braunen Fez auf dem Kopf, stand davor. Kitty verrenkte sich beinahe den Hals, weil sie hoffte, einen Blick ins Zelt werfen zu können. Aber sie sah nur einen großen Schreibtisch, eine Schreibmaschine und einen schiefen Stapel Aktenordner.

Das Auto fuhr weiter, an Hunderten von kleinen Zelten vorbei, bis sie in ein Gebiet kamen, in dem hölzerne Bungalows standen. Auch sie waren identisch und sahen so aus, als bestünden sie nur aus zwei Zimmern. An den Seiten verliefen Wäscheleinen. Die Wäsche, die dort hing, bestand hauptsächlich aus khakifarbener Arbeitskleidung, aber ab und zu sah man auch ein buntes Kleid, eine Bluse oder einen Kinderschlafanzug.

»Und das«, sagte Diana, »ist der ›Geräteschuppen‹.«

»Wohnen Sie – wir – hier?«, fragte Kitty zögernd.

»Du lieber Himmel, nein«, erwiderte Diana. »Das ist für die Angestellten, das medizinische Personal – für solche Leute.« Sie zeigte nach vorn zu den Bergen, deren Fuß grün war. »Wir leben dort oben – auf dem Millionärshügel. Das ist natürlich nicht der wirkliche Name. Es heißt Hillside Avenue. Die prächtigste Adresse in ganz Tanganjika.«

Kitty entdeckte einen spöttischen Unterton in Dianas Stimme. Sie versuchte gerade, eine passende Antwort zu formulieren, als Dianas Gesicht auf einmal erstarrte. Sie legte dem Fahrer die Hand auf die Schulter. »Pass auf!«

Das Auto kam so abrupt zum Stehen, dass beide Frauen gegen die Vordersitze geschleudert wurden. Eine angespannte Stille entstand. Dann hörte man ein Kind lachen.

»Gottlob«, sagte der Fahrer, »wir haben sie nicht angefahren.«

Ein kleines Mädchen rannte von der Straße herunter. Blonde Zöpfe wippten auf ihrem Rücken, während sie einem roten Ball hinterherlief.

Die beiden Frauen lehnten sich wieder zurück. Kitty seufzte erleichtert, aber Diana saß erstarrt, mit weit aufgerissenen Augen da.
»Es ist alles in Ordnung«, sagte Kitty. »Ihr ist nichts passiert.«
Diana nickte, konnte aber anscheinend nichts sagen. Ihr Gesicht war auf einmal schweißbedeckt. Sie nahm den Hut ab und warf ihn zu Boden. Ihre braunen Haare waren zerdrückt. Zitternd schlug sie die Hände vors Gesicht. Kitty sah ihre polierten Nägel und die mit Ringen beladenen Finger, bevor sie sich taktvoll abwandte.
Im Rückspiegel begegnete sie dem besorgten Blick des Fahrers.
»Fahren Sie«, wies sie ihn an. »Mrs. Armstrong braucht ein Glas Wasser.«
Er fuhr weiter, in Richtung des Millionärshügels.
Nach und nach wurde Dianas Atem ruhiger. Schließlich hob sie den Kopf und schob sich eine feuchte Haarsträhne aus der Stirn. »Ich weiß nicht, warum die Leute nicht auf ihre Kinder aufpassen können.« Sie beugte sich vor, um ihren Hut aufzuheben, klopfte ihn ab und legte ihn sich vorsichtig auf die Knie.
Kitty nickte höflich, wandte aber dann den Blick wieder ab. Ihr war bewusst, dass sie etwas gesehen hatte, was nicht für ihre Augen bestimmt war – Diana war auf zutiefst peinliche Art bloßgestellt worden. Und für sie beide war das kein guter Start.

2

Der Mercedes bog in eine geschwungene Einfahrt ein. Die Reifen knirschten auf dem Kies. Gespannt hielt Kitty Ausschau nach dem Haus. Nach den Zelten und Bungalows war sie auf Enttäuschung gefasst, aber das Gebäude, das in Sicht kam, war groß und solide und erstaunlich modern. In der Mitte befand sich eine Veranda, und die Mauern aus Betonblöcken waren weiß gestrichen. Das Blechdach hatte einen eleganten Schwung. Vor dem Haus erstreckte sich ein weitläufiger Garten, der von einem weißen Zaun umgeben war. Dort wuchsen Bougainvilleen – die meisten Blüten waren leuchtend violett wie in Australien, aber es gab auch Pastelltöne wie Rosa, Orange, Mauve und Weiß. Jemand hatte versucht, die Pflanzen zu Bögen zu formen, aber die widerspenstigen Triebe rankten sich in alle Richtungen.
Der Fahrer hupte. Innerhalb weniger Momente tauchten an der Haustür zwei Afrikaner in weißen Hemden und Shorts auf. Zwei weitere Männer in Khaki-Uniformen gesellten sich zu ihnen. Die vier flankierten die Eingangstür, zwei auf jeder Seite, und nahmen Haltung an. Kitty fühlte sich an Szenen auf Hamilton Hall vor dem Krieg erinnert. Wenn die Familie nach einer Zeit der Abwesenheit nach Hause zurückkehrte, versammelte sich vor dem Haus das gesamte Personal – mindestens zwanzig Personen –, um sie willkommen zu heißen.
Diana stieg aus dem Auto, wobei sie ihren Hut auf dem Sitz liegen ließ. Sie war jetzt wieder völlig ruhig, so als ob es den Zwischenfall mit dem Kind und dem Ball nicht gegeben hätte.

Sie führte Kitty zur Veranda hinauf, und sie traten über den mit kleinen Steinen gesprenkelten Betonboden zu den Afrikanern. »Ihr Koch, Ihr Hausboy, Ihr Gärtner, Ihre Wache.« Bei dem letztgenannten Mann blieb sie stehen und blickte ihn so lange an, bis er seine Mütze abnahm.
Kitty versuchte, Dianas herablassendes Verhalten abzumildern, indem sie lächelte. Sie begrüßte die Männer sogar auf Swahili. *»Hamjambo.«*
Die Männer starrten sie an, als ob sie sie nicht verstünden, obwohl Kitty wusste, dass ihre Begrüßung korrekt war. Beinahe konnte sie Janets feste Stimme hören, die ihr alles einpaukte: »*Hujambo* wird verwendet, wenn man eine einzelne Person begrüßt. Für zwei oder mehr ist es *Hamjambo*, und die Erwiderung darauf ist *Hatujambo* …«
Kitty versuchte es erneut. »*Habari gani?* Wie geht es Ihnen?«
Immer noch keine Antwort.
»Wie süß von Ihnen, ein wenig Swahili zu lernen.« Diana klang verblüfft. »Aber sie sprechen absolut brauchbares Englisch. Cynthia war sehr wählerisch bei ihrem Personal.«
Kitty wollte gerade weitergehen, als der Mann, den Diana als ihren Hausboy bezeichnet hatte, nach dem Strauß Blumen griff, den sie in der Hand hielt.
»Ich kann sie in eine Vas-ie stellen, Memsahib«, sagte er.
»Vase«, korrigierte Diana ihn und verdrehte die Augen. »Ständig hängen sie ein ›i‹ an das Wortende. Traktori. Londoni. Das geht einem auf die Nerven. Es klingt so, als wollten sie sich über unsere Sprache lustig machen.«
Kitty beschloss, nicht zu erklären, dass im Swahili alle Substantive – und alle Namen – auf einen Vokal enden mussten. Ohne sich von der offensichtlichen Ablehnung ihrer Sprachkenntnisse abschrecken zu lassen, lächelte sie den Hausboy freundlich an. Er hatte Haltung angenommen und hielt die

Blumen mit den Köpfen nach unten an der Seite. Er schien in ihrem Alter zu sein – Ende zwanzig, vielleicht Anfang dreißig. In Hamilton Hall hatte Kitty sich daran gewöhnt, von erwachsenen Männern bedient zu werden. Aber hier fühlte es sich irgendwie fremder an. Tanganjika war das Land dieser Menschen, nicht ihres.

Diana führte Kitty ins Haus hinein, wobei sie ihre Handschuhe abstreifte und in ihre Handtasche steckte. Ihre hohen Absätze klapperten auf dem Dielenboden, als sie ein großes Wohnzimmer betrat. Es roch ein wenig nach frischer Farbe, obwohl die Verandatüren weit geöffnet waren. Mittlerweile war es später Nachmittag, und die Sonne bildete Lichtpfützen auf dem polierten Boden. Kitty sah ein dreisitziges grünes Samtsofa. An den Fenstern hingen dazu passende Vorhänge. An der Wand stand ein Bücherregal mit in Leder gebundenen Romanen. Ein Getränkewagen war voller Flaschen, Karaffen, Gläser und einem silbernen Soda-Siphon. Es gab sogar eine Palme im Kübel, deren zerfaserte Wedel über den Couchtisch hingen. Das Zimmer kam Kitty vor wie ein Bild aus einer Zeitschrift. Es sah irgendwie unwirklich aus, aber sie war erfreut und beeindruckt.

Diana zog ein Päckchen Zigaretten aus der Tasche. Sie schüttelte es, bis zwei Zigaretten herauslugten. »Zigarette?«

»Im Augenblick nicht, danke.« Kitty beschloss, erst später zu sagen, dass sie nicht rauchte.

»Es müsste alles da sein, was Sie brauchen«, sagte Diana aus dem Mundwinkel, während sie ihre Zigarette anzündete. »Sonst schicken Sie eine Nachricht an die Proviantstelle. Lassen Sie nicht locker, bis Sie haben, was Sie wollen. Und wenn Ihnen etwas nicht gefällt, schicken Sie es einfach zurück.«

In der Diele öffnete sie die Tür zu einem weiteren geräumigen Zimmer. »Das große Schlafzimmer«, verkündete sie. »Die

Häuser haben alle den gleichen Grundriss, deshalb kenne ich mich hier aus.«
Im Zimmer stand ein Doppelbett mit einer cremefarbenen Steppdecke und einem Moskitonetz. Der übrige Raum wurde von einer großen Kommode mit geschliffenem Spiegel beherrscht. Kitty runzelte verwirrt die Stirn. Theo hätte eigentlich schon vor Wochen nach der Fertigstellung der Malerarbeiten aus den Quartieren der alleinstehenden Männer ausziehen müssen. Aber es gab kein Anzeichen dafür, dass er hier schlief. Rasch verließ Kitty das Zimmer. Sie fragte sich, ob Diana das wohl auch bemerkt hatte.
Weiter hinten in der Diele ging Diana an einer verschlossenen Tür vorbei, durch die der Geruch nach Kerosin und Kochöl drang.
»Wenn es nicht unbedingt nötig ist, setze ich keinen Fuß in meine Küche, aber Cynthia hat sie gern regelmäßig inspiziert.« Diana blickte Kitty erwartungsvoll an. Offensichtlich wollte sie hören, welchen Ansatz Kitty bevorzugte. Kitty zuckte mit den Schultern. Sie war sich nicht sicher, welcher Richtung sie sich anschließen sollte.
»Na, zumindest haben wir jetzt alle vernünftige Kühlschränke. Electrolux. Sie sind erst letzte Woche eingetroffen, und wir haben endlich kaltes Tonic. Und jede Menge Eis.« Sie lächelte – das erste wirkliche Lächeln, das Kitty bei ihr sah. Einer von Dianas Vorderzähnen stand ein wenig schief, aber der Makel betonte nur noch die Vollkommenheit ihrer übrigen Erscheinung.
»Toilette. Studierzimmer.« Diana zeigte auf die übrigen Räume. »Das Badezimmer. Wir haben leider rosafarbene Handtücher. Der Himmel weiß, wie sie auf diese Idee gekommen sind.« Sie schwieg und legte nachdenklich den Kopf schief. »Einige der Frauen glauben, dass sie die Farbe absichtlich ge-

wählt haben, weil letztendlich sowieso alles hier pink wird wegen des roten Staubs im Wasser.« Sie schüttelte den Kopf. »Aber mir kommt das unwahrscheinlich vor. Das klingt für den OFC viel zu vernünftig.«

Kitty fragte sich, was sie mit dieser Bemerkung wohl meinte. Nach allem, was sie über die Arbeit der Overseas Food Company wusste – von Theo und aufgrund ihrer eigenen Erfahrung während der Reisevorbereitungen –, hatte sie eine Vorstellung von Ordnung und Präzision, so wie man es erwarten konnte bei all den ehemaligen Armee-, Marine- und Luftwaffen-Angehörigen.

Diana schnipste Asche ins Waschbecken und verließ das Badezimmer wieder. Sie wies auf eine weitere geschlossene Tür. »Das war das Kinderzimmer. Sie hatten zwei.«

Kitty nahm an, dass sie auch dieses Zimmer gemeinsam betreten würden, aber Diana blieb zurück. Sie betrachtete prüfend ihre Fingernägel und zupfte an einem Hautfetzchen. Trotzdem beschloss Kitty, rasch einen Blick hineinzuwerfen. Als sie die Tür öffnete, blieb sie überrascht stehen. Auf einem kleinen Tisch lag Theos Haarbürste, und auf dem Boden vor dem schmalen Bett standen seine Hausschuhe. Sein blauer Morgenmantel hing über einem Stuhl. Einen Moment lang wurde Kittys Freude über den Anblick der vertrauten Dinge von Verwirrung überdeckt. Es kam ihr merkwürdig – unerklärlich – vor, dass ihr Mann sich in dem kleinen Zimmer eingerichtet hatte. Aber dann dämmerte es ihr. Theo war nur umsichtig. Er wollte ihre Ankunft abwarten, bevor sie gemeinsam ins große Schlafzimmer zogen, so dass es von Anfang an ihnen gemeinsam gehören würde.

Sie blickte sich in dem sonnigen Raum um. Ein weiterer glücklicher Gedanke kam ihr. Eines Tages würden Kinder hier schlafen. Sie würden mindestens zwei haben, hoffentlich

drei, aber auf keinen Fall mehr als vier. Theo war ein einsames Einzelkind gewesen, während Kitty erlebt hatte, wie ihre Mutter sich für eine zu große Kinderschar aufgearbeitet hatte. Sie wollten bald schon mit der Familienplanung beginnen. Kitty war fast achtundzwanzig, und Theo war älter als sie. Im Krieg waren sie häufig getrennt gewesen, und wenn sie sich gesehen hatten, hatten sie sorgfältig auf Verhütung geachtet. Es war nicht die richtige Zeit, um ein Kind in die Welt zu setzen. Und nach dem Krieg war das Leben auch nicht einfacher geworden. Aber jetzt war der richtige Zeitpunkt gekommen. Lächelnd schaute Kitty sich im Zimmer um. Vielleicht würde sie sogar Wände und Fensterrahmen noch einmal streichen lassen. Zitronengelb möglicherweise – damit es sowohl zu einem Jungen als auch zu einem Mädchen passte.
Diana wartete in einem weiteren großen Raum auf sie. Sie hatte einen Aschenbecher entdeckt und trug ihn mit sich herum.
»Wie sind die Schulen hier denn so?«, fragte Kitty sie.
Diana zog an ihrer Zigarette. »Das dürfen Sie mich nicht fragen. Ich habe keine Kinder.«
»Oh, Entschuldigung.« Kitty biss sich auf die Lippe. Am liebsten hätte sie ihre gedankenlose Frage zurückgenommen. Wenigstens war keine Emotion in Dianas Augen zu erkennen – anscheinend gehörte sie nicht zu den Frauen, die keine Kinder bekommen konnten und sich aufregten, wenn sie erwähnt wurden. Wahrscheinlich war sie sogar zufrieden damit, keine Kinder zu haben, dachte Kitty. Sie hatte so gar nichts Mütterliches an sich.
In dem kurzen Schweigen, das folgte, zog Diana erneut an ihrer Zigarette. Kitty ging um den schweren, dunklen Esstisch, der von Stühlen umgeben war, herum. Vor einem Geschirrschrank mit Glastüren blieb sie stehen. Er war voller Geschirr. Neben den üblichen Tellern, Schüsseln, Tassen und

Untertassen gab es eine Kuchenplatte, eine Butterdose, Salz- und Pfefferstreuer.

»Ich dachte, Geschirr stünde auf der Liste der persönlichen Gegenstände«, sagte Kitty verwirrt. Nachdem der OFC ihr die Liste geschickt hatte, hatte sie extra ein neues Service – schlicht weiß und unempfindlich – für hier gekauft.

»Das ist auch so«, bestätigte Diana. »Cynthia hat ihres hiergelassen. Sie wollte sich nicht die Mühe machen, alles einzupacken.« Fragend zog sie die Augenbrauen hoch. »Sie wissen doch, wer sie ist – Mrs. Wainwright?«

Kitty nickte und senkte respektvoll den Blick. Cynthia war die Witwe des früheren Leiters der Verwaltung, Major Wainwright. Theo hatte nicht nur den Job des Mannes übernommen, sondern auch sein Haus. Seit sie das erfahren hatte, hatte Kitty sich unwohl bei dem Gedanken gefühlt, dass sie und Theo vom Unglück einer anderen Person profitierten. Sie warf Diana einen Blick zu, weil sie halb erwartete, dass die Frau etwas zu der Tragödie sagen würde. Aber Diana war bereits an den Tisch getreten.

»Der Tisch hat auch ihr gehört.«

Der Patina des Holzes nach zu urteilen, war er bereits Generationen alt. Er war solide gebaut, mit dicken, viereckigen Beinen – in diesem modernen Haus mit seinen eleganten, hellen Möbeln aus Pinienholz wirkte er fehl am Platz.

»Sie hat ihn einem Mann im Auslandsdienst abgekauft, der den ganzen Krieg hier verbracht hat und danach endlich nach Hause konnte«, sagte Diana. »Cynthia hat mich gebeten, Ihnen das hier persönlich zu geben.«

Kitty entfaltete ein Blatt Papier, auf dem ein handgeschriebenes Rezept für Möbelpolitur stand. Darüber stand die Anweisung: *Zweimal am Tag nach den Mahlzeiten unter Aufsicht anzuwenden.*

Kitty fuhr mit der Hand über die wunderschöne, seidenglatte und dunkel glänzende Platte des Esstischs und empfand es schon jetzt als Bürde, dafür verantwortlich zu sein. Sie stellte sich Schrammen, Kratzer, Flecken und Wasserringe vor.
Im Geschirrschrank sah sie Cynthias Geschirr mit Goldrand und Rosenmuster. Die Griffe an den Tassen waren zart und verschnörkelt. Kitty wusste, wie schwierig sie zu halten waren, vor allem, wenn man ständig daran denken musste, den kleinen Finger elegant abzuspreizen. Das Porzellan war so dünn, dass sie Angst hatte, ein Stück vom Rand abzubeißen. Und der zierliche Fuß bedeutete, dass es fast unmöglich war, sie am Tisch weiterzureichen, ohne dass sie auf dem Unterteller klapperten.
Diana drückte ihre Zigarette aus und ließ den Stummel im Aschenbecher liegen. »Nun, ich verlasse Sie jetzt, damit Sie auspacken können.«
Kitty riss sich zusammen. Sie war jetzt die Hausherrin. »Kann ich Ihnen noch einen Tee anbieten? Ich könnte nachschauen …«
»Nein, danke. Ich muss nach Hause und mich zum Abendessen umziehen. Ich hole Sie morgen um zehn ab, und wir fahren zum Club. Dort gibt es Kaffee.«
Sie lief auf ihren hohen Absätzen klappernd die Treppe hinunter. Als sie die Einfahrt erreichte, ging sie auf Zehenspitzen, damit ihre Absätze nicht im Kies versanken.
Kitty wartete an den Stufen, bis der Mercedes davongefahren war. Dann drehte sie sich um und trat zur Haustür – *ihre* Haustür. Sie konnte es kaum erwarten, jedes Zimmer noch einmal allein zu inspizieren. Endlich hatten sie und Theo ein eigenes Zuhause. Die Zimmer, die sie nach ihrer Hochzeit in der Nähe des Luftwaffenstützpunktes in Skellington gemietet hatten, zählten nicht wirklich; dort waren sie immer nur zu-

sammen gewesen, wenn Theo frei bekam. Und als er bei der Luftwaffe entlassen wurde, waren sie wieder zu seinen Eltern nach Hamilton Hall gezogen. Kitty hatte sich dort immer wie ein Gast gefühlt. Die Zimmer, die man ihnen gegeben hatte, waren nicht nur nach dem Geschmack ihrer Schwiegermutter eingerichtet, sondern trugen den Stempel von Generationen von Hamiltons. Alles war heilig – die beiden Porzellanhunde mit den vergoldeten Ohren; der Kinderhochstuhl, in dem eine lebensgroße Babypuppe mit schwarzen Glasaugen saß; und vor allem die Orden, Admiralshüte und die anderen militärischen Erinnerungsstücke. Dann gab es noch das Porträt eines Mädchens in rotem Kleid – eine entfernte Verwandte von Theo –, in deren gequältem Blick bereits die Vorahnung zu stehen schien, dass sie vor ihrem siebten Geburtstag sterben würde. Jedes Zimmer, das sie bewohnten, war voller Historie. Das Wohnzimmer bezeichneten sie als »Klassenzimmer«, weil Theo dort als Kind Unterricht gehabt hatte. Ihr Schlafzimmer war eigentlich »Urgroßmutters Zimmer«. Nichts war neu und unbelastet.

Aber hier in Kongara war alles anders. Das Haus war fast brandneu. Es hatte nichts mit dem alten Prachtbau zu tun, an den Theo gewöhnt war. Eigentlich fiel es Kitty sogar schwer, sich vorzustellen, dass er hier lebte – aber er musste sich schließlich im Klaren darüber gewesen sein, dass er sich mit dem Job, den er übernahm, an andere Lebensbedingungen anzupassen hatte. Lächelnd blickte sie sich um. Das Haus war ganz anders als die heruntergekommene Bretterbude, in der sie aufgewachsen war. Sowohl für sie als auch für Theo war es eine völlig neue Umgebung. Jetzt mussten sie nur noch die unpersönliche Hand des OFC abschütteln. Cynthias Geschirr würde sie wegpacken; auf den kostbaren Tisch würde sie eine Tischdecke legen. Kitty schlang in stiller Freude die

Arme um sich. Sie war jetzt seit fast sieben Jahren mit Theo verheiratet. Die ersten fünf Jahre waren vom Krieg unterbrochen gewesen, und die nächsten beiden wurden überschattet von der Nachkriegszeit. Sie hatte lange genug gewartet. Aber jetzt kamen Herz und Heim endlich zusammen.

Einen Moment lang stand Kitty vor der geschlossenen Küchentür. Sie hob die Hand, um anzuklopfen, ließ sie dann aber wieder sinken – schließlich war es ihre Küche. Langsam öffnete sie die Tür, um die Dienstboten vorzuwarnen.
Der Hausboy sprang von der Stufe zur Hintertür auf und warf dabei Erdnussschalen zu Boden. Der Koch stand am Herd und drehte sich um. Es dauerte keine zwei Sekunden, da standen beide Männer vor Kitty, mit hocherhobenen Köpfen, bereit zur Inspektion.
Kitty musterte sie verlegen. Sie wandte sich an den Koch. »Wie ist dein Name?«
»Ich bin Eustace.«
Seine krausen Haare waren grau gesprenkelt, und um den Mund hatten sich tiefe Falten eingegraben. Er war wahrscheinlich alt genug, um ihr Vater zu sein.
»Und du?« Sie blickte den Hausboy an.
»Ich bin Gabriel.«
Kitty war versucht, sie zu fragen, woher sie diese ungewöhnlichen englischen Namen hatten – beide endeten auf Konsonanten, was für sie schwierig auszusprechen war. Aber sie ließ es dabei bewenden, sich selbst vorzustellen.
»Ihr könnt mich Memsahib Kitty nennen.«
Eustace zeigte keine Reaktion. Kitty holte tief Luft. Sie war entschlossen, ihr Swahili zu verwenden.
»*Chakula cha jioni pangu gani?* Was wollt ihr zum Abendessen kochen?«

Die Männer wechselten einen Blick, sagten aber nichts. Kitty wollte ihre Frage gerade wiederholen, als Eustace antwortete. »Heute ist Montag.« Er sprach Englisch und bildete die Wörter sorgfältig, als ob Kitty ihn vielleicht nicht verstehen würde. »Heute kochen wir Corned Beef, gestampfte Kartoffeln, weiße Sauce und Bohnen. Zum Dessert gibt es Bakewell-Torte.«
Er zeigte auf die Wand, an der ein Blatt Papier aus einem Schulheft hing. Selbst aus dieser Entfernung erkannte Kitty die Schrift. Es war dieselbe Handschrift, in der das Rezept für die Möbelpolitur aufgeschrieben worden war. Sie trat näher, um es genauer zu betrachten. Das Menü für Montag war so, wie der Koch es beschrieben hatte. Am Dienstag gab es kaltes Rindfleisch mit Kartoffelsalat und gekochtem Gemüse, gefolgt von Reispudding, am Mittwoch gebratenes Hühnchen, am Donnerstag Hackbraten. Es war genau die Art von Essen, wie Theo es liebte – ebenso wie der Rest seiner Familie. Juri hatte immer über sie gelacht und gesagt, sie seien über Internatskost nie hinausgekommen. Er hätte nie eine feste Menüfolge in Betracht gezogen. Die meiste Zeit aß er noch nicht einmal richtige Mahlzeiten. Er kramte in der Küche herum, nahm Brot, Käse, Pickles, geräucherte Würstchen – was auch immer die Haushälterin für ihn gekauft hatte. Im Geiste sah Kitty ihn vor sich, wie er am geöffneten Kühlschrank hockte. Seine silbernen Haare fielen ihm in die Stirn. Nackt bis zur Taille, trotz der kühlen Luft; aus der Hosentasche baumelte ein Malerlappen. Für einen Mann von sechzig Jahren hatte er einen schlanken, durchtrainierten Oberkörper.
»Wir werden essen wie die Bauern, Kitty«, hatte er gesagt und eine Flasche französischen Wein geöffnet. Das Essen stand auf einem Tisch voller Kerzenwachsflecken und musste sich

den Platz mit allem Möglichem teilen, was sich dort angesammelt hatte – ein halb fertiger Entwurf, ein Stapel alter Briefe, ein Glas mit welken Blumen.
Kitty verbannte die Gedanken an Juri aus ihrem Kopf und wandte sich wieder an den Koch. Sie überlegte einen Moment, was sie auf Swahili sagen wollte. »Und Bwana Hamilton – ist er zufrieden damit, jede Woche das Gleiche zu essen?«
»Ja, Memsahib. Der Bwana ist sehr zufrieden.«
Kitty wusste, dass es stimmte. Seit dem Krieg bevorzugte Theo alles Vorhersagbare. Wer konnte ihm das schon übelnehmen nach all den Jahren, in denen er abends nicht gewusst hatte, ob er am nächsten Morgen noch am Leben sein würde? Kitty ging in der Küche herum und tat so, als interessiere sie sich für die großen Kanister mit Mehl, Zucker, Salz, Haferflocken und Keksen. Neben den Flaschen mit HP Sauce und Tabasco stand auch eine Dose Keen's Currypulver. Sie spürte, dass sie jetzt eine Frage stellen oder etwas kritisieren sollte, um ihre Autorität als neue Memsahib zu festigen. Sie trat an den Herd und hob den Deckel von einem großen Topf. Ihre Augen weiteten sich, als sie das riesige Stück Fleisch sah, das in der Brühe kochte.
»Wo habt ihr dieses Fleisch her?«, fragte sie, wobei sie vergaß, Swahili zu sprechen. Ein so großes Stück Rindfleisch hatte sie nicht mehr gesehen, seit sie zu Hause auf der Farm in Neusüdwales gewesen war. Im Krieg hätte das Fleisch in diesem Topf als Wochenration für mehrere große Familien in England gedient – wenn man es überhaupt bekommen hätte.
»Von einer Kuh«, antwortete der Koch.
Kitty warf ihm einen forschenden Blick zu, konnte aber keinen Sarkasmus entdecken. Also nickte sie lediglich zustimmend. Schon wandte sie sich zum Gehen, als ihr klarwurde, wie durstig sie war. »Ich hätte gern Tee.«

»Wohin soll ich ihn bringen?«, fragte der Hausboy.
»Ins Wohnzimmer«, erwiderte Kitty. »Schwarzen Tee bitte. Mit einer Scheibe Zitrone. Und etwas Gebäck.«
»Ja, Memsahib.«
»Und, Eustace – ich glaube, das Rindfleisch kocht zu heftig. Es wird hart werden.«
»Ja, Memsahib.« Der Koch grinste breit, als freue er sich darüber, dass seine Herrin sich endlich korrekt benahm.
Als sie die Küche verließ, beglückwünschte Kitty sich insgeheim. Sie hatte das Gefühl, die erste Hürde gemeistert zu haben. Aber am Ende der Diele blieb sie stehen. Hinter der geschlossenen Tür zur Küche hörte sie unterdrücktes Gelächter. Sie erkannte Eustaces Stimme, der in dramatischem Tonfall rief: »Kitty! Komm her, Kitty!« Dann ahmte jemand das Miauen einer Katze nach. Das Gelächter wurde lauter, und Kitty ging langsam weg.

Mitten im Schlafzimmer stand ein großer Lederkoffer. Er war zwar alt, mit Flecken und Schrammen, aber von bester Qualität. Wie die Reisetruhe war er ihr von Theos Mutter geschenkt worden.
»Nimm unsere Koffer«, hatte Louisa gesagt. »Mein Sohn wird nicht wollen, dass du wie ein Flüchtling wirkst.«
Sie hatte zugesehen, als Kitty den Koffer von dem massiven Teakschrank in einem der leeren Zimmer gehoben hatte. Um die Griffe waren verblasste Hoteletiketten aufgeklebt. Aufkleber von Schiffslinien – die Orient, die Union Castle – klebten an den Seiten. Sie spiegelten wider, welches Leben die Hamiltons zumindest bis zum Krieg geführt hatten. Es gab einen ovalen Aufkleber mit einem prächtigen Wappen in der Mitte und den Worten »Ritz Barcelona« in vergoldeten Buchstaben. Ein anderer Aufkleber wies darauf hin, dass sich der Koffer

schon einmal im Gepäckraum der RMS *Queen Mary* befunden hatte. Es gab sogar einen Aufkleber, auf dem »Aloha Hawaii« stand, mit einem dunkelhäutigen Mann auf einem Surfbrett.

Louisa hatte tief geseufzt und sich auf einen der zugedeckten Sessel gesetzt. Sie sah alt und müde aus, und ihr Körper war mager unter ihrer flauschigen Kaschmirjacke. Eine Perlenkette hing schwer um ihren Hals. Kitty tat so, als betrachte sie den Koffer, aber sie spürte trotzdem den vorwurfsvollen Blick der Frau. Louisas Ehemann war beinahe an einem Herzinfarkt gestorben, der durch akuten Stress verursacht worden war. Der Name der Familie war unwiederbringlich beschädigt. Und jetzt war auch noch ihr einziges Kind nach Tanganjika gegangen. All diese Katastrophen schrieb Louisa ihrer Schwiegertochter zu, und Kitty war nicht in der Position, ihr zu widersprechen.

Kitty kniete sich in ihrem Schlafzimmer neben den Koffer. Die Hotel- und Kreuzfahrtaufkleber waren von den sachlichen schwarzweißen Aufklebern des OFC überdeckt worden. Sie blickte zur Schlafzimmertür, die fest geschlossen war. Als ihr Gepäck vom Flughafen eintraf, hatte Gabriel es ins Haus getragen. Die Truhe stand noch in der Diele, aber sie hatte ihn gebeten, den Koffer ins Schlafzimmer zu bringen. Er wollte ihr sichtlich gern beim Auspacken helfen, aber Kitty hatte ihn weggeschickt. Sie wollte nicht, dass er später hinter ihrem Rücken über ihre Habseligkeiten lachte.

Sie löste die Lederriemen, öffnete die Metallschließen und klappte den Deckel auf. Ein Duft nach altem Lavendel und Kampfer stieg auf. Und da war noch etwas. Sie beugte sich über den Koffer und atmete tief ein. Der Nadelholzgeruch von Terpentin. Sie hatte keine Farben, keine Pinsel mitgebracht, noch nicht einmal einen Zeichenblock – aber der Ge-

ruch musste in ihren Kleidern hängen, an den Stofffasern haften wie der Beweis eines Verbrechens.
Sie nahm einen Stapel Blusen heraus, die Lizzy, Louisas Zofe, geschickt gefaltet hatte, dann packte sie Kleider, Röcke und Jacketts aus. Sie mussten alle gebügelt werden, aber fürs Erste würde sie sie weghängen. Die Schranktüren standen weit offen, und sie hatte alle Schubladen an der Kommode herausgezogen. Sorgfältig musterte sie jedes Kleidungsstück. Wenn die anderen Damen in Kongara sich anzogen wie Diana, würde sich Kitty ziemlich fehl am Platz fühlen. Ihre Kleider waren entweder altmodisch – abgelegte Sachen aus Hamilton Hall – oder praktisch, so wie es die britische Regierung während des Kriegs unterstützt hatte: enge Röcke, eng anliegende Ärmel, keine zusätzlichen Taschen oder üppiger Zierrat. Aber Kitty rief sich ins Gedächtnis, dass die Frauen, die sie aus dem Auto heraus am Hauptquartier gesehen hatte, auch nicht anders angezogen gewesen waren. Ihre Kleidung war schlicht und praktisch.
Kitty kramte im Koffer, bis sie ihr Khaki-Outfit fand. Bluse und Rock waren weiter geschnitten als die Kleidung, die sie am Flughafen gesehen hatte, und sie hatten auch mehr Taschen, aber sie würden ihr genauso gute Dienste tun. Kitty fuhr mit dem Daumen über den weichen, verblichenen Stoff. Hier und dort waren geflickte Stellen, Flecken, die aussahen wie Blut, und andere, die von Motoröl stammen konnten. Kitty dachte an die Fotografie von Janet, die diese Kleidungsstücke trug. Sie war damals – auf ihrer ersten Reise nach Afrika – eine junge Missionarin gewesen, aber als Kitty ihr an der Dorfkirche in der Nähe von Hamilton Hall begegnet war, sah sie noch genauso aus. Ihre Augen waren hinter ihrer runden Brille verborgen, aber an ihrer Haltung konnte man erkennen, wie entschlossen sie war. Kitty hatte ihre Strenge oft zu

spüren bekommen, wenn sie im Swahili-Unterricht Fehler machte.

»Nein. Noch einmal«, hatte Janet sie aufgefordert. »Wie willst du Autorität vermitteln, wenn du redest wie ein Kleinkind?«

Kitty legte die alten Sachen in eine der Schubladen, dann wandte sie sich wieder dem Koffer zu. Ganz unten lag ein flaches Bündel, etwa so groß wie ihre Hand. Aus der fließenden Seide eines Nachthemds wickelte sie einen ledernen Bilderrahmen aus. Ein Schwarzweiß-Porträt von Theo. Das Foto war aufgenommen worden, kurz nachdem er zur Luftwaffe gegangen war. Die Studiobeleuchtung hob seine Gesichtszüge hervor, so dass er sogar noch attraktiver aussah als in Wirklichkeit. Er stand aufrecht da, und auf seiner Brust sah man über der Jackentasche seine aufgestickten Rangabzeichen. Gleichmütig und fest blickte er in die Kamera.

Auch Louisa besaß einen Abzug dieser Fotografie. Sie hatte sie auf den Kamin im Wohnzimmer gestellt – in taktvoller Entfernung zum Bild von Theos Vater, Admiral Hamilton, und den Porträts aller anderen Männer der Hamiltons, die vor ihm bei der Marine gedient hatten. Ihre spitzen Hüte waren weiß mit schwarzem Schirm und ihre Jacken zweireihig. Theos Mütze war grau mit grauem Schirm, und seine Jacke hatte nur eine Knopfreihe. Er wirkte wie ein Eindringling aus einem anderen Stamm.

Kitty strich mit den Fingerspitzen über das Bild. Jahrelang hatte sie es nachts unter ihr Kopfkissen gelegt, wenn Theo und sie getrennt waren – zuerst wegen seiner Ausbildung und dann, als er im aktiven Dienst war. Weit weg von ihm hatte sie allein in ihrem Zimmer gelegen und den Lichtschein der Scheinwerfer beobachtet, die über das verdunkelte Fenster glitten, während sie angstvoll auf das Heulen der Sirenen wartete. Mit einer Hand hatte sie immer den Lederrahmen um-

klammert, weil seine feste Form sie beruhigte. Und wenn sie ihn herausholte, tröstete Theos Foto sie, der in seiner Uniform so tapfer und zuverlässig aussah.
Als sie jetzt das Foto betrachtete, empfand Kitty plötzlich etwas anderes. Ein Bild, das sie an den alten Theo erinnerte, den Mann, in den sie sich verliebt hatte, wäre ihr lieber gewesen. Sie hoffte so sehr, dass er in dieser neuen Umgebung wieder so würde. Vor dem Krieg war er ausgelassen und fröhlich gewesen, den Kopf voller Träume und Pläne. Nicht um seinem König zu dienen, war er Flieger geworden, sondern weil er Luft, Wolken und Himmel liebte. Kitty lächelte, als sie an den Tag dachte – vor fast zehn Jahren –, an dem sie ihn in England auf dem Land kennengelernt hatte. Es war 1938, ein Jahr bevor der Krieg begann.

Im Schatten unter den Brombeeren war es kalt, obwohl die Morgensonne strahlte. Kittys Atem stieg weiß auf, als sie in ihre Hände blies und sie rieb, damit sie warm wurden. Sie hatte sich ihren Korb über einen Arm gehängt und drang tiefer in das Gewirr von Dornen und Blättern ein. Es war schon Spätherbst, aber trotzdem gab es immer noch reichlich Beeren. Sie pflückte ein paar der dicken schwarzen Beeren und ließ sie in ihren Korb fallen. Die nächste Beere aß sie, wobei sie verzückt die Augen schloss, als der Saft in ihren Mund strömte. Später wollte sie Obst-Crumble machen, mit Haferflocken, Zucker und Butter – eines der wenigen Rezepte, das sie von ihrer Mutter kannte.
Doppelt so viel Mehl wie Butter, sonst hält es nicht zusammen …
Die Früchte unter der Streuseldecke markierten die Jahreszeiten ihrer Kindheit – meistens Äpfel, Rhabarber und Erdbeeren nur im Sommer, Brombeeren bis in den Herbst hinein. Jeder

aus der Familie hatte eine Lieblingsvariante. Kitty presste die Lippen zusammen, als die Erinnerungen an das Leben in Seven Gums sie heftig und schmerzlich überwältigten. Sie vermisste ihre Eltern und ihre kleinen Brüder so sehr. Ein ganzes Jahr war schon vergangen, seit sie die Farm der Familie verlassen hatte, um von Sydney aus nach England zu reisen, und sie sehnte sich nach Nachrichten von zu Hause. War Jason auf der Schule geblieben, oder hatte er sich einen Job gesucht? War Tims gebrochenes Bein endlich geheilt, oder humpelte er immer noch? War es ihnen gelungen, alle Kätzchen von Tabitha unterzubringen? War ihre Mutter mit den neuen Vorhängen fertig, oder wartete sie immer noch darauf, sich eine Nähmaschine leihen zu können? Obwohl Kitty in paar Mal geschrieben und auch eine Postadresse angegeben hatte, hatte sie keine Antwort bekommen. Aber was erwartete sie auch? Ihr Vater hatte ihr ja deutlich zu verstehen gegeben, was er von ihrem Unterfangen hielt. Und Kitty hatte ihre Wahl getroffen.

Sie tastete sich vor und ließ eine Beere zu Boden fallen. Als sie nach einer anderen griff, drang ihr ein Dorn in den Finger. Rasch zog sie die Hand zurück, aber der Dorn saß tief. Der stechende Schmerz vermischte sich mit ihrem Heimweh. Als sie das Blut ableckte, brannten Tränen in ihren Augen. Entschlossen konzentrierte sie sich auf die Szene, die vor ihr lag: die üppige grüne Wiese mit den kahlen Bäumen. Eine Steinmauer umschloss sie. Jeder Stein saß wie ein Puzzleteil genau an der richtigen Stelle. Sie versuchte, sich vorzustellen, wie lange es wohl gedauert hatte, die Mauer zu bauen, aber das brachte nur noch mehr Erinnerungen an zu Hause. Kitty sah sich im Paddock stehen, das von den Schafen abgegrast worden war. Die Sonne brannte heiß durch ihre Bluse. Sie stützte den schweren Kopf einer Hacke gegen den Pfosten des Holzzauns, um ihn festzuhalten, während Jason auf der anderen

Seite Latten dagegennagelte. Manche der Pfosten war so verwittert, dass sie nur noch vom straff gespannten Draht aufrecht gehalten wurden. Auf Seven Gums gab es keine ordentlichen Steinmauern – sie hatten zweihundert Quadratkilometer zu bewirtschaften, und den Zaun zu reparieren war eine nicht enden wollende Aufgabe.

»Als ob man die Sydney Harbour Bridge anstreichen würde«, pflegte Kittys Vater immer zu sagen.

Sie verdrängte die Erinnerungen und machte sich wieder ans Brombeerenpflücken. Wie ein Künstler konzentrierte sie sich auf die Form der Beeren, ihre Farbe – schaute sich an, wie sie das Licht reflektierten, die zahlreichen Schattierungen von dunkelviolett und schwarz. Langsam ging es ihr besser. Sie musste an Juri denken, der in seinem Atelier auf der anderen Seite der Wiese an der Arbeit war. Er gehörte nicht zur Familie, und sie kannte ihn erst seit ein paar Monaten, aber sie hatten sich bereits sehr angefreundet. Dem Alter nach könnte Juri beinahe ihr Großvater sein, und doch wirkte er jung und voller Leben. Er hatte ihr schon so viel beigebracht. Und sie hatte noch viel mehr zu lernen. Deshalb war sie hier, rief sie sich ins Gedächtnis – deshalb hatte sie die Farm verlassen.

Sie war beinahe schon mit Beerenpflücken fertig, als sie ein schwaches Summen vernahm. Es wurde lauter und übertönte sogar das Murmeln des Bachs in der Nähe. Kitty blickte suchend zum Himmel. Nur ein Rabe flog über die endlosen Weiten. Aber dann tauchte ein weiterer schwarzer Schatten in der Ferne auf. Das Geräusch wurde lauter. Sie sah die Umrisse eines kleinen Doppeldeckers. Als er näher kam, konnte sie auch seine Farbe erkennen: ein helles, kräftiges Rot.

Das Flugzeug flog auf sie zu, wobei es an Höhe verlor. Der Motor wurde langsamer. Das Flugzeug wollte landen, stellte Kitty fest, direkt hier auf der Wiese. Als sie sich noch einmal genauer umsah, erkannte sie, dass auf der Wiese tatsächlich ein breiter Streifen zu einer Art Landebahn gemäht worden war. Sie war sich nicht sicher, ob sie neu war oder ob sie sie vorher nur nicht bemerkt hatte. Vermutlich hatte der Pilot eine Verbindung zu Hamilton Hall, dem Herrenhaus, das hinter der Reihe uralter Eichen aufragte. Der adeligen Familie, die dort lebte, gehörte das Land hier, die Hügel, die Wälder und sogar das kleine Haus, in dem Kitty jetzt mit Juri wohnte. Ihnen gehörte alles hier, so weit das Auge reichte.

Hastig pflückte sie die letzten Beeren, die sie benötigte. Das Flugzeug holperte über die Wiese, dann fuhr es in einem weiten Bogen herum, direkt auf sie zu. Der Motor ging aus, und nur noch die Propeller knatterten. Kitty blickte von den Brombeerbüschen zur Steinmauer. Es war jetzt zu spät, um wegzulaufen – sie würde wie ein ganz gewöhnlicher Eindringling aussehen, wenn sie wegliefe. Vielleicht hatte der Pilot sie ja noch gar nicht bemerkt. Aus den Augenwinkeln sah sie einen Mann, der sich aus dem Sitz hievte und auf einen Tragflügel kletterte, von dem aus er zu Boden sprang.

Kitty beugte sich tief über den Brombeerbusch, so dass ihre langen Haare ihr Gesicht verdeckten.

»Hallo!«, rief der Mann hinter ihr.

Sie tat so, als habe sie nichts gehört.

»Sie pflücken Brombeeren.«

Kitty beugte sich weiter vor, als suche sie eine ganz besondere Beere. Sie wollte nicht erklären, wer sie war. Sie war sich nicht sicher, ob das Juri recht wäre …

»Sie haben das Grundstück unbefugt betreten.«

Zögernd drehte sie sich um. Hinter ihr stand ein junger Mann mit freundlichen Augen und neckendem Grinsen.

»Nein, das stimmt nicht«, erwiderte sie. Dann schwieg sie verlegen. Die Augen des Mannes waren klar und blau, seine Zähne

weiß und ebenmäßig. Seine Nase war gerade, seine Stirn hoch. Der Lederhelm, den er trug, umrahmte ein so klassisch schönes Gesicht, wie Juri es seinen Statuen gab. Kitty schluckte und wies auf den ummauerten Garten, der hinter dem Herrenhaus lag. An einem Eck konnte man den Giebel des Gartenhauses gerade so erkennen. »Ich wohne dort drüben.«
»Dann sind wir Nachbarn. Erlauben Sie mir, mich vorzustellen.« Der Mann zog seine Lederhandschuhe aus. »Theo Hamilton.«
Es dauerte ein paar Sekunden, bis Kitty merkte, dass er ihre rechte Hand anschaute. Ihr fiel ein, dass Juri ihr gesagt hatte, in England müsse eine Dame immer als Erste die Hand ausstrecken, es sei denn, sie wolle Distanz wahren. Sie streckte die Hand aus. »Ich bin Kitty.« Zu spät bemerkte sie, dass ihr Finger immer noch blutete. Hastig zog sie die Hand zurück.
»Sie haben sich geschnitten!« Theo holte ein Taschentuch aus der Jackentasche – sauber, weiß, gebügelt und zu einem Viereck gefaltet – und wickelte es um ihren blutenden Finger.
Kitty erstarrte. Er stand so dicht vor ihr, dass sie das geölte Leder seiner Jacke riechen und die Wärme seines Körpers spüren konnte.
»Danke«, stieß sie hervor.
Er zog den Helm ab. Über seine Stirn fiel eine rotblonde Locke, die er zurückstrich. Er spähte in ihren Korb. »Sieht nach einer guten Ernte aus. Ich habe als Junge auch gern Brombeeren gepflückt.« Er grinste sie an. Dann wies er zum Gartenhaus hinüber. »Ist unser russischer Freund denn ausgezogen?«
Kitty schüttelte den Kopf. »Ich bin Prinz Juriewitschs Gast.« Sie sprach den Namen mit ihrem besten russischen Akzent aus, indem sie das »r« rollte. Sie konnte nur hoffen, den Eindruck einer Person zu machen, die daran gewöhnt war, mit

königlichen Hoheiten umzugehen – auch wenn Juri kein typischer Prinz war, wie sie fand.
»Wie geht es ihm?«, fragte Theo.
»Sehr gut, danke«, antwortete Kitty – obwohl Juri gerade in diesem Moment mit einer Erkältung im Bett lag. Er hatte bis tief in die Nacht an einer riesigen Leinwand gearbeitet und sich dabei überanstrengt. Kitty hatte ihm zunächst Modell gesessen für »Schlafendes Mädchen mit Schal«, war aber bald schon wirklich eingeschlafen. Als sie wach wurde, dämmerte es bereits, und das Gemälde war fast fertig. Es war seltsam, sich vorzustellen, dass Juri in den langen Nachtstunden jedes Detail ihrer Haut und die Falten ihres Samtkleides studiert hatte, während sie schlief.
»Ich habe ihn seit Monaten nicht gesehen«, sagte Theo. »Ich war kaum zu Hause.«
»Wo leben Sie?« Die Frage rutschte ihr einfach so heraus. Sie konnte sich nicht vorstellen, dass jemand woanders wohnen wollte als in Hamilton Hall.
»Ich bin in Oxford und lese die Klassiker.«
Kitty lächelte unverbindlich. Sie wusste, dass Oxford eine Stadt mit einer berühmten Universität war, und sie glaubte, dass er sich auf sein Studium bezog, aber da sie es nicht genau wusste, wechselte sie lieber das Thema. Sie zeigte auf das Flugzeug. »Sind Sie von Oxford hierhergeflogen?«
»Es ist nicht so weit. Sind Sie schon einmal geflogen?«
Kitty schüttelte den Kopf. Als sie ihre Reise nach England vorbereitet hatte, hatte sie entdeckt, dass man von Sydney nach London fliegen konnte, aber das Ticket in der Touristenklasse des Ozeandampfers war preiswerter gewesen. Das einzige Mal in ihrem Leben, dass sie einem Flugzeug nahe gekommen war, war auf der Landwirtschaftsausstellung in Wattle Creek gewesen. Auf dem Football-Feld war ein glän-

zendes neues Flugzeug mit nur einem Sitz für den Piloten gelandet. Die Farmer hatten es sehnsüchtig inspiziert und darüber geredet, wie es wohl wäre, wenn sie ihren Besitz in Stunden statt in Tagen überprüfen könnten. Aber wer wusste schon, ob es auch in der Luft blieb?

»Möchten Sie denn gern?«

Kitty starrte in ihren Korb und überlegte. Sie wusste nicht, ob Theo nur höfliche Konversation machte oder ob sein Angebot ernst gemeint war. Auf jeden Fall jedoch verspürte sie auf einmal das Bedürfnis, tapfer und weltgewandt zu erscheinen – so wie er es zweifellos war. Sie warf die Haare zurück und blickte ihn an. »Natürlich.«

»Nun, dann kommen Sie.« Er klang ein wenig überrascht über sich selbst.

Ihr Herz schlug schneller. »Sie meinen – jetzt?« Zweifelnd betrachtete sie das Flugzeug. Es hatte vorn zwei kleine Räder wie ein Schubkarren. Die Flügel waren anscheinend mit Draht befestigt.

»Warum nicht? Der Tag ist perfekt – und ich muss morgen nach Oxford zurück.« Er lächelte. »Kommen Sie. Es ist ein sehr sicheres kleines Flugzeug, ich verspreche es Ihnen.« Er setzte sich bereits wieder seinen Lederhelm auf und wandte sich zum Gehen.

Kitty blieb stehen und umklammerte ihren Korb. Sie konnte doch nicht wirklich mit ihm ins Flugzeug steigen. Sie wusste nur, dass er Theo Hamilton aus Hamilton Hall war. Er war freundlich – aber vielleicht zu freundlich. Wahrscheinlich war er aufgrund seiner Herkunft daran gewöhnt, von Frauen bewundert zu werden. Und wie würde sie dastehen, wenn sie eine solche Einladung von einem völlig fremden Mann annahm?

»Eigentlich«, rief sie ihm nach, »sollte ich wieder zurückgehen. Prinz Juriewitsch wird sich schon fragen, wo ich bleibe.«

Theo drehte sich um. Kitty sah einen Anflug von Unsicherheit in seinen Augen. Plötzlich wirkte er ein wenig verloren. Sie konnte sich nur zu gut vorstellen, wie er als Junge Brombeeren auf dieser Wiese gepflückt hatte. »Entschuldigung«, sagte er, »ich wollte nicht aufdringlich sein.«
Einen Moment lang befand sich alles in der Schwebe. Kitty sah Theo an, dass er das Gefühl hatte, zu schnell vorgeprescht zu sein. Jetzt hatte er Angst, zurückgewiesen zu werden. Sie war sich immer noch nicht sicher, ob sie sein Angebot annehmen sollte, aber irgendetwas zog sie magisch an.
»Es dauert nicht lange«, fügte Theo hinzu. »Bitte, kommen Sie mit. Es wird Ihnen gefallen.« Trotz seines bittenden Tonfalls klang Herausforderung aus seiner Stimme. Es war so, als fordere er sie zu einem Kinderspiel heraus – und sie wollte nicht verlieren.
»Na gut.« Sie stellte den Korb ab und lief zu ihm, bevor sie ihre Meinung wieder ändern konnte.
Am Flugzeug half Theo ihr auf die Tragfläche und geleitete sie zum vorderen Sitz. Sie war verwirrt, als sie das Instrumenten-Panel sah.
»Dieses Flugzeug kann von beiden Plätzen aus gesteuert werden«, erklärte Theo. »Aber der Pilot setzt sich für gewöhnlich nach hinten.«
Er holte eine zweite Schutzbrille und einen Helm hervor und half ihr, ihn aufzusetzen. Dann griff er um sie herum, um sie anzuschnallen. Als er die Gurte über ihren Körper zog und festzurrte, mied sie seinen Blick, damit er nicht sah, wie nervös seine Berührungen sie machten – seine Hände schienen sich ihrer Haut förmlich einzuprägen.
Theo schwang sich in den Sitz hinter ihr. Als Kitty sich umdrehte, sah sie, wie er prüfend nach beiden Seiten schaute, um sich zu vergewissern, dass mit dem Flugzeug alles in Ord-

nung war. Sie konnte sich beim besten Willen nicht vorstellen, dass er sich mit all diesen Instrumenten und Hebeln auskannte. Der Propeller sprang wieder an und begann, sich immer schneller zu drehen. Sie warteten eine Weile – einige lange Minuten –, bis das Flugzeug schließlich vorwärtsrollte und Geschwindigkeit aufnahm.

Kitty spürte den Moment, als die Nase sich hob. Dann verloren die Räder den Bodenkontakt. Das Flugzeug schwankte und wackelte in der Luft. Sie schluckte und spürte, wie sich ihr Magen vor Angst verknotete, als sie in den leeren Himmel vor sich schaute. Schon bald jedoch fühlte es sich nicht mehr so fremd an, und sie traute sich, über die Seite, an der roten unteren Tragfläche vorbei, auf die Wiese unter ihnen zu schauen.

Sie flogen über das Herrenhaus mit seinen zahlreichen Flügeln, dem Glockenturm und den riesigen Scheunen, die den Hof umgaben. Als sie über die Gartenmauer und über das schlichte kleine Gartenhaus flogen, sah Kitty ihre eigene Wäsche auf der Leine hängen. Dann ließen sie Hamilton Hall hinter sich.

Sie gelangten an einen mit Bäumen bestandenen Fluss. Er wand sich wie eine Schlange über eine Landschaft, in der jedes Fleckchen Erde von Zäunen und Mauern durchschnitten war. Selbst die Wälder waren eingezäunt. Nachdem sie eine Zeitlang geflogen waren, machte Theo Kitty auf etwas an der rechten Seite des Flugzeugs aufmerksam. Sie folgte seinem behandschuhten Finger mit den Blicken und sah einen großen Vogel – einen Storch oder Reiher –, der fast auf ihrer Höhe flog.

Ein See kam in Sicht – eine silberne Fläche mit glatten Rändern. Daneben lag ein kleiner Teich wie ein Kind, das sich an die Mutter schmiegt. Als das Flugzeug tiefer ging, stiegen Vögel auf und kräuselten mit ihren Flügelschlägen das Wasser, bevor sie sich in die Luft erhoben. Kitty blickte sich zu Theo um, um den Moment mit ihm zu teilen. Als ihre Blicke sich trafen, lächelte sie. Worte waren nicht nötig – der Motor war viel zu laut –, und sie wurden auch nicht gebraucht. Sie wusste genau, warum er sie hierher mitgenommen hatte – was er ihr zeigen wollte.

Sie sah, dass ein Hügel geformt war wie eine liegende Frau, die Hand an der Taille.

Sie wusste, dass das grüne Moos auf den Felsen weich war wie ein Teppich.

Sie fühlte die grenzenlose Freiheit in der Luft.

Das Flugzeug, Theo, sie selbst – sie waren wie eine einzige Kreatur, die sich gegen den Wind stemmte.

Als er zurück zur Wiese flog, blickte sie erneut zum Gartenhaus hinunter und fragte sich, ob Juri das rote Flugzeug wohl gesehen hatte. Was mochte er denken, wenn sie ihm erzählte, dass sie darin gesessen hatte? Nach dem, was Theo gesagt hatte, kannten sich die beiden. Vielleicht waren sie sogar befreundet. Sie konnte es kaum abwarten, Juri nach Theo Hamilton zu fragen – und was er von ihm hielt …

Als sie landeten, war sie atemlos vor Aufregung. Ihre Beine zitterten, als Theo ihr aus dem Cockpit half. Sie taumelte und verlor beinahe das Gleichgewicht. Aber da war er schon neben ihr, legte ihr die Hand an die Taille und stützte sie.

Nach und nach hörte der Boden unter ihr auf zu schwanken, und ihre Schritte wurden wieder fester. Aber Theo blieb trotzdem dicht neben ihr.

»Das war wundervoll«, sagte sie. Der Kommentar war armselig, aber ihr fehlten die Worte, um zu beschreiben, was sie eigentlich ausdrücken wollte.

»Ich liebe die Freiheit. Man hat das Gefühl, allem entkommen zu können.« Theos Blick glitt zu Hamilton Hall.

Kitty hätte ihn am liebsten gefragt, warum er sich so sehr danach sehnte, dem luxuriösen Leben in dem prächtigen Haus zu entkommen. In ihrer Zeit bei Juri hatte sie ganze Heerscharen von Dienstboten gesehen, Gäste, die in glänzenden schwarzen Limousinen zu Wochenendpartys ankamen. Es gab zahlreiche Hunde unterschiedlicher Rassen – keiner von ihnen wurde als Arbeitstier eingesetzt. Der Garten allein machte so viel Arbeit wie ihre gesamte Farm zu Hause.
Sie löste den Kinnriemen und nahm den Helm ab. Die Haare fielen ihr lose über die Schultern. Theo strich eine Strähne von ihrer Wange und steckte sie ihr hinters Ohr. Dann standen sie einfach nur da und schauten sich an. Ihr Lächeln war strahlend und stark wie ein Lichtstrahl vom Himmel.

Kitty ging langsam im Wohnzimmer herum und überlegte, wo sie die gerahmte Fotografie aufstellen sollte. Schließlich wählte sie einen Platz an einem Ende der Anrichte, in der Zimmerecke. Theo würde einen diskreten Platz für sein Foto sicher vorziehen. Wenn jemand im Krieg gedient hatte, wurde das anerkannt, aber nicht zur Schau gestellt. Als sie das Foto in den richtigen Winkel gerückt hatte, ging sie erneut durch das Zimmer und musterte jedes Möbelstück, das der OFC zur Verfügung gestellt hatte. Müßig fragte sie sich, ob die Gesellschaft wohl eine Frau engagiert hatte, um die Auswahl zu treffen, oder ob einer der Angestellten sich darum gekümmert hatte. Vielleicht hatten sie es auch den Leuten in den Möbelhäusern überlassen. Der Teppich in der Mitte des Zimmers verschluckte ihre Schritte, die erst wieder zu hören waren, als sie die polierten Dielenbretter betrat. Irgendjemand war mit zu spitzen Absätzen hier herumgelaufen, stellte sie fest. Das Holz war an manchen Stellen förmlich durchlöchert. Vielleicht war es Cynthia gewesen, vielleicht aber auch ein Gast –

wer auch immer es war, hatte sich bevorzugt am Getränkewagen aufgehalten und war mehr als ein Mal an die Terrassentüren getreten.

Kitty fuhr mit den Fingern über die Sofalehne und hinterließ eine Furche im Samtpolster. Dann blieb sie stehen und lauschte, ob sie irgendwo Motorengeräusch hörte. Aber die einzigen Geräusche waren das Krähen eines Hahns in der Ferne und das Klappern von Töpfen und Pfannen aus der Küche. Erneut blickte sie auf die Uhr. Es war schon fast fünf, und Theo war immer noch nicht da. Sie hatte ihr Gepäck ausgepackt und Theos Sachen aus dem kleinen Zimmer ins große Schlafzimmer gebracht. Nach einem ausgiebigen, entspannenden Bad hatte sie sich ein rot-weiß gepunktetes Kleid mit breitem Gürtel, der ihre Taille betonte, angezogen. Danach hatte sie versucht, einen der Romane aus dem Bücherschrank zu lesen, aber sie konnte sich nicht konzentrieren.

Seufzend fuhr Kitty sich mit der Hand durch die Haare, um sich zu vergewissern, dass alle Strähnen richtig lagen. Sie hob ihr Handgelenk an die Nase und roch prüfend an ihrem Eau de Cologne. Theo hasste es, wenn sie zu stark nach Parfum roch, vor allem morgens, aber auch abends. Erneut griff sie nach dem Rahmen mit dem Foto, um es woanders hinzustellen – aber nach ein paar Versuchen stellte sie es wieder an den alten Platz.

Sie ging nach draußen auf die Veranda. Über die Bäume und Sträucher hinter dem Gartenzaun hinweg konnte sie Kongara sehen. Obwohl die Zelte in Reih und Glied standen, wirkte die Ansiedlung unordentlich und ziemlich hässlich. Von hier oben konnte sie erkennen, dass die Reihen der bemalten Steinhäuser schief waren. Die Schotterstraße war an den Rändern ausgefranst; Abwassergräben zogen sich durch die rote Erde wie lange Narben. Überall kreuzten sich Stromleitun-

gen. Die wenigen Bäume, die stehen geblieben waren, wirkten kümmerlich und einsam.
Wieder lauschte sie. Dieses Mal hörte sie das leise Dröhnen eines Motors. Als sie die Einfahrt entlangblickte, sah sie die Umrisse eines kleinen Lastwagens oder vielleicht auch eines Jeeps, so wie ihn die amerikanischen Soldaten fuhren. Das ist möglicherweise gar nicht Theo, warnte sie sich. Es könnte Toby sein oder auch Lisa, die mir eine Nachricht bringen wollen.
Aber kurz darauf sah sie ihn. Er saß auf dem Beifahrersitz – sein Profil, seine Haare, sie waren ihr sofort vertraut. Das Fahrzeug war kaum zum Stehen gekommen, als er auch schon die Tür aufriss und heraussprang. Er trug die Khaki-Arbeitskleidung, an die Kitty sich mittlerweile gewöhnt hatte – weite Shorts und Kniestrümpfe. Stolz stieg in Kitty auf. Er wirkte kompetent und effizient. Er war nicht nur irgendein Schreibtischhengst, der seine Zeit damit verbrachte, sich in einem schicken Auto umherfahren zu lassen. Er war bei den Einheiten gewesen und hatte sich mit einem ernsthaften Problem auseinandergesetzt.
Er kam aufs Haus zu und winkte Kitty zu, ein freudiges Lächeln auf dem Gesicht.
Sie winkte zurück, verschränkte aber dann die Arme vor der Brust, um ihre Ungeduld zu zügeln. Als er die Veranda erreichte, raffte sie ihren Rock und rannte ihm entgegen.
Er hob die Hand, um sie abzuwehren. »Ich bin von Kopf bis Fuß voller Staub.«
»Das ist mir egal.« Kitty schlang die Arme um ihn. Als sie sich an ihn schmiegte, spürte sie, wie seine Arme sie umfassten.
»Du hast mir so gefehlt.« Theos Stimme schien aus seinem tiefsten Inneren zu kommen.
»Nicht so sehr wie du mir.«

Sie lösten sich voneinander und schauten sich an. Theos Blick war klar und hell. Er war leicht sonnengebräunt, was ihm ein gesundes, entspanntes Aussehen verlieh. Sie spürte auch die Veränderung in seinem Körper. Er hatte zu seinem wahren Selbst zurückgefunden – fröhlich und glücklich.
Er blickte sie an, sagte aber nichts zu ihrer neuen, modernen Frisur. Kitty wusste nicht, ob er tief im Inneren ihre langen Haare bevorzugte oder ob er nur nicht daran erinnert werden wollte, dass er seiner Frau befohlen hatte, ihr Äußeres zu verändern, und warum.
Rasch schob sie den unangenehmen Gedanken beiseite. Theo trat mit ihr an die Terrassentüren. An der Schwelle blieb er stehen. Kitty dachte, er wolle sie erneut küssen, aber stattdessen hob er sie auf die Arme und trug sie über die Schwelle. Kitty vergrub ihr Gesicht an seinem Hals und roch den Duft seiner Seife unter dem Staub. Freude und Erleichterung durchfluteten sie. Theo liebte sie wieder. Er hatte ihr verziehen.

Theo stand am Getränkewagen. Er hatte sich gewaschen und einen cremefarbenen Leinenanzug angezogen. Das Jackett war offen, aber er trug Hemd und Krawatte, und Kitty hatte das Gefühl, dass ihr gepunktetes Kleid zu wenig formell war. Er ergriff eine kleine Handglocke und schüttelte sie. Ein blechernes Klingeln durchbrach die Stille. Kurz darauf erschien Gabriel. Er trug einen roten Fez und ein langes weißes Gewand.
»Ja, Bwana.«
»Schenk uns bitte etwas zu trinken ein. Gin Tonic für die Memsahib. Vergiss bitte nicht Eis und Zitrone. Für mich einen Whisky Soda.«
Gabriel machte sich daran, die Getränke zuzubereiten. Er öffnete eine Flasche Tonic und nahm mit einer kleinen Zange Eiswürfel aus einem Silberkübel. Die Eisstücke klirrten im

Glas. Das warme Licht der untergehenden Sonne mischte sich mit den Goldtönen von Whisky, Brandy und Sherry, die in Karaffen auf dem Wagen standen.

Kittys Drink war zuerst fertig. »Danke«, murmelte sie, als der Mann das Glas auf einen Untersetzer auf den Beistelltisch stellte. Gabriel trat wieder an den Getränkewagen, hielt den Sodasiphon schräg und drückte auf den Hebel. Dann wählte er erneut einen Eiswürfel.

»Was machst du da?« Theo klang verärgert.

Gabriel drehte sich erschreckt zu ihm um. Der Eiswürfel tropfte auf seine Tunika.

»Ich will kein Eis, du liebe Güte!«, sagte Theo. »Und gib mir einen doppelten.«

»Ja, Bwana.«

Als Gabriel weg war, ergriff Kitty ihr Glas. Die Zitronenscheibe stammte eigentlich von einer Limone wie bei dem Tee, den sie heute Nachmittag getrunken hatte. Sie beobachtete die Luftbläschen, die an der Schale perlten. Sie waren von einem reinen, fast durchscheinenden Grün. Kitty trank einen Schluck und genoss den frischen, exotischen Geschmack. Theo kippte seinen Whisky hinunter und stand auf, um sich erneut einen einzuschenken.

»Wie war der Flug?«, fragte er.

»Lang natürlich. Und sehr anstrengend.«

»Keine Probleme mit deinem Gepäck?«

»Nein, überhaupt nicht.« In Kitty stieg die Angst auf, dass die Magie ihrer Wiedervereinigung unter Banalitäten erstickt werden könnte. Dann jedoch fiel ihr etwas Interessantes ein, das sie sagen konnte. »Wir sind über El Alamein geflogen. Drei der anderen Passagiere waren bei der zweiten Schlacht dabei. Sie haben mir die Orte gezeigt, an denen sie gekämpft haben. Man konnte immer noch ein paar verbrannte Panzer

und die Überreste eines Flugzeugs sehen. Und auf dem Boden war eine Linie – vielleicht ein Schützengraben. Es hatte irgendetwas mit den Australiern zu tun …«
»Gefällt dir das Haus?« Theo wies auf ihre Umgebung.
»Ja, es ist sehr schön.« Kitty verbarg ihre Verwirrung darüber, dass er so abrupt das Thema gewechselt hatte. In England war Theo immer bereit gewesen, über den Krieg zu sprechen. Er erzählte zwar nichts von seinen persönlichen Erlebnissen, aber er war beinahe besessen davon, militärische Strategien zu analysieren. Stundenlang hatte er mit dem Admiral darüber geredet. Dadurch hatten sie etwas gemeinsam und konnten sich über die grauenhaften Taten des Feindes und die Überlegenheit der Alliierten austauschen, statt sich der Tatsache zu stellen, dass Theo zur Luftwaffe gegangen war. Kitty hatte geglaubt, dass Theo sich für die Anekdote über El Alamein interessieren würde. Aber vielleicht hatte er ja auch beschlossen, dieses Thema jetzt endgültig hinter sich zu lassen, um ganz von vorn anzufangen, ging ihr durch den Kopf. Allerdings würde das nicht einfach sein. Das Erdnuss-Projekt schien hauptsächlich aus ehemaligen Armee-Angehörigen zu bestehen. Sie blickte zu der Fotografie auf der Anrichte. Sie sollte sie bei nächster Gelegenheit wegräumen.
Theo starrte in seinen Drink. Er schüttelte ihn leicht, so dass die Flüssigkeit im Glas hin und her schwappte.
»Diana hat mir alles gezeigt«, sagte Kitty munter, um die heitere Stimmung von vorhin wiederherzustellen. »Sie hat mir auch die Dienstboten vorgestellt.«
Theo zog die Augenbrauen hoch. »Diana?«
»Sie hat mich am Flughafen abgeholt und hierhergefahren.«
»Ach ja?« Theo klang beeindruckt. »Sie hat sehr viel zu tun. Als Frau des Generaldirektors hat sie zahlreiche Verpflichtungen.«

»Sie ist … sehr nett.« Kitty schwieg unschlüssig. Sie wusste nicht, ob sie erzählen sollte, wie Diana auf den Beinahe-Unfall mit dem Kind reagiert hatte. Auch die Tatsache, dass sie sie ziemlich distanziert fand, erwähnte sie vielleicht besser nicht.
»Sie wird dir eine große Hilfe sein«, erklärte Theo. »Wenn du irgendeinen Rat oder eine Information brauchst – frag sie einfach. Sie ist für alle ein großartiges Vorbild.«
Kitty umfasste ihr Glas fester. Sollte diese letzte Bemerkung eine Anspielung sein? Oder wollte er der Frau seines Chefs nur ein Kompliment machen? Sie senkte den Kopf, wobei sie sich wünschte, ihr Gesicht immer noch hinter ihren langen Haaren verstecken zu können. Ihre glatten Haare hingen wie gebrochene Flügel zu beiden Seiten ihres Kopfes.
»Ich bin so froh, dass du hier bist.«
Sie blickte auf. Theos Stimme klang rauh, und ihr Herz machte einen Satz. An diesem neuen Ort war er entspannt und hatte alles im Griff. Er war ein wichtiger Mann, der eine große Aufgabe bewältigen musste. Und doch brauchte er sie.
Kitty stand auf und trat zu ihm. Sie schlang die Arme um seinen Hals und zog ihn an sich. Einen Moment lang schien es, als wolle er an ihrer Brust zusammenbrechen, und sie wich einen Schritt zurück. Dann jedoch richtete er sich auf. Kitty legte ihren Kopf an seine Brust, atmete langsam aus und schloss die Augen.

3

Kitty räkelte und streckte sich und wachte allmählich auf. Zuerst war sie verwirrt, als sie die weiße Gaze um sich sah und feststellte, wie leicht das Leintuch war, das ihren Körper bedeckte. Aber dann fiel ihr ein, wo sie war. Obwohl sie noch nicht ganz wach war, war sie sich schon des Luxus bewusst, Theo bei sich zu haben. Sie streckte die Hand aus, um seine warme Hand zu spüren. Doch seine Seite des Betts war leer. Als sie sich umblickte, sah sie, dass die oberste Schublade der hohen Kommode offen stand. Dort hinein hatte sie Leos Khakisocken gelegt – mindestens ein Dutzend zusammengerollte Paare. Auch die Schranktür war nur angelehnt. Anscheinend war er früh aufgestanden und hatte sich leise angezogen, um sie nach der langen Reise nicht zu stören.

Eine Zeitlang lag sie ganz still da und dachte an die vergangene Nacht. Es war schon spät gewesen, als sie endlich zu Bett gegangen waren – nachdem sie Gabriel entkommen waren, der darauf bestanden hatte, nach dem Abendessen Kaffee zu servieren, obwohl sie beide keinen wollten. Als sie endlich allein waren, hatte sie auf einmal eine unerklärliche Scheu überfallen; in diesem unvertrauten Raum kam er ihr vor wie ein Fremder. Die modernen Möbel waren einschüchternd. Kittys Topf mit Gesichtscreme und ihr Parfumflakon wirkten auf dem riesigen Schminktisch verloren. Sie kam sich vor wie ein Kind in einem Erwachsenenzimmer. Theo hatte wie immer den Kopf zurückgeworfen, als er seine Krawatte abgelegt hatte. Sein Jackett hatte er achtlos über einen Stuhl gehängt.

Kitty schlüpfte aus ihren Schuhen und rollte ihre Strümpfe herunter. Jeder Laut, den sie von sich gaben, schien zu laut, jede Geste übertrieben. Halb ausgezogen standen sie einander gegenüber, als wüssten sie nicht, was sie jetzt tun müssten. Theo schaltete die Deckenlampe aus und ließ nur eine Nachttischlampe am Bett brennen. Der orangefarbene Lampenschirm tauchte das Zimmer in warmes Licht. Auf einmal war alles anders. Schatten verbargen die Details im Raum und schufen eine geheimnisvolle Atmosphäre. Theo zog den Reißverschluss an Kittys Kleid auf, so dass es sich um ihre Füße bauschte. Dann schob er die Träger ihres Unterrocks und ihres Büstenhalters herunter. Er drückte seine Lippen auf ihre Schultern und ließ sie erst langsam, dann immer schneller und hungriger über ihre Haut gleiten. Seine Hände waren grob vor Begierde, als er ihr die Unterwäsche auszog. Er ergriff ihre Hand und führte sie zum Bett. Mit einer einzigen Bewegung riss er die Tagesdecke herunter und ließ sie zu Boden fallen.

In der Erinnerung daran lächelte Kitty, als sie jetzt im Morgenlicht auf dem Bett saß. Sie legte die Hände über ihren weichen Bauch. Vielleicht war es ja in genau diesem Moment bereits geschehen. Sie stellte sich vor, wie sich ihr Bauch rundete und die Haut sich darüber spannte. Vielleicht erwartete sie ja ein Baby.

Das ferne Geräusch von Stimmen weckte ihre Aufmerksamkeit. Sie erhob sich und lauschte. Sie erkannte Theos tiefe Stimme und die höhere Stimme von Gabriel. Vielleicht hatte sie so lange geschlafen, dass Theo bereits zur Arbeit musste. Rasch nahm sie einen Morgenmantel aus dem Schrank – einen mit Seide eingefassten Kimono, den Louisa ihr geschenkt hatte, weil der Saum aufgerissen war. Während sie den Gürtel festband, überprüfte sie ihre Erscheinung im Spiegel. Ihre Haare waren ein wenig zerzaust, aber ihre Augen waren klar und ihre Wangen rosig. Sie biss sich auf die Lippen, damit auch sie Farbe bekamen. Dann schlüpfte sie in Pantoffeln und eilte aus dem Zimmer.

Theo saß an einem Ende von Cynthias Esszimmertisch, auf dem eine frische weiße Tischdecke ausgebreitet war. Den Kopf hatte er über eine Zeitung gebeugt. Einen Moment lang war Kitty alarmiert – aber dann rief sie sich ins Gedächtnis, dass die Reporterkrise vorbei war. Niemand verschwendete auch nur einen Gedanken an sie. Sie betrat das Zimmer, blieb jedoch nach ein paar Schritten überrascht stehen. Tasse und Untertasse, die vor Theo standen, waren von Cynthias Geschirr. Auch die Teekanne, die Zuckerdose und das Milchkännchen – sogar der kleine Salztopf mit dem winzigen Löffel. Dabei hatte Kitty am Tag zuvor beim Auspacken der Truhe Gabriel aufgetragen, das Royal Doulton in eine Kiste zu packen. Sie hatte ihm deutlich gesagt, dass ab jetzt das schlichte weiße Service verwendet werden sollte. Und so war es gestern Abend beim Abendessen auch gewesen. Die weißen Teller und Schüsseln hatten auf dem weißen Tischtuch, dessen einziger Schmuck rote und orangefarbene Hibiskusblüten aus dem Garten waren, sehr elegant gewirkt. Kitty war enttäuscht gewesen, dass Theo nichts dazu gesagt hatte – aber sie hatten ja auch eine Menge zu besprechen gehabt.

Das Erdnuss-Projekt stellte anscheinend in vielerlei Hinsicht eine Herausforderung dar. Sie hatten zwar ganze Landstriche gerodet, aber es war noch wesentlich mehr zu tun. Der gesamte Prozess hatte sich als äußerst schwierig erwiesen, weil gewöhnliche Bulldozer der Aufgabe nicht gewachsen waren. Den besten Fortschritt hatten sie bisher mit dicken Ketten, die zwischen den Traktoren gespannt waren, erzielt. Aber es ging alles viel zu langsam, und jetzt richteten sich alle Hoffnungen auf eine neue Maschine, die speziell für den Plan gebaut worden war: Shervick, ein Mittelding aus umgebautem Armeepanzer und Traktor. Die erste Lieferung sollte jeden Tag aus England eintreffen, aber häufig kamen die Dinge hier erst später an. So in der Art war ihre Unterhaltung verlaufen. Fast den ganzen Abend lang hatte Theo Kitty erklärt, wie viel Arbeit und Erfindungsreichtum nötig waren, um die Probleme zu bewältigen.

Kitty trat leise an den Tisch. Ein silbernes Gestell mit Toast-Dreiecken stand dort, eine Glasschale mit Marmelade, ein Serviettenring. Obwohl sie sich hier in Afrika befanden, hätte der Tisch in Hamilton Hall stehen können.

Theo hob den Kopf, dann stand er auf. »Guten Morgen, mein Liebling.« Halb gebeugt blieb er stehen, um anzudeuten, dass er sich gern wieder gesetzt hätte. Kitty zog sich hastig einen Stuhl neben ihm heran.

»Guten Morgen.« Sie lächelte. »Ich kann es nicht fassen, wie lange ich geschlafen habe.«

»Du warst bestimmt sehr müde.« Theo erwiderte ihr Lächeln. Sein Blick glitt über ihr Gesicht und ihren Körper, und als er den Ausschnitt ihres Morgenmantels betrachtete, spürte Kitty, wie ihr die Röte in die Wangen stieg. Wahrscheinlich dachte er an gestern Nacht. Sie hatten sich so heftig geliebt, als seien sie frisch verheiratet. Und später hatten sie es noch ein zweites Mal gemacht. Ihr Verlangen hatte sich an dem Wissen entzündet, dass es jetzt keine Trennungen, keine düsteren Gedanken, keine Ängste mehr geben würde. Sie wollte gerade etwas sagen, als Theo auf Gabriel wies, der wartend an der Tür stand. Leise sagte er: »Normalerweise ziehen wir uns hier zum Frühstück an.«

Kitty zog den Morgenmantel enger um sich. »Ich hatte Angst, dich zu verpassen.«

»Das wäre beinahe auch der Fall gewesen. In einer Viertelstunde habe ich eine Sitzung.« Er faltete die Zeitung zusammen. »Bitte den Boy einfach um Frühstück.« Erneut nickte er in Gabriels Richtung. »Sag ihm, wie du deine Eier möchtest. Es ist hier übrigens nicht wie in England. Hier gibt es keine Rationierung. Manche Dinge bekommt man zwar nicht, aber alle Grundnahrungsmittel – Eier, Milch, Fleisch, Gemüse – gibt es im Überfluss.« Jungenhafte Begeisterung klang in seiner Stimme durch. Es hörte sich so an, als redete er über ein mitternächtliches Schlafsaal-Gelage im Internat.

Kitty lächelte wieder. »Wenn du so redest, bekomme ich Hunger.«

Er grinste und sah ihr tief in die Augen. Dann drückte er ihr die Hand. »Und was hast du heute vor?«

»Heute Vormittag gehe ich mit Diana in einen Club«, erwiderte Kitty. Mittags würde Theo nach Hause kommen, aber was sie danach machen sollte, wusste sie nicht. Sie musste erst herausfinden, wie sie ihre Tage hier am besten füllte. Das Gefühl des Unbekannten erregte sie. Sie dachte an die Worte von Janet, der alten Missionarin. *Es gibt so viel zu tun …*

»Oh, gut. Das wird dir bestimmt gefallen.« Theo erhob sich und blickte auf seine Armbanduhr. »Ich schaue mal, ob der Fahrer schon mit dem Wagen da ist.«

Er eilte zu den Terrassentüren. Kitty folgte ihm, wobei sie den Kimono so fest um sich raffte, dass sie nur kleine Schritte machen konnte. Von der Terrasse aus konnte sie in der Einfahrt das khakigrüne Fahrzeug sehen, mit dem Theo am Tag zuvor gekommen war. Ein Mann in einer grünen Uniform und Stoffmütze staubte die Haube energisch mit einem Federwedel ab. Der Lack glänzte in der Morgensonne.

»Wie findest du ihn?«, fragte Theo. »Ich hatte Glück. Jemand hat ihn in England bestellt, aber bis er geliefert wurde, war

derjenige schon wieder nach London zurückbeordert worden.«
Kitty runzelte überrascht die Stirn. Das war tatsächlich sein eigenes Auto! Dabei entsprach doch ein traditioneller Wagen wie der Mercedes Benz nebenan viel mehr seinem Stil. Unsicher zuckte sie mit den Schultern. »Ich habe noch nie zuvor einen brandneuen Jeep gesehen.«
»Jeep?« Theos Stimme überschlug sich fast. »Das ist ein Landrover – der erste in Afrika!« Er legte Kitty den Arm um die Schultern. »Es ist ein absoluter Triumph. Die Idee, die dahintersteht, war, ein Fahrzeug für Zivilisten in Friedenszeiten zu bauen, mit dem man überall hinkommt – etwas, das in den gleichen Fabriken gebaut werden kann, in denen während des Kriegs Spitfires hergestellt wurden. Sie sind aus Aluminium, weißt du – wie die Flugzeuge.«
»Ah.« Kitty nickte. Sein Enthusiasmus für das Moderne erschreckte sie.
»Sie haben zwei Schaltbereiche – vier hohe und vier niedrige Gänge. Hier vorn ist eine Winde. Und die Verkabelung ist wasserdicht. Ideal für einen Ort wie hier.«
Während sie ihm zuhörte, dämmerte es Kitty, dass seine Entscheidung, einen Landrover zu kaufen, auch etwas damit zu tun hatte, dass er sich dem neuen Leben, das sie hier gemeinsam führen würden, ganz hingeben wollte. Sie lächelte ermutigend und überlegte, was sie sagen könnte, um ihm zu zeigen, dass sie ihn verstand. Sie wies auf die Fahrerkabine aus Segeltuch. »Das kann man vermutlich abmachen und im Freien sitzen.«
»Ja, das kannst du«, stimmte Theo zu. »Man nennt es übrigens ›Stoffdach‹.« Er wandte sich Kitty zu. »Du wirst leider nicht damit fahren können. Nicht wie Diana mit dem Mercedes. Richard verbringt seine Tage im Hauptquartier, aber ich

kann natürlich jederzeit herausgerufen werden. Sie hat auch anscheinend nie fahren gelernt, deshalb braucht sie seinen Fahrer.«

Kitty dachte an die lange staubige Straße von hier nach Kongara. Vermutlich waren dort die Geschäfte, der Club und die anderen Einrichtungen. Sie fragte sich, wie sie wohl dorthin kommen sollte.

»Ich überlege gerade, ob ich nicht ein zweites Auto anschaffen soll – eines, mit dem du fahren kannst«, verkündete Theo, als ob er ihre Gedanken lesen könne.

»Danke!« Dankbar und aufgeregt lächelte Kitty ihn an.

»Es wird nichts Besonderes sein«, warnte er sie. »Ein Hillman vielleicht. Irgendetwas Kleines.« Liebevoll betrachtete er seinen Landrover. »Dieser Wagen hier wird das Ende der Jeeps bedeuten. Sie haben ihren Zweck wirklich erfüllt.«

Der Fahrer fuhr ein letztes Mal mit dem Staubwedel über Haube und Scheinwerfer und setzte sich dann ans Steuer.

»Ich muss los«, sagte Theo und tätschelte Kitty die Schulter. »Bis heute Mittag.«

»Bye.« Kitty wusste, dass ihre Stimme klein klang, deshalb lächelte sie strahlend. Sie war enttäuscht, dass er so früh aufbrechen musste, und ärgerte sich über sich selbst, weil sie verschlafen und so die Gelegenheit verpasst hatte, an ihrem ersten Morgen hier mit ihm zusammen zu frühstücken.

Theo küsste Kitty auf die Wange und ging dann über die Veranda auf das Auto zu. Auf den Stufen drehte er sich noch einmal um und winkte. Als er in den Landrover stieg, winkte Kitty zurück. Die andere Hand legte sie auf ihre Wange, wo er sie geküsst hatte. In ihr regte sich Wärme. Diese einfache Geste – der Ehemann, der seiner Frau einen Kuss gibt, bevor er zur Arbeit geht – machte das Gefühl, allein gelassen zu werden, wieder wett. Kitty hatte dieses Ritual schon häufig in

Filmen, im Fernsehen oder auch ihm richtigen Leben gesehen, aber sie hatte noch nie daran teilgenommen.
Damals in England hatte Theo nach seinem Ausscheiden aus der Luftwaffe keinen Job. Zuerst hatte er sich um Hamilton Hall gekümmert, damit seine Familie dort wieder ein Leben wie vor dem Krieg führen konnte. Danach jedoch wusste er nichts mehr mit sich anzufangen; es war keine Rede davon, dass sie nach Oxford zurückkehren würde oder er sich eine Arbeit suchen wolle. Er verbrachte ganze Tage in der Bibliothek des Hauses und nahm sich Bücher wie *Marine-Strategien* und *Der britische Soldat* vor. Er las unermüdlich, aber ohne Leidenschaft. Oder er schlief ein. Er war ständig erschöpft, als ob der Stress des Kriegs ihm alle Energie geraubt hätte. Erst die Ereignisse nach Juris Tod – der Skandal, der noch nicht einmal erwähnt werden durfte – hatten Theo aus seiner Depression geholt. Aber die Stärke, zu der er kurzfristig fand, beruhte auf Wut, Demütigung und Verrat. Sie brannte nieder und hinterließ nichts als Asche.
Als dann der Brief von seinem ehemaligen Flieger-Kollegen kam, der ihm eine gehobene Position beim Erdnuss-Projekt im entlegenen Tanganjika anbot, war es ihnen beiden wie ein Wunder erschienen. Eine Chance, in eine neue Welt zu entkommen. Aber Kitty hatte sich besorgt gefragt, ob Theo der Aufgabe wohl gewachsen war. Jetzt jedoch sah sie, dass sie sich unnötige Sorgen gemacht hatte. Seine Arbeit hier schien ihn zu begeistern, und er war bester Laune. Der Abschiedskuss heute Morgen kam Kitty vor wie ein Symbol für die Verwandlung, die stattgefunden hatte. Als sie ins Haus ging, lächelte Kitty bei dem Gedanken, dass sie dieses Ritual nun Tag für Tag wiederholen würden. Es würde das Gebäude ihres Ehelebens, das sie beide fest umschloss, aufbauen.

Kitty breitete verschiedene Outfits auf ihrem Bett aus. Sie versuchte, sich auf die Entscheidung zu konzentrieren, was sie anziehen wollte, aber in Gedanken war sie beim Esszimmer, wo Gabriel gerade den Frühstückstisch abräumte. Das Essen lag ihr schwer im Magen, und angespannt dachte sie an den Wortwechsel mit ihm. Als er ihr Eier, Toast und Tee serviert hatte, hatte sie ihn angeschaut und ihn auf Englisch gefragt: »Warum hast du den Tisch mit diesen Tellern und Tassen gedeckt? Ich hatte dir doch aufgetragen, das schlichte weiße Geschirr zu nehmen. Du musst mir auch zuhören.«
»Ja, Memsahib.« Er neigte unterwürfig den Kopf, machte jedoch ein seltsames Gesicht. Er rückte Kittys Besteck zurecht. »Aber dem Bwana gefällt das weiße Geschirr nicht. Er hat mich angewiesen, das andere zu nehmen.«
Kitty schwieg einen Moment. »Oh«, sagte sie dann. Mit dem Finger fuhr sie über das Muster des Eierbechers.
»Das Problem sind die Tassen. Sie sind zu dick.«
Kitty blickte auf. »Dick?«
Gabriel ergriff eine von Cynthias Teetassen und zeigte auf den Rand. Stirnrunzelnd suchte er nach dem richtigen Wort. *»Maskini.«* Dünn.
»Ich verstehe.« Kitty blickte ihn ausdruckslos an. In ihr stieg Wut auf, weil Theo ihre Autorität untergraben hatte – er hatte mit Sicherheit gewusst, was er da tat. Andererseits hatte sie natürlich auch einen Fehler gemacht, weil sie nicht mit ihm über das Geschirr gesprochen hatte – schließlich hatte Theo es schon seit Wochen benutzt, als er hier allein gelebt hatte. Sie rieb sich die Schläfen. Was spielte es überhaupt für eine Rolle, welche Tassen und Teller sie benutzten? Sie stellte sich vor, wie Juri die Augen verdrehte. Er trank seinen Tee aus allem, was er gerade zur Hand hatte – ob es ein Marmeladenglas, ein Sahnekännchen oder eine Porzellantasse ohne Griff

war. Untertassen hatte er schon längst als lästigen Schnickschnack verbannt.
Gabriel war wieder in die Küche geeilt. Anscheinend konnte er es kaum erwarten, von der winzigen Kluft zwischen dem Bwana und der Memsahib zu berichten. Kitty wandte sich entschlossen der Zeitung zu. Es war Zeit, die Beinahe-Phobie, die sie im Umgang mit der Presse entwickelt hatte, zu überwinden. Sie ignorierte die Anspannung in ihrem Körper und überflog Artikel über Sparmaßnahmen, drohende Rationierung und Arbeitslosigkeit unter ehemaligen Armee-Angehörigen. Daneben fanden sich Geschichten über den Aufbau einer besseren Welt, die Olympischen Spiele in London und sogar über Mode-Designer, die danach strebten, die Welt hübscher zu machen. Sie zwang sich zum Lesen und blätterte eine Seite nach der anderen um, bis der Vorgang des Zeitunglesens sich beinahe schon wieder normal anfühlte. Erst dann war sie vom Tisch aufgestanden und hatte sich in ihr Schlafzimmer begeben, um sich umzuziehen.
Kitty wählte das Kleid – blau mit weißer Borte an Hals und Ärmeln –, das am wenigsten Aufmerksamkeit erregen würde. Sie trat an die Kommode, um passende Handschuhe herauszuholen. Dabei dachte sie unwillkürlich an Theos Unterhemden und Unterhosen, die in den Schubladen nebenan lagen. Er war überrascht, fast schon verärgert gewesen, als er festgestellt hatte, dass Kitty seine Sachen aus dem kleinen Zimmer ins große Schlafzimmer gebracht hatte. Anscheinend hatte er vorgehabt, dort zu bleiben, bis das Zimmer für einen anderen Zweck benötigt würde. Ihm gefiel die Vorstellung, seine Sachen in seinem eigenen Zimmer zu haben. Ab und zu, hatte er ihr erklärt, würde er sicher auch gern einmal allein schlafen.
Verwirrt hatte Kitty ihn angeschaut. In ihrer Wohnung in Skellingthorpe und später in den Räumen in Hamilton Hall hatte

es nur ein Schlafzimmer gegeben, deshalb war die Frage nach idealen Schlaf-Arrangements nie aufgekommen. Aber gestern Abend hatte Theo Kitty erklärt, dass es in englischen Familien seiner Schicht ganz normal sei, wenn Ehepaare in getrennten Zimmern schliefen. Sein Vater hatte auch ein eigenes Zimmer und stattete Theos Mutter lediglich Besuche ab. Und wenn es nach dem Krieg nicht so schwierig gewesen wäre, das Haus zu heizen, hätte Louisa ihrem Sohn sicher auch ein eigenes Zimmer angeboten, als er und Kitty einzogen. Wenn man ein so großes Haus besaß, machte das natürlich Sinn. Frauen wollten ihre Kleider, Parfums und ihren Zierrat in ihrem Schlafzimmer haben, während Männer es einfacher mochten. Und jeder wollte gern einen Raum für sich.
Kitty hatte zustimmend genickt, aber sie hatte es nicht ganz verstanden. Wenn man jemanden liebte, wollte man ihm doch ständig nahe sein, oder? Man wollte ihn atmen hören, wenn man einschlief, und sich morgens beim Aufwachen in seine Wärme kuscheln. Natürlich liebten sich nicht alle verheirateten Paare. Louisa und der Admiral waren lediglich höflich miteinander umgegangen, und Kitty fragte sich, ob die Distanz zwischen ihnen vielleicht dadurch entstanden war, dass sie getrennte Schlafzimmer hatten. Ihre Eltern hatten immer in ihrem kleinen Zimmer in einem Bett geschlafen – ganz gleich, ob sie krank waren, schwanger oder nachts Babys stillen mussten. Wenn ihr Vater getrunken hatte, schnarchte er so laut, dass er den gesamten Haushalt aufweckte, aber seine Frau blieb immer an seiner Seite. Sie hätte auch nirgendwo anders hingehen können, es sei denn, zu einem ihrer Kinder ins Bett. Die ständige Nähe hatte allerdings nicht für größere Intimität gesorgt. Sie hatten zwar viele Kinder, aber im alltäglichen Leben – in der Küche, im Wohnzimmer oder auf dem Hof – waren ihre Eltern nicht zärtlicher zueinander gewesen als Louisa und der General.

Kitty betrachtete die hohe Kommode. Der Wortwechsel zwischen Theo und ihr verwirrte sie immer noch – und wenn sie ehrlich war, war sie auch verletzt und enttäuscht. Aber dann riss sie sich zusammen und ergriff das blaue Kleid. Vorsichtig zog sie es über den Kopf, um ihre Frisur nicht durcheinanderzubringen. Dann zog sie den Bauch ein und schloss den Reißverschluss. Sie frischte ihr Make-up auf und sprühte noch einmal Haarspray über die Haare, bevor sie in ein Paar hochhackige Sandalen schlüpfte.
Als sie sich im Spiegel betrachtete, stiegen auf einmal Zweifel in ihr auf. Sie wollte das Kleid gerade wieder ausziehen, als es an der Haustür läutete. Sekunden später hörte sie, wie die Tür geöffnet wurde. Kitty, die schon nach dem Reißverschluss gegriffen hatte, ließ den Arm wieder sinken. Sie nahm ihre Tasche und überprüfte rasch, ob sie auch Badeanzug und Handtuch eingepackt hatte, wie Diana sie angewiesen hatte. Dann holte sie tief Luft und ging ihrer Nachbarin entgegen.

»Willkommen im Kongara-Club«, verkündete Diana, als der Daimler vor einem grauen Gebäude hielt. Im Grunde genommen bestand es nur aus einem halben Wellblechrohr mit einem Fahnenmast davor. Kitty verbarg ihre Überraschung – der Wellblechschuppen passte besser zur Zeltsiedlung als zum Millionärshügel.
»Grauenhaft, nicht wahr?«, sagte Diana. »Wir beklagen uns auch ständig. Sie haben versprochen, uns ein neues Haus zu bauen.«
Auf einem großen Kiesplatz neben dem Gebäude standen etwa ein Dutzend Autos, immer dort, wo ein paar Bäume Schatten boten. Fast alle Marken waren vertreten – vom Jeep bis zur großen Limousine –, aber keines der Fahrzeuge war auch nur annähernd so prächtig wie Dianas Mercedes.

Diana stieg aus und ging Kitty voran zu einer roten Tür am gemauerten Ende des Rohrs. Sie war still heute Morgen – nicht unhöflich, aber nicht ganz bei der Sache. Ihr Kleid, aus rosa Baumwolle, war schlichter als das, was sie gestern angehabt hatte, aber mit ihrer Sonnenbrille und der schweren goldenen Kette sah sie trotzdem sehr glamourös aus. Kitty prüfte rasch, ob ihr Kleid richtig saß, dann folgte sie Diana zum Eingang.

An der Tür sprang ein Halbwüchsiger auf und stieß dabei einen Hocker um. Seine schwarze Haut hob sich kaum von seinem dunklen Hemd und der dunklen Hose ab. Er ließ die Frauen hinein.

Diana ging mit raschen Schritten über den Teppich in der Mitte des Gebäudes. Ihr Rock war eng, und sie wiegte sich beim Gehen in den Hüften. Kitty folgte ihr, wobei sie möglichst unauffällig versuchte, sich umzuschauen. In der großen, hohen Halle standen Gruppen von Sesseln und Couches um niedrige Tische herum. Es gab Palmen in Pflanzkübeln, und auf dem Boden lagen Orientteppiche. An einem Flügel saß ein Mann in Hemd und Krawatte und klimperte amateurhaft vor sich hin. Kitty erkannte die Melodie von »The White Cliffs of Dover«. Die Atmosphäre im Raum war düster, zumal die Fenster in den gebogenen Wänden klein waren und zu hoch oben lagen, um hinausschauen zu können. Kitty ahnte, dass es hier drinnen keinen Unterschied machte, ob es morgens, mittags oder abends war.

Bläulicher Zigarettenrauch hing in der heißen, bewegungslosen Luft. Es waren ziemlich viele Leute da – Männer und Frauen jeden Alters. Sie saßen in Grüppchen zusammen. Mütter mit Kindern in einem eigenen Bereich – die meisten in Begleitung junger afrikanischer Frauen in weißen, gestärkten Trachten. Wahrscheinlich Kindermädchen, dachte Kitty. In einem anderen, weiter entfernten Bereich hielten sich nur einzelne Männer auf, die Gesichter hinter Zeitungen verborgen. Hier und dort gab es kleine Gruppen von Männern, die an den Tischen saßen. Die meisten von ihnen trugen Anzüge, ein paar Khaki. Sie steckten die Köpfe zusammen, ins Gespräch vertieft, und blickten erst auf, als Diana durch den Raum marschierte. Sie musterten auch Kitty mit offenen, anerkennenden Blicken. Sie fragte sich, warum sie nicht bei der Arbeit waren.

Weiter hinten im Raum saß eine Gruppe junger Frauen in Khakiblusen und -röcken, alle mit rot geschminkten Lippen, die sich lebhaft miteinander unterhielten. Sie erinnerten Kitty an Lisa und die anderen Frauen, die sie am Hauptquartier gesehen hatte.

Sie hörten zwar nicht auf zu reden, als die Neuankömmlinge vorbeigingen, aber Kitty spürte, dass ihre Blicke ihnen folgten. Sie war froh, dass sie das schlichte blaue Kleid trug. Sie zog auch so schon genug Aufmerksamkeit auf sich.

Ganz hinten in der Halle war die Bar. Sie bestand aus dunklem Holz, auf Hochglanz poliert wie Cynthias Esstisch. Hier endlich wirkte der Ort durch die funkelnden Gläser und die weißen Barhandtücher nicht mehr so düster.

»Guten Morgen, Memsahib.« Der afrikanische Barkeeper war riesig, sowohl groß als auch schwer. Er trug eine weiße Tunika und einen roten Fez.

Diana neigte den Kopf. »Guten Morgen, Alfred.« Sie trat zu einem Paravent in japanischem Stil, der die hintere Ecke des Raums abtrennte. Dahinter saß etwa ein halbes Dutzend Frauen, die Zeitschriften lasen, Zigaretten rauchten und Kaffee- oder Teetassen vor sich stehen hatten. Als Diana auftauchte, kam Leben in die Gruppe. Tassen wurden abgestellt, Zeitschriften zugeklappt, und alle wandten sich ihr zu.

Diana leitete die Aufmerksamkeit sofort an Kitty weiter. »Meine Damen, das ist Mrs. Theodore Hamilton.« Sie stellte die Frauen nacheinander vor, wobei sie mit der Frau begann, die am weitesten weg saß. »Mrs. Nicholas Carswell.«
Kitty erkannte den Namen des Landwirtschaftsmanagers. Seine Frau hatte mausfarbene Haare und eine kleine, spitze Nase. Daneben saß eine Mrs. Neil Stratton – mollig, aber hübsch, mit breitem Mund.
»Manager der Plantage«, fügte Diana leise hinzu.
Es folgte Mrs. Jeremy Meadows. Medizinalbeamter. Krause orangefarbene Haare.
Kitty versuchte, sich alle Namen und Gesichter zu merken – aber es war ein unmögliches Unterfangen, auch ohne die Hitze und den Geruch nach Rauch und Parfum. Als Diana endlich die letzte Frau vorgestellt hatte, machte sie eine vage Geste. »So, das hätten wir erledigt ...« Erneut zeigte sie nacheinander mit dem Finger auf jede Frau. »Alice, Audrey, Evelyn, Sally, Eliza, Pippa.«
Alice nickte höflich, aber alle anderen lächelten freundlich.
»Und ich bin Kitty. Ich freue mich sehr, euch alle kennenzulernen.«
»Kitty ist erst gestern aus England gekommen«, erklärte Diana. »Aber sie ist ursprünglich aus Australien.«
»Australien!«, rief die Frau des Medizinalbeamten aus. »Meine Schwester lebt in Melbourne. Vielleicht kennen Sie sie ja.«
»Es ist eine große Stadt«, erwiderte Kitty. »Und ich komme vom Land, von einer Farm.« Sie hatte das ungute Gefühl, die rothaarige Frau würde mit ihren Fragen fortfahren. Kitty wusste jetzt schon, wie es enden würde. Letztendlich würde sie sagen, dass die Farm ihres Vaters über zwanzigtausend Hektar groß war – noch größer als eine der Einheiten hier in Kongara. Es gab ein Haupthaus, Scheunen, Schuppen und die

Unterkünfte der Farmarbeiter. Ihre Zuhörerinnen würden sich einen Ort so ähnlich wie Hamilton Hall vorstellen, und – wie es ihr bei Theo und seiner Mutter gegangen war – Kitty würde nicht den Mut haben, zu erklären, wie unfruchtbar das Land war, wie dürr das Vieh, die Schafe grau vor Staub, ihre Felle zerbissen von Fliegen und verfilzt. Das Haus war aus Holz, die Bretter waren verwittert, und die Farbe blätterte ab, und Rostflecken zierten das Wellblechdach.

Zum Glück war jedoch keine Zeit für eine Unterhaltung. Alice nahm einen Notizblock aus einem Korb, der vor ihr stand. »Jetzt, wo wir alle hier sind, können wir ja die Sitzung eröffnen, meine Damen.« Sie schaute demonstrativ auf ihre Armbanduhr.

»Ich muss mir nur noch einen Kaffee bestellen«, sagte Diana. Sie wandte sich an Kitty. »Was ist mit Ihnen? Es gibt allerdings nur Nescafé. Es heißt, aus London käme demnächst eine Kaffeemaschine.«

»Nun, wenn Sie einen nehmen – ja, gern. Allerdings« – Kitty errötete – »ich habe kein Geld dabei.«

Einen Moment lang blickte Diana sie verwirrt an. »Geld? Du liebe Güte – niemand hier hat Geld. Wir lassen es auf die Konten unserer Männer schreiben. Theo hat doch sicher eines.«

»Oh, ja, natürlich.«

Diana wandte sich an Alfred, der bereits wie ein Schatten hinter ihr stand, bereit, ihre Bestellung entgegenzunehmen. »Zwei Kaffee. Und eine Kleinigkeit zu essen, nicht zu süß.«

»Ja, Memsahib.«

Aus der Nähe sah Kitty die dunklen Narben auf den Wangen des Mannes – Linien und Punkte. Gesichter mit solchen Stammesmarkierungen hatte sie in einem der Bücher in der Bibliothek in Hamilton Hall gefunden, in *Percy's Africa Sketches.* Das primitive Aussehen wirkte neben der makellosen

Uniform des Barkeepers auf unheimliche Weise fehl am Platz. Seine unterwürfige Art schien nur gespielt zu sein. Kitty dachte an Eustace und Gabriel. Verbarg sich bei allen Afrikanern unter der Oberfläche Feindseligkeit? Oder kam Kitty nur auf den Gedanken, weil sie mit dem Ort und den Menschen hier nicht vertraut war? Diana schien überhaupt keine Bedenken wegen des Mannes zu haben. Sie entließ ihn mit einer ungeduldigen, unhöflichen Geste, als sei er ein lästiges Insekt.

Alice klopfte mit dem Kugelschreiber auf ihren Notizblock – ein ruheloses Stakkato. »Lasst uns anfangen. Unsere nächste Wohltätigkeitsveranstaltung ist der Verkauf von Topfpflanzen.« Sie wandte sich an Kitty. »Wir sammeln Geld für die Missionare. Die Pflanzen hat Schwester Barbara gezüchtet. Wir brauchen sie nur zu verkaufen.«

»Du meinst *kaufen*«, warf Evelyn ein.

Alice lächelte schmallippig. Dann wandte sie sich an Diana. »Darf ich dich für die Preisschildchen eintragen? Ich habe auch schon einige andere Aufgaben vergeben.«

»Absolut. Nichts wäre mir lieber«, erwiderte Diana süßlich.

Alice kniff misstrauisch die Augen zusammen. Kitty stellte fest, dass sie wohl nicht die Einzige war, die Diana schwer zu durchschauen fand. Diana hatte vollkommen passend reagiert, aber in ihrer Stimme lag ein falscher Unterton. Leise seufzend schaute Alice wieder auf ihren Notizblock. »Der Stand wird direkt vor dem Haupteingang aufgebaut, so dass wir die Leute abfangen können, wenn sie kommen oder gehen. Wir brauchen ein paar Plakate, um Aufmerksamkeit zu erregen. Die Schrift sollte vielleicht von Topfpflanzen oder Blumen eingerahmt sein, das würde schon etwas bewirken.« Sie wandte sich an Kitty. »Sie sind nicht zufällig Künstlerin? Das wäre einfach perfekt.«

Kitty erstarrte und blickte Alice forschend an. War die Frage nur Zufall? Sie schüttelte den Kopf. »Nein. Nein, leider nicht.«

Alice warf ihr einen mitfühlenden Blick zu. »Nun, irgendetwas können Sie sicher gut.«

Eine Frau mit blonden Haaren, die zu einer komplizierten Frisur aufgesteckt waren, hob die Hand. »Ich kann ein paar Blumen malen.« Sie lächelte verlegen.

»Danke, Pippa.«

Während der Sitzung tranken die Frauen ab und zu diskret einen Schluck Kaffee, wobei sie Lippenstifträner auf den weißen Tassen mit der geschwungenen roten Aufschrift *Kongara-Club* hinterließen. Weiter hinten in der Halle begann der Pianist mit einer neuen Melodie. Diana rutschte unruhig auf ihrem Sessel hin und her. Endlich erschien Alfred mit einem beladenen Tablett. Neben zwei Tassen Kaffee stand ein Teller mit Eisgebäck. Die einzelnen Stücke waren groß und sahen sehr süß aus.

Diana jedoch schien es nicht zu stören, dass er etwas ganz anderes brachte, als sie bestellt hatte; eigentlich wirkte sie sogar erfreut. Sie legte sich zwei Stücke Gebäck auf ein Tellerchen, das sie auf den Knien balancierte.

Alfred reichte Kitty ihren Kaffee. Dieser blieb stark und dunkel, auch nachdem sie reichlich Milch hinzugegeben hatte. Sie musste sich an das bittere Getränk, das Theo gern trank, erst noch gewöhnen. Während des Krieges war er fast süchtig danach gewesen; es war ein wohlverdienter Luxus für Piloten, die Tag und Nacht Einsätze flogen. Kitty hob die Tasse an den Mund, wobei sie vermied, den Geruch des Dampfs einzuatmen. Als ihre Lippen sich um den dicken Rand schlossen, wurde ihr klar, warum Theo das weiße Geschirr, das sie mitgebracht hatte, nicht wollte: Diese praktische Ware gehörte in einen Club oder in ein Hotel, nicht in ein Haus auf dem Millionärshügel. Es war so leicht, Fehler zu machen, dachte sie entmutigt.

Diana aß hungrig. Krümel fielen auf ihr Kleid. Kaum hatte sie eines der Gebäckstücke verzehrt, biss sie schon in das nächste. Die Intensität, mit der sie das Essen in sich hineinschlang, war verstörend. Sogar ihre Hände zitterten leicht. Kitty fiel auf, dass keine der anderen Frauen Diana beim Essen beobachtete; sie blickten zu Boden, auf ihre Getränke oder zu Alice.

»Auf unserem nächsten Frühstückstreffen«, sagte Alice, »werden wir mit der Arbeit an unserem großen Ereignis beginnen, dem Caledonian Charity Dinner.«

Sie begann, über Haggis, Kilts und Dudelsäcke zu reden. Endlich stellte Diana ihren Teller auf den Tisch. Sie wischte sich die Krümel vom Kleid, setzte sich aufrecht hin und richtete ihre Aufmerksamkeit auf Alice. Jetzt sah sie wieder aus wie eine vorbildliche Schülerin im Unterricht. Audrey hob die Hand, um eine Frage nach dem Termin zu stellen – ein Geburtstag und eine Taufe mussten berücksichtigt werden. Alice erklärte, ein anderes Datum sei leider nicht möglich. Kitty hörte nur zu. Der elegante englische Akzent der Frauen faszinierte sie – zugleich jedoch verwirrte es sie, dass sie sich über ein schottisches Abendessen unterhielten.

Über ihren Köpfen surrte ungleichmäßig ein Ventilator. Schließlich hob Diana eine Hand vor ihren Mund und gähnte hörbar. »Ich muss jetzt schwimmen, sonst schlafe ich auf der Stelle ein.«

Begeisterte Zustimmung wurde laut, und Alice legte zögernd ihren Notizblock weg.

Kitty war hin- und hergerissen. Einerseits freute sie sich auf die Abkühlung, andererseits fürchtete sie sich vor dem Um-

ziehen. Sie wusste ohne jeden Zweifel, dass ihr Badeanzug peinlich war. Er war zwar hübsch himbeerrot, aber der Gummi löste sich bereits auf, das Röckchen hatte die Form verloren, und sie hatte die Träger durch Bänder ersetzen müssen, die ein Gast im Bade-Pavillon von Hamilton Hall vor Jahren vergessen hatte. Damals war Kitty offiziell als Juris Gast im Herrenhaus gewesen. Louisa beäugte die Freundschaft der jungen Frau mit ihrem Sohn misstrauisch, aber sie hatte noch keine Angst, dass das Schlimmste passieren würde.
»Sie können doch schwimmen, oder?«, fragte Diana.
Kitty nickte. Sie schwamm, solange sie denken konnte. Endlich gab es etwas, was sie gut machte.

In der feuchten Hitze der Badehütte war Kitty allein zurückgeblieben. Die anderen Frauen waren bereits gegangen – sie hatten ihre Kleider abgelegt und waren in ihre Badeanzüge geschlüpft, mit der Effizienz, die aus Vertrautheit entsteht. Diana hatte sich als Letzte umgezogen, da sie kurz irgendwo verschwunden war, nachdem sie alle die Halle verlassen hatten.
Kitty hängte ihr Kleid an einen Haken und stellte ihre Sandalen sorgfältig nebeneinander auf den Boden. Dann setzte sie sich auf die schmale Holzbank. Überrascht stellte sie fest, dass sie einen Kloß im Hals hatte. Sie fühlte sich auf einmal schrecklich einsam und allein – aber sie konnte nicht sagen, nach was oder wem sie sich sehnte. Sie drückte die Handballen gegen die Augen, um die Tränen zurückzuhalten. Wahrscheinlich war sie nur müde. Die Reise war lang gewesen, und alles war so fremd und neu. Sie hob den Kopf und blickte in die dunklen Ecken des fensterlosen Raums. Das Gelächter und die Stimmen, die von draußen hereindrangen, kamen ihr weit entfernt vor, und sie hatte das schreckliche Gefühl, hier drin für immer allein begraben zu sein.

Plötzlich hörte sie Schritte – das klatschende Geräusch von Gummischlappen oder Flip-Flops, wie Theo sie nannte. Pippa steckte lächelnd den Kopf zur Tür herein.

»Ich habe was vergessen – wie immer.« Sie kramte in einer Tasche, und als sie sich wieder umdrehte, hatte sie eine Sonnenbrille aufgesetzt.

Als sie gegangen war, erhob sich Kitty. Wenn sie nicht bald hinausging, würden die anderen Frauen sich fragen, was sie hier machte.

Nach dem dämmrigen Licht in der Hütte blinzelte sie im hellen Sonnenlicht. Niemand war im Pool; die Sonnenstrahlen tanzten auf der stillen Wasseroberfläche und glitzerten in den Pfützen um den Beckenrand. Kitty musterte die Sitzgruppen unter den grün und weiß gestreiften Sonnenschirmen. Leute saßen dort allein oder mit Freunden, lasen oder tranken etwas. Die Frauen hatten zwei Tische nebeneinander belegt. Sie saßen aufrecht auf schmiedeeisernen Stühlen, nur Diana hatte sich auf einer hölzernen Liege ausgestreckt. Sie trug einen rosafarbenen Bikini, der viel von ihrer gebräunten Haut zeigte. Ihr Bauch war gewagt entblößt, aber selbst von hier aus konnte Kitty erkennen, dass sie einen schlanken, gut gebauten Körper hatte.

Die anderen Frauen hatten alle Frottee-Bademäntel, aber Kitty musste sich damit begnügen, sich ihr Handtuch um die Taille zu schlingen. Sie hielt es fest, als sie auf die Gruppe zuging. Der Asphalt war heiß unter ihren bloßen Füßen (sie hatte vergessen, sich andere Schuhe mitzubringen, und sie konnte ja wohl kaum in Badeanzug und hohen Absätzen herumlaufen). In den Jahren in England waren ihre Füße empfindlich geworden, da sie immer Schuhe getragen hatte. Sie bewegte sich rasch und trat so oft wie möglich auf nasse Stellen.

Sie eilte zu einem Stuhl am ersten der beiden Tische. Als sie näher kam, sah sie, dass ein Mann bei den Frauen saß – ein alter Kerl mit langem grauen Bart und einem Walross-Schnäuzer. Er trug einen Tropenhelm, und sein Safari-Anzug war so verschlissen und altmodisch wie Janets Missionarskleidung.
Audrey stellte ihn ihr vor. »Kitty, das ist Bowie. Bowie, das ist Kitty.«
Bowie erhob sich nicht, sondern salutierte nur. »Freut mich sehr, Sie kennenzulernen.«
Als Kitty sich setzte, legte Audrey Bowie die Hand auf den sonnenverbrannten Arm. »Kittys Mann ist der neue Leiter der Verwaltung. Sie wissen schon ...« Unwillkürlich senkte sie die Stimme. »Er ist der Ersatz für Major Wainwright.«
Bowie schüttelte den Kopf. »Schreckliche Geschichte. Grauenhafte Art zu sterben. Ich würde mich lieber einer Herde Büffel entgegenstellen als einem Schwarm afrikanischer Bienen. Und das will was heißen!«
»Er ist von Bienen getötet worden?«, rutschte es Kitty heraus.
»Ja, in der Tat«, erwiderte Bowie. »Es gab keine Hoffnung. Sie stürzten sich auf ihn und stachen ihn einfach zu Tode. Wenn sie angreifen, kann man nichts machen. Nichts.«
Kitty spürte, wie sich ihr Magen zusammenzog. Im Geiste stellte sie sich eine taumelnde Gestalt, von Kopf bis Fuß schwarz von Bienen vor.
»Wir hatten hier einige Todesfälle durch Bienen«, sagte Bowie. »Die Bulldozer haben Bäume umgestoßen und dabei die Bienenstöcke abgerissen. Aber diese Attacke war ziemlich merkwürdig. Ein Mann aus dem Hauptquartier steht selten in vorderster Linie. Es hat Gerüchte gegeben, er sei absichtlich irgendwo hingeschleppt worden ...«
»Bowie ist Großwildjäger«, unterbrach Alice ihn mitten im Satz. Sie wandte sich an Kitty. »Als der OFC mit den Arbei-

ten hier begonnen hat, ist er eingestellt worden, um die Leute vor wilden Tieren zu schützen.«
Ihre Taktik war erfolgreich. Bowie vergaß die Bienenangriffe und beugte sich vor. Er fixierte Kitty aus wässerigen blauen Augen. »Es ist kaum zu glauben, dass das erst zwei Jahre her ist. Damals war hier alles ganz anders.«
Er erzählte, dass es in der Steppe um Kongara von großen und kleinen Wildtieren nur so gewimmelt hatte. Ob am Tag oder in der Nacht, man konnte nie sicher sein. Aber dann waren die großen Maschinen gekommen.
»Das war ein Anblick, das kann ich Ihnen sagen, wie die lange Reihe von Traktoren – sechzig, vielleicht mehr – Seite an Seite über die Steppe gefahren ist, wie eine vorrückende Armee. Hinter ihnen stiegen Staubwolken auf, und alle Tiere rannten vor ihnen her um ihr Leben. Danach gab es nur noch ab und zu mal einen einzelnen Elefanten. Einmal hat ein Nashorn einen Bulldozer angegriffen, aber wahrscheinlich auch nur, weil es provoziert wurde. Wir haben auch schon mal ein oder zwei Löwen gesehen – aber sonst nichts. Und so verbringe ich meine Tage hier im Club und unterhalte die Damen.« Er lächelte strahlend und zeigte dabei Zähne wie altes Elfenbein. »Ich kann mein Glück kaum fassen.« Sein Tonfall war munter, aber Kitty bemerkte die Traurigkeit in seinem Blick. Vermutlich würde er auch lieber durch den Busch streifen, das Gewehr über der Schulter, einen Rucksack auf dem Rücken. Stattdessen war ihm nur noch dieses müßige Leben vergönnt.
Kitty stützte sich mit den Ellbogen auf die Tischplatte. Sie war aus dem gleichen gefleckten Stein wie der Fußboden auf ihrer Veranda. Gestern Abend hatte Theo ihr gesagt, das sei »Terrazzo«. Auf ihre Bemerkung hin, wie seltsam das Wort klingen würde, hatte er ihr erklärt, das sei Italienisch. Dabei hatte er den betont geduldigen Tonfall angenommen, in dem

er mittlerweile die Wissenslücken seiner Frau kommentierte. Kitty verdrängte die Erinnerung daran und rückte mit ihrem Stuhl ein wenig nach links, um aus dem Schatten des Sonnenschirms herauszukommen. Sie genoss die warme Sonne auf ihrem nackten Rücken und den Schultern. In England war es so kalt gewesen, dass sie die Kälte immer noch in den Knochen spürte. Kitty hob ihr Gesicht in die Sonne und schloss die Augen. Bowie erzählte Pippa gerade, er habe vor, an die Swahili-Küste zu reisen – aber etwas in seinem Tonfall deutete eher darauf hin, dass er diesen Plan nie realisieren würde. Kitty versuchte, seinen auffälligen Akzent einzuordnen, aber es gelang ihr nicht. Vielleicht war er Südafrikaner. Sie wusste, dass sie einen merkwürdigen Akzent hatten, weil man in England auch von ihr geglaubt hatte, sie käme aus Südafrika.

Nach einer Weile brach ihr der Schweiß aus; ein dünnes Rinnsal rann ihr über den Rücken. Als sie die Augen öffnete, sah sie, dass immer noch keiner im Pool war. Das Wasser glitzerte einladend, aber anscheinend wollte niemand schwimmen. In einer entfernten Ecke des Grundstücks, neben ein paar Schaukeln und einer Rutsche, war ein Planschbecken – eine kleine, flache Version des großen Pools. Von dort drangen Geschrei und Gelächter zu ihnen herüber. Kitty drehte sich um. Ein paar Kinder spielten im Wasser mit einem Gummiring und einem gestreiften Wasserball. Am Rand des Beckens standen Kinderwagen mit weißen Netzen gegen die Fliegen. Die einzigen Erwachsenen dort waren vier afrikanische Kindermädchen, deren weiße Trachten in der Hitze schlaff herunterhingen.

»Die beiden da gehören zu mir.« Audrey zeigte auf ein Mädchen und einen Jungen, die beide das krause, orangerote Haar ihrer Mutter hatten. »Dickie und Fiona.«

»Sie sehen reizend aus«, sagte Kitty.

Audrey lächelte erfreut. »Aber sie können ihrer *ayah* ganz schön zusetzen.«
Kitty blickte sie verständnislos an.
»So heißen hier die Kindermädchen«, erklärte Audrey. »Der Name kommt wohl aus der britischen Kolonie in Indien.«
Kitty merkte sich den Begriff, damit sie ihn später einmal anwenden konnte. Wie mochte das Wort wohl buchstabiert werden? Als sie sah, dass Audreys kleines Mädchen winkte, hob sie ebenfalls die Hand.
»Ach, du liebe Güte.« Audrey runzelte die Stirn. »Jetzt kommt sie auch noch her.« Sie sprang auf und eilte dem Kind entgegen.
Kitty blickte ihr verwirrt nach. Sie fand es seltsam, dass die Mütter hier Distanz zu ihren Kindern hielten. Vermutlich ließ mit der Zeit die Freude darüber nach, Eltern zu sein. Und hier in Kongara konnte sich jeder ein afrikanisches Kindermädchen leisten. Aber eines war sicher: Sie und Theo würden ihre Kinder nicht fremden Leuten überlassen. Kitty dachte an Theos wehmütige Erinnerungen an seine Kindheit. Er war buchstäblich ins Kinderzimmer und später dann ins Klassenzimmer verbannt gewesen. Louisa hatte ihn einfach immer mit seinem Kindermädchen weggeschickt, und er hatte Kitty gegenüber ganz deutlich zum Ausdruck gebracht, dass er das bei seinen Kindern anders machen wollte. Sie würden jeden Abend mit ihren Eltern essen. Seine Söhne dürften sich anfreunden, mit wem sie wollten, und sie konnten sich ihren Beruf selbst aussuchen.
Theos Ansichten über die ideale Familie waren eines ihrer Lieblingsthemen gewesen, als er und Kitty sich kennengelernt hatten. Damals hatten sie sich überhaupt so viel zu sagen gehabt. In dem Jahr, bevor der Krieg ausbrach, hatte Theo sich, wann immer er konnte, von seinen Studien frei gemacht

und Kitty in seinem kleinen roten Flugzeug mitgenommen. Sie landeten auf irgendeiner Wiese auf dem Besitz eines Freundes und wanderten auf einen Hügel oder zu einem anderen Aussichtspunkt. Dort breiteten sie eine alte Reisedecke aus, die in einer Ecke die Initialen von einem von Theos Vorfahren aufwies, und packten einen Picknickkoffer aus. Sie aßen und redeten und gestanden einander die Träume für ihre Zukunft. Hamilton Hall spielte in Theos Träumen nie eine Rolle. Es tat ihm zwar leid, dass er seine Eltern so tief enttäuschen musste, aber er hielt nichts von ererbten Privilegien. Er fand, die Leute sollten ihren eigenen Weg suchen, und alle sollten die gleichen Möglichkeiten haben.
Kitty hörte meistens nur zu. Ihre eigenen Lebenserfahrungen waren so anders – so beschränkt –, dass sie nur wenig dazu beitragen konnte. Manchmal erzählte sie Theo von ihrer Familie und von ihrer Kindheit in Australien. Aber da sie ihm bereits gesagt hatte, wie sehr sie sich danach gesehnt hatte, dem Leben auf der Farm zu entfliehen, verstand er es nicht, wenn sie davon redete, wie ihr das Leben dort fehlte. Sie versuchte, ihm zu beschreiben, dass sie die Aktivitäten am frühen Morgen in Seven Gums vermisste – ihre Mutter versuchte, dafür zu sorgen, dass die Jungs sich wuschen und für die Schule anzogen, die Katzen liefen einem ständig zwischen den Füßen herum, und in der Küche roch es warm nach Porridge. Jemand hatte den Toast anbrennen lassen und warf die Scheibe einfach aus dem Fenster. Schuhe fehlten. Hemden hatten ein Loch. Knöpfe waren abgerissen. Kittys Vater kam vom Hof hereingelaufen, weil er etwas holen wollte, was er vergessen hatte, und verpasste zwei der Jungen, die sich prügelten, im Vorbeigehen eine Ohrfeige. All die kleinen Details ihres Familienlebens … Sie wollte daran teilhaben, aber sie wollte nicht zurück. Es war schwer zu erklären. Viel leichter

war es, still dazusitzen und Theos Vorstellungen über die Welt zu lauschen. Sie liebte es, wie sein Gesicht sich aufhellte, wenn er ihr seine Gedanken mitteilte.
Seine fast kindliche Leidenschaft, gekleidet in die Autorität eines Mannes mit Überzeugungen, war unwiderstehlich. Aber seit damals hatte er sich so sehr verändert. So viel war geschehen. Und als Kitty jetzt die Kindermädchen mit ihren Schutzbefohlenen beobachtete, stieg Unsicherheit in ihr auf. In letzter Zeit hatte Theo nicht mehr davon gesprochen, wie sie ihre Kinder großziehen würden. Auch in dieser Hinsicht konnte sich seine Ansicht geändert haben – und wenn das so war, würde Kitty auf jeden Fall eine *ayah* einstellen müssen, ob sie es nun wollte oder nicht.
Während Kitty noch beobachtete, wie Audrey versuchte, ihre Tochter wieder zu ihrer *ayah* zurückzubringen, fiel ihr eine Bewegung in der hinteren Ecke der Anlage auf. Ein hoher Drahtzaun umgab das Gelände. Die Welt hier drinnen mit Asphalt, Wasser und bunten Regenschirmen stand in starkem Kontrast zum Buschland jenseits des Zauns. Nahe am Zaun, nicht weit vom Planschbecken, wuchs ein hoher Baum. Auf seinen Ästen saßen zwei afrikanische Kinder und starrten wie gebannt auf das Gelände.
»Die armen Kinder«, sagte Kitty. »Sie würden wahrscheinlich schrecklich gern schwimmen.«
Alice winkte einem Kellner, der neben der Außenbar stand. Stumm wies sie auf den Zaun. Der Kellner ging darauf zu und schwenkte die Arme, um die Kinder zu verscheuchen. Hastig kletterten sie vom Baum und verschwanden.
In diesem Moment verkündete Pippa, sie würde jetzt ins Wasser gehen.
»Ich auch«, sagte Sally und drehte ihre Haare zu einem Knoten.

»Kommen Sie mit, Kitty?« Pippa lächelte sie freundlich an.
Kitty zögerte. Sie fühlte sich schuldig, wenn sie an die traurigen Gesichter der Kinder dachte, die sie gerade vertrieben hatte.
»Los, kommen Sie!«, drängte Sally. »Wir wollen uns ein bisschen abkühlen!«
Kitty stand auf. Sie würde sich an solche Situationen gewöhnen müssen, sagte sie sich – sie gehörten zum Leben in Afrika. Pippa und Sally liefen zum flachen Ende des Beckens, wo Betonstufen ins Wasser führten. Kitty jedoch trat ans tiefe Ende. Sie sprang lieber hinein. Wenn das Wasser kalt war, zog sie das plötzliche Eintauchen vor. Und an einem heißen Tag wie heute genoss sie die Kühle.
Sie tauchte ins Wasser ein und ließ sich dann weit nach vorn gleiten. Als sie an die Oberfläche kam, begann sie zu kraulen. Sie hatte ganz vergessen, wie viel Freude es ihr machte, ihren Körper im Wasser zu spüren, gleichmäßig ein- und auszuatmen und den Kopf im Rhythmus der Bewegungen zu drehen. Erst am Ende des Beckens hörte sie auf. Sie strich sich die Haare aus dem Gesicht und wischte sich das Wasser aus den Augen. Dann jedoch erstarrte sie. Alle sahen zu ihr. Hastig überprüfte sie die Träger ihres Badeanzugs, aber sie saßen fest. Was war denn los? Da sie nicht wusste, wie sie reagieren sollte, schwamm sie noch eine Bahn und dann noch eine. Nach fünf Bahnen hielt sie erneut an. Erst da bemerkte sie Sally und Pippa. Sie schwammen mit hocherhobenen Köpfen gemessen durch das Wasser.
Kitty schwang sich aus dem Becken und blieb keuchend am Rand sitzen. Ihr Gesicht spiegelte sich im Wasser. Offensichtlich hatte sie sich zur Schau gestellt. Die Leute auf der anderen Seite des Beckens starrten sie immer noch an. Selbst die afrikanischen *ayahs* blickten zum Pool hinüber. Kitty drehte

sich nach Diana um. Zu ihrer Überraschung stellte sie fest, dass Diana als Einzige nicht in ihre Richtung schaute. Sie beobachtete Alice, die mit geschürzten Lippen und verschränkten Armen dastand. Dianas Miene zeigte nicht das Entsetzen oder die Missbilligung, die Kitty erwartet hätte. Die graugrünen Augen funkelten amüsiert, und ihre Mundwinkel zuckten. Diana schien der kleine Tumult, den die Australierin verursacht hatte, zu gefallen. Verwirrt und verlegen schaute Kitty wieder aufs Wasser. Diana war die Frau des obersten Chefs, und Theo hatte gesagt, sie sei ein großartiges Vorbild. Doch in diesem Moment wirkte sie eher wie ein schadenfrohes Kind, das sich über das Missgeschick eines anderen Kindes freut.

Gegen Mittag brach auf einmal hektische Betriebsamkeit aus. Frauen, Kinder und *ayahs* machten sich fertig, um zum Mittagessen nach Hause zu gehen.

Diana richtete sich auf und streckte sich. Statt jedoch aufzustehen, griff sie in ihre Tasche und zog eine Zeitschrift heraus.

»Ich bleibe hier.« Sie schlug die Zeitschrift auf. »Ich habe keinen Hunger. Und Richard kommt sowieso immer zu spät. Er kann sich selbst etwas zu essen machen.«

Kitty runzelte alarmiert die Stirn. Theo erwartete sie zu Hause. Und sie freute sich auch darauf, ihn zu sehen.

»Keine Sorge«, sagte Diana, als ob sie ihre Gedanken lesen könnte, »James bringt Sie nach Hause, bevor er Richard abholt.«

»Danke.« Kitty lächelte erleichtert.

»Ihr Mann freut sich bestimmt, Sie zu sehen«, sagte Alice spröde.

»Ja, es gibt viel zu besprechen«, erwiderte Kitty.

Diana zog die Augenbrauen hoch, sagte jedoch nichts. Sie winkte einem Kellner und bat ihn, ihren Fahrer zu holen.

Vor dem Club stellte Kitty sich in den Schatten einer Bougainvillea, die so groß war wie ein Baum und aus verschiedenen Pflanzen bestand, so dass sie über und über mit violetten, orangefarbenen und weißen Blüten bedeckt war. Kitty blickte zum Parkplatz, wo die Leute bereits in die Autos stiegen. Niemand hatte einen Fahrer außer Diana. Kitty beobachtete, wie Frauen ihre Wagen vorsichtig aus den Parklücken herausmanövrierten. Sie hatte auf der Farm schon Autofahren gelernt, noch bevor sie die Grundschule beendet hatte, dachte sie selbstgefällig. Hoffentlich würde Theo nicht zu lange mit dem Kauf eines zweiten Autos warten. Aber dann schüttelte sie den Kopf, überrascht über sich selbst. Wie rasch sie sich an den Gedanken gewöhnt hatte, ein eigenes Auto zu besitzen!

Da Diana nicht mit im Auto saß, fuhr James schneller als sonst. Während sie über die holprige Straße fuhren, rollte plötzlich etwas Kitty vor die Füße. Es war eine kleine Glasflasche mit rosafarbenen Tabletten. In geschwungener roter Schrift, beinahe so wie die Schrift auf dem Geschirr im Kongara-Club, stand darauf *Dr. Newman's Safe Effective Blood Tonic.* Kitty legte das Fläschchen auf ihren Schoß, unschlüssig, was sie damit tun sollte. Wenn sie es auf den Sitz neben sich legte, würde Diana wissen, dass sie die Tabletten gesehen hatte. Andererseits würden sie irgendwann natürlich sowieso gefunden werden. Schließlich legte Kitty das Fläschchen wieder auf den Boden.

Während der Fahrt spürte sie es, da es an ihren Fuß stieß. Es war etwas Unheimliches an der hellen Farbe und der runden Form der Tabletten. Sie wirkten wie Süßigkeiten, um ein Kind anzulocken. Es war Kitty klar, dass sie nicht darüber spekulieren sollte, was mit Diana nicht in Ordnung sein könnte – Krankheiten waren Privatsache. Aber sie musste doch unwillkürlich an ihre Tante Madge denken, von der es hieß, sie hätte es mit den Nerven. Sie benahm sich seltsam und unvorherseh-bar; man wusste nie, woran man mit ihr war oder was sie sich als Nächstes einfallen ließ. Auch Madge hatte ein Stärkungs-mittel genommen – zwar keine Tabletten wie diese, aber einen blauen Sirup, der Kitty immer an Pferdemedizin erinnerte. Sie blickte auf das Fläschchen mit den Tabletten. Auf einmal ergab alles einen Sinn – wie Diana reagiert hatte, als sie beina-he das Kind überfahren hätten, und wie seltsam sie heute Morgen gewesen war. Es ging ihr nicht gut. Sie hatte ein Ner-venleiden. Und dabei sah sie so stark und gesund aus.

Bald schon erreichten sie die geschäftige Ansiedlung. Als sie sich dem Hauptquartier näherten, blickte Kitty sich besorgt nach Theos Landrover um – hoffentlich war er noch nicht nach Hause gefahren und hatte festgestellt, dass seine Frau nicht da war. Sie war erleichtert, als sie das schicke Auto mit dem Stoffverdeck neben dem Hauptzelt entdeckte. Ein schwarzer Rolls-Royce stand daneben. Kitty betrachtete ihn. Er war größer als der Mercedes, und seine geschwungenen Konturen waren wesentlich ausladender. Aber er war auch älter, und der Lack war stumpf. In der Stoßstange war sogar eine Beule. Vermutlich gehörte er dem Landwirtschaftsmana-ger – Alices Ehemann. Langsam begann sich ein Bild der Welt von Kongara in ihrem Kopf zu formen. Diana, als Frau des Generaldirektors, der in der Hillside Avenue 1 wohnte, stand ganz oben auf der Leiter. Kitty war Nummer zwei. Im dritten Haus wohnte vermutlich Alice. Kitty war sich ziemlich si-cher, dass ihre Männer gleichgestellt waren, was bedeutete, dass auch sie und Alice denselben Rang hatten – kompliziert war dabei nur, dass Kitty die bessere Adresse bewohnte. Ein Teil von Kitty wäre am liebstem ein ganz normaler Einwoh-ner von Kongara gewesen – jemand, der einfach arbeitete und kaum wahrgenommen wurde. Mit leisem Bedauern dachte sie

an Paddy und die anderen Ingenieure. Sie fragte sich, wie sie sich wohl eingewöhnt hatten und ob sie sie jemals wiedersehen würde.
Ohne Vorwarnung bremste James abrupt ab und lenkte den Wagen auf den Randstreifen. Kitty hörte Gebüsch über das Chassis kratzen. Bevor sie fragen konnte, was los war, sah sie ein Fahrzeug auf sie zukommen. Es war kein Jeep, Lastwagen oder Traktor, sondern eine bizarre Kombination aus allen dreien. Es hatte schmale, altmodische Reifen und dicke runde Scheinwerfer. Die Fahrerkabine bestand aus Holz und sah aus wie ein offener Schuppen, und das Lenkrad war an einem Zaunbalken befestigt. Die verbeulte Haube – ursprünglich einmal rot – war mit einer dicken Staubschicht bedeckt. Hinten saßen mehrere Afrikaner, und das Steuer bediente ein hellhäutiger Mann. Vor ihm war eine Holzkiste auf der Haube befestigt. Kitty riss die Augen auf. Dort hockte ein nacktes Kind und klammerte sich mit beiden Händen fest. Schockiert hielt sie den Atem an. Dann sah sie jedoch, dass es ein Affe war.
Das Fahrzeug näherte sich, und sein lautes Knattern übertönte das leise Schnurren des Mercedes. Kitty warf einen Blick auf den Fahrer. Er trug alte Buschkleidung, so wie Bowie, allerdings keinen Hut; seine Haare standen wirr in alle Himmelsrichtungen ab. Er war auch viel jünger als der Jäger. Er hielt das Lenkrad umklammert, als kämpfe er mit dem Wagen. Einen Moment lang trafen sich ihre Blicke. Selbst aus der Entfernung konnte sie sehen, dass er schöne Augen hatte. Seine Miene war undurchdringlich, aber seine Augen waren seltsam faszinierend. Er grüßte, als er vorbeifuhr, und Kitty hob ebenfalls die Hand. Dann jedoch ließ sie sie wieder sinken, weil ihr klarwurde, dass der Mann nicht sie gemeint hatte – er hatte sich lediglich bei James bedankt, weil er ihm Platz gemacht hatte.

Kitty beugte sich vor. »Wer war das?« Sie wunderte sich, dass James ihm ausgewichen war. Vielleicht wollte er nicht, dass der Mercedes einen Kratzer bekam; wer ein solches Gefährt fuhr, war bestimmt auch ein skrupelloser Fahrer.
»Bwana Tayla.«
Ein ungewöhnlicher Name, dachte Kitty. Allerdings hieß er wahrscheinlich »Taylor«, und James hatte nur die letzte Silbe auf einen Vokal verkürzt. »Arbeitet er auch für den OFC?« Nein, das war unwahrscheinlich, dachte sie, noch während sie fragte. Dazu war er viel zu ungepflegt. Und wie er mit dem Auto umgegangen war – und auch mit James –, ließ darauf schließen, dass er sich schon länger im Land aufhielt.
»Nein«, antwortete James, »die Londoni-Leute – sie mögen ihn nicht.«
»Warum?«, fragte Kitty.
Der Fahrer schüttelte den Kopf. »Ich nicht weiß, warum.« Sein Tonfall deutete darauf hin, dass er zu keiner weiteren Erklärung bereit war.
Kitty drehte sich um und blickte dem Fahrzeug, das sich rasch entfernte, nach. Schwarzer Rauch drang aus dem Auspuff. Kitty wusste, dass es sich dabei um verbrannten Diesel handelte, wie bei dem Chevy-Truck ihres Vaters. Beim Gedanken an das zuverlässige Arbeitspferd überschwemmte sie eine Welle von Schmerz und Schuldgefühlen. Hoffentlich fuhr der alte Truck noch – sie wollte lieber nicht daran denken, was passieren würde, wenn er kaputt ging. Ihr Vater hatte eigentlich vorgehabt, den Chevy von dem Geld zu ersetzen, das seine Schwiegermutter ihnen bei ihrem Tod hinterlassen würde. Er hatte auch Pläne für den Ausbau der Schafscherer-Hütten gehabt. Schließlich hatte er jahrelang die Besuche seiner Schwiegermutter toleriert, ihre Launen ertragen – sie hatte zum Beispiel immer darauf bestanden, statt Großmutter Glo-

ria genannt zu werden –, und das Erbe sollte seine Belohnung sein. Die alte Frau hatte jedoch heimlich ihr Testament geändert. Ihrer Tochter hatte sie ein bisschen Schmuck hinterlassen, und ein paar Dinge gingen an ihre Enkel. Aber das gesamte Geld hatte sie Kitty vermacht.

Diese schockierende Tatsache hatten sie bei der Testamentseröffnung in einer Anwaltskanzlei in Sydney erfahren. Zum Erstaunen ihrer Familie hatte Kitty mitkommen müssen. Mr. Walker hatte die Situation ruhig und sachlich erklärt. Er hatte klare Anweisungen gehabt. Die Verstorbene hatte allein über ihr Vermögen entscheiden können – und sie hatte beschlossen, ihre Enkelin zum Hauptnutznießer zu machen. Kitty hatte in der Ecke des Büros gesessen und die geschnitzten hölzernen Armlehnen ihres Stuhls umklammert, während ihr Vater seinen Zorn und seinen Unglauben geäußert hatte. Ihre Mutter hatte ihm beigestanden. Mr. Walker blieb ungerührt.

»Das ist doch nur Mutwillen«, hatte Kittys Vater schließlich erklärt. »Es macht ja keinen Unterschied, wofür wir das Geld verwenden.«

»Nein, natürlich nicht«, hatte seine Frau gesagt. »Wir sind ja alle eine Familie.«

Aber Mr. Walker hatte darauf hingewiesen, dass das Geld in einem Trust angelegt würde, bis Kitty in drei Jahren einundzwanzig wurde. Es konnte nur dafür verwendet werden, Kittys Reisen oder Studien zu finanzieren.

»Reisen? Studien?« Ihr Vater war an den Worten beinahe erstickt. »Was, in aller Welt, soll das heißen?«

»Gloria wollte, dass ich nach England gehe«, hatte Kitty geantwortet. »Und sie wollte, dass ich Künstlerin werde.« Es hatte wie Wahnsinn geklungen, als sie es aussprach. Aber es stimmte. Seit Kitty den Kinderschuhen entwachsen und vernünftiger geworden war, hatte Gloria ihr von ihrem Leben als junge Frau in England erzählt – von den Museen, den Kunstgalerien, den Künstlern, die sie dort kennengelernt hatte. Als Kitty auf der Landwirtschaftsausstellung den ersten Preis für ihre Zeichnung eines Pferdes gewonnen hatte, hatte Gloria erklärt, ihre Enkelin besäße künstlerisches Talent, das gefördert werden müsse.

»Eines Tages gehst du nach England und wirst Künstlerin.« Ihre Stimme klang klar und fest. Für sie war es eine Tatsache. »Dieser Ort hier ist zu klein für dich.«

Kitty hatte sich über das Lob gefreut, sich jedoch nicht vorstellen können, dass die Vision eines Tages Wirklichkeit werden würde. Rückblickend erkannte sie, dass Gloria bei ihren Besuchen verführerische Andeutungen über eine andere Welt gemacht hatte – eine Welt, die ganz anders war als das traurige, mühsame Farmleben, das die Millers führten. Kitty hatte für ihre Großmutter immer ihr Schlafzimmer geräumt, und noch Tage nach ihrer Abreise konnte sie ihr Parfum riechen – nicht den schlichten Duft von Rosen oder Maiglöckchen, sondern ein üppiges, würziges Parfum, das in Paris hergestellt worden war. Manchmal hatte sie auch ein Seidenhemdchen oder ein Paar Strümpfe zurückgelassen. Und immer lag da ein Roman. Nicht die Klassiker, wie Kitty sie sich manchmal von ihren Lehrern ausborgte, sondern neu erschienene Bücher aus dem Ausland mit Titeln wie *Vom Winde verweht*, *Schnee am Kilimandscharo* und *Zärtlich ist die Nacht*. Es waren Geschichten von weit entfernten Orten – von interessanten, glamourösen Leben. Dass die Heldinnen oft Liebeskummer hatten, hinderte Kitty nicht daran, mit ihnen tauschen zu wollen. Wenn sie heute an die Bücher zurückdachte, waren sie in ihrer Vorstellung untrennbar mit dem Geruch nach Wolle und Schafdung verbunden. Sie hatte sie im Scherschuppen gelesen, wenn er nicht gerade gebraucht wurde, und ihr Vorhandensein sorgfältig geheim gehalten, vor allem in den ersten Wochen nach einem Besuch. Kittys Mutter behauptete immer, wie gern sie ihre Mutter da hätte, und während des Besuchs war sie höflich und fröhlich, aber anschließend war sie gereizt und barsch – hart mit den Jungs und Kitty und sogar ihrem Mann gegenüber frech. In dieser Zeit war es nicht ratsam, eine Aufgabe schlampig auszuführen – oder dabei erwischt zu werden, wie man Zeit verschwendete mit einem Roman oder einem Skizzenblock.

Kitty blickte über James' Schulter nach vorn die Straße entlang. Der rote Staub und die dürren Büsche erinnerten sie an Neusüdwales. Sie versuchte, sich vorzustellen, wie das Leben mittlerweile auf Seven Gums verlief. Zumindest wusste sie, dass ihre ganze Familie den Krieg überlebt hatte. Es war ihr gelungen, über die Wattle Creek School Kontakt zu einer ehemaligen Schulfreundin aufzunehmen; ein freundlicher Lehrer hatte Kittys Brief weitergeschickt, und Myra hatte geantwortet. Myra kannte die Familie Miller nicht allzu gut, aber sie hatte zumindest die wundervolle Nachricht überbringen können, dass alle lebten und gesund waren. Die Arbeit der Farmer war wichtig, und deshalb war ihr Vater nie eingezogen worden. Jason war zur Marine gegangen und hatte im Pazifik gekämpft, aber er war gesund nach Hause zurückgekehrt. Tim war aufgrund seiner Herzschwäche, die er nach einem rheumatischen Fieber zurückbehalten hatte, für untauglich erklärt worden. Die anderen beiden Jungs waren noch zu klein gewesen. Kitty hatte fast vor Erleichterung geweint, als sie den Brief gelesen hatte. Sie hatte Myra sofort auf ihren Brief geantwortet und sie um mehr Information gebeten – und wenn es nur Kleinigkeiten waren. Aber Myra hatte sich nicht mehr gemeldet.

Bevor sie England verließ, um zu Theo zu fahren, hatte Kitty einen Brief nach Hause geschickt und erklärt, sie ziehe nach Tanganjika, wo sie unter der Adresse *Mrs. Theodore Hamilton, Kongara, Tanganjika, Ostafrika* erreicht werden könne. Aber sie erwartete eigentlich, dass dieser Brief wie alle anderen zuvor ignoriert werden würde. Wahrscheinlich würde noch nicht einmal der Umschlag geöffnet, wenn er ihre Handschrift trug. Es war schamlos von ihr gewesen, dass sie sich an die erste Stelle gesetzt hatte. Die Tatsache, dass sie den Traum ihrer Großmutter wahr gemacht hatte – wie sich herausstellte –, spielte dabei keine Rolle. Sie hatte sich gegen die Familie entschieden und konnte nicht erwarten, dass man ihr verzieh.

Kitty stützte sich auf dem Geländer der Veranda ab und blickte in Richtung Kongara. Theo stand neben ihr. Sie waren mit ihren Drinks nach draußen gegangen, um den Sonnenuntergang zu beobachten.
»Sie nennen es hier Sundowner«, sagte Theo und hob sein Glas. Kitty betrachtete sein Profil, als er den Kopf zurücklegte und trank. Er war ihr tief vertraut und doch so fremd. Er war erst spät, beladen mit einer schweren Aktentasche, zum Mittagessen nach Hause gekommen. Ihre Begrüßung war höflich, sogar ein wenig distanziert gewesen. Und auch heute Abend war er reserviert gewesen, als er von der Arbeit kam. Kitty fühlte sich ihrem Mann seltsam fremd, und sie vermutete, dass es ihm genauso ging; es war, als ob ihre Herzen ihre Körper noch nicht eingeholt hätten. Sie waren zusammen und doch getrennt. Aber Kitty war ja auch gerade erst angekommen. Und sie musste sich hier in Afrika noch an so vieles gewöhnen. Schon bald würden sie wieder vertraut miteinander umgehen, da war sie sich sicher.

Der rote Ball näherte sich dem Horizont und sank rasch. Plötzlich sah alles wie verwandelt aus. Die hässliche Ansiedlung verschmolz mit der Landschaft, und die riesige Narbe der Plantagen vermischte sich mit der rosig angehauchten Ebene. Dann verschwand die Sonne, und alles war samtig tiefschwarz. Kongara war ein funkelndes Lichtermeer, bezaubernd und geheimnisvoll. Und auch weiter draußen blinkten Lichter.

»Das sind die Unterkünfte für die Arbeiter und Techniker«, erklärte Theo, als Kitty ihn fragte, was da unten in der Ebene sei. »Sie haben dort alles – Geschäfte, Bars, Tennisplätze. Für sie besteht kein Grund, nach Londoni zu kommen. Sie haben sogar einen Club mit einem Swimmingpool und eine katholische Kirche.« Bewundernd schüttelte er den Kopf. »Es ist ein riesiges Unternehmen. Die Plantagen selbst sind ja nur ein Teil davon. Wir müssen alles beschaffen, was die Leute brauchen.«

»Es ist außergewöhnlich«, stimmte Kitty zu. »Allein die Dimensionen …«

»Und wir haben auch viel mit den Einheimischen zu tun – den Wagogo. Das ist der Name des Stammes, ob du es glaubst oder nicht. Ein Einheimischer allein heißt wohl Mgogo.« Er lächelte, erfreut über sein Wissen. »Na ja, auf jeden Fall bringen wir sie in einem einzigen großen Schritt aus der Steinzeit ins zwanzigste Jahrhundert. Das müssen wir, wenn wir die Art verändern wollen, wie sie das Land bearbeiten.«

»Es sieht recht unfruchtbar aus«, sagte Kitty vorsichtig. »Eher wie Weideland für Schafe und nicht so geeignet für Plantagen.«

Theo wedelte abschätzig mit seiner Zigarette. »Mit moderner Ausrüstung und neuen Methoden können wir alles verändern. Aber es hat keinen Zweck, klein anzufangen – das ha-

ben sie in Jamaika versucht. Wenn wir Margarine für die Hausfrauen in Europa produzieren wollen – und wir reden hier von langfristiger Produktion, von Jahrzehnten, nicht Jahren –, dann brauchen wir eine landwirtschaftliche Revolution.« Kühn redete er in die Dunkelheit hinein. »Und genau das wird uns das Erdnuss-Projekt bringen.«
»Sollen all die Erdnüsse nach Europa exportiert werden?«, fragte Kitty. Sie dachte an Billy, den Ingenieur aus Middlesex, der im Flugzeug eine glühende Rede über den Krieg gegen den Hunger gehalten hatte. Hier wurde doch bestimmt auch Pflanzenöl benötigt.
»Ja, sicher – das ist alles für den Export bestimmt«, erwiderte Theo. »Aber das Projekt bietet ja viele Möglichkeiten für die Afrikaner – zum Beispiel Arbeit.« Er drehte sich zu Kitty. In seinen schicken Kleidern, mit seinem glatt rasierten Gesicht, war er der Prototyp eines zivilisierten Engländers. »Und eines Tages werden sie alles erben. Wenn sie bereit sind, wird Großbritannien Tanganjika den Afrikanern übergeben. Darauf arbeiten wir hin. Unabhängigkeit.«
Kitty warf ihm einen überraschten Blick zu. »Wird dann auch Australien keine Kolonie mehr sein?«
Theo lachte. »Das ist nicht dasselbe. Die Leute hier sind schwarz!«
»Alle?« Kitty war klar, dass sie wie ein Schulmädchen klang, so als ob Theo ihr Lehrer sei, aber sie war einfach neugierig.
»Viele Inder leben schon seit Generationen hier und betrachten sich als Tanganjikaner. Und es gibt hier auch einige Europäer, die schon lange hier sind: Deutsche aus deutscher Kolonialzeit, Griechen und Italiener. Es gibt sogar ein paar Engländer, die hier geboren und aufgewachsen sind – die meisten von ihnen sind merkwürdige Typen, könnte ich mir vorstellen ...«

Kitty dachte an den Mann, der in dem selbst gezimmerten Fahrzeug am Mercedes vorbeigefahren war, mit dem Affen, der auf der Haube saß. Vielleicht war er ja einer dieser Unglücklichen … Als sie Theo die Begegnung beschrieb, spie er den Namen des Mannes beinahe aus.

»Taylor!«

»Wer ist das?«

»Hier in der Gegend ist er *persona non grata,* um es milde auszudrücken. Er sagt zu allem und jedem nein. Er hat schon früh einen Bewertungsbericht über das Projekt geschrieben. Anscheinend hat er Land hier in der Gegend. Er stellte die Tauglichkeit des Plans in Frage – aber in Wirklichkeit wollte er nur seine Interessen schützen. Und jetzt muss er die Kröten schlucken.« Theo schüttelte den Kopf. »Er ist wirklich ein unangenehmer Mensch.«

Kitty spürte Theos Anspannung; seine Stimme klang gepresst. Sie bedauerte, Taylor überhaupt erwähnt zu haben.

»Mach dir keine Gedanken«, fuhr Theo fort, »du läufst ihm sowieso nicht über den Weg. Aus dem Club haben sie ihn verbannt. Wenn es nach uns ginge, würden wir ihn hier aus der Gegend vertreiben.«

Kitty legte ihm die Hand auf den Arm. »Sieh mal alle diese Lichter … Kongara sieht aus wie ein Märchenland.«

Theo stieß langsam die Luft aus, und seine Miene entspannte sich. »Ja, das stimmt.« Er wandte sich zum Haus. »Ich habe Hunger. Was gibt es heute?«

Durch die Fenster sah Kitty, wie Eustace den Tisch mit Cynthias Geschirr deckte. Kaltes Rindfleisch, Gemüse, Kartoffelsalat. Sie lächelte schief. »Es muss Dienstag sein.«

4

Kitty schaute sich um, als sie am Gemüsebeet vorbei zum Ende des Gartens ging. Eustace und Gabriel waren nirgendwo zu sehen; sie hatten in der Speisekammer zu tun. Kitty hatte sie dort nach dem Frühstück entdeckt. Sie hockten vor den rattensicheren Tonnen mit den trockenen Lebensmitteln. Anscheinend führten sie die monatliche Inventur der Vorräte durch, wobei sie einer komplizierten Prozedur folgten, die Cynthia eingeführt hatte. Kitty war jetzt schon seit zwei Wochen ihre neue Herrin, aber die beiden kümmerten sich immer noch so um das Haus, als ob die vorherige Memsahib noch da wäre. Der Gärtner hingegen nahm fröhlich alle Anweisungen von Kitty entgegen. Allerdings arbeitete er so ineffizient, dass kaum ein Ergebnis zu erkennen war. Er war ebenfalls nicht zu sehen, da er vor dem Haus die Bougainvillea beschnitt.

Die hintere Grundstücksgrenze bildete eine hohe Hecke aus einer blattlosen Sukkulente, die der Gärtner *manyara* nannte. Die Pflanze begrenzte überall in Kongara die Flächen – Parkplätze, Straßen, Gärten und sogar die kleinen Felder, die *shambas* genannt wurden. Kitty ging an der Hecke entlang, bis sie zu einer Stelle kam, die so spärlich bewachsen war, dass sie hindurchschlüpfen konnte. Als sie sich durch die Hecke zwängte, brach ein Zweig ab. Ein milchiger Saft trat aus, und Kitty achtete sorgfältig darauf, nichts davon abzubekommen. Wenn man ihn in die Augen bekam, hatte man sie gewarnt, konnte man blind werden.

Prüfend musterte sie die alte Bluse, die Janet ihr gegeben hatte, auf Flecken. Gleich nachdem Theo heute früh zur Arbeit gefahren war, hatte Kitty sich den Baumwollrock ausgezogen, den sie zum Frühstück angehabt hatte, und sich stattdessen die alten Buschsachen angezogen. Dazu trug sie Reitstiefeletten, die sie aus Australien mitgebracht hatte. Es verursachte ihr Schuldgefühle, Theo zu täuschen, aber es war einfacher, als ihm zu erklären, dass sie keine Lust hatte, in den Club, auf den Tennisplatz oder durch die Geschäfte zu gehen. Sie war es leid, über Gesichtscremes zu reden, die die Haut mattierten, oder über Klebestreifen, die man sich zu Hause zwischen die Augenbrauen kleben sollte, um nicht die Stirn zu runzeln. Die Aufgabe, auf Dianas merkwürdiges Verhalten zu reagieren oder es diskret zu ignorieren, strengte sie an. Sie wollte einfach mal für sich sein.

Auf der anderen Seite der Hecke überquerte Kitty einen unbearbeiteten Streifen Land, der weder wild noch kultiviert war. Sie stieß auf die Überreste eines Maisfeldes, ein paar Tonscherben von einem zerbrochenen Krug und einen Baumstamm, von dem alle kleineren Äste abgehackt worden waren. Vorsichtig bahnte sie sich ihren Weg einen kleinen Hügel hinauf. Ihr war klar, dass sie von vornherein auf den Weg achten musste, wenn sie wieder nach Hause zurückfinden wollte – sie war mit Geschichten von Kindern, die sich im Busch verirrt hatten und niemals mehr gefunden wurden, aufgewachsen. Janet hatte ihr versichert, dass Löwen, Elefanten, Nashörner – und sogar Büffel – Menschen normalerweise in Ruhe ließen, wenn sie nicht aufgescheucht oder provoziert wurden. Eine wesentlich ernstere Gefahr stellten Schlangen dar, deshalb beobachtete Kitty auch sorgfältig den Boden vor sich auf ihrem Weg durch die dicken Grasbüschel. Erst als sie den Gipfel des Hügels erreicht hatte, blieb sie stehen und schaute auf.

Das Land, das sich vor ihr bis zum Fuß der Hügel erstreckte, war von so unglaublicher Schönheit, dass ihr der Atem stockte. Unterbrochen von Buschwerk, lagen weite Flecken blanker Erde vor ihr – tief orangerot. Davor leuchteten golden Grasbüschel. Hier und dort standen riesige Affenbrotbäume mit breiten, geteilten Stämmen und seltsam verdrehten Ästen ohne Blätter. Sie wuchsen einzeln, als ob die Macht ihrer Präsenz die Trennung von anderen erforderlich machte. Die Hügel in der Ferne waren mit einem weichen grünen Teppich bedeckt, auf dem hier und da ockerfarbene Felsbrocken lagen. Dahinter ragten die Berge mit steilen, gezackten Gipfeln empor. Und der Himmel darüber war makellos blau.
Es war eine Landschaft, wie geschaffen für einen Künstler. Der Himmel war reinstes Ultramarin. *Terre verte* – »grüne Erde« auf Französisch – wäre perfekt für das Graugrün der Blätter, deren Pastelltöne Kitty an die genügsamen Akazien in Neusüdwales erinnerten. Die Schatten der geriffelten Baumstämme waren tief dunkelrot. Nicht schwarz, natürlich. So etwas wie Schwarz gab es nicht. Und um den richtigen Ton dafür zu treffen, müsste man das gleiche Blau wie für den Himmel verwenden und noch ein wenig Rot hinzufügen – Alizarin Crimson. Selbst der Name der Farbe war exotisch. Das Pigment für die Farbe stammte aus der Wurzel eines Krappgewächses, das die Menschen seit jeher zum Färben benutzt hatten. Das Fragment eines mit Krapp gefärbten Tuches hatte man sogar in Tutanchamuns Grab gefunden. Dieselbe Farbe wurde für die berühmten Jacken der Rotjacken verwendet, hatte Juri ihr erzählt.
»Du musst deine Farben verstehen«, hatte er zu ihr gesagt. »Wie sie gemacht sind, was sie können. Der Künstler muss die ganze Geschichte kennen.«
Kopfschüttelnd drängte Kitty die Erinnerung beiseite. Sie sollte nicht an Juri oder an ihr Leben als Künstlerin denken.

Das war die Abmachung, die sie mit Theo – und mit sich selbst – getroffen hatte. Über bestimmte Bereiche ihrer Vergangenheit durfte nicht gesprochen werden. Sie durfte noch nicht einmal daran denken.

Sie ging zu einem großen, runden Felsbrocken, der nicht weit entfernt lag. Er war oben flach, so als sei er zum Sitzen geschaffen worden. Sie setzte sich und stützte die Ellbogen auf die Knie. Während ihr Blick über die Ebenen glitt, begannen ihre Gedanken erneut zu wandern. Im Haus auf dem Millionärshügel fand sie es leichter, ihre Erinnerungen sorgsam zu verstauen. Und wenn sie doch einmal aufkamen, dann fiel es ihr nicht schwer, sie im Zaum zu halten – im Haus spürte sie Theos Gegenwart und wie er sie beobachtete, auch wenn er bei der Arbeit war. Aber hier draußen war es etwas anderes. Das Land war riesig und offen, und es gab keine Verstecke. Neben den mächtigen Bergen, den massiven Baumstämmen und unter dem endlosen Himmel kam Kitty sich winzig klein vor. Wer sie war, was sie getan hatte – das bedeutete nichts. Es schien nicht notwendig und auch nicht möglich zu sein, Wände im Kopf aufzubauen, um das Heute vom Gestern zu trennen.

Und so gab sie den Erinnerungen nach, die ständig in ihrem Kopf lauerten. Sie stiegen auf, so lebhaft und detailliert wie die Landschaft vor ihr – und trugen sie zurück in eine andere Zeit. Es war vor dem Krieg. Noch bevor sie Theo kennengelernt hatte. Sie war gerade erst in England angekommen, eine junge Australierin im Ausland. Eines der größten Abenteuer ihres Lebens lag vor ihr …

Auf der Treppe des British Museum pickte eine Taube Körner auf. Ein paar lagen neben Kittys Füßen. Sie beobachtete den Vogel, der sich ihr kühn näherte und mit dem Schnabel auf

den grauen Stein einhackte. Es war Mittag, und der Himmel war klar, aber die Sonne, die auf dem seidigen Gefieder des Vogels schimmerte, war nicht warm. Kitty lehnte sich gegen eine der massiven Säulen entlang der Fassade des Gebäudes. Die Kälte drang durch ihren Mantel und die Sohlen ihrer Schuhe, aber sie merkte es kaum. Ihr Kopf war voller Bilder und Eindrücke dessen, was sie gerade gesehen hatte. Sie war eben erst aus dem Museum herausgekommen – die Luft drinnen war stickig gewesen –, aber sie freute sich jetzt schon auf ihren nächsten Besuch der Kunstausstellungen.
Als Erstes war ihr die Größe der Gemälde aufgefallen: riesige Leinwände in verzierten goldenen Rahmen. Und dann die Farben – so reich und tief im Vergleich zu den Abbildungen der Meisterwerke, die sie in Glorias Büchern gesehen hatte. Was jedoch ihre Aufmerksamkeit am meisten gefesselt hatte, war die Struktur der Farbe gewesen. Sie hatte sich so nahe wie möglich vorgebeugt, was ihr misstrauische Blicke von den Museumswärtern eingetragen hatte. Sie sah, wie die Bilder aus Tausenden individueller Pinselstriche entstanden waren. Aber wenn sie dann einen Schritt zurücktrat, war doch alles wieder ein einziges Gemälde. Es war wie ein Wunder.
Die Taube flatterte davon, und Kitty blickte ihr nach. Weiter unten an der Treppe hockte sie sich wieder hin. Dort stand eine junge Frau mit roten Haaren in Begleitung von zwei Männern. Kitty erkannte das Trio wieder. Sie waren ebenfalls im Museum gewesen. Auch sie hatten die Gemälde betrachtet und auf verschiedene Teile der Leinwände gezeigt. Die Frau hatte sogar ein Buch aus der Tasche gezogen und sich etwas aufgeschrieben. Kitty hatte sie aus den Augenwinkeln beobachtet. Dabei war sie unwillkürlich stehen geblieben, als seien die drei seltene Vögel, die bei der kleinsten Störung auffliegen könnten. Sie studierte, wie sie gekleidet waren, wie sie sich

benahmen. Die Frau trug einen viel zu großen Mantel, der aussah, als hätte sie ihn sich von ihrem Großvater geliehen. Am Hals und an den Ärmeln blitzte es hellrot hervor. Ihre Haare hatte sie nachlässig hochgesteckt, und einige Strähnen hingen lose herab. Die Männer hatten Tweed-Jacketts an, mit Flicken an den Ellbogen, und darunter Hemden mit weichen Kragen. Einer hatte sich einen Paisley-Schal mit nur noch wenigen Fransen um den Hals geschlungen. Sie fühlten sich in der Galerie offensichtlich zu Hause, sie redeten leise, aber ungezwungen miteinander und ließen sich von den missbilligenden Blicken des Museumswärters nicht stören.
Hier draußen, auf der Treppe vor dem Museum, waren sie sogar noch entspannter – sie plauderten und lachten, und die Männer rauchten. Dann verzog die Frau auf einmal das Gesicht und sprach offensichtlich ein ernsteres Thema an. Sie hob die Hände, um ihre Worte zu unterstreichen. Die Männer nickten zustimmend.
Kitty konnte zwar nicht hören, was sie sagten, aber sie spürte, dass die drei ein gemeinsames Interesse verband. Neid stieg in ihr auf, und sie fühlte sich auf einmal schrecklich allein.
Zwei Wochen waren vergangen, seit sie das Haus der Familie Harris verlassen hatte. Sie waren entfernte Verwandte von Mr. Walker, dem Anwalt ihrer Großmutter. Als er erfahren hatte, dass Kittys Eltern deutlich zum Ausdruck gebracht hatten, dass die Tochter im Ausland nicht auf die Unterstützung ihrer Familie rechnen konnte, hatte er die Rolle des Ratgebers übernommen. Er hatte Kitty gesagt, wo sie vor der Überfahrt in Sydney wohnen sollte, und hatte ihr geholfen, eine Schiffspassage zu buchen. Er war sogar zum Kai gekommen, um sie zu verabschieden. Lächelnd hatte er ihren begeisterten Bericht über ihre Kabine in der Touristenklasse angehört, die für die sechs Wochen dauernde Reise ihr Zuhause sein würde.

In London hatte Mr. Walker dafür gesorgt, dass sie zunächst einmal, solange es nötig war, bei den Harris wohnen konnte. Sie waren nett und höflich und schienen sich darüber zu freuen, dass Kitty ihr Gast war. Aber im Haus war es sehr still. Mr. Harris verbrachte viel Zeit in seinem Club. Mrs. Harris ruhte tagsüber und hörte abends Radio. Kitty machte ein paar Ausflüge – sie schaute sich den Tower an und ging zum Piccadilly Circus und zum Big Ben. Abgesehen davon jedoch war sie oft allein in ihrem Zimmer. Sie stellte sich selbst Zeichenaufgaben – einen drapierten Schal, eine verwelkte Blume – und las ein paar Bücher, die sie sich von Mrs. Harris geliehen hatte. Die Einsamkeit, nach der Kitty sich zu Hause, mit ihren vier lärmenden Brüdern, gesehnt hatte, fühlte sich auf einmal nicht mehr wie Luxus an. Ihr Souterrain-Zimmer hatte ein vergittertes Fenster, das sich auf Höhe des Bürgersteigs befand. Von den Passanten draußen sah sie nur eine Parade von Füßen – Schuhe und Stiefel, zierlich und solide, alt und neu –, und sie kam sich vor wie in einer Gefängniszelle. Wenn sie ihren Skizzenblock durchblätterte und die Zeichnungen und Gemälde betrachtete, die sie während der Reise gemacht hatte – chaotische Impressionen vom Hafen in Mumbai, verträumte Aquarelle von Sonnenuntergängen auf dem Meer –, dann wurde sie nur noch trübsinniger.
Als sie es schließlich nicht mehr aushalten konnte, beschloss sie zu gehen. Sie dankte Mr. und Mrs. Harris für ihre Gastfreundschaft und schenkte ihnen eine Zeichnung, die sie von ihrem Haus angefertigt hatte. Sie hatte im Park gegenüber gestanden, während sie daran gearbeitet hatte, und den Skizzenblock auf den schmiedeeisernen Zaun gelegt. Durch geschickt eingesetzte Schattierungen war es ihr gelungen, das Gebäude dramatisch aussehen zu lassen, so dass es sich deutlich von den Häusern in der Nachbarschaft abhob. Das Ehepaar war

überrascht und erfreut gewesen, aber Kitty hätte nicht sagen können, ob sie glücklich oder entsetzt waren, dass ihr Gast sie verließ. Sie wünschten ihr alles Gute, als sie ins Taxi stieg. Über ihr Ziel hatte Kitty sie im Unklaren gelassen.
Als das Taxi sich dem Zentrum von London näherte, beugte sie sich aufgeregt vor, um den ersten Blick auf das berühmte Hotel Savoy zu erhaschen. Beim Anblick der prächtigen Fassade bekam sie Gänsehaut. Ein Mann in einer eleganten Uniform öffnete die Wagentür. Als Kitty auf den Vorplatz trat, stieg leise Panik in ihr auf. Es war eine wahnsinnige, extravagante Geste, hierherzukommen. Sie kam sich vor wie eine der jungen Frauen in den Geschichten von F. Scott Fitzgerald – Bernice, Honoria, Josephine – oder sogar wie Zelda, die Ehefrau des Autors. Sie wohnten ständig in solchen Häusern. Aber nicht deshalb hatte Kitty es ausgesucht. Das Savoy war Glorias Lieblingshotel gewesen. Ihre Großmutter hätte es bestimmt richtig gefunden, dass sie hier abstieg.
Gefolgt von einem Pagen, der ihren abgeschabten alten Koffer trug, ging sie hocherhobenen Hauptes hinein. Ihre Großmutter war sehr selbstbewusst gewesen und hatte sich immer zu voller Größe aufgerichtet, wenn sie einen Raum betrat, ob es nun der Scherschuppen, die Kirche oder der Kaufladen war. Kitty vermutete, dass die Türsteher, die mit ihren Zylindern so schick aussahen, wussten, dass sie nicht hierher gehörte, aber sie waren von untadeliger Höflichkeit. Als man ihr ihr Zimmer zeigte – das preiswerteste im ganzen Hotel –, war sie vor Ehrfurcht verstummt.
»Stimmt etwas nicht, Madam?«, hatte der Page gefragt.
Sie hatte nur stumm den Kopf geschüttelt.
Eine Woche lang blieb sie dort, nahm die Mahlzeiten im Speisesaal ein und bekam das Frühstück auf einem Tablett ins Zimmer gebracht. Im Foyer plauderte sie mit den anderen

Gästen – jedenfalls mit den freundlichen. Sie fand ihre Fragen über Australien abwechselnd amüsant und verwirrend. Hatte sie einen Koala als Haustier? Konnte sie auf einem Akazienblatt pfeifen? Hatte sie schon einmal einen Aborigine gesehen? Gerade bei der letzten Frage musste Kitty sich die Antwort sorgfältig überlegen. Diese Engländer konnten sich so jemanden wie Gunja, den Wanderarbeiter, der zur Arbeit auf Seven Gums auftauchte, wann es ihm beliebte, sicher nicht vorstellen. Er hatte schwarze Haut und wilde krause Haare wie die Aborigines in Bildbänden, aber er trug normale Kleidung, und statt eines Speers hatte er ein Gewehr. Sie ließ es bei vagen Bemerkungen über Bumerangs und rituellen Tanzzeremonien bewenden, wobei sie hoffte, dass niemand detaillierter Auskunft wollte.

Jeden Morgen und jeden Abend lief sie durch die Straßen in der Umgebung. Alles erregte ihr Interesse, von luxuriösen Geschäften bis zu Straßenkarren, von Damen, die schon tagsüber Pelze trugen und mit Schmuck behängt waren, bis hin zu einem Wurf streunender Katzen. Das British Museum war nur ein paar Minuten entfernt, und manchmal ging sie einfach nur dorthin, um das Gebäude zu betrachten. Es war wie ein riesiger römischer Tempel mit geriffelten Säulen, auf denen ein Fries mit antiken Figuren ruhte. Sie spürte, dass es eine Verbindung zwischen diesem Wahrzeichen von London und der goldenen Statue eines römischen Soldaten gab, die über dem Eingang des Savoy angebracht war. Zwischen diesen beiden Gebäuden hin und her zu gehen, gab ihr das Gefühl, dazuzugehören – so als ob sie sich diese Ecke von London angeeignet hätte.

Als sie schließlich die Rechnung bezahlt hatte, waren ihre finanziellen Mittel alarmierend geschrumpft. Sie trug ihren Koffer selbst aus der Halle, eilte an den Türstehern vorbei und ging zu Fuß, statt eine Droschke zu nehmen. Sie machte sich auf den Weg zu einem Haus, das ihr bei einem ihrer Ausflüge zum British Museum aufgefallen war. Im Fenster eines von Ruß geschwärzten Stadthauses hing ein handgeschriebenes Schild: *Zimmer frei. Preiswert.*

Nachdem sie dort eingezogen war, war sie wirklich allein. Ihre Vermieterin tauchte nur auf, um die Miete zu kassieren, und von ihren Zimmernachbarn bekam sie so gut wie gar nichts mit. Mindestens einer von ihnen arbeitete nachts und schlief am Tag. Kitty musste sich damit begnügen, gelegentlich auf der Straße angelächelt zu werden oder mit jemandem ein paar Worte zu wechseln – was meistens nur der Fall war, wenn sie ihren Mantel im Museum an der Garderobe abgab oder sich in dem kleinen Pasteten-Geschäft, das sie entdeckt hatte, etwas zu essen kaufte. Sie fragte sich, was sie erwartet hatte, als sie sich allein auf den Weg machte. Es war nur natürlich, dass sie einsam war. In Wahrheit jedoch hatte sie sich vorgestellt, London so zu erleben, wie Gloria es getan hatte – an Partys und Treffen teilzunehmen, Künstler und Autoren kennenzulernen, Freunde zu finden und sich vielleicht sogar zu verlieben. Aber Gloria war eine vornehme, gebildete Frau gewesen, die wusste, wie man Verbindungen knüpfte. Kitty war nur ein einfaches Mädchen aus dem Busch. Auch wenn sie zum Teil die Kleider trug, die sie von ihrer Großmutter geerbt hatte – das cremefarbene Seidenhemdchen oder das maßgeschneiderte Jackenkleid, das Gloria als zeitlos elegant bezeichnet hatte –, hatte sie nicht das Gefühl, ihnen gewachsen zu sein. Und wenn sie ihre selbstgeschneiderten Röcke und Blusen trug oder die selbstgestrickte Strickjacke, die Mrs. Harris ihr geschenkt hatte, kam sie sich altmodisch und langweilig vor.

Kitty spähte über die Museumstreppe zu dem rothaarigen Mädchen, das immer noch mit seinen beiden Freunden plauderte. In diesem übergroßen Mantel würde jeder andere wie ein Landstreicher aussehen – doch an ihr wirkte er fast glamourös. Vielleicht war Stil ja etwas, das man von Geburt an besaß, dachte Kitty, oder es hatte was mit der Herkunft zu tun. Wenn das stimmte, dann hatte sie keine Hoffnung, auf irgendjemanden Eindruck zu machen.

Die Frau zog ihren schweren Ärmel zurück und blickte auf ihre Armbanduhr. Die Männer traten ihre Zigarettenstummel mit den Absätzen ihrer Schuhe aus. Dann liefen die drei die Treppe hinunter zur Straße.

Kitty konnte beinahe spüren, wie die warme Aura der Gemeinschaft sich mit ihnen entfernte. Sie zögerte kurz, dann lief sie hinter ihnen her. Sie hatte nicht vor, sie anzusprechen, sie wollte sie nur noch ein wenig beobachten. Wenn sie einen Tee-Shop aufsuchten, würde sie vielleicht auch hineingehen. Oder vielleicht würde sie sie nach kurzer Zeit auch einfach ziehen lassen. Sie war noch nicht bereit, in ihr kaltes Zimmer zurückzukehren, wo die Vorhänge, das Bettzeug – möglicherweise sogar die Tapete – nach kaltem Zigarettenrauch, gebratenen Würstchen und Schimmel rochen.

Sie ging direkt hinter der Frau und musterte ihre blutroten Schuhe, deren Stil eine perfekte Mischung aus Glamour und Nüchternheit waren. Im Gegensatz zum Mantel waren sie brandneu.

Nach kurzer Zeit bogen die drei auf einen Asphaltweg ein, der über eine Rasenanlage führte. Andere junge Leute, in Grüppchen, zu zweit oder allein, kamen dazu. Vor ihnen lag ein großes Steingebäude mit hohen Säulen und einem abgerundeten Portikus. Kitty nahm an, es sei ebenfalls ein Museum.

Sie hielt den Blick auf die Schuhe der Frau gerichtet und folgte ihr ein paar Stufen hinauf durch einen hohen, breiten Flur.

Mitten in einer großen Halle blieb Kitty schließlich unschlüssig stehen. Der Ort kam ihr nicht mehr wie ein Museum vor. Dazu bewegten sich die Leute zu schnell, redeten und lachten zu laut. Sie hatten Taschen und Bücher dabei. In der Halle waren Marmor-Skulpturen ausgestellt – antik aussehende Akt-Darstellungen von Männern und Frauen. Aber sie waren schmutzig und mit Staub bedeckt. Und der Statue eines Mannes, die in einem Alkoven neben dem Eingang ausgestellt war, hatte jemand einen karierten Schal um die Taille geschlungen. Kitty hatte gesehen, dass die drei Freunde in einem Korridor verschwunden waren. An einem Schreibtisch saß ein Mann in Uniform. Kitty tat so, als studiere sie eine der Statuen, und überlegte fieberhaft, was sie tun sollte. An der Wand neben ihr stand ein Glasschrank mit einem schwarzen Brett. Kitty blickte auf die Zettel, die daran hingen. Sie überflog sie hastig. *Memorandum für alle Studenten* und *Einschreibungshinweis* las sie. Und ein Begriff tauchte immer wieder auf, sowohl in den Überschriften als auch im Kleingedruckten. Sie starrte die Wörter an, als enthielten sie eine seltene Magie.
The Slade School of Art.
Sie zögerte nur kurz, dann drehte sie sich auf dem Absatz um und marschierte ebenfalls den Korridor entlang, wobei sie so tat, als wisse sie genau, wohin sie gehen müsse.
Die Leute, denen sie gefolgt war, waren nirgendwo zu sehen. Auf beiden Seiten des Flurs befanden sich Schränke mit Schließfächern, auf denen Nummern aufgemalt waren. Jedes gehörte wahrscheinlich einem Studenten, dachte Kitty. Es musste auch noch andere Flure mit weiteren Schränken geben, denn hier waren die Zahlen schon bei dreihundert angelangt. Auch weitere grauweiße Skulpturen waren zu sehen. Ein schwacher Duft – wie nach Fichtennadeln – hing in der Luft.

An einer Tür, die halb offen stand, verlangsamte Kitty ihre Schritte. Auf Zehenspitzen schlich sie näher und spähte in den Raum. Etwa ein Dutzend Personen – hauptsächlich Männer, aber auch ein paar Frauen – standen an Staffeleien und malten. In der Mitte des Raums befand sich ein Podest, auf das alle ihre Aufmerksamkeit richteten. Dort saß eine Frau auf einem Holzstuhl, völlig nackt. Ihr leerer Blick schweifte durch den Raum, während die Studenten ihren nackten Körper musterten. Ihre Brüste waren schwer, mit dunklen, runden Nippeln. Kitty trat einen Schritt zurück. Das Bild des dunklen Schamhaars ging ihr nicht aus dem Kopf. Sie wusste natürlich, dass Künstler nach dem Leben malten – erst heute hatte sie das Ölgemälde eines Mannes bei der Arbeit in seinem Atelier gesehen, mit einer nackten Frau als Modell. Aber trotzdem war sie schockiert.
Vorsichtig näherte sie sich wieder der Tür, dieses Mal, um die Studenten zu betrachten. Sie trugen lose Kittel, die mit Farbflecken übersät waren, hielten alle eine Palette in der einen und einen Pinsel in der anderen Hand. Auf jeder Leinwand sah Kitty ein Bild entstehen. Selbst sie konnte erkennen, wie unterschiedlich die Qualität der Bilder war. Einige bildeten die Gestalt unbeholfen ab, klumpig und schwer. Andere Bilder bestanden aus schüchternen, schwachen Linien. Niemand hatte auch nur annähernd die Weichheit der Haut, das Spiel der Muskeln darunter und die Stärke der Knochen eingefangen. Kitty schlang die Arme um sich. Wie wundervoll es wäre, dies zu lernen! Was für ein großartiges Unterfangen!
Ein silberhaariger Mann ging zwischen den Studenten umher. Selbst bei flüchtiger Betrachtung war er beeindruckend. Er bewegte sich mit natürlicher Autorität, und obwohl er bestimmt schon in den Sechzigern war, sah er immer noch gut aus. Kitty beobachtete, wie die Studenten erstarrten, wenn er

näher trat, wie sie einen Schritt von der Leinwand zurückwichen und ihn anschauten. Seine Worte wurden unterschiedlich aufgenommen. Eine junge Frau schwankte zwischen Verzweiflung und Demütigung; ein junger Mann strahlte vor Freude über das ganze Gesicht.

Nacheinander studierte Kitty die Studenten, wobei sie sich fragte, wer sie wohl waren und wie es ihnen gelungen war, hier lernen zu dürfen. Sie dachte an die rothaarige Frau mit ihrer sorglosen Art und ihren extravaganten Schuhen, und Neid stieg in ihr auf. Diese Leute hatten alles – Farben, Leinwand, Staffelei, Modell, Lehrer. Sie hatten einen Platz zum Arbeiten und anscheinend auch genügend Zeit.

Sie stieß die Tür ein wenig weiter auf, um besser sehen zu können. Sie knarrte laut, und der Lehrer drehte sich um. Kitty erstarrte, als er sie anblickte. Eine Sekunde lang blieb auch er unbeweglich stehen. Dann trat er ein paar Schritte auf sie zu. Kitty wich zurück und zwang sich, ruhig wegzugehen. Schließlich hatte sie ja nichts Schlimmes getan. Aber als sie die Tür erneut knarren hörte und Schritte hinter ihr ertönten, wurde sie unwillkürlich schneller.

»Warten Sie! Bitte!«

Zögernd blieb sie stehen. Sie wollte nicht, dass er sie bis in die Halle verfolgte, wo der Mann in Uniform saß.

Sie drehte sich um. Einen langen Moment blickten sie einander nur an. Der Lehrer trug ein seidenes Hemd, das am Hals offen war, und einen braunen Schal. Er hatte eine hohe Stirn, und seine silbernen Haare fielen ihm über die Ohren. Er sah aus wie jemand aus der Vergangenheit, eine Figur in einem Theaterstück. Als er die Hand hob, um sich übers Gesicht zu reiben, bemerkte Kitty einen Ring mit einem Türkis – sie hatte noch nie einen Mann mit so einem Ring gesehen. Es stieß sie ab und faszinierte sie zugleich.

»Gehen Sie nicht«, sagte er. Es klang mehr wie ein Befehl als wie eine Bitte. »Ich möchte mit Ihnen reden.« Er hatte einen starken ausländischen Akzent.
Kitty musterte ihn schweigend, und auch er betrachtete sie aufmerksam. Seine Augen waren hellblau und wirkten seltsam alterslos. Er hatte leicht die Augenbrauen hochgezogen und wirkte so überrascht, dass Kitty sich fragte, ob er sie wohl mit jemandem verwechselte, den er kannte.
»Sind Sie Studentin hier? Ich habe Sie noch nie zuvor gesehen.«
»Nein. Es tut mir leid. Ich bin einfach hier hereingekommen … um mich umzuschauen.«
Der Mann streckte die Hand aus – lange schlanke Finger mit Farbspuren an den Nägeln. »Ich bin Prinz Fjodor Juriewitsch. Man nennt mich Juri.«
Als Kitty seine Hand ergriff, fragte sie sich kurz, ob sie richtig gehört hatte. Sie erkannte seinen Namen als russisch, schließlich hatte sie *Anna Karenina* gelesen. Es passte zu seinem Akzent. Aber warum sollte ein Prinz an einer Kunstschule in London unterrichten? Vielleicht sagte er ja nicht die Wahrheit. Andererseits war etwas an ihm, was zu einer königlichen Hoheit passte. Die Studenten hatten sich ihm gegenüber jedenfalls äußerst ehrerbietig verhalten. Seine Persönlichkeit schien den ganzen Raum zu erfüllen, und alle anderen wirkten in seiner Gegenwart blass. »Ich heiße Kitty.«
»Kit-ty.« Er dehnte die Silben ihres Namens. »Kitty«, wiederholte er. »Ich möchte Ihr Porträt malen.«
Erschreckt starrte sie ihn an. Sie dachte an den Stuhl auf dem Podest, die nackte Frau.
»Sie werden natürlich Ihre Kleider anbehalten«, sagte Juri ruhig. »Das hätte ich Ihnen gleich sagen sollen. Nur ihr Gesicht. Hals und Schultern. Sonst nichts.«

Kitty schüttelte den Kopf. »Das könnte ich nicht.«
»Nicht hier. Kommen Sie zu mir nach Hause. Es ist ganz in der Nähe von London. Ich schicke Ihnen einen Wagen. Wenn Sie wollen, können Sie auch eine Freundin mitbringen.«
Sie lachte ungläubig. Dann betrachtete sie ihn forschend. Er schien es völlig ernst zu meinen. »Ich kenne Sie ja noch nicht einmal!«
»Ganz London kennt mich.« Juri klang eher ungeduldig als stolz. »Meine Gemälde hängen im British Museum, im Buckingham Palace.« Er machte eine Geste, die den gesamten Raum umfasste. »Ich bin hier am Slade emeritierter Professor Emeritus.« Er wies auf das Atelier. »Die Leute betteln darum, für mich Modell zu sitzen.«
Kitty schüttelte einfach nur den Kopf.
Juri begann, auf und ab zu gehen. Er betrachtete Kitty aus verschiedenen Blickwinkeln, dann blieb er plötzlich stehen, als ob er eine Idee hätte.
»Sind Sie Künstlerin, Kitty?«
»Nein, das bin ich nicht«, antwortete sie mit fester Stimme. Aber dann dachte sie an ihre Skizzenblöcke, bei denen jede Seite vorn und hinten mit Zeichnungen bedeckt war. Und die Bilder, die sie von der Wand ihres Schlafzimmers genommen hatte, bevor sie aufbrach. Es zu leugnen war eine Beleidigung für all die Stunden, die sie heimlich im Scherschuppen daran gearbeitet hatte, für all die Tränen, die aufs Papier gefallen waren und die Linien verwischt hatten, die Schmutzspuren, die der Radiergummi hinterlassen hatte, die Löcher in dem billigen Papier. Sie blickte den Mann an. »Ja, ein bisschen.«
Seine Miene hellte sich auf. »Ich mache Ihnen ein Angebot. Sitzen Sie mir Modell, und dann unterrichte ich Sie.«
Kitty öffnete den Mund. Sie sah sich selbst in einem Malerkittel, eine Palette in der Hand. Sie stellte sich vor, wie sie Farb-

tuben ausdrückte, Farben mischte. Im Klassenzimmer unten am Gang hatte sie gesehen, wie einer der Studenten prüfend seinen Pinsel hochgehalten hatte, anscheinend, um die Proportionen des Modells zu messen. Es gab so vieles, was Kitty lernen konnte. So vieles, was Juri ihr beibringen konnte. Eine Sehnsucht stieg in ihr auf, ergriff Besitz von ihrem ganzen Körper. Aber dann trat die Realität wieder in den Vordergrund. Sie sollte in sein Haus außerhalb von London kommen. Möglicherweise würden sie dort allein sein; Kitty hatte ja keine Freunde hier. Welches Mädchen würde ein solches Angebot in Betracht ziehen? »Es tut mir leid«, sagte sie. »Es geht nicht.«

Er legte den Kopf schräg, als wolle er verhindern, dass ihre Worte ihn erreichten. »Bitte. Ich muss Sie malen.« Er hielt die Hände so fest zusammengepresst, dass seine Knöchel weiß hervortraten.

Kitty blickte ihn verwirrt an. Er klang fast verzweifelt. Sie blickte zum Atelier. Dort waren doch genug Leute, die er malen konnte. Er konnte sich überall in der Kunstschule ein Modell aussuchen. Was hatte denn ein Mädchen aus Australien, das in einem billigen Zimmer lebte und sich von Erbsen und Kartoffelpüree ernährte, ihm zu bieten?

»Warum gerade ich?«

»Warum gerade Sie?« Juri schwieg einen Moment und legte sich nachdenklich die Hand auf den Mund. Anscheinend suchte er nach den richtigen Worten. »Weil … Sie perfekt sind für das Bild, das ich malen möchte.«

»Aber warum?«

»Sie sehen aus wie eine Russin.«

Kitty runzelte überrascht die Stirn. Sie hatte keine Ahnung, wie eine Russin aussehen mochte. »Ich bin Australierin«, protestierte sie.

»Heben Sie den Kopf und drehen Sie ihn nach links«, wies Juri sie an.
Kitty gehorchte.
»Ah, ja. Sie sind perfekt für sie.« Er klang erfreut, aber in seinen Augen stand ein seltsamer Ausdruck – Traurigkeit vielleicht oder Bedauern.
Kitty trat einen Schritt zurück und musterte ihn unbehaglich. »Wen meinen Sie? Für wen bin ich perfekt?«
»Für niemand Realen«, sagte Juri rasch. »Eine echte Russin wäre nicht schwer zu finden. Aber ich möchte jemanden, der wie die *Idee* eines russischen Mädchens aussieht.« Er betrachtete sie mit glühenden Blicken. »Ich will Sie.«

Ein plötzliches Rascheln im Gebüsch brachte Kitty wieder zurück in die Gegenwart. Wachsam blickte sie sich um. Eigentlich hatte sie kein Geräusch und keine Bewegung gemacht, um ein Tier zu verscheuchen. Ein Augenblick verging, in dem alles still blieb. Schließlich entspannte sie sich und vertiefte sich erneut in die Aussicht. Sie beobachtete, wie ein großer Vogel, der aussah wie eine übergroße Krähe mit einem weißen Fleck auf der Brust, auf einem der Baobabs landete. Sein schwarzer Körper verschmolz mit dem dunklen Geäst. Die Äste wirkten wie abgeschnitten – viel zu klein für den mächtigen Stamm. Sie sahen eher aus wie Wurzeln, dachte Kitty. Als ob der gesamte Baum umgedreht worden sei.
Hinter ihr knackte ein Zweig. Sie fuhr herum. Die Blätter eines Busches regten sich, als sei der Wind hindurchgefahren. Aber es ging kein Wind.
Kitty blickte sich forschend um. Zwischen zwei hohen Sträuchern erblickte sie ein Stück ockerfarbenen Stoff, einen dunklen Kopf, einen Arm. Sie sah das Weiße von Augen. Dann erkannte sie die Gestalt eines Mannes, der einen Speer hielt –

er stand so still, dass er beinahe mit seiner Umgebung verschmolz. Nahe bei ihm stand eine gebeugte alte Frau. Nicht weit davon entfernt ein Kind.
Kitty erhob sich langsam. Sie war so in Gedanken versunken gewesen, dass sie nicht bemerkt hatte, wie die Leute leise näher gekommen waren. Der junge Mann trat vor, und wie auf ein Signal hin wurde der Busch auf einmal lebendig. Männer, Frauen und Kinder jeden Alters – sogar ein paar Hunde – tauchten auf. Binnen kurzem war Kitty völlig eingekreist. Plötzlich fühlte sie sich vom Schutz ihres Gartens weit entfernt, und ihr fiel ein, dass niemand wusste, wo sie war.
Sie schluckte nervös. *»Hamjambo«,* rief sie. Ich grüße euch alle.
Lächeln erhellte die Gesichter. Die Begrüßung wurde mehrmals wiederholt, ging durch die Gruppe, wurde geprüft und für gut befunden.
»Hatujambo, Mama«, antwortete die alte Frau.
»Shikamu«, erwiderte Kitty. Diese Begrüßung war erforderlich, wenn man sich an eine ältere oder wichtigere Person wandte. Ich küsse deine Füße.
»Marahaba«, kam die Antwort. Aber nur ein paar Mal.
Zustimmendes Gemurmel wurde laut. Kitty begann, sich zu entspannen. Sie betrachtete die Gestalten, die um sie herumstanden. Sie trugen die traditionellen, mit Pflanzenfarbe gefärbten Gewänder, die bei Männern wie Frauen die Schultern und die Brüste freiließen. Die Ohrläppchen waren durch den Schmuck so vergrößert, dass sie bis zu den Schultern hingen. Männer wie Frauen hatten komplizierte Frisuren und trugen lange Perlenketten. Die Haut war mit rotem Schlamm, Farbe und Asche beschmiert. Ihr Grinsen enthüllte kräftige weiße Zähne – obwohl Kitty auffiel, dass allen Männern ein Vorderzahn fehlte und sie eine runde Narbe mitten auf der Stirn hat-

ten. Vermutlich waren dies die rituellen Markierungen des Stammes, den Theo erwähnt hatte – die Wagogo.
Die Leute drängten sich näher an sie heran. Kitty erstarrte, als Hände ihre Bluse, ihre Arme, ihre Haare betasteten. Es roch nach Kuhmist, Holzrauch, Urin und Schweiß. Hinzu kam die Hitze der Sonne. Kitty wischte sich über die Stirn.
Eine junge Frau schob ein Kind auf sie zu, und Kitty wich instinktiv zurück. Die Augen des Kindes waren mit Eiter verklebt, sein Mund war von Pusteln verkrustet. Sein Kopf wackelte auf einem geschwollenen Hals. Die Mutter lächelte, als ob alles gut sei. Kitty blickte in die Menge. Sie sah jetzt, dass viele der Kinder unterernährt waren. Janet hatte ihr die Erkennungsmerkmale beigebracht: spröde, farblose Haare, trockene schuppige Haut, vorstehende Bäuche. Die Stirnnarbe eines halbwüchsigen Jungen, die anscheinend schon einmal verheilt war, war wieder aufgebrochen und eiterte. Auch einige der Erwachsenen waren bei schlechter Gesundheit – einige schienen sogar ernsthaft krank zu sein. Ein Mann hatte im ganzen Gesicht Knoten, und die Hälfte seiner Nase war weggefressen. Ein anderer hielt den Kopf schief, den Hals von einer riesigen Geschwulst verformt.
Eine Welle von Übelkeit überkam Kitty. Ihre Haut begann zu prickeln. Angesichts der freundlichen Art der Mutter wurde sie beinahe wütend. *»Mtoto wako ni mgonjwa«*, sagte sie zu der jungen Frau. Dein Kind ist krank. »Warum bringst du es nicht ins Krankenhaus?«
Krankenhaus. Das Wort machte die Runde, aber niemand schien es zu verstehen.
Sie versuchte es mit einem anderen Wort. *»Daktari?«* Arzt.
Jetzt verstanden sie. Die Mutter zeigte auf einen Lederbeutel, der um den Hals des Kindes hing. Kitty erkannte den Zauber eines Schamanen; Janet hatte ihr davon erzählt. Die Missionarin hatte gesagt, die Methoden der Schamanen – ob es dabei

um Aberglaube oder Naturmedizin ging – reichten von nutzlos bis lebensbedrohlich.
Der Mann mit dem Speer, den Kitty als Ersten gesehen hatte, trat neben das Kind und seine Mutter. Er redete in einfachem Swahili. »Ich habe ihr gesagt, sie muss den Jungen zur Mission bringen.«
»Ist in der Mission ein Doktor?«, fragte Kitty.
»Nein, kein Doktor. Aber die weiße Dame, Schwester Barbara, hat gute Medizin.«
Kitty schüttelte den Kopf. »Dieses Kind muss zu einem richtigen Arzt.« Sie dachte an das Krankenhaus, das sie auf ihrer Besichtigungstour durch Londoni, die Theo für sie arrangiert hatte, gesehen hatte. Lisa hatte ihr stolz alle Einrichtungen des Ortes gezeigt – Kino, Apotheke, Tierklinik, Bibliothek. Das Krankenhaus war in einem großen neuen Betonblock-Gebäude untergebracht. Es bestand aus zwei Stationen, einem Operationssaal und einer Ambulanz. Als Kitty es besichtigte, hatte auf einer Station ein Kind gelegen, dem man die Mandeln entfernt hatte. Auf der anderen Station lag ein Mann mit einem bösen Husten in einem großen Saal mit lauter makellos gemachten Betten. In der Ambulanz nähte man gerade einem Mann in schmutziger Arbeitskleidung einen Schnitt am Arm. Es war nicht besonders viel los.
Kitty spürte den Blick des jungen Mannes und fragte sich, ob er wohl von dem Krankenhaus wusste. Wahrscheinlich waren solche Leute dort nicht willkommen. Möglicherweise gab es bei den Einheiten eine Klinik für afrikanische Arbeiter – aber da Kitty es nicht genau wusste, sagte sie lieber nichts. Sie war erleichtert, als ein halbwüchsiges Mädchen die Aufmerksamkeit auf Kittys Haare lenkte.
»Maradadi«, sagte sie bewundernd und berührte eine Strähne. Wunderschön.

»Danke.« Was hätten sie wohl gedacht, wenn ihre Haare noch lang gewesen wären? Die weiche, dicke Fülle war so ganz anders als die eigenen krausen, festen Löckchen. Sie lächelte das Mädchen an. »Wie heißt du?«
Bevor das Mädchen antworten konnte, rief die alte Frau etwas – ihre Stimme war brüchig, aber Kitty verstand die Bedeutung der Worte trotzdem: Sag der weißen Frau nicht deinen Namen!
Eine Sekunde lang war Kitty beleidigt – sie hatte doch nur freundlich sein wollen. Aber dann fiel ihr ein, dass viele Afrikaner glaubten, ihr Name habe Macht über seinen Träger. Das war eines der Dinge, die Janet ihr beigebracht hatte. Namen auszutauschen erforderte Vertrauen.
»Es tut mir leid«, sagte sie zu der alten Frau. Sie hätte ihr gern erklärt, dass es falsch von ihr gewesen war, eine solche Frage zu stellen, aber so viel Swahili konnte sie nicht.
Die Frau schien sie jedoch zu verstehen. Sie neigte den Kopf und akzeptierte die Entschuldigung. Um nicht noch einen Fehler zu begehen, schwieg Kitty und beobachtete die Leute lediglich. Da sie immer mehr Fälle von Krankheit und Unterernährung sah, wünschte sie sich, ihnen eine Lösung anbieten zu können. Was auch immer der Stamm an Hilfe von den ortsansässigen Missionaren bekam, es war offensichtlich nicht genug. Janet hatte recht gehabt. Hier in Afrika gab es viel zu tun.
Bald plauderten die Wagogo miteinander, wobei sie gelegentlich einen Kommentar an die Fremde in ihrer Mitte richteten. Kitty begann vorsichtig, Antworten zu geben. Die Zeit verging wie im Flug, und auf einmal merkte sie, dass sie nach Hause musste, bevor Theo zum Mittagessen kam. Sie zeigte den Weg entlang, den sie gekommen war. »Ich muss zu meinem Haus zurückkehren.«

Sie machte sich auf den Weg zum Millionärshügel. Ohne Zögern begleiteten die Leute sie. Ein Kind ergriff ihre Hand, und ein anderes folgte seinem Beispiel. Zuerst war Kitty nicht wohl dabei, weil sie fürchtete, die Kinder könnten Hautkrankheiten oder Läuse haben. Aber die Händchen waren so klein, die Gesten der Kinder so vertrauensvoll, dass sie sie nicht loslassen wollte. Jemand stimmte ein Lied an, und immer mehr Stimmen fielen ein. Der junge Mann ging voraus und ebnete Kitty den Weg, indem er alle scharfkantigen Steine beiseitekickte.
Kitty betrachtete die Frauen – die älteren mit ihren verbrauchten Brüsten, die schlaff auf dem Oberkörper hingen; die stillenden Mütter, aus deren Brustwarzen Milch tropfte; und die jungen Mädchen mit perfekten kleinen Hügeln, die sich beim Gehen kaum bewegten. Sie hätten Modelle in einem Freiluft-Atelier sein können – jemand wie Juri, der sich für die Wahrheit unter den Schichten interessierte, hätte sie malen können. Die Leute begleiteten Kitty, bis die Gartenhecke in Sicht kam. Dann blieben sie zurück und verschwanden so leise, wie sie gekommen waren. Sie ging den Rest des Weges allein.

»Du würdest es nicht glauben, Kitty.« Theo zog eine gestärkte weiße Serviette aus dem Serviettenring und legte sie sich über den Schoß. »Unten bei den Einheiten hat heute ein Vorarbeiter ein paar Afrikaner gebeten, eine Ladung Schubkarren, die gerade geliefert wurden, abzuladen. Sie mussten sie ins Lager bringen.« Er stieß ein trockenes Lachen aus. »Die Männer haben sie hochgehoben und auf den Köpfen getragen! So etwas Absurdes hast du noch nie gesehen!«
Kitty lächelte und strich ihre Serviette auf ihren Knien glatt. »Kann ich einmal mit dir zu den Einheiten kommen?«, fragte sie. »Ich würde gern einmal sehen, was da so passiert.«

»Es gibt nicht viel zu sehen – obwohl wir viel Arbeit hineinstecken. Ich kann das sicher arrangieren. Aber du kannst es dir nur kurz anschauen.«

»Mir macht es nichts aus, auf dich zu warten, solange du arbeiten musst.«

Theo schüttelte den Kopf. »Darum geht es nicht. Es ist einfach nicht der richtige Ort für dich. Wenn du sehen würdest, was für Typen da arbeiten, würdest du mir zustimmen. Diese irischen Bulldozer-Fahrer – sie haben pro Tag zwei Flaschen Brandy dabei, nur für Frühstück und Mittagessen. Wir müssen sie alle sechs Wochen nach Nairobi schicken, damit sie wieder trocken werden. Wenn sie nicht so gut in ihren Jobs wären, würden wir uns nicht eine Minute lang mit ihnen abgeben.«

Kitty blickte Theo an, der sich ein Stück von seinem Schnitzel abschnitt. Wöchentlich wurde der Menüplan geändert, hatte sie festgestellt, und heute Mittag gab es paniertes Schnitzel. Sie ließ ihn seinen Bissen erst hinunterschlucken, bevor sie weitersprach. »Kann ich denn dann die Traktor-Werkstätten einmal besuchen? Lisa hat mir erzählt, dass sie hier in Londoni sind, aber sie gehörten nicht zur Besichtigungstour.«

»Warum, um alles in der Welt, willst du denn dahin?«

»Ich habe doch diese Ingenieure während des Flugs kennengelernt. Sie haben mir erzählt, sie wollten den Afrikanern alles über Maschinen beibringen. Und ich habe gedacht – ich könnte vielleicht helfen.« Kitty versuchte, langsam zu reden. Sie wollte nicht verraten, dass sie schon seit einer ganzen Weile über diese Idee nachdachte, seitdem sie den Wagogo begegnet war. Sie hatte beschlossen, sie müsse endlich etwas Nützliches mit ihrer Zeit anfangen. »Sie sprechen nämlich alle kein Swahili.«

»Das kommt überhaupt nicht in Frage.« Theo klang schockiert. »Das ist auch ein rauher Haufen. Das da draußen ist eine reine Männerwelt.«

»Aber es arbeiten doch auch Frauen in Londoni. Ich habe sie gesehen.«

»Natürlich gibt es dort auch Frauen – Sekretärinnen, Krankenschwestern, Friseurinnen und so etwas. Aber das sind alleinstehende Frauen, die hierhergekommen sind, um einen Beitrag zu leisten. Und es ist sicher kein Spaziergang für sie, das kann ich dir sagen. Wir haben sie in Rundhütten untergebracht. Du hast sie wahrscheinlich schon gesehen – Lehmhütten mit Dächern aus Leinwand.«

Kitty nickte. Die winzigen Rundhütten standen zwischen den Zelten im Bereich um das Hauptquartier.

»Es gab einige Zwischenfälle mit Eindringlingen, die nachts versucht haben, über die Mauern zu klettern. Der OFC hat den Damen Macheten zur Verfügung gestellt, damit sie sich wehren können.«

Kitty versuchte, kein allzu erschrecktes Gesicht zu machen. Stattdessen fragte sie: »Gibt es denn keine verheirateten Frauen, die hier arbeiten?« Es überraschte sie. Im Krieg hatten alle möglichen Frauen in England gearbeitet; Alter, Status und gesellschaftliche Stellung waren keine Hindernisse. Kitty selbst hatte eine Zeitlang in einer Fabrik gearbeitet und Camouflage-Design auf Flugzeuge gemalt. Die meisten Frauen hatten aufgehört zu arbeiten, als die Männer nach und nach aus der Armee entlassen wurden – und manche waren eher zögerlich an den heimischen Herd zurückgekehrt. Aber hier in Kongara gab es zu wenige Menschen und Arbeit im Überfluss. Alle hatten viel zu tun.

»Doch, es gibt auch ein paar verheiratete Frauen«, gab Theo zu. »Die Frauen von Angestellten, die keine Kinder haben.«

»So wie ich.«

Theo seufzte. »Nein, nicht wie du. Du bist mit dem Verwaltungsdirektor verheiratet. Es wäre absolut unpassend für

meine Frau zu arbeiten – ganz zu schweigen von einem Job, bei dem du dich in den Werkstätten aufhalten müsstest. Ich verstehe nicht, dass du das nicht einsiehst.«
Kitty zerschnitt ihr Schnitzel in winzige Stücke. Ihr Messer kratzte auf Cynthias Porzellanteller.
»Und, wie war dein Tag?«, fragte Theo.
Kitty antwortete nicht sofort. Als sie von ihrem Spaziergang zurückgekehrt war, hatte sie ein schlechtes Gewissen gehabt, weil sie so leicht wieder in ihr Künstlerleben zurückgefallen war – sie hatte nur einen Blick auf die Landschaft geworfen und sofort daran denken müssen, wie sie Juri kennengelernt hatte. Eigentlich wollte sie ihr Abenteuer für sich behalten, aber Theos Worte hatten ihren Rebellionsgeist geweckt. »Ich bin spazieren gegangen. Allein.«
»Wohin?«
»In die Berge hinter Londoni.«
»Wie bist du denn dahin gekommen?«
Kitty zeigte in den Garten hinaus.
Theo runzelte ungläubig die Stirn. »Soll das heißen, du bist einfach hinaus in den Busch gegangen?«
»Ich bin an Busch gewöhnt.«
»Wir sind hier nicht in Australien! Da draußen gibt es wilde Tiere.«
»Ich habe keine gesehen«, sagte Kitty. »Aber ich bin ein paar Einheimischen begegnet. Es war eine ziemlich große Gruppe. Sie sind genauso herumgewandert wie ich.«
Theo legte sein Besteck nieder. »Das war gefährlich und leichtsinnig von dir, Kitty. Einige dieser Busch-Afrikaner haben noch nie Kontakt mit der Zivilisation gehabt. Wer weiß, was sie dir hätten tun können.«
»Sie waren eigentlich ziemlich freundlich.«
»Versprich mir, so etwas nie wieder zu tun!«, sagte Theo.

»Was soll ich denn sonst tun?« Kitty blickte auf ihre Hände und umklammerte die Ränder der Tischplatte. Sie brauchte ihn nicht daran zu erinnern, dass er von ihr verlangt hatte, den einzigen Zeitvertreib aufzugeben, den sie liebte und beherrschte.
»Geh in den Club, geh einkaufen. Mach das, was auch die anderen Frauen tun. Das ist doch nicht zu viel verlangt, oder?«
Kitty schwieg.
»Bald müssen wir mit den Einladungen beginnen. Das wird von uns erwartet. Dann wirst du genug zu tun haben.« Lächelnd blickte Theo Kitty an.
Sie trank einen Schluck Wasser, aber ihre Kehle war wie zugeschnürt. Trüb dachte sie an die langen Tage, die vor ihr lagen. Sie würde sich mit Eustace und Gabriel über die Haushaltsführung streiten, und die beiden würden misstrauisch jeden ihrer Schritte nach draußen beobachten.
Theo aß noch ein paar Bissen, dann legte er Messer und Gabel erneut hin. »Kitty, du darfst nicht denken, dass deine Rolle hier nicht besonders wichtig ist. Auf ihre Art ist sie genauso wichtig wie meine. Du musst für die anderen Frauen ein Vorbild sein. Kongara ist eine kleine Welt, wo jeder seinen Platz hat. Wenn ein Teil nicht gut funktioniert, dann leidet das gesamte Projekt.« Er blickte sie eindringlich an. »Du glaubst doch an das, was wir hier tun – oder?«
Kitty lächelte beschämt. Er klang so liebevoll und vernünftig. Sie dachte an den Mann im Flugzeug, der über den Krieg gegen den Hunger geredet hatte. »Ja. Ja, natürlich glaube ich daran.«
Theo lehnte sich auf seinem Stuhl zurück. »Braves Mädchen.«

5

Die Strahlen der Vormittagssonne drangen durch das Moskitonetz. Es schützte das Bett, als sei es noch Nacht. Kitty lag auf dem Rücken und hatte den Arm über die Augen gelegt. Ihr Rock war unbequem um die Beine gewickelt, und sie überlegte, ob sie aufstehen und sich ihr Nachthemd anziehen solle. Aber dann drehte sie sich einfach zur Seite. Zu mehr Anstrengung war sie im Moment nicht fähig.
Sie stellte sich ihren neuen roten Hillman vor, der draußen in der Einfahrt stand und langsam einstaubte. Es war schon länger als zwei Wochen her, seit Theo ihr das Auto geschenkt hatte. Mit großer Geste hatte er seiner Frau die Schlüssel überreicht.
»Dein eigenes Auto!«
Aufgeregt hatte Kitty ihm die Arme um den Hals geschlungen. »Oh, danke. Vielen, vielen Dank.«
Dann hatten sie Arm in Arm vor dem Wagen gestanden und über Form, Farbe und Lackglanz gestaunt. Kitty fand, er sähe aus wie eine Mini-Ausgabe von Dianas Mercedes, aber Theo erklärte ihr, er sei völlig anders. Er war zwar nicht neu wie der Landrover, aber der Mann, der ihn aus England hatte kommen lassen, hatte ihn gut gepflegt. Das Auto war von Daressalam mit der Eisenbahn transportiert worden, und seitdem war es nur in Londoni gefahren worden.
Kitty öffnete die Fahrertür. Die Scharniere waren hinten angebracht, so dass die Türen, anders als bei anderen Autos, nach vorn aufgingen. Sie setzte sich hinters Steuer und schal-

tete die Zündung ein. Der Motor sprang sofort an. Kitty grinste Theo an und ließ den Motor aufheulen.
»Fahr bloß nicht zu schnell«, warnte er sie. »Bei den Straßen hier musst du es langsam angehen lassen.«
Kitty wies ihn nicht darauf hin, dass sie ihr ganzes Leben lang auf Buschpisten gefahren war – bei ihr zu Hause gab es auch keine asphaltierten Straßen. Sie hatte nie einen Führerschein gemacht, aber sie war eine erfahrene Fahrerin. Sie konnte einen beladenen Truck manövrieren, auch wenn sie im Rückspiegel nichts sehen konnte. Sie konnte beim ersten Versuch einen Pferdehänger rückwärts einparken. Und hier in Londoni bekam man anscheinend schon den Führerschein, wenn man nur die Hauptstraße entlangfuhr, ohne gegen etwas zu stoßen.
»Schau mal.« Theo zeigte Kitty, dass man die Windschutzscheibe kippen konnte, um Luft hereinzulassen. »Und wenn der Motor für die Scheibenwischer mal kaputtgeht, dann kannst du hier drehen.« Er drehte einen Schalter auf dem Armaturenbrett, und die Scheibenwischer setzten sich in Bewegung.
»Ich kann mir nur schwer vorstellen, dass man hier überhaupt Scheibenwischer braucht«, meinte Kitty.
»Warte nur bis zur Regenzeit«, sagte Theo. »Sie haben erzählt, dann verändert sich über Nacht die ganze Gegend.«
Kitty legte den Rückwärtsgang ein und überprüfte die Scheinwerfer. Alles funktionierte perfekt. Obwohl sie in England nicht Auto gefahren war, fühlte sie sich am Steuer sofort zu Hause.
Zu schnell schon war es Zeit, den Wagen abzuschließen und wieder hineinzugehen. Theo hatte einen langen Tag gehabt und wollte seinen Sundowner. Kitty ließ die Autoschlüssel an ihrem Finger baumeln, als sie zur Veranda schlenderte. Sie klimperten fröhlich.

An der Terrassentür drehte Theo sich zu ihr um. »Du musst mit den Vordertüren aufpassen. Sie sind so montiert, dass sie während der Fahrt aufgehen können.«
»Keine Angst. Ich werde vorsichtig sein.« Seine Besorgnis rührte Kitty. Eine Spur des alten, aufmerksamen Theo kam zum Vorschein.
»Natürlich wirst du keine Ausflüge zu den Traktor-Werkstätten oder in die Außenbezirke von Londoni machen. Und ich brauche ja wohl nicht zu betonen, dass der Rest von Kongara – einschließlich der Einheiten – tabu ist. Du musst eigentlich nur von hier aus ins Zentrum fahren.«
Kitty erwiderte nichts. Eigentlich war sie nicht überrascht. Sie hatten schon darüber diskutiert, dass es unklug – oder unpassend – von ihr wäre, bestimmte Bereiche von Londoni aufzusuchen. Sie sagte sich, sie müsse dankbar sein für das, was sie hatte. Dass sie jetzt ihr eigenes Auto besaß, bedeutete, dass sie selbst bestimmen konnte, wann sie in den Club oder zum Einkaufen fuhr. Sie war nicht mehr auf Diana oder Alice angewiesen, damit sie sie mitnahmen. Und sie entging auch den schwierigen Unterhaltungen und dem unbehaglichen Schweigen im Auto einer Nachbarin. Aber als sie Theo jetzt ins Haus folgte, empfand sie in erster Linie Enttäuschung und Frustration – etwas Wundervolles hatte verführerisch vor ihrer Nase gebaumelt und war ihr wieder weggeschnappt worden.
In den nächsten Tagen fuhr sie morgens meistens in den Ort. Um die Fahrt möglichst lange auszudehnen, fuhr sie langsam. Einmal war sie sogar mehrmals um den Kreisverkehr herumgefahren, wobei sie sich über die großzügige Anlage gewundert hatte: Straße und Kreisverkehr waren breit und auf viel Verkehr ausgelegt. In der Mitte stand ein großes Schild mit der Aufschrift *Vorfahrt achten,* aber Kitty bezweifelte, dass sich hier jemals zwei Autos begegnet waren.

Sie war an Straßen mit Hinweisschildern zu den Einheiten, der Eisenbahn und Daressalam entlanggefahren. Einmal hatte sie sogar an einem Schild angehalten, auf dem *Traktor-Werkstätten* stand – aber nur für einen Moment. In ihrem auffälligen roten Auto wurde sie bestimmt überall beobachtet. Wenn Theo wollte, würde er über jeden ihrer Schritte informiert werden.

Kitty drehte sich erneut um, das Gesicht im Kissen vergraben. Sie fühlte sich frustriert und verwirrt. Theo mochte ja hier in Londoni einen Neuanfang machen – er freute sich auf die Zukunft dieses vielversprechenden britischen Territoriums, das ihm neue Ideen eröffnete –, aber den Erwartungen seiner Frau entsprach er damit nicht. Er hatte ihr unmissverständlich zu verstehen gegeben, dass sie sich vollständig dem Protokoll der Gesellschaft in Londoni anpassen müsse. Sie sollte genauso wie Diana sein.

Kitty dachte an die erste Zeit ihrer Beziehung, als sie noch nicht verheiratet waren und Theo noch studierte. Nach dem Tag, als er sie zum ersten Mal in seinem Flugzeug mitgenommen hatte, war er jedes Wochenende nach Hause geflogen und unter irgendeinem Vorwand zum Gartenhaus gekommen. Er schien das Chaos im Atelier zu genießen, und es machte ihm auch nichts aus, wenn seine Kleidung Farbflecken abbekam. Er sagte, er zöge die zwanglosen Mahlzeiten, die Kitty und Juri in der Küche einnahmen, den formellen Abendessen bei sich zu Hause vor. Er liebte Kittys lange Haare, die ihr offen auf die Schultern hingen. Wenn sie abgelegte Kleidung von Juris Modellen trug – eine rote Seidenjacke, ein Samtbarett, den Paisley-Schal eines Mannes –, machte er ihr Komplimente über ihren ungewöhnlichen Modegeschmack. Theos Bewunderung überwältigte Kitty. Er war anders als alle Männer, denen sie je begegnet war. Er wusste so viel. Er sprach über Musik, Theater, Bücher, als ob sie seine Freunde seien. Jedes Kleidungsstück, das er trug, jeder Gegenstand, den er bei sich hatte – von seiner Brieftasche bis zu seinem Notizbuch oder seinem Schuhanzieher –, war von feinster Qualität. Sein Gesicht, sein Körper erinnerten sie an die Statue eines griechischen Gottes, wie sie im British Museum standen. Sie liebte und begehrte ihn mit jeder Faser ihres Seins. Dabei fiel es ihr schwer, zu glauben, dass er wirklich mit ihr zusammen sein wollte. Theo Hamilton von Hamilton Hall. Oxford-Student. Er hatte doch freie Auswahl unter Mädchen, deren Hintergrund und Fähigkeiten wesentlich besser zu seinem Leben passten.

Eines Tages hatte sie ihn auch offen und direkt danach gefragt. »Warum magst du gerade mich?«

Er hatte gelächelt und war mit dem Finger über ihr Kinn gefahren. »Weil du anders bist als alle, die ich kenne.«

Theos Mutter fand Kitty sicherlich anders. Sie wies bei jeder Gelegenheit darauf hin, wie »australisch« die Freundin ihres Sohnes war. »Ganz anders als wir.« Louisa hatte vielleicht geglaubt, dass sich Theo daraufhin von Kitty abwenden würde – dass er wieder zu Verstand käme –, aber sie hatte sich geirrt. Theo schien sich sogar über das Entsetzen seiner Mutter zu freuen. Als er Kitty Freunden der Familie vorstellte, betonte er, dass sie Künstlerin sei und die Tochter eines australischen Schaffarmers. Ein Mädchen aus dem Outback. Seine Stimme klang stolz, und er schaute sie so beschützend an, dass Kitty das Gefühl hatte, er würde sie bis zum letzten Atemzug vor jeder Kritik verteidigen.

All das hatte sich geändert. Die Verwandlung hatte während des Krieges eingesetzt, als sich Theos Sicht auf die Welt geändert hatte, und war im Frieden noch weitergegangen. Und dann war da der Skandal gewesen, der Theo und seine Familie

bis ins Mark erschüttert hatte. Damals hatte er sich noch weiter in den Schoß der Familie zurückgezogen. Und Kitty war daran schuld. Worüber beklagte sie sich also?
Kitty seufzte. Sie ballte das Kissen zusammen, schob es dann jedoch weg und legte sich flach auf den Rücken. Die Luft war heiß und stickig. Unter dem Moskitonetz kam sie sich eingesperrt vor wie in einem Gefängnis.
Es klopfte an der Tür. Kitty hob eine Hand an die Augen, um sie vor der Sonne zu beschirmen.
»Ja?«
»Memsahib?«, fragte Gabriel. »Wünschen Sie etwas?«
»Kwenda mbali«, sagte Kitty unfreundlich. Geh weg. Sie hatte ihm bereits gesagt, dass er kein Mittagessen vorzubereiten brauchte. Theo kam nicht nach Hause – er musste hohen Besuch aus London in den Club zum Essen ausführen –, und sie hatte keinen Hunger.
Sie lauschte Gabriels Schritten, die sich entfernten, und stieß erneut einen tiefen Seufzer aus. Dann öffnete sie die Augen und betrachtete Theos Morgenmantel, der an einem Garderobenhaken hing. Ihr eigener Morgenmantel lag achtlos auf dem Boden. Dort stand die Topfpflanze, die sie auf der Wohltätigkeitsveranstaltung im Club erworben hatte. Am Stamm hing ein kleines Schild mit dem Namen der Pflanze. Diana hatte es geschrieben, und es war kaum lesbar. Ein weiteres halbes Dutzend Topfpflanzen war überall im Haus verteilt, weil Kitty am Ende des Nachmittags alle die Pflanzen gekauft hatte, die übrig geblieben waren. Sie wollte die Anstrengungen, Geld für die Missionare zu sammeln, unterstützen. Gabriel hatte die Augen verdreht, weil ihm natürlich klar war, dass er derjenige war, der den Pflanzen Wasser geben musste. Er konnte nicht verstehen, warum sich jemand um eine Pflanze kümmerte, die keine Früchte trug.

Plötzlich setzte Kitty sich auf und betrachtete die Topfpflanze mit ganz neuen Augen. Ihr war der junge Mgogo-Mann eingefallen, der gesagt hatte, dass Schwester Barbara den Kranken half. Kitty wusste, dass die Mission nicht weit weg war – Audrey war ein paarmal mit dem Auto dorthin gefahren, um Pflanzen abzuholen.
Kitty sprang aus dem Bett. Als sie ihre Buschklamotten aus der Kommode holte, überlegte sie, wie Schwester Barbara wohl sein mochte. Die Missionarin war beim Verkauf nicht dabei gewesen – zweifellos hatte sie zu viel zu tun gehabt. Kitty stellte sich jemanden wie Janet vor, nüchtern und mit dicker Hornbrille.
Während sie in den Rock schlüpfte, betrachtete Kitty ihr Spiegelbild. Ihre Haare waren zerzaust, und sie hatte sich nicht geschminkt. Sie war noch nicht einmal besonders sauber. Aber das spielte keine Rolle – eine Mission war sowieso nicht der Ort, an dem Modenschauen abgehalten wurden. Sie dachte daran, wie Janet ihr neben Swahili auch die Grundlagen von erster Hilfe und Krankenpflege beigebracht hatte.
»In Afrika«, sagte sie, »ist jeder Krankenschwester und manchmal auch Arzt.«
Sie hatte Kitty gezeigt, wie man einen Verband anlegte, eine Wunde säuberte, eine Verbrennung behandelte und ihr noch weitere nützliche Dinge beigebracht. Kitty war an schwere Arbeit gewöhnt – sie war schließlich auf einer Farm aufgewachsen und hatte immer im Scherschuppen ausgeholfen, wo die Zeit knapp war und die Tage lang waren.
Als sie fertig war, wandte sie sich zum Gehen, blieb jedoch an der Schlafzimmertür noch einmal stehen. Unbehagen stieg in ihr auf, als sie daran dachte, was Theo wohl zu ihrem Vorhaben sagen würde. Aber eigentlich konnte er nichts dagegen haben, oder? Bei wohltätigen Zwecken zu helfen war schließ-

lich nicht dasselbe, wie einen Job zu haben. Louisa hatte doch auch karitative Einrichtungen unterstützt. Es war eine Pflicht, hatte sie oft gesagt, die gerade privilegierte Menschen wahrnehmen mussten.
Trotzdem lauschte Kitty, ob Gabriel in der Nähe war, bevor sie mit den Stiefeln in der Hand durch die Halle huschte. Draußen konnte sie allerdings jeder sehen – der Gärtner oder der Wachmann konnten überall sein. Auf Socken eilte sie die Treppe hinunter, wobei sie den Autoschlüssel in der Hand hielt. Sie sprang ins Auto, zog sich hastig die Stiefel an, dann startete sie den Motor und fuhr los.

Als sie den Millionärshügel hinter sich gelassen hatte, begann Kitty, nach jemandem Ausschau zu halten, den sie nach dem Weg fragen konnte. Sie fuhr langsamer, als sie sich einer Gruppe von Frauen näherte, die am Straßenrand entlanggingen. Sie waren ein farbenfroher Anblick in ihren *kitenge*-Gewändern mit den bunten Mustern. Ihre Babys trugen sie auf dem Rücken, und die kleinen dunklen Köpfchen wackelten im Takt ihrer Schritte.
»Samahani!«, rief sie ihnen zu. Entschuldigung!
Sie rannten ins Gebüsch. Kitty seufzte. Sie fühlte sich seltsam zurückgewiesen. Die nächste Person, die sie sah, war ein alter Mann, der im dürftigen Schatten eines *manyara*-Strauchs saß. Neben ihm stand ein geflochtener Käfig mit Hühnern. Sie rief ihm zu: *»Iko wapi misheni? Na taka kwenda kule.«* Wo ist die Mission? Ich möchte dorthin fahren.
Der Mann sprang auf, ergriff seinen Käfig und kam zum Auto gerannt. *»Naenda, sasa hivi!«*, verkündete er. Ich fahre mit dir.
»Nein, nein, ich will dir keine Mühe machen. Ich will nur …«
Er ignorierte ihren Protest und öffnete einfach die hintere Wagentür. Anscheinend kannte er sich mit dem Mechanismus

aus. Er schob den Käfig auf den Sitz und setzte sich daneben. Kitty starrte ihn hilflos an. Seine Anwesenheit im Auto war sicher ein Verstoß gegen das Protokoll, aber er sah nicht so aus, als würde er freiwillig wieder aussteigen. Grinsend lehnte er sich zurück und genoss es sichtlich, in einem Auto zu sitzen.

»Nun, vielen Dank«, sagte Kitty. »Ist es sehr weit?«

Er schüttelte den Kopf. »Nein, es ist nahe.«

»Dann wollen wir mal fahren.« Kitty zwang sich zu einem Lächeln. Sie war froh, wenn sie – hoffentlich ungesehen – aus Londoni heraus war und in der Mission ankam.

Während der Fahrt warf sie ihm ab und zu durch den Rückspiegel einen Blick zu. Er trug ein schwarzes Anzugjackett, voller Flecken und zerschlissen, und einen ockerfarbenen Lendenschurz. Seine hagere Brust war nackt. Neben der Stammesnarbe der Wagogo mitten auf der Stirn war eine weitere Narbe, die offensichtlich von einer Verbrennung stammte. Sein Gesichtsausdruck war offen und freundlich, und Kitty fand keine Spur von der Ablehnung – oder sogar Feindseligkeit –, die ihr manchmal von den Hausangestellten entgegenschlug.

Sie waren schon beinahe an den ersten Bungalows der Geräteschuppen angelangt, als der Mann sich plötzlich vorbeugte und mit seinem knochigen Finger die Richtung zeigte. »Dort entlang.«

Nach rechts zweigte ein schmaler, von ein paar Büschen und Grasbüscheln gesäumter Weg ab. Kurz darauf kamen sie an einem eingezäunten Gelände vorbei, das voller schwerer Maschinen stand. Die riesigen Fahrzeuge wirkten wie eine Herde von Tieren, die eng zusammengedrängt auf einer Weide standen. Kitty fuhr langsamer. Es waren mindestens zwanzig Fahrzeuge, jedes mit einer einzelnen, riesigen Walze vorn und zwei schmaleren hinten. Kitty runzelte verwirrt die Stirn. Solche Maschinen dienten in England und in Australien dazu, die Teerdecke auf Straßen glatt zu walzen. Aber in Kongara waren doch alle Straßen aus Schotter und Erde. Hier brauchte man solche Fahrzeuge nicht. Sie stellte fest, dass zwischen den Walzen hohes Gras wuchs und Schlingpflanzen bereits die Motorhauben umwucherten. Vermutlich waren die Maschinen nur hierher außer Sichtweite gebracht worden, dachte sie, und verstaubten jetzt.

Sie beschleunigte wieder und fuhr weiter, um das behelfsmäßige Depot hinter sich zu lassen. Da Theo die Verwaltung leitete, wäre ihr die Vorstellung lieb gewesen, dass alles in Kongara glatt und effizient lief. Und doch war eine ganze Flotte nutzloser Maschinen aus England hierhergeschickt, im Hafen von Daressalam ausgeladen und mit der Eisenbahn nach Kongara gebracht worden. Es machte keinen Sinn. Diana hatte erwähnt, dass in der letzten Zeit so viele Kisten Angostura Bitter zum Kongara-Club geschickt worden waren, dass man damit in den nächsten fünfzig Jahren die Cocktails sämtlicher Engländer in Tanganjika mixen könnte. Andererseits gab es – laut Pippa – lange Listen lebenswichtiger Dinge, die der OFC bis jetzt noch nicht hatte beschaffen können. Kitty sagte sich, dass bei diesen Größenordnungen Fehler natürlich unvermeidlich waren. Wichtig war ja nur, was letztendlich bei der Arbeit herauskam. Und nach Theos letzten Berichten waren erste Erfolge bei der Rodung des Landes erzielt worden. Solange sie in dieser Hinsicht weiter Fortschritte machten, würden sie bald wieder im Zeitplan sein, hatte er gemeint. Kitty fragte sich, ob Theo dann wohl weniger über das Erdnuss-Projekt reden würde. Worüber würden sie sich dann unterhalten? Keiner von beiden würde Themen anrühren wollen, die in die Vergangenheit zurückführten. Kunst, Romane, Poesie – das Leben im Allgemeinen – würden tabu sein. Sie würden wohl oder übel über aktuelle Ereignisse reden müssen. Das Picknick in den Hügeln, das der Club organisiert hatte – ein kompliziertes Unterfangen mit Zelt und silbernen Eiskübeln. Das Theaterstück, das in der Schule aufgeführt wurde. Der Zwischenfall am Pool, als eine *ayah* ein Kind geohrfeigt hatte. Oder sie konnten darüber sprechen, wer sonntags nach der Kirche was zu wem gesagt hatte … Bei dem Gedanken verzog Kitty das Gesicht. Dann würde sie schon lieber über Theos Probleme bei der Arbeit sprechen – auch wenn sie dieses Thema frustrierend fand. Als sie zu ihrem Mann nach Londoni gefahren war, hatte sie noch gehofft, dass er sie jeden Abend über die Ereignisse seines Tages informieren würde. Er würde seine Sorgen und Bedenken äußern, und sie würde ihm helfen, Lösungen zu finden. Sie war schließlich auf einer Farm aufgewachsen und wusste über Landwirtschaft wesentlich mehr als er. Aber mittlerweile hatte sie erkannt, dass Theo an Ratschlägen oder am Austausch mit ihr nicht interessiert war. Er wollte zwar seine zahllosen Probleme bei ihr abladen, aber er erzählte ihr nicht genügend Details, als dass sie ihm hätte helfen können. Kittys Rolle war darauf beschränkt, mitfühlend zu murmeln oder ermutigende Worte einzuwerfen – mehr nicht.

Nach kurzer Zeit auf dieser Straße wies der alte Mann Kitty erneut an, rechts abzubiegen. Sie hielt an und betrachtete zweifelnd den schmalen, holperigen Weg. Gerade wollte sie ihn fragen, ob er sicher sei, dass dies der richtige Weg sei, als sie ein kleines Holzschild sah, das hinter trockenem Gras fast verborgen war. Die roten Buchstaben waren verblasst, aber sie konnte trotzdem noch das Wort *Mission* erkennen und ein Kreuz.

Kitty bog auf den Weg ein und versuchte, sich den Ort vorzustellen, zu dem sie fuhren. Sie dachte an das Foto, das Janet ihr einmal von ihrer Mission gezeigt hatte: das lange, niedrige Gebäude mit den dicken, weiß verputzten Wänden. Es gab keine Blumen im Vorgarten, keine Vorhänge an den Fenstern. Die Beton-Veranda war sauber und kahl. Es war die perfekte Umgebung für ein einfaches Leben, in dem nur ernsthafte Dinge wichtig waren.

Sie dachte an die Zeit, die sie mit Janet verbracht hatte. Der Pfarrer der Kirche im Ort hatte sie der pensionierten Missionarin vorgestellt, als bekannt wurde, dass Theo und seine in Verruf geratene Frau in die Kolonien ziehen würden. Janet gehörte zu den wenigen Menschen in der Gemeinde, denen es egal war, wer Kitty war oder wie sie ihren Weg zu den Hamiltons gefunden hatte. Sie ließ noch nicht einmal erkennen, ob sie wusste, welchen Aufruhr Kitty verursacht hatte. Für Janet war nur wichtig, die junge Frau auf ihr neues Leben in Afrika vorzubereiten. Sie hatte im benachbarten Kenia gearbeitet, aber diese beiden Länder hatten viel gemeinsam.

Kitty nahm ihre Einladung zum Tee an. Sie hatte nicht die Absicht, sich mit der alten Dame anzufreunden; sie wollte einfach nur ein paar praktische Informationen von ihr. Bis Theo die Position beim Erdnuss-Projekt annahm, hatte Kitty noch nie etwas von Tanganjika gehört. Sie hatte die Lage des Landes im Atlas nachschlagen müssen. Der OFC hatte einige Informationen geschickt – Einwohnerzahlen; Höchst- und Mindesttemperaturen in der Hauptstadt Daressalam; eine Liste von Gegenständen, die sie mitnehmen sollten. Aber Kitty wollte vorher unbedingt jemanden kennenlernen, der schon einmal in Afrika gelebt hatte.

Janet hatte Kitty in einen vollgestopften Wohnraum voller altmodischer Möbel geführt. Schwere olivgrüne Vorhänge hingen an den staubigen Fenstern, und ein dunkler Teppich bedeckte den Fußboden, aber die Atmosphäre wurde durch bunte afrikanische Tücher über den Rückenlehnen der Sessel aufgelockert. Kitty entdeckte auch eine kleine Sammlung von kunsthandwerklichen Gegenständen. Sie setzte sich neben eine große, mit Kuhhaut bespannte Trommel. Daneben stand ein niedriger dreibeiniger Hocker, der aussah, als sei er aus einem Baumstumpf geschnitzt.

Als Janet in die Küche ging, um Teewasser aufzusetzen, trat Kitty an eine Wand, um sich die handgezeichnete Landkarte von Ostafrika anzuschauen, die dort hing. Die Länder waren in großen Druckbuchstaben aufgeführt – *Kenia, Uganda, Kongo, Tanganjika.* Alle Flächen waren weiß, lediglich in Kenia, das rosa schraffiert war, waren Städte, Dörfer und Ortschaften eingetragen. Blaue Wollfäden, die mit Stecknadeln befestigt waren, verbanden Ortsnamen mit Fotos, die am Rand der Karte hingen. Hauptsächlich waren Pfarrer auf den Aufnahmen zu sehen, aber auch ein paar Frauen und einige afrikanische Männer. Kitty suchte in ihren Gesichtern nach Hinweisen darauf, dass sie ein abenteuerliches Leben führten. Aber sie sahen nicht interessanter aus als die Leute im Ort.

Kitty trat an eine Anrichte, auf der das kleine Modell einer einheimischen Grashütte stand. Auf das Dach waren die Wörter *Anglikanische Missionarsgesellschaft* gepinselt. Daneben gab es einen Schlitz für Münzen. Sie schüttelte die Hütte, und das Geld darin klimperte. Das Modell war überraschend leicht, und Kitty stellte fest, dass es aus Papiermaché gemacht war. Juri hatte ihr gezeigt, wie man aus zerrissenem Zeitungspapier, Mehl und Wasser Skulpturen machen konnte. Die Methode ließ natürlich nicht die feine Modellierung zu, die man mit Ton, Gips und Wachs erreichte, aber sie war preiswert, und das fertige Werk konnte leicht transportiert werden.

»Und wenn dir dein Werk nicht mehr gefällt, meine Liebe«, hatte Juri gesagt, »dann brennt es auch noch gut.«

Kitty starrte auf die kleine Hütte in ihrer Hand. Bei der Erinnerung an Juri fuhr ihr ein Stich durchs Herz. Emotionen stiegen in ihr auf – Trauer, Wut und Schuldgefühle. Aber vor allem ein starkes Gefühl des Verlusts.

Die Tür ging auf, und Janet betrat das Zimmer. Kitty setzte sich wieder. Janet stellte das Tablett mit der bauchigen emaillierten Teekanne, den schlichten weißen Tassen und Untertassen ab und setzte sich vor ihren Gast. Ohne die dicken Brillengläser wirkte ihr Blick direkt und intensiv.

»Nun, Mrs. Hamilton …« Sie beugte sich zu Kitty vor. »Eigentlich ist alles recht einfach. Sie müssen nur wissen, wie Sie auf sich selbst achten. Und wie Sie anderen helfen können.« Sie zählte an den Fingern ab. »Erstens: Sie müssen Swahili lernen – es ist in Ostafrika weit verbreitet. Wenn Sie zusätzlich noch eine Stammessprache sprechen müssen, können Sie sie dort erlernen. Zweitens: Sie sollten grundlegende Kenntnisse in der Krankenpflege haben. Und drittens …« Sie hielt inne, als Kitty die Hand hob, um sie zu unterbrechen.

»Aber ich will nicht Missionarin werden«, sagte Kitty mit fester Stimme. »Ich werde einfach nur dort leben.«

»Meine Liebe«, sagte Janet freundlich, »wenn Sie nach Afrika kommen, werden Sie schon sehen. Dort gibt es immer etwas zu tun.«

Nach der zweiten Tasse Tee waren sie übereingekommen, dass Kitty jeden Morgen zu ihr kommen würde, um Swahili und die Grundlagen der Krankenpflege im Busch zu lernen. Im Gegenzug würde Kitty der missionarischen Gesellschaft Geld spenden. Janet gab Kitty ihr eigenes, abgegriffenes Exemplar von *Swahili im Selbststudium,* damit sie zwischendurch darin lesen konnte. Die Sprache sei recht einfach zu erlernen, erklärte Janet: Die Wörter wurden so ausgesprochen, wie man sie buchstabierte, und die Grammatik war lo-

gisch und ohne Widersprüche. Kitty beschloss, ihren Schwiegereltern nichts davon zu sagen. Das Thema Tanganjika war zu sehr belastet. Obwohl Theo in knapp einem Monat aufbrechen würde, wurde der bevorstehende Umzug nur dann erwähnt, wenn es absolut unumgänglich war. Kitty hatte auch nicht vor, Theo einzuweihen. Es würde ihr Geheimnis bleiben. Sie stellte sich vor, wie erstaunt und beeindruckt er sein würde, wenn sie bei ihrer Ankunft in Kongara schon fließend Swahili sprechen konnte! Glücklicherweise interessierte sich niemand – weder er noch seine Eltern – in Hamilton Hall dafür, ob sie da war oder nicht, da Theo bereits die Angewohnheit entwickelt hatte, jeden Morgen nach dem Frühstück lange, einsame Spaziergänge über das Anwesen zu machen.
Eine scharfe Kurve riss Kitty aus ihren Gedanken und zwang sie, langsamer zu fahren. Sie beugte sich vor, um das Gelände besser sehen zu können. Vorsichtig manövrierte sie das Auto durch ein tiefes Schlagloch, wobei sie darauf achtete, dass sich die Stoßstange nicht in die Erde bohrte. Im Schritttempo fuhr sie weiter und behielt den Busch zu beiden Seiten des Weges genau im Auge. Sie sah eine verlassene Lehmhütte – die Wände zerbröckelten, und das Dach fehlte offensichtlich schon seit langem –, aber kein anderes Zeichen dafür, dass hier in der Gegend jemand lebte. Sie wandte sich an den alten Mann und zeigte in die Richtung, in die sie fuhren.
»Safi sana?« Die direkte Übersetzung der Wörter war eigentlich »sehr sauber«, aber sie konnten auch im Sinn von »sehr richtig« oder »definitiv richtig« verwendet werden.
»Ndiyo.« Er nickte heftig. *»Na Swahili yako safi sana!«* Er lächelte sie an, wobei er sein zahnloses graues Zahnfleisch enthüllte. *»Safi sana sana!«*
Kitty erwiderte sein Lächeln. Sein Kompliment rührte sie. Sie sah dem alten Mann an, dass er wirklich meinte, was er sagte –

ihr Swahili war sehr, sehr korrekt! Aber dann rümpfte sie die Nase – im Auto roch es auf einmal nach Hühnerkot, ein vertrauter Geruch, den sie von zu Hause kannte. Hoffentlich konnte sie die Sitze säubern, bevor es grüne Flecken gab.

Der Weg wurde immer steiler. Da Kitty nur im Schritttempo fuhr, ließ sie ihre Blicke schweifen. Anscheinend waren sie jetzt im Hügelland vor den Bergen.

»*Hapa! Hapa!*« Hier! Hier! Der Mann beugte sich vor und zeigte auf den Gipfel des Hügels vor ihnen.

Ein weißes Kreuz tauchte auf. Es war auf einem hohen, mit Tonziegeln gedeckten Kirchturm montiert. Als sie näher kamen, wurde ein Glockenturm sichtbar, dann das Dach einer Kirche. Das weiß verputzte Gebäude leuchtete förmlich vor dem blauen Himmel. Kitty starrte es überrascht an – das sah nicht aus wie eine kleine Missionskapelle.

Kurz darauf kam ein weiteres weißes Gebäude in Sicht. Kitty hielt an und betrachtete die imposante Fassade, zwei Stockwerke hoch, mit einem Bogengang im Erdgeschoss. Vor den beiden Gebäuden befand sich ein großer, mit hellen Steinen gepflasterter Vorplatz. Mitten darauf stand der größte Affenbrotbaum, den Kitty bisher in Tanganjika gesehen hatte. Am Rand lagen Gartenbeete voller blühender Bäume und Sträucher; sie entdeckte auch sorgfältig gepflegte Gemüsebeete. Die hellroten und violetten Blüten vor den weißen Wänden und dem dunkelblauen Himmel gaben ein eindrucksvolles Bild ab – es erinnerte Kitty an Fotografien, die sie in Hamilton Hall von den Reisen der Familie gesehen hatte. Ohne den Baobab hätte die Anlage sich genauso gut in Italien oder Spanien befinden können. Alles war ruhig. Der Ort wirkte verlassen. Die einzige Bewegung wurde durch eine Schar Tauben verursacht, die in den Ritzen des Pflasters unter einem großen Tisch vor der Kirche Essensreste aufpickten.

Kitty parkte das Auto im Schatten eines Jakaranda-Baums und stieg aus. Die Luft war kühler hier oben, stellte sie fest, als sie sich den Rock glatt strich. Es wehte sogar eine leichte Brise. Auch der alte Mann stieg aus, holte seinen Hühnerkäfig heraus und stellte ihn neben den Baum. Er winkte Kitty, ihm zu folgen, und führte sie an der Kirche vorbei zu dem anderen Gebäude. Dort trat er ans Ende des Bogengangs, wo ein dünner gelber Vorhang vor einer offenen Tür hing.
»*Hodi!*«, rief er. Jemand ist hier!
Obwohl niemand antwortete, schob er den Vorhang beiseite und verschwand im Inneren des Gebäudes. Kitty folgte ihm. Als sich ihre Augen an die Dunkelheit gewöhnt hatten, erkannte sie einen großen Raum mit Sofas und Sesseln, die alle im gleichen einfachen Stil gehalten waren, mit dunklen Holzrahmen und Polstern für Sitze und Rückenteile. Über manchen lagen bunte Decken aus gehäkelten Quadraten, so ähnlich, wie Kittys Großtante sie zu machen pflegte. An den Wänden hingen ein paar Fotografien und Drucke alter Gemälde.
»Sieh sie dir gut an«, wies der alte Mann Kitty an. Stolz führte er sie zu den Bildern, als ob sie seltene, wertvolle Kunstwerke darstellten. Sie erkannte Jesus, der wie im Sonntagsschulunterricht ihrer Kindheit dargestellt war als junger Mann – nur hatte er hier noch einen großen gelben Heiligenschein, und seine Brust war auf geheimnisvolle Weise transparent: Goldenes Licht strömte aus seinem roten Herzen, das von einer Dornenkrone umgeben war. Das Bild daneben war eine alte Schwarzweiß-Fotografie. Sie zeigte eine zarte Gestalt mit blassem, eingesunkenem Gesicht und einem langen schwarzen Gewand.
In der Stille ertönten schlurfende Schritte. Ein gebeugter alter Mann – beinahe identisch mit der Gestalt auf dem Foto – be-

trat den Raum. Der Afrikaner und er begrüßten sich freundlich auf Swahili – offensichtlich kannten sie sich. Dann wandte er sich in einer Sprache, die sie nicht verstand, an Kitty. Als er ihren fragenden Gesichtsausdruck sah, wechselte er wieder zum Swahili.
»Willkommen, Tochter. Ich bin Pater Paulo. Wie können wir dir helfen?« Er hatte einen starken Akzent, und Kitty hatte selbst bei diesen einfachen Worten Probleme, ihn zu verstehen.
»*Mimi nataka* Schwester Barbara.«
Der Pater zog die buschigen weißen Augenbrauen hoch. Er hatte tiefe Falten im Gesicht, und seine Stimme klang brüchig. Da er auch taub sein konnte, wiederholte Kitty den Satz mit lauter Stimme.
Pater Paulo blickte sie verwirrt an. Dann murmelte er dem Afrikaner etwas zu, der nickte und nach draußen eilte.
»*Momento.*« Der Priester lächelte sie an. Er bedeutete Kitty, sich hinzusetzen, und ließ sich dann ebenfalls auf einem Sessel nieder, die Hände im Schoß gefaltet.
Keiner von ihnen sagte etwas, aber das Schweigen war nicht drückend. Von draußen drang das Gurren der Tauben herein, und anscheinend kehrte jemand den Hof.
Kurz darauf hörten sie energische Schritte. Kitty stand auf, als der Vorhang zur Seite geschoben wurde. Ein Mann in einem schwarzen Gewand betrat den Raum.
»Guten Morgen. Ich bin Pater Remi.« Er sprach Englisch mit nur einem leichten ausländischen Akzent. Er schien in mittlerem Alter zu sein, seine kurzen, lockigen Haare waren an den Schläfen grau, und sein gebräuntes Gesicht zeigte nur wenige Falten. Seine dunklen Augen blitzten und verliehen ihm ein jungenhaftes Aussehen. Er streckte Kitty die Hand entgegen.
»Ich bin Mrs. Hamilton.« Die schwielige Handfläche des

Mannes erinnerte Kitty an ihren Vater. Auf seinem Gewand war ein Stoffabzeichen aufgenäht: die Umrisse eines Herzens in Weiß auf einem schwarzen Hintergrund. In das Herz waren Buchstaben und Symbole eingestickt, und über ihm war ein Kreuz. Das Emblem befand sich etwa an der Stelle, wo Pater Remis eigenes Herz saß.

»Pater Paulo haben Sie bereits kennengelernt. Er spricht nur Italienisch und Swahili. Und ein bisschen Französisch.« Mehr sagte er nicht. Obwohl er es offensichtlich eilig hatte, schenkte er Kitty seine ganze Aufmerksamkeit und wartete darauf, dass sie ihm den Grund ihres Besuchs erklärte.

»Ich suche nach Schwester Barbara.«

»Schwester Barbara?« Einen Moment lang schien er verwirrt zu sein. »Ah, Sie meinen die *Krankenschwester.*«

Kitty öffnete den Mund, sagte aber nichts. Langsam ergab alles einen Sinn – warum die Gebäude »falsch« aussahen und warum die beiden Männer sich »Pater« nannten.

Pater Remi wandte sich an den Afrikaner. »Warum bist du hierhergekommen?«

Schulterzuckend hob der Mann die Hände. »Die weiße Frau hat mich gebeten, sie zur Mission zu bringen. Hier ist die Mission.«

Während sie miteinander sprachen, glitt Kittys Blick zu dem Holzkreuz über der Tür. Der nackte Körper von Jesus Christus, Hände und Füße an das Holz genagelt, hing daran. Das Bild war ihr entfernt vertraut. Sie war einmal in der Kirche in Wattle Creek gewesen, die am anderen Ende der Hauptstraße stand. Bei den Grabsteinen hatte sie mehrere dieser Kreuze gesehen. Aber ihre Phantasie hatte sich vor allem an den Engelsstatuen entzündet. Auf dem anglikanischen Friedhof gab es nur schlichte Grabsteine oder einfache Steinkreuze. Sie hatte vorgehabt, noch einmal dorthin zu gehen und die Statuen zu zeichnen, aber sie war gesehen worden und hatte ihren Eltern versprechen müssen, dem Friedhof fernzubleiben. So wie darüber gesprochen wurde, hätte er auch in einem fremden Land liegen können.

»Dies ist die katholische Mission«, bestätigte Pater Remi ihren Verdacht. Er zeigte in die Richtung, in die sie vor der letzten Abzweigung gefahren waren. »Sie wollen zu den Anglikanern.« Sein Blick glitt über Kittys abgetragene Buschkleidung. »Sind Sie eine neue Missionarin? Krankenschwester?«

Kitty schüttelte lachend den Kopf. »Nein. Ich bin nur ... eine der Frauen aus Londoni. Ich dachte, ich könnte vielleicht Schwester Barbara helfen. Sie war im Club, wissen Sie ...« Sie verstummte. Es kam ihr plötzlich lächerlich anmaßend vor, zu glauben, sie könne echten Missionaren bei der Arbeit helfen. Sie dachte an den Stand mit den Topfpflanzen, mit dem geschmackvollen Tuch über dem Campingtisch und der bunt bemalten Blechdose, in der das Geld aufbewahrt wurde. Die Damen hatten sich beim Verkaufen der Pflanzen abgewechselt, wobei immer jemand auf ihre Handtaschen aufgepasst hatte, die unter einem zweiten Tisch lagen. Als auch die letzte Pflanze verkauft worden war, waren alle glücklich und erschöpft gewesen und hatten sich auf einen Gin Tonic gefreut. Das war die Art von Wohltätigkeit, die englische Frauen ausübten.

Pater Remi wandte sich an den Afrikaner. »Kennst du den Weg zu den Anglikanern?«

Der Mann zuckte mit den Schultern. »Diese Mission hier ist eine sehr gute Mission«, wandte er ein. »Warum sollte sie zu einer anderen gehen wollen?«

Seine Worte gingen in Glockengeläut unter. Laut und beharrlich hallte es durch die Wände. Kurz darauf klirrte ganz in der Nähe Metall gegen Metall.

»Ich bedauere, Mrs. Hamilton, aber ich kann Sie leider nicht zu einer Erfrischung einladen.« Pater Remi hatte sich bereits zum Gehen gewandt. »Es war mir ein Vergnügen, Sie kennenzulernen.« Mit einer Geste, die sowohl ein Abschiedsgruß als auch ein Segen hätte sein können, verschwand er durch den gelben Vorhang.

Die Glocke hörte auf zu läuten. In der plötzlichen Stille hörte Kitty Motorengeräusche. Ein Fahrzeug quälte sich den Hügel hinauf. Sie trat ans Fenster. Ein Lastwagen kam in Sicht. Die Ladefläche war voller Afrikaner, die alle grobe weiße Hemden und Hosen aus Drillich trugen. Unter ihnen waren auch einheimische Polizisten – sie sahen so aus wie die *askaris,* die vor dem Hauptquartier in Londoni standen. Sie trugen Jacken mit Gürtel und einen roten Fez auf dem Kopf; in den Händen hielten sie Schlagstöcke und Gewehre mit Bajonetten an den Läufen. Als der Lastwagen anhielt, sah Kitty, dass auf der Seite der Fahrerkabine *Justizvollzug Seiner Majestät* stand. Über den Worten befand sich ein Emblem – der Kopf einer Giraffe, mit schwarzen Flecken auf Gelb in einem weißen Kreis.

Der alte Priester erhob sich und sagte etwas auf Swahili zu Kitty, das sie nicht verstand. Aus seinen Gesten schloss sie, dass er sie zum Gehen aufforderte. Allerdings zeigte er nicht auf den Türeingang, durch den Pater Remi gerade verschwunden war, sondern wies auf die andere Tür, durch die er den Raum betreten hatte. Wahrscheinlich war dies ein anderer Ausgang, dachte Kitty. Durch das Fenster sah sie, wie die Gefangenen vom Lastwagen kletterten. Wenn sie jetzt auf den Hof hinausgehen würde, würde sie großes Interesse erregen.

»Danke«, sagte sie. Der Afrikaner – der offensichtlich vorhatte, seine Rolle als ihr Führer weiter wahrzunehmen – folgte ihr in den Flur. Der alte Priester kam ihnen nach.

Kitty betrat ein Esszimmer mit einem langen Tisch in der Mitte. Eine Vase mit orangefarbenem Hibiskus fiel ihr ins Auge; in der Luft lag ein undefinierbarer Geruch nach Hefe, den sie nicht einordnen konnte. Sie wandte sich zu der Tür am anderen Ende des Raums, aber Pater Paulo zog einen Stuhl heraus und bedeutete ihr, sie solle sich setzen.

»Sie müssen zuerst etwas Wasser trinken«, sagte er auf Swahili. Er trat zu einer Anrichte, auf der ein Krug stand, der mit einem von Perlen beschwerten Netz bedeckt war. Mit zittriger Hand schenkte er Wasser in drei Gläser ein und brachte sie, eines nach dem anderen, zum Tisch. Kittys Glas war nicht ganz sauber und abgegriffen; sie fragte sich, ob das Wasser wohl abgekocht und gefiltert worden war. Aber nach kurzem Zögern trank sie ein paar Schlucke – sie hatte nicht gemerkt, wie durstig sie war. Die letzten Schlucke trank sie langsamer und blickte sich dabei im Raum um. Nahe am Kopfende des Tischs hing das Gemälde eines Mönchs, der von Tieren umgeben war. Außerdem gab es noch weitere gerahmte Fotografien von Priestern, darunter auch einer mit dunkler Haut. Ein schwarzweißes Bild eines Gesichts – bärtig, mit geschlossenen Augen – war merkwürdig. Sie kam nicht dahinter, was es darstellen sollte.

»Das ist unser Turiner Grabtuch«, sagte Paulo. »Das Gesicht von Jesus Christus nach seinem Tod.«

Kitty hörte höflich zu. »Sehr interessant.« Sie freute sich schon auf ihre Weiterfahrt zu Schwester Barbaras Missionsstation. Dort ging es bestimmt nicht ständig um den Tod.

Als sie das Glas auf den Tisch stellte, fiel ihr erneut der ungewöhnliche Geruch auf. Sie schnüffelte.

»Wir machen Wein.« Pater Paulo zeigte auf einen Vitrinenschrank voller Weinkelche aus geschliffenem Kristall und Weinflaschen ohne Etikett. »Möchten Sie ihn probieren?«

»Nein, danke. Ich muss jetzt fahren.« Kitty erhob sich.
Pater Paulo zeigte auf die Tür am Ende des Raums. Er blieb jedoch auf seinem Stuhl am Tisch sitzen. Kitty lächelte ihm zu und eilte auf die Tür zu. Ihr afrikanischer Führer folgte ihr.
Als sie die Tür öffnete, schlug ihr der Geruch nach Essen entgegen – auf einer geschwärzten Kochstelle standen mehrere große Töpfe. Die Luft war heiß und voller Dampf. Ein junger Afrikaner – er war groß und dünn und trug nur eine weiße Schürze und eine Shorts – ging zwischen Spülbecken, Herd und einer Bank hin und her. Er wischte sich das Gesicht mit einem Tuch ab, das er sich über die nackte Schulter gehängt hatte. Als er Kitty sah, blieb er überrascht stehen. Ihr Gefährte sagte etwas, das sie nicht verstand. Der Koch nickte. Dann drückte er ihr einen Schöpflöffel aus Emaille in die Hand. Ohne stehen zu bleiben, ergriff er einen der Töpfe, wobei er seine Hände vor den heißen Griffen mit Küchenhandtüchern schützte, und ging aus der Küche hinaus.
Kitty blieb auf der Schwelle stehen, den Schöpflöffel fest in der Hand. Halb verborgen durch die Vorhänge über der Türöffnung betrachtete sie die Szene, die sich ihr bot. Der Koch marschierte auf den Tisch zu, der mitten im Hof aufgebaut war. An einem Ende türmten sich Blechtassen und -schüsseln. Zwei weitere Trucks waren angekommen, und die Wachen ließen die Gefangenen aussteigen. Diejenigen, die zuerst eingetroffen waren, saßen bereits im Schneidersitz auf dem Pflaster. Es waren mindestens hundert Männer. Kitty sah, dass Nummern mit schwarzer Farbe auf ihren Hemden gemalt waren – direkt über ihren Herzen, so wie Pater Remis Abzeichen. Sie sprachen leise miteinander. Kitty blickte zu ihrem Auto, das nur wenige Meter von ihnen entfernt geparkt war. Sie könnte am Tisch vorbeigehen, den Schöpflöffel hinlegen und dann in ihr Auto steigen. Niemand würde ihr einen

Vorwurf daraus machen. Einige der Männer verdrehten die Augen und schüttelten die Köpfe, als ob sie verrückt wären. Ein Mann, der nicht weit von der Tür entfernt saß, hatte am Bein eine alte, tiefe, breite Narbe. Kitty konnte nur vermuten, was für ein Leben diese Leute geführt hatten, welche Verbrechen sie begangen hatten.

Sie holte tief Luft und trat hinaus in den Sonnenschein.

Als die Männer die weiße Frau sahen, wurde es still. Kitty sah Pater Remi, der sich gerade über einen Mann mit einem schmutzigen Verband am Bein beugte. Im nächsten Moment jedoch trat der Priester schon auf sie zu. Als er dicht vor ihr stand, blickte er sie fragend an – sein Blick glitt zwischen ihrem Gesicht und dem Schöpflöffel hin und her. Dann nickte er und führte sie zum anderen Ende des Tischs.

»Sie können sich hierhin stellen. Ich bin direkt neben Ihnen.«

Kitty öffnete schon den Mund, um ihm zu erklären, dass sie gerade aufbrechen wollte, aber Pater Remi hatte sich bereits umgedreht und eilte davon. Die Leute riefen seinen Namen – Gefangene wie *askaris* versuchten, seine Aufmerksamkeit zu erringen.

Kitty stand neben einem Topf mit dampfendem Gemüse. Ihr treuer Begleiter stand direkt neben ihr.

»Mein Name ist Tesfa«, sagte er feierlich. Kitty lächelte. Offensichtlich hatte er beschlossen, dass er ihr trauen konnte.

»Ich bin Kitty.«

»Kitty, du musst diese Arbeit sorgfältig machen«, erklärte Tesfa. Er zeigte auf den Schöpflöffel. »Fülle ihn bis zum Rand, aber nur ein Mal. Jeder Mann muss etwas zu essen bekommen. Du darfst nicht zu viel ausgeben.«

»Hast du dem Koch gesagt, ich wolle helfen?«, fragte Kitty ihn.

»Ja, das stimmt«, gab er ernst zu, fügte jedoch keine weitere Erklärung hinzu.

Der Koch tauchte erneut auf, dieses Mal mit einem Topf voller dickem, weißlichem Haferbrei. Er stellte ihn neben den Gemüseeintopf und reichte Kitty eine Schürze. Hinter ihm tauchte eine afrikanische Frau in einem langen Gewand – ähnlich wie das der beiden Priester, aber hellblau – auf. Sie trug ein Stück rote Seife, ein Handtuch und eine Schüssel mit Wasser.

Kitty hielt ihre Hände unter einen dünnen Wasserstrahl und wusch sie. Der rosafarbene Schaum roch nach Lauge und Desinfektionsmittel. Sie hielt den Kopf gesenkt, so dass ihr die Haare übers Gesicht fielen, aber sie spürte doch die Blicke der Männer. Als sie die Hände abtrocknete, glitt ihr Blick über die Gefangenen, aber sie bemühte sich, niemanden zu lange anzuschauen. Mittlerweile war der ganze Hof voll mit Männern. Die meisten von ihnen waren im besten Mannesalter, schlank und muskulös. Ein paar waren älter, und Kitty sah auch ein paar Halbwüchsige. Die Gesichter der Männer glänzten vor Schweiß, und ihre Arme und Beine waren mit rotem Staub bedeckt. Einige der Gefangenen gingen mit Wasser die Reihen entlang, damit die anderen sich die Hände waschen konnten. Die *askaris* bewachten die Szene. Einer von ihnen klopfte mit seinem Schlagstock auf seine Handfläche.

Pater Remi stellte sich neben Kitty. Er schenkte ihr ein rasches Lächeln und wandte sich dann den Männern zu. Es wurde still. Der Priester schlug das Kreuzzeichen, so wie es Paddy vor jeder Mahlzeit im Flugzeug und bei Start und Landung getan hatte. Er senkte den Kopf und sagte etwas in einer Sprache, die Kitty für Italienisch hielt. Sie fand es merkwürdig, dass er zu den Afrikanern in seiner Muttersprache sprach. Die fremden Laute verliehen seiner Rede etwas Geheimnisvolles und Gewichtiges, aber sie vermutete, dass er einfach das Tischgebet sprach, so wie ihr Vater es jeden Abend getan

hatte, bis bei dem letzten Wort »Amen« alle gleichzeitig das Besteck zur Hand nahmen.
Als er fertig war, ergriff Pater Remi einen Holzlöffel, der am Ende wie ein Paddel geformt war.
»Lasst uns beginnen.« Er tauchte das Paddel in den steifen Haferbrei, und der erste Gefangene trat an den Tisch.
In der nächsten Stunde blickte Kitty kaum von ihrer Arbeit auf. Der Gemüseeintopf bestand aus Kidneybohnen, Tomaten, Zwiebeln und Süßkartoffeln. Zum Glück war alles klein geschnitten, und jede Kelle war gleich gefüllt. Mit der Zeit entspannte Kitty sich und schaute die Männer an, die vor ihr standen. Zuerst unterschieden sich die Gefangenen nur durch Alter oder Statur, aber mit der Zeit begann sie zu erkennen, wie unterschiedlich die Gesichter waren. Einer war offensichtlich komödiantisch veranlagt, der andere eher schüchtern. Sie sah weise, wütende, resignierte, ja sogar spitzbübische Gesichter. Viele von ihnen trugen die Stammesmarkierungen der Wagogo – die Narbe mitten auf der Stirn, den fehlenden Schneidezahn –, aber manche kamen offenbar auch von anderen Stämmen. Beinahe ohne jede Ausnahme dankten die Männer ihr für ihr Essen.
»Asante. Asante sana. Asante sana.«
Die Worte übertönten das Schlurfen der Füße, das Klirren des Metallgeschirrs.
Als der erste Topf leer war, brachte der Koch einen neuen. Kitty wischte sich mit dem Handrücken den Schweiß von der Stirn.
»Sind Sie müde?«, fragte Pater Remi. »Sie können auch aufhören. Andere können helfen.« Er zeigte mit dem Holzlöffel auf ein paar Häftlinge in der Nähe, die Frau in dem hellblauen Gewand – wahrscheinlich eine Nonne, dachte Kitty – und ein paar andere Afrikaner in der üblichen ockerfarbenen Kleidung, die sich ebenfalls angestellt hatten.

»Nein, es geht mir gut.« Energisch löffelte Kitty weiter, wobei sie ihren Schreck darüber, dass sie so leicht ausgetauscht werden konnte, verbarg. Natürlich verstand sie, dass sie nicht unersetzlich war – schließlich war sie ja nur irrtümlich hier aufgetaucht. Und doch hing sie auf seltsame Weise an ihrer Rolle. Abgesehen davon wurde ihr klar, dass sie in der letzten Stunde nicht eine Sekunde Zeit gehabt hatte, an sich selbst zu denken. Sie spürte die Veränderung in Geist und Körper – sie löste sich von Gedanken und Emotionen, statt sie weiter mit sich herumzutragen. Ihre Beine waren müde, ihr Magen knurrte vor Hunger, und ihre Kehle war trocken, und doch war sie voller Energie. Sie fühlte sich leicht und wach und frei von sich selbst. Ein Teil von ihr wäre am liebsten für immer hiergeblieben.

6

Kitty saß in einem frisch gebügelten Baumwollrock auf einem Stuhl auf der Veranda, die Beine an den Knöcheln gekreuzt, und blickte auf Londoni. Im Gegensatz zu dem anderen Ort, an dem sie gerade gewesen war, sah es sogar noch lebloser und öder aus als sonst. Nachdenklich fuhr sie mit den Fingern über die Perlenkette an ihrem Hals, während sie an die Eindrücke des Tages dachte. Sie sah den Küchengarten vor sich, der voller Gemüse und Kräuter stand. Zwischen dem Gemüse blühten bunte Blumen, als ob Farbe genauso wichtig sei wie Nahrung. Es gab weitläufige Hühnergehege. Einen Stall mit zwei fetten Schweinen. Einen Teich mit Enten.

»Warum ist alles so grün?«, hatte Kitty Pater Remi gefragt, als er sie auf der Missionsstation herumgeführt hatte. Es konnte nicht nur daran liegen, dass sie sich hier in den Hügeln befanden.

»Oben am Hügel ist eine Quelle.« Er zeigte hinauf. »Wir leiten das Wasser herunter. Wir haben so viel Wasser, wie wir wollen.«

Tesfa ging mit ihnen, und auch zwei kleine Kinder, die schüchtern kicherten, wenn Kitty sie nur anschaute. Jetzt, wo die Gefangenen weg waren und die harte Arbeit des Tages hinter ihnen lag, war Pater Remi entspannt. Ab und zu blieb er stehen, um ein Kätzchen zu streicheln, das in der Sonne lag, oder um einen duftenden Thymianzweig zwischen den Fingern zu reiben.

Kitty senkte den Kopf, als sie unter einem Frangipani-Baum entlangging, der voller cremefarbener und gelber Blüten hing.

Tief atmete sie den starken Duft ein, um den Geruch nach Blut und Antiseptika, der immer noch an ihr hing, zu übertünchen. Bevor die *askaris* die Gefangenen zu den Trucks zurückgeführt hatten, hatten sich einige der Männer am Bogengang versammelt. Pater Remi rief sie in einen großen Raum, wo er einen Metallschrank aufschloss, der beschriftete Arzneiflaschen, Tablettenröhrchen, Verbandmull und andere medizinische Dinge enthielt. Mit der Unterstützung der alten afrikanischen Nonne, die Kitty als Schwester Clara vorgestellt worden war, hatte er begonnen, Schnitte und Wunden zu behandeln.

Als Kitty ihre Hilfe anbot, reichte Pater Remi ihr etwas Dettol, eine Dose mit einer Salbe und Mull zum Verbinden. Er zeigte ihr auch, wo sie Wasser in eine Schüssel füllen konnte. Dann beugte er sich über einen Mann mit einem schmutzigen Verband am Bein, der Kitty bereits früher aufgefallen war. »Entfernen Sie den Verband und säubern Sie die Wunde. Bevor Sie sie neu verbinden, geben Sie ein bisschen Salbe darauf. Das mache ich auch immer – sie wirkt gut. Sagen Sie Bescheid, wenn Sie Hilfe brauchen.«

Der Sträfling setzte sich auf einen Stuhl, und Kitty kniete sich vor ihn. Ein saurer Geruch stieg von dem Bein auf, als sie den Verband abwickelte. Das letzte Stück Stoff war mit der Wunde verklebt, und sie musste das getrocknete Blut erst mit warmem Wasser aufweichen, bevor sie die Gaze entfernen konnte. Sie merkte, dass Pater Remi in ihre Richtung blickte, als sie ein Geschwür, so groß wie eine große Münze, freilegte.

Kitty betrachtete die entzündete Stelle. Dicker Schorf bedeckte die Wunde, aber an den Seiten trat Eiter aus. Stirnrunzelnd rief sie sich ins Gedächtnis, was Janet ihr beigebracht hatte. *Eine Wunde muss von innen her heilen. Schorf kann eine tiefer gehende Infektion verbergen …*

Kitty ergriff eine Pinzette aus einer metallenen Nierenschale und stach leicht gegen die Wunde. Sie blickte den Gefangenen an. *»Samahani.«* Bitte verzeihen Sie mir.

»Si neno«, erwiderte er. Es ist nicht schlimm.

Er zuckte noch nicht einmal, als sie begann, den Schorf abzuheben. Kitty fragte sich, was für Schmerzen der Mann schon hatte ertragen müssen – im Gefängnis oder vorher. Schließlich löste sich der Schorf, und eine dunkle Flüssigkeit trat aus der Wunde aus. Kitty kämpfte gegen aufsteigende Übelkeit an.

»Vizuri«, beruhigte sie den Gefangenen. Gut.

Anscheinend vertraute er ihr völlig, denn er nickte nur. Kitty merkte, dass Pater Remi sie beobachtete. Sie machte sich daran, die klaffende Wunde auszuwaschen.

Als sie sauber und desinfiziert war, trug sie mit einem Wattebausch die dumpf riechende Salbe auf und legte dann einen neuen Verband an. Dabei fragte sie sich unwillkürlich, wie lange der weiße Mull wohl sauber bleiben und wie lange es dauern würde, bis erneut Eiter durchsickerte.

»Haben Sie eine Schere?«, fragte sie Pater Remi.

Er brachte ihr eine Schere und blieb neben ihr stehen, um zuzusehen, wie sie ein Stück der Mullbinde in zwei Streifen zerschnitt, mit denen sie dann den Verband festband.

»Sie haben gesagt, Sie seien nur eine Ehefrau«, kommentierte er. »Ich glaube, Sie sind Krankenschwester.«

Kitty schüttelte den Kopf. »Ich weiß nur ein bisschen was.«

»Und ich habe gehört, dass Sie Swahili sprechen …«

»Auch nur ein bisschen«, antwortete Kitty bescheiden.

»Schwester Barbara wird sich freuen, Sie kennenzulernen.«

Seine Stimme klang bedauernd. Kitty senkte den Kopf, damit er nicht sah, wie sehr sie sich freute. Er wollte sie hier haben! Am liebsten hätte sie ihm auf der Stelle gesagt, dass auch sie gern zum Helfen hierherkäme, wenn sie Zeit hatte. Aber sie

schwieg. Sie mochte Pater Remi – er strahlte Energie, aber auch Umsicht aus. Und sie spürte die Sanftheit, die von dem alten Priester, Pater Paulo, ausging. Schwester Clara war nett und freundlich wie die anderen Leute, die sie in der Mission kennengelernt hatte. Auch Tesfa. Kitty war erst seit ein paar Stunden hier, und doch fühlte sie sich bereits zu Hause. Aber es waren Katholiken. Alle, mit denen Kitty und Theo umgingen – im Club, auf dem Tennisplatz, im Hauptquartier oder bei den zwei Abendeinladungen auf dem Millionärshügel – waren Protestanten. Sie gingen alle jeden Sonntagmorgen in die anglikanische Kirche St. Michael, wo sie sich je nach Status in den Sitzreihen verteilten. Richard und Diana saßen vorn, mit den Vertretern des OFC, die aus London zu Besuch waren. Dahinter teilten sich Theo und Kitty eine Reihe mit Alice und ihrem Mann Nicholas. Das medizinische Personal und die mittleren Angestellten saßen mit ihren Familien in den Reihen dahinter – und so weiter.
Die katholische Kirche befand sich auf der anderen Seite von Londoni in Richtung der Traktor-Werkstätten. Im Gegensatz zu St. Michael, einem imposanten Steingebäude auf einem Hügel mit Blick auf die gesamte Ansiedlung, war der Ort, an dem sich die Katholiken trafen, ein umgebauter Militärschuppen – so ähnlich wie der, der für den Kongara-Club genutzt wurde, nur kleiner. Kitty wusste nicht genau, wer dorthin ging. Paddy sicherlich. Und vermutlich auch die anderen Ingenieure, die im Flugzeug gewesen waren. Kitty hatte Woche um Woche nach ihnen Ausschau gehalten, aber sie waren nie in St. Michael aufgetaucht. Bei den Werkstätten und in den vielen Zelten und Rundhäusern von Londoni wohnten bestimmt Hunderte von Menschen, die nie in die anglikanische Kirche gingen. Und anscheinend gab es noch eine zweite, größere katholische Kirche draußen bei den Einheiten, weil

dort viele Iren und Italiener arbeiteten. Kitty überlegte, dass beim Erdnuss-Projekt wesentlich mehr Katholiken als Protestanten arbeiteten. Und doch wurde ihre Existenz von den Leuten, die sie kannte, nicht einmal erwähnt. So war es eben hier in Kongara – die leitenden und mittleren Angestellten waren Engländer und damit Protestanten. Sie blieben unter sich. Katholiken waren in den unteren Schichten vertreten. Kitty konnte sich schon denken, was Theo sagen würde – für seine Frau war die Mitarbeit in dieser Mission genauso undenkbar wie die Idee, in den Traktor-Werkstätten Swahili zu unterrichten.

Als Kitty den Verband gewechselt hatte, stand der Gefangene auf, um Platz für den nächsten Patienten zu machen.

»Wann wird die Wunde wieder behandelt?«, fragte Kitty Pater Remi. »Eine solche Wunde muss täglich frisch verbunden werden.«

»Er kommt morgen wieder. Machen Sie sich keine Sorgen. Ich werde dafür sorgen, dass jemand nach seiner Wunde sieht.«

»Wie oft kommen die Leute hierher?«

»Von Montag bis Samstag. Sie arbeiten auf der Farm nebenan.« Pater Remi kramte im Medikamentenschrank. »Es ist zu weit, um sie jeden Tag zum Essen ins Gefängnis zu bringen. Außerdem bekommen sie hier sowieso das bessere Essen. Und Sie haben ja gesehen, dass wir ihnen auch auf andere Weise helfen können.«

Kitty entfernte ein Pflaster von der Hand eines Mannes, der sich wohl erst kürzlich geschnitten hatte. Sie betupfte den Schnitt mit Desinfektionsmittel. Dabei sagte sie zu Pater Remi: »Eigentlich müsste sich doch der Farmer um ihr Essen kümmern – schließlich arbeiten sie ja für ihn.« Ihre Stimme klang empört. Was mochte das für ein Mensch sein, der Ge-

fangene als billige Arbeitskräfte ausnutzte, obwohl manche von ihnen krank oder noch halbe Kinder waren, die eigentlich zur Schule gehen müssten.
»Bwana Taylor bezahlt die Nahrungsmittel, und er gibt uns auch Geld dafür, dass wir sie zubereiten. Uns kommt das Geld für unsere Mission gelegen. Die Vereinbarung nützt allen.«
»Haben Sie Taylor gesagt?« Kitty erkannte den Namen des Mannes in dem selbstgebauten Fahrzeug, dem sie und James auf der Straße begegnet waren – der Mann, den Theo als Neinsager bezeichnet hatte; der weiße Tanganjikaner, der versucht hatte, das Erdnuss-Projekt zu verhindern, um seine eigenen Interessen zu schützen.
Pater Remi nickte. »Kennen Sie ihn?« Er begann, Salbe um die entzündeten Augen eines Mannes aufzutragen.
Kitty schüttelte heftig den Kopf. »Nein, überhaupt nicht.«
Das Gespräch war an dieser Stelle zu Ende gewesen – aber später, als Pater Remi ihr den Garten gezeigt hatte, hatte er den Namen noch einmal erwähnt. Er war mit Tesfa und Kitty ans hintere Ende der Mission gegangen. Von dort aus sah man auf eine hügelige Landschaft voller Weinstöcke.
»Hier arbeiten die Gefangenen«, erklärte er.
Die Weinstöcke standen so ordentlich in Reih und Glied wie die Zelte in Londoni. Aber während Kongara nur schmutzig grau und weiß war, unterbrochen von Schotterstraßen, bestanden die Hügel aus grünen Flecken – Winsor-Grün mit einer Spur Neapelgelb –, die sich von der roten Erde abhoben. Die Pflanzen waren gesund und versprachen reiche Ernte. Als Kitty die Reihen entlangblickte, sah sie dahinter jedoch andere Reben, die nur graue Stöcke waren.
»Warum sind manche so gesund und andere tot?«
»Die, die tot aussehen, sind bereits abgeerntet und beschnitten worden«, erklärte Pater Remi. »Die grünen haben noch

nicht einmal geblüht. Wir haben drei Ernten im Jahr, wenn wir das Wasser richtig einsetzen, und da macht es Sinn, die Ernte auszudehnen.«

Kitty blickte über die Weinberge. Das war der Traum jedes Farmers: Wärme und Wasser das ganze Jahr über zu haben. Die Jahreszeiten zu beherrschen. Mit leisem Bedauern wünschte sie sich, diesen Ort ihrem Vater beschreiben zu können. Sie konnte ihm zwar in einem Brief darüber berichten, aber solange die Kluft zwischen ihnen nicht aufgehoben war – und das schien nach all den Jahren unwahrscheinlich –, würde sie niemals eine Antwort von ihm bekommen.

»Pater Paulo hat die ursprünglichen Weinstöcke aus Italien mitgebracht, als er seine Schwester besuchte«, fügte Pater Remi hinzu. »Wir haben mit Kommunionswein begonnen – und mit Tischwein natürlich. Das war vor zwanzig Jahren.«

»Waren Sie damals auch schon hier?«

»Ich war siebenundzwanzig Jahre alt, als ich aus Italien kam.«

Kitty starrte ihn an. »Wie oft fahren Sie nach Hause?«

»Ich fahre gar nicht mehr nach Italien. Seit meine Mutter tot ist, habe ich dort keine Familie mehr. Pater Paulo auch nicht. Deshalb bleiben wir beide hier.« Er blickte über die Landschaft. »Das ist jetzt unser Zuhause.«

Er begann, Gemüse abzuschneiden, und packte es in einen Korb, damit Kitty es mit nach Hause nehmen konnte. Er legte einige dicke Tomaten hinein und Maiskolben, die noch in der Hülle steckten. Auch zwei Rote-Bete-Knollen und Karotten packte er dazu. Von einem kleinen Bäumchen pflückte er zwei duftende, reife Papayas. Schließlich legte er noch ein Bündel Kräuter dazu. Kitty sah Petersilie und Minze, Thymian und Salbei.

Sie wollten gerade den Garten verlassen – es war Zeit für Kitty, nach Londoni zurückzukehren –, als Pater Remi plötzlich stehen blieb. Er beugte sich über eine große Pflanze, die ein bisschen aussah wie Klee, aber mindestens einen Meter hoch und doppelt so breit war.

»Wissen Sie, was das ist?«, fragte er Kitty.

So, wie er sie fragte, hatte die Pflanze sicher eine spezielle Bedeutung. »Ist es eine Erdnusspflanze?«, riet sie. »Ich habe noch nie eine gesehen.«

Er fuhr mit dem Finger über den Stiel und die Blätter. »Es ist eine erstaunliche Pflanze.«

Kitty lächelte höflich. Ihr kam sie eigentlich ziemlich gewöhnlich vor – vor allem, wenn man bedachte, welche Hoffnungen und Erwartungen in sie gesetzt wurden. »Sie ist schon sehr weit«, stellte sie fest. »Unten in den Einheiten pflügen sie noch.«

Pater Remi nickte. »Sie müssen auf den Regen warten. Felder dieser Größenordnung könnte man nie bewässern.« Er hockte sich neben die Erdnusspflanze. »Wenn sie voll ausgewachsen ist«, fuhr er fort, »erscheinen gelbe Blüten. Jede blüht nur einen Tag lang, aber es kommen ständig neue – das geht etwa einen Monat lang so. Die Pflanze kann sich selbst befruchten, aber die Bienen tun auch ihren Teil dazu. Nach der Befruchtung verwelken die Blüten, so dass nur noch der Fruchtknoten übrig bleibt.« Pater Remi betrachtete die Pflanze, und Kitty war froh, dass sie sein Gesicht nicht sehen konnte. Seine Worte klangen so intim, als ob er ihr ein zutiefst privates Geheimnis offenbarte.

»Der Fruchtknoten wird zu einer Schote mit einer harten Schale, die die Ursprünge von zwei oder drei Samen in sich trägt. Sie hat ein scharfes Ende, das zum Boden zeigt. Zum richtigen Zeitpunkt neigt sich der Pflanzenstengel, und die Schote wird in die Erde gedrückt.«

Er schob das Laub beiseite und zeigte ihr die blanke Erde darunter, wo die Samenschote eingepflanzt werden würde. Kitty spürte, wie sie errötete. Es hatte nichts mit Pater Remi zu tun. Er verhielt sich ihr gegenüber nicht unschicklich. Sein altmodisches Gewand, das Abzeichen auf seiner Brust und die Tatsache, dass er Priester war, hoben ihn aus der Menge gewöhnlicher Männer hervor. Doch seine Worte vermittelten ein Bild voller Sinnlichkeit. Aus einer einzelnen Pflanze konnte so viel pulsierendes Leben entstehen. Der Duft der Gartenblumen, die Sonnenstrahlen, die Kittys Schultern wärmten, sogar das Vogelgezwitscher in den Bäumen – all das gehörte dazu. Die Luft selbst schien von Wachstum, Fruchtbarkeit, ja, vom Geschlechtsakt zu wispern ... Kitty dachte an das weiße Schlafzimmer auf dem Millionärshügel. Theos Körper, der sich über ihrem bewegte. Sein lustvolles Stöhnen. Ihre Brüste, die von der Berührung seiner Zunge prickelten ...

Die Bilder stammten aus einer Nacht vor einer Woche. Die Erinnerung daran war überdeckt worden von der Enttäuschung und Frustration wegen des Autos, aber jetzt kam sie mit Macht zurück. Theo war früh von der Arbeit nach Hause gekommen, hatte Kitty auf den Mund geküsst und ihr eine Schachtel Pralinen geschenkt. Der Deckel der Schachtel war eingedrückt, und die Pralinen hatten einen weißen Belag gehabt. Wahrscheinlich waren sie auf dem Weg von der Schweiz nach Kongara irgendwann einmal geschmolzen. Aber allein die liebevolle Geste hatte Kitty die Tränen in die Augen getrieben. Den ganzen Abend über hatte Theo sich bemüht, gute Laune zu verbreiten. Er hatte seine Frau nach den Einzelheiten ihres Tages gefragt, statt nur von seiner Arbeit zu sprechen. Er hatte ihr sogar Komplimente über ihr Aussehen gemacht. Kitty hatte reagiert wie eine welkende Blume im Frühlingsregen. Seit sie in Afrika angekommen war, war Theo oft abends müde und schlecht gelaunt gewesen. Wenn sie zu

Bett gingen, küsste er sie nur kurz und drehte sich dann zum Schlafen weg. An manchen dieser Abende wollte er plötzlich mit ihr schlafen, und wenn das geschah, fiel es Kitty immer besonders schwer, entsprechend zu reagieren. Aber als Theo sie an diesem Abend ins Schlafzimmer führte, war sie bereit und sehnte sich nach seinem Körper.

Sie hatten Schokolade im Bett gegessen und sich mehr als ein Mal geliebt, zärtlich und leidenschaftlich. Kitty fühlte sich an die Zeit vor ihrer Heirat erinnert. Damals hatten sie sich manchmal aus Hamilton Hall weggeschlichen, noch bevor eine Dinner-Party ganz vorbei war, oder sie hatten Juri in seinem Atelier allein gelassen. Sie hatten auf dem kühlen Fliesenboden des Badepavillons gelegen, das Mondlicht schimmerte auf ihrer nackten Haut, und die Nachtluft hüllte sie samtweich ein. Hier in Londoni – in ihrem eigenen Schlafzimmer in ihrem eigenen Haus – hatten sie sich sogar noch perfekter lieben können. Ihre Körper waren miteinander verschmolzen zu einem einzigen Geschöpf.

»Die Erdnüsse wachsen drei bis vier Monate unter der Erde«, riss Pater Remi Kitty aus ihren Gedanken. Sie nickte, um zu zeigen, dass sie ihm zuhörte. »Dann können sie geerntet werden. Dazu zieht man einfach die ganze Pflanze heraus.« Er blickte sie an. In sein Lächeln mischte sich Stolz, als sei er in gewisser Weise verantwortlich für das Wunder, das er gerade beschrieben hatte.

Kitty erwiderte sein Lächeln. Sein Enthusiasmus berührte sie – aber noch mehr beflügelte sie die Erinnerung, die seine Worte geweckt hatten. Als sie daran dachte, wie liebevoll Theo in dieser Nacht gewesen war, stieg neue Hoffnung in Kitty auf. Sie sollte sich nicht mehr über ihr Leben beklagen und dankbar sein für das, was sie hatte. Wenn es ihr nur gelänge, warmherzig, liebevoll und glücklich zu sein, würde alles in

Ordnung kommen. Er würde ihr Geschenke mitbringen, und es würde weitere romantische Abende mit mehr Liebe geben …

Kitty sprang auf, als sie Theos Landrover hörte. Sie eilte zur Terrassentür und rief Gabriel zu, der Bwana sei zu Hause. Dann kehrte sie zu ihrem Sessel zurück. Sie kämpfte ein leises Schuldgefühl nieder, indem sie sich ins Gedächtnis rief, dass es schließlich nicht ihre Absicht gewesen war, zur katholischen Mission zu fahren. Es war einfach nur ein Irrtum gewesen. Sie brauchte es eigentlich gar nicht zu erwähnen. Wenn jemand ihr Auto gesehen hatte, würde sie es Theo erklären müssen – aber sie hoffte, dass er nie erfahren würde, wo sie gewesen war. Auf dem Heimweg hatte sie in der Nähe des Kreisverkehrs angehalten, um die dicke rote Staubschicht auf dem Hillman von den Jungen, die dort immer herumlungerten, abwaschen zu lassen. Jetzt bedeckte nur noch der feine weiße Staub der Kiesstraßen von Londoni das Auto. Als sie Tesfa am *manyara*-Baum abgesetzt hatte, hatte sie ihm den Korb mit Gemüse und Obst mitgegeben, weil es für sie zu riskant gewesen wäre, das Geschenk von Pater Remi mit nach Hause zu nehmen. Es hatte einige Zeit gedauert, bis sie Tesfa endlich überredet hatte, die Sachen anzunehmen – er war für Pater Remi beleidigt und verstimmt über Kittys Unhöflichkeit. Sie hätte ihm am liebsten erklärt, dass es Fragen hervorrufen würde, wenn sie das Gemüse mit in ihre Küche nähme, die sie nicht beantworten wollte; in den kleinen Läden im Ort – den *dukas* – gab es keine Produkte von dieser Qualität. Als sie den Inhalt des Korbs von Pater Remi in eine Hanftasche, die im Kofferraum lag, umgepackt hatten, hatte Tesfa das Taschenmesser gefunden, mit dem der Pater das Gemüse abgeschnitten hatte. Der Korb war jetzt sicher im Kofferraum

von Kittys Auto versteckt, und das Taschenmesser lag im Handschuhfach. Ein kleiner Hühnerkotfleck auf dem Rücksitz des Wagens war der einzige Beweis für das Abenteuer, das hinter ihr lag.
Theo schlug die Tür des Landrovers zu und lief die Treppe hinauf, ohne sich umzusehen. Er gab Kitty einen flüchtigen Kuss. »Gott, ich brauche was zu trinken! Was für ein Tag!«
Kitty folgte ihm ins Haus. Theo stand ungeduldig neben dem Getränkewagen, als Gabriel Kittys Gin Tonic zubereitete und dann mit dem Whisky Soda begann.
»Du glaubst es nicht!« Theo lockerte seine Krawatte und öffnete den Hemdkragen – eine Geste, die er normalerweise verabscheute. »Womit ich mich herumschlagen muss ... Da ist heute endlich eine längst überfällige Lieferung Dünger angekommen. Damit sollen neue Flächen gedüngt werden. Die Typen, die das Zeug verteilen, haben noch nie zuvor Dünger gesehen.« Theos Stimme wurde immer lauter; ungeduldig ging er auf und ab und blickte Kitty beim Reden noch nicht einmal an. »Und dann stellt sich heraus, dass sie Zement in den Boden eingearbeitet haben. Die Säcke sind im Eisenbahndepot vertauscht worden, und niemand kannte den Unterschied. Na, das wird ja toll, wenn es das erste Mal regnet.«
Kitty hielt sich das Glas vor den Mund, damit er nicht sah, dass sie ein Lächeln unterdrücken musste. Sie verstand zwar Theos Frustration, aber die Geschichte hatte auch eine komische Seite.
Theo riss Gabriel sein Glas aus der Hand und trank einen tiefen Schluck. »Der Boden ist sowieso schon hart genug. Wir können kaum pflügen. Von wegen Sandboden, der angeblich hier sein sollte! Das ist halber Lehm!«
Kitty ließ das Glas sinken. Theos Ausbruch erschreckte sie. Das Thema war nicht mehr komisch. Unbehaglich dachte sie

an die Straßenwalzen, die sie auf dem eingezäunten, von Unkraut überwucherten Stück Land gesehen hatte.
»Es würde schon helfen«, fuhr Theo verbittert fort, »wenn der OFC statt all der Soldaten und Seeleute ein paar Farmer eingestellt hätte. Die meisten Leute, mit denen ich zu tun habe, haben von nichts eine Ahnung!« Plötzlich wandte sich Theo zu Gabriel und zeigte zur Küche. »Lass uns allein!« Gabriel stand einen Moment lang unschlüssig da, verletzt durch den barschen Tonfall. Theo trat einen Schritt auf ihn zu. »Verschwinde!«, schrie er. »Raus!«
Kitty starrte Theo überrascht an, als Gabriel hastig davonlief. Sie verstand zwar, dass er wütend auf sich war, weil er den OFC vor einem afrikanischen Dienstboten kritisiert hatte – es war sogar unklug, der eigenen Frau gegenüber so illoyale Bemerkungen zu machen –, aber sein Verhalten schockierte sie. Jemanden vom Personal anzuschreien, das wäre auf Hamilton Hall undenkbar gewesen.
Sie trat ans Fenster, als Theo sich noch einen Whisky einschenkte. Taktvoll wandte sie ihm den Rücken zu, um ihm die Chance zu geben, seine Fassung wiederzugewinnen. Sie hörte, wie er sich in seinen Sessel setzte und das Glas auf dem Beistelltisch abstellte.
»Entschuldigung«, sagte er schließlich, »das war unverzeihlich von mir.«
Ein paar Sekunden lang schwieg Kitty und überlegte, ob sie Gabriel zurückrufen und sich bei ihm entschuldigen sollte. Zwar grenzte das Verhalten des Hausboys ihr gegenüber manchmal an Unverschämtheit, aber so behandelt zu werden, hatte er nicht verdient. Aber dann dachte sie an den Entschluss, den sie im Garten der Mission gefasst hatte. Vor ein paar Tagen hatte Pippa ihnen einen Artikel aus einer Zeitschrift vorgelesen, als sie sich alle am Pool sonnten.

»So werden Sie eine perfekte Ehefrau«. Mit ernstem Tonfall hatte sie den Titel angekündigt, und alle hatten ihr gespannt zugehört – sogar Diana. »Dass die perfekte Ehefrau gut aussieht und riecht, versteht sich von selbst. Aber das ist nicht genug. Die perfekte Ehefrau bietet jederzeit Trost und Beruhigung. Sie kritisiert ihren Mann nie und vermeidet es, ihm Ratschläge zu erteilen. Ihr Heim ist ein Zufluchtsort für ihren Mann, der den ganzen Tag über schwer gearbeitet hat …«
Kitty trat zu Theo. Sie stellte sich hinter seinen Sessel und legte ihm die Hände auf die Schultern. Dann küsste sie ihn auf den Scheitel. »Armer Theo«, murmelte sie, »morgen wird bestimmt alles besser.«
Sie spürte, wie die Muskeln an seinen Schultern sich entspannten; dann legte er seine Hände auf ihre. Er hielt sie ganz fest, wie ein Mann, der Angst hat zu fallen. Kitty erwiderte den Druck seiner Hände. Sie fühlte sich stark, weil sie ihm die Unterstützung gab, die er brauchte. Das war ihre Aufgabe, rief sie sich ins Gedächtnis. Aus diesem Grund war sie hier. Um Theo zur Seite zu stehen und seine Frau zu sein.

7

Kitty stand an der Bar und beobachtete Alfred und einen anderen Kellner, die sich über die Kaffeemühle beugten. Endlich war die Kaffeemaschine aus London eingetroffen, und die Gäste im Club freuten sich schon auf frisch gemahlenen Kaffee. Die beiden hatten bereits versucht, die Mühle einzuschalten – bei dem plötzlichen Lärm, den die Maschine machte, waren sie zusammengezuckt und hatten dann erschreckt zugesehen, wie das Gerät durch die Vibrationen ein Eigenleben zu entwickeln schien und über die Theke hüpfte. Nicht weit von Kitty entfernt standen zwei Männer an der Theke. Sie hatten Kitty zwar gegrüßt, sich aber nicht vorgestellt. Da sie in ihren Anzügen schwitzten, vermutete sie, dass es sich um Besucher aus London handelte.

»Er ist ein cleverer alter Fuchs.« Der größere der beiden Männer aß Erdnüsse aus einer Schale, während er sprach.

»Was hat er jetzt wieder gemacht?«

Kitty konnte die Männer deutlich verstehen. Sie fragte sich, ob sie taktvoll weggehen sollte. Eigentlich dürfte sie gar nicht hier stehen, sondern müsste am Damentisch hinter dem Paravent sitzen und darauf warten, dass sie bedient würde. Aber sie wollte der Gruppe für einen Moment entkommen und war unter dem Vorwand, ihr Kaffee käme nicht, an die Theke gegangen. Die Stimmung unter den Frauen war an diesem Morgen angespannt. Fast eine Woche lang hatte Diana mit Malaria krank im Bett gelegen. Zuerst hatten sich alle in ihrer Abwesenheit entspannt; trotz Alices Versuchen, Dianas Rolle als erste Memsahib zu übernehmen, hatte ein Gefühl der Freiheit geherrscht. Eliza bestellte noch vor dem Mittag einen Gin Tonic und trank ihn bei der Arbeit an ihren Häkel-Quadraten. Eines Morgens hatte sich Audrey zu ihren Kindern und deren *ayah* am anderen Ende des Raums gesellt. Und als sei das noch nicht genug, hatte sie sogar eine Hose getragen. Pippa und Evelyn hatten ganz offen Klatschgeschichten ausgetauscht. Sie hatten sogar gewagt, die Frage zu stellen, ob Diana wirklich an Malaria litt, da jeder in Kongara jeden Sonntag Tabletten dagegen schluckte, so regelmäßig, wie alle in die Kirche gingen. Allerdings hatten sie nicht gewusst, welche Erkrankung sie tatsächlich so lange ans Bett fesselte. Diese Anfangsphase mit ihrem Gefühl der Freiheit und Erregung dauerte jedoch nicht lange; mittlerweile war die Stimmung trübe und gereizt.

»Einer der Bulldozer-Fahrer hat auf Einheit drei einen Affenbrotbaum umgefahren«, fuhr der große Mann fort. »Du weißt schon – diese merkwürdigen Bäume mit dem dicken Stamm.«

»Ja, ich habe sie gesehen. Hässliche Dinger.«

»Ein Schädel ist herausgefallen.«

Jemand begann, Klavier zu spielen, und das Geräusch übertönte die Worte des Mannes. Kitty hielt ihren Blick auf die Theke gerichtet, rutschte aber unmerklich näher, weil sie hören wollte, was er als Nächstes sagte.

»Es war eine Katastrophe. Anscheinend sind diese Bäume oft hohl, und die Eingeborenen benutzen sie als Grabstätten – vor allem, wenn jemand unter unangenehmen Umständen gestorben ist.« Er spreizte die Finger. »Die afrikanischen Arbeiter haben sich schlicht und einfach geweigert, weiter mit dem Bulldozer zu arbeiten. Sie sagten, der Geist eines Vorfahren sei gestört worden. Also musste der alte Stratton entscheiden, was zu tun ist.« Er schwieg, um seine Worte bei seinem

Gefährten wirken zu lassen. »Er ist zum Häuptling gegangen und hat dem Kerl erzählt, es sei gut, dass das Grab geöffnet worden sei, denn jetzt, wo der Geist des Großen Unbekannten gestört worden sei, könnten sie seine Weisheit nutzen. Brillanter Schachzug!« Der Mann brach in schallendes Gelächter aus.

»Und dann?«

»Ja, und wenn Stratton sich jetzt mit den Afrikanern trifft – er hält Sitzungen auf dem Hügel hinter dem Einheiten-Hauptquartier ab –, dann bringt er den Schädel mit. Er legt ihn neben sich auf den Stuhl, und der Schädel flüstert ihm kluge Sachen ins Ohr. Die Afrikaner sind mit allem einverstanden, was der Große Unbekannte sagt!«

Der kleinere der beiden Männer wischte sich die Stirn mit einem Taschentuch ab. Er schüttelte den Kopf. »Gott, was für ein Land! Man weiß ja, dass sie primitiv sind, aber trotzdem …«

Als Kitty aufblickte, stellte sie fest, dass auch die beiden Kellner dem Gespräch gelauscht hatten. Ihre Mienen waren gleichmütig, aber in Alfreds Augen stand blanke Wut. Die beiden Engländer ignorierten die Kellner und redeten einfach weiter.

»Einer der Männer ist zu einem Dorf gefahren, um ein paar Arbeiter zurechtzuweisen. Es war wohl ziemlich weit, und deshalb ist er über Nacht geblieben.« Er tat so, als schauderte ihn bei dem Gedanken. »Der Häuptling ließ ein halbes Dutzend Jungfrauen vor ihm aufmarschieren. Sie haben gedacht, er würde vielleicht gern eine davon mit in seine Hütte nehmen. Er hat natürlich abgelehnt. Grausige Vorstellung!«

Alfred ergriff die Kaffeemühle und stellte sie auf die Theke, so dicht vor die Engländer, wie die Schnur reichte. Dann schaltete er sie ein. Als das Getöse die Stille durchbrach, blickten die beiden Männer erschreckt auf. Einen Moment lang sah es so aus, als wolle der Größere der beiden dem Afrikaner befehlen, das laute Gerät wegzustellen, aber anscheinend sah er etwas im Gesichtsausdruck des Kellners, das ihm Angst machte. Er drehte sich auf dem Absatz um und ging weg. Sein Gefährte folgte ihm.

Erneut blickten Kitty und Alfred sich an. Ihr war klar, dass sie eigentlich ihre Missbilligung hätte äußern müssen, aber als sie an den Schreck und die Überraschung auf den Gesichtern der beiden Engländer dachte, musste sie unwillkürlich lächeln. Alfred erwiderte ihr Lächeln. Aber gleich darauf wurden sie wieder ernst. Alfreds rebellischer Akt war so klein, und der Mangel an Respekt vor seinen Landsleuten, den die beiden Engländer gezeigt hatten, war so gewaltig, dass sich Kitty am liebsten für die Männer entschuldigt hätte. Alfred beobachtete sie abwartend.

»Mein Kaffee«, murmelte sie schließlich. »Ich wollte nur wissen, wann er kommt.«

»Gleich, Memsahib«, antwortete der Kellner. »Bitte gehen Sie wieder an Ihren Tisch. Ich bringe Ihnen den Kaffee.«

Als Kitty an den Damentisch zurückkam, war Alice gerade zur Toilette gegangen. Pippa erzählte von einer Party am anderen Ende des Millionärshügels, auf der sie gewesen war.

»Das war eine merkwürdige Party.« Sie senkte ihre Stimme zu einem Flüstern, so dass sich alle Frauen vorbeugen mussten, um etwas zu verstehen.

Evelyn zog die Augenbrauen hoch. »Warum? Was ist denn passiert?«

»Am Ende des Abends haben alle Männer ihre Autoschlüssel in eine Schale gelegt. Es war so eine Art Spiel, das sie anscheinend schon einmal gespielt haben. Die Frauen lassen sich die Augen verbinden und nehmen einen Autoschlüssel aus der Schale. Und mit dem Besitzer des Schlüssels verlassen sie

dann die Party.« Pippa machte eine Pause und musterte ihr Publikum. »Sie verbringen die Nacht mit ihm.«
»Du meinst, sie …?«
Pippa nickte.
Alle schwiegen erstaunt. Kitty konnte kaum glauben, was sie da hörte. In den Scherschuppen in Seven Gums hatte einmal ein Mann eine Nacht mit seiner Frau angeboten, um seine Spielschulden zu begleichen. Aber sich so etwas, wie Pippa es gerade beschrieben hatte, in einem Haus am Millionärshügel vorzustellen – in einem Haus, das bis hin zu den rosa Handtüchern im Bad ganz genauso aussah wie Kittys Haus –, war doch etwas ganz anderes.
»Und? Du auch?« Evelyn warf einen schuldbewussten Blick in Richtung der Damentoilette.
»Natürlich nicht«, erwiderte Pippa. »Wir sind nach Hause gefahren. Aber alle anderen sind geblieben. Die Carruthers, die Bennets, die Wilsons …«
Schockiertes Schweigen herrschte. Kitty kannte die Paare – sie und Theo waren einmal bei den Wilsons zum Abendessen eingeladen gewesen. Mrs. Wilson war übergewichtig und stark geschminkt, so als wolle sie die Aufmerksamkeit von ihrem Körper ablenken. Kitty fragte sich unwillkürlich, mit welchem Ehemann sie wohl die Nacht verbracht hatte.
»Wollte Gerald, dass du auch teilnimmst?«, fragte Evelyn flüsternd.
Pippa errötete. »Nein. Nein, er wollte das überhaupt nicht«, erwiderte sie hastig. »Und selbst wenn, ich hätte es nicht getan. Ich finde es widerlich, wenn Frauen so herumgereicht werden …« Kitty hörte an ihrem defensiven Tonfall, dass sie es wahrscheinlich bereute, die Geschichte erzählt zu haben.
Evelyn schüttelte verwundert den Kopf. »Warum sind Frauen damit einverstanden?«

Eliza lächelte. »Vielleicht wollen sie es auch.« Sie kicherte. »Vielleicht langweilen sie sich mit ihren eigenen Männern. Vielleicht …«

»Darüber sollte man sich nicht lustig machen«, unterbrach Audrey sie. Laut und entschlossen fuhr sie fort: »Manche mögen ja Ehebruch akzeptabel finden – ich persönlich weiß allerdings nicht, was für eine Frau mit dem Mann einer anderen schlafen würde.«

Die Stimmung war auf einmal angespannt. Audrey starrte Sally an, die ihr gegenübersaß. Sally hatte den Kopf gesenkt, aber ihre kurzen dunklen Haare verbargen ihr Gesicht nicht. Mit zusammengepressten Lippen blickte sie starr zu Boden.

»Warum sollte eine Frau das Leben einer anderen zerstören wollen?« Audrey wandte sich nun direkt an Sally. Ihr Gesicht unter ihren orangeroten krausen Haaren war unschön gerötet.

Sally umklammerte die Armlehnen ihres Stuhls so fest, dass ihre Knöchel weiß hervortraten. Kitty beobachtete die Szene mit aufgerissenen Augen. War es möglich, dass Sally etwas mit Audreys Mann hatte? Der Oberste Medizinalrat, Vater von Dickie und Fiona … Kitty musterte Sally, ihre schmalen, hochgezogenen Schultern. Von allen Frauen, die sich im Kongara Club trafen, kannte Kitty sie am wenigsten. Sally war mit dem leitenden Veterinär, Allen Carr, verheiratet und sprach mit »regionalem Akzent«, wie Theo sagen würde. Sie kam nur ab und zu in den Club, und wenn sie da war, beteiligte sie sich kaum an den Gesprächen. Sie ging auch nicht schwimmen und fuhr jeden Mittag zum Essen nach Hause.

Plötzlich sprang Sally auf und rannte stolpernd hinaus. Sie stieß gegen die Paravents, so dass die Bambusstäbe klapperten.

»Ach, du liebe Güte.« Evelyn biss sich auf die Unterlippe.

Audrey schniefte missbilligend. »Na ja, es ist ja kein Geheimnis. Die arme Cynthia.«
»Wenigstens ist sie jetzt Witwe und nicht geschieden.« Pippa schauderte. »Stellt euch vor, wenn ihr Mann sie verlassen hätte – wenn er mit Sally durchgebrannt wäre!«
Kitty musterte die Frauen am Tisch. Ihr wurde klar, wie wenig sie von ihnen wusste. Sie war jetzt seit über zwei Monaten in Tanganjika und hatte Stunden um Stunden mit ihnen zusammen verbracht, und doch hatte sie keine Ahnung, was in ihrem Leben wirklich los war. Es hörte sich jedenfalls so an, als habe Sally nicht mit Audreys Mann, sondern mit Major Wainwright, Cynthias Mann, eine Affäre gehabt! Wirkte sie deshalb immer so niedergeschlagen? Trauerte sie um ihren Geliebten, litt sie unter seinem schrecklichen Tod? Kitty fragte sich, ob Theo wohl davon wusste. Aber sie würde ihn bestimmt nicht danach fragen. Sie wollte nicht riskieren, naiv zu klingen, oder – was noch schlimmer wäre – als Klatschtante gelten.
Das unbehagliche Schweigen dauerte an, bis Alice aus der Damentoilette kam. Sie zog ihr Notizbuch heraus, um einen Bericht über die letzte Versammlung vorzulesen, in der es um die Veröffentlichung ihres Newsletters, »Die Nussschale«, gegangen war. Alle wurden ruhiger, während sie vorlas. Die Frauen hingen förmlich an ihren Lippen, als ob sie – wie die Kinder – erleichtert wären, dass jemand die Führung übernahm.

Die Hitze in der dämmerigen arabischen *duka* war überwältigend. Kitty schlenderte die engen Gänge mit den übervollen Regalen entlang, trat um Säcke herum und achtete auf die scharfen Kanten von Blechkisten. Alles, was man auch in einem typisch englischen Laden kaufen konnte, war hier im

Angebot: Waschpulver, Rasierschaum, Zahnbürsten, Schuhcreme und so weiter. Aber hier und dort fand man auch exotischere Dinge wie große Ohrringe, seidene Gebetsteppiche, Flaschen mit Rosenwasser und Granatapfelsirup.
Kitty suchte nicht nach etwas Speziellem – sie wollte nur noch nicht nach Hause. Bis zum Mittagessen hatte sie noch über eine Stunde Zeit, und dann lag der ganze öde Nachmittag vor ihr. Sie dachte an die Zeit zurück, bevor sie Theos Frau wurde. Damals waren die Tage zu kurz gewesen für all das, was sie tun wollte. Im Gartenhaus-Atelier arbeitete sie bis tief in die Nacht, oft mit Juri an ihrer Seite. Stunden verflogen wie Minuten, in stiller Freude wie in heftiger Erregung. Kitty schloss die Augen und dachte daran, wie es sich anfühlte, Farbe auf Leinen zu verteilen, sanft mit dem Pinsel über die straff gespannte Oberfläche zu streichen. Oder fließende, lange Striche zu machen, die an die Anmut eines Tänzers erinnerten …
Sie schob die Erinnerung zurück – diese Tage waren vorbei. Sie konzentrierte sich auf eine Ansammlung verstaubter Dosen und Flaschen und las die Aufschriften. Aber schon wieder wanderten ihre Gedanken, und sie stellte sich vor, wie es in der Mission jetzt wohl aussehen würde. Die Trucks würden kommen, dic *askaris* würden das Aussteigen der Gefangenen überwachen. In der Küche würde hektische Aktivität herrschen, in den Töpfen auf dem Herd würde das Essen brodeln. Aber das war auch nicht ihre Welt.
Sie ergriff einen Sonnenhut mit einer breiten, weichen Krempe, legte ihn aber dann wieder hin. Sie spürte Ahmeds Blicke im Rücken. Er saß hinter dem Tresen, an der Wand hinter ihm hing ein Arsenal von Gewehren. Er war eine imposante Erscheinung mit schweren Augenlidern, einer Hakennase und einer Haut wie gegerbtes Leder. Sein lose geschlungener,

schwarzer Turban sah so aus, als drohte er herunterzufallen, es passierte aber nicht. In der Schärpe über seiner langen Tunika steckte ein gebogener Silberdolch. Immer, wenn Kitty in den Laden kam, rauchte er eine Pfeife, die aussah wie eine große Kerze mit einem Schlauch daran, der auf dem Tresen lag. Auch der heutige Tag war keine Ausnahme. Er zog den Rauch durch einen Wasserbehälter, und gurgelnde Geräusche drangen zu ihr. Tief atmete sie den aromatischen Rauch ein, der sich mit dem Geruch nach Gewürzen, Leder und Seife vermischte.

Kitty blickte sich im dämmerigen Laden um und ließ sich vom goldenen Schimmer von Stickereien oder dem Funkeln von farbigem Glas fesseln. Ein Gegenstand aus Messing hatte zahlreiche Löcher im Boden, aber sie hatte keine Ahnung, was es war.

»Mrs. Hamilton.« Ahmed winkte sie zum Tresen. »Ich habe etwas Besonderes. Nur für Sie.«

Als sie näher trat, holte er einen Ballen Seide unter der Theke hervor.

Sie war tief orangefarben. Er wickelte den Ballen ein wenig auf und legte den üppigen Stoff auf den Tresen. »Es ist sehr feine Seide.«

Kitty prüfte den Stoff zwischen Daumen und Zeigefinger. Er hatte das Gewicht und die glatte, fließende Struktur reiner Seide.

»Sie könnten sich ein wunderschönes Kleid daraus machen. Oder vielleicht eine Bluse?«

Kitty lächelte ihn geistesabwesend an. Der Stoff beschwor ein Bild herauf – aber es war weder ein Kleid noch eine Bluse. Stattdessen sah sie im Geiste eine Haremshose vor sich und die Umrisse eines Lampenschirmrocks.

Ahmed zog eine große Schere hervor. »Wie viel wollen Sie?«

Kitty hob die Hand. »Ich denke darüber nach.« Sie ignorierte seinen empörten Seufzer und trat wieder an die Regale, wo sie so tat, als interessiere sie sich für eine Sammlung von Porzellantieren. Sie betrachtete einen Hund mit einem Tüllrock, spürte aber dabei, wie der Ballen Seide hinter ihr schimmerte. Sie sah Juri vor sich, der den Rock und dann die Hose aufhob – er hielt die Kleidungsstücke abwechselnd ins Licht, bevor er sie auf der Chaiselongue drapierte. Er fügte ein enges Mieder und zwei Schals dazu. Jetzt lagen neben den orangefarbenen Tönen auch Violett und Grün mit goldenen Strichen daneben. Trotz des Geruchs nach Mottenkugeln war ein schwerer Duft zu ahnen, der Kitty an das französische Parfum ihrer Großmutter erinnerte.
»Künstler haben die Farben ausgesucht«, sagte Juri zu ihr und strich mit frisch gewaschenen Händen, die aber trotzdem noch Farbflecken aufwiesen, über die Seide. »Für die Aufführung des Balletts *Scheherazade.*«
Kitty nickte nur. Eine ihrer Freundinnen hatte ein paar Ballettstunden genommen – mehr wusste sie nicht übers Ballett. Das Mädchen hatte Kitty gezeigt, wie man mit hocherhobenem Kopf die Arme in einem eleganten Bogen heben musste.
»Es war etwas völlig Neues. Bevor Bakst die Kostüme des *Ballets Russes* entwarf, trugen die Tänzer Blassrosa, Fliederfarben und Mintgrün. Er verwendete starke Farben und stellte sie zusammen – Blau mit Violett, Rot mit Gelb, Grün mit Orange.« Yuri ergriff den Rock. »Diese Kleider waren natürlich nicht für die Bühne gemacht. Sieh dir die Stiche an, die feine Saumnaht. Anna Chernova hat sie genäht, eine Moskauer Modeschöpferin.« Er zeigte Kitty ein handsigniertes Label auf dem Rockbund, das den Namen der Schneiderin trug. »Sie war eine der Ersten, die sich von den *Ballets Russes* in-

spirieren ließ – lange vor Coco Chanel. Zarin Alexandra, die letzte Kaiserin von Russland, hat ihre Kleider getragen.«
Juri versagte die Stimme. Er hob die seidenen Kleidungsstücke hoch und vergrub sein Gesicht darin. Kitty sah schweigend zu. Sie wusste, dass er in seinen Erinnerungen versunken war – exotische Erinnerungen, die ihre Vorstellungskraft überstiegen: Erinnerungen an berühmte Leute, Orte, Ereignisse. Sie konnte sich nicht an die Vorstellung gewöhnen, dass er hier mit ihr war. Prinz Juriewitsch und Kitty Miller aus Wattle Creek.
Sie fragte Juri nicht, wie er an diese Kleider gekommen war. Damals wohnte sie noch nicht allzu lange bei ihm – es war noch vor der Zeit, als Theo mit seinem kleinen roten Flugzeug in ihr Leben geflogen kam. In diesen Tagen zog sie es vor, so viele Informationen wie möglich zu sammeln, statt direkt zu fragen und ihre grenzenlose Unwissenheit zu zeigen. Sie wollte nichts tun, das ihr Recht, im Gartenhaus zu wohnen, gefährdete. Männer brauchten ihre Privatsphäre, das wusste sie. Ihr Vater war sogar in Kleinigkeiten verschwiegen, als ob Information ein Schatz sei, den man bewahren müsse. Er redete nur über seine Pläne hinsichtlich der Farm, eine Fahrt in die Stadt oder über seine Kindheit auf Seven Gums, wenn er es für richtig hielt. Kitty hatte schon früh gelernt, dass es unklug war, nachzufragen.
Nahtlos war Juri wieder in der Gegenwart angelangt und reichte Kitty den Seidenrock. Auch die anderen Kleidungsstücke gab er ihr, und sie musste sich hinter dem Wandschirm umziehen. Verborgen vor seinen Blicken, schlüpfte sie aus ihren eigenen, billigen Kleidern, die sie achtlos zu Boden fallen ließ. Sie hörte, wie die Fensterläden im Wind klapperten. Es war Winter geworden – aber im Gartenhaus war es warm. Juri hatte überall elektrische Heizkörper verteilt, die er einschal-

tete, wenn jemand ihm Modell saß. Kitty bückte sich, um ein Taschentuch mit Spitzenrand aufzuheben, das auf dem Fußboden lag. In eine Ecke war ein *L* gestickt. Anscheinend hatte Lucinda es fallen lassen. Die Frau war seit Wochen nicht mehr hier gewesen, aber ihr Porträt beherrschte das Atelier. Kitty versuchte, nicht hinzusehen. Es machte sie nervös, wie Lucindas langer, geschmeidiger Körper auf der Chaiselongue lag. Obwohl sie es sich bequem gemacht hatte, wirkte sie angespannt. Und sie hielt den Kopf so komisch. Am schlimmsten jedoch war der Ausdruck in ihren dunklen Augen. Sie wirkten gequält, erschreckt – und kalt, trotz der warmen Farbtöne. Juri war nicht zufrieden mit dem Bild. Er war nie zufrieden.

»Ein Bild zu malen, das ist, als wolle man einen Traum einfangen«, hatte er zu Kitty gesagt. »Es wächst und verändert sich unter deinen Augen. Deine Hände gehören nicht dir. Du beherrschst den Prozess nie, und doch kannst du nicht aufgeben.« Seine Stimme hatte verzweifelt geklungen, als sei er – wie Lucindas Körper – von dem Arbeitsprozess traumatisiert. »Am Ende musst du einfach loslassen. Du hast einen kleinen Schritt gemacht – vielleicht bist du näher an dem Traum, oder auch an dem Alptraum, als zuvor. Auf mehr kannst du nicht hoffen.«

Juris Agent Jean-Jacques schaute jeden Tag vorbei, da er das Porträt mitnehmen wollte, damit es in London oder vielleicht auch Paris ausgestellt werden konnte. Kitty war froh, wenn es endlich weg war. Auch Juri würde erleichtert sein, das wusste sie. Ihm schien es schwerzufallen, seine eigenen Gemälde anzuschauen. Nur nicht die Bilder, die er von ihr gemalt hatte. Er gab sie nie Jean-Jacques; sie waren alle hier im Atelier, lehnten an der Wand und waren mit Staubüberzügen verhüllt. Kitty wohnte seit drei Monaten im Gartenhaus. Der Stapel

wurde immer größer – es waren mittlerweile mindestens fünfzehn Bilder, die Rücken an Rücken an der Wand standen. Kitty fand den Gedanken seltsam, dass auf jedem ihr Gesicht zu sehen war, immer in einer anderen Version und doch gleich. Juri malte selten ein Modell mehr als ein Mal. Wenn er die Geheimnisse eines Körpers erforscht hatte, ging er gern zum nächsten über. Aber bei Kitty wollte er so lange verweilen, bis er den Ausdruck eingefangen hatte, den er bei ihrer ersten Begegnung gesehen hatte. Das russische Mädchen.
Juri hatte keine Bedenken, die Farbe von einer Leinwand abzuschaben und Tage voller Arbeit zu vernichten. Seine Modelle mussten so oft wiederkommen, bis er mit dem, was er geschaffen hatte, zufrieden war. Ihnen war es egal, obwohl sie für ihre Zeit nicht bezahlt wurden – Juri wählte Gesichter und Körper, die ihn interessierten, und griff nicht auf professionelle Modelle zurück, die ihre Dienste für Geld anboten. Lucinda war Kunststudentin. Sie fühlte sich geehrt, für ihn Modell zu sitzen, und saugte begierig alles auf, was sie von ihm lernen konnte. Auch ein junger Mann, der manchmal Modell saß, war vom Slade. Amelia kam in einem Sportwagen, einen langen, seidenen Schal um den Hals, der im Wind flatterte; sie war eine reiche, alleinstehende Erbin. Juri hatte eine Skulptur von ihr gemacht, die dicker wirkte, als Amelie in Wirklichkeit war. Auch die Züge waren gröber, aber sie war nicht beleidigt. Ein anderes Modell war Kitty als die Frau eines bekannten Drehbuchautors vorgestellt worden. Alle zogen sich ohne jede Verlegenheit aus und ließen ihre Körper von Juri arrangieren – er legte ihre Hände, Arme und Beine dorthin, wo er sie haben wollte; er drapierte ihre Haare so, dass sie über ihre bloße Haut fielen. Amelia machte sich nicht einmal die Mühe, sich in den Pausen einen Morgenmantel anzuziehen; sie wanderte im Atelier umher, trank eine Tasse Tee, und ihre schweren Brüste schwangen

bei jedem Schritt hin und her. Wenn Modelle da waren, blieb Juris Haushälterin draußen und stellte das Teetablett vor der Tür ab – aber das hatte etwas mit ihren Gefühlen, nicht mit denen der Modelle zu tun.

Als Kitty genug Skizzen von Boris, dem Skelett im Flur, oder Claudius, der römischen Statue, die sie aus Hamilton Hall geliehen hatten, gemacht hatte, forderte Juri sie auf, ihre Staffelei neben seiner aufzustellen und ebenfalls die Modelle zu zeichnen. Zuerst hatte Kitty es anstrengend gefunden – sie musste nicht nur ihre Zeichenfähigkeiten vor den kühlen Blicken der Modelle ausbreiten, sondern auch ihre Verlegenheit über deren Nacktheit überwinden. Edward zu malen, das hatte sie kaum über sich gebracht. In Juris Atelier gab es keine Baumwollunterhosen wie im Slade; der junge Mann posierte völlig nackt, mit gespreizten Beinen. Kitty wollte eigentlich mit ihrem Stück Kohle gar nicht einfangen, wie sein Penis zwischen seinen Beinen baumelte, aber Juri hatte darauf bestanden, dass sie es wenigstens versuchte. Die fragwürdigen Regeln der Gesellschaft galten in seinem Atelier nicht, erklärte er. Ein nackter Körper war nichts, dessen man sich schämen musste. Er war noch nicht einmal besonders persönlich. Er war einfach die Essenz des menschlichen Seins. Er hatte das mit all der Leidenschaft gesagt, mit der er sich seiner Arbeit widmete. Aktzeichnen war die höchste Herausforderung, hatte er erklärt, die größte Leistung. Die gesamte Kunstgeschichte bewies das – von der Höhlenmalerei bis hin zu den Werken moderner Meister. Und die vornehmsten Häuser Englands wie Hamilton Hall waren mit zahllosen Akten ausgestattet – von Gemälden, Zeichnungen und Skizzen, von den kleinen Putten auf Louisas Schreibtisch über die Venus mitten im Lilienteich bis hin zu der Männerstatue mit Lorbeerkranz in der Eingangshalle.

Wenn die Sitzungen vorüber waren, blieben Juris Modelle immer noch, um ein Glas Wein zu trinken und ein wenig Brot und Käse zu essen. Sie wurden jedoch nie eingeladen, über Nacht zu bleiben – die Studenten wurden in Juris Morris zum Bahnhof gefahren; die anderen beiden brachen in ihren eigenen Wagen auf. Kitty merkte ihnen an, dass sie sie gern herablassend behandelt hätten, sich aber über ihren Status nicht klar waren. Juri stellte sie zwar als Freundin vor, aber sie konnten ja sehen, dass sie auch seine Schülerin und sein Hausgast war. Kitty wusste nicht, ob sie sich bewusst waren, dass sie ihm ebenfalls Modell saß – möglicherweise hatte ja einer von ihnen mal eine Staubhülle hochgehoben und ihre Porträts entdeckt. Wenn das der Fall war, mussten sie sich gefragt haben, warum er gerade sie immer wieder malte, und zwar nicht nackt wie die anderen, sondern in kostbaren Kleidern, die sie noch nie gesehen hatten.

Amelia hatte schließlich eines Tages gefragt, ob Kitty vielleicht entfernt mit dem Prinzen verwandt sei, als ob das ihre Anwesenheit im Gartenhaus erklären würde. Kitty hatte ihr erzählt, dass sie Juri nur zufällig kennengelernt und dass er sie eingeladen hatte, hier bei ihm zu wohnen. Sie sah Amelia an, dass sie ihre Geschichte ebenso unglaubwürdig fand, wie sie in Kittys Ohren klang, zumal sie immer noch das Gefühl hatte, er habe einen Fehler gemacht. Er hatte etwas – oder jemanden – in ihr gesehen, was sie nicht war. Wenn er seinen Irrtum bemerkte, würde er sie sicher wegschicken.

Der Gedanke daran ließ sie frösteln. Sie wollte unbedingt hier bei Juri bleiben. Er hatte sein Versprechen gehalten und ihr Unterricht im Zeichnen, Malen, in Anatomie, Bildhauerei und sogar Kunstgeschichte gegeben. Und ihre Fortschritte hatten ihn so beeindruckt, dass er sogar gesagt hatte, sie sei ein Naturtalent. Wenn sie hart arbeitete, könne sie eine große Künstlerin werden. Dass er an sie glaubte, machte ihre Hände sicher, schärfte ihren Blick und ermöglichte es ihr, sich zu konzentrieren. Sie kam sich vor, als sei ein Traum in Erfüllung gegangen. Aber sie liebte nicht nur den Unterricht, sondern fand es auch aufregend, an der Seite eines berühmten Künstlers zu arbeiten. Ihre gesamte Kindheit über hatte sie um Aufmerksamkeit kämpfen müssen. Ihre Brüder kamen immer an erster Stelle. Sie waren jünger und lauter. Vielleicht waren sie auch nützlicher, schließlich hatte eine Farmersfamilie mehr Verwendung für Söhne als für eine Tochter. Hier im Gartenhaus hatte Kitty Juri ganz für sich allein. Was Kunst betraf, war er ein strenger Lehrmeister, der sie nur lobte, wenn sie es wirklich verdient hatte. Aber in allen anderen Angelegenheiten ermutigte er sie ständig. Experimentierte Kitty mit ihrer Kleidung oder ihren Haaren, gab er ihr nie das Gefühl, sich vor ihm schämen zu müssen. Stattdessen machte er ihr Komplimente über ihren guten Geschmack. Kitty spürte, wie ihr Selbstbewusstsein wuchs. Sie begann zu glauben, dass sie eines Tages vielleicht auch ihren eigenen, speziellen Stil gefunden haben würde, so wie das rothaarige Mädchen, das sie am British Museum gesehen hatte.

Wenn Juri sie anschaute, kam Kitty sich wunderschön vor. In seinen Augen lag mehr Bewunderung, als je einer der Jungs in Wattle Creek gezeigt hatte – noch nicht einmal der irische Scherer, der ihr zwei Saisons lang den Hof gemacht hatte, bis er dann in der dritten Saison nicht mehr in Seven Gums auftauchte. Allerdings flirtete Juri nicht mit ihr. Natürlich war er auch viel zu alt für sie. Andererseits flirtete er nie mit jemandem. Kitty sah Frauen, die versuchten, ihn zu verführen – die Modelle, Frauen, die zu Besuch kamen, und sogar eine der Damen aus dem Ort. Und dann war da noch Lady Hamilton. Als Juri ihr Kitty vorgestellt hatte – er erklärte einfach, dass die junge Künstlerin jetzt bei ihm wohnte, und machte gar nicht erst den Versuch, die zusätzliche Mieterin genehmigen zu lassen –, hatte Kitty deutlich gespürt, dass die Hausherrin von Hamilton Hall sich zu ihm hingezogen fühlte. Aber er war für ihre Reize genauso wenig empfänglich wie für die der anderen Frauen. Kitty vermutete, dass gerade in seiner Distanziertheit seine Attraktivität lag.

Auch über anderen Bereichen seines Lebens lag ein geheimnisvoller Schleier. Zuerst hatte Kitty angenommen, dass er seinen Lebensunterhalt mit dem Verkauf seiner Bilder bestritt. Es gelang ihm immer, Geld aufzutreiben, wenn er welches brauchte, auch wenn es manchmal eine Woche oder länger dauerte. Aber eines Tages hatte er Kitty erzählt, dass sein Vermögen noch aus einer anderen Quelle stammte. Als er während der Russischen Revolution, bei der die Bolschewiken jeden ermordeten, der im Verdacht stand, den Zaren zu unterstützen, entkommen war, hatte er einen Koffer voller Schmuckstücke mitgenommen. Es waren mit Diamanten verzierte Ornamente, wertvoller Schmuck, seltene Uhren, Figurinen aus massivem Gold. Seit seiner Ankunft in England hatte er die Familiengeschichte geopfert, um seine Rechnungen bezahlen zu können, und hatte Stück für Stück die Schätze verkauft, die er seit seiner Kindheit bewunderte. Aber es war ihm egal, solange sie ihm die Freiheit gaben, weiterzuarbeiten. Kitty hatte keine Ahnung, ob er noch genug zu verkaufen hatte oder ob sein Vermögen langsam zur Neige ging. Er achtete nicht aufs Geld und schien auch keinen Plan für die Zukunft zu haben. Kitty fragte sich, ob er dieses kleine Häuschen hier in einer Art verdrehter Reaktion auf den Verlust seiner alten Welt gemietet hatte. Er musste unvorstellbare Privilegien genossen haben, die sie sich trotz seiner Erzählungen nicht annähernd ausmalen konnte. Wenn er von Bällen im Kaiserpalast und Partys auf Landsitzen erzählte, dann kam

Kitty das, was sie bisher vom Lebensstil der Hamiltons mitbekommen hatte, glanzlos und langweilig vor. Und doch begnügte Juri sich mit den ausrangierten Möbeln aus dem Haupthaus – Sessel mit Sprungfedern, die durch den Bezug stachen; ein Schrank mit fehlendem Scharnier und hängender Tür; der Esstisch mit dem wackelnden Bein. Zugleich jedoch engagierte er eine Haushälterin und trank edlen Wein. Es hatte etwas Verrücktes und Sorgloses. In mancherlei Hinsicht lebte er wie der erfolgreiche, etablierte Künstler, der er ja auch war. In anderer Hinsicht jedoch benahm er sich wie jemand, der für ein dunkles, schreckliches Verbrechen Buße tun muss. Kitty kam hinter dem Wandschirm hervor. Sie hatte das Kostüm an, aber hinten am Rücken war es noch offen. Wortlos trat sie zu Juri und drehte sich um. Sie spürte, wie seine Finger ihre Wirbelsäule entlangglitten, als er die lange Knopfreihe schloss, und streckte die Arme aus wie ein Kind, das angezogen wird. Juri rückte das Mieder zurecht und legte ihr den Schal um die Schultern. Als sie an sich hinunterblickte, sah sie, wie der Rock an ihren Knien abstand wie ein Lampenschirm. Die Haremshose darunter bauschte sich bis zu den Knöcheln in weichen Falten. Juri steckte ihre Haare hoch. Kitty hatte es geliebt, wenn ihre Mutter sie frisierte. Oft hatte sie es jedoch eilig gehabt, die Bürste heftig durch die zerzausten Haare gezogen und die Strähnen grob zu einem Zopf geflochten. Aber wenn sie sanfter mit ihr umging, waren das die intimsten Momente mit ihr, an die Kitty sich erinnern konnte. Und jetzt brachten Juris Berührungen – zart wie ein Schmetterling – Kitty zurück in diese Zeit, ein bittersüßes Echo dessen, was sie verloren hatte.

Als sie schließlich fertig war – mit einer langen Perlenkette um den Hals, einem Turban mit einer Reihenfeder auf dem Kopf –, betrachtete Juri sie. Während er sie aufmerksam musterte, studierte sie ebenfalls sein Gesicht. Ihre Blicke glitten über die Falten in seinen Augenwinkeln, über seine glatten, grauen Haare, die er häufig mit den Fingern zurückkämmte. Seine Lippen waren schmal, wirkten jedoch nicht verkniffen. Die Unterlippe schob er manchmal vor, und dann sah er aus wie ein entschlossenes Kind. Sie versuchte zu ergründen, wie die getrennten Elemente zu dem großzügigen Ausdruck wurden, den sie mit ihm verband, aber vielleicht sah sie in seinem Gesicht auch nur all die Freundlichkeit, die er ihr entgegenbrachte.

Als Juri schließlich zustimmend nickte – er hatte den Rock glatt gestrichen und ihr eine lose Haarsträhne hinter die Ohren geschoben –, setzte Kitty sich auf die Chaiselongue. Sie legte die Hände in den Schoß und wartete darauf, dass Juri ihr sagte, welche Pose sie einnehmen sollte.

»Beweg dich nicht«, sagte er. »Genauso will ich dich malen – wartend. Wartend auf das Leben.«

Ein Ausdruck tiefer Konzentration, den sie so gut an ihm kannte, trat in sein Gesicht. Er legte seine ganze Energie in seine Malerei und arbeitete wie ein Sklave. Er war ein Perfektionist – das musste er auch sein, sonst hätte er nie so malen können. Aber Kitty spürte, dass für ihn mehr dahintersteckte: Sein Wunsch, ihr Gesicht – ihr Selbst – auf der Leinwand einzufangen, barg noch etwas Dunkles und Schmerzhaftes. Kitty hatte oft das Gefühl, dass er jemand anderen sah, wenn er sie anschaute. Eine Geliebte, eine Ehefrau oder Tochter vielleicht – eine Frau, die er geliebt und verloren hatte, deren Geschichte er jedoch für sich behielt. Einmal hatte er Kitty sogar mit dem falschen Namen angeredet.

Katya.

Juri hatte den Fehler nicht korrigiert, so als wolle er nicht unnötig Aufmerksamkeit darauf lenken – der Name klang ja fast gleich. Aber Kitty hatte sich den Namen gemerkt.

Sie war sich sicher, dass Katya diejenige war, der Juris Herz immer noch gehörte.
Manchmal, wenn Kitty vor Juris Staffelei saß und er forschend ihr Gesicht und ihren Körper betrachtete, fühlte sie sich unbehaglich. Vielleicht sollte sie nicht zulassen, dass er sie benutzte, um die Erinnerung an eine andere Frau heraufzubeschwören. Aber dann rief sie sich ins Gedächtnis, dass sie im Atelier eines Künstlers war. Hier gab es keine Regeln. Nichts war falsch. Alles war richtig.
Kitty setzte sich in Pose. Sie hatte sich ein Bild von sich gemacht, als ob sie sich von fern betrachten würde, und es sich gemerkt. So konnte sie, auch wenn sie zwischendurch eine Pause machte, anschließend wieder genau die gleiche Pose einnehmen. Aber sie musste Juri nicht oft unterbrechen. Sie hatte gelernt, abwechselnd ihre Muskeln zu entspannen und andere anzuspannen, so dass sie still sitzen blieb. Auch jetzt, als er zu arbeiten begann, entspannte sie sich und konzentrierte sich auf das Geräusch des Pinsels auf der Leinwand. Sie löste sich von all ihren Sorgen – dem nagenden Kummer, weil ihre Familie sich nicht meldete, und der Angst davor, dass Juri ihr eines Tages sagen würde, sie müsse ausziehen. Wenn sie ihm Modell saß, fühlte sie sich sicher und zufrieden. Manchmal wünschte sie sich, dass die Zeit stillstehen würde. Dass sich nie mehr etwas ändern würde.

Kitty hielt den Blick aufmerksam auf die Straße gerichtet, als sie von den *dukas* wegfuhr, um nicht aus Versehen ein Huhn, eine Ziege oder sogar ein unbeaufsichtigtes Kind zu überfahren. Aus den Augenwinkeln sah sie auf dem Beifahrersitz ein in Zeitungspapier gewickeltes Bündel, das sorgfältig verschnürt war. Sie stellte sich die orangefarbene Seide in dem Päckchen vor. Sie hatte nicht widerstehen können. Vielleicht

würde sie irgendwann tatsächlich ein Kleid daraus schneidern lassen oder sogar eine Hose, wenn sie sich traute. Aber noch nicht. Es würde sie zu sehr an Juri erinnern. Und, was noch schlimmer war: Wahrscheinlich würde auch Theo sofort die Verbindung zu dem russischen Maler herstellen.
Theo hatte die *Scheherazade*-Serie gesehen. Als er angefangen hatte, sie im Gartenhaus zu besuchen – damals, als Kitty und er so verliebt waren, dass sie jeden freien Moment miteinander verbringen wollten –, beschloss Juri, sie ihm zu zeigen. Er hatte zu Kitty gesagt, er wolle Theo klarmachen, dass an den Bildern nichts Skandalöses sei, damit Theo seiner Familie gegenüber ihren Ruf verteidigen konnte, wenn Fragen auftauchten. Kitty hatte zugestimmt. Ihr war durchaus bewusst, wie man sie im Ort wahrnahm. Alle wussten, dass sie allein bei dem russischen Maler lebte. Es half natürlich, dass Juri alt genug war, um ihr Vater sein zu können, und dass er berühmt war – ein Prinz. Aber Kitty spürte trotzdem die Mischung aus Neugier und Missbilligung, die ihr entgegenschlug, wenn sie auf der Post oder im Lebensmittelladen jemandem begegnete. Manchmal hatte sie das Gefühl, sie zögen sie in Gedanken aus und machten sie zu einem von Juris Aktmodellen oder vielleicht sogar zu seiner Geliebten. Es bereitete Kitty Sorgen, dass auch Admiral und Lady Hamilton sie unweigerlich mit Misstrauen betrachteten. Juri hatte ihr zwar erklärt, die Hamiltons seien gebildeter als die Dorfbewohner und ihr Horizont sei nicht so eng. Sie waren Kunstsammler und gingen zu Ausstellungen. Dennoch schien es eine vernünftige Vorsichtsmaßnahme zu sein, Theo die Bilder zu zeigen. So konnte er sich davon überzeugen, wie züchtig Kitty trotz ihres exotischen Kostüms aussah, wie eine klassische Balletttänzerin, die hinter der Bühne gemalt worden war. Er konnte sehen, dass nichts Sexuelles an der Art war, wie Juri sie dar-

stellte – sie sah unschuldig und harmlos aus, ein Gefäß, das darauf wartete, von der Leidenschaft des Choreographen gefüllt zu werden.
Juri wählte einen Abend, an dem sie alle zusammen gebratene Lammkeule gegessen hatten, die die Haushälterin zubereitet hatte. Sie hatten am Küchentisch gegessen, nachdem Juri den vertrockneten Kadaver einer Ratte, die er irgendwo gefunden hatte, damit Kitty sie malen konnte, weggeräumt hatte. Kitty hatte zwar die Tischplatte danach gescheuert, aber Theo hatte sich trotzdem ans entgegengesetzte Ende des Tisches gesetzt. Jetzt saß er da, das Kinn in die Hand gestützt, mit offenem Hemdkragen. Kitty hatte gesehen, wie er den letzten Rest Sauce mit einem Stück Brot vom Teller gewischt hatte. Sie hatte ihn noch nie so zwanglos und entspannt erlebt.
»Ich muss dir etwas zeigen.« Juri bedeutete Theo, ihm ins Atelier zu folgen. Kitty ging mit. Sie fühlte sich unwohl, da sie Theo noch nichts davon erzählt hatte, dass sie Juri Modell saß – sie wusste nicht, ob er es vermutete oder Gerüchte gehört hatte. Sie hatte ihm erklärt, dass sie und Juri lediglich eine Schüler-Lehrer-Beziehung verband. Um diese Aussage zu untermauern, hatte sie ihm einige ihrer Arbeiten gezeigt: Zeichnungen, Gemälde und Skizzen. Sein Lob war so überschwenglich, dass sie es nicht ernst nehmen konnte – und doch liebte sie ihn noch mehr dafür.
Sie ließ die Männer vor sich den Flur entlanggehen. Als sie das Atelier betraten, blieb Theo abrupt stehen und erstarrte. Kitty, die hinter ihm ins Zimmer kam, sah sofort, warum. Juri hatte alle Bilder aufgestellt. Sie lehnten an Staffeleien, Schränken, Wänden. Kitty blickte sich um. Überall traf sie auf ihr Gesicht. Ihr Körper wirkte in den Theaterkleidern anders als sonst, aber ihre Hände, ihre Haare und ihre Augen waren nicht zu verkennen. Sie hatte die Bilder nacheinander gese-

hen, immer dann, wenn sie fertig waren. Aber jetzt, angesichts dieser Menge, fühlte sie sich winzig klein.
Mit angehaltenem Atem beobachtete sie Theo. Juri sagte nichts. Er rauchte in aller Ruhe und musterte Theo, als könne er sich den jungen Mann auch als Modell vorstellen.
Lange Zeit schwieg Theo. Dann nickte er.
»Beeindruckend. Sie sind sehr gut.« Er schlug Juri auf die Schulter. Kitty lächelte. Erleichterung durchflutete sie. »Natürlich«, fuhr Theo gespielt galant fort, »bist du ihr überhaupt nicht gerecht geworden.«
»Schönheit liegt im Auge des Betrachters«, erwiderte Juri. »Lautet so nicht ein Sprichwort? Du und ich, wir sehen nicht mit denselben Augen.«
Die beiden Männer schlenderten durch das Atelier und betrachteten die Bilder. Kitty spürte die Spannung zwischen ihnen – als ob sie in Konkurrenz zueinander stünden. Unter der Höflichkeit und dem leichten Geplänkel lag eine Spur von Feindseligkeit. Kitty hatte bei mehreren Gelegenheiten schon jeden der beiden schlecht über den anderen reden hören. Juri fand, Theo lenkte Kitty von der Arbeit ab. Theo fand, Juri habe zu großen Einfluss auf seine Freundin. Diese leichte Feindseligkeit schien jetzt an die Oberfläche zu kommen, und Kitty wäre es am liebsten gewesen, die Gemälde hätten weiter in der Ecke unter den Tüchern verborgen gestanden.
Letztendlich jedoch hatte es sich als richtiger Schachzug erwiesen, Theo die Bilder zu zeigen. Als ein Dienstbote aus dem Herrenhaus zufällig durchs Fenster gesehen hatte, wie Kitty im Kostüm des *Ballets Russes* für Juri posierte, konnte Theo sofort jeden Ansatz von Kritik im Keim ersticken. Der Admiral blieb völlig ungerührt, wie sich herausstellte. Natürlich konnte eine Dame sich malen lassen – Hamilton Hall war voller Familienporträts berühmter Maler. Louisas Reaktion

war jedoch schwieriger zu deuten. Sie reagierte leicht feindselig, was sich erst später erklärte, als Juri sagte, er habe es abgelehnt, Lady Hamilton zu malen. Wie auch immer sie darüber dachte, nach außen hin billigte auch Louisa wie ihr Mann, dass Kitty Juri weiterhin Modell saß. Dabei half vor allem, dass Juri versichert hatte, die Werke seien nicht verkäuflich. Damals schien die gesamte Situation nicht besonders gefährlich zu sein. Es war keine Überraschung, dass Louisa und der Admiral darauf bestanden hatten, die Bilder zu sehen – aber das größte Thema bei ihrem Besuch im Atelier war die Entdeckung, dass Juri die Wände beschmiert hatte. Wenn er keinen Lappen zur Hand hatte, wischte er die überschüssige Farbe von seinem Pinsel an der nächstbesten Fläche ab. Louisa hatte schockiert festgestellt, dass ein riesiger Fleck an der Wand neben der Staffelei mit zahlreichen Farbschichten verkrustet war. Jede Farbe der Palette war dort zu sehen. Die groben, hastigen Tupfen zeugten in Form und Struktur von der Ungeduld des Künstlers bei der Arbeit. Für Kitty war der Fleck selbst ein Kunstwerk. Aber die Hamiltons sahen nur eine ruinierte Wand. Juri versprach, die Wand neu streichen zu lassen, wenn er aus dem Gartenhaus auszog. In all der Aufregung waren Kittys Porträts schnell vergessen.

Langsam fuhr Kitty auf einen riesigen Schuppen zu, vor dem schwere Maschinen aufgereiht standen. Endlich war sie bei den Kongara-Traktor-Werkstätten. Interessiert betrachtete Kitty die Anlage, wobei sie versuchte, das leise Schuldgefühl, das in ihr aufstieg, zu unterdrücken. Sie wusste, dass sie eigentlich nicht hier sein sollte. Die Entscheidung, Theos Grenzen zu ignorieren, war irgendwie mit dem Ballen orangefarbener Seide verbunden – als ob zwei missachtete Verbote weniger schlimm seien als eines. Es war wie bei einer Diät: Wenn

man erst einmal ein Stück Kuchen gegessen hatte, konnte man auch für den Rest des Tages aufhören, Kalorien zu zählen.
Sie sah zwei Afrikaner mit Schweißgeräten. Sie trugen Masken vor dem Gesicht, um ihre Augen zu schützen. Zwei beleibte Europäer saßen auf einem alten Benzinfass und rauchten. Eine Gruppe von hellhäutigen Männern stand um einen Motor herum, der in seine Einzelteile zerlegt war. Kitty musterte ihre Gesichter, entdeckte aber niemanden, den sie kannte. Sie wollte gerade weiterfahren – halb traurig, weil sie ihre Freunde nicht gefunden hatte, und halb erleichtert, dass sie weiterfahren konnte, ohne ernsthaft etwas verbrochen zu haben –, als sie Stimmen hörte, die etwas aufsagten. Sie folgte ihnen zu einem zweiten Schuppen. Dort hielt sie, ließ aber den Motor laufen.
Ein großer Mann mit sandfarbenen Haaren stand vor einer Gruppe von Afrikanern, die auf Holzbänken saßen. Er hielt ein Stück Metall hoch – irgendeinen Teil des Motors, den Kitty nicht kannte.
»Was ist das?«, rief er auf Englisch.
Seine Schüler schrien unisono zurück: »Kurbele Welle.«
Kitty lachte leise. Dass sie immer einen Vokal hinzufügen mussten! Neiderfüllt beobachtete sie den Lehrer, und als ob er ihren Blick spüren würde, schaute der Mann sich um. Als er sie sah, kam er freundlich grinsend auf sie zu.
»Kann ich Ihnen helfen, Madam?« Er stützte sich mit der Hand auf das Dach ihres Autos und beugte sich zu ihr herunter. »Suchen Sie jemanden?« Er hatte den gleichen weichen Akzent wie die Iren, die Kitty im Flugzeug kennengelernt hatte.
»Ja – Paddy O'Halloran.« Sehnsucht stieg in Kitty auf, als sie den Namen nannte. Sie dachte daran, wie wohl sie sich in seiner Gegenwart gefühlt hatte, wie ermutigend und unkritisch er gewesen war. »Kennen Sie ihn?«

»Oh, ja, natürlich kenne ich den alten Paddy. Er arbeitet in Daressalam.«
Kitty runzelte die Stirn. Vielleicht gab es ja noch einen Mann, der so hieß wie Paddy. Der Name kam wahrscheinlich in Irland häufig vor, so wie John Smith in Australien. »Er müsste definitiv hier stationiert sein. Sie sind in einer Gruppe aus England hier angekommen – Ingenieure und Mechaniker.«
»Die ganze Gruppe wurde weitergeschickt. Es hat keinen Zweck, hier die Traktoren zu reparieren. Sie sind alle scheiße. Entschuldigen Sie den Ausdruck, aber es gibt kein anderes Wort dafür.«
Kitty blickte ihn überrascht an. »Was ist denn damit los?« Sie betrachtete die Maschinen, die sie sehen konnte: Sie waren frisch lackiert und hatten Reifen mit gutem Profil. Sie sahen wesentlich besser aus als der Traktor, mit dem ihr Vater auf Seven Gums gefahren war. Vielleicht machten die Männer zu viel Aufhebens um ihre Traktoren, so wie die Frauen um ihre Möbel.
»Es sind ehemalige Armee-Maschinen. Die letzten hier haben im Krieg an einem Strand auf den Philippinen gestanden. Der gute alte OFC hat sie ohne Ansehen gekauft und direkt hierher verschifft. Von zehn Traktoren taugt höchstens einer was.« Er schüttelte den Kopf. »Sie waren unter ihrem schicken Lack so verrostet, dass man mit dem Finger Löcher ins Metall bohren konnte. Also arbeiten die Männer jetzt direkt an den Traktoren, wenn sie vom Schiff kommen. Wenn sie auf einen stoßen, der noch in Ordnung ist, dann schicken sie ihn hierher. Das macht doch Sinn.« Er lächelte. »Na ja, ein bisschen mehr Sinn jedenfalls.«
Kitty zwang sich, sein Lächeln zu erwidern. Dafür, dass sie nur kurze Zeit mit ihren Reisegenossen verbracht hatte, empfand sie den Verlust unverhältnismäßig stark. »Na ja, vielen

Dank.« Sie konnte nicht widerstehen zu fragen: »Und wie kommen Sie mit Ihrem Unterricht voran?«
Wieder lächelte er und zuckte mit den Schultern. »Beschissen.«
Kitty grinste mitfühlend, dann hob sie grüßend die Hand. »Ich muss los. Vielen Dank!« Im Rückspiegel sah sie, dass der Mann ihr neugierig nachschaute – wahrscheinlich fragte er sich, wer sie war und warum sie nach Paddy gefragt hatte. Kurz überlegte sie, ob sie zurückfahren und ihm ihre Verbindung erklären sollte, damit es keinen Klatsch gab, der am Ende vielleicht im Hauptquartier landete. Aber sie fuhr weiter. Wenn sie zu viel Aufmerksamkeit auf sich zog, machte sie alles nur noch schlimmer. Und sie wollte es nicht riskieren, noch einmal mit dem Mann zu sprechen – am Ende würde sie ihn noch fragen, ob sie seinen Job übernehmen könne.

Kitty lehnte sich auf ihrem Stuhl zurück, als Gabriel die Suppentasse vor sie stellte. Sie wusste zwar, dass man seine Haltung nicht den Bedürfnissen des Personals anpassen sollte, aber die Bewegung war instinktiv. Sofort ergriff sie ihren Löffel. Theo hatte nicht viel Zeit für sein Mittagessen, und er konnte erst anfangen, wenn sie zum Besteck griff.
Beim ersten Löffel erstarrte sie. Die Suppe war scharf und schmeckte sogar ein wenig nach Chili! Was hatte sich Eustace dabei gedacht? Kitty machten die Schärfe und auch das leichte Brennen auf ihrer Zunge nichts aus – Juri hatte ihr beigebracht, ausländisches Essen zu schätzen. Aber das Gericht hatte nichts mit den Internats-Mahlzeiten zu tun, die Theo so gern mochte. Und es stand mit Sicherheit nicht auf dem Speiseplan. Nervös beobachtete sie, wie er sich über seinen Teller beugte und den Dampf einatmete.
»Mulligatawny!«, rief Theo aus. »Das Lieblingsgericht meines Vaters!«

»Wie schön.« Kitty bemühte sich, nicht allzu entsetzt zu wirken – schließlich sollte sie wissen, was ihr Koch auftischen wollte. Zugleich stieg Frustration in ihr auf. Ganz gleich, wie sehr sie versuchte, wiederkehrende Muster zu finden und Regeln zu entdecken, immer wieder lauerte irgendwo eine Ausnahme.
»Kennst du die Geschichte der Suppe?« Theo wartete ihre Antwort gar nicht erst ab; er war schon daran gewöhnt, dass sie vieles nicht wusste. »Sie ist erfunden worden, als wir Indien regiert haben. Die einheimischen Köche verstanden nicht, warum man Suppe vor dem Hauptgang serviert. Sie wussten noch nicht einmal, was Suppe ist. Deshalb brachten ihnen die britischen Offiziere bei, wie sie sie zubereiten mussten – mit Brühe, Fleisch und so weiter. Aber die Inder können natürlich nicht ohne Gewürze kochen. Und das ist dabei herausgekommen.«
»Faszinierend«, sagte Kitty. Sie hörte den falschen Ton in ihrer Stimme – manchmal war sie es einfach leid, dauernd vorgeführt zu bekommen, wie schlecht informiert sie war –, aber Theo schien es nicht bemerkt zu haben.
Er schlang seine Suppe mit etwas Brot herunter, lehnte aber den nächsten Gang ab. »Nein, ich muss leider los.« Er nickte Kitty zu – einen Kuss gab es nur morgens. Kurz darauf hörte sie, wie der Landrover ansprang. Der Kies knirschte, als der Wagen davonfuhr.
Als sie aufstand, machte sie sich in Gedanken eine Notiz, Eustace zu bitten, ihr den seltsamen Namen der Suppe aufzuschreiben. Sie ging ins Wohnzimmer und setzte sich dort hin. Aus der Küche drang das Klappern der Teller und Töpfe beim Abwasch. Am liebsten hätte Kitty mitgeholfen, einfach nur, um etwas zu tun zu haben. Sie rang sich ein schiefes Lächeln ab. Vielleicht sollte sie anfangen zu rauchen. Oder handarbei-

ten. Häkeln. Weben. Irgendetwas, das nicht als Kunst betrachtet werden konnte …
Gelangweilt schlenderte sie ins Schlafzimmer und zog Ahmeds Päckchen heraus. Sie wollte sehen, wie der Stoff an ihrem Körper wirkte, wie die Farbe sich gegen ihre Haut abhob. Daran war doch nichts verkehrt, oder? Als sie das Bündel öffnete, stieg der Duft nach Sandelholz auf. Zuerst dachte sie, es sei nur der Geruch aus Ahmeds Laden, aber dann sah sie ein kleines, längliches Stück Seife. Sie hatte ganz vergessen, dass sie es aus einem Impuls heraus für Diana gekauft hatte. Die Idee war ihr gekommen, als sie in der *duka* gestanden und überlegt hatte, ob sie die Seide kaufen sollte. Jetzt staunte Kitty über diese Geste. Nach nebenan zu gehen und »gute Besserung« zu wünschen konnte auch als impertinent angesehen werden. Andererseits war Diana auch zum Flughafen gekommen, um sie an Theos Stelle abzuholen. Und sie hatte Kitty ihr neues Zuhause gezeigt und sie in den Kongara-Club eingeführt. Auf ihre Art war sie sehr nett zu Kitty gewesen – auch wenn sie nur ihre Pflicht getan hatte.
Kitty wog das Stück Seife in der Hand. Vielleicht redeten ja die anderen Frauen schon darüber, dass Kitty Diana noch nicht besucht hatte, obwohl sie nebenan wohnte. Sie würde einfach hinübergehen und das Geschenk abgeben. Sie brauchte ja nicht zu bleiben.
Damit sie es sich nicht noch anders überlegen konnte, machte Kitty sich sofort auf den Weg. Als sie auf Zehenspitzen über den Kies ging, um ihre hohen Absätze zu schonen, fragte sie sich, ob sie das Geschenk nicht vielleicht besser eingepackt hätte. Oder wirkte das angeberisch, da es doch nur ein Stück Seife war? An der Haustür angekommen, klopfte sie sofort; wenn sie noch lange überlegte, würde der Mut sie verlassen.

Schritte näherten sich, und die Tür ging auf. Kitty trat überrascht einen Schritt zurück. Statt des Hausboys stand sie vor Dianas Ehemann. Es war früher Nachmittag – viel zu spät für das Mittagessen zu Hause. Einen kurzen Moment lang wirkte er angespannt, aber dann lächelte er höflich.
»Kitty! Wie nett von Ihnen, vorbeizukommen.« Kitty öffnete den Mund, um zu erklären, warum sie hier war, aber er fuhr schon fort: »Ich kann sie leider nicht hereinbitten. Diana empfängt keine Besucher.« Er strahlte eine seltsame Autorität aus, wenn man bedachte, wie klein und zierlich er war.
»Ja, natürlich. Das verstehe ich.« Kitty reichte ihm das Stück Seife – jetzt wünschte sie sich doch, sie hätte es eingepackt. »Es dauert wahrscheinlich seine Zeit, bis man sich von Malaria erholt. Ich hoffe, ihr Zustand bessert sich langsam?«
Richard zögerte. In diesem Augenblick hörte Kitty leises Weinen aus der Richtung des Schlafzimmers. Richard starrte sie durchdringend an, dann fing er sich. »Ja, sie ist auf dem Weg der Besserung. Ich sage ihr, dass Sie vorbeigekommen sind. Sie wird sich freuen.«
Er schloss die Tür. Kitty blieb noch einen Moment lang stehen und dachte an die klagenden Laute, die sie gerade gehört hatte. Sie hatte sich das nicht eingebildet. Auf der anderen Seite der Tür rührte sich nichts – Richard blieb wahrscheinlich so lange dort stehen, bis sie gegangen war.
Langsam ging sie die Einfahrt entlang. Ihr war klar, dass es Diana schlechtging und Richard nicht wollte, dass Kitty es erfuhr. Ein unbehagliches Gefühl stieg in ihr auf. Sie überlegte, ob sie zurückgehen und verlangen sollte, Diana zu sehen. Aber das wäre unglaublich unhöflich – Theo würde entsetzt sein. Sie rief sich ins Gedächtnis, dass Diana theatralisch und hysterisch war. Als der Mercedes beinahe das kleine Mädchen angefahren hätte, hatte sie völlig überreagiert. Und dann war

da diese Flasche mit den rosa Pillen, die Kitty gesehen hatte. Für jemanden wie Diana, der an Depressionen – und wahrscheinlich auch an schlechten Nerven – litt, war ein Malaria-Anfall wohl schwer zu ertragen.

Als sie an ihrer eigenen Haustür ankam, hatten ihre Sorgen nachgelassen. Der arme Richard war wegen Dianas Getue vermutlich mit den Nerven am Ende. Kein Wunder, dass er sich merkwürdig benommen hatte – er machte sich sicher Sorgen um sie. Aufgrund seiner englischen Manieren wollte er nicht über die Krankheit seiner Frau sprechen, aber allein die Tatsache, dass er zu Hause war, war der Beweis dafür, wie sehr er sich um sie kümmerte. Kitty stellte sich vor, wie er ins Schlafzimmer eilte, um Dianas Stirn zu kühlen, ihr über die Haare zu streicheln. Als Generaldirektor hatte er sogar noch mehr zu tun als Theo – alle wollten etwas von ihm –, aber seine Frau kam an erster Stelle.

Kitty blieb stehen, die Hand auf der Türklinke. Was würde passieren, wenn sie krank war? Würde Theo sich um sie kümmern? Wenn sie ehrlich war, hielt sie das eher für unwahrscheinlich. Seit dem Tag, an dem er ihr die Schachtel Pralinen mitgebracht hatte, hatte es nur noch gelegentliche Momente der Zuneigung gegeben: eine längere Umarmung, ein Klaps aufs Hinterteil im Vorbeigehen, ein Kompliment, das von einem Lächeln begleitet wurde. Einmal war er mit einem Strauß Blumen nach Hause gekommen, den er an einem Wohltätigkeitsstand im Club gekauft hatte. Ein anderes Mal hatte er ein Stück Kuchen mitgebracht, den jemand wegen seines Geburtstags im Hauptquartier verteilt hatte. Kitty sah ja, dass Theo sich Mühe gab, aber sie hatte trotzdem immer noch das Gefühl, dass sich der größte Teil seines Lebens im Hauptquartier abspielte; alles andere war nur Beiwerk.

Sie warf noch einen Blick auf das Haus nebenan. Ein dumpfer Schmerz stieg in ihr auf. Der Grund, warum Richard zu Hause und nicht an seinem Schreibtisch war, war einfach: Er liebte Diana mehr, als Theo sie liebte. Aber konnte man eine Ehe mit einer anderen vergleichen? So viele Faktoren spielten eine Rolle. Vielleicht hatten Richard und Diana bisher ein sorgloses Leben geführt, wenn man von Dianas gesundheitlichen Problemen absah. Richard war zwar auch im Krieg gewesen, aber er hatte vielleicht nicht so gelitten wie Theo. Und selbst wenn, dann hatte die Erfahrung ihn vielleicht nicht in gleichem Maß mitgenommen. Und überhaupt, vielleicht hatte es ja auch gar nichts mit Richard zu tun, sondern nur mit seiner Frau. Trotz ihrer merkwürdigen Art sah Diana immer perfekt aus. Sie war witzig und interessant. Und natürlich war sie die Tochter eines englischen Gentlemans. Sie wusste, wie man sich benahm, auch wenn sie es nicht immer tat. Wenn sie wollte, traf sie die richtige Wahl, ohne nachdenken zu müssen.

Kitty dachte an das katastrophale Picknick, das sie letztes Wochenende arrangiert hatte. Es war eine ganz einfache Angelegenheit gewesen, nur für sie und Theo, mit einem kleinen Korb Proviant. Den größten Teil des Essens hatte Kitty selbst zubereitet. Ohne sich um die missbilligenden Blicke von Koch und Hausboy zu kümmern, hatte sie die Spezialität ihrer Mutter gebacken, eine Eier-Schinken-Pastete. Als sie auf der Küchenbank abkühlte, hätte Kitty vor Heimweh bei dem vertrauten Duft beinahe geweint. Der Ort, den sie damals unbedingt hinter sich zurücklassen wollte, erschien ihr nun als Zufluchtsort voller Einfachheit und Vertrautheit. In den Picknickkoffer hatte sie außerdem noch ein paar Bananen und eine Flasche Limonade gepackt. Sie hatte eine Stelle hoch über Londoni, in der Nähe des Wasserturms, ausgesucht. Dort hatte man eine schöne Aussicht über die Ebenen, und

Theo würde beruhigt sein, weil der afrikanische Hausmeister mit einem Gewehr über der einen und Pfeil und Bogen über der anderen Schulter herumlief. An einem abgelegenen Fleckchen hatte Kitty die alte Reisedecke ausgebreitet, die schon Theos Urgroßvater gehört hatte. Als sie sie betrachtete, konnte sie sich fast vorstellen, wie ganz in der Nähe das kleine rote Flugzeug landete. Aber ihre heitere Stimmung hatte nicht lange angehalten. Kaum, dass sie sich niedergelassen hatten, mussten sie schon wieder die Stelle wechseln, weil Theo Safari-Ameisen bemerkte, die sich bedrohlich näherten. Die neue Stelle war übersät von stacheligen Kletten, die in den Kleidern hängen blieben. Die Pastete war in der Blechdose zu warm geworden und sah unappetitlich aus. Kitty stellte fest, dass sie besser die Campingstühle mitgebracht hätte. Sie hätte Eustace bitten sollen, für das Picknick das vorzubereiten, was Cynthia immer bestellt hatte. Sie hätte einen Picknickplatz wählen sollen, den der OFC eingerichtet hatte. Vielleicht hätte sie sogar ein anderes Ehepaar einladen sollen, damit eine festliche Stimmung entstand. Als sie jetzt daran zurückdachte, schüttelte Kitty frustriert den Kopf. Wie hatte sie nur alles so falsch machen können?

Sie musste sich eben mehr Mühe geben, sagte sie sich. Es war nicht fair, Theo die Schuld für ihr Versagen in die Schuhe zu schieben. Stattdessen sollte sie lieber darüber nachdenken, wie sie dazu beitragen konnte, dass er mehr Zeit mit ihr verbrachte. Sie brauchte keine von Pippas Zeitschriften, um zu wissen, dass ein glücklicher Ehemann abends so schnell wie möglich nach Hause eilt.

Kitty wusste, dass Theo mit seinem Essen mehr als zufrieden war; in dieser Hinsicht brauchte sie nichts zu ändern. Aber vielleicht war der Blumenstrauß, den er ihr mitgebracht hatte, ein versteckter Hinweis auf mehr Dekoration? Wenn er sagte,

sie solle ihre Tage so verbringen wie die anderen Frauen – zum Friseur oder zum Schneider gehen, Tennis spielen –, war das vielleicht eine Anspielung darauf, dass ihre Erscheinung nicht seinen Ansprüchen genügte? Möglicherweise hatte sie ein wenig zugenommen. Manchmal fiel sie wieder in ihren alten Akzent. Ihr Gesicht war viel zu gebräunt.
Sie machte Fehler, die sie sich nicht leisten konnte, und es war an der Zeit, damit aufzuhören.
Entschlossen hob sie den Kopf, zog den Bauch ein und straffte die Schultern, als sie das Haus betrat. Sie stellte sich vor, dass eine Schnur oben an ihrem Kopf zog, die ihr beim Gehen eine vollkommene Haltung ermöglichte.

8

Theo benutzte sein Buttermesser, um eine gerade Linie um die Spitze seines gekochten Eis zu klopfen, bevor er sie säuberlich abhob. Kitty beobachtete ihn über den Tisch hinweg. Die Schale ihres Eis, dessen Spitze sie ebenfalls mit dem Messer gekappt hatte, sah gezackt und unordentlich aus. Theo trug ein sauberes weißes Hemd und die Hose, die zu einem seiner besten Anzüge gehörte – eigentlich zu dunkel für das Klima, aber sehr elegant. Er hatte schon seit einer Ewigkeit seine Khaki-Sachen nicht mehr angezogen, weil er in der letzten Zeit ständig ins Hauptquartier musste. Die Regensaison hatte zu früh eingesetzt, und sie hinkten mit dem Pflügen hinterher. Unten an den Einheiten schufteten die Vertragsarbeiter und die Einheimischen bis tief in die Nacht, aber die Pflugscharen zerbrachen immer wieder in dem harten Boden. Die Manager im Hauptquartier und ein nicht enden wollender Strom von Besuchern aus London hielten dringende Sitzungen ab, um das Problem zu lösen.

»Wer kommt heute?«, fragte Kitty. »Jemand Wichtiger?«

Theo seufzte. »Der DC hat eine Sitzung anberaumt. Als ob wir nicht schon genug am Bein hätten.«

»Der Distriktbeauftragte?«, fragte Kitty, um Theo darauf aufmerksam zu machen, dass sie sich an die gängige Abkürzung erinnerte – dass sie sich alles merkte, was er sagte.

Theo nickte. »Er muss sich ab und zu einmischen, sonst fühlt er sich übergangen. Das Kolonialamt kann nicht akzeptieren, dass das Projekt vom britischen Ernährungsministerium durchgeführt wird und nicht von der Regierung von Tanganjika.«

»Das ist auch merkwürdig«, meinte Kitty.

Theo machte eine abfällige Handbewegung. »Das Kolonialamt ist einfach zu langsam, zu … alt. Das Ministerium für Ernährung ist neu. Schnell, effizient, ein Ort für frische Ideen.«

Kitty verbarg ihre Überraschung über die Worte ihres Mannes. Sie hatte sich immer noch nicht daran gewöhnt, dass er so zukunftsorientierte Dinge sagte. Seine Erfahrungen im Krieg hatten dazu geführt, dass er sich der Vergangenheit zuwandte und nur noch das Alte gut fand. Alte Familien, alte Häuser, alte Bücher und Gemälde. Sie blickte auf seine linke Hand. Am kleinen Finger trug er einen goldenen Siegelring. Das Wappen der Hamiltons – der Löwe, das Blatt, das Buch – war ein allgegenwärtiges Symbol für die Macht von Geschichte und Tradition. Als sie Theo kennengelernt hatte, hatte er den Ring nicht getragen. Er hatte ihn abgelegt als Geste der Rebellion gegen das Prinzip ererbter Privilegien. In der Küche des Gartenhauses hatte es nächtelange Diskussionen – ja sogar Streitgespräche – zwischen Theo und Juri gegeben, weil der ältere Mann versuchte, den Zarenhof und die Sache der Weißrussen zu verteidigen. Aber der Krieg hatte dann anscheinend alles auf den Kopf gestellt. Es gab die schreckliche Katastrophe, als er mit seiner Lancaster abstürzte und als Einziger überlebte. Und das war nur der Anfang. Er hatte alle seine Freunde sterben sehen, einen nach dem anderen. Im Verlauf des Krieges wurde über die Hälfte der britischen Piloten getötet. Er hatte so viele letzte Briefe geschrieben, letzte Mahlzeiten gegessen, letzte Zigaretten ausgedrückt werden sehen … Theos Gefährten starben, um die britische Lebensart zu schützen, die zutiefst auf Tradition gründete. Sie kämpften für ihren König – und einen stärkeren Ausdruck ererbter Pri-

vilegien als die Monarchie gab es nicht. Als der Krieg vorbei war, war auch der Siegelring wieder aufgetaucht.
Theo kümmerte sich um sein Erbe, indem er Hamilton Hall so weit wiederherstellte, dass Louisa und der Admiral wieder einziehen konnten. Das Hauptgebäude war kurz nach Ausbruch des Krieges von der Armee requiriert worden. An dem Tag, an dem der Befehl zugestellt wurde, war Kitty zufällig da gewesen. Sie und Theo waren bereits verheiratet und wohnten in gemieteten Zimmern in der Nähe des Flughafens. Kitty war dorthin gefahren, um ihre neuen Verwandten zu besuchen – hauptsächlich allerdings, um Juri wiederzusehen. Er fügte immer noch neue Gemälde zu der Serie von Kitty-Porträts hinzu. Dabei arbeitete er nach Skizzen, da sie ihm ja jetzt nicht mehr Modell saß. Vor dem Herrenhaus war eine unauffällige schwarze Limousine vorgefahren. Ein Mann in Uniform salutierte vor dem Admiral und reichte ihm ein maschinengeschriebenes Dokument. Der alte Mann las es, dann wurde es an die Eingangstür genagelt. Louisa hatte mit entsetzt aufgerissenen Augen davorgestanden und die Worte mit den Lippen geformt, die dort standen: RAF *Requirierungsbefehl der Räumlichkeiten. Notstandsermächtigungsakt 1939.*
Als der erste Schock überwunden war und der Admiral erklärte, dass die Familie mit gutem Beispiel vorangehen und ihre Pflicht tun müsse, wurden die edlen Möbel, die Kunstsammlung, die Wandbehänge und Teppiche ausgelagert und im Torhaus verstaut. Der Admiral, seine Frau und drei Angestellte bezogen das Gartenhaus. Alles geschah sehr plötzlich; Juri hatte noch nicht einmal genug Zeit, um die Wände mit den Farbklecksen in seinem Atelier neu zu streichen. Kitty fragte sich manchmal, welche Wende ihr Leben wohl genommen hätte, wenn das Haus nicht requiriert worden wäre. Wenn Juri nicht gezwungen gewesen wäre, in das Cottage am

Dorfrand zu ziehen – dieses kleine, abgelegene Haus, völlig abgeschnitten von der Welt.
Kurz nach Kriegsende wurde den Hamiltons das Herrenhaus wieder übergeben. Als das letzte Militärfahrzeug weggefahren war, trat Theo in Aktion. Er überwachte das Auspacken der Kisten und das Einräumen der Möbel, entschlossen, das Haus der Familie genauso wiederherzustellen, wie er es kannte. Die kleinsten Details spielten eine Rolle – jedes Ornament, jeder Rahmen musste wieder an die genau gleiche Stelle zurück. Er beauftragte sogar einen Steinmetz, um den Marmorkamin zu reparieren, der von den Soldaten beschädigt worden war. Kitty half Theo, wo sie konnte – etwas anderes hatte sie jetzt, da sie in Hamilton Hall lebte, sowieso nicht zu tun. Der Krieg und ihre Arbeit als freiwillige Helferin waren vorbei; sie war nur noch die Ehefrau eines Landadligen. Manchmal ging sie durch das Gartenhaus – ihre Schritte hallten in den leeren Räumen wider – und suchte nach Zeichen dafür, dass Juri hier gelebt und gearbeitet hatte. Aber nachdem die Hamiltons es so lange bewohnt hatten, war jede Erinnerung an diese Jahre ausgelöscht. Nur gelegentlich fand sie noch irgendwo einen Farbspritzer, den die Anstreicher übersehen hatten. Auf den Dielenböden sah man noch die Abdrücke der Staffelei. Der Kratzer auf dem Küchenfenster, wo Juri Kitty gezeigt hatte, dass man mit einem echten Diamanten Glas zerschneiden kann. Einmal stieß sie auf eine vertrocknete Ratte – nicht im Gartenhaus natürlich, sondern in den Ställen. Sie erinnerte sie an die Ratte, die Juri ihr zum Zeichnen gegeben hatte. Er war sehr erfreut über das Ergebnis gewesen. Fast konnte sie seine Stimme hören, seine leichte Berührung an der Schulter spüren, als er ihr gratulierte … Theo war hereingekommen, als sie schluchzend über dem toten Tier gehockt hatte. Zuerst hatte er liebevoll reagiert, aber dann in zunehmendem Maß frustriert über so eine starke

Emotion wegen eines toten Nagetiers, wo es doch genügend wirkliche Gründe für Tränen gab.

Kitty vermied es, ins Dorf zu gehen. Sie wusste genau, dass sie wie eine Süchtige hindurchgehen würde, an der Mühle vorbei, um vor dem kleinen Cottage zu stehen, in dem Juri gewohnt hatte – sie würde den rußigen Geruch nach Teeröl einatmen, auf die Fenster starren, die braunen Flecken auf den zugezogenen Vorhängen betrachten. Es hatte ja keinen Zweck, sich selbst zu quälen. Kein Akt der Buße konnte die Zeit zurückdrehen. Und selbst wenn es möglich wäre, hätte sie dann eine andere Entscheidung getroffen?

Hamilton Hall zu restaurieren füllte Theos Tage aus. Er war jeden Morgen früh aufgestanden und hatte bis zur Dämmerung gearbeitet – aber in seinem Eifer lag auch Verzweiflung. Als das Projekt beendet war, verfiel er in lustlose Apathie. Nun jedoch verlangte das Erdnuss-Projekt eine ähnliche Hingabe von ihm, und Kittys ursprüngliche Erleichterung darüber, dass Theo so entspannt und engagiert an die Arbeit ging, wich einem unbehaglichen Gefühl. Lag es daran, dass der Kampf gegen den Hunger seinen Job so schwierig machte? Oder war das Projekt seine neue Obsession? Sie konnte nur hoffen, dass es ein gutes Zeichen war, wenn er davon redete, wie wichtig es war, das Alte abzulegen und sich dem Neuen zuzuwenden. Vielleicht wurde er ja wieder frei, und wenigstens ein Teil des Mannes, in den sie sich verliebt hatte, wurde wieder sichtbar. Aber trotzdem nagte die Angst an ihr, dass die Veränderung zu plötzlich und zu gewaltig war.

Theo goss Milch in seine Teetasse und schenkte sich Tee ein.

»Und warum möchte der Beauftragte des Distrikts dich sehen?«, fragte Kitty.

»Dieses Mal«, erklärte Theo, »regen sie sich über die Bedingungen in den Arbeitscamps der Einheimischen auf. Es stimmt – es ist nicht alles in Ordnung. Das Wasser da unten ist ziemlich brackig, und sie sagen, die Essensrationen seien nicht ausreichend. Aber das eigentliche Thema scheint zu sein, dass die Afrikaner geglaubt haben, sie könnten ihre Frauen und Kinder mitbringen. Das geht überhaupt nicht. Es gibt zahlreiche europäische Arbeiter, die auf richtige Unterkünfte warten, damit sie ihre Familien nachholen können. Die Afrikaner werden einfach warten müssen.«

Kitty fragte sich, ob sie verraten sollte, dass sie von einigen wusste, die trotzdem ihre Frauen nach Kongara mitgebracht hatten. Pippa hatte den Frauen im Club von einem schmutzigen Slum am anderen Ende des Orts, draußen hinter den Werkstätten, erzählt. Dort lebten Frauen der einheimischen Arbeiter und zunehmend auch afrikanische Prostituierte.

»Ich habe eine gesehen«, sagte Pippa. »Sie stand vor der Polizeiwache. Sie sah schrecklich aus – roter Lippenstift und blauer Lidschatten. Das passt einfach nicht zu schwarzer Haut!«

Alle Frauen hatten geschwiegen. Das Bild war einfach unvorstellbar.

Kitty beschloss, nichts zu Theos Äußerungen zu sagen. Offensichtlich wusste er ja, dass es den Slum gab. Wenn sie zu erkennen gab, dass auch sie davon wusste, dann wies er sie am Ende noch darauf hin, wie recht er damit hatte, wenn er ihr befahl, sich auf das Zentrum von Londoni zu beschränken.

»Kennst du den DC schon?«, fragte sie. Sie blickte auf die Butter und wartete darauf, dass Theo es bemerkte und sie ihr reichte.

»Ich bin ihm ein paarmal begegnet. Er ist eigentlich ganz vernünftig. Schon lange hier. Sehr erfahren. Aber er ist nicht ganz sauber. Vor ein paar Jahren war er in irgendwelche dunklen Geschäfte mit einem einheimischen weißen Farmer verwi-

ckelt. Dieser schreckliche Taylor. Du hast ihn einmal gesehen – weißt du noch?«
Kitty nickte. Sie verzichtete auf die Butter und tat stattdessen so, als sei sie mit ihrem Ei beschäftigt. Irrationale Angst stieg in ihr auf, dass Theo mit seinen nächsten Worten offenbaren würde, dass er von ihrem Besuch in der katholischen Mission wusste – wo sie Taylors Weinberge gesehen, Essen an seine Arbeiter ausgeteilt und deren Wunden versorgt hatte.
»Taylor sollte ins Gefängnis – ich habe keine Ahnung, was er verbrochen hat. Es wird nur hinter vorgehaltener Hand darüber geredet. Aber der DC hat ihm wohl gestattet, seine Strafe in einer Art privatem Gefängnis abzusitzen, statt ihn nach Daressalam zu schicken.« Er warf Kitty einen Blick zu und stieß ein kurzes Lachen aus. »Weißt du, wie sie das Gefängnis hier nennen? *Hoteli ya mfalme.* Hotel des Königs.«
Kitty lächelte dünn. Theo freute sich über seine Swahili-Kenntnisse, aber man konnte die Wörter kaum verstehen – er sprach sie falsch aus und verzerrte sie mit seinem starken englischen Akzent.
»Natürlich ist es furchtbar für einen Weißen, in ein afrikanisches Gefängnis gesteckt zu werden«, fuhr Theo fort. »Aber vor allem in einer Kolonie sollte man darauf achten, dass Gerechtigkeit geübt wird. Der DC hat sich zweifellos sehr für Taylor eingesetzt.« Theo runzelte nachdenklich die Stirn. »Man fragt sich unwillkürlich, ob es eine Verbindung zwischen den beiden gibt. Nach allem, was wir über Taylor wissen – das wirft kein gutes Licht auf den DC.«
Kitty trank einen Schluck Tee und hoffte, Theo würde ihr das große Interesse an seiner Geschichte nicht ansehen. Was für ein Verbrechen mochte Taylor begangen haben? Wie lange war er dafür eingesperrt worden – und wo? Sie konnte nicht entscheiden, ob die Tatsache, dass der Mann im Gefängnis

gesessen hatte – wenn auch nur in einer privaten Zelle –, es besser oder schlechter machte, dass er jetzt Sträflingen zu essen gab.

Theo ergriff Cynthias Salztöpfchen und häufte sich mit dem winzigen Porzellanlöffelchen einen kleinen weißen Berg auf den Teller, neben das Stück Butter, das er sich aus der Butterschale genommen hatte. Dann wählte er ein Toastdreieck aus dem Brotgestell.

Kitty tauchte den Löffel in ihr Ei. Ihre Hand erstarrte, als sie einen blutigen roten Punkt im Eigelb sah. Ein Embryo hatte sich zu bilden begonnen. Sie fand den Anblick nicht eklig wie Theo; schließlich war sie auf einer Farm aufgewachsen, wo die Hähne ständig die Hennen begatteten. Die meisten Eier waren befruchtet, aber man sah es erst, wenn sie kurz darauf gegessen wurden. Kittys Mutter verwendete oft nicht mehr ganz so frische Eier, vor allem, wenn die Hühner nicht mehr so reichlich legten, und der gelegentliche rote Blutstropfen störte niemanden. Aber in Londoni durfte das eigentlich nicht passieren. Die Dorfbewohner waren immer darauf bedacht, ihre Eier zu verkaufen, und Eustace sollte jedes einzelne Ei vor der Verwendung in einer Schüssel mit Wasser überprüfen – wenn es ganz frisch war, musste es untergehen. In Gedanken machte Kitty sich eine Notiz, ihm zu sagen, er solle in Zukunft sorgfältiger vorgehen. Eigentlich hätte sie ihr Ei gleich beiseiteschieben müssen, damit Theo nichts von ihrer schlechten Haushaltsführung merkte, aber stattdessen saß sie nur da und starrte in das Eigelb. Der rote Fleck zog sie magisch an. Er erinnerte sie daran, dass ihre Periode überfällig war. Zum dritten Mal, seit sie hierhergekommen war. Sie hegte die leise Hoffnung, dass sie vielleicht schwanger war.

Da er immer mehr zu tun hatte, hatte Theo einen Schreibtisch im kleinen Zimmer aufstellen lassen und verbrachte dort lange

Stunden am Abend, um Berichte zu schreiben, Unterlagen zu prüfen und Dokumente aus London zu lesen. Wenn er dann spät in der Nacht endlich fertig war, saß er noch im Wohnzimmer, um sich einen oder zwei Whisky zu genehmigen. Oft schlief er auch im kleinen Zimmer, obwohl Kitty sich nie darüber beklagt hatte, dass sie sich gestört fühlte. Letzten Monat hatte er fünf Nächte hintereinander dort verbracht – die entscheidenden Tage auf Kittys Kalender. Einige Male war sie drauf und dran gewesen, zu ihm zu gehen und ihm direkt zu sagen, dass sie sich jetzt lieben müssten. Auf der Stelle, am selben Abend und am besten auch am nächsten noch, ob es ihm nun passte oder nicht. Aber Männer wollten nichts von Perioden oder dem Eisprung wissen – in Pippas Zeitschrift hatte gestanden, das Thema sei so peinlich, dass jede Romantik verlorenginge. Eine schwierige Gratwanderung für die Frau. Kitty hatte es auf andere Weise versucht. Sie hatte sich in ihrem seidenen Nachthemd an ihn gedrückt, um ihn vom Schreibtisch wegzulocken. Abgesehen davon, dass sie schwanger werden wollte, träumte sie immer noch davon, dass sich ihre Liebesnacht, in der sie die Pralinen verzehrt hatten, wiederholen würde. Sie hatte sich vorgebeugt und ihm ihre Brüste präsentiert. Aber er hatte nur einmal kurz aufgeblickt und sich dann wieder seinen Dokumenten gewidmet.
Theo erhob sich, Kitty blieb allein am Frühstückstisch zurück. Der ganze lange Tag erstreckte sich vor ihr, öde und reizlos. Sie schlug die Hände vors Gesicht. Ein dunkles Gewicht drückte sie nieder. Vielleicht sollte sie sich wieder hinlegen, wie sie es schon häufig am Morgen getan hatte. Vielleicht sollte sie einfach den ganzen Tag im Bett bleiben und vorgeben, krank zu sein …
»Ich komme heute Mittag nicht nach Hause.« Theos Stimme riss sie aus ihren Gedanken. »Bis später dann.«

Kitty hob den Kopf. Wut flammte in ihr auf. Ihr Mann gab ihr noch nicht einmal einen Grund dafür an, dass er bei der Arbeit blieb. Und er sagte auch nicht, wann ungefähr er wiederkommen würde. Wahrscheinlich war er froh darüber, dass es in den Häusern auf dem Millionärshügel noch keine Telefonanschlüsse gab (laut Pippa ein weiteres Beispiel dafür, dass der OFC nicht in der Lage war, Prioritäten zu setzen). Es bedeutete auch, dass Theo seine Frau nicht anzurufen brauchte, um ihr Bescheid zu sagen, wenn er später nach Hause kam. Es war so, als sei sie fast unsichtbar für ihn geworden, ein Fleck am hintersten Winkel seines Horizonts. Fragte er sich jemals, ob sie hier in Kongara glücklich war? Interessierte es ihn überhaupt? Warum sollte immer nur Kitty ihm zuhören und ihn trösten? Sie bemühte sich so sehr, eine gute Ehefrau zu sein. Konnte sie nicht wenigstens erwarten, dass auch er sich ein bisschen anstrengte? Sie hörte, wie sich seine Schritte in Richtung Haustür entfernten. Erschreckt stellte sie fest, dass er ging, ohne ihr einen Abschiedskuss gegeben zu haben. Die Wut wurde durch einen Anflug von Panik ersetzt. Aber dann wurden die Schritte wieder lauter. Kitty blickte auf, als Theo ins Zimmer trat. Er lächelte sie an. Seine Zähne blitzten weiß in seinem gebräunten Gesicht. Das dunkelblaue Jackett, das er trug, hob sich gegen sein weißes Hemd ab, und die Kombination betonte seine rotblonden Haare. Er sah atemberaubend gut aus. Kittys Zorn schmolz wie Schnee in der Sonne. Als er sich vorbeugte, um sie auf die Wange zu küssen, atmete sie tief seinen Duft nach Zahnpasta und Aftershave ein, dankbar für seine Nähe.
»Ich liebe dich«, sagte sie. Und dann erneut, lauter, um ihren flehenden Tonfall zu überdecken. »Ich liebe dich.«
Theo blickte sie verblüfft an, dann fuhr er ihr durch die Haare. »Ich dich auch. Hab einen schönen Tag, Liebling.« Er klopfte ihr auf die Schulter und ging.

Kitty blinzelte in die plötzliche Helligkeit, als sie nach draußen trat. Sie ging auf ihr Auto zu, das der Gärtner frisch abgestaubt hatte, als ihr plötzlich einfiel, dass sie ihre Badesachen vergessen hatte. Aber sie lief nicht mehr zurück, sondern ging einfach weiter. Sie hatte sich förmlich zwingen müssen, sich anzuziehen und zu schminken. Wenn sie jetzt wieder in ihr Zimmer ging, würde sie wahrscheinlich zu Hause bleiben.

Im Auto öffnete sie das Handschuhfach und tastete nach ihrer Sonnenbrille. Ihre Finger schlossen sich um ein Objekt, das sie erst erkannte, als sie es herauszog. Pater Remis Taschenmesser – das Tesfa gefunden hatte, als er den Korb ausgeräumt hatte. Sie hatte ganz vergessen, dass sie es ins Handschuhfach gelegt hatte. Sie fuhr mit dem Finger über den Elfenbeingriff, der so glatt war wie das Schildpatt auf Katyas Puderdose. Das Taschenmesser war alt und abgenutzt, der Griff wies zahlreiche Risse auf. Sie klappte die Klinge auf und prüfte die Schneide mit dem Daumen. Sie war sehr scharf.

Kitty wischte ein paar Erdkrumen ab, die aus dem Taschenmesser auf ihr Kleid gefallen waren. Sie hinterließen einen rosigen Schimmer auf den weißen Punkten ihres roten Kleides. Der Anblick erinnerte sie an Pater Remis Garten mit der fruchtbaren roten Erde und dem üppig wuchernden Grün, obwohl immer noch Trockenzeit war. Hoch über den staubigen Ebenen mit all den kahlen Feldern war der Ort wie eine Vision. Ein Land, wo Milch und Honig flossen. Aber das war nur ein Teil des Bildes, sagte sie sich. Da waren auch noch die Gefangenen, von denen jeder zweifellos seine eigene tragische Geschichte hatte. Und die mit Schlagstöcken und Gewehren bewaffneten *askaris.* Kittys Gedanken wanderten zu dem Mann mit dem Geschwür am Bein. Eiterte es immer noch, oder hatte das Desinfektionsmittel geholfen? Sie hoffte, Pater Remi hatte Zeit gehabt, jeden Tag den Verband zu wechseln.

Sie wog das Messer in der Hand. Ein gutes Messer war ein kostbarer Besitz. Ihr Vater trug seines in einem Lederbeutel am Gürtel bei sich. Er nahm den Beutel nie ab, noch nicht einmal zum Kirchgang. Rasch fasste sie einen Entschluss. Sie musste Pater Remi das Messer zurückbringen. Mehr nicht. Sie würde nicht bleiben, schwor sie sich, sondern sofort zurückkommen. Sie würde im Club zu Mittag essen und sich sogar neben Alice setzen.

Als Kitty in den Missionshof fuhr, sah sie überrascht, dass die Gefängnislaster bereits dort standen. Die Ladeflächen waren leer – die Gefangenen saßen auf dem Vorplatz. Sie blickte auf ihre Uhr. Es war schon später, als sie gedacht hatte. Kitty stieg aus dem Auto und holte Pater Remis Korb aus dem Kofferraum. Dann blieb sie noch einen Moment stehen und wischte sich verstohlen mit dem Handrücken den Lippenstift von den Lippen. Sie hätte sich das Gesicht noch einmal waschen sollen, bevor sie losgefahren war. Und sie hätte Janets praktische Buschkleidung anziehen sollen. Das rote Kleid mit den weißen Punkten war viel zu auffällig und betonte ihre Figur zu sehr.
Pater Remi war nicht zu sehen. Er war weder bei den Gefangenen noch an der Essensausgabe. Dort warteten nur Schwester Clara und zwei jüngere Nonnen auf die Töpfe. Kitty zögerte, vor den Männern entlangzugehen. Eine Sekunde lang dachte sie an Louisa. Welche Etikette-Regeln würde sie wohl einer Dame empfehlen, die um die hundert männliche Häftlinge begrüßen musste? Suchend blickte Kitty sich um. Ihr Blick fiel auf einen Weg, der an der Seite der Kirche vorbeiführte. Wenn sie dort entlangging, kam sie auch zu dem anderen Gebäude. Vielleicht war ja Pater Remi dort drin. Wenn nicht, konnte sie in der Empfangshalle warten, bis jemand kam, und dann darum bitten, den Pater zu holen.

Kittys hochhackige Sandalen waren ebenso unpassend wie ihr Kleid und ihr Make-up. Während sie über das unebene Pflaster stolperte, traute sie sich nicht, sich umzublicken, um sich zu vergewissern, ob ihre Anwesenheit bemerkt worden war. Die Ankunft des Autos und das Schlagen der Fahrertür und der Kofferraumklappe mussten zumindest Aufmerksamkeit erregt haben. An der Kirche angekommen, huschte sie hastig um die Ecke, dankbar dafür, endlich außer Sichtweite zu sein.

Der Pfad war aus weicher, nackter Erde. Bei jedem Schritt sanken ihre Absätze tief ein. Schließlich zog Kitty sie aus und legte sie in den Korb. Barfuß ging sie weiter. Ihr Blick glitt über die hohe Steinmauer, zu den Tauben auf dem Ziegeldach, die sich wie graue Scherenschnitte gegen den blauen Himmel abhoben. Sie war fast an der Ecke angelangt, als jemand hinten an ihrem Rock zupfte. Erschreckt fuhr sie herum. Ein kleiner Affe hielt ihren Rocksaum gepackt. Kitty erstarrte und wich zurück. Das Tier reichte ihr kaum bis ans Knie, aber sofort fiel ihr Janets Warnung ein, dass man Tollwut bekommen könne, wenn man von einem Affen oder einem Hund gebissen würde. Sie war erleichtert, als er ihr Kleid losließ. Aber dann ergriff der Affe ihre Hand. Der Griff war fest, und die kleinen Finger schlossen sich um ihre. Einen Moment lang starrte Kitty ihn an. Das Tier mit seinem flaumigen Pelz machte auf sie den Eindruck, als sei es noch sehr jung.

Sie bückte sich und blickte in das blasse, haarlose Gesicht. Die großen dunklen Augen glänzten, als ob sie in Tränen schwimmen würden.

»Hallo.«

Der Affe war offensichtlich zahm – das Haustier von jemandem. Sie fragte sich, ob er wohl ganz allein hier herumlaufen durfte. Zwischen den schmalen Lippen drangen ungeduldige

Schnatterlaute hervor. Kitty konnte die Zähne, eine rosa Zunge sehen. Dann begann der Affe, sie vorwärtszuziehen.
Als sie ihm über den Pfad folgte, regte sich eine Erinnerung bei Kitty. Sie hatte das Gefühl, das Tierchen schon einmal gesehen zu haben. Und dann fiel es ihr ein. Er war das Geschöpf, das sie zuerst für ein nacktes Kind gehalten hatte, und es hatte auf der Kühlerhaube dieses baufälligen Schuppens auf Rädern gesessen.
Taylor.
Der Affe zog sie an der Hand um die Ecke. Fast wäre sie gegen ein Metallrohr gelaufen, das auf Brusthöhe in der Luft hing. Ein paar Meter entfernt stand ein Mann, den Rücken ihr zugewandt, hielt das Rohr in der Mitte fest und balancierte die unhandliche Last auf der Schulter. Kitty konnte sehen, dass er versuchte, ein Ende in das Loch eines Wassertanks zu manövrieren. Auf einmal begann das Ende vor ihr sich zu senken. Ohne nachzudenken, befreite sie ihre Hand aus dem Griff des Affen, stellte den Korb ab und beeilte sich, das Rohr festzuhalten.
»Asante!«, rief der Mann über die Schulter. *»Shika tu.«* Halt still.
Kitty erwiderte nichts, tat aber wie geheißen.
»Inua tu!« Heb es hoch!
Sie gehorchte, und ein weiterer Wortschwall auf Swahili wurde an sie gerichtet. Dieses Mal war es zu schnell für sie, aber sie konnte sehen, was er von ihr wollte. Sie hielt ihr Ende des Rohrs hoch und ging nach links.
Der Mann mühte sich ab, das Rohr in das Loch zu schieben, das ganz oben am Tank saß. Kitty machte es ihm leichter, indem sie das Rohr so hoch wie möglich hielt. Schließlich war sie die Tochter eines Farmers; für sie war es ganz selbstverständlich, in so einer Situation zu helfen. Zugleich jedoch beobachtete sie den Mann aus zusammengekniffenen Augen.

Das musste Taylor sein, da war sie sich sicher. Der Affe war nicht der einzige Hinweis. Sie erkannte auch seine zerzausten, von der Sonne gebleichten Haare wieder. Sie musterte ihn. Er war gebaut wie ein Schafscherer: stark, aber agil. Die Ärmel seines Buschhemds waren über dem Ellbogen abgerissen, und sie sah die kräftigen Muskeln an seinem Unterarm.

»*Imekwisha.*« Fertig.

Er drehte sich um und rieb sich die Hände an seiner schmutzigen Hose ab. Schockiert starrte er Kitty an – dann blickte er sich suchend um, als wolle er sich vergewissern, dass die Frau in dem rot-weißen Kleid wirklich dort stand.

Hastig lief er zu ihr, um ihr das Rohr abzunehmen und in eine Astgabel zu legen. »Oh, es tut mir leid. Ich dachte, Sie seien Tesfa. Er war gerade eben noch hier.«

Mit einem einzigen Satz sprang der Affe auf seine Schulter. Der Mann hielt ihn fest. »Das ist Gili.«

»Wir kennen uns bereits«, sagte Kitty.

»Ich hoffe, er hat keinen Ärger gemacht.«

Kitty schüttelte den Kopf.

»Ich bin Taylor.« Er streckte die rechte Hand aus, ließ sie aber dann wieder sinken. Kitty sah ihm an, dass er sich nicht sicher war, ob sie einander die Hände schütteln sollten oder nicht. Leise Zufriedenheit stieg in ihr auf. Er hatte keine Manieren. Er wusste noch weniger als sie.

»Ich bin Mrs. Theodore Hamilton.« Kitty machte keine Anstalten, ihm die Hand zu reichen. Taylor war die Sorte Mann, die eine Dame ganz bestimmt nicht mit Handschlag begrüßte. Taylor musterte sie von oben bis unten, und Kitty erwiderte offen seinen Blick. Er war wahrscheinlich nicht älter als Theo, aber er hatte die wettergegerbte Haut eines Mannes, der viel an der frischen Luft arbeitet. Am Kinn hatte er Bartstoppeln und einen Schmutzfleck auf der Stirn. Sein Blick war so durchdringend und unergründlich zugleich, dass er sie nervös machte. Auch seine Stimme beunruhigte sie. Er hatte überhaupt keinen Akzent – er hätte von nirgendwoher kommen können, aber auch von überall her.

»Ich will nicht unhöflich sein«, sagte er schließlich, »aber – abgesehen von Ihren bloßen Füßen – Sie sehen eher so aus, als wollten sie zum Tee in den Kongara-Club.«

Seine Worte trafen ins Schwarze, so dass Kitty lächeln musste. »Ja, das sollte ich auch«, gab sie zu und blickte auf ihre Uhr. »Eigentlich müsste ich jetzt auf der Planungssitzung für den Weihnachtsball sein.«

Er zog die Augenbrauen hoch. »Bis Weihnachten ist es noch eine Ewigkeit.«

»Es gibt viel vorzubereiten – anscheinend ist der Ball das gesellschaftliche Highlight des Jahres. Heute werden Musik und Tanz besprochen. Vielleicht ist es ja besser, dass ich nicht da bin – ich beherrsche nicht einen einzigen Tanz. Ich kenne noch nicht einmal die Schritte.«

»Nun, das ist nicht gut. Man wird sie vom Ball verweisen.«

Wieder lächelte Kitty. Es war eine Erleichterung, endlich einmal übers Tanzen Witze machen zu können. Und die Art, wie er sie neckte, ließ Erinnerungen an Paddy aufsteigen, an seine direkte, lockere Art. Dann jedoch rief sich Kitty ins Gedächtnis, wer Taylor war. Sie trat einen Schritt zurück und ergriff ihren Korb. Wie kam sie überhaupt dazu, hier zu stehen und mit ihm zu plaudern? Anscheinend hatten die Arbeit an dem Rohr und der kleine Affe ein falsches Gefühl der Gemeinsamkeit geschaffen. Sie hielt ihm das Taschenmesser hin. »Ich wollte Pater Remi nur das hier zurückbringen.«

»Ah, da ist es!« Erfreut steckte Taylor es in seine Hemdtasche. »Er sagte, er habe es verloren. Dabei war es die ganze Zeit bei Ihnen.«

Kitty spürte, wie sie errötete, als sie weiterging. Taylor kam hinter ihr her. Sie gelangten an eine Tür, die in den hinteren Teil der Kirche führte.
»Da müsste er eigentlich sein«, sagte Taylor. »Danke für Ihre Hilfe übrigens.« Er wies zu dem Wasserrohr. »Ich bin froh, wenn ich auch das andere Ende installiert habe.«
»Warum lassen Sie das nicht von ihren Sträflingen erledigen?« Kitty beschloss, es sei an der Zeit, anzudeuten, dass sie von seinen Geschäften wusste.
»Nun, das könnte ich natürlich tun, aber ich habe gerade erst entdeckt, dass es sich gelöst hat. Die Patres haben viel zu tun. Sie übersehen diese praktischen Dinge manchmal. Vor der Regenzeit überprüfe ich ihre Gebäude immer.«
»Das ist nett von Ihnen«, sagte Kitty spröde. Eine besonders große Geste war das nicht von ihm, wenn man bedachte, dass in der Mission seine Arbeiter verpflegt und versorgt wurden. Taylor warf ihr einen verwirrten Blick zu. Kitty wünschte, sie hätte nichts gesagt. Sie wollte auf keinen Fall ein Gespräch über die Moral dieses Mannes beginnen. Gerade wollte sie sich unter einem Vorwand verabschieden, als Gili plötzlich von Taylors Schulter heruntersprang und sich in ihre Arme warf.
Sie taumelte ein paar Schritte zurück und ließ den Korb fallen, als sie nach dem Tierchen griff. Ihre Finger versanken in dem weichen Fell. Zwei lange Arme schlangen sich um ihren Hals. Ein schwacher Geruch stieg ihr in die Nase, der sie an früher erinnerte, wenn sie mit den Hunden auf der Farm in der Sonne gelegen und ihr Gesicht in ihrem dicken Fell vergraben hatte.
Dann fiel ihr auf, dass Taylor sie mit offenem Mund anstarrte.
»Gili hat normalerweise Angst vor Fremden. Er wurde von den Leuten, die ihn gefangen haben, gequält. Die Narben hat er heute noch.«

»Das ist ja schrecklich. Das arme Geschöpf.« Kitty schlang die Arme um den Rücken des Affen und drückte ihn an ihre Brust. Sie fühlte sich seltsam zufrieden, so als habe sie etwas getan, um Gilis Vertrauen zu verdienen. Es gefiel ihr, das kleine Tier zu spüren, das weiche Fell an seinem Nacken. Sie drückte ihre Wange an das flaumige Köpfchen.
»Er ist so ...« Sie suchte nach Worten, um die kleine Nase, den Mund und die Ohren zu beschreiben; das drollige Verhalten, aber auch die Intelligenz in den großen Augen. »Wie ein echtes Baby.«
»Viel weniger anstrengend, nach allem, was ich gehört habe.« Taylor grinste. Fältchen traten in seine Augenwinkel, anscheinend lächelte er viel.
Das Brummen der Männerstimmen auf der anderen Seite der Kirche wurde plötzlich lauter. Vermutlich wurde gleich das Essen ausgeteilt, dachte Kitty. Der Vorhof mit den Häftlingen schien von der Stelle, an der sie stand, mit einem Mann, den sie nicht kannte, und einem Affen auf dem Arm, meilenweit entfernt zu sein. Das Gurren der Tauben im Glockenturm war näher und lauter, ebenso wie der verborgene Chor der Insekten, die in der Mittagssonne summten.
»Ich habe eben Swahili mit Ihnen gesprochen«, sagte Taylor. »Sie haben mich verstanden.«
»Ich kann nur ein bisschen«, erwiderte Kitty halb stolz, halb verlegen. Sie wusste, dass sie gute Fortschritte in der Sprache gemacht hatte, kam sich jedoch gleichzeitig so vor, als sei sie bei etwas Unschicklichem oder Angeberischem erwischt worden.
»Warum lernt jemand wie Sie Swahili?« Taylors Frage klang aufrichtig interessiert.
»Nun, ich dachte, es könne nützlich sein. Ich wusste ja nicht, wie es hier ist. Ich dachte auch, ich könnte vielleicht ... etwas

tun.« Kitty spürte, wie die Frustration, die sie so lange unterdrückt hatte, in ihr aufstieg; all die Worte, die sie nie gesagt hatte – jedes einzelne von ihnen war noch da und wartete nur darauf, herauszukommen. »Ich muss jetzt gehen.«
»Ich bringe Sie zum Pater«, sagte Taylor.
»Nein, es ist schon in Ordnung. Ich muss ihn nicht sehen. Wenn Sie ihm nur das hier geben könnten ...« Sie wies auf den Korb, der auf der Erde lag. Ihre Sandalen waren herausgefallen.
Taylor hob sie auf. In seinen rauhen, schwieligen Händen wirkten die dünnen Riemchen und hohen Absätze zart und unpraktisch. »Sie scheinen sich barfuß recht wohl zu fühlen.«
Kitty senkte den Blick. Er durchschaute sie, da war sie sich sicher. Wahrscheinlich hatte er längst entdeckt, dass ihr Akzent aufgesetzt war, ihre Manieren nur eine dünne Fassade waren. Sie gehörte eigentlich gar nicht in den Kongara-Club. Jemand wie Alice hätte nie die Schuhe ausgezogen oder einem Mann draußen bei der Arbeit geholfen. Taylor sah ihr an, dass sie ein Außenseiter war wie er. Dass sie etwas vortäuschte, was sie nicht war. Aber während sie das dachte, wusste sie zugleich, dass sie es sich nicht leisten konnte, dieses Bild von sich zuzulassen. Sie musste in die Welt passen, die sie jetzt mit Theo teilte.
Sie hob den Kopf und warf ihre Haare so zurück, wie sie es bei Diana gesehen hatte. Sie blickte ihn kühl an. »Sie sollten hier in dieser Gegend richtige Straßen bauen. Aus Asphalt.«
Kitty gab das Äffchen an Taylor weiter und nahm ihre Schuhe entgegen. Der Austausch wirkte vertraut – so als ob sie es schon oft getan hatten und wieder tun würden.
»Wenn Sie das nächste Mal kommen, nehmen Sie die Abkürzung«, schlug Taylor vor. »Das geht viel schneller. Und wenn erst einmal die Regenzeit beginnt, ist die Hauptstraße sowie-

so überflutet. Der kürzeste Weg führt direkt durch die Hügel und stößt am anderen Ende auf die obere Straße. Die, an der die großen Häuser stehen. Wissen Sie, wo ich meine?«

Kitty nickte, sagte aber nichts. Sie wollte nicht enthüllen, dass sie dort, auf dem Millionärshügel, der besten Adresse in ganz Tanganjika, lebte. Dann dachte Taylor vielleicht schlecht von ihr. Erstaunt nahm sie ihre Gedanken wahr. Was kümmerte es sie, was jemand wie Taylor dachte?

Der Mann lächelte sie an, und jetzt erst fiel Kitty auf, wie faszinierend seine Augen waren: Die Iris war blaugrün um die Pupille herum, aber golden am Rand. Sie zogen sie magisch an.

»Danke, aber ich komme nicht wieder.« Taylor runzelte die Stirn, aber gleich darauf legte sich eine Maske der Gleichgültigkeit über sein Gesicht. »Also dann, auf Wiedersehen.« Seine Stimme klang neutral.

»Auf Wiedersehen.«

Barfuß ging Kitty weg, die Sandalen baumelten in ihrer Hand. Sie stellte sich vor, wie ihr Taylors Blick – dieser seltsam intensive Blick – folgte, und musste gegen den Impuls ankämpfen, sich umzudrehen.

Zögernd ging sie den Weg an der Kirche entlang zurück. Am liebsten wäre sie da geblieben, um bei der Essensausteilung zu helfen. Um die Kranken zu versorgen. Um die beiden Pater wiederzusehen. Und auch Tesfa. Um mit Gili zu spielen.

Sie konnte sich ja von Taylor fernhalten.

Aber sie zwang sich, weiterzugehen, und beschleunigte ihre Schritte. Sie hatte schon beim ersten Mal, als sie hierherkam, einen Fehler gemacht. Das würde ihr dieses Mal nicht mehr passieren. Sie erkannte die Gefahr.

Sie wusste, dass sie fliehen musste.

9

Kitty beugte sich über das Lenkrad und blickte auf den Tankanzeiger. Die rote Nadel zeigte auf *leer.* Sie war froh, dass Theo nicht hier war und mitbekam, wie unvorsichtig sie gewesen war; er bestand darauf, dass der Fahrer den Tank seines Landrovers mindestens immer zur Hälfte gefüllt hatte. Sie ließ das Auto bergab rollen und behielt die rote Nadel die ganze Strecke bis zur Zapfsäule vor Ahmeds *duka* im Auge. Sie stieg aus, während der Tank gefüllt wurde. Schon mehrmals hatte sie Ahmeds Assistenten gebeten, nicht zu rauchen, während er die Pumpe bediente, und jedes Mal hatte er heftig protestiert. Als sie die Straße überquerte, sah sie den Mercedes, der unter einem Baum geparkt war. James stand daneben und wischte den Staub mit einem Lappen ab. Kitty fragte sich, ob Diana wohl wieder gesund war und den Einkauf überwachte. Wenn das der Fall war, würde sie morgen wahrscheinlich wieder in den Club kommen. Kitty schauderte es bei dem Gedanken an die Szenen, die sich abspielen würden, wenn jeder wieder seinen Platz in der alten Ordnung einnehmen musste. Zugleich jedoch hoffte sie, dass es Diana tatsächlich wieder besserging. Die kläglichen Laute, die sie aus dem Schlafzimmer gehört hatte, verfolgten sie immer noch.
Dianas Hausboy und ihr Koch wählten Früchte aus den Körben vor dem Obst-und-Gemüse-Geschäft. Kitty blickte sich um, sah aber nirgendwo deren Herrin. Sie schlenderte zu James. Als er sie sah, nahm er sofort Haltung an. »Guten Tag, Memsahib.«

»Hallo, James. Ist Diana hier?«
»Nein, Memsahib. Sie kauft nicht ein. Sie bleibt im Bett.« Er schüttelte den Kopf. »Es ist sehr schlimm.«
Kitty blickte ihn verwirrt an. »Ich dachte, Malaria sei recht einfach zu behandeln.«
Er schwieg einen Moment lang, dann blickte er sich um, als ob er Angst hätte, belauscht zu werden. »Sie hat keine Malaria. Sie leidet an etwas anderem.«
Kitty dachte an die rosa Pillen, die sie auf dem Boden im Auto gefunden hatte. »Ich habe gehört, sie hat ein Problem mit ihrem Blut. Etwas, das ihre Nerven angreift.«
James schüttelte wieder den Kopf. »Es ist in ihrem Herzen.«
»In ihrem Herzen?« Kitty riss erschreckt die Augen auf. Kongara war kein Ort für jemanden, der herzkrank war. Das Krankenhaus sah zwar beeindruckend aus, aber es funktionierte wie vieles hier nur gelegentlich. Manchmal schien viel zu viel Personal da zu sein, und zu anderen Zeiten bekam man kaum einen Termin in der Klinik. Es hieß, die Lagerräume seien voll mit unnützem Zeug, während es an lebenswichtigen medizinischen Gerätschaften mangelte. Und es gab noch nicht einmal einen richtigen Krankenwagen – der Arzt kam in seinem eigenen Jeep. Das nächste richtige Krankenhaus war in Daressalam. Kitty sah James an, dass auch er sich Sorgen machte, und ihr wurde klar, dass seine beflissene Art nicht nur das Ergebnis eines guten Trainings war. Er hatte Diana wirklich gern.
»Ich kenne den Namen nicht auf Englisch«, fuhr James fort, »aber wir nennen es *hali ya kutokua na furaha.*«
Kitty erkannte das Wort »Freude« sofort. Janet hatte es häufig verwendet. Das Verb hingegen war komplizierter. Und es war verneint. Sie suchte sich die Übersetzung zusammen. »Der Zustand, ohne Freude zu sein«. Ein Schauer lief ihr über

den Rücken, als sie die wahre Bedeutung von Dianas Klagelaut begriff – es war das Weinen einer Person, die zutiefst verzweifelt ist.
»Sie ist sehr krank«, sagte James. Er hob die Hände mit den rosigen Handflächen. »Ihre Schwestern sollten ihr zu Hilfe kommen. Sie sollten sie nicht allein lassen.« Seine Stimme klang scharf.
Kitty warf ihm einen verwirrten Blick zu. Er musste doch wissen, dass Kittys Schwestern, wenn sie überhaupt welche hatte, weit weg in England lebten? Aber dann verstand sie – er meinte Dianas Freundinnen: die Damen, die sie jeden Tag im Club traf. Kitty überlegte, wem von ihnen Diana am nächsten stand. In Kongara kannten sie sich alle noch nicht besonders lange, aber wenn man bedachte, wie viel Zeit Diana im Club verbrachte, dann hatte sich bestimmt zwischen ihr und wenigstens einer der anderen Frauen ein Band gebildet.
Kitty durchforstete ihre Erinnerung an die Art von Intimität, wie sie sie mit ihrer besten Freundin Ruth Herbert geteilt hatte. Sie hatten sich in der Grundschule in Wattle Creek kennengelernt und waren eng befreundet gewesen, bis Ruth schließlich weggezogen war, um woanders Arbeit zu finden. Kitty dachte daran, wie viel sie miteinander gelacht hatten, an die spontanen Umarmungen, daran, wie sie die Sätze der anderen beenden konnten. Mit Diana brachte sie so eine Beziehung eher nicht in Verbindung. Sie war intelligent, witzig und schön; sie konnte auch nett sein. Aber sie war unberechenbar. Das war das Problem. Man wusste nie, was sie als Nächstes sagen oder tun würde – man wusste nie, wie sie sein würde. Die Leute strebten nach ihrer Billigung, aber zugleich hielten sie misstrauische Distanz zu ihr. Deshalb war Diana eigentlich ziemlich isoliert – vielleicht sogar einsam. Kitty war froh, dass sie der Nachbarin wenigstens ein kleines Geschenk gebracht hatte.

»Hat sie denn noch niemand besucht?«, fragte sie James.
»Nur Sie. Und Sie haben nicht mit ihr gesprochen.« Zornig blickte er sie an.
»Mr. Armstrong hat mich nicht hineingelassen. Er hat mich weggeschickt.«
James' Miene wurde undurchdringlich. »Ich habe ihn gerade nach einer Verabredung zum Mittagessen im Club zurück zum Hauptquartier gebracht. Jetzt sitzt er an seinem Schreibtisch. Er muss viele Papiere lesen. Und viele Leute wollen ihn sprechen. Ich glaube, er wird den Rest des Tages sehr beschäftigt sein.«

Kitty klopfte leise an die Haustür. Da das Personal einkaufen war, war niemand da, um ihr aufzumachen. Und sie wollte nicht riskieren, Diana aufzuwecken, indem sie laut klopfte. Sie lauschte auf Schritte, aber im Haus war alles still.
James hatte ihr seinen Schlüssel gegeben. Die Bewohner des Millionärshügels waren angewiesen worden, ihre Häuser immer abzuschließen, da im Bereich der Werkstätten mehrmals eingebrochen worden war. Die Kriminalität in Kongara nahm zu, und der OFC hatte bisher nur unzureichend reagiert. Scotland Yard hatte zwar einen neuen Chief Inspector geschickt, aber die Leute nahmen ihn nicht ernst und machten sich über ihn lustig. Die Station hieß überall nur Scotland Inch. Nach einem Aufschrei der Entrüstung hatte der OFC versprochen, eine zusätzliche Truppe *askaris* aus Daressalam kommen zu lassen. In der Zwischenzeit jedoch herrschte allgemeines Unbehagen über die Sicherheit. Alice gab den Slumbewohnern die Schuld. Sie hatte ihnen ihre Einstellung im Club erläutert und auch schon gleich eine Lösung parat gehabt.
»Wir haben doch jede Menge Bulldozer.« Sie stach mit einem Finger in die Luft, um ihre Worte zu untermauern. »Wir soll-

ten damit einfach diesen Slum niederwalzen. Die Hütten einstampfen. Es würde höchstens einen Vormittag dauern.«
»Wo sollen die Leute hingehen?«, fragte Kitty. »All diese Frauen und Kinder?«
Alice warf ihr einen mitleidigen Blick zu, als sei sie ein wenig zurückgeblieben. »Dorthin, wo sie herkommen.«
»Und was ist mit den Prostituierten?«, fragte Pippa. »All diese Männer und niemand, mit dem sie Sex haben können. Das würde doch alles nur noch gefährlicher machen.« Sie schauderte. »Für uns, meine ich.«
»Sag nicht so widerwärtige Dinge«, hatte Alice sie zurechtgewiesen.
Zum Glück war in diesem Moment gerade Eliza gekommen und hatte alle mit ihrer schicken neuen Frisur abgelenkt – eine Masse von Löckchen, die sich auf ihrem Kopf türmten.
Kitty öffnete die Haustür und trat ein. »Diana?«, rief sie leise. »Ich bin es, Kitty.«
Sie schlüpfte aus ihren Sandalen und huschte auf bloßen Füßen den Flur entlang zum Schlafzimmer.
Die Tür stand einen Spalt offen, und Kitty sah Diana auf dem Bett liegen, ausgestreckt auf ihrer Bettdecke. Ihr blaues Seiden-Negligé war hochgerutscht, und ihre Beine waren bis zu den Oberschenkeln entblößt. Die Arme hatte sie weit ausgebreitet. Sie lag da wie ein schlafendes Kind. Ihre Haare ergossen sich über das Kissen, ihr Kopf war abgewandt. Kitty stieß die Tür noch ein bisschen weiter auf. Sie hatte Diana noch nie ungeschminkt gesehen. Die Frau war sogar noch schöner, wenn das überhaupt möglich war. Ihr Porzellanteint und ihre gleichmäßigen Gesichtszüge ließen sie wie eine Engelsstatue erscheinen. Ihre halb geöffneten Lippen bildeten einen perfekten Bogen. Der einzige Makel an dem Bild war der dünne Speichelfaden, der aus dem Mundwinkel rann. Kitty wandte

sich verlegen ab. Diana würde es hassen, wenn jemand sie in diesem Zustand sähe. Dass Kitty in ihrem Schlafzimmer stand, war ein unverzeihliches Eindringen in ihre Privatsphäre.

Sie wollte gerade die Tür schließen, als ihr etwas ins Auge fiel – auf dem Boden neben dem Bett lag eine Tablettenflasche. Sie lag auf der Seite, der Deckel fehlte. Kitty erkannte das Etikett: Aspro. Daneben lag eine weitere offene Flasche von anderer Form. Auch sie war leer. Und auf dem Bett entdeckte sie noch einen weiteren Behälter. Er war aus braunem Glas, mit dem Etikett einer Apotheke.

Einen Moment lang stand Kitty nur da – als habe sich die Stille der Gestalt auf dem Bett auf sie übertragen. Dann sprang sie auf das Bett zu und hockte sich neben Diana. Das war nicht nur Speichel im Mundwinkel, sondern auch eine Kruste aus getrocknetem Erbrochenen. »Diana!« Sie packte sie an beiden Schultern und schüttelte sie heftig. »Diana – kannst du mich hören?« Diana reagierte nicht.

Kitty drückte ihr Ohr an Dianas Brust und lauschte auf den Herzschlag. Sie hörte nur ihren eigenen keuchenden Atem. Energisch zwang sie sich zur Ruhe und fühlte an Dianas Handgelenk nach dem Puls.

»Gott sei Dank«, murmelte sie, als sie den schwachen, aber regelmäßigen Pulsschlag spürte, doch Dianas Brustkorb hob und senkte sich nicht. Auf dem Nachttisch sah Kitty einen kleinen Handspiegel liegen. Sie ergriff ihn, wobei sie eine weitere leere Pillenflasche umwarf, und hielt ihn vor Dianas Mund und Nase. Ein paar Sekunden lang blickte sie auf den ovalen Spiegel mit dem Silberrahmen, in dem die Initialen DA eingraviert waren. Diana Armstrong. Es fiel ihr schwer, diesen Namen – und alles, was er bedeutete – mit der leblosen Gestalt in Verbindung zu bringen.

Ein leichter Hauch trübte den Spiegel. Erleichtert schloss Kitty die Augen – Janet hatte ihr Mund-zu-Mund-Beatmung beigebracht, aber sie war sich nicht sicher, ob sie sie korrekt ausführen könnte. Sie starrte Diana an. Die Frau atmete, ihr Herz schlug, aber sie war bewusstlos.
Durch das Fenster sah Kitty auf ihr rotes Auto. Sie war direkt hierhergefahren und hatte sich noch nicht einmal die Zeit genommen, ihren Wagen in der eigenen Einfahrt abzustellen. Am schnellsten würde es gehen, wenn sie Diana in ihrem Auto ins Krankenhaus fahren würde. Aber sie konnte sie nicht tragen. Sie dachte daran, wie schwer es gewesen war, ein Schaf zu bewegen, das im Pferch gestorben war – und dabei war es meistens vorher noch geschoren worden, damit der Farmer wenigstens die Wolle behielt. Es war nicht nur das Gewicht: Ein schlaffer Körper war einfach schwer. Sie musste Eustace und Gabriel rufen.
Sie rannte in den Flur, zögerte aber dann. Und wenn Diana nun nicht wirklich in Gefahr war? Kitty wollte nicht diejenige sein, die sie dem Spott der Männer aussetzte.
Sie ging ins Wohnzimmer und blickte sich hilflos um. Ihre Gedanken überschlugen sich. Sie wusste zwar, dass es kein Telefon im Haus gab, aber trotzdem suchte sie unwillkürlich nach dem schwarzen Apparat. Dann fiel ihr der Getränkewagen ins Auge. Er war aus Edelstahl; sie und Theo hatten den gleichen. Theo witzelte immer darüber, dass der OFC die Wagen extra verstärkt hatte, damit sie die zahlreichen schweren Flaschen besser tragen konnten. Kitty schob die Flaschen einfach beiseite. Eine zerbrach und Glas splitterte. Der Eiskübel rollte klappernd über den Boden.
Im Schlafzimmer zog sie Diana von der Matratze herunter, wobei sie sie so drehte, dass sie bäuchlings auf dem Wagen lag, Beine und Arme hingen herunter. Die leeren Tablettenfläschchen steckte Kitty in ihre Tasche. Dann schob sie den Wagen

durch die Küchentür, weil dort nur eine Stufe auf den Betonweg führte. Auf dem Kies angekommen, musste sie mit aller Kraft schieben. Dianas Hände hingen bis auf die Steine herunter, aber Kitty blieb nicht stehen. Am Auto öffnete sie die hintere Tür und kippte Diana auf die Rückbank. Ihr Kopf sank zur Seite, und Kitty sah, dass ihre Fingerknöchel blutig aufgeschürft waren.
Sekunden später saß Kitty hinter dem Steuer. Kies wirbelte auf, als sie davonfuhr.

Vor dem Krankenhaus stand kein einziges Auto. Die Jalousien waren heruntergelassen, die Türen geschlossen. Abgesehen von einer Reinigungskraft, die die Veranda putzte, war niemand zu sehen.
Kitty sprang aus dem Auto und ließ die Tür offen stehen. Sie rannte zum Eingang, über dem *Aufnahme* stand, und stürmte hinein. Auch drinnen war alles still.
»Hallo?«, rief sie und lief auf eine der Stationen. Die Betten waren alle gemacht, aber es lagen keine Patienten darin. Auf der nächsten Station das gleiche Bild. Sie lief einen Flur entlang.
»Ist jemand da?«
Ein Mann erschien in einer Tür – er war klein und untersetzt und trug einen weißen Kittel. »Was ist los?«
»Ich habe eine Frau im Auto«, keuchte Kitty. »Sie braucht Hilfe.«
Der Mann starrte sie an. Kitty war klar, dass sie einen kuriosen Anblick bot: Sie hatte Affenhaare auf dem Kleid; ihre nackten Füße waren schmutzig. Sie warf die Haare zurück. »Kommen Sie mit. Bitte – es ist ein Notfall!«
»Dr. Meadows müsste irgendwo da draußen sein. Und Schwester Edwards …«

»Sind Sie kein Arzt?«
»Ich bin Thoraxchirurg.«
Kitty packte ihn am Arm. »Draußen ist niemand.«
»Ich mache keine ambulante Versorgung«, protestierte der Mann, folgte ihr aber den Flur entlang. »Ich bin nur zufällig hier, weil ich mir ein paar Röntgenbilder anschauen wollte.«
Ohne stehen zu bleiben, zog Kitty die Tablettenflaschen aus der Tasche. »Ich glaube, die hat sie alle genommen. Sie ist bewusstlos.«
Der Chirurg blieb abrupt stehen und ergriff das Fläschchen mit dem Apotheken-Etikett.
»Was ist das?«, fragte Kitty. »Ist es gefährlich?«
Er rannte los, ohne ihr eine Antwort zu geben.

»Halten Sie ihren Kopf«, wies der Chirurg Kitty an. Er rieb flüssiges Paraffin über das Ende eines langen Gummischlauchs. »Ich werde den Schlauch jetzt in die Speiseröhre einführen. Ich heiße übrigens Frank.«
»Kitty Hamilton.«
Frank blickte auf. »Die Frau des Verwaltungsdirektors?«
»Genau.«
»Ich werde wohl auf meine Wortwahl achten müssen.«
Kitty antwortete nicht. Sie fragte sich, was er wohl denken würde, wenn er wüsste, wie viel Zeit sie in Scherschuppen verbracht hatte, wo jedes zweite Wort ein Fluch war. Frank hingegen schien gute Manieren zu haben.
»Halten Sie ihr die Nase zu, bitte!«, bat er Kitty. Er schob das Schlauchende in Dianas Mund. Nervös runzelte er die Stirn. »Das habe ich seit Jahren nicht mehr gemacht.«
Kitty zuckte zusammen, als er den Schlauch immer weiter hineinschob. Er ging so grob und unbeholfen vor, als sei Diana ein Gegenstand, kein Mensch. Kitty musste sich ins Gedächtnis

rufen, dass er nur versuchte, ihr Leben zu retten. Sie sah ihm an, dass Dianas Zustand ihm Sorgen bereitete. Ständig fühlte er ihren Puls, und auf seiner Stirn standen Schweißperlen.
»Am wichtigsten ist«, sagte er, »darauf zu achten, dass man in den Magen und nicht in die Lunge gerät.« Er bedeutete Kitty, eine Schüssel mit Wasser zu holen, und steckte das freie Schlauchende hinein. Nach einer halben Minute nickte er zufrieden: »Keine Blasen. Das bedeutet, wir sind am richtigen Ort.« Er wies auf die Bank, auf die er einen großen Trichter gelegt hatte. »Geben Sie ihn mir.«
Er befestigte den Schlauch unten am Trichter und goss dann aus einem Krug Wasser hinein. Kitty schluckte, als eine Welle von Übelkeit in ihr aufstieg.
»Und wer ist Ihre Freundin?«
Kitty antwortete nicht sofort. Sie kam sich vor wie eine Betrügerin, weil sie es akzeptierte, dass er sie als »Freundin« bezeichnete. »Das ist Mrs. Armstrong.«
Frank erstarrte. »Die Frau des Generaldirektors? Oh, verdammt, jetzt bin ich noch nervöser.« Er zeigte erneut auf die Bank. »Eimer. Danke. Halten Sie ihn tiefer als die Patientin. Die Schwerkraft saugt den Mageninhalt heraus.«
Als Kitty seine Anweisungen befolgte, erinnerte sie sich auf einmal daran, dass sie als Kind einmal beobachtet hatte, wie zwei halb betrunkene Schafscherer mit einem Gartenschlauch das Benzin aus dem Auto ihres Vorarbeiters stahlen.
Aus dem Schlauch begann Wasser zu tröpfeln.
»Sieht ganz klar aus«, kommentierte Frank. Aber dann floss weißer Schleim in den Eimer, zusammen mit ein paar Spritzern Blut. »Da kommt es.« Die Miene des Mannes wirkte besorgt und verärgert zugleich, während er den Eimer beobachtete. »Was tue ich hier eigentlich? Wo, zum Teufel, ist Meadows?« Er drehte sich zur Tür, als könne er dadurch den

diensthabenden Arzt heraufbeschwören. »Er hat wahrscheinlich gedacht, er kann sich eine kleine Pause gönnen, weil wir ja im Moment keine Patienten haben.« Er schnaubte. »Bestimmt ist er im Club. Und Schwester Edwards hat sich vermutlich auf die Suche nach ihm gemacht. Das ist das Gute in Kongara – man wird immer gefunden.« Ein Lächeln huschte über sein Gesicht. »Sie wird ihm schon die Meinung geigen.«
Der Chirurg goss einen weiteren Krug Wasser in den Schlauch. Als Kitty dieses Mal den Eimer senkte, rann die Flüssigkeit nicht nur aus dem Schlauch, sondern auch aus Dianas Mund. Kitty blickte Frank alarmiert an.
»Das ist schon in Ordnung«, beruhigte er sie. »Es ist ein gutes Zeichen.«
Er füllte und leerte den Krug noch weitere sieben oder acht Mal; Kitty zählte nicht mehr mit. Dabei überwachte er ständig Dianas Puls und schob ihre Augenlider zurück, um ihre Pupillen zu kontrollieren.
Schließlich lief nur noch klares Wasser in den Eimer. Als Frank noch einen letzten Krug füllte, zuckte Dianas Hand nach oben zum Schlauch.
Frank warf Kitty einen triumphierenden Blick zu. »Sie kommt zu sich.« Er begann, den Schlauch zurückzuziehen. Diana hustete und stöhnte.
Kitty stieß die Luft aus. Sie war so erleichtert, dass sie zu zittern begann, und sie merkte erst jetzt, wie angespannt sie gewesen war. »Wird sie wieder gesund?«
»Nun, ich hoffe.« Frank wischte sich mit dem Unterarm übers Gesicht. »Sie könnte natürlich organische Schäden haben – das ist das Problem mit Phenacetin. Manchmal erholt sich die Leber nicht mehr davon.«
Kitty starrte ihn an. »Heißt das, sie kann immer noch sterben?«

»Wir wollen mal nicht das Schlimmste befürchten«, sagte Frank hastig. »Sie hat Glück gehabt, dass Sie sie gefunden haben und so schnell mit ihr hierhergekommen sind.« Er blickte Kitty an. »Wissen Sie, warum sie es getan hat?«

Kitty schüttelte den Kopf. James' Worte fielen ihr ein. *Der Zustand, ohne Freude zu sein.* Die Diagnose traf auf einige Menschen in Kittys Leben zu: auf ihre Tante Madge, auf ihre Mutter und manchmal auch auf Louisa. Und auf Theo, als er aus dem Krieg zurückgekehrt war. Aber was Diana dazu getrieben hatte, sich selbst das Leben nehmen zu wollen, wusste Kitty nicht.

Diana stöhnte leise. Kitty beugte sich über sie und strich ihr über die Haare. Sie waren strähnig und völlig zerzaust. Unter den Geruch von Erbrochenem und Desinfektionsmittel mischte sich der Geruch von Schweiß. Das blaue Negligé war voller Flecken. Zornig dachte Kitty, dass Richard wohl keineswegs der aufmerksame Ehemann war, für den sie ihn gehalten hatte. Irgendjemand musste ja zugelassen haben, dass Diana in diesen Zustand geriet. Und auch das Hauspersonal hatte sie vernachlässigt. Es sei denn, Diana hatte sich einfach geweigert, sich zu waschen oder ihre Kleider zu wechseln.

»Wir müssen so schnell wie möglich ihren Mann verständigen«, sagte Frank. »Sie müssen zum Hauptquartier fahren.«

Kitty verließ Diana nur zögernd. Als sie sich zum Gehen wandte, sagte Frank: »Wenn Sie mit Mr. Armstrong gesprochen haben, dann suchen Sie bitte jemanden, der Meadows Bescheid sagt. Er soll so schnell wie möglich herkommen. Kriegsheld hin oder her, dafür sollte er einen Verweis bekommen.«

Er verstummte, als Schritte im Flur ertönten. Sekunden später trat Richard ein.

»Was ist passiert? Was, zum Teufel, ist los?« Er klang wie ein Lehrer, der eine Erklärung für unbotmäßiges Verhalten verlangt. Er stand am Tisch und starrte Diana an. Seine Augen glitten über ihren Körper, dann zum Eimer.
»Ihre Frau hat eine Überdosis geschluckt«, sagte Frank. »Aber wir haben ihr den Magen ausgespült. Ich glaube, sie kommt wieder in Ordnung.«
Richard runzelte die Stirn. Aus den Augenwinkeln sah Kitty James im Flur. Als er vom Einkaufen gekommen war, hatte er bestimmt den Getränkewagen umgekippt in der Einfahrt liegen sehen und festgestellt, dass Diana nicht mehr da war. Er war zu Richard ins Hauptquartier gefahren und hatte ihm Bescheid gesagt. Kitty nickte ihm zu. Auf dem Gesicht des Fahrers spiegelten sich alle Emotionen, die bei Richard fehlten: Besorgnis, Verwirrung, Erleichterung.
Richard wandte sich an Kitty. »Was tun Sie hier?«
Kitty wich einen Schritt zurück. »Ich habe sie gefunden – im Schlafzimmer. Ich habe sie hergebracht.«
»Sie hat wahrscheinlich Ihrer Frau das Leben gerettet.« In Franks Stimme lag ein stählerner Unterton. Kitty sah ihm an, dass er genauso schockiert war über Richards Verhalten wie sie.
»Ach, sie hat nie genug geschluckt, um sich umzubringen.«
Schockiertes Schweigen trat ein. Irgendwo tropfte ein Wasserhahn. Die Neonröhren summten. Frank öffnete den Mund, um etwas zu sagen, schien sich dann jedoch eines Besseren zu besinnen.
Richard trat auf Frank zu und klopfte ihm auf die Schulter. »Danke, alter Junge. Es sieht so aus, als hätten Sie alles unter Kontrolle.« Er tätschelte das blaue Negligé an der Seite des OP-Tischs. »Arme Diana. Sie reagiert manchmal ein bisschen überemotional.« Er hob die Hände. »Man fühlt sich so hilflos.«

Diana murmelte etwas, und ihre Finger zuckten. Kitty wäre am liebsten an ihre Seite geeilt, aber Richards Anwesenheit hielt sie davon ab. Sie kam sich vor wie ein Eindringling – es war nicht erwünscht, dass sie sich einmischte.
»Ich gehe jetzt besser.« Sie wandte sich bewusst nur an Frank. »Soll ich beim Club vorbeifahren und nach Dr. Meadows Ausschau halten?«
»Nein.« Richard fuhr herum. Der Ausdruck auf seinem Gesicht war drängend, wenn nicht sogar ängstlich. »Ich muss zuerst mit Ihnen sprechen.« Er wandte sich wieder zu Frank. »Wenn Sie uns entschuldigen würden. Es dauert nicht lange.« Ohne einen Blick auf die Gestalt auf dem OP-Tisch führte er Kitty aus dem Raum.

»Es versteht sich von selbst, Kitty, dass ich Ihre Hilfe sehr, sehr schätze.« Nervös marschierte Richard im Zimmer auf und ab. Kitty stand neben der Tür, die er fest geschlossen hatte. Sie war größer als Richard, aber unter seinem Blick kam sie sich vor wie ein kleines Kind. Angestrengt bemühte sie sich, den Zorn über ihn zu unterdrücken.
»Ich bin einfach froh, dass ich vorbeigekommen bin«, sagte sie. »Ich wage gar nicht, mir vorzustellen, was alles hätte passieren können. Es lagen so viele leere Tablettenröhrchen herum …«
Richard stellte sich vor Kitty. Sie konnte sein Rasierwasser riechen – süßlich und würzig. »Kitty, ich kann gar nicht genug betonen, wie wichtig es ist, dass dieser Vorfall unter uns bleibt.«
»Ich werde nichts sagen«, erwiderte Kitty mit fester Stimme. Ihr gefiel der Gedanke, dass jemand in Londoni – vor allem die Frauen im Club – herausfinden würde, was passiert war, genauso wenig wie ihm. Nachdem sie Diana geholfen hatte, hatte sie auf einmal das Gefühl, sie beschützen zu müssen.

»Es ist natürlich zu Dianas Bestem. Aber ich denke auch an das Projekt. Für die Basis ist es nicht sehr beruhigend, wenn so etwas mit der Geschäftsführung in Verbindung gebracht wird. Ich kann es mir nicht leisten, dass so eine Geschichte öffentlich wird.«
Kitty dachte, dass ihm wohl mehr am Geschäft lag als an seiner Frau. Das Projekt war wesentlich wichtiger als Diana.
»Ich verstehe«, sagte sie in neutralem Tonfall.
»Danke, Kitty. Ich danke Ihnen.« Er zog eine Schachtel Zigaretten aus der Tasche und bot ihr eine an.
»Ich rauche nicht, danke.«
»Vernünftiges Mädchen.« Er entzündete ein Streichholz und zog an der Zigarette, bis der Tabak rot glühte. »Ich mache mir Vorwürfe – ich hätte früher etwas unternehmen müssen.« Er blies den Rauch aus. »Es liegt auf der Hand. Sie muss nach Hause.«
Kitty blickte ihn verwirrt an – natürlich würde Diana nach Hause kommen, sobald es ihr wieder besser ging. Aber dann verstand sie. »Nach Hause« war England.
»Es war von Anfang an ein Fehler, sie hierherzubringen«, fuhr Richard fort. »Ich dachte, die Veränderung würde ihr guttun. Ein neuer Anfang und all das. Aber ich muss mich der Tatsache stellen, dass es nicht funktioniert hat.«
»Was ist mit Ihnen – mit Ihrer Arbeit?«, fragte Kitty.
Richard warf ihr verwirrt einen Blick zu. »Wie meinen Sie das?« Dann jedoch glätteten sich seine Züge. »Ach so. Nun, ich bleibe natürlich hier. Ich kann doch nicht meinen Posten verlassen – und das Projekt einfach im Stich lassen. Aber sie wird bestens versorgt werden, machen Sie sich darüber keine Gedanken.«
»Von wem?«, fragte Kitty. James' Worte fielen ihr ein. »Hat sie eine Schwester in England?«

»Nein, sie hat einen Bruder in Cornwall. Aber sie braucht professionelle Hilfe, und ich werde dafür sorgen, dass sie die beste bekommt, da können Sie sicher sein.«
Kitty nickte. Sein Plan machte Sinn; Diana musste auf jeden Fall in psychiatrische Behandlung. Und wenn sie hier in Kongara so unglücklich war, dann würde sie sich bestimmt freuen, wenn sie nach Hause konnte – auch wenn das bedeutete, dass sie zumindest für eine Zeitlang von ihrem Mann getrennt sein würde.
»Ich schicke sie zuerst nach Nairobi. Sie könnte schon am Freitag fliegen.«
Dass er so hastig vorgehen wollte, löste Unbehagen bei Kitty aus. »Aber sie kann sich doch hier erst einmal erholen«, protestierte sie. »Wo ihre Freundinnen sie besuchen können.«
»Was für Freundinnen?« Richards Gesichtsausdruck wirkte auf einmal gequält. Dann jedoch war er wieder distanziert und kühl. Er schüttelte den Kopf. »Niemand wird sie besuchen. Ich möchte es Ihnen noch einmal eindeutig klarmachen, Kitty. Wir reden hier von Selbstmord. Es ist eine schockierende Angelegenheit, und vor allem ist es gegen das Gesetz. Es darf einfach nicht herauskommen.« Seine Stimme klang fast panisch. »Frank darf als Arzt sowieso nichts sagen. Und auch Meadows und die Krankenschwester werden nicht darauf hinweisen wollen, dass sie nicht da waren, obwohl sie eigentlich Dienst hatten. James ist ein loyaler Diener – er wird nichts sagen. Bleiben nur noch Sie, Kitty. Sie dürfen niemandem erzählen, was heute passiert ist. Noch nicht einmal Theo.«
Kitty öffnete den Mund. Sie wollte nicht schon wieder Geheimnisse vor Theo haben; es hatte sie schon genug beschäftigt, dass sie ihm nichts von ihrem Besuch in der Mission erzählt hatte.

»Theo würde es verstehen«, sagte Richard. »Ein Gentleman weiß, wie wichtig Privatsphäre ist.«
Er hatte recht, dachte Kitty. Theo würde es tatsächlich verstehen, wenn er die Umstände kennen würde. Schließlich war auch er schon in einen öffentlichen Skandal verwickelt gewesen.
»Ich sorge dafür, dass er im Hauptquartier aufgehalten wird«, sagte Richard. »Fahren Sie nach Hause, ziehen Sie sich um, und genehmigen Sie sich einen Drink. Und denken Sie sich eine Geschichte aus, wie Sie den heutigen Tag verbracht haben.« Er warf ihr einen fragenden Blick zu. »Lassen Sie mich nicht im Stich.« Er zog an seiner Zigarette und wiederholte: »Ich meine es ernst. Lassen Sie mich nicht im Stich.«
Sein Tonfall klang drohend, umso mehr, weil seine Stimme so kultiviert klang. Kitty fragte sich plötzlich, wie es wohl für Theo war, unter Richard zu arbeiten. Machte er deshalb so viele Überstunden? Hatte er Angst vor den Konsequenzen, wenn er seinen Chef nicht zufriedenstellte?
Als Kitty nickte, lächelte Richard sie zufrieden an. Er hatte spitze Eckzähne, die ihm ein gefährliches – und auch attraktives – Aussehen verliehen, und Kitty verstand auf einmal, wie er an so eine schöne Frau gekommen war. Strahlend erwiderte sie sein Lächeln, als ob er sie völlig überzeugt hätte.
»Ich danke Ihnen sehr für das, was Sie für Diana getan haben«, sagte Richard. »Wenn es ihr wieder bessergeht, werde ich ihr auf jeden Fall berichten, dass Sie sie gerettet haben. Sie wird Ihnen sicher schreiben.«
»Aber ich möchte sie gern noch einmal sehen, bevor Sie sie wegbringen.«
»Besser nicht ...« Er schüttelte den Kopf. »Nein.«
Dieses Mal brachte Kitty es nicht über sich, ihm zuzustimmen. Nach allem, was sie heute mit Diana erlebt hatte, musste

sie sie einfach noch einmal sehen. Richard blickte sie an und wartete auf ihr Einverständnis. Sie wusste, dass sie seine Autorität – als Generaldirektor, als Dianas Ehemann, als Mann – akzeptieren musste, aber wie sie so dastand, mit den nackten Füßen fest auf dem Betonboden, fühlte sie sich auf einmal stark. Sie dachte daran, wie sie den Getränkewagen über den Kiesweg geschoben hatte, wie sie Frank aufgespürt und ihn gezwungen hatte, sie ernst zu nehmen. Sie hob das Kinn und richtete sich auf. »Ich will mich von Diana verabschieden. Ich glaube, diese Gelegenheit sind Sie mir schuldig.« Ohne zu blinzeln, sah sie Richard an.

»Sie wird in einem Privatzimmer liegen«, sagte er barsch. »Ich sage Edwards, sie soll Sie hereinlassen.«

10

Kitty bog in die schmale Straße ein, die an der Seite des Hügels entlang und durch das Niemandsland zwischen dem Millionärshügel und Londoni führte. Der OFC hatte eigentlich vorgehabt, dort eine Siedlung mit kleineren Häusern zu bauen, für Angestellte, die eine bessere Unterkunft verdient hatten als die Geräteschuppen, aber sie hatten erst wenige Unterkünfte fertiggestellt, da Zeit und Geld in andere Unternehmungen investiert werden mussten.

Kitty fuhr an den drei identischen Häusern vorbei, die die Drillinge genannt wurden. Sie waren kaum größer als die Gebäude, die als »Geräteschuppen« bezeichnet wurden, aber sie waren aus Backsteinen gemauert und hatten Ziegeldächer. Alle drei Vorgärten wurden offensichtlich vom selben Gärtner gepflegt: Identische *manyara*-Bäume und Bougainvilleen standen dort, und links neben jeder Haustür befand sich ein Geranienbeet.

Daneben lagen einige leere Grundstücke – vielleicht hatte man vorgehabt, auch dort Drillinge oder vielleicht auch ein paar Doppelhäuser zu errichten. Es folgte ein winziges Häuschen, das Schuhschachtel genannt wurde. Kitty drosselte ihre Geschwindigkeit und fuhr nur noch Schritttempo. Die Haustür stand offen. Ein Afrikaner, der eine Farbdose in der Hand hielt, wollte gerade das Haus betreten. Ein anderer Mann putzte die Fenster.

Kitty fragte sich, welcher Angestellte des OFC von dort wohl vertrieben worden war, um Platz für den neuen Bewohner zu machen. Am Abend zuvor hatte Theo verkündet, dass er und Kitty einen neuen Nachbarn bekommen würden. Er war erst spät nach Hause gekommen, wie Richard es ihr versprochen hatte, weil er bei einer Sitzung aufgehalten worden war. Aber er hatte überraschend gute Laune. Obwohl es schon dunkel war, hatte er vorgeschlagen, den Sundowner noch auf der Terrasse zu trinken. Kitty hatte schweigend zugehört, als er ihr über die neuesten Probleme berichtet hatte. Vermutlich war er so gut gelaunt, weil er schon eine Lösung im Kopf hatte. Offensichtlich hatte es etwas mit den afrikanischen Bienen zu tun.

»Sonst ist doch niemand angegriffen worden, oder?«, fragte Kitty. Das Schicksal von Cynthias Mann verfolgte sie. Wenn sie auch nur eine einzige Biene irgendwo sah, hielt sie sich in sicherer Entfernung zu ihr.

»Nein, glücklicherweise nicht. Das Problem liegt im genauen Gegenteil. Es hat sich herausgestellt, dass sie schrecklich träge sind.«

Dann hatte er ihr erklärt, dass die Bestäubungsraten in der Saison davor alarmierend niedrig gewesen waren. Das war einer der Gründe – wahrscheinlich sogar der Hauptgrund –, warum die Ernte so enttäuschend ausgefallen war. Zum Glück hatte der Ernährungsminister das englische Parlament davon überzeugen können, dass man das Anfangsjahr noch nicht rechnen konnte, so dass erst dieses Jahr als »erste« Ernte galt. Das war ein berechtigter Einwand, weil niemand damit gerechnet hatte, dass sich Rodung und Pflügen verzögerten. Und es hatte auch niemand damit gerechnet, dass der Regen erst so spät einsetzte und dann so heftig war, dass alle Anpflanzungen weggeschwemmt wurden. Aber diese Saison musste einfach anders werden, und sie mussten die vorgegebenen Ziele erreichen.

»Und was kannst du gegen die Trägheit der Bienen machen?«, unterbrach Kitty ihn. Nach der Anspannung am Nachmittag war sie gereizt und hatte keine Lust, sich zum wiederholten Mal die ganze Litanei über die Probleme und Missgeschicke des Erdnuss-Projekts anzuhören.
»Ah, nun – gute Frage.« Theo klang geradezu selbstgefällig. »Wir werden europäische Bienen hierherholen. Wir wollen ein paar Völker unten an den Einheiten etablieren.«
Kitty blickte ihn nur stumm an. Es lag ihr auf der Zunge, ihm zu erzählen, welche Probleme in Australien durch die Einführung ausländischer Spezies entstanden waren. Kaninchen – die eigentlich zum Essen gedacht waren – hatten sich so rasant vermehrt, dass sie das Weideland kahl gefressen hatten und sich Disteln, die ebenfalls aus England eingeschleppt worden waren, ausgebreitet hatten. Und das waren nur zwei Beispiele.
»Natürlich brauchen wir für dieses Programm einen Experten. Also habe ich mich ans Telefon gehängt und mit einer alten Freundin gesprochen, die sich auf Bienen spezialisiert hat. Ich war mit ihren Brüdern in Eton.« Seine Augen leuchteten bei der Erinnerung. »Ich habe die Jungs auf ihrem Anwesen besucht, und da war sie, von Kopf bis Fuß in einen verrückten Anzug gekleidet, um die Bienen aus ihren Stöcken auszuräuchern und den Honig einzusammeln – was man eben so macht. Ein toller Anblick. Auf jeden Fall hat sich herausgestellt, dass sie sich wohl immer noch mit Bienen beschäftigt. Ich habe sie um eine Empfehlung gebeten, und da hat sie gesagt …« Er machte eine Kunstpause und warf Kitty einen triumphierenden Blick zu: »Sie hat gesagt, sie würde es schrecklich gern selbst machen. Daraufhin habe ich mit London gesprochen, und sie haben zugestimmt. Sie kommt nach Kongara!«

Kitty zwang sich zu einem Lächeln. Aus seiner Rede waren ihr einige Worte besonders im Gedächtnis geblieben. Eton. Ihr Anwesen. Toller Anblick. »Wie heißt sie?«
»Lady Welmingham. Charlotte. Sie kommt, sobald sie kann, aber es wird mindestens noch einen Monat dauern. Sie soll in der Schuhschachtel wohnen. Ich habe den Haus-Service schon beauftragt, das Haus zu renovieren. Du weißt ja, wie lange es hier dauert, bis etwas fertig ist. Natürlich ist das Haus viel zu klein für sie – es gibt ja noch nicht einmal Zimmer für die Dienstboten. Ich hoffe, es macht dir nichts aus, aber ich habe gesagt, sie könne abends bei uns essen. Du wirst sie mögen, Kitty. Da bin ich mir sicher.«
Kitty schluckte. Sie musste daran denken, wie die Begegnung mit einer anderen Freundin von Theo verlaufen war, die ebenfalls den Titel Lady trug. Sie war eine einschüchternde Erscheinung gewesen, in die neueste Mode gekleidet, sprach vier Sprachen und spielte sowohl Klavier als auch Violine. Louisa hatte sie nach Hamilton Hall eingeladen, in dem offensichtlichen Versuch, ihren Sohn von seiner australischen Freundin wegzulocken. Lady Welmingham würde wahrscheinlich genauso beängstigend sein. Und abgesehen davon wollte Kitty ihre Abende mit Theo eigentlich nicht noch mit einer dritten Person teilen. Aber wie immer fühlte sie sich im Nachteil. Sie hatte nicht das Recht, Theo etwas zu verweigern, nicht mehr.
»Natürlich kann sie mit uns essen.« Kitty versuchte, fröhlich zu klingen. Vielleicht würde die Anwesenheit eines Gastes dazu führen, dass Theo in Zukunft pünktlich nach Hause käme.
Kitty hielt vor der Schuhschachtel an und betrachtete die schmale Fassade. Das gesamte Haus war wahrscheinlich kleiner als Lady Charlottes Wohnzimmer in England. Kitty hoff-

te nur, sie würde sich hier nicht allzu wohl fühlen. Vielleicht würde sie ja nur ihre Bienenstöcke aufstellen – oder was sie sonst zu tun hatte – und schleunigst wieder nach Hause verschwinden.
Kurz darauf erschien der Mann mit der Farbdose an der Haustür. Er warf ihr einen besorgten Blick zu. Vielleicht dachte er, sie sei die neue Mieterin, die viel zu früh eingetroffen war. Kitty winkte ihm beruhigend zu und fuhr weiter.

An der Tür hing ein Holzschild, auf der in Goldbuchstaben *Privatstation* stand. Schwester Edwards schloss die Tür auf und spähte vorsichtig hinein.
»Sie schläft. Möchten Sie später wiederkommen?«
Kitty schüttelte den Kopf. »Ich setze mich einfach ein bisschen zu ihr.«
»Ich warte draußen«, sagte Edwards. »Ich möchte Sie nicht mit ihr einschließen, aber wir müssen auf sie aufpassen.«
Kitty warf ihr überrascht einen Blick zu. Es dämmerte ihr, dass das Dianas neues Leben war – sie galt offiziell als verrückt. Vielleicht war sie auch eine Gefahr für andere Menschen.
Kitty trat auf das Bett zu. Diana lag auf dem Rücken, bis zur Brust mit einem Laken zugedeckt. Ihre Arme lagen ausgestreckt zu beiden Seiten, und der abgeblätterte rote Lack auf den Fingernägeln hob sich von dem weißen Leinen ab. Jemand hatte Jod auf ihre aufgeschürften Knöchel getupft. Ihre Augenlider waren geschwollen und ihre Wangen bleich. Statt des seidenen Negligés trug sie ein einfaches Baumwollnachthemd, das offensichtlich dem Krankenhaus gehörte. Ihre Haare hatte man gewaschen und aus dem Gesicht gekämmt, so dass sie flach anlagen. Kitty betrachtete sie erschreckt. Sie stellte sich Schwester Edwards bei der Arbeit vor, wie sie Diana in eine Lehrbuch-Patientin verwandelte.

»Diana? Ich bin es, Kitty.«
Keine Antwort. Der Ventilator an der Decke verteilte surrend die heiße Luft. Kitty spürte, wie ihr der Schweiß ausbrach. Die Regenzeit stand bevor, und die Luftfeuchtigkeit wurde immer höher. Über den Bergen ballten sich Wolken zusammen – aber der Regen kam nicht. Die Luft schien vor Erwartung zu vibrieren.
Kitty griff nach Dianas Hand und streichelte sie sanft. Sie hoffte, dass Diana irgendwie merken würde, dass sie da war – dass nicht alle »Schwestern« sie allein ließen.
Dianas Augenlider flatterten, dann öffneten sie sich. »Ich schlafe nicht«, flüsterte sie. In dem dämmerigen Raum waren ihre Augen, die in ihrem Gesicht übergroß wirkten, mehr grün als grau.
Kitty zog ihre Hand zurück. Plötzlich war sie sich unsicher, wie sie empfangen werden würde. Wusste Diana überhaupt, dass sie sie gefunden und hierhergebracht hatte?
»Geh nicht weg.« Die Stimme klang leise und drängend; in ihren Augen stand Angst. »Bleib bei mir. Bitte.«
»Schscht, schscht. Es ist alles in Ordnung. Bald geht es dir wieder besser. Richard wird die besten Ärzte für dich finden.«
Diana schüttelte den Kopf. »Ich kann nicht nach England zurück. Sie sperren mich ein.«
Kitty holte tief Luft. Plötzlich ertönten Schritte im Flur. Als die Tür aufging, schloss Diana die Augen und tat so, als schliefe sie noch.
»Ich wollte bloß rasch nachschauen, ob alles in Ordnung ist«, sagte Edwards. »Ich muss einen Patienten aufnehmen. Aber ich bleibe in der Nähe. Rufen Sie mich, wenn sie aufwacht.«
»Natürlich.« Kitty rang sich ein Lächeln ab.
Als die Schritte der Krankenschwester wieder verklungen waren, setzte Diana sich auf und beugte sich zu Kitty vor. »Du musst mir helfen. Es ist sonst niemand da.« Sie sprach

mit fester Stimme, so wie die alte Diana: Sie hatte sich und alle um sich herum völlig im Griff.
»Ich weiß nicht, wie ich dir helfen soll«, sagte Kitty. »Ich weiß ja noch nicht einmal, was mit dir los ist.«
»Was mit mir los ist …«, wiederholte Diana, als ob sie die Worte prüfen wolle. Kitty sah den Kampf, der sich hinter der ausdruckslosen Fassade ihres Gesichts abspielte. Sie sank zurück in die Kissen. »Ich habe mein Kind getötet.«
Die Worte trafen Kitty wie ein Pfeil mitten ins Herz. Sie keuchte entsetzt auf. »Wie meinst du das?«
»Ich habe ihn zu spät von der Schule abgeholt. Ich habe mich beim Einkaufen zu lange aufgehalten. Ein Kleid zu viel anprobiert. Als ich an der Schule ankam, parkte ich auf der anderen Straßenseite.« Dianas Stimme klang monoton, als ob jemand anderer ihr die Sätze diktiert habe. »Phillip wartete immer unter der Eiche auf mich, direkt neben dem Eingang der Schule. Aber als ich nicht kam, beschloss er, den Bus zu nehmen. Ich sah ihn in der Schlange mit den älteren Kindern. Er sah verängstigt aus. Ich holte ihn immer ab und war immer pünktlich. Der Bus hielt am Straßenrand. Ich wollte ihn daran hindern, einzusteigen, deshalb …« Sie verstummte und holte tief Luft, bevor sie fortfuhr: »Deshalb rief ich ihn. Er blickte auf und sah mich. Sein Gesicht leuchtete auf. Er winkte. Und dann rannte er geradewegs über die Straße auf mich zu. Ich schrie, er solle stehen bleiben, aber er lief einfach weiter. Es war wie ein Alptraum – alles passierte langsam, aber gleichzeitig blitzschnell. Das Auto konnte ihn wegen des Busses nicht sehen …« Sie schwieg einen Moment. Diana starrte an die Decke, Tränen rannen ihr aus den Augenwinkeln. »Er wurde wie ein Spielzeug in die Luft geschleudert. Sein Kopf schlug auf der Straße auf. Ich werde das Geräusch nie vergessen. Ich rannte zu ihm. Überall war Blut. Seine

Augen schlossen sich. Ich nahm ihn in die Arme, flehte ihn an, nicht zu sterben. Die Sanitäter hoben ihn auf die Trage. Sie gingen so sanft mit ihm um, als ob mein kleiner Junge noch am Leben wäre. Aber dann deckten sie sein Gesicht zu, weil er nicht mehr zu atmen brauchte.« Sie begann zu schluchzen, ihre Schultern zuckten.

Kitty liefen Tränen übers Gesicht. Sie fand keine Worte.

Diana weinte leise. »Er war erst fünf Jahre alt. Mein kostbares Baby. Mein kleiner Junge.« Nach einer Weile fasste sie sich wieder und stützte sich auf einen Ellbogen. »Ich konnte mir nicht vergeben. Das werde ich nie. Ich weiß, dass auch Richard mir die Schuld gibt. Die Trauer hat uns beide verrückt gemacht. Überall, wo wir hingingen – zu Hause, im Ort –, sahen wir Phillip, dachten wir an ihn. Die Leute hielten sich fern von uns. Sie wussten nicht, was sie sagen sollten. Wer konnte es ihnen übelnehmen? Der Krieg war gerade vorbei; die Leute wollten nicht noch mehr Tragödien hören.«

Kitty nickte. Sie hatte die gleiche Haltung eingenommen, als Juri tot aufgefunden worden war – als ob für den Schmerz in der Welt nur ein gewisser Raum zur Verfügung stünde, in dem kein Platz mehr war.

»Deshalb kamen wir nach Kongara. Wir beschlossen, niemandem von Phillip zu erzählen – wir würden einfach nicht sagen, dass wir jemals ein Kind gehabt hatten.« Sie verzog wehmütig lächelnd das Gesicht. »Zuerst glaubte ich, es könnte funktionieren. Ich versuchte es. Ich bemühte mich so sehr. Ich dachte, wenn ich mich so benähme, als hätte ich es überwunden, dann würde es letzten Endes auch so sein. Aber hinter der Fassade zerbrach ich.«

Kitty dachte an Janets Worte. *Eine Wunde muss von innen heilen.* Sie wünschte, die alte Missionarin wäre jetzt hier, um ihr einen Rat geben zu können.

»Du weißt nicht, wie es ist, Kitty. Ich sehe mich jeden Morgen im Spiegel – und ich erinnere mich. Ich weiß, ich habe es nicht verdient, eine Mutter zu sein. Ich habe ihn nicht verdient.«

Kitty blickte auf ihre Hände. Sie dachte daran, wie sie sich gefühlt hatte, als Juri ihr schließlich von Katya erzählt hatte – auch damals hatte sie sich bemüht, den quälenden Schmerz eines anderen Menschen, der über jegliche Vorstellungskraft hinausging, zu verstehen.

»Ich habe schon in England ein Mal versucht, mich umzubringen, und ein Mal hier. Aber dieses Mal ist es mir beinahe gelungen. Richard sagte, wenn du nicht gekommen wärst, wäre ich jetzt tot.«

Kitty kaute auf ihrer Unterlippe. Machte sie ihr einen Vorwurf daraus, dass sie ihr das Leben gerettet hatte? Sie hatte nie daran gezweifelt, dass Diana die Tabletten aus freiem Willen genommen hatte. Und doch wäre es ihr nie in den Sinn gekommen, nicht einzugreifen. Schließlich war eine verzweifelte Person nicht bei Sinnen. Jeder andere hätte wahrscheinlich genauso gehandelt wie sie, oder? Aber noch während sie ihr Eingreifen vor sich selbst rechtfertigte, wusste sie, dass etwas anderes dahintergestanden hatte. Sie hatte es am Abend zuvor erkannt, als sie auf Theo gewartet und die Ereignisse des Tages noch einmal hatte Revue passieren lassen. Indem sie Diana gerettet hatte, hatte sie versucht, wiedergutzumachen, dass sie nicht in der Lage gewesen war, Juri zu retten.

Am Abend seines Todes war sie mit Theo auf einer Tanzveranstaltung gewesen – das war ihr im Nachhinein klargeworden, als sie das Datum erfuhr. Sie hatte gelacht und geplaudert, ihr schönstes Kleid getragen, während Juri sein letztes Bild vollendete – sein Leben vollendete. Wäre sie doch nur im Cottage gewesen. Sie hätte ihn vor dem Tod bewahren können. Sie hätte ihn aufgefangen, als er fiel, hätte den Strick durchgeschnitten und ihn in den Armen gehalten …

»Ich bin froh, dass du mich gerettet hast«, sagte Diana. »Ich möchte leben.«

Kitty starrte sie an. War es tatsächlich so? Kam angesichts des Todes der Wille zum Leben zurück? Hätte das für Juri auch gegolten?

»Es ist etwas geschehen, Kitty, dort, im Schlafzimmer. Ich konnte sehen, wie du mir geholfen hast, meinen Körper vom Bett gezerrt hast. Ich war über dir – uns – und habe auf uns heruntergeblickt. Und noch jemand hat zugeschaut.«

Kitty schüttelte den Kopf. »Nein, da war niemand.«

Diana lächelte. Ihre Augen leuchteten. »Doch, jemand hat in der Ecke gestanden. Ein kleiner Junge.« Erneut flossen die Tränen, aber sie lächelte dabei. »Es war Phillip. Er sagte mir, für mich sei die Zeit zum Sterben noch nicht gekommen. Nicht mit Worten, sondern mit den Augen. Ich wusste genau, was er meinte.« Sie blickte in die Zimmerecke, als suchte sie ihn dort. Der Ausdruck in ihren Augen war warm, stolz und liebevoll. Kitty hatte ihn bei Diana noch nie zuvor gesehen – aber sie kannte ihn gut von anderen Frauen. Müttern.

»Ich habe Richard erzählt, dass ich Phillip gesehen habe, aber er sagte, es habe an den Medikamenten gelegen. Und an meinem Wahnsinn.«

Kitty schwieg. Richard hatte wahrscheinlich recht, dachte sie.

»Er glaubt nicht, dass ich mich ändern kann«, fuhr Diana fort. »Deshalb schickt er mich weg.«

Ohne Vorwarnung öffnete sich die Tür. Eine junge Afrikanerin in weißer Tracht blieb unschlüssig auf der Schwelle stehen.

»Es ist in Ordnung«, sagte Kitty. »Sie können hereinkommen.«

Die junge Frau senkte höflich den Blick. »Das darf ich nicht. Schwester Edwards hat mir aufgetragen, Ihnen zu sagen, dass

Sie jetzt gehen müssen.« Sie leierte die Nachricht herunter wie ein Schulmädchen.
»Das mache ich. In einer Minute«, sagte Kitty.
Die Afrikanerin blickte unsicher den Flur entlang. »Ich soll die Tür abschließen.«
»Dada yangu ananihitaji«, bat Kitty. Meine Schwester braucht mich. *»Naomba msaada yako.«* Bitte erweise mir die Freundlichkeit.
Die Frau schien unsicher zu sein, aber dann wandte sie sich ab.
Als sie weg war, beugte Kitty sich zu Diana. »Was soll ich tun?«
»Rede mit Richard. Er muss mir noch eine Chance geben.«
Kitty holte tief Luft. Noch einmal mit Richard zu sprechen, das war das Letzte, was sie gern tun wollte. Natürlich würde sie es Diana zuliebe machen, aber sie hatte keine Ahnung, was sie überhaupt zu ihm sagen sollte. Eine neue, andere Version von Diana – ruhig, ausgeglichen, zuverlässig – konnte sie sich nicht vorstellen. Würde sie Alices Job übernehmen und für die anderen Damen die Termine festhalten und Aufgaben verteilen? Würde sie Tennis spielen? Stricken lernen? Wenn Kitty sich noch nicht einmal Dianas verändertes Leben vorstellen konnte, wie sollte sie Richard dann davon überzeugen, dass er daran glaubte?
»Du tust es, ja?«, bat Diana. Mit angstvollem Blick schaute sie Kitty an. »Bitte. Bevor es zu spät ist. Sonst kann mir keiner helfen!« Sie griff nach Kittys Hand.
»Ich werde mein Bestes tun.« Kitty versuchte, zuversichtlicher zu klingen, als sie sich fühlte. Sie stand auf und wandte sich zur Tür.
»Er liebt mich«, rief Diana ihr nach.
Kitty konnte an ihrem Tonfall nicht erkennen, ob die Worte eine Hoffnung oder ein sicheres Wissen ausdrückten.
Sie drehte sich lächelnd um. »Ja, natürlich tut er das!«

11

Kitty und Richard standen nebeneinander am Fenster seines geräumigen Zelts. Von draußen drang der geschäftige Lärm des Hauptquartiers herein – das Kommen und Gehen von Fahrzeugen, Stimmen, die Anweisungen riefen, die gepfiffenen Kommandos der *askaris.* Keiner von ihnen sagte etwas. Schweigend blickten sie zu den Bergen. Schwere Regenwolken hingen tief über den spitzen Gipfeln, aber sie kamen nicht nach Kongara, wo jeder auf sie wartete. Es war, als beobachteten alle unablässig den Himmel und versuchten, mit ihrem Willen die Wolken zu beeinflussen, damit sie ihre kostbare Last abluden. Kitty war sich nicht ganz sicher, ob sie und Richard nur das nachvollzogen, was im Moment alle taten, oder ob sie einander nicht in die Augen schauen wollten. Während Kitty vom Krankenhaus hierhergefahren war, hatte sie geübt, was sie über Diana sagen wollte. Sie wollte Richard auf subtile Weise daran erinnern, dass sie in dieser Situation über eine gewisse Macht verfügte; sie wusste, dass ihr Schweigen ihm wichtig war. Zugleich jedoch wollte sie an seinen Anstand appellieren. Sie hoffte natürlich, dass auch andere Gefühle eine Rolle spielten – wenn es tatsächlich stimmte, was Diana gesagt hatte, dass Richard seine Frau immer noch liebte.

Irgendwann während der kurzen Fahrt war ihr dann plötzlich etwas eingefallen. Als sie schließlich die energische Sekretärin im Vorzelt davon überzeugt hatte, dass sie Richard dringend sprechen musste, hatte sie gewartet, bis er alle seine Mit-

arbeiter weggeschickt hatte, damit sie ihm ihren Vorschlag unter vier Augen unterbreiten konnte.
Jetzt war sie fertig. Sie bemühte sich um eine ruhige, entschlossene Miene, obwohl sie vor Aufregung einen Knoten im Magen hatte.
»Sie glauben also, Diana wird wieder gesund«, sagte Richard schließlich, »wenn sie dabei hilft, Essen an afrikanische Sträflinge auszuteilen?«
Es klang lächerlich, so wie er es formulierte. Kitty überlegte, wie sie ihm am besten vermitteln konnte, wie sie sich in der Mission fühlte – was für eine Erleichterung es war, sich auf eine Aufgabe konzentrieren zu können.
»Weiß Theo, dass Sie dorthin gehen?«, fragte Richard.
»Ich war bisher nur zweimal dort. Nein, ich habe es ihm nicht gesagt.«
Richard warf ihr einen Blick von der Seite zu. »Wir haben also alle unsere Geheimnisse. Große und kleine.«
Kitty starrte auf die Wolken. Meinte er damit nur ihre Besuche in der Mission hinter Theos Rücken? Oder wusste er etwas über ihre Vergangenheit?
Richard räusperte sich. »Hat Diana Ihnen von unserem Kind, von Phillip, erzählt?«
»Ja«, antwortete Kitty, »und es tut mir sehr leid.« Die Worte klangen abgedroschen und nutzlos.
Richard fuhr sich mit der Hand übers Gesicht. Er schwieg eine Zeitlang. »Hat sie Ihnen auch gesagt, dass sie ihn gesehen hat? Dass sie eine Art Vision hatte?«
»Ja.« Mehr sagte Kitty nicht. Sie wollte ihm nicht erzählen, dass sie nicht mehr an Geister glaubte. Und auch nicht an Engel. Sie hatte ihren Kinderglauben schon lange hinter sich gelassen und stattdessen Juris Ansichten übernommen. Das Ende ist das Ende. Der Tod ist endgültig. Er hatte sich da sehr

klar ausgedrückt – auch wenn er versucht hatte, den Tod zu überlisten, indem er Katya durch Kitty zum Leben erwecken wollte. Und es hatte in gewisser Weise ja auch funktioniert. Als er sich das Leben genommen hatte, hatten Außenstehende es als Geste der Verzweiflung gewertet. Aber Kitty hatte gewusst, dass er es getan hatte, weil alles vollendet war. Der Job war beendet. Er hatte seine Utensilien beiseitegelegt und war gegangen …

»Es ging ihr heute Morgen so viel besser. Sie war ruhig. Fast glücklich. Ich weiß einfach nicht, was ich denken soll. Mein Verstand sagt mir, ich muss sie nach Hause schicken. Aber mein Herz sagt …« Seine Stimme brach. Er kam Kitty ganz anders vor als der Mann, den sie gestern erlebt hatte. Hier, in seinem Büro, befanden sich alle Zeichen seiner Macht – ein riesiger Mahagoni-Schreibtisch mit geschwungenen Beinen und Klauenfüßen, sein Telefon, Papierstapel, ein schwerer Glasaschenbecher mit dem Emblem des OFC. An den Zeltwänden hingen sogar gerahmte Dokumente. In seinem schicken Leinenjackett, in Hemd und Krawatte war Richard ganz der Big Boss. Und doch war er in diesem Moment wie jeder normale Mann hin- und hergerissen zwischen Hoffnung und Angst. Kitty dachte, dass Dianas Überzeugung, ihr totes Kind gesehen zu haben, ihren Mann vielleicht verändert hatte, ob er es nun glaubte oder nicht.

»Das Problem ist, Kitty, ich kann es nicht riskieren, dass noch etwas passiert. Das kann ich einfach nicht. Gestern war ich wütend auf sie, ich gebe es zu – aber sie bedeutet mir sehr viel.«

Kitty nickte. Deutlicher konnte er ihr nicht zu verstehen geben, dass er seine Frau liebte. Sein Verhalten mitten in der Krise war von Panik und Frustration bestimmt gewesen, aber jetzt merkte sie ihm an, wie besorgt er war.

»Damals in England hat man eine Neuropsychose bei ihr diagnostiziert«, fuhr Richard fort. »Das ist so etwas Ähnliches wie eine Schützengrabenpsychose bei Soldaten. Ich dachte, wenn wir hierherkommen, würde ihr die völlig andere Umgebung helfen, gesund zu werden. Aber mittlerweile weiß ich nicht mehr, ob es ihr jemals wieder bessergehen wird.« Er blickte auf die tief hängenden Wolken, als könne er durch sie hindurch in die Vergangenheit sehen. »Wenn Sie sie gekannt hätten, wie sie früher war ... Diana war überall der strahlende Mittelpunkt. Witzig. Impulsiv. Ständig machte sie Pläne, änderte dann aber ihre Meinung. Sie riss alle mit sich. Sie war zwar ein bisschen verrückt, aber dafür liebten die Leute sie auch. Jetzt ist alles aus dem Gleichgewicht geraten. Sie wirkt verzweifelt, so als wenn sie nur durch einen dünnen Faden zusammengehalten würde und Angst hätte, jeden Moment auseinanderzufallen.« Seine Stimme klang brüchig. »Es tut weh, ihr zuzusehen.« Am liebsten hätte Kitty die Hand ausgestreckt und ihn berührt, um ihn zu trösten. Aber als sie die Hand hob, erstarrte er und wich einen Schritt zurück. »Glauben Sie mir, wenn ich hier in Kongara eine Chance sehen würde, ihr zu helfen, würde ich sie sicher ergreifen. Aber ich stehe Ihrem Vorschlag – vorsichtig formuliert – mit Vorbehalt gegenüber.«

Kitty blickte zu Boden. Sie zweifelte auch an der Wirksamkeit ihres Vorschlags. Aber wenn sie damit Erfolg hätte, würde Diana dem Irrenhaus entgehen, und Kitty hätte endlich etwas zu tun, mit dem sie ihre Tage sinnvoll ausfüllen könnte. Deshalb versuchte sie, so selbstbewusst wie möglich zu klingen. »Ich glaube fest, dass es ihr helfen könnte. Wir sollten es versuchen.«

»Aber im Ernst – warum sollte die Arbeit in dieser Mission für sie etwas bewirken? Sie sagen doch, Sie hätten Essen an

Häftlinge ausgeteilt, gekocht und abgewaschen. Für mich klingt das nach harter Arbeit. Diana würde es bestimmt verabscheuen!«

»Natürlich ist es harte Arbeit«, gab Kitty zu. »Aber es bedeutet auch, dass man keine Zeit hat, über sich selbst nachzudenken. Und die eigenen Probleme werden auf einmal klein angesichts der Gefangenen. Es gibt einem Freiheit ...« Sie verstummte, weil sie merkte, dass sie etwas von sich preisgab.

Richard blickte sie forschend an, als ob er begriffen hätte, dass es nicht nur um Dianas Bedürfnisse ging, sondern auch um Kittys. Die Stirn gerunzelt, begann er, auf und ab zu gehen. Schließlich blieb er vor Kitty stehen. »Ich gebe Ihnen einen Monat. Wenn auch nur das Geringste darauf hindeutet, dass sie erneut gefährdet ist, wird die Angelegenheit sofort abgebrochen. Aber zunächst einmal werde ich Theo über das Arrangement informieren.« Er rieb sich mit den Händen übers Gesicht. »Ich muss sagen, es wäre alles sehr viel einfacher, wenn es keine Italiener wären. Es ist noch nicht allzu lange her, dass wir gegen sie gekämpft haben. Sie waren der Feind. Natürlich arbeiten auch viele Italiener bei den Einheiten, aber die Vorstellung, dass meine Frau etwas mit einer italienischen Mission zu tun hat, ist ziemlich – nun ja, seltsam.« Er warf Kitty einen fragenden Blick zu. »Sie könnten sich nicht vielleicht vorstellen, zu den Anglikanern zu gehen?«

Kitty schüttelte den Kopf; sie sah Bilder vor sich, wie sie bei der Essensausgabe und der Versorgung der Kranken geholfen hatte. Sie dachte an die grüne Oase – an den üppigen Garten. »Nein, es ist absolut der richtige Ort«, sagte sie mit fester Stimme. »Die Patres sind sehr nett.« Sie empfand Schuldgefühle, weil sie Bwana Taylor nicht erwähnt hatte. Immerhin war er ein unmittelbarer und ernstzunehmender Feind: Er hatte versucht, das Erdnuss-Projekt zu sabotieren, und er war

in Konflikt mit dem Gesetz geraten. Aber er gehörte ja auch nicht zur Mission. Die Tatsache, dass Kitty ihn gesehen hatte, als sie das Taschenmesser zurückgebracht hatte, bedeutete ja nicht, dass er sich ständig dort aufhielt.
»Na gut, überlassen Sie alles mir«, wies Richard sie an. »Sagen Sie von sich aus nichts zu Theo. Er glaubt, Diana sei im Krankenhaus, weil sich ihre Malaria verschlimmert hat.« Rasch ging er die notwendige Logistik durch: Autos, Fahrer, Straßenkarten und Sicherheit. Er klang dabei stark und sicher – der Generaldirektor waltete seines Amtes.

Als Theo an jenem Abend nach Hause kam, bat er Kitty zu einem Gespräch ins Esszimmer. Zwischen den Mahlzeiten beherrschte der riesige Tisch mit seiner glänzenden schwarzen Tischplatte den Raum. Hier konnte man ernsthafte Gespräche führen, große Neuigkeiten berichten.
»Ich weiß nicht so recht, wie ich es dir sagen soll.«
Kitty versuchte, in Theos Gesicht zu lesen. Hatte Richard schon mit ihm gesprochen? Oder gab es wieder eine neue Katastrophe bei den Einheiten?
»Richard hat mich heute um etwas äußerst Ungewöhnliches gebeten. Diana hat es sich anscheinend in den Kopf gesetzt, wohltätige Arbeit zu leisten. Und zwar ausgerechnet in der katholischen Mission.« Er blickte Kitty sinnend an. »Ich wusste gar nicht, dass es hier eine gibt. Na ja, auf jeden Fall hat er mich leider gebeten, dass du mitmachen sollst, um ein Auge auf sie zu haben. Sie ist sehr krank gewesen, wie du weißt, und Richard möchte nicht, dass sie sich überanstrengt.«
Kitty überlegte, wie sie am besten reagieren sollte, ohne zu erkennen zu geben, was sie wusste. Vorsichtig öffnete sie den Mund, aber bevor sie auch nur die Chance hatte, etwas zu sagen, schnitt Theo ihr das Wort ab. »Mehr weiß ich auch

nicht. Du wirst mit Diana sprechen müssen.« Er runzelte die Stirn. »Es ist ein bisschen viel verlangt. Es schränkt deine Zeit im Club ein – und das gerade jetzt, wo du dich so gut eingelebt hast. Aber ich musste leider einwilligen. Ich hatte keine andere Wahl.«

Kitty schwankte zwischen Erregung, weil sie endlich bekam, was sie wollte, und einem Gefühl des Entsetzens, dass Theo aus Loyalität seinem Chef gegenüber einfach über ihren Kopf hinweg entschied. Wenn die Aussicht, in der Mission zu arbeiten, sie nun erschreckt hätte? Hätte es auch dann keine andere Wahl gegeben? Bemüht neutral erwiderte sie: »Es ist schon in Ordnung. Mir macht es nichts aus.«

Theos Gesicht entspannte sich. »Nun, das ist gut. Morgen sollst du in die Mission fahren, um die nötigen Vereinbarungen zu treffen. Ich weiß zwar nicht, warum du ausgerechnet an einem Sonntag fahren sollst, aber so ist Richard nun einmal – alles muss sofort passieren, am besten bereits gestern, und ohne jede Frage.« Er lächelte schief. »Bist du sicher, dass es dir nichts ausmacht? Wenn du Diana hilfst, hilft das auch mir.«

Kitty erwiderte sein Lächeln. »Ich bin ganz zufrieden damit. Wirklich.«

Theo stand auf und wies auf die Wohnzimmertür. »Dann lass uns darauf trinken.«

Als Theo sich am nächsten Morgen für die Kirche anzog, versuchte Kitty, nicht zu ungeduldig zu wirken. Sie kam sich vor wie ein Kind, das die Schule schwänzt. Nicht nur, dass sie sich auf die Mission freute, sie entkam auch noch dem wöchentlichen Ritual des Gottesdienstes.

Jeden einzelnen Sonntag, seit sie hier angekommen war, war sie mit Theo zur Messe in St. Michael gegangen. Die anglikanische Kirche war ein brandneues Steingebäude auf einem niedrigen Hügel mit Blick auf Kongara. Der Kirchgang war eine Art Erweiterung des Clubs. Man musste die richtige Kleidung tragen, die richtigen Leute grüßen oder ignorieren, das richtige Ausmaß an höflichem Interesse zeigen. Theo sang und betete voller Inbrunst. Während des Krieges hatte er einmal zu Kitty gesagt, er glaube nicht mehr an Gott. Wie könne er auch, bei all dem Schrecken, den er zuließ? Kitty war sich allerdings nicht sicher gewesen, ob er Gott nicht verzeihen konnte oder sich selbst; eines Nachts war er weinend zusammengebrochen und hatte ihr erzählt, wie viele ganz normale Deutsche – Mütter, Väter, Kinder – er durch seine Bomben ausgelöscht hatte. Es waren Tausende. Nach dem Sieg jedoch schien Theo neuen Sinn in der Religion zu entdecken, ebenso wie er auch die Traditionen der britischen Gesellschaft neu schätzen lernte.

Zum Glück wusste Kitty, wie sie sich in der Messe zu verhalten hatte, wann sie aufstehen oder sitzen oder sich hinknien musste. Ihre Familie war immer in Wattle Creek zur Kirche gegangen, wobei die vier Jungen zwischen Kitty und ihrer Mutter saßen, damit sie nicht so viel Blödsinn anstellten. Abgesehen von der Aufgabe, auf ihre Brüder aufzupassen, nutzte Kitty die Zeit zum Träumen. Blicklos starrte sie auf den Altar mit dem schlichten Holzkreuz und dem einzigen Buntglasfenster dahinter, das Jesus als Schäfer zeigte – eine angemessene Szene für ein Farmerdorf, auch wenn niemand in Wattle Creek einen Hirtenstab dabeihatte, falls ein Lamm zu retten war. Sie stellte sich dann vor, wie ihr Leben in der Zukunft, an einem weit entfernten Ort, aussehen würde. Wenn Gloria zu Besuch war, ging sie ebenfalls mit in die Kirche – aber sie sagte nicht das Glaubensbekenntnis und nahm auch nicht am Abendmahl teil. Wenn Kitty sich an ihr vorbeischob, um an den Altar zu treten, bohrten sich ihr Glorias knochige Knie von hinten in die Beine, als übermittelten sie ihr eine geheime Botschaft voller Rebellion. Als Kitty schließlich der Welt von Seven Gums entkam, hatte sie eigentlich vorgehabt, auch die Kirche hinter sich zu lassen.

Doch dann nahm sie wieder an der Messe teil, in der Dorfkirche von St. Luke in the Fields, einen Steinwurf von Hamilton Hall entfernt, und betete wieder mit dem gleichen alten Gebetbuch. Um sich die Zeit zu vertreiben, betrachtete sie die Gedächtnisplaketten aus Holz, Messing und Stein. Sie zählte, wie oft der Name Hamilton auftauchte. Auf der Ehrentafel in der Kirche von Wattle Creek stand ihr Nachname nur ein einziges Mal: ein entfernter Verwandter war im Zweiten Weltkrieg gefallen. Aber in St. Luke sah man überall Theos Nachnamen, der jetzt auch ihrer war. Er hing an zahlreichen Gegenständen, die über die Generationen hinweg gespendet worden waren – die Kanzel, das Gestühl, sogar die Lampe im Torbogen waren Schenkungen der Familie. Aber abgesehen davon gab es keine großen Unterschiede. Der Pfarrer redete im gleichen Singsang. Staubflocken tanzten im Sonnenlicht, das durch die Buntglasfenster fiel. Der Wein hatte den gleichen, leicht metallischen Geschmack. Und von Zeit zu Zeit blickte Kitty ungeduldig auf ihre Uhr, hin- und hergerissen von dem Wunsch, dass die Messe endlich vorbei sein sollte, und dem Unbehagen vor dem, was sie vor der Tür erwartete. Die intensiv musternden Blicke waren schon im Anfang, als sie neu im Ort war und Interesse erregte, schwer zu ertragen gewesen. Später jedoch, als sie in Ungnade gefallen war, waren sie eine Tortur.

Jetzt stand sie im Schlafzimmer auf dem Millionärshügel, und das Gewicht der Langeweile und der Nervosität, die sie mit dem Kirchgang verband, schien sie zu erdrücken. Sie zwang sich, ruhig zu bleiben, während Theo seine Schuhe zuband, sich die Haare kämmte und sein Taschentuch faltete. Als er schließlich in seinem Landrover davonfuhr und sie endlich allein war, rannte sie zu ihrem Auto.

Die Abkürzung zur Mission war schmal, aber es fuhr sich angenehm auf dem natürlichen Fels des Hügels, der den Weg eben und glatt machte. Hier oben war es weniger staubig, so dass Kitty die Fenster herunterkurbelte und die leichte Brise genoss. Sie blickte zu den Bergen. Die Wolken dort sahen verführerisch dunkel aus – aber sie waren immer noch nicht näher gekommen.

Obwohl sie sich der Mission von der anderen Seite her näherte, sah sie auch hier als Erstes den Glockenturm. Hoch ragte er auf. Dann kam das steile Dach der Kirche in Sicht. Sie fuhr durch ein weitläufiges Dorf am Rand des Missionsgeländes – eine Ansammlung langgestreckter, niedriger Wagogo-Häuser aus Lehm, mit Pferchen für Schweine und Ziegen aus Stöcken und Dornenranken. Kinder rannten schreiend vor Aufregung Kittys Auto hinterher. Sie winkte den Eltern zu, die auf ihren *shambas* arbeiteten. Überrascht sah sie, dass sie säten. Anscheinend rechneten sie damit, dass der Regen endlich einsetzte. Es war riskant – eine Glaubenssache. Wenn es nicht regnete, würde die Saat in der Erde vertrocknen.

Der Weg endete am nördlichen Ende des Missionsgeländes, nahe dem Hauptgebäude mit seinem Bogengang. Ohne die Trucks, die Wachen und die Häftlinge war alles friedlich. Kitty versuchte, sich vorzustellen, wie der Sonntag wohl im Gefängnis Seiner Majestät – den Hotels des Königs – ablief. Nach sechs Tagen harter Arbeit auf Taylors Land waren die Gefangenen bestimmt froh, einen Tag lang ihre Ruhe zu haben.

Als Kitty aus dem Wagen stieg, hörte sie Gesang in der Kirche. Die Klänge, die an ihr Ohr drangen, glichen nicht den Kirchenliedern und der Orgelmusik, die sie mit Gottesdienst in Verbindung brachte. Der Gesang war mehrstimmig und von Trommeln begleitet. Sie hörte auch andere Instrumente: etwas, was sich wie eine Pfeife anhörte, und ein tief brummendes Horn.

Kitty ging zu einer Tür an der Seite der Kirche und stellte sich so daneben, dass sie hineinspähen konnte, ohne selbst gesehen zu werden.

Eine Reihe von Frauen stand singend und tanzend vor der Gemeinde. Sie trugen bunt gemusterte *kitenges,* Ketten und Armbänder. Manche hatten sich Schals zu einer Art Turban um den Kopf gewickelt. Eine trug ein Baby auf dem Rücken. Sie wackelten mit den Schultern, während sie auf die Trommeln schlugen, die sie zwischen den Knien hielten. Eine alte Frau sprang vor und tanzte ganz allein. Ihr magerer Körper bewegte sich anmutig, und man sah ihr ihr Alter nicht an – sie tanzte wie ein junges Mädchen, das einen Liebhaber verzaubern will. Die anderen Tänzerinnen tanzten abwechselnd um sie herum und stießen dabei ihre traditionellen hohen Schreie aus. Kitty sah schockiert zu. Vorsichtig rückte sie ein wenig näher, um auch den Rest der Gemeinde zu sehen.

Die Kirche war bis auf den letzten Platz besetzt mit Menschen jeden Alters – und alle bewegten sich im Rhythmus der Trommeln. Kitty sah, wie die Nonnen in ihren blauen Trachten tanzten. Und dort, fast ganz hinten, als seien sie nur zum Schauen gekommen, standen Pater Remi und Pater Paulo. Kitty fragte sich, ob der eigentliche Gottesdienst wohl schon vorbei war; was sie hier sah, wirkte mehr wie eine Party – das Publikum feierte, nachdem der Vorhang gefallen war. Wie zur Antwort auf ihre Frage trat die alte Frau wieder in die Reihe

der anderen Frauen zurück. Dann begannen alle Tänzer, sich durch den Gang auf die großen Eingangstüren hinten in der Kirche zuzubewegen. Die übrige Gemeinde folgte ihnen. Auch die beiden Patres erhoben sich von ihren Hockern und eilten zur Tür, wo sie lächelnd Hände schüttelten und die Menschen verabschiedeten.
Schließlich war alles still in der Kirche. Kitty trat in den dämmerigen Innenraum. Die Stille wirkte genauso mächtig wie vorhin der Gesang und das Tanzen. Licht strömte durch die Buntglasfenster und malte Muster auf den Steinboden. Kitty ging auf den Altar zu, wobei die Sohlen ihrer flachen Schuhe kaum ein Geräusch machten. Aus einem hängenden Becken duftete es süßlich nach Weihrauch.
Neben einem Pult, auf dem eine aufgeschlagene Bibel lag, blieb sie stehen. Der Text, stellte sie fest, war weder auf Englisch noch auf Swahili. Sie las ein paar Sätze und musste an die alten Dokumente denken, die in Hamilton Hall an der Wand hingen. Der Admiral hatte ihr erzählt, die Mottos der Familie und die historischen Deklarationen seien auf Latein. Er hatte erklärt, diese alte Sprache zu beherrschen sei das Kennzeichen einer gebildeten Person, nicht von jemandem, der nur auf die Schule in Wattle Creek gegangen war. Es sei die ursprüngliche Sprache der Kirche. Während Kitty den gedruckten Text betrachtete, wurde ihr klar, dass Pater Remi Lateinisch gesprochen hatte – und nicht Italienisch, wie sie angenommen hatte –, als er das Dankgebet vor den Sträflingen gesagt hatte. Sie fragte sich, ob wohl, abgesehen von den beiden Patres, sonst noch jemand verstanden hatte, was gesagt wurde.
Auf einem Tisch lag ein gelbes, mit weißem Satin eingefasstes Tuch. Darauf standen Kerzenleuchter und ein Marmorrahmen mit dem Bild eines alten Priesters, der Pater Paulo ähnelte. Kitty hatte ein ähnliches Bild auch schon im Empfangs-

raum gesehen, wo sie die beiden Patres kennengelernt hatte. Am anderen Ende des Altars standen seltsame Pflanzenarrangements. Als sie sie näher betrachtete, stellte sie fest, dass es Topfpflanzen waren – dieselben Sukkulenten in kleinen gewobenen Körben, die Schwester Barbara für den Stand im Club vorbereitet hatte. An einem von ihnen hing noch das Schildchen mit Dianas unleserlicher Schrift.
Hinter dem Altar war eine große Statue des gekreuzigten Jesus Christus. Die Figur war nackt bis auf ein Lendentuch und eine Dornenkrone; der Kopf hing auf eine Schulter, die Augen waren geschlossen. Blut tröpfelte aus den Handflächen und den Füßen, wo die Nägel eingeschlagen waren. Kitty wandte sich ab. Sie fragte sich unwillkürlich, wie sich Menschen an so ein makabres Bild gewöhnen konnten. Eine weitere Statue stand vor ihr: eine große, schlanke, schöne Frau, die einen Säugling in den Armen hielt. Sie trug ein blaues Gewand, und ihre Haare sahen weich und üppig aus – obwohl sie aus Gips gemacht waren. Der Säugling war wohlgenährt, sauber und glücklich. Beiden hingen die Perlenketten, die die Einheimischen herstellten, um den Hals. Die Figur hätte ohne Weiteres in Pippas Zeitschrift als Beispiel für die perfekte Frau und Mutter abgebildet werden können.
Die Statue war zwar nur billige Massenware, aber das ursprüngliche Werk stammte von einem Künstler, der sich entweder gründlich mit Anatomie befasst hatte oder aber ein Auge für die Proportionen der menschlichen Gestalt besaß. Die Gliedmaßen und Finger waren zwar ein wenig lang, und das Baby war eher eine kleine Person als ein Säugling, aber das sollte wahrscheinlich zur Eleganz der Muttergottes beitragen und das Jesuskind von anderen Säuglingen unterscheiden. Die fein modellierten Gesichter zeigten symmetrische Züge. Die Farben waren zurückhaltend – ein verblasstes Rot

auf den Wangen und den rosigen Lippen, porzellanblaue Augen, gelbgoldenes Haar. Kitty schüttelte den Kopf – die Statue wirkte hier lächerlich fehl am Platz. Was sollten diese kräftigen Frauen mit ihren starken Zügen und ihrer dunklen Haut, die eben noch hier getanzt hatten, mit so einem Geschöpf anfangen – so hellhäutig, zart und fremd?

Und doch konnte Kitty den Blick nicht von der Muttergottes abwenden. Sie strahlte Trost und Ruhe aus, gerade weil sie so zart war. Kitty musste an den Mgogo mit dem kranken Kind denken, dem sie an dem Tag begegnet war, als sie über die Grenzen ihres Gartens hinausspaziert war. Sie stellte sich ihre eigene Mutter vor, die ihren kleinen Bruder Derek auf der Hüfte trug. Sie dachte sogar an Diana – so schön wie die Jungfrau Maria –, die Phillip in den Armen hielt. Der Gedanke an das zweite Schlafzimmer in ihrem Haus, das statt als Kinderzimmer als Theos Büro und Schlafplatz diente, versetzte ihr einen Stich.

Zu Marias Füßen lag ein längliches Kissen auf dem Fußboden, damit die Leute vor der Statue knien und beten konnten. Kitty musterte die Mulden, die unzählige Knie hinterlassen hatten. Sie wünschte sich, sie könnte auch an eine solche rettende Macht glauben. Selbst wenn es nur eine Phantasie war, so wäre es doch tröstlich, sich hier hinzuknien und jemandem sein Herz auszuschütten …

»Das ist unsere Muttergottes.«

Kitty drehte sich um. Tesfa stand hinter ihr. Er trug immer noch sein schwarzes Anzugjackett, aber er hatte sein ockerfarbenes Lendentuch gegen eines mit weißen und braunen Streifen ausgetauscht. Kitty fühlte sich in Janets Arbeitssachen zu wenig festlich gekleidet; sogar hier in der Mission gelang es ihr, falsch auszusehen.

»Umekuja.« Du bist gekommen. Er lächelte breit. *»Karibu sana.«* Du bist sehr willkommen.

»Asante.« Kitty erwiderte sein Lächeln. Sie freute sich, den alten Mann zu sehen. Er kam ihr fast schon wie ein Freund vor.

Tesfa wies auf die Statue. »Sie ist sehr alt. Sie hat in der kleinen Kirche gestanden, bevor dieses große Haus gebaut wurde.«

Er begann, Kitty in der Kirche herumzuführen, zeigte ihr die Seitenkapelle mit dem zweiten Altar, die Stufen zur Krypta. Am Taufbecken machte er ihr vor, wie Wasser über den Kopf des Säuglings gegossen wird. An einem hohen Schrank mit einem weißen Vorhang statt einer Tür blieb er stehen. In der Zwischenwand innen war auf Augenhöhe eine Öffnung, die mit einem Holzgitter versehen war.

»Das ist der Ort, an dem du deine Sünden erzählst.« Tesfa zog den Vorhang beiseite und wies auf den leeren Raum dahinter. »Hier hinter dem Vorhang steht der Pater. Er kann dich nicht sehen. Du kannst ihn nicht sehen.« Staunend schüttelte er den Kopf. »Er wird kein Mensch.« Er blickte Kitty eindringlich an. Seine nächsten Worte konnten nicht direkt übersetzt werden, doch Janet hatte sich im Unterricht eingehend mit einem der Worte beschäftigt: *Uchawi.* Es wurde häufig in Verbindung mit der Arbeit eines Medizinmannes oder eine Häuptlings gebraucht – jemand, von dem man annahm, er habe übernatürliche Kräfte. Je nach dem Kontext konnte es etwas Positives oder etwas Negatives bedeuten. Das englische Wort, das ihm am nächsten kam, war: »magisch«. Das Adjektiv, das Tesfa in Verbindung damit nannte, kannte Kitty gut. Auch dieses Wort hatte zahlreiche Bedeutungen: stark, heiß, gefährlich, wirkungsvoll.

Kitty wiederholte Tesfas Worte, als sie in die Kammer starrte.

Uchawi kali sana.

Kitty drehte sich um, als sich Schritte näherten. Pater Remi trat auf sie zu. »Mrs. Hamilton! Willkommen zurück!« Er

blickte sie mit einer Mischung aus Freude und Besorgnis an. »Können wir Ihnen irgendwie helfen?«
Seine Stimme hallte in dem großen Raum wider. Als Kitty ihn anblickte, stieg Schmerz in ihr auf – eine Welle wirrer Emotionen überfiel sie. Sie dachte an das Kind, nach dem sie sich sehnte. An die Leere, die sie in sich spürte, seit sie nicht mehr künstlerisch arbeiten konnte. Aber vor allem dachte sie an ihre Ehe. Theo hatte sich sehr verändert. Sie konnte dem Krieg oder seinem familiären Hintergrund die Schuld geben – aber sie wusste, dass der Fehler in Wahrheit bei ihr lag. Sie hatte ihn betrogen. Er konnte ihr nicht trauen. Sie konnte sich nicht trauen … Tränen traten ihr in die Augen. Plötzlich hätte sie am liebsten an dem Holzgitter gestanden – nahe dem verborgenen Ort, wo starke Magie bewirkt wurde –, um dem Priester alles zu erzählen, was sie eigentlich geheim halten sollte. Sie spürte, dass Pater Remi ein guter, kluger Mann war. Er würde wissen, wie sie Erlösung finden konnte. Aber sie war nicht wegen sich hierhergekommen. Sie holte tief Luft und zwang sich zu lächeln.
»Ja, das hoffe ich sehr, Pater Remi«, sagte Kitty. »Meine Freundin ist sehr krank.«

Die Treppe zum Keller war einmal weiß verputzt gewesen, aber die Kanten der Stufen waren so abgetreten, dass der blanke Stein durchkam. Pater Remi ging vor Kitty, wobei er sich mit einer Hand am hölzernen Handlauf festhielt. Die Wände waren dick, die Decke war niedrig. Der säuerliche, hefeartige Geruch, den Kitty schon am ersten Tag im Speisesaal bemerkt hatte, war hier unten noch viel stärker. Sie gingen durch einen Raum voller Flaschen. In den Ecken lagen große Holzfässer.
»Wir holen zuerst einmal Wein«, sagte Pater Remi. Es gab ein Festessen zum fünfundachtzigsten Geburtstag des alten

Priesters. Zögernd hatte Kitty die Einladung, hierzubleiben und mitzufeiern, abgelehnt – Theo würde sie zu Hause erwarten; es war der erste Sonntag im Monat, und im Club gab es Curry zum Mittagessen. Aber sie war Pater Remi doch in den Keller gefolgt, um ihren Besuch hier noch ein wenig auszudehnen.

Sie hatte bereits mit Pater Remi über Diana gesprochen und ihm die ganze Geschichte erzählt. Als sie vorgeschlagen hatte, mit Diana zusammen regelmäßig in der Mission zu arbeiten, hatte er sofort genickt.

»Barmherzige Taten funktionieren in beide Richtungen, sie heilen sowohl denjenigen, der gibt, als auch denjenigen, der empfängt.«

»Barmherzige Taten«, hatte Kitty wiederholt. Die Worte klangen wie eine Beschwörung – ein Teil der starken, scharfen, gefährlichen Magie, die Tesfa beschrieben hatte.

»Es gibt eine Liste.« Er hatte sie an den Fingern abgezählt. »Den Hungrigen zu essen geben, den Durstigen zu trinken geben, die Nackten kleiden, den Obdachlosen ein Obdach geben, die Kranken besuchen, die Gefangenen befreien und die Toten begraben.«

Obwohl die Liste nur kurz war, wusste Kitty, dass die Aufgaben riesig waren – vor allem hier in Afrika. Schwester Janet hätte Pater Remi gemocht, dachte Kitty, auch wenn er Katholik war.

Pater Remi schaute sich nach ihr um. »Passen Sie auf, wohin Sie treten, Kitty. Der Boden ist hier uneben. Dieser Teil des Gebäudes ist wesentlich älter als der Rest – er gehört zu der ursprünglichen Mission, die die Deutschen gebaut haben. Es waren Benediktiner.«

»Ist es schon lange her, seit sie hier waren?«, fragte Kitty. Sie hatte das Gefühl, um sie herum war alles so alt, dass es aus der Römerzeit hätte stammen können.

»Nein, eigentlich nicht – sie sind am Anfang des zwanzigsten Jahrhunderts hier eingetroffen. Es gab einen regelrechten Wettstreit zwischen den Protestanten und den Katholiken, wer die Wagogo als Erster konvertiert. Damals waren sie ein mächtiger Stamm, mit viel Vieh. Die Deutschen beschlossen, aus Kongara ein regionales Zentrum zu machen. Und damit meine ich nicht den Teil, den sie heute Londoni nennen. Ich meine das alte Kongara. Es liegt weiter draußen, hinter der Abzweigung.« Er wies in die entgegengesetzte Richtung. »Dort haben sie eine Festung gebaut – dort wurden die Sträflinge untergebracht. Etwa um die gleiche Zeit wurde diese Mission erweitert und die Kapelle durch eine richtige Kirche ersetzt. Das Gebäude mit den Bogengängen wurde an das alte Missionshaus angebaut. Es sollte ein Priesterseminar werden, wo Priester aus der ganzen Welt studieren können. Aber als die Deutschen am Ende des Zweiten Weltkriegs besiegt worden waren, verloren sie auch alle ihre Kolonien in Ostafrika. Kongara geriet in Vergessenheit.«
Er verstummte, als sie einen großen Raum betraten, der von einem bauchigen Gerät beherrscht wurde. Oben hatte es etwas, das aussah wie ein riesiger Korkenzieher. »Das ist unsere Traubenpresse. Allerdings benutzen wir sie kaum noch, weil wir auf Taylors Farm eine richtige Weinkellerei aufbauen.« Er bückte sich, um einen kleinen Eimer aus dem Weg zu räumen, dann führte er Kitty in einen weiteren, kleineren Raum. »1920 übernahmen die Passionisten die Mission. Rom entsandte drei Priester, um den Hunger hier zu bekämpfen – Pater Paulo war einer von ihnen. Das war die Zeit der schlimmsten Hungersnot, an die man sich erinnern kann. Die Leute nennen sie *Mtunya* – der Kampf. Sie begann im Zweiten Weltkrieg. Die Deutschen und die Briten ließen sich von den Wagogo mit Getreide und Fleisch beliefern und nahmen ihnen

ihre jungen Männer für ihre Armeen weg. Dann gab es eine große Dürre, und sie verloren auch das wenige, was sie noch hatten. Sie haben nie wieder ihre alte Macht erlangt.«

Fasziniert lauschte Kitty seiner Erklärung. Sie wunderte sich darüber, wie fließend er Englisch sprach. Mit seinem ernsthaften Tonfall klang er wie ein Lehrer, der wichtiges Wissen weitergibt. Sie versuchte, sich alles einzuprägen, was er ihr berichtete. Sie hatte immer geglaubt, das Erdnuss-Projekt sei »mitten im Nirgendwo« etabliert worden, aber Pater Remis Worte klangen so, als sei Kongara immer schon das Zentrum einer großen Bühne gewesen.

»Gefällt es den Wagogo, dass sie das Projekt hier haben?«, fragte sie.

Der Pater hob die Hände in einer zweideutigen Geste. »Es bietet Arbeit für die jungen Männer, so dass sie hier in der Gegend bleiben können. Aber es stört das Gleichgewicht des Lebens. Nahrung ist wesentlich teurer geworden, weil ein solcher Aufwand betrieben wird. Wir sehen unterernährte Kinder in den Dörfern, auch Erwachsene – und dabei hat es seit Jahren keine Dürre gegeben. Wir beginnen sogar wieder damit, Essen zu verteilen.« Er blieb an einem großen Fenster stehen, von dem aus man über die Ebenen blickte. Der Priester verzog besorgt das Gesicht. »Wegen der Arbeit kommen neue Leute in die Gegend. Das ist auch ein Problem. Was wird danach – wenn das Projekt beendet ist und die Briten sich zurückziehen?«

»Oh, er wird nicht schließen«, sagte Kitty zuversichtlich. »Das ist ein langfristiges Unternehmen.« Sie stellte fest, dass sie wie ein Papagei Theos Worte nachplapperte. »Es wird endlos laufen. Man könnte es auch auf anderes Saatgut ausweiten. Und wenn Tanganjika unabhängig wird, wird alles den Afrikanern übergeben.«

Pater Remi musterte sie schweigend ein paar Sekunden lang, dann drehte er sich um und wechselte das Thema. »Sie wissen ja, dass einige der Häftlinge, die entlassen worden sind, jetzt auf Taylors Land leben. Während ihrer Haft haben sie gelernt, wie man anbaut und Landwirtschaft betreibt, und jetzt arbeiten sie für ihn als freie Männer.«

Kitty runzelte die Stirn. »Sie hören sich so an, als hätten Sie Respekt für Taylor und seine Unternehmungen.«

Pater Remi lächelte. »Ja, in der Tat.«

»Finden Sie sein Interesse an den Gefangenen nicht verdächtig? Ich meine, versucht er wirklich, ihnen zu helfen, oder nimmt er sie nur als billige Arbeitskräfte?«

Pater Remi blickte Kitty an. »Ich will Ihnen eine Geschichte über Taylor erzählen. Er war früher selbst einmal Gefangener.« Kitty lag schon auf der Zunge, zu sagen, das wisse sie, als der Pater fortfuhr: »Im Krieg verbrachte er zwei Jahre in einem unterirdischen Gefängnis in Abessinien. Es war ein kleiner fensterloser Raum, dunkel und voller Ungeziefer. Als er entlassen wurde, konnte er nicht gehen, nicht sehen und war sehr schwach. Körperlich erholte er sich mit der Zeit, aber er hat seitdem Angst vor geschlossenen Räumen. Es gibt einen Namen dafür – Klaustrophobie. Als er hierher zurückkehrte, blieb er, sooft es ging, unter freiem Himmel. Wenn er einen Raum betrat, musste die Tür offen bleiben. So war es lange Zeit.«

Kitty starrte den Priester überrascht an. Bei ihrer Begegnung hatte Taylor auf sie nicht traumatisiert gewirkt. Er schien entspannt, im Einklang mit sich und der Welt. Aber da war er ja auch draußen gewesen. Ihr fiel ein, dass er erst kürzlich auf Befehl des Distrikt-Kommissars in Haft gewesen war. »Man sollte meinen, dass er nach dieser Erfahrung darauf achtet, nicht wieder eingesperrt zu werden.« Sie hatte die Worte kaum ausgesprochen, da bedauerte sie auch schon ihren spitzen Tonfall; sie kam sich vor wie Louisa.

»Kommen Sie mit. Ich möchte Ihnen etwas zeigen.«

Der Pater ergriff eine Flasche Wein von einem Gestell in der Ecke. Dann öffnete er eine Tür in einem schmalen Gang. »Das war früher ein geheimer Teil des Gebäudes. Die Deutschen wollten einen Ort haben, an dem sie sich im Zweiten Weltkrieg verstecken konnten, wenn die Briten kamen.«

»Briten würden niemals Priester angreifen!«, rief Kitty. Theo hatte ihr erklärt, wie die Regeln im Krieg lauteten: Man durfte nicht auf Zivilisten schießen.

»Die Priester hatten keine Angst, getötet zu werden«, sagte Pater Remi. »Sie hatten viel zu tun, wie wir alle, und wollten nicht für den Rest des Krieges in ein Internierungslager gesperrt werden.«

Pater Remi schloss eine schmale Tür auf und versuchte, sie aufzuschieben. Das Holz hatte sich verzogen, und er musste sie mit der Schulter aufdrücken.

Dahinter verbarg sich ein kleines Zimmer, in dem nur ein schmales Bett und ein hölzerner Wandtisch standen. In einer Ecke war ein Waschbecken mit einem Eimer darunter. Bis auf ein einfaches Kreuz waren die weiß verputzten Wände kahl. Hoch oben an einer Wand befand sich ein kleines Fenster ohne Vorhänge. Es war zwar über Augenhöhe, aber es ließ Licht herein, und man konnte ein Stück blauen Himmel sehen.

Als Kitty das Zimmer betrat, fielen ihr Bleistift-Markierungen an der Wand neben der Tür auf. Es waren Päckchen aus vier senkrechten Strichen mit einem abschließenden horizontalen Strich. Kitty zählte die Fünfer-Päckchen. Achtundfünfzig.

Als sie weiter hineinging, blieb sie abrupt stehen. Die Wand gegenüber der Tür war voller Zeichnungen. Ein Affenbrotbaum mit den verdrehten Zweigen und dem spitz zulaufenden Stamm, eine Kerze, deren Flamme im Wind flackerte, einige Früchte, deren Konturen sorgfältig schattiert waren, um Form und Rundungen herauszuarbeiten. Aber die meisten Bilder stellten einen Affen dar. Das Tier war in zahlreichen Posen gemalt worden – schlafend, essend, auf dem Rücken hin und her rollend. Manchmal waren es vollständige Porträts, manchmal aber auch nur Details: eine Hand, der Schwanz, die gebogene Wirbelsäule. Die ersten Zeichnungen waren noch recht unbeholfen, aber mit der Zeit wurden sie immer besser. Die letzten Skizzen fingen das freche Gesichtchen ein, die Bewegung der geschmeidigen Gliedmaßen, die scharfen kleinen Zähne, die flaumigen Haarbüschel. Sie erkannte sofort, wer es war.

»Gili.« Kitty wandte sich zu Pater Remi.

Der Mann trat neben sie. »Taylor war hier eingesperrt. Ich war sein Gefängniswärter. Es war eine schreckliche Zeit für ihn. Er überlebte sie nur, weil er zeichnen und in seinem kleinen Zimmer auf und ab gehen konnte. Und wegen Gili natürlich. Ich saß draußen und lauschte seinen Schritten. Man hörte sie kaum – er war immer barfuß. Den Boden unter sich zu spüren war das Einzige, was seinen Verstand gesund hielt, sagte er immer. Wir konnten ihn nicht herauslassen, sonst wäre er nach Daressalam ins Gefängnis gebracht worden. Da er Europäer ist, hätte man ihn dort in eine Einzelzelle gesteckt. Hier war er wenigstens unter Freunden. Wir haben ihn nie allein gelassen. Immer war jemand vor seiner Tür – ich oder Pater Paulo, Tesfa oder eine der Nonnen. Wir sangen ihm vor, wenn er nicht schlafen konnte und wenn er Angst hatte. Sie können sich vorstellen, was es für ihn bedeutete, wieder eingesperrt zu sein, nach allem, was er durchgemacht hatte.«

Kitty starrte auf die Zeichnungen, während sie Pater Remi zuhörte. Als er schwieg, fragte sie: »Was hat er denn getan? Was war sein Verbrechen?«
Pater Remi lehnte sich an die Wand. Er drehte die Flasche in der Hand und zupfte an den Resten des alten Etiketts. »Es ist vor etwa zwei Jahren passiert. Taylor hatte schon begonnen, mit den Gefangenen zu arbeiten. Da war ein Mgogo namens Ndemu. Er war verurteilt worden, weil er einen Mann mit einem Speer getötet hatte. Der Mann hatte Ndemu zu einem Duell herausgefordert. Sie liebten beide dieselbe Frau. Weil der Tod das Ergebnis eines Duells war, war Ndemu nicht wegen Mordes zum Tod verurteilt worden, sondern musste fünf Jahre ins Gefängnis. Ndemu kannte Taylor seit seiner Kindheit.« Pater Remi blickte Kitty an. »Taylor ist hier geboren. Seinen Eltern hat das Land neben uns gehört – wo er jetzt auch lebt. Er ist mit den Wagogo aufgewachsen. Ndemu war in seinem Alter. Bei ihrer Initiation als Männer haben sie sich versprochen, einander wie Brüder beizustehen. Als Taylor von Ndemus Verurteilung hörte, sorgte er dafür, dass er in die Festung in Alt-Kongara gebracht wurde, damit er in der Nähe war. Ndemu konnte mit den anderen Häftlingen auf Taylors Land arbeiten. Und sie konnten sich sehen.
Als Ndemu ankam, war er krank. Der Gefängnisarzt untersuchte ihn, aber körperlich fehlte ihm nichts. Wir schickten ihm gutes Essen aus unserer Küche. Aber er wurde immer schwächer und schwächer. Jeder sah, dass er im Sterben lag. Ndemu war überzeugt, dass er unter einem Fluch stand. Sie müssen wissen, dass er nach dem Duell weggerannt war und seinen Speer in der Brust des Opfers stecken lassen hatte. Er glaubte, die Verwandten des Mannes benutzten jetzt seinen Speer, um ihn mit einem Zauber zu belegen. Er konnte dem

Todesfluch nur entkommen, indem er ihnen den Speer abnahm. Und er musste es allein machen.«
Kitty runzelte die Stirn. Pater Remis sachlicher Tonfall erschreckte sie. Er schien es nicht ungewöhnlich zu finden, über Zauber und Flüche zu sprechen.
»Taylor ging zum Distriktbeauftragten und bat um zeitweilige Entlassung für Ndemu, aber sie wurde ihm nicht gewährt. Die Polizei glaubte, der Mann käme nicht mehr zurück. Da bot Taylor an, als eine Art Geisel den Platz seines Bruders im Gefängnis einzunehmen. Der DC wusste von Taylors Klaustrophobie. Bei diesem Treffen hatte Taylor darum gebeten, an der geöffneten Tür stehen bleiben zu dürfen. Vielleicht wollte der DC sehen, ob Taylor für seinen afrikanischen Freund wirklich so weit gehen würde. Vielleicht bewunderte er auch Taylors Loyalität. Ich weiß es nicht. Auf jeden Fall willigte er ein. Ndemu würde entlassen werden, um sich auf die Suche nach seinem Speer machen zu können. Taylor würde so lange eingesperrt, bis der Mann wiederkam. Ich bat den DC, Taylor hier einsperren zu dürfen, in diesem Raum, damit wir ihn unterstützen konnten. Ich gab ihm mein Wort, dass er hinter Schloss und Riegel bleiben würde, bis der DC ihn wieder freiließ.« Pater Remi zeigte auf das Fenster. »Dort mussten wir ein Gitter anbringen, haben es aber entfernt, als die Angelegenheit vorüber war. Ich werde nie den Ausdruck auf Taylors Gesicht vergessen, als er hier hereinkam. Er schwitzte, zitterte … Ich brachte es kaum über mich, die Tür hinter ihm zu verschließen. So leise ich konnte, drehte ich den Schlüssel um. Es war schrecklich für uns alle.« Pater Remi zeigte zu den Strichpäckchen an der Wand neben der Tür. »Es dauerte etwas über acht Wochen, bis Ndemu wiederkam. Der Mann war von seinem Fluch geheilt. Und Taylor auch.«
»Hat er jetzt keine Angst mehr?«

Pater Remis erwiderte leise: »Es war eine Feuerprobe. Letztendlich hat sich die Angst selbst verbrannt. Ja, er ist geheilt. Aber es war ein hart errungenes Wunder.« Als ob die Erinnerung zu schmerzlich für ihn wäre, richtete er sich auf und hielt ihr die Flasche hin. Rubinroter Wein funkelte durch das Glas. »Der ist von unseren Sangiovese-Trauben. Jahrgang 1938. Es heißt, man schmeckt Kirschen, Erde und Zedernholz.« Er zuckte lächelnd mit den Schultern. »Ich bin mir da nicht so ganz sicher. Aber Pater Paulo wird den Wein bestimmt genießen.«

»Ja, er müsste gut sein«, stimmte Kitty zu. Sie wusste von den Vorträgen des Admirals beim Abendessen, dass Rotwein mit der Zeit immer besser wurde. Zehn Jahre klangen beeindruckend.

»So, und jetzt der Vorratskeller.«

Sie gingen zurück zu dem Raum mit dem großen Fenster. Daneben verlief eine breite, helle Galerie an der Rückseite des Vorbaus. Eine Reihe französischer Fenster öffnete sich auf eine Steinterrasse. Dahinter stieg die Landschaft steil an und lenkte den Blick auf die Berge. Kitty fragte sich, ob die Wolken vielleicht ein wenig näher gekommen waren.

Pater Remi trat an einen Schrank, der Luftlöcher an der Seite hatte – er erinnerte Kitty auf seltsame Art an die Beichtstühle, war aber viel kleiner. Er holte ein großes Stück getrocknetes Fleisch heraus. »Prosciutto.« Beinahe liebevoll streichelte er das runzelige, mit Salz bestäubte Fleisch. »Elf Monate gereift.« Er wies auf ein Bord, auf dem drei große Käseräder lagen. »Könnten Sie bitte eines nehmen?«

Kitty fühlte das feste, feuchte Gewicht des Käselaibs, als sie ihn herunterholte. Sie drückte ihn an sich. »Haben Sie den Käse auch selbst gemacht?«

»Wir versuchen, so wenig wie möglich zu kaufen. Wir haben Schweine, Enten und Gänse, ein paar Kühe für Milch, Hühner für Eier und zum Essen. Den Garten haben Sie ja gesehen.« Er grinste sie an. »Wir sind italienische Bauern. Wir machen alles selbst, was wir brauchen. Und wir verschwenden nichts.«

Sie gingen wieder die Treppe hinauf und kamen durch eine Falltür in einer Ecke des Empfangsraums heraus. Dort roch es nach gebratenem Fleisch. Durch die offene Tür des Speisesaals konnte Kitty den langen Tisch sehen. An einem Ende war eine weiße Tischdecke ausgebreitet, in der Mitte stand eine Vase mit einem bunten Strauß Gartenblumen. Weingläser standen an solide aussehenden, weißen Tellern. Die Pfeffermühle war dreimal so groß wie die in Hamilton Hall, und das Salz befand sich in Salzstreuern und nicht in einer kleinen Schale. Kitty war mittlerweile geübt darin, auf einen Blick zu erkennen, ob ein Tisch korrekt gedeckt war. Aber als sie das Besteck musterte, fiel ihr nur eines auf: die Anzahl der Gedecke. Es war für drei gedeckt.

»Taylor kommt immer zu unseren Feiern«, beantwortete Pater Remi ihre unausgesprochene Frage. »Er bringt eine Flasche von seinem Verdicchio mit. Sein Weinkeller ist noch nicht alt. Aber er behauptet, sein *vino bianco* habe ein nussiges Aroma mit einem Anflug von Honig.« Gespielt skeptisch zog er die Augenbrauen hoch. »Vielleicht.« Plötzlich hob er lauschend den Kopf. Draußen hörte man das Brummen eines Motors. »Das wird er sein.«

Kurz darauf sprang Gili ins Zimmer. Er ignorierte Pater Remi völlig, rannte direkt auf Kitty zu und stürzte sich in ihre Arme.

Pater Remi beobachtete sie erstaunt. »Er hat Angst vor Fremden.«

Kitty drückte ihre Wange an das Köpfchen. »Wir kennen uns bereits.«

In diesem Moment kam Taylor herein. Er blieb stehen, als er Kitty sah. Sein frisch gebügeltes Hemd stand am Kragen offen. Offensichtlich hatte er sich rasiert und die Haare gekämmt, auch wenn einige rebellische Strähnen ihm schon wieder in die Stirn fielen. In einer Hand hielt er eine Flasche Wein, in der anderen einen Laib Brot.
Einen Augenblick lang starrten sie einander an. Kitty spürte den Affen auf ihrem Arm, und merkwürdige Gewissensbisse überfielen sie, als versuche sie absichtlich, das Tierchen auf ihre Seite zu ziehen.
»Sie sind also doch zurückgekommen«, bemerkte Taylor schließlich.
»Ich habe die Abkürzung genommen. Danke.«
»Ich hole Pater Paulo.« Der Priester eilte in die Küche.
Taylor blickte über Kittys Schulter auf den Tisch. Sie sah ihm an, dass er genau wie sie die Gedecke zählte.
»Ich wollte gerade fahren«, sagte sie.
»Oh, das ist schade. Pater Paulo ist ein ausgezeichneter Koch.«
Kitty musterte ihn forschend. War er etwa enttäuscht, dass sie nicht dablieb? Sie hoffte, dass ihre Gefühle sich nicht allzu deutlich auf ihrem Gesicht widerspiegelten. Im Moment hätte sie nichts lieber getan, als sich an den Tisch zu setzen und das Essen und den Wein zu genießen – ganz zu schweigen von der Unterhaltung, die sich entspinnen würde.
»Kommen Sie«, sagte Taylor, »das muss ich Ihnen noch zeigen, bevor Sie fahren.«
Kitty folgte ihm nach draußen, Gili immer noch auf dem Arm. Sein Fell, das sie am Hals kitzelte, roch nach warmem Brot.
Taylor überquerte die Terrasse und blieb vor einem riesigen Affenbrotbaum stehen.
»Schauen Sie.«

Er deutete auf die kahlen, knorrigen Äste des Baums. Zuerst konnte Kitty nichts Ungewöhnliches sehen. Aber dann entdeckte sie schwellende Knospen am Ende der Zweige. Der Farbe nach zu urteilen, die sich an den Spitzen zeigte, waren es keine Blätter, sondern weiße Blüten.
»Es bedeutet, dass der Regen kommt«, erklärte Taylor. »Der Baum sagt es uns. Bald schon wird er blühen. Die Blüten sind groß wie Untertassen, mit weißen, wächsernen Blütenblättern. Sie öffnen sich am Abend und leben nur eine Nacht lang.« Seine Stimme klang stolz, als sei er verantwortlich für das Schauspiel, das er beschrieb. »Die weißen Blütenblätter reflektieren das Mondlicht, so dass Fledermäuse und Buschbabys sie leicht finden können. Sie trinken den Nektar und essen den Pollen. In dieser einen Nacht muss die Befruchtung stattfinden. Am Vormittag des nächsten Tages sind die Blüten braun und verwelkt.«
Er blickte zum Baum hoch. Der Ausdruck in seinen Augen zeugte von seiner Liebe zu Pflanzen und Tieren, zum Land, aus dem sie stammten. Dieses Gefühl, dorthin zu gehören, hatte sie früher auch empfunden – für das Land um die Farm in ihrer vergessenen Ecke von Neusüdwales. Auch sie hatte es geliebt, die ersten Anzeichen für den Wechsel der Jahreszeiten zu entdecken. Die plötzliche Verwandlung der Akazien, wenn die Blätter ihre Baby-Form – wie kleine grüne Paddel – verloren, um zu den fedrigen Wedeln des erwachsenen Baums zu werden. Sie hatte sich am Kaninchennasenbeutler und am Schnabeltier gefreut – Tiere, die direkt aus einem Märchenbuch entsprungen sein könnten, aber zu Hause in ihrem Garten lebten.
Sie trat mit Gili zu Taylor. Der Affe schlang die Arme fester um ihren Hals, als wolle er sich nicht von ihr lösen. Aber als Taylor die Arme ausstreckte, sprang Gili gehorsam hinein.

»Auf Wiedersehen«, sagte Kitty. Sie dachte daran, wie Taylor in seiner weiß verputzten Zelle Bilder von Gili malte. Die Gesellschaft der verspielten Kreatur musste ihm unendlich viel bedeutet haben, als er die schreckliche Strafe erduldete, die er freiwillig auf sich genommen hatte. Sie hatte ihn falsch beurteilt – am liebsten hätte sie sich bei ihm entschuldigt.
Taylor hob seine freie Hand zum Abschiedsgruß.
Als Kitty zu ihrem Auto ging, sah sie ihn vor sich, wie er immer noch dort stand und zu den Ästen des merkwürdigen afrikanischen Baums aufsah. Sie wäre gern länger geblieben, um seine Zuneigung für seine Heimat noch ein wenig zu spüren. Beim Gespräch mit ihm war ihr erst klargeworden, wie sehr ihr die Liebe zu einer heimatlichen Landschaft fehlte. Als sie älter wurde, hatte sie sich gegen den Busch gewendet, den sie einst geliebt hatte. Die Farm war zu einem Gefängnis geworden. Sie war nach England geflohen – ins Land der Museen, prächtigen Häuser und fruchtbaren grünen Felder. Dort hatte es so viel zu bewundern und zu entdecken gegeben. Und dort war natürlich auch Theo. Aber tief im Inneren hatte sie sofort gewusst, dass sie niemals wirklich dorthin gehören würde. Vielleicht war das einer der Gründe gewesen, warum sie Juri so nahegestanden hatte – auch er war ein Außenseiter.
Sie stieg ins Auto und schlug die Tür so heftig zu, dass eine Schar Hühner gackernd ins Gebüsch rannte. Der Gedanke, dass sie auch nicht nach Londoni gehörte, erschreckte sie, denn der Ort war nur ein kleines Stück England, das nach Tanganjika verpflanzt worden war. Sie hatte sich verlaufen. Sie dachte an das Wort, das Pater Remi benutzt hatte. »Obdachlos«. Das war sie. Sie gehörte nirgendwo mehr hin.
Aber eigentlich stimmte das nicht ganz, rief sie sich rasch ins Gedächtnis. Sie gehörte zu Theo. Sie würden zusammenblei-

ben, bis der Tod sie trennte. Das hatte sie bei ihrer hastigen Trauungszeremonie in einer Kirche, die sie noch nie vorher betreten hatte, gelobt. Ein Fliegerkollege von Theo, der beim nächsten Einsatz ums Leben gekommen war, war ihr Trauzeuge gewesen. Taylor hielt sich nicht als Einziger an seine Versprechen. Auch Kitty war das von Kindheit an beigebracht worden. Versprechen musste man einhalten. In guten wie in schlechten Zeiten. Mit oder ohne Obdach. Sie hatte ihre Wahl getroffen.
Kitty blickte zu den Bergen, als könne ihre feste, zeitlose Präsenz sie beruhigen. Aber dann erfasste eine Welle der Verzweiflung sie. Sie brauchte mehr als nur Theo in ihrem Leben. Er war einfach viel zu beschäftigt, um ihr Aufmerksamkeit zu schenken. Vielleicht würde ja alles anders, wenn erst einmal die drängenden Probleme des Erdnuss-Projekts gelöst waren. Vielleicht würde mit der Zeit ihre Liebe wieder aufblühen. Im Moment jedoch war sie zutiefst einsam. Wieder dachte sie an die Muttergottes, die ihr Kind im Arm hielt. Mit einem Baby wäre alles anders.
Mit der freudigen Vorstellung, Mutter zu sein, kam jedoch auch Angst. Dabei war Theos häufige Abwesenheit nicht Kittys einzige Sorge. Es hatte viele Gelegenheiten gegeben, bei denen sie schwanger hätte werden können. Sie waren jetzt schließlich schon seit sieben Jahren verheiratet. Sicher war die meiste Zeit vom Krieg überschattet gewesen. Sie waren ständig getrennt gewesen und hatten unter emotionaler Anspannung gestanden. Und auch die Jahre danach waren nicht einfach gewesen. Aber trotzdem, sie waren auf jeden Fall lange genug zusammen. Am besten gingen sie beide zum Arzt, um herauszufinden, was nicht stimmte. Kitty versuchte, sich zu erinnern, was für ein Facharzt Frank gewesen war. Obwohl, es spielte eigentlich keine Rolle – im Krankenhaus von Kon-

gara gab es auch Spezialisten. Sie würde einfach mit Theo darüber sprechen, ganz gleich, was Pippas Zeitschrift empfahl. Während sie die Abkürzung entlangfuhr, verspürte sie Erleichterung, gemischt mit bangen Gefühlen. Sie freute sich nicht auf das Gespräch mit Theo – die Vorstellung, ihn zu etwas drängen zu müssen, zu insistieren und zu argumentieren, verursachte ihr Magenschmerzen. Aber es musste sein. Langsam stieß sie den Atem aus. Jetzt, wo sie ihre Entscheidung getroffen hatte, wusste sie, was sie zu tun hatte. Und sie musste es bald tun. Bevor der Regen kam, die Gräben füllte und die Straßen überschwemmte – und alles mit sich riss, was ihm im Weg war.

12

Kitty kniete sich neben den Gefangenen. Vorsichtig wickelte sie den Verband von seinem Bein. Das Geschwür war fast verheilt – die Mullbinde ließ sich leicht abziehen und wies nur leichte Flecken auf.

»*Vizuri sana*«, sagte sie. Auf der schwarzen Haut waren keine Merkmale für eine Entzündung zu erkennen, die Wunde nässte auch nicht, und die Umgebung war nicht geschwollen. Sie drückte vorsichtig auf den Schorf und blickte den Häftling dabei fragend an.

Er lächelte. »*Hakuna maumivu.*« Kein Schmerz.

Kitty erwiderte sein Lächeln. Sie kannte seine Geschichte nicht – wusste nicht, wo er herkam, welches Verbrechen er begangen hatte. Sie kannte noch nicht einmal seinen Namen. Aber sie fühlte sich mit ihm verbunden. Ein solches Geschwür hätte leicht zu einer gewaltigen Infektion führen können. Er hätte sein Bein verlieren oder sogar sterben können. Sie hatten diese gefährliche Reise gemeinsam gemeistert.

»*Bahati nzuri*«, sagte sie nur. Ich wünsche dir alles Gute.

»*Na wewe pia, dada yangu.*« Das wünsche ich dir auch, meine Schwester.

Ohne zu humpeln, ging er weg. Als der nächste Patient sich auf den Behandlungsstuhl setzte, blickte Kitty durch das Zimmer zu Diana, die am Schreibtisch saß. Neben ihr stand Pater Paulo und auf der anderen Seite ein Häftling namens Chalula, der Englisch sprach, aber nicht schreiben konnte.

Ein grauhaariger Gefangener saß vor den dreien und diktierte einen Brief. Chalula übersetzte die Worte auf Englisch, und Diana schrieb sie unter Pater Paulos kritischen Blicken auf einen Block. Sie muss bestimmt müde sein, dachte Kitty. Sie war erst vor drei Tagen aus dem Krankenhaus entlassen worden, und sie waren schon seit zehn Uhr morgens hier, um bei der Essensausteilung zu helfen. Diana hatte alles mühelos bewältigt: die Mission, die Gefangenen, die vielen Menschen bei der Essensausgabe – und jetzt auch noch diese Arbeit. Sie war so dankbar, dass es Kitty gelungen war, Richard zu überreden, sie in Kongara zu lassen, dass sie gar nicht auf die Idee kam, sich zu beklagen.
Jetzt schrieb sie alles auf, die Stirn konzentriert gerunzelt. Langsam und sorgfältig malte sie die Buchstaben. Ab und zu hielt Pater Paulo sich eine Lupe vor die Augen, beugte sich über den Text und wies sie mit seinem knochigen Finger auf irgendeinen Fehler hin. Diana nickte und akzeptierte seine Korrektur. Sie benahm sich wie eine wohlerzogene Schülerin. Die Haare hatte sie zurückgesteckt, ihr blasses Gesicht war ungeschminkt. Auf Kittys Vorschlag hin trug sie Richards Buschkleidung. Bei ihrem angeborenen Sinn für Stil wirkten allerdings selbst diese Männersachen glamourös. Aber sie war sich dessen nicht bewusst, sie kümmerte sich nur um die Aufgaben, die sie übernommen hatte. Konzentriert schrieb sie, die Zungenspitze im Mundwinkel.
Kittys nächster Patient hatte einen juckenden Hautausschlag um die Handgelenke herum. Er kannte die Ursache, und Kitty auch. Er hatte Milben unter der Haut. Es war jedoch keine Krätze – er hatte kleine entzündete Stellen dort, wo er sich gekratzt hatte. In Janets Notizen stand, dies sei ein Zeichen für ein tieferliegendes Gesundheitsproblem: das Immunsystem des Mannes war schwach. Kitty schrieb eine No-

tiz für die Wachen, die sie dem Gefängnisarzt bringen sollten. Der Mann musste richtig untersucht werden. Kitty hatte keine Ahnung, ob das auch wirklich geschah – der örtliche Amtsarzt ging kaum ins Gefängnis in Alt-Kongara. Er war froh, dass die katholischen Missionare seinen Job erledigten.

Kitty gab dem Häftling ein Stück Anti-Parasiten-Seife und wies ihn an, sich am ganzen Körper damit zu waschen und den Schaum auf der Haut eintrocknen zu lassen. Als der Mann gegangen war, schrubbte sie sich gründlich die Hände mit Unmengen von Seife und Desinfektionsmitteln. Die Vorstellung, dass Insekten unter der Haut eines Menschen lebten, verursachte ihr ein Jucken am ganzen Körper.

Es gab eine kurze Pause, weil die Wachen sich nicht einig waren, wer als Nächstes dran war. Kitty setzte sich einen Moment und dachte an den gestrigen Abend. Die Bilder kehrten scharf und schmerzlich zu ihr zurück.

Angespannt und nervös hatte sie auf Theos Heimkehr gewartet. Sie hatte beschlossen, mit ihm über ihre Sorgen zu sprechen, dass sie noch nicht schwanger geworden war. Sorgfältig hatte sie ihre Rede vorbereitet. Sie wollte sich klar ausdrücken, ohne ihn jedoch zu etwas zu drängen. Aber als Theo endlich eine Stunde zu spät nach Hause kam, merkte sie sofort, dass er getrunken hatte. Er sprach verwaschen, und als er die Treppe zur Veranda hinaufkam, stolperte er. Er ging schnurstracks zum Getränkewagen, schob Gabriel beiseite und schenkte sich einen doppelten Whisky ein.

Der Diener wechselte einen Blick mit Kitty. In seinen Augen stand eine Mischung aus Verachtung und Angst – ein Boss, der betrunken war, war mitleiderregend und gefährlich zugleich. Sie hatte Gabriel ein Zeichen gegeben, er solle sich in die Küche zurückziehen.

Theo hatte den Whisky hinuntergekippt und dann einen Gin Tonic für seine Frau gemacht. Stumm hatte Kitty ihn beobachtet. In England hatte sie Theo häufig trinken sehen – im Krieg tranken die Piloten gegen die Angst oder um die Erinnerung an ihre toten Freunde für ein paar Stunden auszulöschen. Niemand machte ihnen daraus einen Vorwurf. Auch Juri hatte manchmal zu viel Wodka getrunken – am Ende eines langen Abends war er manchmal ein wenig beschwipst gewesen. Aber dass Theo schon betrunken von der Arbeit kam, war etwas anderes. Als es zum ersten Mal passiert war, war Kitty nur schockiert gewesen. Als es sich jedoch wiederholte, wurde sie wütend. Sie hatte den ganzen Tag auf die Heimkehr ihres Mannes gewartet, und dann kam ein Fremder zur Tür herein, der ihr nicht gefiel. Gestern Abend war sie regelrecht verzweifelt gewesen. Wie konnte sie auch nur daran denken, ein Baby mit einem Mann zu bekommen, der trank?

Theo hatte ihr einen doppelten Gin eingeschenkt. Wenn er betrunken war, wollte er, dass sie auch trank, als ob das seinen Zustand erträglicher machte. Als sie abgelehnt hatte, hatte er ihr Glas heftig zurück auf den Getränkewagen geknallt, so dass der Gin ihm über die Hand schwappte. Aber er bemerkte es nicht.

Kitty hatte ihn im Wohnzimmer allein gelassen – er hatte sich bereits einen neuen Whisky eingeschenkt – und war ins Bett gegangen. Sie hatte zwar Hunger, konnte es jedoch nicht ertragen, Theo essen zu sehen, wenn er in diesem Zustand war. Das hatte sie schon einmal erlebt. Theo verschüttete und verstreute alles, behauptete dabei aber die ganze Zeit, er sei nüchtern – schuld war immer das rutschige Glas, der Krug, der zu dicht an seinem Ellbogen stand. Und natürlich Gabriel, der alles falsch machte.

Sie hatte wach gelegen und auf die Geräusche aus dem Esszimmer gelauscht. Sie konnte nur hoffen, dass ihr Mann nicht zu ihr kam, wenn er sein Saufgelage beendet hatte. Als sie schließlich die Tür zum kleinen Zimmer zuschlagen hörte, hatte sie erleichtert aufgeatmet. Aber trotzdem konnte sie noch lange nicht einschlafen. Stundenlang hatte sie an die Decke gestarrt, in der bereits zahlreiche winzige Risse waren. Schließlich waren ihr Tränen in die Augen getreten und über ihr Gesicht ins Kissen gelaufen.

Als die erste Träne geflossen war, gab es kein Halten mehr. Stundenlang hatte Kitty geweint. Heute Morgen hatte sie Hamamelis auflegen müssen, um ihre roten, verquollenen Augen zu beruhigen. Es hatte wohl gewirkt, da niemand etwas gesagt hatte, aber Kitty litt immer noch unter leichten Kopfschmerzen. Sie drückte sich die Hände gegen die Augenlider, während sie auf ihren Patienten wartete, und massierte ihre Schläfen. Da hatte sie Diana hierhergebracht, damit sie ihre Probleme vergaß, und jetzt brauchte Kitty die gleiche Therapie. Sie stand auf und blickte sich im Raum um – in dieser neuen Umgebung, an diesem neuen Tag.

Nichts konnte von der Szene gestern Abend weiter entfernt sein. Hier war die Atmosphäre entspannt und geschäftig. Pater Remi kramte in seinem Medikamentenschrank. Die Häftlinge, die noch darauf warteten, dass sie an die Reihe kamen, blieben höflich und geduldig. Die Wachen waren entspannt. Eine der Nonnen sang, während sie den Abwasch erledigte.

Kitty blickte zum Schreibtisch. Der alte Häftling war jetzt gegangen, und an seiner Stelle saß einer der jüngsten Gefangenen, die Kitty hier je gesehen hatte. Er war eigentlich noch ein Kind. Er sagte etwas auf Swahili zu Pater Paulo, starrte dabei aber die ganze Zeit die weiße Frau an, die den Kugel-

schreiber in der Hand hielt. Nach einer Weile übersetzte Chalula.
»Aber das ist ja schrecklich!«, rief Diana. »Das ist doch ein klarer Fall von Verwechslung. Da muss doch etwas getan werden.«
»Wir können ja eine Petition an den Distriktbeauftragten schicken«, schlug Chalula vor.
»Aber der Junge dürfte gar nicht hier sein«, sagte Diana. »Er ist unschuldig. Um Himmels willen, er ist doch noch ein Kind!«
Der Junge ließ den Kopf sinken. Nach ein paar Minuten begannen seine Schultern zu beben. Chalula übersetzte, was er unter Schluchzen sagte. Kitty konnte ihn nicht hören, aber die Wirkung auf Diana war deutlich zu sehen. Sie beugte sich vor und ergriff den Jungen am Arm.
»Keine Sorge. Ich werde dir helfen. Ich werde diesen Brief persönlich übergeben. Wenn der DC nicht eingreifen will, fahre ich persönlich nach Daressalam und gehe zu seinem Vorgesetzten.«
Murmelnd übersetzte Chalula. Als ihm die Bedeutung von Dianas Worten aufging, hob der Junge den Kopf. Auf seinem Gesicht sah Kitty Sehnsucht und Angst – und dann leuchtete Hoffnung auf.
»Wenn es sein muss«, erklärte Diana, »gehe ich mit diesem Fall bis zum Kolonialamt in London.«
»Londoni?«, fragte Chalula.
»Nein – ich meine das *richtige* London, in England. Wo der König wohnt.«
»Ah!« Beeindruckt gab Chalula die Worte weiter.
Kitty beobachtete Dianas Gesicht. Ihre Augen leuchteten vor Leidenschaft und Sorge. Ihr eigener Kummer wurde zurückgedrängt vom Alptraum einer anderen Frau: Irgendwo gab es

eine Mutter, deren Sohn – noch ein Kind – aus seinem Dorf verschleppt, fälschlich eines Verbrechens angeklagt und mit Kriminellen eingesperrt worden war. Das Schicksal hatte ein unschuldiges Opfer gefunden. Aber dieses Mal konnte Diana etwas unternehmen.

Kitty lächelte bei dem Gedanken. Diana konnte den Status als Richards Frau perfekt ausnutzen. Sie kannte alle wichtigen Männer – Mr. Strachey, der Ernährungsminister, war mehrmals ihr Gast gewesen. Mit ihrer Schönheit und ihrem Charme konnte Diana sie alle dazu bringen, Versprechungen zu machen.

Diana hielt kurz in der Arbeit inne und hob den Kopf. Sie warf Kitty einen Blick zu und nickte leicht. Erleichtert atmete Kitty auf – sie spürte, dass Diana genau dasselbe empfand wie sie, als sie am ersten Tag hier gewesen war. Kittys Plan ging bereits auf.

Der nächste Patient setzte sich vor sie auf den Stuhl. Kitty wischte sich mit dem Handrücken über die Stirn. Es war unerträglich schwül. Sie blickte sich um, weil auf einmal eine seltsame Spannung in der Luft lag. Und sie war nicht die Einzige, der das auffiel. Die Leute scharrten unruhig mit den Füßen. Die Männer, die neben den Türen und Fenstern standen, drehten sich um, um nach draußen zu spähen.

Ein aufgeregtes Raunen ging durch den Raum. Alle drängten auf einmal nach draußen – langsam zuerst, dann immer schneller. Als auch Kittys Patient aufstand und wegging, folgte sie ihm einfach.

Und draußen spürte und roch sie es.

Regen!

Die ersten großen Tropfen fielen. Staub stieg auf, als sie den Boden berührten. Die Abstände zwischen den einzelnen Tropfen wurden kürzer, bis es schließlich zu schütten begann.

Häftlinge, Wachen, Nonnen, die beiden Patres – alle standen draußen und hoben die Gesichter dem Himmel entgegen. Kitty gesellte sich zu ihnen. Innerhalb kürzester Zeit war sie völlig durchnässt – warmes Wasser lief ihr über die Haut. Instinktiv breitete sie die Arme aus und öffnete ihren Körper dem Regen. Um sie herum tanzten und sangen die Menschen und schrien vor Freude.

Immer heftiger prasselte der Regen herab, bis es beinahe beängstigend wurde. Laut trommelte er auf die Dächer und auf die leeren Benzinfässer, die am Rand des Vorplatzes gestapelt waren. Er rauschte auf den Tisch vor der Kirche.

Die Erleichterung war spürbar, der Regen wusch buchstäblich alle Angst vor Dürre und Hungersnot weg. Die Leute hier oben in den Hügeln hatten ihre Quelle, aber die Sträflinge und Wachen kamen von weiter weg. Sie dachten an ihre Heimatdörfer, wo jetzt die trockenen *shambas* bewässert wurden, ausgetrocknete Flussbetten und Wasserlöcher wieder gefüllt wurden. Kitty sah, wie ein Wächter voller Freude einen Häftling umarmte. Pater Paulo hing an Tesfas Arm, und die beiden alten Männer hüpften förmlich vor Freude. Chalula und Diana standen am Rand der Menge. Diana legte den Kopf in den Nacken und öffnete den Mund, damit das Wasser direkt hineinlaufen konnte.

Theo kam früh von der Arbeit. Er sprang aus dem Landrover, kaum dass er angehalten hatte, lief die Verandastufen hinauf und nahm Kitty in die Arme. Glücklicherweise hatte sie bereits gebadet und sich umgezogen.

»Wir haben mit dem Pflanzen begonnen!« Er klang wie ein Kind, das schulfrei hatte. »Es geht los!«

Kitty lächelte ihn an. Sie versuchte, sich die Szene vorzustellen, die sich am Hauptquartier abgespielt hatte, als die

ersten Regentropfen fielen. Allerdings bezweifelte sie, dass alle hinausgegangen waren, um vor Freude zu tanzen. Hatten sie eine Flasche Champagner geöffnet? Telegramme nach London geschickt? Hatten die Männer ihre Sekretärinnen geküsst?
Kitty und Theo standen auf der Veranda und blickten hinunter zu den Einheiten. Im Moment hatte es aufgehört zu regnen, und die Landschaft wirkte frisch und sauber. Man konnte die Reihen der speziell angepassten Traktoren auf den Feldern bei der Arbeit sehen. Sie säten Erdnüsse. Kitty stellte sich vor, wie aufgeregt die Arbeiter den Regen begrüßt hatten. Überall würde heute gefeiert werden, bei den Iren, Italienern und Griechen ebenso wie bei den Einheimischen. Die Clubs und Bars würden voll sein. Am hinteren Ende von Londoni würden auch Ahmed und die anderen Araber feiern, ebenso die Asiaten wie Mr. Singh, der Obst-und-Gemüse-Händler. Die Frauen der Arbeiter in den Baracken würden zweifellos tanzen. Was mochten die Prostituierten wohl machen?, fragte sich Kitty. Würden sie sich freinehmen, um den Regen zu feiern? Oder hatten sie heute Nacht so viel zu tun wie schon lange nicht mehr?
»Ich habe Hunger«, sagte Theo. »Komm, wir gehen direkt ins Esszimmer.«
»Ich sage Eustace Bescheid.« Als sie Theo nach drinnen folgte, überlegte Kitty, ob Theo wohl wusste, dass er gestern Abend zu weit gegangen war. Verzichtete er deshalb heute auf den Sundowner? Vielleicht hatte er sich auch jetzt, wo die Anspannung der letzten Wochen vorüber war, vorgenommen, sich ein bisschen zusammenzunehmen.
Theo rieb sich die Hände, als sie sich hinsetzten. »Montag! Genau wie ich mir gedacht hatte!« Er entfaltete seine Serviette und legte sie sich über die Knie. Dann blickte er auf, als ob

ihm gerade etwas einfallen würde. »Wie war es denn heute – in dieser Mission? Musstest du sehr lange bleiben? War es sehr schlimm?«
»Nein, es war in Ordnung«, erwiderte Kitty. »Wir haben zuerst in der Küche geholfen und riesige Töpfe voller *ugali* gekocht – das ist eine Art Porridge aus Weizenmehl. Und dann haben wir geholfen, es auszuteilen.«
»Nun, das klingt gut. Hat Diana sich benommen?« Bevor Kitty antworten konnte, wandte er sich ab. »Ah, da kommt ja Gabriel.« Er strahlte den Hausboy an, als er das Essen auf den Tisch stellte. »Guter Mann.«
Kitty verbarg ihre Enttäuschung darüber, dass Theo sich nicht wirklich dafür interessierte, wie sie ihren Tag verbracht hatte. Wenigstens war er glücklich und entspannt. Und es war ein wichtiger Abend.
Sie wartete, bis Gabriel sich zurückgezogen hatte. »Ich möchte mit dir sprechen, Theo«, sagte sie dann. »Es geht um etwas Ernstes.«
Er hob in gespieltem Entsetzen die Hände. »Was habe ich angestellt?«
Kitty holte tief Luft, dann begann sie zu reden – sie erzählte ihm, wie sehr sie sich ein Baby wünschte, dass sie wusste, dass es ihm nicht anders ging, und dass es mittlerweile endlich einmal passiert sein müsste.
»Du musst den Dingen Zeit lassen«, erwiderte Theo. Er nahm sich noch einen Löffel Corned Beef und goss weiße Sauce darüber.
Kitty legte ihm die Hand auf den Arm. Sie kam sich vor wie ein kleines Mädchen, das versucht, die Erwachsenen auf sich aufmerksam zu machen. »Theo, wir sind jetzt seit fast sieben Jahren verheiratet. Natürlich waren wir häufig getrennt. Und ... in der letzten Zeit hattest du sehr viel zu tun und

warst oft müde.« Theo warf ihr einen scharfen Blick zu, doch sie sprach tapfer weiter. »Aber ich denke, irgendetwas stimmt nicht. Ich möchte zum Arzt gehen. Und wenn es nichts mit mir zu tun hat, musst auch du zum Arzt.«
So – jetzt war es heraus. Sie hielt den Atem an, schockiert über ihre Kühnheit.
Theo starrte sie an. Dann schüttelte er ganz leicht den Kopf, als wolle er sich überzeugen, dass er wach war.
»Verstehe ich dich richtig? Ich soll über das ... Thema ... mit einem Arzt sprechen?«
Kitty nickte. »Im Krankenhaus gibt es Spezialisten. Du kannst dir einen Termin geben lassen.«
Theo stand auf. »Das kommt nicht in Frage, Kitty. Es erstaunt mich, dass du es überhaupt vorschlägst. Kannst du dir vorstellen, wie es für mich wäre, wenn bekannt würde, dass wir in dieser Hinsicht Probleme haben?«
»Der Arzt würde es sicher diskret behandeln.«
»In Kongara gibt es keine Geheimnisse, das weißt du doch. Es tut mir leid, Kitty. Die Antwort ist nein.«
Kitty senkte den Kopf. Ihre Haare waren ein wenig gewachsen, und die Locken fielen ihr ins Gesicht, aber ihre Tränen konnten sie nicht verbergen. Sie tropften aufs Tischtuch.
Theo trat neben sie und legte ihr den Arm um die Schultern. »Kitty, Liebling, reg dich nicht auf. Ich sage dir was – wenn bis zur Ernte nichts passiert ist, fahren wir nach Nairobi. Wie findest du das?«
Er lächelte sie an, erfreut über seinen Plan. Zumindest bot er ihr einen Kompromiss an, aber es frustrierte Kitty doch, wie sehr Theo darauf achtete, was andere von ihm dachten. Sie musste sich ins Gedächtnis rufen, dass das teilweise – sogar zu einem großen Teil – ihre Schuld war. Sie hatte ihn so tief und so öffentlich gedemütigt, dass er jetzt überempfindlich war.

Wieder einmal hatte sie das Gefühl, nicht das Recht zu haben, ihn zu drängen.
Sie rang sich ein Lächeln ab. »Danke.«
Danach schwiegen sie beide. Theo setzte sich wieder, schaute auf seinen Teller mit dem restlichen Kartoffelpüree und dem kleinen Häufchen von unbenutztem Salz am Rand. Die fröhliche Stimmung war zerstört. Und nichts war erreicht. Kitty war sich nicht sicher, ob Theo sein Angebot, nach Nairobi zu fahren, ernst gemeint hatte. Sie bedauerte, überhaupt den Mund aufgemacht zu haben. Um das Thema zu wechseln, sagte sie das Erste, was ihr einfiel.
»Wusstest du, dass der Affenbrotbaum vorhersagen kann, wann es regnet?«
Theo blickte sie verständnislos an. »Wer hat dir denn diesen Unsinn erzählt?«
Kitty wollte schon antworten, schüttelte dann jedoch den Kopf. »Jemand in der Mission. Wahrscheinlich stimmt es noch nicht einmal.«
Gabriel räumte die Teller des ersten Gangs ab und brachte die Bakewell-Torte. Als Theo sich über sein Stück Kuchen beugte, blickte Kitty an ihm vorbei durch das Fenster in den Garten. Sie konnte nur die beschnittenen Äste eines Frangipani-Baumes sehen. In den Gärten am Millionärshügel gab es keine Affenbrotbäume – sie waren viel zu primitiv und fremd, zu afrikanisch. Aber das hielt Kitty nicht davon ab, sich einen dicken Stamm vorzustellen, dessen runzelige Rinde tief gefurcht war. Massive Wurzeln drangen in die Erde. Sie ließ das Bild klarer werden, und ihr Schmerz und ihre Enttäuschung lösten sich auf. Es führte sie zurück in die Mission, wo der mächtige Affenbrotbaum neben der Kirche und dem Glockenturm stand. Wann mochten die weißen Blütenblätter sich wohl entfaltet haben? Noch ein Bild trat ihr vor Augen – ein

Mann, der unter dem Baum stand und nach oben schaute, sein Gesicht in silbernem Mondlicht gebadet. Er beobachtete das langsame Öffnen der Blüten. Neben ihm hüpfte sein Affe umher und warf wilde Schatten auf den Boden.

In den folgenden Wochen gewöhnten sich alle daran, im Regen zu arbeiten. Man wusste nie, wann ein heftiger Guss niedergehen würde. Der Regen kam, wann es ihm beliebte – und dann schien wieder die Sonne und trocknete die Pfützen, bis es erneut regnete.

Diana und Kitty fuhren jeden Montag, Mittwoch und Freitag zur Mission. Kitty fuhr mit ihrem Hillman, und sie musste ihr ganzes fahrerisches Können aufbieten, um das Fahrzeug durch den Schlamm zu manövrieren und den Weg entlangzusteuern, wenn es so heftig regnete, dass sie kaum etwas sehen konnte. Diana saß hinten – nicht, weil sie sich chauffieren lassen wollte, sondern weil sie es immer noch nicht ertragen konnte, neben dem Fahrer zu sitzen. Sie musste ihre Angst vor dem Autofahren erst noch überwinden.

Die Häftlinge nahmen ihre Mahlzeiten jetzt in der Kirche ein, dem einzigen Gebäude, das groß genug war, um sie aufzunehmen. Sie saßen auf den Bänken. In ihrer einfachen Baumwollkleidung wirkten sie wie ein seltsamer Mönchsorden, der statt aufgestickter Embleme aufgedruckte Nummern trug. Eingeschüchtert durch die Umgebung, redeten sie weniger als draußen. Wenn Kitty bei der Essensausgabe half, hatte sie das Gefühl, eine heilige Aufgabe zu erfüllen – eine Art von Sakrament. Manchmal hatten die beiden Frauen auch andere Pflichten – sie halfen in der Küche oder bei der Wäsche. Wenn es nicht regnete, arbeiteten sie manchmal im Garten. Aber nach dem Essen half Kitty immer bei der medizinischen Versorgung, und während sie das tat, saß Diana an ihrem Schreibtisch. Sie hatte schon Fortschritte gemacht. Ihr Brief über den jugendlichen Gefangenen war dem DC persönlich überreicht worden, und ein Berufungsverfahren fand statt. Jetzt traf sie sich mit dem Jungen, um mit ihm Briefe an seine Eltern zu schreiben. Sie konnte noch nicht viel Swahili, aber wenn Pater Paulo ihr die Wörter buchstabierte, konnte sie sie nach Diktat aufschreiben.

Taylor tauchte selten in der Mission auf. Wie alle anderen nutzte auch er den Regen. Wenn er Kitty begegnete, dann plauderten sie über den Garten, Gili, die Klinik oder die Weinberge. Manchmal jedoch, wenn sich ihre Blicke trafen, spürten sie die starke Anziehungskraft zwischen sich. Kitty fiel es schwer, sich abzuwenden, und wenn sie es doch tat, sah sie immer noch das Gesicht des Mannes, den Ausdruck in seinen Augen vor sich. Sie spürte die Gefahr in ihrer Freundschaft – das war schon bei ihrer ersten Begegnung, als er das Wasserrohr repariert hatte, so gewesen. Ihr war klar, dass sie sich in sicherer Distanz zu ihm halten sollte. Und doch hielt sie jedes Mal Ausschau nach ihm, wenn sie wusste, dass er in der Mission war. Sobald sich die Gelegenheit ergab, versuchte sie, mehr über ihn herauszufinden – beiläufig, um nicht zu viel Interesse zu verraten. Sie fragte Pater Paulo nach seinem Vornamen und erfuhr, dass er sich seit dem Tod seines allseits bewunderten Vaters nur mit dem Nachnamen anreden ließ, den sie beide gemeinsam hatten. Auch seine Mutter war sehr geachtet gewesen, von den Priestern ebenso wie von den Afrikanern. Kitty erfuhr, dass Taylor in Nairobi zur Schule gegangen war und später in Europa studiert hatte. Tesfa bemerkte einmal, er sei ein sehr guter Schachspieler und lese viele Bücher …

Gili war immer der Erste, der Taylors Ankunft ankündigte. Er kam immer direkt zu Kitty. Wenn sie die Häftlinge medizinisch versorgte, saß er zu ihren Füßen und spielte mit den Enden der Verbände, die sie abwickelte. Wenn sie Essen ausgab, bestand er darauf, auf dem Tisch neben den Kochtöpfen zu sitzen. War jemand in der Nähe, dem er vertraute, konnte er ziemlich selbstbewusst, ja sogar frech sein. Einmal gab es einen kleinen Aufruhr, als er eine Handvoll *ugali* von einem der Teller klaute. Als der Sträfling, dem der Teller gehörte, sich darüber beschwerte, sprang Gili dem Mann auf die Schulter und schmierte ihm den Maisbrei in die Haare. Kitty sah entsetzt zu. Jetzt wusste sie, wie ihre Mutter sich gefühlt hatte, wenn die Jungs in der Öffentlichkeit Unsinn angestellt hatten. Erst später, als sie schon in der Ambulanz arbeitete, konnte sie über den Vorfall lächeln.

An den Tagen, an denen Kitty und Diana nicht in die Mission fuhren, gingen sie weiterhin in den Club. Dies gehörte zu der Vereinbarung, die sie mit ihren Ehemännern getroffen hatten. Dr. Meadows und Schwester Edwards hatten Stillschweigen über Dianas Aufenthalt im Krankenhaus bewahrt, und alle glaubten, sie habe einen Anfall von Sumpffieber gehabt, eine Komplikation von Malaria. Die Damen waren davon überzeugt, dass die Angst, ernsthaft zu erkranken, ein seltsames Verlangen bei Diana geweckt hatte – typisch für sie, da sie nie etwas Halbes tat –, anderen zu helfen. Deshalb leisteten Kitty und Diana jetzt wohltätige Arbeit in der katholischen Mission. Natürlich war das merkwürdig, aber niemand war in der Position, in Frage zu stellen, was Mr. Armstrong offensichtlich gestattet hatte. Vor allem Alice schwankte zwischen Eifersucht auf Kitty, die an diesem wahnsinnigen Unterfangen beteiligt sein durfte, und der Freude darüber, nicht von Diana als Gefährtin berufen worden zu sein.

Die Frauen tranken Kaffee, lasen sich gegenseitig Zeitschriftenartikel vor und entwickelten Pläne für gesellschaftliche Ereignisse, wie sie es immer getan hatten. Der Weihnachtsball wurde diskutiert. Wie viele Weihnachtslieder sollte der Schulchor singen? Sollten die Kinder Schuluniformen oder festliche Kleidung tragen? Jemand musste den Weihnachtsmann spielen, erklärte Alice, und das Kostüm, das letztes Jahr aus London geschickt worden war, war immer noch nicht aufgetaucht. Kitty merkte, dass Diana die ganze Zeit über beobachtet wurde. Alle – von Alice und Evelyn bis hin zu Pippa und Eliza – waren fasziniert davon, wie sie sich verändert hatte. Diana schlang nicht mehr große Mengen an Süßigkeiten herunter und verschwand dann auf der Toilette. Sie war ausgeglichen und konnte sich viel besser auf Alices Terminpläne konzentrieren. Wenn sie auf Richards Konto im Club unterschrieb, dann schrieb sie ihren Namen sauber und lesbar. Und besonders bizarr war, dass sie an einem der Tische am Pool saß und mit einem altmodischen Füller Schönschrift übte. Außenstehende würden wahrscheinlich annehmen, dass sie von ihrer Krankheit geheilt war, dachte Kitty – dass sie einfach normaler, mehr wie die anderen, geworden war. Aber Kitty wusste, dass es in Wahrheit ganz anders war: Diana war immer noch witzig und schlagfertig. Aber ihr wirkliches Leben spielte sich jetzt auf einer anderen Bühne ab.

Was das Erdnuss-Projekt anging, so währte die Erleichterung über den Regen nur kurze Zeit. Wo der Boden vorher so hart wie Beton gewesen war, war er jetzt weich wie Pudding. Die Traktoren sanken bis zu den Achsen ein, und auch die Fahrzeuge, die sie aus dem Schlamm ziehen sollten, fuhren sich fest. Und in der Zeltsiedlung im Herzen von Kongara waren die Abflussgräben bis zum Rand gefüllt und drohten überzulaufen. Inmitten all dieser Probleme mussten die letzten Erdnuss-Schösslinge dringend in die Erde gebracht werden. Diese ersten Regenfälle der Saison dauerten nie lange. Der große

Regen würde erst später kommen und die Pflanzen bis zur Ernte mit Wasser versorgen. Aber nur, wenn sie auch gesetzt wurden …

Die Probleme waren so bedrückend, dass Theo sich noch nicht einmal mehr bei Kitty beschwerte. Schweigend und düster kam er nach Hause und berichtete nur, wie viele Setzlinge bis dato gepflanzt worden waren – anscheinend gab es im Hauptquartier eine Strichliste. Als die hektische Zeit der Pflanzungen vorbei war, wandte er seine Aufmerksamkeit den Setzlingen zu, die ausgetrieben hatten. An den Zahlen merkte Kitty, wie katastrophal die Lage war.

Das einzige Gesprächsthema, an dem Theo sich erfreuen konnte, war die Aussicht, mit Lady Charlotte Welmingham zusammenzuarbeiten. Leider schien sie nicht so schnell nach Kongara kommen zu können, wie Theo gehofft hatte. Aber sie wollte immer noch kommen. Er klammerte sich an das Datum ihrer Ankunft, als ob dann wie durch Magie alle seine Probleme gelöst würden. Kitty war hin- und hergerissen zwischen Eifersucht auf die andere Frau, die ihm anscheinend wichtig war, und dem sehnlichen Verlangen, dass Theos Stimmung sich endlich wieder besserte. Sie stellte Theo Fragen über die Honig-Expertin, um sich ausmalen zu können, was für ein Mensch sie war. Da er vage blieb – er sagte nie, sie sei schön, schlank, witzig oder ein guter Kumpel –, tröstete Kitty sich mit dem Gedanken, sie sei vielleicht übergewichtig oder unattraktiv. Vielleicht hatte sie starke Knochen, sah aus wie ein Pferd, mit vorstehenden Zähnen. Oder sie hatte die spitzen Züge eines Windhundes. Da es klar war, dass Theo viel Zeit mit der Imkerin verbringen würde, konnte Kitty nur hoffen, dass sich dieses unattraktive Bild als wahr herausstellte.

13

Der Mercedes fuhr vom Missionsgelände und bog auf die Abkürzung ein, die durch das Dorf führte. Es hatte aufgehört zu regnen, und der Boden war fest und trocken, aber James fuhr trotzdem vorsichtig zwischen den Lehmhütten hindurch. Er hatte die beiden Frauen heute früh zur Arbeit gebracht, weil Kittys Hillman nicht angesprungen war. Kitty war überrascht gewesen, wie bedacht er darauf war, einzuspringen, da er immerhin mit dem kostbaren Auto über Feldwege fahren musste. In der Mission angekommen, hatte er sie erneut überrascht; statt wie sonst beim Auto zu bleiben, hatte er Tesfa gebeten, ihn herumzuführen. Während ihrer Arbeit hatte Kitty die beiden ab und zu gesehen – Tesfa hielt an jedem halbwegs interessanten Punkt lange Vorträge, und James hörte aufmerksam zu. Schließlich begriff Kitty, was den Mann so fesselte. Seit fast sechs Wochen fuhr Diana nun zur Mission. Richard war einverstanden gewesen, dass seine Frau nach der Probezeit weiterhin dort arbeitete. Zweifellos hatte James gerüchteweise gehört, was sie dort tat. Und jetzt wollte er selbst diesen Ort sehen, der seine Herrin von dem Zustand, ohne Freude zu sein, errettet und ihr das Leben wiedergeschenkt hatte.

Nach ihrem Arbeitstag fuhren sie nach Hause. Diana erzählte Kitty vom Fortschritt ihrer jüngsten Kampagnen. Es gab zwei weitere spezielle Fälle unter den Häftlingen. Einen Mann wollte sie wegen guten Betragens auf Ehrenwort freibekommen – er war einer der fleißigsten Arbeiter von Taylor.

Sie ermittelte auch im Fall eines Sträflings, der vor fünf Jahren wegen Mordes verurteilt worden war. Ärzte hatten erklärt, der junge Mgogo habe besonders stark auf ein Malaria-Medikament reagiert. In einer durch das Medikament verursachten Psychose hatte er seine geliebte Frau getötet. Und für dieses Verbrechen, an das er sich nicht erinnern konnte, musste er jetzt den Rest seines Lebens bezahlen. Diana fand, es sei grausam und ungerecht, ihn zu seinen seelischen Qualen auch noch die Haft erdulden zu lassen. Sie wollte, dass er freigelassen wurde.

Als sie den Dorfplatz überquerten, rannte wie gewöhnlich eine Schar von Kindern auf das Auto zu. Diana zuckte bei ihrem Anblick nicht mehr zusammen, aber Kitty sah, wie sie und James im Rückspiegel einen Blick wechselten. Heute kam ein kleiner Junge an den Mercedes gerannt und rief, sie sollten anhalten. Als James nur noch Schritttempo fuhr, kam auch ein Mädchen angelaufen. Sie trug ein Objekt, das Kitty zuerst nicht erkannte. Als sie es ihr jedoch entgegenstreckte, sah sie, dass es ein Affe aus Ton war. Die Skulptur – etwa dreißig Zentimeter hoch – zeigte das Tier, das gerade zum Sprung ansetzte und all seine Energie hineinlegte.

»Oh, sieh dir das an!« Diana beugte sich an Kitty vorbei aus dem Fenster, um die Figur näher betrachten zu können. »Es ist so lebensecht!«

Die Kinder drängten sich an Kittys Fenster. Als sie die Scheibe herunterkurbelte, hielten sie ihr die Figur hin.

»Wer hat sie gemacht?«, fragte Diana.

Aufgeregt zeigten die Kinder auf Kitty. Sie brauchten kein Englisch zu sprechen, um zu verstehen, wie die Frage lautete. Kitty nickte und betrachtete den Affen. Vor ein paar Tagen hatte sie ein paar Kindern zugeschaut, die an einem frisch gefüllten Bachbett gespielt hatten. Die rote Erde hatte sich in dicken Ton verwandelt, und sie modellierten daraus kleine Kühe. Kitty hatte zunächst gezögert, aber dann hatte sie sich zu ihnen gesetzt und mitgemacht. Das war schließlich keine Kunst – es waren Kindergartenspiele für Kinder, die noch nicht in der Schule waren. Die Kühe sahen alle etwa gleich aus: eine einfache, stilisierte Form. Aber Kitty wollte den Kindern zeigen, was sie noch alles mit dem Ton anfangen konnten. Sie nahm eine große Tonkugel und knetete sie so lange, bis sie glatt und formbar war. Und dann entwickelte sich Gilis Abbild in ihren Händen fast wie von selbst.

»Peleka nyumbani«, rief der Junge durchs Autofenster. Nimm sie mit nach Hause.

Sie reichten ihr die Figur. Der Ton war hart und trocken. Anscheinend war sie neben dem Kochfeuer aufbewahrt worden; eine Seite war leicht geschwärzt.

»Asante.« Kitty dankte ihnen, gerührt darüber, dass die Kinder so sorgfältig mit ihrer Figur umgegangen waren. Die Skulptur war überraschend gut gelungen, wenn man bedachte, dass sie nie eine Skizze von Gili angefertigt hatte. Als sie sie betrachtete, überlegte sie, ob sie sich vielleicht von Taylors Wandzeichnungen in seiner ehemaligen Zelle hatte beeinflussen lassen. Etwas an seinem Werk war ihr nicht mehr aus dem Sinn gegangen. Sie wusste, was es war: Jede einzelne Linie sprach davon, wie gut dieser Mann sein Haustier kannte und wie sehr er es liebte.

Sie dankte den Kindern noch einmal, dann fuhr James in Richtung Londoni. Die Affenfigur lag in ihrem Schoß, ein kleines, festes Gewicht.

»Ich wusste gar nicht, dass du eine Künstlerin bist«, sagte Diana.

»Oh, ich habe nur ein bisschen herumgespielt.«

»Du bist begabt«, beharrte Diana. »Und offensichtlich auch ausgebildet. Du warst bestimmt auf der Kunstakademie.«

Kitty blickte sie an, erwiderte aber nichts. Sie wünschte, sie könnte ihr die Wahrheit sagen – vor allem, seit Diana sich ihr anvertraut hatte. Aber wie sollte sie ihr erklären, dass es ein Geheimnis bleiben musste, dass sie Künstlerin war? Aber sie schüttelte nur den Kopf – schließlich war sie nicht auf der Kunstakademie gewesen; sie hatte einen Privatlehrer gehabt. Während Kitty aus dem Fenster auf die vorbeihuschende Landschaft blickte, spürte sie Dianas neugierige Blicke. Offensichtlich vermutete Diana, dass Kitty etwas verbarg – aber sie war zu höflich, um weiter in sie zu dringen.

James bestand darauf, Kitty bis vor die Veranda zu fahren, obwohl sie ihm sagte, sie könne leicht von nebenan zu Fuß gehen. Sie blieb stehen, ihre Affenfigur im Arm, bis das Auto weggefahren war.

Dann ging sie in den Garten hinter dem Haus und suchte nach einer versteckten Stelle. Schließlich wählte sie den Platz unter einem Bougainvillea-Busch. Die verschlungenen Zweige mit den violetten Blüten hatten eine natürliche Grotte gebildet, und der leuchtende Farbton der Blütenblätter passte zu der spielerischen Energie des Affen. Kitty vergewisserte sich, dass niemand sie beobachtete, dann schob sie die kleine Figur hinein. Sie trat zurück, rieb sich den rötlichen Staub von den Händen und betrachtete lächelnd ihr Werk. Dann eilte sie ins Haus, um sich umzuziehen.

Als sie die Diele betrat, merkte sie sofort, dass etwas anders war. Auf einem Beistelltisch stand eine Vase mit einem Strauß Blumen. Der Duft nach gebratenem Fleisch drang aus der Küche – was auch korrekt war, da es freitags immer Hühnchen gab. Heute allerdings roch es nach Rind oder Lamm, aber definitiv nicht nach Geflügel.

Gabriel huschte auf dem Weg ins Wohnzimmer durch den Flur, und Kitty folgte ihm. Hatte Theo vielleicht eine Über-

raschung für sie vorbereitet? Vielleicht wollte er ja wiedergutmachen, dass er in der letzten Zeit so distanziert und reizbar gewesen war. Oder es tat ihm leid, dass er sich bei dem Gespräch über ein Baby so unbeugsam gezeigt hatte …
»Was ist los, Gabriel?«
Der Hausboy stellte den Eiskübel, den er in der Hand gehalten hatte, ab und begann, die Flaschen auf dem Getränkewagen zu überprüfen. »Sie erwarten einen Gast, Memsahib. Jemand sehr Wichtigen. Der Bwana hat eine Nachricht geschickt.«
Kitty blickte ihn verwirrt an. Hatte er es ihr gesagt, und sie hatte es vergessen? Wer konnte das sein? Bis jetzt hatte sie noch keinen wichtigen Besuch aus London bewirten müssen – das war Dianas Aufgabe. Aber da die Frau des Generaldirektors in der letzten Zeit krank gewesen war, musste Theo jetzt vielleicht als Vertretung für die Geschäftsessen einspringen.
»Wer ist unser Gast? Wie heißt er?«
Gabriel grinste triumphierend. Offensichtlich genoss er es, mehr zu wissen als seine Herrin. »Sie ist eine Lady.«
Kitty starrte ihn an. Eine Lady.
Charlotte.
Panik stieg in Kitty auf. Sie fürchtete Lady Welminghams Ankunft so sehr, dass sie sie einfach verdrängt hatte. Und sie hatte nicht damit gerechnet, dass die Frau so plötzlich auftauchen würde. Warum hatte Theo ihr nicht gesagt, dass sie in Kongara war?
Sie nahm sich zusammen und setzte ein Lächeln auf. »Wie nett.« Dann musterte sie den Hausboy kritisch. »Zieh dich bitte vor dem Essen noch um. Dein Gewand sieht nicht ganz sauber aus.«
Gabriel senkte den Kopf. »Ja, Memsahib.«
Die Tunika war fleckenlos, das wussten sie beide – aber darum ging es nicht.

Lady Charlottes lange rote Haare schimmerten golden im Kerzenschein. Ihre Locken, die ihr bis auf die Schultern fielen, bildeten einen schönen Kontrast zum grünen Samt ihres Kleides. Selbst Kitty konnte sehen, dass die Frau perfekt zurechtgemacht war – ihre Perlenkette, das lange Kleid und dazu die offenen Haare trafen genau die richtige Note zwischen lässig und formell.

Kitty studierte die Frau, die angeregt mit Theo plauderte. Charlotte machte häufig Pausen, um zu rauchen, und hielt dabei eine lange Zigarettenspitze zwischen ihren manikürten Fingern. Sie hatte nur winzige Portionen der Mahlzeit gegessen, aber die Küche ausgiebig gelobt. Gabriel schwirrte um sie herum und bediente sie nach allen Regeln der Kunst.

»Kannst du dich noch an Billy Alston erinnern?«, fragte Charlotte gerade Theo. »Er war ein Jahr älter als ihr Jungs.«

Theo stöhnte. »Wir könnte ich ihn vergessen!«

»Er ist im Krieg ums Leben gekommen.«

Theos Miene erstarrte, aber er sagte nur ruhig: »Der arme alte Bill.« Kitty musste an den sachlichen Tonfall denken, mit dem er sie über die Toten in seiner Schwadron informiert hatte.

»Ja. Schrecklich.« Charlotte schnipste Asche in den Aschenbecher, der neben ihr stand.

Kitty dachte daran, die Frau zu fragen, was sie während des Kriegs gemacht hatte – in der Hoffnung, zu hören, dass sie zu Hause geblieben war, sich ihrer Stickerei gewidmet und Honig aus ihren Bienenstöcken gesammelt hatte. Aber sie hatte den leisen Verdacht, dass Charlotte berichten würde, sie habe Tag und Nacht als freiwillige Krankenschwester gearbeitet – vielleicht sogar in ihrem eigenen Zuhause, das sie freiwillig hergegeben hatten, damit es als Lazarett für verwundete Soldaten genutzt werden konnte. Sie konnte Lady Charlotte förmlich vor sich sehen, wie wundervoll sie in ihrer Schwesterntracht aussah …

Theo und Charlotte redeten und redeten. Kitty konnte sich nicht erinnern, wann sie Theo zuletzt so gesprächig erlebt hatte. Ab und zu warf Charlotte auch ihrer Gastgeberin ein Unterhaltungshäppchen hin – schließlich hatte sie ja Manieren. Aber bald schon wieder ging es um Leute, Ereignisse und Orte, von denen Kitty keine Ahnung hatte. Gelegentlich berührte Charlotte Theos Arm, um ihre Worte zu unterstreichen. Die beiden schienen sehr vertraut miteinander zu sein – offensichtlich fühlten sie sich wohl miteinander. Beide waren sie selbstbewusst, hatten den gleichen Akzent, die gleichen kleinen Gesten und Redewendungen. Sie hätten füreinander bestimmt sein können.

Während sie Charlotte beobachtete, fragte Kitty sich, ob Theo mit ihr darüber gesprochen hatte, dass der Skandal um seine Frau geheim gehalten werden müsse. Charlotte hatte bestimmt davon gehört – sie bewegte sich in den gleichen Kreisen wie die Hamiltons. Sie hatte bestimmt in der Zeitung davon gelesen, den Klatsch in den Londoner Clubs mitbekommen. Theo hatte ja heute Nachmittag bereits Gelegenheit gehabt, mit ihr zu reden – anscheinend verbrachten sie den ganzen Tag gemeinsam im Hauptquartier. Die Gespräche konnten aber auch schon früher stattgefunden haben – schließlich hatte er oft genug in England angerufen, um ihre Reise hierher zu planen. Und Charlotte hatte sicher eingewilligt, während ihres Aufenthalts in Tanganjika Stillschweigen darüber zu bewahren. Sie war ja, wie Louisa es formulieren würde, »eine von uns«.

Im Lauf des Abends unterhielten sich Theo und Charlotte mehr und mehr über das Leben in Londoni. Endlich hatte Kitty Gelegenheit, zur Unterhaltung beizutragen, und Charlotte reagierte herzlich. Dann jedoch wandten sie sich ernsthafteren Themen zu und sprachen über das Erdnuss-Projekt.

Statt nur, wie bei Kitty, all seine Frustration und seine Sorgen über seine Arbeit abzuladen, machte Theo sich die Mühe, alles so genau zu erklären, wie er es bei seiner Frau nie getan hatte. Er ließ seinem Gast sogar Zeit, Kommentare abzugeben und Fragen zu stellen. Das war nicht überraschend, sagte sich Kitty, schließlich war Charlotte ja hierhergekommen, um mit Theo und den anderen Männern zusammenzuarbeiten. Trotzdem fühlte sie sich verletzt und übergangen.
»Du liebe Güte, ist es schon so spät?«, rief Charlotte schließlich aus. »Ich muss in die Schuhschachtel zurück.« Sie verzog spielerisch das Gesicht, um anzudeuten, dass ihre Unterkunft so weit unter ihrem Standard lag, dass es schon komisch war – dass sie jedoch gute Miene zum bösen Spiel machte.
Sie verabschiedeten sich voneinander. Kitty sprach ihren Gast immer noch mit Lady Welmingham an. Sie wusste – Theo hatte es ihr vor Jahren einmal gesagt –, dass sie den formellen Titel nur weglassen durfte, wenn sie dazu aufgefordert worden war. Und diese Geste war nicht erfolgt.
Theo bestand darauf, Charlotte nach Hause zu begleiten, obwohl sie angeboten hatte, sich mit dem Fahrer als Begleitung zu begnügen. Als er sie aus dem Zimmer geleitete, lag seine Hand hinten auf ihrem Rücken. In der anderen Hand hielt er den Schal der Frau: ein honiggoldenes Gespinst, das sicher auf den Beruf der Imkerin hinweisen sollte. Charlotte schwankte ein wenig beim Gehen – vielleicht, weil sie so viel Wein getrunken hatte, vielleicht aber auch wegen der hohen Absätze ihrer goldenen Pumps. Der Samt ihres langen Kleides spannte sich bei jedem Hüftschwung schimmernd um ihren Körper.
Kitty stand auf der Veranda und blickte den roten Rücklichtern des Landrovers nach, bis sie verschwanden. Am liebsten wäre sie nicht mehr hineingegangen, wo noch der Zigarettenrauch in der Luft hing, zusammen mit dem Duft nach Char-

lottes teurem Parfum. Stattdessen ging sie die Treppe hinunter und um die Seite des Hauses herum. Warmes Licht flutete aus den Fenstern und gab dem Haus das Aussehen eines echten Zuhauses – ein Ort, wo Kinder in ihren Betten schliefen, unter Bettwäsche, die mit Zügen oder Feen gemustert war. Kitty drehte dem Haus den Rücken zu und blickte in den dunklen Garten. Wie von selbst trugen ihre Füße sie zu dem Bougainvillea-Busch. Sie hockte sich davor und betrachtete die kleine Statue, auf die das Licht aus der offenen Küchentür fiel.

Da war er. Gili. Kitty dachte daran, wie viel Freude es ihr gemacht hatte, seinen Körper zu modellieren, welchen Triumph sie empfunden hatte, diesen freien Geist in Ton einzufangen. Der Akt hatte ihr das Gefühl gegeben, zutiefst lebendig zu sein – sie war erfüllt gewesen von frischer Energie.

Davon spürte sie jetzt nichts mehr. Sie fühlte gar nichts.

Versonnen blickte sie auf die Statue. Der Affe hatte die Gestalt eines Kindes. Klein und verletzlich. Er hatte keine Chance, zu überleben, wenn die nächsten Regenfälle kamen. Der Ton war getrocknet, nicht richtig gebrannt worden. Selbst in seinem Blumenversteck würde das Wasser ihn finden, und er würde sich langsam auflösen. Bis zur Erntezeit würde er nur noch ein formloser Klumpen ohne jede Magie sein.

14

In der Kirche war es friedlich. Die Sonne schien durch die hohen Fenster, im Glockenturm gurrten Tauben. Pater Remi und Kitty polierten die Bänke, so dass das Holz schimmerte. Ab und zu stießen sie auf getrockneten Kot von den Hühnern, die als Sonntagsgabe mit in die Messe gebracht worden waren. Oder sie fanden Flecken von vertrocknetem Maisbrei, der von den Tellern der Häftlinge gefallen war, als sie wegen des Regens hier drinnen gegessen hatten.
Kitty rieb mit ihrem Lappen in einem stetigen Rhythmus. Sie hoffte, einen überzeugend ruhigen Eindruck zu vermitteln. Kurz blickte sie zu Pater Remi, der in der nächsten Bankreihe arbeitete. Er wirkte völlig entspannt, so vertieft in seine Arbeit, dass er Kitty kaum wahrnahm – vielleicht betete er oder rezitierte lateinische Texte.
Kitty wandte sich zur Muttergottes – sie wünschte, sie könnte sein wie sie. Die Jungfrau Maria war rein und klar bis tief in ihr weißes Herz – wohingegen Kitty brodelnder Morast dunkler Emotionen war, die sie so überwältigten, dass sie kaum Luft bekam. In ihrem Kern steckten Wut und Eifersucht, an den Rändern das Gefühl von Verlust und Enttäuschung. Und das alles war eingehüllt in harte, schwarze Schuld.
Sie wusste nicht, warum ihre Gefühle gerade jetzt hochgekocht waren. Vielleicht hatte es etwas mit Charlottes ständiger Anwesenheit bei ihnen zu Hause zu tun. In der letzten Zeit war Kitty kaum noch mit Theo allein. Charlotte war erst

seit ein paar Wochen da, aber es kam ihr bereits vor wie Monate. Gestern Abend, als Theo gegangen war, um Charlotte wie üblich in die Schuhschachtel zu begleiten, hatte Kitty absichtlich einen Teller von Cynthias Geschirr auf den Boden fallen lassen. Dann hatte sie eine Tasse und eine Untertasse zerschmettert. Beim Anblick der Scherben hatte sie gelacht. Aber als sie sie zusammengekehrt hatte – hastig, falls Theo wider Erwarten sofort wieder zurückkommen würde –, war sie in Tränen ausgebrochen. Vielleicht war sie es einfach leid, alles immer unter einen Hut zu bringen. Die Geheimnisse, die Lügen, die Regeln. Die Dinge, die man nicht sagen durfte. Es ging nun schon so lange …

Auf einmal wurden ihre Bewegungen langsamer. Sie versuchte, sich dazu zu zwingen, weiterzuarbeiten, aber ihre Hände wollten nicht mehr.

Der Dielenboden knarrte, als Pater Remi plötzlich aufstand und sagte: »Lassen Sie uns ein bisschen Obst pflücken.«

Kitty blickte ihn überrascht an, nickte aber dankbar. Sie war froh, an die frische Luft zu kommen – und vielleicht würde eine neue Aufgabe sie ablenken.

Sie folgte dem Pater nach draußen. Er ging zum Schuppen, in dem die Körbe verstaut waren, holte jedoch keinen heraus, sondern führte Kitty direkt zur Bank unter dem Pfefferbaum. Dort setzte er sich.

»Wollen wir nicht Obst pflücken?«, fragte Kitty.

»Nein.« Weiter sagte er nichts. Er wartete, den Blick in eine unbestimmte Ferne gerichtet.

Kitty begriff, dass er Raum für ein Gespräch hatte schaffen wollen; und jetzt lag es an ihr.

Sie spürte, wie sich die Worte förmlich aus ihr herausdrängten. »Ich muss mit Ihnen sprechen«, sagte sie. »Als Priester. Können wir hier draußen reden?«

Pater Remi machte eine weit ausholende Geste auf die Landschaft. Der Regen hatte die Sträucher um die Weinberge und Gärten grün werden lassen. Alles war voll mit neuem Leben. »Für mich gibt es keinen besseren Ort«, sagte er.
Kitty schwieg einen Moment lang. Ihre Gedanken glitten in die Vergangenheit. Ihre Erinnerung war so klar, dass sich die fünf Jahre wie nichts anfühlten. Gesichter, Stimmen, Gerüche – alles kam wieder. Sie holte tief Luft. Und dann war sie bereit.

Die Morgensonne schien durch die Fenster des Gartenhauses und warf goldenes Licht über den Esstisch. Kitty zupfte an den Spitzenkanten ihrer Serviette, während sie darauf wartete, dass Louisa und der Admiral ihr Frühstück beendeten. Als Louisa sich endlich erhob, folgte Kitty sofort ihrem Beispiel. »Ich gehe Juri besuchen«, sagte sie. »Ich bin zum Mittagessen nicht da.«
Sie sah ihren Schwiegereltern an, dass sie versuchten, sich eine Aufgabe für sie auszudenken, die sie aufhalten würde; sie hatten anscheinend Freude daran, sie zu beschäftigen, wenn sie zu Besuch kam, obwohl immer noch einige Bedienstete alle Arbeiten für sie erledigten. Kitty eilte zur Tür, und bevor Louisa oder der Admiral die Chance hatten, etwas zu sagen, war sie verschwunden.
Sie war froh, entkommen zu sein. In den großzügigen Räumen des Herrenhauses waren Theos Eltern schon dominant genug; aber im Gartenhaus mit ihnen, umgeben von viel zu vielen großen Möbelstücken, hatte Kitty das Gefühl zu ersticken. Und obwohl sie laut ihr Missvergnügen darüber zum Ausdruck brachten, wenn sie nicht genug Zeit mit ihnen verbrachte, zeigten sie an den wenigen Wochenenden, wenn es Kitty gelang, die lange Reise von Skellingthorpe zu machen,

kein wirkliches Interesse an ihrem Leben. Sie fragten sie nie nach Neuigkeiten; sie wollten noch nicht einmal wissen, wie Theo bei der Air Force zurechtkam. Die ganze Zeit über beklagten sie sich nur über ihre beengten Wohnverhältnisse oder wiesen darauf hin, wie stolz sie waren, dass Hamilton Hall zu den Kriegsbemühungen beitrug. Während ihrer Besuche konnte Kitty nur dasitzen und an den richtigen Stellen nicken und lächeln.

Gerade als Kitty den Garten durchqueren wollte, rief Mrs. Ellis – die Köchin, die schon seit Jahrzehnten bei den Hamiltons diente – sie an die Küchentür.

»Besuchen Sie Ihre Königliche Hoheit?«, fragte sie.

Kitty lächelte sie an. »Wie haben Sie das erraten?« Aber sie kannte die Antwort bereits. Mrs. Ellis wusste, dass sie jede Gelegenheit wahrnahm, um zu Juri zu gehen.

»Ich habe eine Kleinigkeit für ihn.« Mrs. Ellis lief in ihre Küche und kam mit einem Korb zurück. Ein wunderbarer Duft nach Butter stieg auf, als sie ihn Kitty reichte. Auf einer Platte im Korb lag ein Kirschkuchen, mit Puderzucker bestäubt.

»Er wird entzückt sein«, sagte Kitty.

Mrs. Ellis' Gesicht hellte sich auf. Sie hatte es immer als Privileg betrachtet, »für unseren Prinzen« Kuchen zu backen, als er noch im Gartenhaus wohnte, und jetzt, wo er im Dorf wohnte, schickte sie ihm kleine Köstlichkeiten, wann immer sie konnte. Irgendwie gelang es ihr stets, die notwendigen Ingredienzien von der Familienration der Hamiltons abzuzweigen.

Kitty winkte der Köchin zu und wandte sich zum Gehen. Sie eilte an den Gemüsebeeten vorbei in den hinteren Teil des Grundstücks. Das Herrenhaus und die Soldaten mied sie lieber. Mit all den Trucks und Jeeps, die vor dem großen Gebäude standen, wirkte der Ort noch gewaltiger als zu der Zeit, wo die Familie dort gelebt hatte.

Kitty eilte rasch weiter, der Korb schwang an ihrem Arm. Bis zum Dorf war es ziemlich weit. Als Juris Cottage schließlich in Sicht kam, stieg Vorfreude in ihr auf. Jetzt konnte sie endlich ein paar Stunden mit ihrem alten Freund verbringen.
Sie klopfte an die Haustür, deren leuchtendes Rot zu der Farbe der Fensterläden passte. Es dauerte ein paar Minuten, bis Juri die Tür öffnete. Kitty stellte sich vor, wie er verärgert seufzte, weil er den Pinsel aus der Hand legen musste. Er erwartete sicher niemanden, und er hasste es, unterbrochen zu werden.
Seine Miene war feindselig, als er die Tür öffnete. Er stopfte sich gerade noch die Hemdzipfel in die Hose.
»Kitty!«
Sie hatte kaum Zeit, den Korb abzustellen, da riss er sie auch schon in seine Arme.
So blieben sie einen langen Moment stehen. Kitty ließ den Kopf an Juris Schulter sinken. Es war etwas unendlich Zärtliches in der Art, wie er sie umarmte. Nicht wie die Berührung eines Liebhabers, sondern eher so, wie Kitty sich einen liebevollen Vater vorstellte. Allerdings nicht ihren eigenen Vater. Seine liebevollste Geste hatte darin bestanden, seiner Tochter durch die Haare zu fahren.
»Komm herein, komm herein.« Juri tanzte vor ihr her. Er zog sich das Hemd wieder über den Kopf, so dass er nur noch mit seiner alten Hose bekleidet war, in deren Bund der vertraute Lappen voller Farbflecken steckte. »Ich hoffe, ich habe dein Kleid nicht mit Farbe beschmutzt.« Lächelnd drehte er sich um. »Nein, ich hoffe, ich habe es schmutzig gemacht. Du bist viel zu elegant. Du siehst aus wie deine Schwiegermutter.«
»Nein, das stimmt nicht!«, protestierte Kitty. Sie hatte sich für ihren Ausflug besonders sorgfältig angezogen und ein Baumwollkleid mit Blumenmuster gewählt. Es war sommer-

lich und leicht und vermittelte ihr ein Gefühl der Frische und Sorglosigkeit.

»Das war nur ein Scherz. Du siehst reizend aus wie immer.«

Sie unterhielten sich sofort wieder, als seien sie nie getrennt gewesen und lebten immer noch als winzige Familie zusammen. Kitty konnte sich nicht daran gewöhnen, Juri in dieser fremden Umgebung zu sehen – sie war erst zum dritten Mal hier. In dem Zimmer, das er als Atelier benutzte, hatte er den Boden und die Möbel mit Staublaken abgedeckt. Der Raum bekam dadurch eine zeitlose, traumähnliche Atmosphäre.

Auf der Staffelei stand eine Leinwand, von der er das alte Bild abgekratzt hatte – ein misslungenes Gemälde, das neu geboren wurde. Kitty fragte sich unwillkürlich, was – wen – Juri als Nächstes malen würde. Sie beneidete ihn um das Gefühl des Abenteuers, das eine neue Leinwand vermittelte. In der Wohnung in Skellingthorpe zeichnete sie manchmal – mehr nicht. Die Wohnung war zu klein für ein Atelier, und außerdem hatte sie kaum freie Zeit, weil sie ja als Freiwillige arbeitete. Und abgesehen davon, kam es ihr auch frivol vor, sich damit zu beschäftigen, weil sie ja ständig mit Piloten zusammen war, die jeden Tag ihr Leben riskierten.

In England hatten viele Kunstschulen geschlossen. Das Slade war bombardiert worden, die prächtigen alten Gebäude waren zerstört, die edlen Statuen zerschmettert – *The Times* hatte ein Foto der Zerstörung abgebildet. Viele Künstler leisteten freiwillige Arbeit, so wie Kitty. Aber andere, wie Juri, arbeiteten weiter. Es gab immer noch Ausstellungen oder Artikel über Kunst, und die Menschen kauften und verkauften Kunst immer noch. Das gehörte zu den Merkwürdigkeiten der Kriegszeit. Picasso lebte in Paris unter deutscher Besatzung – aber er hörte nie auf, zu malen und sein Entsetzen über den Krieg auszudrücken. Juri bewunderte seinen alten Freund dafür, aber in seiner eigenen Kunst hielt er sich von dem Thema fern. Er kämpfte immer noch damit, die menschliche Gestalt darzustellen. Kitty fragte sich, ob vielleicht seine Erfahrungen während der Russischen Revolution dazu geführt hatten, dass er sich von diesem neuen Krieg fernhielt. Er konnte ihn nicht ertragen.

»Hast du Hunger?«, fragte Juri.

Sie lachten beide. Wenn Kitty bei den Hamiltons war, hatte sie immer Hunger. An Louisas Esstisch versuchte sie, Portionen wie eine Dame zu essen. Die Mühe, die es erforderte, ihr Besteck richtig zu halten, die Gabeln und Messer in der richtigen Reihenfolge zu benutzen und auf die exakt richtige Art und Weise zu essen – zum Beispiel musste man die Suppenschale von sich weg kippen, nicht zu sich hin –, verdarb ihr den Appetit.

»Komm, wir picknicken im Garten«, schlug Juri vor und eilte in die Küche. Als sie den Kühlschrank öffnete, erkannte Kitty einige Spezialitäten seiner alten Haushälterin: Pasteten aus Cornwall – das Fleisch durfte nur gehackt, niemals durchgedreht werden – und saure Heringe in Aspik. Wie Mrs. Ellis blieb auch sie ihm treu ergeben – sie kam sogar zu diesem kleinen Cottage, obwohl es mit den Gemächern des Prinzen auf dem Grundstück des Herrenhauses nicht zu vergleichen war.

»Man bekommt keinen guten Käse mehr«, beklagte sich Juri. Er hielt eine Flasche Rotwein zwischen den Knien und spannte die Muskeln an, während er sich bemühte, den widerspenstigen Korken herauszuziehen. Kitty bemerkte, wie fit und stark er immer noch wirkte. Er war auch erst in den Sechzigern – aber viele von Theos älteren Kollegen auf dem RAF-Stützpunkt wirkten in diesem Alter alt und waren nicht mehr gesund. »Der Wein geht auch langsam zur Neige«, fügte Juri

hinzu. Aber es schien ihm egal zu sein. Summend türmte er Essen auf einem mit Farbe bespritzten Tablett auf.
Das Gras war so hoch, dass sie es erst mit nackten Füßen niedertrampeln mussten, um die Picknickdecke darauf ausbreiten zu können. Dann stellten sie das Essen darauf und bestaunten alles. Mrs. Ellis' Kuchen stand in der Mitte; die Pastete, die Heringe und etwas Salat hatten sie zu beiden Seiten aufgebaut. Sie aßen in friedlichem Schweigen. Die Welt des alltäglichen Lebens – der Krieg – war weit weg und irrelevant.
Nachdem sie beide gegessen hatten, gingen sie mit ihren Rotwein-Gläsern hinein. Im Atelier wurde ihre Stimmung trüber. Juri erzählte Kitty, dass selbst auf dem Schwarzmarkt weder Leinwand noch Farben zu bekommen seien. Wenn der Krieg nicht bald vorbei wäre, müsste er mit Wandfarbe auf Pappe malen. Dann erzählte er vom Bildersturm auf die Museen in Deutschland. Hitler hasste moderne Kunst, erklärte er. Er glaubte anscheinend, die modernen Maler seien nicht in der Lage, Farben oder Formen so zu sehen, wie sie in der Natur waren – und deshalb würden sie als minderwertig gelten. Hitler war natürlich ein ambitionierter Künstler, der von der Wiener Akademie der Schönen Künste abgewiesen worden war. Kitty hörte ihm verwirrt zu – all das hatte Juri ihr schon einmal erzählt, und er war normalerweise kein Mensch, der sich gern wiederholte. Seine Miene wirkte distanziert, als ob er das Gespräch als Ablenkung benutzte.
Plötzlich verstummte er. »Kitty, ich möchte dir etwas zeigen.« Widersprüchliche Emotionen huschten über sein Gesicht, Vorfreude und Lust, gemischt mit Schmerz. Er verschwand kurz und kam mit einer ledernen Reisetasche wieder, die er an sich gedrückt hielt, als sei sie sein kostbarster Besitz. Er setzte sich auf die alte Couch und bedeutete Kitty,

sie solle sich neben ihn setzen. Dann stellte er die Reisetasche vor sich und öffnete sie.
»Das sind ihre Sachen. Sie haben sie mir vor einer Woche geschickt. Nach all diesen Jahren.«
Kitty zog sich der Magen zusammen. Sie wusste, wem diese Tasche gehörte. »Ist das Katyas Tasche?«
»Sie hatte sie bei sich, als sie starb.« In Juris Gesicht zuckte es, aber er fasste sich schnell wieder. »Jemand, der auch im Zug war, hat sie jahrelang behalten. Dann ist sie irgendwie in andere Hände geraten – ich kenne nicht die ganze Geschichte. In Paris und in London gibt es ganze Gemeinden russischer Emigranten. Wir kennen einander. Jemand hat die Verbindung zu mir hergestellt und die Tasche an meinen Agenten geschickt.«
Er griff in die Tasche und zog ein kleines Objekt aus Silber, etwa so groß wie eine Zigarettenschachtel, heraus. Er drückte auf einen Verschluss und öffnete zwei Bilderrahmen, die durch Scharniere miteinander verbunden waren, und reichte sie Kitty.
Schweigend starrte sie auf ein Bild, das sie selbst hätte sein können – die Haare, die Augen, der Mund. Katya war jedoch elegant. Kultiviert. Die Haare hatte sie hochgesteckt, und sie trug eine Diamanten-Tiara. Ihre Ohrringe ließen ihren Hals lang und anmutig erscheinen. Sie sah aus wie eine Prinzessin. Und sie war natürlich auch eine …
Es dauerte eine Weile, bis Kitty sich von dem Bild losreißen konnte und das andere anschaute. Ein junger Mann blickte sie an, mit hellen Augen, ein Lächeln auf den Lippen. Juri gab sich für die Kamera so ernst wie möglich, aber man sah ihm an, dass er gern lachte.
»Ihr wart ein schönes Paar. Ihr seht beide so glücklich aus.«
Als Nächstes holte Juri eine bernsteinfarbene Scheibe aus der Tasche. Eine Puderdose aus Schildpatt. Liebevoll streichelte

er sie und fuhr die goldenen Initialen nach, die auf dem Deckel eingraviert waren.
»Ich habe sie ihr aus Paris mitgebracht. Die Initialen habe ich für sie eingravieren lassen. Es sind drei, weil eine russische Frau außer dem Namen des Ehemannes auch noch den ihres Vaters trägt.« Er hielt Kitty die Puderdose hin. Die dekorativen Buchstaben auf dem durchscheinenden Perlmutt warfen einen Schatten auf den Puderblock in der Dose. »Ich habe ihr viele Geschenke gemacht. Hauptsächlich wertvolle Schmuckstücke aus Familienbesitz. Aber das hier – ich habe es speziell für sie ausgesucht. Sie hat sie immer bei sich getragen.« Er reichte sie Kitty. »Sie gehört dir. Ich glaube, sie würde sich freuen, dass du sie hast.«
Kitty presste die Lippen zusammen. Tränen traten ihr in die Augen. »Danke. Ich werde sie in Ehren halten.«
Sie drehte sie in der Hand und bewunderte die Färbung des Schildpatts. Dann öffnete sie sie. Im Deckel befand sich ein Spiegel. Sie sah einen Teil ihres Gesichts: ein Auge, ihren Nasenrücken. Als sie die Puderdose ein wenig zur Seite bewegte, sah sie ihr ganzes Gesicht. Es war ein seltsamer Gedanke, dass die Gesichter von zwei Frauen – Jahrzehnte voneinander entfernt, in völlig unterschiedlichen Welten – so eingefangen worden waren. Katya, das Original. Kitty, ihr Double.
Juri nahm ein paar Kleidungsstücke aus der Reisetasche: zarte Spitzenwäsche, Handschuhe, ein Schal, ein weißes Seidennachthemd. Strümpfe. Er zog sie durch die Finger. »Manches fehlt. Sie hat bestimmt viel mehr dabeigehabt …« Er schwieg einen Moment lang – dann ballte er die Hände zu Fäusten und zerknüllte die Strümpfe. Sein Mund verzog sich schmerzlich.
Kitty kam sich jung und nutzlos vor. Verglichen mit seinem Leben war ihres ein unbeschriebenes Blatt. Sie legte ihre

Hand auf seine. »Juri.« Sie hatte das Gefühl, er sei weit weg. »Erzähl es mir. Was ist mit Katya passiert?«
Sie wusste, was sie von ihm verlangte – sie stieß Juri in die dunkle Hölle, um die er all die Jahre, seit sie ihn kannte, vorsichtig herumgeschlichen war. Nur gelegentlich hatte er von Katya erzählt – ihr Lieblingsgericht erwähnt oder ein Musikstück. Und dann waren da diese exotischen Kleidungsstücke, die Kitty für die Porträts getragen hatte. Sie vermutete, dass sie Juris Frau gehörten, aber sie hatte ihn nie direkt danach gefragt. Katyas Schicksal umgab ein tiefes Schweigen, ein großer leerer Raum.
Juri legte die Hände auf das weiße Seidennachthemd. Sie waren voller Farbflecken, und die Haut war trocken, weil er sie ständig mit Terpentin reinigte, aber Kitty stellte sich vor, wie sie früher über das Seidennachthemd geglitten waren, wenn seine geliebte Frau es trug.
»Wir waren beide Künstler.« Seine Stimme klang leise, aber fest. In seine Augen trat ein abwesender Ausdruck, als ob ihr klares Blau den Himmel eines fernen Landes reflektierte. »Reichtum oder Gesellschaft bedeuteten uns nichts – aber wir waren hineingeboren. Unsere Familien besaßen Landsitze, Paläste in St. Petersburg. Wir waren beide mit der Zarenfamilie verwandt, wenn auch durch unterschiedliche Linien, lebten jedoch viel einfacher als unsere Freunde und Verwandten. Wir verbrachten viel Zeit mit anderen Künstlern. Wir malten und gingen zu Ausstellungen. Alles war ... wundervoll.« Juris Englisch war nach all den Jahren in Großbritannien fließend geworden, doch als er jetzt von der Vergangenheit erzählte, wurde sein russischer Akzent wieder stärker. »Natürlich haben wir die Warnsignale gesehen. Eine Revolution stand bevor. Katya und ich, wir glaubten an Wandel. Graf Tolstoi war ein Freund unserer Familie – wir bewunderten seine Romane,

seine Ideen über die Gesellschaft.« Er schüttelte den Kopf. »Aber wir hätten uns nie vorgestellt, was dann tatsächlich passierte. Wir haben die Gefahr nicht gesehen. Und dann hörten wir, der Zar und seine gesamte Familie seien erschossen worden – der kleine Alexej und die vier Mädchen. Wir kannten sie; wir hatten mit ihnen in den Ferien im Sommerpalast gespielt. Überall in Russland ermordeten die Bolschewiken die sogenannten Konter-Revolutionäre. Aristokraten wie wir waren Klassenfeinde des Volkes.« Er verstummte kurz. »Ich habe dir schon davon erzählt – der rote Terror.«

Kitty nickte. Von Juri hatte sie mehr über die Weltgeschichte gelernt als in all den Jahren auf der Wattle Creek School.

»Mein Atelier wurde von Soldaten niedergebrannt«, fuhr Juri fort. »Malerei galt als dekadente Beschäftigung. Ich verlor alle Bilder, die ich je gemalt hatte. Alle meine Bilder von Katya.«

»Du hast sie gemalt.« Es war eine Feststellung, keine Frage – natürlich hatte er sie gemalt. Leise Eifersucht stieg in Kitty auf, als sie Juris Liebe zu seiner Frau in seinen Augen sah.

»So habe ich alles über den Körper einer Frau erfahren, indem ich Katya gemalt und geliebt habe. Wenn ich heute male, ist ein Körper nur noch eine physische Präsenz. Jeder Körper ist eine neue Herausforderung – ein Kampf um Farbe und Form – eine Schlacht, die gewonnen werden muss. Mit Katya war es anders. Bei ihr habe ich versucht, durch Fleisch und Knochen zu sehen, bis auf ihre Seele.« Er lächelte Kitty an. »Ich habe sie ziemlich schlecht gemalt. Ich war jung und besaß noch nicht die Fähigkeiten, die ich heute habe.«

»Wir beschlossen, aus Russland zu fliehen. Viele unserer Freunde lebten bereits in Paris. Und wir hatten einen besonderen Grund, um uns in Sicherheit zu bringen.« Juris Stimme klang warm. »Katya war im dritten Monat schwanger. Wir waren so aufgeregt.

Wir beschlossen, getrennt zu reisen, um weniger Aufmerksamkeit zu erregen. Ich fuhr mit dem Zug und hatte nur einen Koffer dabei. Er war viel schwerer, als er aussah, aber ich lehnte die Hilfe von Trägern ab und schleppte ihn selbst. Zwischen meinen Kleidern und Schuhen steckte mein Familienerbe. Diamantschmuck, goldene Statuen – Dinge, die wir verkaufen konnten. Alle Weißrussen machten das so, wenn sie das Land verließen. Wir hatten nicht vor, zurückzukehren. Neben meinem Koffer hatte ich meine Mal-Utensilien dabei – eine Staffelei, meine Farben. Ich behauptete, ich führe nach Paris zu einer Ausstellung.

Mein Plan funktionierte. In Paris wartete ich auf Katya. Sie sollte mit dem Zug auf die Krim fahren, um sich dort mit der Zarenmutter Maria in ihrem Sommerpalast in Jalta zu treffen. Von dort würden sie mit einem Schiff des englischen Königs nach England segeln. Er hatte versprochen, Maria zu retten. Sie war die Schwester seiner Frau, sonst wäre er sicher nicht so besorgt gewesen.

Ich erhielt die Nachricht, dass die HMS *Marlborough* in Jalta eingetroffen war und alle Mitglieder der Zarenfamilie, die dort waren, sowie zahlreiche Weißrussen, die vor den Bolschewiken flohen, an Bord genommen hatte. Ich war erleichtert, weil ich wusste, dass Katya in Sicherheit war. Aber als das Schiff den nächsten Hafen erreichte und alle Passagiere von Bord gingen, hörte ich nichts von ihr. Ich schickte Telegramme. Ich forschte nach. Nichts. Ich nahm an, sie sei auf einem anderen Schiff, das ebenfalls nach England fuhr. Ich wartete in Paris und hoffte auf Neuigkeiten. Es war … schrecklich. Ich war hilflos.

Schließlich hörte ich, dass die Zarenmutter in Portsmouth eintreffen sollte. Ich reiste nach England, um bei der Ankunft des Schiffs am Hafen zu sein. Die Königin von England war anwesend, um ihre Schwester zu begrüßen. Zahlreiche Weißrussen warteten darauf, mit Familie und Freunden wieder vereint zu sein. Es dauerte Stunden, bis das Schiff endlich angelegt hatte und die Passagiere an Land gehen konnten. Es waren sogar Haustiere an Bord. Das überraschte mich.«

Kitty spürte, dass Juri die Geschichte hinauszögerte. Offensichtlich hatte er Angst vor dem, was er als Nächstes sagen musste.

»Man sah sofort, dass es ein Flüchtlingsschiff war. Sie versuchten, ihre Würde zu bewahren, aber sie hatten kaum Gepäck dabei. Und die Koffer, die sie trugen, waren schwer, so wie meiner. Und auch sie bestanden darauf, ihr Gepäck selbst zu tragen. Ich wartete an der Gangway. Ich stand da, bis die letzte Person heruntergekommen und weggegangen war. Ich konnte mich nicht rühren. Ich hatte das Gefühl, wenn ich dort bliebe, könnte sie immer noch auftauchen – aber in dem Moment, in dem ich wegging, würde alles zu Ende sein.

Dann zupfte mich jemand am Ärmel. Mein Herz machte einen Satz. Aber es war nicht Katya, die vor mir stand. Es war eine Frau, die ich noch nie gesehen hatte.

›Prinz Juriewitsch?‹ Sie erkannte mich. ›Ich bin Alexandra Baronova.‹

Ich ergriff sie am Arm. ›Ich suche meine Frau. Wissen Sie, wo sie ist?‹

Sie starrte mich nur an. Am liebsten hätte ich sie an den Schultern gepackt und die Worte aus ihr herausgeschüttelt. Schließlich nickte sie. Tränen liefen ihr übers Gesicht. Mir wurde eiskalt. Ich begann zu zittern.

Jemand rief sie, aber sie wehrte ab. Sie schluchzte. ›Ich kann es nicht ertragen, es Ihnen zu erzählen.‹

Ich hielt mich am Geländer der Gangway fest. Sie holte tief Luft und nahm all ihren Mut zusammen. Während sie redete,

blickte sie an mir vorbei. Sie konnte mir nicht ins Gesicht sehen.
Sie waren im selben Zug zur Krim gewesen. Zwar kannten sie einander nicht persönlich, aber sie erkannte Katya, so wie sie mich erkannt hatte. Jeder kannte uns – wir waren ständig im Ballett, im Theater, in den Salons. Alexandra saß zusammen mit ihr im Wagen. Sie trugen ihre ältesten, einfachsten Kleider – wie alle anderen Flüchtlinge im Zug. Sie wollten auf keinen Fall als Mitglieder der Oberschicht erkannt werden. Die Wagen waren voll mit Soldaten der Roten Armee. Einer von ihnen erkannte Katya. Er kam von ihrem Familiensitz in Sibirien. Zuerst versuchte Katya zu leugnen, wer sie war. Aber der Mann sagte, er habe für ihren Vater gearbeitet. Er habe nichts zu essen bekommen, und der Tyrann habe ihn geschlagen – was nicht stimmte.
Eine Zeitlang quälten sie sie nur, erzählte Alexandra mir. Sie fassten sie an, schubsten sie herum. Die anderen Passagiere hatten zu viel Angst, um einzugreifen. Es waren entweder Bolschewiken, oder sie taten so, um sich selbst zu schützen. Ich kann ihnen keinen Vorwurf machen.
Dann hielt der Zug an. Sie waren mitten in einem Wald. Es war Winter – alles war tief verschneit. Die Männer zwangen Katya auszusteigen. Alexandra stand am Fenster – sie sah und hörte alles.«
Juris Stimme war rauh vor Schmerz, aber er zwang sich weiterzureden.
»Sie verlangten ihren Schmuck. Es ging das Gerücht, dass bei der Exekution der Zarenfamilie die Prinzessinnen nicht von den ersten Schüssen getötet worden waren, weil die Diamanten und das Gold, das sie in ihre Kleider eingenäht hatten, sie geschützt hatten. Katya sagte, sie habe keine Juwelen. Das stimmte. Wir hatten geglaubt, sie sei sicherer, wenn sie nichts dabeihätte.«

Juri legte die Hand vor die Augen – als ob er sich vor seiner entsetzlichen Geschichte verstecken wollte.

»Die Soldaten begannen, mit ihren Bajonetten auf sie einzustechen, zerrissen ihren Rock, ihre Bluse, bis die Kleidungsstücke zu Boden fielen. Im Schnee suchten sie nach Diamanten. Alexandra erzählte mir, dass Katya einfach nur dastand, halb nackt. Sie war stark und anmutig, sie versuchte nicht, wegzulaufen, und flehte auch nicht um Gnade. Die Soldaten wurden wütend, weil sie keinen einzigen Diamanten fanden. Das Einzige, was sie ihr nehmen konnten, war ihr Ehering. Sie rissen ihr auch die restlichen Kleider vom Leib. Sie trug nur noch ihre Stiefel. Ich kenne diese Stiefel. Schwarz, mit Knöpfen an der Seite. Ein Stiefelmacher in Moskau hatte sie für sie maßgefertigt.«

Juris Stimme wurde leiser. Er schien sich jedes Wort aus dem Herzen zu reißen. »Der Soldat, der sie seit ihrer Kindheit kannte, durchbohrte ihren Bauch mit seinem Bajonett. Dann stieß er ihr das Bajonett ins Herz. Sie fiel rücklings auf den Schnee, Blut strömte aus ihren Wunden. Sie muss fast sofort tot gewesen sein. Sie hatte kaum Zeit, an ihr ungeborenes Kind zu denken, dessen Leben ebenfalls beendet war. Oder mir einen Gedanken zu schicken …

Jetzt erst blickte Alexandra mich an. Ihr Gesicht war nass von Tränen, ihre Lippen waren geschwollen. ›Dann stiegen die Männer wieder in den Zug, und wir fuhren weiter. Mehr kann ich nicht sagen.‹«

Juri saß mit gesenktem Kopf auf der Couch. Irgendwo im Haus schlug eine Uhr. Draußen schrie eine Katze.

Kitty war wie erstarrt vor Entsetzen. Sie fand kein Wort des Trostes. Als Juri weitersprach, war sie beinahe überrascht.

»Ich kehrte nur noch nach Paris zurück, um meine Sachen zu holen. Wir hatten dort so schöne Zeiten erlebt, und wir kannten viele andere Künstler und Emigranten. Ich zog nach England. Katya hätte bestimmt gewollt, dass ich wieder heirate, Kinder bekomme und glücklich bin, aber ich beschloss, mich nur noch der Kunst zu widmen. Und das habe ich seitdem auch getan. Seit vierundzwanzig Jahren und drei Monaten. Ich habe viel gelernt. Ich glaube, sie wäre sehr stolz auf mich gewesen.«

Er schwieg – dann fuhr er fort: »Mein einziger Wunsch wäre ... sie noch einmal malen zu können, mit den Fähigkeiten, wie ich sie heute besitze.«

Seine Stimme war kaum zu hören. Es war eher so, als flüstere er sich die Worte selbst zu.

»Sie noch einmal malen«, sagte Kitty leise. »Male mich.«

Sie trat an die alte Chaiselongue, auf der sie so oft posiert hatte – in Katyas exotischen Kleidern oder auch in ihren eigenen. Sie knöpfte ihr Kleid auf und ließ es zu Boden gleiten. Sie sah das Echo in Juris Augen. Ein Rock, der im Schnee landete.

Sie zog ihren Petticoat aus, öffnete ihren Büstenhalter und zog das Höschen herunter. Mehr trug sie bei dem heißen Sommerwetter nicht. Sie war nackt.

Die Sonnenstrahlen färbten ihre Haut golden. Die Haare fielen ihr auf die Schultern wie ein dunkler Mantel.

»Wie soll ich mich hinlegen?«, fragte sie.

Juri starrte sie an. Sein Gesicht wirkte auf einmal hungrig. Kitty wartete, dass er zu ihr kommen und ihr ihre Position anweisen würde. Aber er schüttelte den Kopf. »Nein. Bleib stehen.«

Er trat an die Staffelei und nahm die Leinwand herunter. An ihre Stelle legte er einen Zeichenblock mit Blättern, die oben und an den Seiten festgeklemmt waren. Er griff nach einem Bleistift und prüfte die Spitze mit dem Daumen. Dabei löste er den Blick nicht von der Frau, die vor ihm stand. »Sieh mich direkt an.«

Er zeichnete rasch, bedeckte Blatt um Blatt und arbeitete wie ein Besessener – als ob die Zeit zu kurz, die Aufgabe zu gewaltig und die Bedeutung seines Werks unermesslich sei. Es waren nur Studien, das wusste Kitty. Das Malen würde später stattfinden, eine lange, einsame Aufgabe, die er erst in Angriff nahm, wenn sie weg war. Schließlich konnte Kitty ihm nicht mehr wie früher tagelang Modell sitzen.
Das Kratzen des Bleistifts erfüllte die Stille. Wann immer Juri von der Zeichnung aufblickte, ging sein Blick direkt zu Kitty. Ein Feuer loderte in seinen Augen, und Kitty verstand, dass sie jetzt eins mit Katya war. Und er blickte tief in ihre Seele. Tränen liefen ihm übers Gesicht. Er wischte sie weg und hinterließ dabei graue Karbonspuren. Kitty hielt den Kopf hoch und hob die Arme ein wenig – der Anfang einer Geste, die nie vollzogen werden würde. Sie hielt ganz still, und auch in ihren Augen standen Tränen.
Um die Pose durchhalten zu können, musste sie sich in ihr verlieren. Sie wusste nicht mehr, wie lange sie so gestanden hatte – vielleicht eine Stunde, vielleicht aber auch viel länger. Schließlich legte Juri den Bleistift hin. Dann, als ob das letzte bisschen Energie aus seinem Körper weichen würde, sank er auf die Knie und schlug die Hände vors Gesicht. Kitty rannte zu ihm. Sie war nicht mehr sein Modell und auch nicht mehr seine verlorene Frau. Sie war nur noch sie selbst.
Sie zog seinen Kopf an ihre Brust, schlang die Arme um seine nackten Schultern – Haut auf Haut, Schweiß und Tränen vermischten sich. Er sollte spüren, wie viel Liebe sie für ihn empfand, wie dankbar sie ihm war für alles, was er ihr gegeben hatte – er hatte ihr ein Zuhause gegeben, er hatte sie als Künstlerin gefördert, er war ihr Freund.
Sie umarmte, während er schluchzte. Jetzt war er das Kind, und sie war stark genug, um zu geben. Schließlich verebbte

seine Trauer, und er wurde ruhig, bis er sich von ihr löste. Irgendwie schien er verändert. Sein Ausdruck erinnerte Kitty an jemanden – es dauerte einen Moment, bis sie die Verbindung herstellte. Dann fiel ihr sein Bild im Silberrahmen ein. Er wirkte auf einmal jünger, unbelasteter. Als ob es ihm von jetzt an leichter fiele zu lachen.

In den nächsten vier Monaten kam Kitty aus Skellingthorpe nicht weg. Theo war beinahe am Ende seiner Kraft und seiner Tapferkeit. Wie ein Kind, das zu lange aufbleibt, war er reizbar und streitsüchtig. Sein Gesicht wirkte zerquält. Wenn es ihm gelang, Urlaub zu bekommen, wollte er jede freie Minute mit seiner Frau verbringen. Und selbst wenn er nicht bei ihr sein konnte, musste sie sich in der Nähe aufhalten.
Kitty dachte oft an Juri. Sie hätte ihn nach dem letzten Mal gern besucht und schickte ihm zwei Briefe und eine Postkarte vom Himmel über Wales, der aussah wie gemalt, aber fotografiert war. Dass sie keine Antwort bekam, bereitete ihr keine Sorgen; Juri schrieb selten, er malte lieber. Als ihre Vermieterin sie eines Morgens ans Telefon rief, dachte sie zuerst an Theo, dann an seine Eltern. Aber der Mann am anderen Ende der Leitung war Anwalt, er stellte sich als Mr. Underwood vor.
»Es ist meine traurige Pflicht, Sie darüber zu informieren, dass Prinz Juriewitsch tot ist. Er hat sich das Leben genommen«, sagte er.
Kitty wurde es eiskalt. Sie packte den Hörer fester und drückte ihn sich ans Ohr. Underwood ließ ihr ein paar Minuten Zeit, um die Nachricht zu begreifen. Dann sprach er weiter. Es sei vor einer Woche geschehen, erklärte er. Die Leiche sei bereits unter der Erde – ohne jegliche Zeremonie auf dem Gemeindefriedhof –, wie es seinem letzten Wunsch entsprochen habe. Er habe vor allem darauf bestanden, dass seine Freundin

Kitty Hamilton erst danach informiert werden solle. Einen Brief mit diesen Anweisungen habe er am Abend vor seinem Tod in Underwoods Kanzlei deponiert.
Kitty keuchte auf. Bei allem Schock und aller Ungläubigkeit stieg Wut in ihr auf. Sie verstand, dass Juri keine Beerdigungszeremonie hatte haben wollen – er war kein gläubiger Mensch –, aber sie hätte doch wenigstens dabei sein können. Hatte sie sich nicht das Recht verdient, sich von ihm zu verabschieden?
Bei der Erinnerung an ihn durchfuhr sie ein so starker Schmerz, dass er ihr den Atem raubte. Als sie ihn das letzte Mal gesehen hatte, war alles so wundervoll gewesen. Hatte er gewusst – als er sie zum Abschied am Gartentor geküsst hatte –, dass sie sich nie wiedersehen würden? Gerade in dem Moment, als sie tiefer miteinander verbunden waren als jemals zuvor?
Mr. Underwood schlug vor, Kitty solle sich mit ihm so bald wie möglich im Cottage treffen. Es musste einiges geregelt werden, was ihre Anwesenheit erforderlich machte. In der Zwischenzeit riet er zur Diskretion. Sein Mandant hatte seine Haushälterin bereits vor Wochen entlassen, und die Polizei hatte eingewilligt, nichts über die Angelegenheit verlauten zu lassen. Glücklicherweise lag das Cottage sehr abgelegen. Soweit der Anwalt wusste, hatte bisher noch niemand im Ort mitbekommen, was passiert war.
»Es wäre mir lieb, wenn es auch dabei bliebe«, fuhr Underwood fort, »zumindest, bis wir beide uns getroffen haben.«
Kitty hörte wie von fern, dass sie ihm zustimmte. Sie musste sich zusammennehmen, um zu begreifen, dass er ihr ein Treffen am nächsten Tag vorschlug. Dann sprach Mr. Underwood ihr sein Beileid aus und bat sie um Entschuldigung für seine ungebührliche Hast. Danach legte er auf.

Kitty ignorierte die neugierigen Blicke ihrer Vermieterin und ging wieder in ihr Zimmer. Blindlings stolperte sie an Tisch und Stühlen vorbei und warf sich aufs Bett. Theo war im Stützpunkt und bereitete sich auf einen Einsatz vor. Kitty überlegte, ob sie ihn anrufen solle, entschied sich jedoch dagegen. Er musste sich konzentrieren. Stattdessen lag sie einfach auf dem Bett, stumm und wie erstarrt.
Als ihr nach und nach klarwurde, was passiert war, gingen ihr unzählige Fragen durch den Kopf. Vor allem eine Frage stellte sie sich immer wieder. Warum gerade jetzt? Nach allem, was er vorher durchgemacht hatte! Es schockierte Kitty nicht, dass er auf diese Art und Weise seinem Leben ein Ende gesetzt hatte – es passte zu Juri, selbst zu bestimmen, wann seine Reise zu Ende sein sollte. Aber er hatte so erleichtert, so befreit gewirkt, nachdem er ihr an jenem Tag – vor wenigen Monaten – Katyas Geschichte erzählt hatte.
Kitty drehte sich auf die Seite und rollte sich zusammen. Sie wäre am liebsten wieder klein gewesen. Zu klein, um gesehen zu werden. Zu klein, um so tief verletzt zu werden.

Am nächsten Tag hinterließ sie eine Nachricht für Theo, falls sein Einsatz abgesagt würde und er nach Hause käme. Sie fuhr mit dem Zug und dann mit dem Bus bis in das Dorf bei Hamilton Hall. Als sie an dem kleinen Platz mit der alten Wasserpumpe und dem Trog ausstieg, machte sie sich sofort auf den Weg zu dem Cottage, in dem Juri gewohnt hatte. Sie hatte Angst, nicht mehr die Kraft zu haben, dorthin zu gehen, wenn sie zu lange wartete.
Mr. Underwood war nirgends zu sehen. Kitty ging in den Garten und setzte sich auf die Bank, um auf ihn zu warten. Sie starrte auf die Fenster mit den heruntergelassenen Jalousien. Im Garten hatten Juri und sie ihr letztes Picknick gemacht.

Mitten im Sommer – die Luft war warm, und alles blühte. Jetzt konnte sie es sich kaum noch vorstellen.
Mittlerweile war es Winter. Die Bäume waren kahl, der Boden war schwarz und modrig vom Laub. Zwar stand die Sonne hoch am Himmel, aber der Boden unter den Hortensien war gefroren. Kitty spürte, wie die Kälte durch ihren Mantel drang. Sie blickte auf die Uhr. Mr. Underwood war erst wenige Minuten zu spät, aber sie hatte das Gefühl, schon eine Ewigkeit auf der feuchten Gartenbank zu sitzen. Ungeduldig wartete sie auf seine Ankunft – zugleich aber fürchtete sie sich davor, das leere Cottage zu betreten. Sie betrachtete die rote Haustür mit dem Schlitz für die Post. Sie konnte es kaum fassen, dass Juri nicht aufmachen würde, wenn sie jetzt klopfte. Juri war nicht mehr da. Juri würde nie mehr da sein.
Der Gedanke kreiste unablässig in ihrem Kopf. Trauer und Schock waren noch zu frisch.
Das Quietschen des Gartentors riss sie aus ihren Gedanken. Kitty drehte sich um und sah einen beleibten Mann im grauen Anzug, eine Aktentasche in der Hand, auf sich zukommen. Sie stand auf, nahm ihre Tasche und ihren Regenschirm. Mit raschem, geschäftsmäßigem Schritt kam Mr. Underwood auf sie zu. Kitty fragte sich unwillkürlich, wie oft er sich wohl in so einer Situation befand – dass er trauernden Hinterbliebenen die rechtliche Lage erklären musste.
Als er sich vorstellte und sie begrüßte, sah sie, dass er sie forschend musterte. Zweifellos war er erleichtert, dass sie nicht weinte.
»Sind Sie bereit, hineinzugehen?« Mr. Underwood warf ihr einen strengen Blick zu, wie ein Lehrer, der seinem Schüler signalisiert, dass er angemessenes Betragen von ihm erwartet.
Die abgestandene Luft im Haus roch nach Terpentin. Der Anwalt ging den Flur entlang.

»Ich bin sofort hierhergekommen, als ich den Brief gelesen hatte«, sagte er über die Schulter zu ihr. »Ich habe mit der Polizei geredet und ihnen gesagt, was ich wusste.« Er räusperte sich. »Ich weiß nicht, ob die Tatsache, dass dieser ... dieser Akt ... nicht aus einem Impuls heraus begangen wurde, es besser oder schlechter macht.«
In der Küche raschelte es hinter der Vertäfelung – Mäuse. Underwood legte die Schlüssel auf den Tisch, eine beiläufige Geste, als sei er der neue Mieter hier. Kitty blickte sich um. Da Juri verfügt hatte, dass Underwood sie hierherholen sollte, gab es doch bestimmt einen Brief für sie – eine letzte Nachricht. Natürlich nicht auf dem Küchentisch, wo die Polizei und andere Fremde ihn finden würden, sondern irgendwo, wo nur sie nachschauen würde. Sie schaute in die Teedose, in die Dose, in der er Schnüre und anderen Kleinkram aufbewahrte; sie blickte sogar in den Plastikschädel auf dem Kaminsims. Aber sie fand nichts.
Underwood wollte sie unbedingt in Juris Atelier führen. Auf der Schwelle jedoch blieb er stehen und versperrte Kitty den Weg. »Hier drinnen wurde nichts angerührt«, sagte er. »Nur der ... der Verstorbene.« Er blickte an den Dachbalken. Ein schmiedeeiserner Haken war in das Holz gehämmert worden. Das Seil hatte die Polizei abgeschnitten.
»Er hinterlässt alles Ihnen«, erklärte Underwood. »Leider ist jedoch nicht viel da. Nur, was sich in diesem Cottage befindet – alte Möbel, Kleidungsstücke.«
Kitty fragte sich unwillkürlich, wo Juri seine Diamanten versteckt hatte. Aber vielleicht war sein Vermögen aufgebraucht. Ihr war es gleichgültig. Sie hatte schon einmal Geld geerbt, und es hatte ihr zwar große Vorteile beschert – nicht zuletzt hatte sie dadurch ihren Mann kennengelernt –, aber sie hatte auch Wut und Unheil in Wattle Creek ausgelöst.

»Und natürlich das Gemälde«, fügte Underwood hinzu.
Kitty drängte sich an dem Mann vorbei und betrat das Atelier. Wo die Chaiselongue gestanden hatte, befand sich jetzt ein großer, rechteckiger Rahmen, der, von einem Leintuch bedeckt, an der Wand lehnte.
»So habe ich es gefunden«, sagte Underwood. »Ich habe das Leintuch nicht abgenommen. Mein Mandant hat seine Wünsche klar und deutlich geäußert. Sie sollten die Erste sein, die es sieht.« Leise Ungeduld, vermischt mit Toleranz, schwang in seiner Stimme mit. Offensichtlich hatte er das Gefühl, dass Juris Anweisungen viel zu fordernd waren, aber als Anwalt erfüllte er natürlich seine Pflicht. »Es scheint von großer Bedeutung zu sein. Deshalb wollte ich die Angelegenheit auch sozusagen bis zu Ihrer Anwesenheit unter Verschluss halten.«
Kitty zog das Leintuch weg. Als es am Boden lag, trat sie unwillkürlich einen Schritt zurück, so machtvoll war der Eindruck des Bildes, das sie enthüllt hatte.
Eine junge Frau stand nackt im Wald. Schnee bedeckte den Boden, im Hintergrund waren schwarze, kahle Bäume. Um sie herum waren Soldaten – ihre Zähne blitzten weiß in den grinsenden Gesichtern. Die Bajonette hielten sie im Anschlag. Die spitzen Waffen glitzerten.
Die Frau wirkte ruhig und stark und doch herzzerreißend verletzlich.
»Oh, mein Gott«, keuchte Underwood. »Das sind Sie!« Er wandte sich zu Kitty.
Kitty nickte, ohne den Blick vom Gemälde abzuwenden. Es war eine außergewöhnliche Arbeit. Juri hatte all seinen Schmerz und seine ganze Liebe hineingelegt. Die Szene war von einer traumähnlichen Schönheit, aber überschattet von Bedrohung und Entsetzen. Der Betrachter konnte nicht dar-

an zweifeln, dass diese unschuldige junge Frau getötet werden würde.
Kitty starrte auf die leichte Rundung des nackten Bauches – nur zu erkennen, wenn man hinzuschauen verstand. Die Bedeutung zerriss ihr das Herz.
Schließlich riss sich Kitty von der Szene los und begann zu untersuchen, wie das Gemälde gemacht worden war. Das riesige Bild bestand aus sechs kleineren Leinwänden, die zusammengefügt worden waren. Sie trat hinter das Gemälde. Der Titel jedes kleineren Bildes war darauf geschrieben. *Mädchen in Haremshose. Wartendes Mädchen. Schlafendes Mädchen.* Juri hatte alle Bilder übermalt, die er von Kitty gemacht hatte, und aus sechs Leinwänden eine große zusammengefügt. Kitty trat wieder nach vorn und studierte Material und Technik. Juri hatte unterschiedliche Farben benutzt: Einige waren dick und klumpig – vielleicht hatte er sie im Gartenschuppen gefunden. Große Teile bestanden aus Ölfarbe, aber das Schwarz des Waldes war möglicherweise aus Kreosot oder sogar einer Art Teer. Als sie es berührte, war es immer noch feucht.
Underwood stellte sich zwischen Kitty und das Bild. Seine Augen waren immer noch schockiert aufgerissen. »Wenn Sie meine Mandantin wären«, sagte er fest, »würde ich Ihnen raten, dieses Bild auf der Stelle zu verbrennen.« Er wies auf den Kamin.
Kitty blickte den Mann empört an. Dann schüttelte sie den Kopf. »Das ist das beste Bild, das Juri in seinem Leben gemalt hat!«
Der Mann ignorierte ihre Worte. »Sehen Sie, ich weiß, wer Sie sind – ich habe Nachforschungen angestellt. Wenn jemand dieses Bild sieht, wird er automatisch denken, dass die zukünftige Lady Hamilton als Aktmodell posiert hat. Sie können es noch so sehr leugnen, niemand wird Ihnen glauben.«

»Aber ich habe als Aktmodell posiert.« Und wenn sie es stundenlang erklären würde, sie könnte dem Anwalt nie verständlich machen, warum sie das getan hatte – was es für Juri und sie bedeutet hatte.
Underwood brachte nur mit Mühe seine Gesichtszüge unter Kontrolle. »Bedenken Sie doch, die Hamiltons sind keine Boheme-Familie, die ein solches Verhalten akzeptabel finden würde. Sie sind achtbare Leute. Sie sind mit dem König verwandt.«
Kitty schwieg. Underwood zeigte auf den Teil des Gemäldes, wo die Soldaten Schulter an Schulter um die Frau herumstanden. Er zeigte mit dem Finger auf die Figuren. »Ihnen ist es vielleicht entgangen, aber nicht alle Soldaten sind Russen.« Seine Stimme wurde lauter. »Schauen Sie sich die Uniformen an. Das da ist ein Nazi-Offizier. Das ist ein britischer Soldat.«
Kitty studierte das Bild. Der Anwalt hatte recht. Im dämmerigen Licht, das die Soldaten umgab – eine Dunkelheit, die aus ihren Seelen aufzusteigen schien –, wirkten die Uniformen alle gleich. Aber wenn man genauer hinschaute, sah man, dass die Abzeichen, Kappen und Mützen unterschiedlich waren.
»Das ist ein pazifistisches Statement«, sagte Underwood erregt.
»Ich glaube, Juri war Pazifist«, erwiderte Kitty. »Er hat den Krieg nicht gutgeheißen.«
»Nun, das mag sein. Aber Sie, Mrs. Hamilton, sind die Frau eines Piloten in der Luftwaffe des Königs.« Er begann, auf und ab zu gehen. »Ich verstehe ja, dass Juriewitsch Ihr Freund war und Sie sein letztes Gemälde nicht zerstören möchten. Ich bin kein Künstler, aber es ist sehr … kraftvoll. Realistisch. Vielleicht ist es ein Meisterwerk. Aber Sie müssen es verstecken. Ich kann das für Sie übernehmen. Dieses Bild darf nie an die Öffentlichkeit gelangen.«

Kitty kaute auf ihrer Unterlippe. Sie hatte Mr. Underwoods Worten nichts entgegenzusetzen. Aber dieses Bild war nicht nur Juris Abschiedsgeschenk an sie, sondern auch seine letzte Nachricht an die Welt, die er verlassen hatte. Und es war sein Tribut an Katya. Das Gemälde musste ausgestellt werden. Und zwar bald. Es sollte jetzt gesehen werden – um darauf hinzuweisen, dass unschuldige Menschen unter denjenigen litten, die Krieg führten.

»Denken Sie wenigstens darüber nach«, drängte Underwood. »Denken Sie an Ihren Mann und seine Familie. Denken Sie an Ihre Stellung hier im Dorf – in unserem Land.«

»Danke, dass Sie sich solche Sorgen machen«, sagte Kitty. »Ich verstehe Sie sehr gut.«

Underwood blickte sie schweigend an und wartete auf ihr Urteil.

»Ich lasse das Bild hier wegbringen«, erklärte sie. »Morgen Abend wird es nicht mehr hier sein.«

Sie sah ihm an, dass er überlegte, ob sie es in einen Keller oder zu einer Galerie bringen lassen wollte. Aber das wusste sie selbst noch nicht.

Schließlich lächelte er sie ermutigend an. »Sehr vernünftig«, sagte er. »Ich lasse Ihnen die Schlüssel da.«

Der Krieg zog sich noch über zwei Jahre hin. Dann endlich hatten die Alliierten gesiegt, und überall im Land wurde der Frieden gefeiert. Kitty und Theo zogen in Hamilton Hall ein, lebten dort mit seinen Eltern, und bald herrschte wieder Alltag. Eines Morgens im Frühling saß die Familie bei Tee und Scones im Salon, wie sie es jeden Vormittag außer sonntags um Punkt elf taten.

Das leise Klirren der Tassen auf den Untertassen mischte sich mit dem Rhythmus der Uhren, die auf dem Kaminsims und

der Anrichte tickten. Kitty packte ihre Tasse fester, die Geräusche zerrten an ihren Nerven. Sie blickte vom Admiral, der seine Morgenzeitung durchblätterte, zu Theo, der ein Buch aus der Bibliothek las – einen dicken, in Leder gebundenen Band mit Goldschrift auf dem Rücken. Louisas grauer Kopf war über einen Stickrahmen gebeugt. Schwarzarbeit, nannte sie es; die Muster, die sie in dunklem Garn stickte, hoben sich vom cremefarbenen Stoff ab. Das Resultat erinnerte Kitty an eine Art Spinnennetz. Ihre eigene Stickarbeit – eine Mustersammlung – lag auf ihrem Schoß. Der Stoff war hier und da zusammengeschnurrt, wo sie den Faden zu fest angezogen hatte.
»Ist das nicht schön?«, sagte Louisa und blickte auf. Ihr Tonfall war fröhlich. »Endlich ist alles wieder so, wie es sein sollte. Man würde nicht denken, dass noch vor wenigen Monaten Fremde hier waren.«
Kitty lächelte höflich, ebenso wie die beiden Männer – obwohl ihnen allen klar war, dass Louisas Bemerkung nicht der Realität entsprach. Zwar waren alle Räume wieder eingerichtet – die ererbten Antiquitäten standen an ihrem rechtmäßigen Platz, Gemälde waren wieder aufgehängt, Statuen ausgepackt worden, und das gute Porzellan war wieder in Gebrauch. Aber die Anwesenheit der Soldaten, die hier so viele Jahre gelebt hatten, war an den Kerben im Holz, am abgetretenen Parkettboden und an den Kritzeleien auf den verputzten Wänden noch deutlich zu sehen.
»Zumindest sieht der Garten wieder besser aus«, sagte Theo. »Der neue Gärtner gewöhnt sich langsam ein.«
»Mir fehlt der alte Freddie«, erklärte der Admiral.
Louisa schniefte. Kitty wusste, dass sie sich vom Obergärtner, der mit den Soldaten zusammen weggegangen war, verraten fühlte. Er war nur einer von vielen Bediensteten, die sie im Stich gelassen hatten. Im Krieg hatte sie mehr als die Hälfte

ihres alten Personals eingebüßt. Viele waren in die Armee eingetreten – was Louisa eigentlich begrüßt hatte – und waren gefallen oder verletzt worden. Andere, wie Freddie, hatten die neuen Möglichkeiten, die sich ihnen im Krieg oder zu Beginn der Friedenszeit eröffneten, genutzt. Es war schwierig für Louisa gewesen, ihren Haushalt neu zu organisieren. Sie musste sich jetzt mit weniger Dienstboten begnügen, und diejenigen, die sie neu eingestellt hatten, erwiesen ihren Vorgesetzten nicht mehr so viel Respekt. Die Vermischung der Klassen im Krieg – die Leute hatten zusammen gewohnt, zusammen gearbeitet – hatte die Grenzen verwischt. Eine Zeit der Gleichheit brach an. Der Admiral beschwerte sich, dass Akzente ihre Klarheit verloren hätten – man konnte nicht mehr mit Sicherheit sagen, woher jemand kam. Damit meinte er natürlich die Leute aus der Arbeiterschicht. Er und seinesgleichen sprachen das Englisch des Königs und hörten sich alle genau gleich an.

Kitty unterdrückte einen Seufzer und griff erneut zu ihrer Nadel. Ihr fehlte ihr altes Leben in Skellingthorpe, obwohl ihr klar war, dass sie die Zeit dort durch eine rosa Brille sah. Es hatte auch schreckliche Zeiten gegeben, und doch war jeder Moment aufregend gewesen, weil sie ständig Neues in ihrem Eheleben entdeckt hatte und sich als etwas Besonderes vorgekommen war. Die ständige Todesgefahr hatte das Leben zum Funkeln gebracht. Das Gefühl der Sicherheit jetzt war wundervoll, aber Kitty hatte auch die Befürchtung, im Ungewissen festzustecken, zwischen dem Ende von etwas Altem und dem Beginn von etwas Neuem. Und nicht nur Kitty empfand die Situation so; die Stimmung im ganzen Land war bedrückt und von Unsicherheit geprägt.

Kitty blickte Theo an. Er sah müde aus. Immer noch plagten ihn ständig wiederkehrende Alpträume, die nach seiner

Bruchlandung, bei der seine gesamte Besatzung ums Leben gekommen war, begonnen hatten. Seitdem der Krieg vorbei war, traten die Träume sogar noch häufiger auf – manchmal mehrere Nächte hintereinander. Er schrie im Schlaf und rief den Namen seines Kopiloten Bobby, der vor seinen Augen verbrannt war. Der Alptraum hielt ihn so fest im Griff, dass Kitty lange brauchte, um ihn aufzuwecken – und wenn es ihr dann schließlich gelang, konnte er nicht über das Erlebte sprechen. Das Entsetzen dieser Nächte schien ihm tagsüber das Leben auszusaugen. Er wirkte gequält, und seine Hände zitterten. Als er noch regelmäßig Einsätze flog, hatte der Arzt bei der Luftwaffe »Kampfmüdigkeit« diagnostiziert. Kurz nach dem Sieg hatte er seinen Abschied genommen. Die Air Force war froh, ihn los zu sein: Er war körperlich und geistig so angegriffen, dass er kaum noch in der Lage gewesen war, leichte Schreibtischarbeiten zu verrichten. Wie ein Kind, das aus dem Internat kommt, wollte er nur noch nach Hause.

Obwohl Kitty insgeheim davon geträumt hatte, allein mit Theo im Gartenhaus zu leben, hatte sie das Thema gar nicht erst angeschnitten. Sie wusste, dass Theo im Herrenhaus residieren musste. Und er wollte es auch – ihr neues Schlafzimmer war das alte Zimmer seiner Großmutter; ihr Salon war Theos ehemaliges Schulzimmer. Sie sah ihm an, dass er sich an diesen Orten voller Kindheitserinnerungen sicher fühlte. Und nach allem, was er erlitten hatte, wollte sie ihm diesen Trost nicht versagen.

Kittys Blick glitt zu Louisa. Sie saß wie erstarrt da, nur ihre Hände waren unablässig in Bewegung. Ihr Jackett und ihr Rock waren zwar frisch gebügelt, aber abgetragen. Die Flicken und Risse zeigte sie stolz wie Orden – sie waren der Beweis dafür, wie sparsam sie leben konnte. Lady Hamilton wollte unbedingt ein Vorbild für die Dorfbewohner sein und

die alte Lebensart auf Hamilton Hall wiederherstellen. Die täglichen Rituale gaben Kitty das Gefühl, zu ersticken. Sie konnte sich nicht vorstellen, sich jemals an das Leben, das vor ihr lag, zu gewöhnen. Sie sah ihre eigene Mutter vor sich, kopfschüttelnd, mit geschürzten Lippen. Was hatte Kitty sich gedacht? Hatte sie geglaubt, die kleine Miller aus Wattle Creek könne einfach so einen Engländer von Adel heiraten? Mit der Spitze ihrer Nadel zählte Kitty die Fäden, um die korrekte Stelle für den Beginn des nächsten Kreuzstichs zu treffen. Ja, was hatte sie sich eigentlich dabei gedacht? Sie hatte sich diese Frage nie gestellt. Sie war verliebt – nichts anderes zählte. Und im Krieg hatte sowieso niemand über die Zukunft nachgedacht. Schließlich konnte das Leben jeden Tag zu Ende sein. Theos Heiratsantrag war eher verzweifelt als romantisch gewesen. Er wollte sie heiraten, bevor er ums Leben kam. Er hatte in einer Lotterie Heimaturlaub gewonnen und war unerwartet nach Hause gekommen. Der Krieg hatte erst vor einem Jahr angefangen, und sie wohnte noch bei Juri im Gartenhaus. Sie hatte gerade Kartoffeln geschält, einen Schal um die Haare gebunden.
»Du siehst aus wie eine Bäuerin«, hatte Theo gesagt. Dann hatte er sie in die Arme genommen und ihr Gesicht gegen den weichen Stoff seiner Fliegerjacke gedrückt. Mit erstickter Stimme hatte er gesagt: »Heirate mich, Kitty. Bitte.«
Überrascht hatte sie sich von ihm gelöst.
»Wir müssen heiraten. Ich will dich in meiner Nähe haben. Du musst nach Skellingthorpe ziehen.« Dann war er schluchzend zusammengebrochen. Er hatte ihr erzählt, dass er bei seinem letzten Einsatz zwei Männer verloren hatte. Gute Freunde. Im Einsatz vorher war auch einer umgekommen. Sie flogen Nachteinsätze nach Deutschland und zahlten einen hohen Preis dafür. »Ich möchte als dein Ehemann sterben.«

Kitty hatte ihren Schal abgenommen und ihm damit die Tränen abgewischt. Als Theo ihr in die Augen schaute, suchte sie nach dem Funkeln, das sie so sehr liebte. Aber es war unter tiefer, schwarzer Angst vergraben.
»Du hast Farbe auf deinem Rock, Kitty.« Louisas scharfer Tonfall riss Kitty aus ihren Gedanken. Sie folgte dem Blick ihrer Schwiegermutter und sah am Saum ihres Faltenrocks einen kleinen Fleck Ölfarbe.
»Preußisch Blau«, sagte Kitty. »Ich kratze es ab.«
Louisa schüttelte leicht den Kopf, als ob Kitty in einer Fremdsprache sprechen würde. Dann wandte sie sich wieder ihrer Schwarzarbeit zu. Kitty steckte ihre Nadel in ihren Stickstoff. Nach dem Tee konnte sie endlich entkommen. Nur noch eine Viertelstunde – und dann konnte sie endlich wieder an ihrer Staffelei stehen.
Das Privileg, im Gartenhaus ein eigenes Atelier zu haben, war Kittys Belohnung für gutes Benehmen. In einem kurzen Gespräch mit ihrer Schwiegertochter hatte Louisa ihr die Bedingungen klargemacht; Kitty durfte nicht zu viel Zeit in ihrem Atelier verbringen. Sie durfte dort keine Besucher empfangen – diese Regel sollte wahrscheinlich verhindern, dass Kitty nach lebenden Modellen malte. Und selbstverständlich durfte sie auch nicht Wände oder Boden mit Farbe verschmieren. Das war das Äußerste, was Louisa sich als Hinweis auf die frühere Nutzung des Gartenhauses als Atelier gestattete. Juris Name durfte in Hamilton Hall nicht mehr erwähnt werden. Er hatte Selbstmord begangen, was an sich schon unverzeihlich war – vor allem, da so viele tapfere Männer ihr Leben im Dienst des Vaterlandes opferten. Und da war da noch diese Geschichte mit einem seiner Gemälde in Paris gewesen. Der Admiral hatte in *The Times* davon gelesen. Auch Kitty hatte zugehört, wie er den Artikel kommentiert hatte.

»Ungeheuerlich! Wenn ich gewusst hätte, dass der Mann Pazifist ist, hätte ich ihn nie in mein Haus gelassen!«

Kitty hatte zu Boden gestarrt und kaum zu atmen gewagt. Aber mehr hatte der Admiral nicht gesagt. Er hatte die Seite umgeblättert und die Zeitung ausgeschüttelt, als könne er so jede Verbindung zu diesem Verräter loswerden. Erleichtert hatte Kitty die Augen geschlossen. Juris Agent, Jean-Jacques, hatte recht gehabt. Paris war weit weg. Und die Welt war immer noch mit dem Krieg beschäftigt.

Am Tag nach dem Treffen mit dem Anwalt war Kitty ins Cottage zurückgekehrt. Sie war durch die schäbigen Zimmer gegangen und hatte krampfhaft überlegt, was sie tun sollte. Sie wünschte, sie hätte das Gemälde nie gesehen. Sie wünschte, sie hätte nicht dafür Modell gestanden. Sie überlegte ernsthaft, den Rat des Anwalts zu befolgen und die Leinwand hinten im Garten zu verbrennen. Die Alternative – das Bild ausstellen zu lassen – war undenkbar. Ihr Ruf wäre für immer zerstört. Und nicht nur das, sie würde die gesamte Familie Hamilton verletzen. Vor allem Theo. Nach allem, was er durchgemacht hatte. Aber immer wieder trat sie vor das Bild. Und wenn sie davorstand, zog es sie in seinen Bann. Sie war stolz, Katya gewesen zu sein, und sie war voller Liebe und Bewunderung für Juri – als Mann, als Maler und vor allem als Ehemann.

Ihr war schlecht, als sie die Telefonnummer von Juris Agent wählte. Sie tat es rasch, bevor der Mut sie verließ und sie es sich anders überlegte.

Als Jean-Jacques das Bild erhalten hatte, hatte er sofort an Kitty geschrieben, wobei er seinen Brief, wie sie es vereinbart hatte, postlagernd in den nächsten Ort schickte. Auch er war der Meinung – was Kitty nicht wunderte –, dass es sich bei dem Gemälde um ein bedeutendes Werk handelte. Das beste

Bild, das Juri je gemalt hatte. Jean-Jacques hatte Kitty auf dem Bild erkannt – sie war ihm vor Jahren einmal im Gartenhaus begegnet, und er kannte auch Juris Porträts von ihr. Er versicherte ihr, er verstünde natürlich, wie delikat die Angelegenheit sei, und versprach ihr, den richtigen Zeitpunkt und Ort für die Ausstellung des Bildes abzuwarten.

Im August des folgenden Jahres wurde Paris von der deutschen Besatzung befreit. Nicht lange danach eröffnete der Salon d'Automne wieder, und einer der ersten einflussreichen Künstler, die dort ausstellten, war Picasso. Jean-Jacques fand, das sei der ideale Rahmen, um Juris letztes Gemälde der Welt zu präsentieren. Der Salon war angesehen und dafür bekannt, mutige, neue Werke auszustellen. Und er war weit weg von London.

Juris Gemälde war eine Sensation gewesen, wie Jean-Jacques Kitty berichtete. Er gab ihr mehr Informationen über die Reaktionen auf das Werk, als in *The Times* gestanden hatte. Anscheinend hatte der englische Außenminister versucht, das Bild aus der Ausstellung entfernen zu lassen. Es sei völlig inakzeptabel, hatte er gesagt, Nazis, russische Rebellen und Engländer so nebeneinander darzustellen, als seien sie alle schuld an den Greueltaten des Krieges. Diese Beschmutzung der englischen Armee würde er nicht dulden. Der Salon jedoch weigerte sich, auf seine Forderungen einzugehen, und der heftige Streit trug nur noch mehr zum öffentlichen Interesse an der Ausstellung bei.

Aber niemand stellte die Verbindung zwischen Kitty und dem Gemälde her. Die kleineren Bilder, die Juri von ihr gemalt hatte, waren ja nie ausgestellt worden, und daher gab es keinen Grund, sie darin zu erkennen. Außerdem hatte ein französischer Kunstkritiker die Frauengestalt auf dem Gemälde als Frau des Künstlers erkannt, die vor Jahren auf tragische Weise ums Leben gekommen war. Nach der Ausstellung hatte Jean-Jacques das Bild an einen amerikanischen Sammler verkauft. Andere Angebote hatte er abgelehnt, aber diesen Mann hielt er für den geeigneten Besitzer. Er führte ein äußerst zurückgezogenes Leben auf einer abgelegenen Ranch auf der anderen Seite des Atlantiks. Und dort bewahrte er auch seine Sammlung auf.

Jean-Jacques informierte Kitty, dass der Sammler einen hohen Preis für das Bild gezahlt hatte, und das Geld gehöre nun, nach Abzug seiner Kommission, ganz allein ihr. Kitty hatte ihn gebeten, ihrer Familie in Wattle Creek einen Teil der Summe zu überweisen, genug für einen neuen Traktor, einen Laster und andere Dinge. Sie würden wahrscheinlich annehmen, dass das Geld von ihr kam, und würden sich sicher fragen, wie sie zu solchem Reichtum gekommen war. Beinahe war sie versucht gewesen, Jean-Jacques zu bitten, ihnen eine Erklärung dazuzuschreiben. Aber dann würde es so aussehen, als hoffte sie, sich ihre Vergebung zu erkaufen. Und ihre Familie würde bereits den Versuch als Beleidigung empfinden. Also begnügte sie sich mit der Vorstellung, dass ihr Vater einen neuen Traktor besaß, der startete, ohne angeschleppt werden zu müssen, und einen Laster, der nicht so reparaturanfällig war wie der alte. Manchmal vergnügte sie sich damit, sich auszumalen, was wohl die Jungs für Geschenke bekommen hatten. Und vielleicht hatte ihre Mutter auch etwas für sich gekauft. Es war ein bittersüßes Gefühl, sich diese Dinge, die sie nie sehen würde, vorzustellen. Aber wenigstens konnte sie sich mit dem Gedanken trösten, dass sie ihnen zurückgegeben hatte, was sie ihnen vor all den Jahren genommen hatte – und sogar noch ein bisschen mehr.

Als Kitty nun mit gesenktem Kopf über ihrer Stickerei saß, dachte sie daran, was sie auf ihrer frisch gespannten Leinwand malen wollte. Ohne Juri als Ratgeber fiel es ihr schwer, sich für ein Thema zu entscheiden. Sie schwankte zwischen einem Stillleben und einem Selbstporträt. Louisa erhob sich und begann, Tee nachzuschenken. Das zarte Klappern des feinen Porzellans begleitete jeden Tag und war vertraut. Kitty brauchte nicht aufzublicken, um zu wissen, wie Louisa die Teekanne neigte, das Milchkännchen von einer Tasse zur nächsten bewegte und in jede einen Schuss Milch gab. Heute jedoch wurde das Ritual von schweren Schritten im Flur unterbrochen.

»Dieser neue Butler stampft herum wie ein Elefant«, beklagte sich Louisa.

Die Tür ging auf – zu weit und zu schnell –, und der Diener trat ein.

»Für Sie, Madam.« Er weigerte sich, weiße Handschuhe zu tragen, hielt aber wenigstens den Blick höflich gesenkt, als er Louisa ein poliertes kleines Tablett hinhielt, auf dem ein großer cremefarbener Umschlag lag.

Kitty wusste sofort, dass das eine Einladung war. Kaum war der Anschein der alten Ordnung wiederhergestellt, hatten Lord und Lady Hamilton begonnen, Einladungen auf Büttenpapier mit dem Familienwappen zu verschicken. Sie hatten ihre Freunde zu Bällen, Soireen oder Jagd-Wochenenden eingeladen, und diese hatten mit Gegeneinladungen geantwortet. Das alles vermittelte ihnen das Gefühl einer gewissen Normalität.

Louisa hielt den Umschlag hoch und runzelte verwirrt die Stirn. »Kein Wappen.« Sie nahm den Brieföffner vom Butler entgegen und schnitt den Umschlag auf. *»Das Kuratorium des Victoria-and-Albert-Museum lädt ein …«* Lächelnd verzog sie das Gesicht. »Wir sind zu einer Kunstausstellung eingeladen. Eine Friedensfeier. Wie schön. Langsam wird wirklich alles wieder normal.«

Kitty umklammerte ihre Stickarbeit. Panik stieg in ihr auf, und ihr Herz begann wie wild zu hämmern.
»Gehen wir zu solchen Ereignissen?« Der Admiral klang gereizt und verwirrt. In den letzten Jahren war er beträchtlich gealtert, und jetzt musste er sich ständig bei seiner Frau vergewissern, ob alles seine Ordnung hatte.
»Ja, natürlich. Wir sind Schirmherren des V&A. Sie laden uns immer ein.« Louisa blickte auf. »Wir machen uns einen schönen Tag. Mit Lunch im Savoy. Die ganze Familie.«
Kitty senkte den Kopf und verbarg ihr Gesicht hinter ihren langen Haaren. Die Einladung zu einer Ausstellung besagte noch gar nichts. Louisa hatte ja gerade erklärt, dass sie die Schirmherrschaft über das Museum innehatten. Wahrscheinlich hatte es gar nichts mit Juri zu tun. Trotzdem stieg kalte Furcht in ihr auf. Würde es zu einer Katastrophe kommen? Gerade jetzt, wo sie geglaubt hatte, verschont zu bleiben?
Als Louisa die Einladung herumreichte, stand Kitty auf. »Ich fühle mich nicht wohl.«
Louisa blickte sie über den Rand ihrer Brille hinweg an. »Was meinst du mit ›nicht wohl‹? Bist du krank, oder ist dir übel?«
»Ich weiß nicht. Beides«, erwiderte Kitty ausweichend.
Ein Leuchten trat in Louisas Augen. »Könnte es sein, dass du endlich schwanger bist?«
Kitty schüttelte den Kopf und zwang sich, ruhig aus dem Zimmer zu gehen. Erst im Flur begann sie zu laufen. Aber wohin sollte sie sich wenden? Was sollte sie tun? Sie überlegte, wie sie Jean-Jacques am schnellsten erreichen konnte, um herauszufinden, ob das Gemälde nach London gekommen war – aber von diesem Haus aus konnte sie keinen privaten Anruf tätigen, und sie wusste auch nicht, unter welchem Vorwand sie ins Dorf fahren sollte. Sie musste sich etwas ausdenken …

Oben zog sie die Vorhänge zu, als ob das Dämmerlicht ihr Sicherheit bieten könne. Wie eine hölzerne Puppe lag sie auf dem Bett und ging alle Fakten noch einmal durch. Juris Werk war sehr angesehen in London, und es konnte durchaus sein, dass eines seiner Bilder bei einer Gruppenausstellung gezeigt wurde – aber es würde ein Gemälde sein, das von einem anderen Museum oder von einem Sammler, der seinen Besitz gern der Öffentlichkeit zur Verfügung stellte, ausgeliehen worden war. Katyas Bild gehörte einem Sammler, der wie ein Eremit weit weg in Amerika lebte. Sie brauchte sich keine Sorgen zu machen. Trotzdem hatte sie eine Vorahnung, die sie auch mit Logik nicht bannen konnte.
Irgendwann klopfte es an der Tür, und Theo trat an ihr Bett.
»Armes Mädchen. Kommst du zum Mittagessen herunter?«
Kitty drehte sich auf die Seite und rollte sich zusammen.
»Mummy hat ein bisschen herumtelefoniert. Offensichtlich ist die Einladung schon vor zwei Wochen gekommen, aber der Butler hat sie erst jetzt entdeckt.«
Kitty hob den Kopf. Sie hatten die Ausstellung verpasst!
»Morgen findet die Eröffnung statt. Alle werden dort sein, vielleicht sogar Seine Majestät.« Theo trat ans Fenster und zog die Vorhänge auf. Helle Morgensonne durchflutete das Zimmer. »Reiß dich zusammen, Liebling. Mummy trifft bereits die Kleiderauswahl. Mach du das doch auch.«

Ein Diamantencollier lag schwer auf Kittys Dekolleté. Aus den Augenwinkeln sah sie das Funkeln der dazu passenden Brosche, die an einer Kaschmirstola befestigt war. Der Verschluss der Kette hatte sich in ihren Haaren verfangen, und es ziepte, wenn sie sich bewegte. Natürlich hätte sie sich befreien können, aber der Schmerz lenkte sie von dem Knoten in ihrem Magen ab.

Neben ihr hinten im Mercedes saß Theo in seinem besten Anzug. Er roch nach Imperial Vetyver, dem Lieblingsrasierwasser der beiden Hamilton-Männer. Der Duft vermischte sich mit dem schweren Parfum von Theos Mutter. Auch sie trug Diamanten zu einem eleganten grauen Ensemble. Der Admiral hatte seine Ausgehuniform angezogen. Sein Sohn jedoch hatte sich geweigert, seine Uniform zu tragen. Jetzt waren sie alle unterwegs nach London zur großen Eröffnung im V&A. Kittys Kleidung war am Nachmittag zuvor ausgesucht worden. Als sie aus ihrem Schlafzimmer kam, hatte Lizzie – Louisas treue Zofe – sie ins Ankleidezimmer ihrer Herrin geführt. Vor der Tür war Kitty stehen geblieben und hatte tief Luft geholt.

»Gehen Sie doch hinein, Madam«, hatte Lizzie gedrängt.

Die breite Chaiselongue mit den geschnitzten Löwenfüßen lag voller Kleider, Röcke, Jacken und Hüte. Der Schmuck der Hamiltons war aus dem Safe geholt worden, und der Schminktisch war übersät mit samtgefütterten Schachteln.

»Ich dachte, du möchtest dir vielleicht gern etwas ausleihen.« Louisa lächelte ermutigend, aber ihre Stimme klang vorwurfsvoll. Eigentlich hätte Kitty eine Erbin mit ihrem eigenen Familienschmuck sein sollen, eine wohlerzogene junge Frau mit Sinn für Stil und einem Auge für Qualität. Aber Louisa war entschlossen, gnädig zu sein – sie versuchte, das Beste aus dem zu machen, was sie hatte. Manchmal hatte Kitty beinahe Mitleid mit ihr. Theo war ihr einziges Kind, und seine Wahl hatte Louisa der Chance beraubt, eine Schwiegertochter zu bekommen, die sie mögen und verstehen konnte.

Louisa hielt ein Diamantencollier ins Licht. »Dieses Collier ist schon seit Generationen in der Familie meiner Mutter.« Sie hielt es Kitty hin. »Du solltest es zusammen mit den passenden Ohrringen tragen.«

»Oh, das könnte ich nicht. Es ist viel zu …« Sie durfte den Wert nicht erwähnen, das wäre vulgär gewesen. »Außergewöhnlich.«

»Unsinn.« Louisa erwärmte sich für ihre Aufgabe. »Ich möchte, dass du wundervoll aussiehst. Du hast kein anständiges Kleid oder Kostüm. Ich allerdings auch nicht. Aber dank der Rationierung sitzen wir ja alle im selben Boot. Wir haben alle unsere Kleider schon so oft geflickt und umgeändert, dass wir sie nicht mehr sehen können.« Sie seufzte. »Hoffentlich wird das bald anders. Aber für den Moment« – sie lächelte wieder – »müssen wir uns eben auf die Accessoires beschränken.«

Kitty fiel auf, wie oft Louisa »wir« gesagt hatte. Fast klang es so, als empfände sie Zuneigung für die Frau ihres Sohnes. Kitty wünschte, sie könnte das Bild vergessen und einfach die Aufmerksamkeit genießen, nach der sie sich so oft sehnte. Sie versuchte, die sorgenvollen Gedanken zu verdrängen, und ließ sich von Louisa ausstaffieren. So wusste sie zumindest, dass sie passend aussehen würde.

Als sie jetzt im Auto saß, dachte Kitty an das Bild, das sie im Schlafzimmerspiegel gesehen hatte. Sie trug ein Kleid von Norman Hartnell aus rotem Brokat, das Louisa einmal im Buckingham Palace getragen hatte. Eine taubengraue Stola lag um ihre Schultern, die sanfte Farbe betonte das Funkeln der Diamanten an ihrem Hals und ihren Ohren, dazu trug sie schwarze Handschuhe und einen breitkrempigen Hut, der leicht schräg auf ihren von Lizzie fachmännisch hochgesteckten Haaren saß. Reichlich Wimperntusche und roter Lippenstift vervollständigten das Bild – Kitty sah sehr attraktiv, beinahe schön aus. Auf jeden Fall wirkte sie wohlerzogen und reich wie die Frau, die Theo eigentlich hätte heiraten sollen.

Als sie am Morgen die Treppe heruntergekommen war, hatte er sie stolz angeschaut. Bei der Erinnerung daran stiegen wi-

dersprüchliche Emotionen in Kitty auf. Jetzt fürchtete sie sogar noch mehr, dass etwas passieren würde, was alles zerstörte. Zugleich jedoch gab es ihr Selbstvertrauen und half ihr, die Angst vor der Ausstellung zu überwinden.
»Mach nicht so ein ängstliches Gesicht, Liebling«, sagte Theo und drückte ihre Hand. »Du siehst wundervoll aus.«
»Danke«, erwiderte Kitty, »du auch.«
Der Mercedes hielt vor dem Savoy. Die Hamiltons wollten hier zu Mittag essen – an ihrem üblichen Tisch –, bevor sie ins Museum gingen. Kitty blickte an der Fassade empor, mit der goldenen Statue eines römischen Soldaten über dem Eingang. Hier hatten ihre Abenteuer in London damals begonnen. Sie fragte sich, ob wohl einer der Portiers sie wiedererkennen würde – aber vermutlich nicht. Seitdem waren Tausende von Gästen gekommen und gegangen. Und heute hatte sie mit ihrem Diamantschmuck und ihrem Hartnell-Kleid nicht mehr die geringste Ähnlichkeit mit dem großäugigen australischen Mädchen von damals. Als sie aus dem Auto stieg, hob sie den Kopf und lächelte damenhaft.

Am späten Nachmittag trafen die Hamiltons im V&A ein. Theo ging zwischen seinen Eltern, damit sie sich auf der Treppe zum Eingang bei ihm einhängen konnten. Kitty schritt mit gesenktem Kopf hinter ihnen her.
Der breite Flur, der von der Eingangshalle zur Hauptgalerie führte, war voller Menschen. Mittlerweile ging Kitty neben Theo und drückte sich eng an ihn. Der Geruch von Zigarrenrauch vermischte sich mit dem Duft teurer Parfums und Haarspray. Die Männer trugen elegante Anzüge oder Uniformen, wurden aber überstrahlt von den Frauen, die sich alle besondere Mühe mit ihrer Kleidung gegeben zu haben schienen. Viele Kleider waren zwar prachtvoll, aber leicht aus der

Mode gekommen, so wie bei Louisa und Kitty – und nur wenige Frauen trugen die neueste Mode. Alle strömten dem Eingang zu. Aufgeregtes Murmeln ertönte. Kitty war noch nie zuvor bei einer Ausstellungseröffnung gewesen. War diese Menschenmenge normal?
Als sie sich den Eingangstüren zur Galerie näherten, wäre Kitty beinahe gestolpert. Vor ihnen war eine vertraute Gestalt – beleibt, kahlköpfig, die Arme in einer extravaganten Geste ausgebreitet.
»Das ist der Mann, der den Prinzen immer besucht hat.« Theo zeigte auf Jean-Jacques.
»Ach ja«, erwiderte Kitty mit schwacher Stimme.
»Es würde mich überraschen, wenn sie nach all der Aufregung in Paris eines seiner Bilder hier ausstellen würden. Aber seine früheren Werke werden wahrscheinlich immer noch bewundert.«
Kitty spähte durch die Menge und traf Jean-Jacques' Blick. Er riss die Augen auf. Einen Moment lang wirkte er panisch. Aber dann zuckte er die Schultern.
Kitty stockte der Atem. Die Botschaft war klar. Das Gemälde war hier. Wie es dazu gekommen war, wusste sie nicht, aber es war ihr auch egal. Sie zwang sich, weiterzugehen. Gott sei Dank hatte Louisa sie so herausgeputzt. Sie sah ganz anders aus als Juris russisches Mädchen. Vielleicht würde ja niemand die Ähnlichkeit zwischen ihr und Katya bemerken …
Als sie den Eingang erreicht hatten, war Jean-Jacques verschwunden. Schon hier war zu spüren, dass sich das Interesse aller auf den hinteren Bereich der Galerie richtete. Kitty starrte über die Köpfe der Leute, die sich um ein großes Bild drängten. Sie sah den dunklen Himmel, die Wolken, die sich auftürmten, die kahlen Äste der Bäume. Sie ging mit ruhigen Schritten weiter, aber ihre Gedanken überschlugen sich. Sie

könnte natürlich einfach weglaufen – nach draußen, die Treppe hinunter, in eine der Seitenstraßen. Aber was sollte sie Theo sagen? Dass sie sich wieder krank fühlte? Und vielleicht war es ja auch besser, dass sie hier war. Dann würde sie wenigstens wissen, was über das Gemälde gesagt wurde.
Im nächsten Moment, so schien es ihr, war sie auch schon vor dem Bild angelangt. Louisa und der Admiral standen auf der einen Seite neben ihr, Theo stand auf der anderen. Niemand sagte etwas. Aber sie wussten es, das sah Kitty ihnen an.
Alle wussten es.
Die Erkenntnis traf Kitty mit einer Wucht, die ihr den Atem raubte. So wie die Leute von ihr zu Katya und wieder zu ihr blickten, gab es keinen Zweifel: Sie begriffen, dass die Frau auf dem Bild und die Frau, die mitten unter ihnen stand, ein und dieselbe Person waren. Die Frau von Admiral Hamiltons Sohn.
Unwillkürlich wichen die anderen Gäste zurück, so dass sich um Kitty, Theo und seine Eltern ein freier Raum bildete. Schockiertes Tuscheln wurde laut, und die Neuigkeit wurde sofort weiter nach hinten durchgegeben. Aus den Augenwinkeln sah Kitty, wie Louisa sich aufrichtete und das Kinn hob. Auch Theo straffte die Schultern und drückte mit seinem Arm Kittys Hand an seinen Körper. Der Admiral wirkte zwar sichtlich verwirrt, nahm aber automatisch die gleiche Haltung ein wie seine Frau.
Kitty hätte am liebsten den Kopf gesenkt, aber sie zwang sich, dem Beispiel der Familie zu folgen. Sie versuchte, sich den Anschein zu geben – wie es auch die anderen drei Hamiltons taten –, dass es sie nicht berührte, was auch immer geschehen oder gesagt würde. Der Skandal war perfekt, aber die Familie nahm es nicht zur Kenntnis. Aufgrund ihrer adeligen Herkunft standen sie über jeder Krise.

»Wir Hamiltons waren dabei, als die Magna Charta unterzeichnet wurde«, hatte Louisa ihr einmal erklärt. »Wir sind eine sehr alte Familie.«

»Wir Hamiltons.« Das schloss Kitty mit ein. Ganz gleich, was geschah, die Familie würde hinter ihr stehen, das wusste sie. Sie hatten keine andere Wahl. Der Admiral prahlte gern, dass bei den Hamiltons noch nie eine Ehe getrennt worden war, weder durch Annullierung noch durch Scheidung. Ganz gleich, was Kitty getan hatte, sie waren aneinander gefesselt.

Kitty traute sich nicht, in Theos Gesicht zu blicken. Sie fühlte seine Wut, seine Ungläubigkeit, ja, seinen Schmerz. Sie kam sich vor wie ein Kind, das unabsichtlich eine Sandburg zerstört hatte, die mit Liebe und Sorgfalt gebaut worden war. *Aber ich musste es tun,* rief sie sich ins Gedächtnis. *Für Juri. Für Katya.*

Plötzlich stand ein Mann vor ihr und stellte ihr eine Frage.

»Mrs. Hamilton, können Sie bestätigen, dass Sie für dieses Gemälde Modell gestanden haben?«

Kitty nickte, sagte aber nichts. Ein Zittern lief durch Theos Körper, aber sein Gesichtsausdruck veränderte sich nicht.

Innerhalb weniger Sekunden standen zwei weitere Männer vor ihr. Einer hatte einen Notizblock und einen Stift in der Hand.

»Was für eine Beziehung hatten Sie zu dem verstorbenen russischen Prinzen?«

»Hatten Sie die Erlaubnis Ihres Mannes?«

»Wie stehen Sie zu der kontroversen Diskussion über das Bild?«

»Sind Sie Pazifistin?«

Kitty starrte einfach an den Männern vorbei. Dutzende von Augenpaaren waren auf sie gerichtet. Alle verglichen ihr Aussehen mit dem von Katya – und der Fokus lag auf ihren Brüs-

ten, ihren Hüften, ihren Beinen. Ein junger Mann neben ihr lächelte sie anzüglich an.
Verzweifelt blickte sie sich nach Jean-Jacques um – aber er blieb verschwunden. Und wenn er da gewesen wäre, hätte er wahrscheinlich nicht eingegriffen. Sie war sich allerdings bezüglich der Seriosität von Juris Agent nicht mehr sicher.
Auch an Theo wurden Fragen gerichtet. »Unterstützen Sie die Ansichten Ihrer Frau über den Krieg?«
Als er sich weigerte zu antworten, wandte sich die allgemeine Aufmerksamkeit seinem Vater zu.
»Ich habe keine Ahnung, wovon Sie sprechen, junger Mann«, sagte der Admiral nur. Kitty wusste nicht, ob das tatsächlich der Fall war – es kam in der letzten Zeit immer häufiger vor – oder ob das nur seine Methode war, um die Fragen abzuwehren.
Schließlich trat Theo vor und streckte einen Arm aus, als wolle er sich vor den Journalisten abschirmen. Seine Stimme war dünn und gepresst. »Unser Anwalt wird eine Erklärung herausgeben. Mehr habe ich nicht zu sagen.« Er nickte seiner Mutter zu. »Lass uns gehen.«
Sie wandten alle dem Gemälde den Rücken zu. In diesem Augenblick flammte ein Blitzlicht auf. Kitty sah einen Mann mit einer großen schwarzen Kamera. Er schaute sie an: ein Ausdruck tiefer Befriedigung, gemischt mit Mitleid.
Die Gäste, die ihnen im Gang entgegenkamen, wussten nicht, was in der Galerie vorgefallen war. Sie machten einfach Platz – sie traten zur Seite, plauderten dabei aber weiter. Eine kurze Weile war die Atmosphäre fast normal. Als sie schließlich draußen an der Luft waren, stolperte Kitty über einen losen Pflasterstein. Theo machte keine Anstalten, sie zu stützen.
Der Mercedes war nirgendwo zu sehen – sie hatten dem Fahrer gesagt, er solle sie in einer Stunde wieder abholen. Theo

hinterließ beim Portier eine Nachricht für ihn und rief ein Taxi. Es hatte kaum angehalten, als auch schon alle einstiegen. Einige Minuten lang herrschte betretenes Schweigen. Dann fuhr Theo Kitty an: »Wie konntest du nur!«

Kitty erwiderte seinen Blick ruhig. Und wenn sie alle Zeit der Welt zur Verfügung hätte, dachte sie, könnte sie ihm doch nicht verständlich machen, warum sie gerade diese Entscheidung getroffen hatte.

»Hast du es vorher schon gesehen?«

Sie nickte.

»Warum hast du uns nicht gesagt, dass es ausgestellt werden würde?«, fragte Louisa. Ihr Tonfall war scharf wie zerhacktes Eis. »Wie die Lämmer hast du uns zur Schlachtbank laufen lassen ...«

»Ich wusste nicht, dass es ausgestellt werden würde. Ich habe es befürchtet, aber ich war mir nicht sicher.«

Die Antwort wenigstens war die Wahrheit.

Theo stieß ein seltsames, ersticktes Lachen aus. »Und du hast dich wirklich ausgezogen und für den alten Mann posiert?«

Sein Tonfall ließ Kitty zusammenzucken – so wie er es darstellte, klang es schmutzig. Aber sie konnte ihm trotzdem nur eine Antwort geben. »Ja. Das habe ich getan.«

Er schluckte. »Du bedauerst es natürlich ... Es war ein schrecklicher Fehler ...«

Kitty holte tief Luft, sagte aber nichts. Sie weigerte sich, ihn anzulügen.

Der Blick, den Theo ihr zuwarf, war furchterregender, als jeder Wutausbruch gewesen wäre. Es stand blankes Unverständnis darin, als ob er gerade begriffen hätte, dass seine Frau ihm völlig fremd war.

»Es tut mir wirklich leid, dass ich dich verletzt habe.« Kittys Worte klangen hohl und billig, aber sie meinte es so. Theo hatte das nicht verdient, und seine Eltern auch nicht.

»Hört auf zu reden, beide«, befahl Louisa. »Lasst uns zuerst nach Hause fahren.«

So wie sie »nach Hause« sagte, klang es wie eine Festung. Während das Taxi weiterfuhr und sie London hinter sich ließen, stellte Kitty sich vor, wie sich das schwere schmiedeeiserne Tor von Hamilton Hall quietschend öffnete und dann hinter ihnen schloss. Das gleiche Szenario würde sich an den schweren Flügeltüren des Eingangs wiederholen, mit den Metallknöpfen und den Löwenkopf-Türklopfern. Im Herrenhaus würden weitere Türen geöffnet und geschlossen werden, so dass auch neugierige Dienstboten ausgesperrt waren. Paravents würden aufgestellt werden, dicke Vorhänge zugezogen. Erst dann, wenn sie sich völlig in ihre privaten Räume zurückgezogen hatte, würde die Familie über Kittys Schicksal entscheiden.

Sie freute sich beinahe darauf, endlich bestraft zu werden – die Angst, die sie seit Jahren gehabt hatte, war quälend gewesen. Jetzt war das Schlimmste endlich eingetreten. Sie war darauf vorbereitet, jeden Preis zu bezahlen, den sie von ihr verlangten; sie wusste, dass sie der Familienehre der Hamiltons irreparablen Schaden zugefügt hatte. Sie würde alles tun, was in ihrer Macht stand, um Theos Glauben an sie wiederherzustellen und schließlich seine Liebe zurückzugewinnen. Und doch wusste sie zugleich auch, dass sie sich nicht anders entscheiden würde, wenn alles noch einmal vor ihr läge. Es tat ihr leid, aber sie würde alles noch einmal tun. Sie bedauerte es, Theo verletzt zu haben, aber sie bedauerte nicht, Juri getröstet zu haben. Sie hatte das Gefühl, sich in einem undurchdringlichen Labyrinth zu befinden, aus dem sie nie wieder herauskam. Es gab keinen Ausgang und keine Hoffnung auf Entkommen.

15

Kitty starrte auf die überhängenden Äste des Pfefferbaums. Rosafarbene Samen hingen zwischen den fedrigen Blättern, und die Luft war von ihrem würzigen Duft erfüllt. Sie spähte durch die Äste zum blauen Himmel. Die Sonne sank bereits. Sie und Pater Remi hatten lange hier gesessen. In Kürze würden die Glocken zum Nachmittagsgebet ertönen.

Sie wischte sich die Tränen aus den heißen und geröteten Augen. Sie hatte die Geschichte einfach nicht so sachlich erzählen können, wie sie es vorgehabt hatte. Aber Pater Remi hatte es nichts ausgemacht. Wenn sie nicht weitersprechen konnte, sagte er ihr einfach, sie solle sich Zeit lassen. Er hatte sowieso nichts Wichtiges vor.

Sie erzählte ihm alles – aufrichtig, ohne etwas zu verbergen. Am Ende berichtete sie ihm auch noch, wie die Ereignisse in England ihr Leben hier beeinflussten. Sie erzählte ihm von der Vereinbarung, die sie mit Theo getroffen hatte, dass sie nicht mehr als Künstlerin arbeiten durfte – damit niemand sie mit ihrem früheren Leben in Verbindung brachte und er nicht daran erinnert wurde, was sie getan hatte. Sie redete über die Spannung, die immer noch zwischen ihr und ihrem Mann herrschte. Sie sprach sogar von ihrer Angst wegen Theos Beziehung zu Charlotte. Während ihres langen Berichts hatte Pater Remi kaum reagiert, sondern war einfach nur still neben ihr gesessen.

Als sie schließlich fertig war, fühlte sie sich ungeheuer erleichtert – es hatte gutgetan, endlich so offen mit jemandem reden zu können. Aber zugleich war sie jetzt noch aufgewühlter als vorher. In den zwei Jahren, die seit dem schrecklichen Tag der Ausstellungseröffnung vergangen waren, hatte sie vergessen, wie sie sich gefühlt hatte, als sie ihre Entscheidung getroffen hatte, für Juri zu posieren und dann das Bild an Jean-Jacques zu schicken. Sie hatte sich von der Sicht der anderen beeinflussen lassen: Das, was sie getan hatte, glaubte sie, war schmutzig, hinterlistig, unverantwortlich, ja sogar grausam. Aber als sie jetzt die ganze Geschichte noch einmal von außen betrachtete, verstand sie, warum sie diesen Weg eingeschlagen hatte. Wenn sie daran dachte, wie Theo und seine Familie sie behandelt hatten, stieg Wut in ihr auf. Und doch hatte sie während der Reise in die Vergangenheit auch noch einmal den Kummer durchlebt, den sie Theo gemacht hatte, und den Schmerz über die wachsende Kluft zwischen ihnen gespürt. Ihre Gedanken und Gefühle waren in Aufruhr, und sie knetete die Hände in ihrem Schoß.

Sie warf Pater Remi einen Blick aus den Augenwinkeln zu, hatte aber keine Ahnung, was er empfand. Er hielt den Kopf gesenkt, seine Hände umklammerten seine Knie. Als er schließlich aufblickte, sah sie überrascht, dass er Tränen in den Augen hatte. Aber seine Stimme klang ruhig und fest.

»Du hast deine Beichte abgelegt, Kitty. Als Nächstes erteilt dir in unserer Kirche der Priester die Absolution, die den Gläubigen der Gnade und der Vergebung Gottes versichert.«

Pater Remis Akzent war während dieser Worte deutlicher zu hören – als ob er die Sätze vor langer Zeit in irgendeinem fernen Seminar gelernt hätte. »Dann schlägt er einen Akt der Buße vor. Dazu kann gehören, dass man in der Heiligen Schrift liest oder Gebete spricht. Manchmal sind Pilgerreisen nötig oder besondere Opfergaben.«

Kitty nickte. Ihr war es gleichgültig, welche Art von Buße er ihr vorschrieb – solange es ihr irgendwie half, einen Schlussstrich unter die Vergangenheit zu ziehen.

»In deinem Fall«, fuhr Pater Remi fort, »kann ich jedoch keine Absolution erteilen.«
Kitty starrte ihn entsetzt an – dann senkte sie langsam den Kopf. Ein Käfer huschte über den sandigen Boden und hinterließ winzige Abdrücke. Mit den Händen umklammerte sie die Bank. Die Stimme des Priesters klang sanft, aber was er gesagt hatte, war unmissverständlich. Sie hörte, wie er Luft holte, bevor er weitersprach, und fürchtete sich vor dem, was jetzt kommen würde.
»Wenn ich daran denke, was du für deinen Freund Juri getan hast – was es ihm bedeutet haben muss –, und an die Konsequenzen, die du auf dich genommen hast. Ich fühle …« Er verstummte, und Kitty stellte fest, dass seine Stimme erstickt klang. Erneut holte er tief Luft. »Ich sehe nur eine mutige junge Frau, die einen Akt der Gnade begangen hat. Ich sehe keine Sünde, Kitty, ich sehe nur Liebe.«
Kitty blickte auf. »Aber ich habe Theo enttäuscht. Ich habe Dinge vor ihm verborgen. Ich …«
Pater Remi hob die Hand. »Manchmal ist es nicht möglich, einfach zwischen Richtig und Falsch zu entscheiden. Gutes zu tun kann auch Schaden anrichten.«
»Und was soll ich machen?«, fragte Kitty verzweifelt. Ihre Ehe – ihr ganzes Leben – war ein einziges Chaos. Mit Pater Remis Sympathie allein konnte sie ihre Probleme nicht lösen.
»Es ist ganz einfach«, sagte Pater Remi. »Schieb alles beiseite, was die anderen über dich denken, alles, was sie von dir wollen. Sei so, wie du wirklich bist.« Er legte die Hand auf das Abzeichen seines Ordens. »Das Herz kennt die Wahrheit. Frage dein Herz.«
Er machte eine Geste zum Garten hin, als ob sie dort draußen finden würde, was er meinte. Kitty zwang sich zu einem Lächeln und verbarg ihre Enttäuschung. Wenn schon nichts von

Tesfas Magie eintrat, dann hatte sie doch wenigstens auf einen praktischen Rat gehofft.
Der Priester ergriff den Korb und reichte ihn ihr. »Lass uns endlich Obst pflücken«, sagte er lächelnd. »Und dann will ich dir unsere Grotte zeigen.«

Ein Weg aus flachen Steinen führte zwischen zwei mit verblühten Blüten übersäten Oleandersträuchern hindurch. Kitty duckte sich, um nicht mit den stacheligen Blättern in Kontakt zu kommen. Ihr voller Korb schlug ihr ans Knie, als sie Pater Remi folgte, der mit raschen Schritten voranging.
Als sie an ihm vorbeiblickte, sah sie etwas, das aussah wie ein Spielhaus für Kinder. Aber es war aus Beton gebaut, mit einem spitzen Dach. In der Mitte der Fassade befand sich ein gewölbter Eingang ohne Tür – offensichtlich sollte dieser Ort, den Pater Remi als Grotte bezeichnete, zu jeder Zeit genutzt werden können. Die Wände waren dick und solide, verglichen mit der geringen Größe des Gebäudes. Sie waren nicht angestrichen, aber um den Eingang herum war die Mauer weiß verputzt worden, vielleicht sollte darauf etwas gemalt werden.
Pater Remi ließ Kitty an sich vorbeigehen. »Wir haben das Gebäude vor über einem Jahr fertiggestellt. An diesem Ort ist ein ganz spezielles Wunder geschehen.« Er sprach davon, als sei es selbstverständlich, dass jeden Tag Wunder geschahen, wie die Ankunft der Zugvögel nach dem Winter oder der Einbruch der Nacht nach dem Tag. »Hier ist ein Kind von seiner Blindheit geheilt worden, ein kleines Mädchen, sechs Jahre alt, es hatte noch nie etwas gesehen. Der Vater weigerte sich viele Jahre lang, seine Tochter zu uns zu bringen. Aber dann starb er an Malaria, und die Mutter beschloss, mit ihr hierherzukommen. Pater Paulo betete für sie, und sie war geheilt. Mittlerweile kann sie sogar lesen.«

»Sie war komplett blind?« Kittys Stimme klang skeptisch.

Pater Remi nickte. »Ihre ältere Schwester führte sie überall herum. Es war das wundervollste Wunder, das ich je erlebt habe.«

Kitty zog die Augenbrauen hoch. »Dann gab es also auch andere?«

Er nickte. »Pater Paulo hat eine Gabe.«

»Er betet für Leute, und sie werden gesund?«

»Nein, so einfach ist es nicht. Ich wünschte, es wäre so. Dann bräuchten wir hier keine Patienten zu behandeln. Die Nonnen bräuchten keine Vorträge mehr über Hygiene und Ernährung zu halten. Jeder könnte gesund sein. Aber ein wahres Wunder ist das tiefste aller Mysterien. Unser Verstand, der auf Logik ausgerichtet ist, kann es nicht verstehen. Für die Afrikaner ist es kein Rätsel. Ihr Verstand ist noch nicht von Rationalismus verdorben. Das ist einer der Gründe, warum ich hier so gern arbeite. Ich kann hier so vieles lernen.«

Er führte Kitty zu dem Eingangsbogen. »Die Leute aus dem Dorf wollten, dass die Grotte genau an der Stelle gebaut wird, wo das Kind gestanden hatte, als es geheilt wurde. Sie machen sich Sorgen, weil Pater Paulo schon alt ist – er wird diese Welt bald verlassen. Deshalb hoffen sie, dass auf diese Weise etwas von ihm hierbleibt. Und ich hoffe das auch.« Pater Remi blickte zu dem kleinen Friedhof, wo die früheren Bewohner der Mission beerdigt waren. Kitty verstand seinen Kummer. Wenn er seinen Kollegen verlor, würde bestimmt ein anderer Priester geschickt werden. Jemand aus dem weit entfernten Rom – ein völlig Fremder, den man wie eine Schachfigur hierhersetzte. Sie war froh, dass Pater Remi dann wenigstens noch einen Freund auf der benachbarten Farm hatte. Der Gedanke an Taylor zauberte ein Lächeln auf ihr Gesicht. Als sie ihn das letzte Mal gesehen hatte, hatte er unerklärlicherweise eine Art Tanz mit einer der Gefängniswachen aufgeführt. Gilis Versuche, das Paar nachzuahmen, hatte große Heiterkeit bei den Zuschauern ausgelöst. Kitty konnte sich immer noch an das Lachen aus hundert Männerkehlen erinnern. Solange sie lachten, waren sie miteinander verbunden – Häftlinge und Wachen, Verbrecher und kleine Diebe, die Hoffnungsvollen und die Verzweifelten, die Schwachen und die Starken.

Kitty stellte ihren Korb ab und trat ein. Die Luft war kühl, und es roch nach Beton und Stein. Als sich ihre Augen an das dämmerige Licht gewöhnt hatten, sah sie eine Gebetsbank vor einem Altar an der hinteren Wand. Der Tisch war vorn mit einem grün-weiß gestreiften Tuch bedeckt, auf dem rötlicher Staub lag. Auf der blanken Holzplatte standen ein Kerzenständer und zwei dazu passende Keramikvasen. Aber man sah keinen Tropfen Wachs auf dem Holz und auch keine verwelkenden Blumen, noch nicht einmal ein einziges Blütenblatt. Anscheinend war die Grotte nicht in Gebrauch.

»Wie Sie sehen«, sagte Pater Remi, »gibt es keine Statue.« Er zeigte auf einen Betonsockel hinter dem Altar. »Wir warten immer noch darauf.«

»Haben Sie sie in Italien bestellt?«

»Die Statuen in der Kirche kommen von dort. Aber sie sind sehr teuer, und wir brauchen unser Geld für andere Dinge.« Er trat neben Kitty und blickte sie an. »Aber das ist nicht der Hauptgrund, warum die Grotte noch nicht fertig ist. Wir möchten hier etwas anderes haben. Wir hätten gern die Statue eines Kindes – eines afrikanischen Kindes. Und die können wir natürlich nicht in Italien bekommen.« Nachdenklich betrachtete er die leere Stelle hinter dem Altar, als ob er sich bereits vorstellen konnte, wie die Statue aussehen würde. Dann hellte sich sein Gesicht auf, und er wandte sich an Kitty.

»Eigentlich sollten wir die Statue hier machen, mit einem der einheimischen Kinder als Modell.«
Kitty blickte ihn an. Sie konnte nicht sagen, ob ihm der Gedanke gerade erst gekommen war oder ob er nur so tat, als sei dies eine neue Idee. Aber in ihr baute sich eine gewisse Erregung auf. Sie spürte schon den Ton unter ihren Händen. Die Gestalt eines Kindes zu formen – ein großer Kopf, geschmeidige Arme, ein runder Bauch ... Ihr Herz schlug schneller. Aber dann schüttelte sie den Kopf. »Ich kann es nicht tun. Ich bin keine Künstlerin mehr.«
»Doch, das sind Sie. Die Kinder haben mir das Modell gezeigt, das Sie von Gili gemacht haben. Ich habe von vornherein angenommen, Sie seien ausgebildete Künstlerin. Und jetzt kenne ich ja Ihre Geschichte.« Er ergriff Kitty an den Schultern und drehte sie zu sich, so dass sie seinem Blick nicht ausweichen konnte. »Sie können diesen Teil von sich nicht leugnen. Niemand hat das Recht, das von Ihnen zu verlangen.«
Kitty nickte langsam. Sie hatte Angst vor der Bedeutung seiner Worte – aber sie spürte, dass sie wahr waren.

»Sonnenblumen sind die Lösung«, verkündete Theo. »Sie werden uns unseren Frühstücksspeck retten.« Er ging, sein Glas in der Hand, im Wohnzimmer auf und ab. »In Australien wachsen sie anscheinend wie Unkraut. Das Ernährungsministerium plant, sie auch hier anzubauen.« Er trank einen Schluck Whisky, dann lachte er. »Wir werden sie hier in großem Umfang ausprobieren, genau wie die Erdnüsse. Und alles wegen eines Papageis.«
Kitty lächelte vorsichtig. Sie verstand seine Erleichterung darüber, dass die Reputation des Erdnuss-Projekts wahrscheinlich gerettet wurde: Aus Sonnenblumenkernen konnte man ebenso wie aus Erdnüssen leicht Margarine herstellen. Und der

Gedanke an Plantagen voller großer gelber Blumen hob sofort die Laune. Aber Kitty merkte auch, dass Theos Stimme spöttisch klang. Seine Bewegungen waren eine Spur zu hektisch, seine Augen zu hell. Sie war sich nicht sicher, ob er nicht schon getrunken hatte, bevor er nach Hause gekommen war, oder ob er zumindest nicht so entspannt war, wie er vorgab zu sein.
»So ein Typ vom Ernährungsministerium war in Queensland«, fuhr Theo fort, »zu Hause bei jemandem von den australischen Beamten. Dort war ein Papagei im Käfig. Der Australier erzählte, dass der Vogel ständig Sonnenblumenkerne durch die Gitterstäbe werfen würde. Und wo sie hinfielen, würden Blumen wachsen!« Wieder lachte er. »Klingt doch nach einer Verbesserung für die Erdnüsse, oder?«
»Sind Sonnenblumen denn leichter anzubauen?« Kitty hatte noch nie davon gehört, dass man Sonnenblumen anbauen konnte – in der Gegend um Wattle Creek gab es so etwas nicht –, aber deshalb fragte sie nicht danach. Sie wollte nur eine vernünftige Frage stellen – eine Frage, wie auch Charlotte sie formuliert hätte. Vielleicht würde Theo ja jetzt auch mit ihr über seine Arbeit reden.
»Na ja, anscheinend schon – aber das brauchst du alles nicht zu wissen.« Theo trat an den Getränkewagen und schenkte sich erneut einen Whisky ein. In der letzten Zeit verschwand Gabriel immer, wenn er die erste Runde Getränke zubereitet hatte. Theo trank einen Schluck, dann hob er das Glas, als wolle er ihr zuprosten. »Ich habe gute Neuigkeiten für dich.«
Kitty lächelte ihn an, obwohl sie sich unbehaglich fühlte.
»Deine Tage der Sklavenarbeit in dieser katholischen Mission sind bald vorüber! Freust du dich nicht?«
Kitty starrte ihn an. »Wie meinst du das?«
»Richard und Diana fahren Anfang Januar nach Hause. Du brauchst nicht mehr den Babysitter für sie zu spielen.«

Kitty wusste nicht, wie sie reagieren sollte. Dass Diana und ihr Mann auf Urlaub nach England fuhren, wusste sie bereits. Es war ein großer Schritt für sie. Familie und Freunde wiederzusehen, das würde die Trauer um ihren Sohn erneut aufleben lassen, aber sie taten diesen Schritt ganz bewusst, um sich mit der Vergangenheit auseinanderzusetzen. Kitty war froh darüber. Aber sie war bisher noch nicht auf den Gedanken gekommen, dass sie durch Dianas Abwesenheit keinen Grund mehr hatte, in die Mission zu gehen.
»Ich werde stellvertretender Generaldirektor«, verkündete Theo.
»Herzlichen Glückwunsch«, sagte Kitty leise.
»Wenn sie wieder da sind«, fuhr er fort, »brauchst du diese wohltätige Arbeit nicht fortzuführen. Du hast viel für Diana getan – jetzt reicht es erst einmal.« Er sprach mit einer Autorität, als habe er bereits Richards Nachfolge angetreten. »Wenn sie noch weiter dorthin gehen will, dann ist das ihre Sache.«
Kitty versuchte, ihren Tonfall so leicht wie möglich zu halten. »Oh, ich helfe gern weiter. Mir macht es Spaß.«
Theo warf ihr einen scharfen Blick zu und winkte ab. »Nun, bald wirst du dazu keine Zeit mehr haben. Du wirst die erste Memsahib in Kongara sein. Das ist deine Chance, Eindruck zu machen.«
Kitty drehte ihr Glas in den Händen. In Gedanken probierte sie alle möglichen Formulierungen aus, um Theo gegenüber Gründe für die Arbeit in der Mission zu finden. Aber nichts klang richtig. Schließlich redete sie einfach drauflos.
»Ich möchte weiter dorthin gehen, Theo. Ich habe Arbeit dort.«
Theos Augen weiteten sich vor Überraschung. Was sie gerade gesagt hatte, grenzte an offenen Widerstand.

»Was für eine Arbeit soll das denn sein?« Seine Stimme klang spöttisch, aber dahinter spürte Kitty Angst. Theo hasste es, wenn seine Ordnung durcheinandergebracht wurde, und sie hielt die Regeln nicht ein. Aber sie konnte nicht nachgeben.
»Man hat mich gebeten, eine Statue zu machen.«
»Eine Statue?« Theo erstarrte mitten in der Bewegung.
»Es soll die Statue eines afrikanischen Kindes sein. Ich werde sie zuerst in Ton arbeiten und dann einen Gipsabdruck machen. Aber vielleicht kann ich auch eine Bronzestatue machen ...« Sie wusste, dass sie viel zu viel redete. Schließlich war es ja nicht so, als ob Theo sich von den Details ihres Projektes beeindrucken ließe. Verlegen schwieg sie.
Auch Theo erwiderte eine Zeitlang nichts. Dann sagte er langsam, als ob er mit einem Kind oder einem Ausländer reden würde: »Du hast mir etwas versprochen. Du bist keine Künstlerin mehr.«
Kitty leckte sich die Lippen und holte tief Luft. »Ich hätte dir dieses Versprechen nie geben dürfen. Und du hättest es nicht von mir verlangen dürfen.« Sie zwang sich dazu, Theo in die Augen zu blicken, obwohl sie sich am liebsten abgewandt hätte. »Theo, als wir uns kennenlernten, war ich Künstlerin. Weißt du nicht mehr? Es war mein Traum. Nur deshalb bin ich nach England gekommen – habe meine Familie verlassen, das Geld meiner Großmutter für mich allein verbraucht. Eine echte Künstlerin zu werden hat mir alles bedeutet.«
»Offensichtlich bedeutet es dir mehr als ich.«
»Das stimmt nicht. Ich wähle doch nicht zwischen dir und der Kunst.« Kitty wurde es schlecht. Ihre Beine zitterten. Sie spürte, dass bei diesem Gespräch alles auf dem Spiel stand. Das Ergebnis würde das zukünftige Glück ihrer Ehe bestimmen – ihr ganzes Leben.

»O doch, das tust du, Kitty. Weil du mir ein Versprechen gegeben hast. Und jetzt hältst du es schon wieder nicht ein. Du denkst, du kannst einfach tun, was du willst. Vielleicht benehmen sich da, wo du herkommst, die Leute so. Oder hat es etwas damit zu tun, dass du einfach nichts durchhalten kannst? Du lässt dich von allen um dich herum ablenken. Erst dieser Russe. Dann Diana. Du siehst einfach nicht, was vor dir liegt.«
Kitty blickte ihn hilflos an. Was war das für ein sinnloses Geschwätz?
»Aber ich muss dich warnen. Wenn du wirklich so ungehorsam sein willst – und dich mir in aller Öffentlichkeit widersetzt –, machst du einen großen Fehler. Einen Fehler, der dich viel kosten könnte.«
Kitty streckte die Hand nach ihm aus. »Bitte, Theo, lass uns nicht streiten. Können wir nicht ruhig miteinander reden? Einander zuhören …« Sie legte ihm die Hand auf den Arm.
»Fass mich nicht an«, sagte er kalt und schüttelte ihre Hand ab wie ein lästiges Insekt. Er knallte sein leeres Glas auf den Couchtisch. »Ich gehe aus.«
Kitty öffnete den Mund, um ihm zu sagen, er solle bleiben. Aber er war bereits an der Tür.
»Ich komme nicht zum Abendessen. Und rechne auch nicht mit Charlotte.«
Kurz darauf heulte der Motor des Landrovers auf. Theo legte den Gang ein und fuhr davon.
Kitty sank in einen Sessel und schlug die Hände vors Gesicht. Theo würde direkt zur Schuhschachtel fahren und sich in Charlottes verständnisvolle Umarmung begeben. Mit Sicherheit würde er erst sehr spät nach Hause kommen. Und dann wäre er bestimmt betrunken. Er würde in seinem Arbeitszimmer schlafen – oder er würde sie aufwecken und weitere Drohungen ausstoßen. Die Situation war katastrophal. Aber sie

konnte noch nicht einmal weinen. Sie schloss nur die Augen. Als die Anspannung ein wenig nachließ, stieg dumpfer Ärger in ihr auf. Sie war völlig erschöpft. Sie rollte sich im Sessel zusammen und schlief ein.

Als sie aufwachte, stand Gabriel vor ihr und verkündete, das Abendessen würde gleich serviert.

»Kommt der Bwana nach Hause?«, fragte er. »Mit Lady Charlotte?«

Kitty sah das Interesse in seinen Augen. Zweifellos hatte er ihren Streit mitbekommen. Müde schüttelte sie den Kopf. »Nein, er kommt nicht nach Hause. Willst du das Abendessen mit Eustace essen? Ich habe keinen Hunger.«

Überraschenderweise verzog der junge Mann besorgt das Gesicht. »Die Memsahib muss etwas essen.«

Seine freundlichen Worte ließen bei Kitty sämtliche Dämme brechen. Sie konnte nicht antworten.

»Ich habe eine Idee«, sagte Gabriel und wirkte sehr zufrieden mit sich. »Ich bringe Ihnen etwas zu essen in Ihr Zimmer. Einen Teller mit sandi-wichi.«

»Danke.« Kitty lächelte unter Tränen. »Sandwiches sind perfekt.«

16

Kitty lehnte den Kopf gegen die glatte Rinde des Affenbrotbaums. Verborgen hinter dem breiten Baumstamm, hörte sie die Geräusche auf dem Missionsgelände. Die Nonnen sangen, während sie den Vorplatz kehrten. Pater Remi rief nach Amosi, dem Koch. In der Ferne bellte ein Hund.

Sie war schon früh hierhergefahren. Diana kam um die übliche Zeit im Mercedes nach. Sie wollte einfach weg vom Millionärshügel. Er lag zu nahe am Hauptquartier, an der Schuhschachtel – an allem anderen in Londoni, wo sich Theo und Charlotte aufhalten konnten.

Er war den größten Teil der Nacht weggeblieben. Als Kitty ihn nach Hause kommen hörte – die leisen Geräusche weckten sie sofort, ein Beweis dafür, dass sie auch im Schlaf auf ihn gewartet hatte –, dämmerte es bereits. Wie sie erwartet hatte, ging er sofort in sein Arbeitszimmer. Er stolperte im Flur; kurz darauf hörte sie das laute Schnarchen eines Mannes, der zu viel getrunken hatte.

Kitty schlief wieder ein, wurde aber kurz darauf geweckt. Aus dem Esszimmer waren Frühstücksgeräusche zu hören. Sie warf sich ihren Morgenmantel über und eilte hinaus. Sie wusste, dass sie schrecklich aussah – ihre Augen waren verquollen, ihre Haare ungekämmt –, aber sie wollte mit ihm reden, bevor er erneut das Haus verließ.

Theo strich gerade Butter auf eine Scheibe Toast. Vor ihm stand eine Tasse Tee. Er blickte nicht auf, als Kitty hereinkam. Sie holte tief Luft, um ruhig zu bleiben.

»Wo warst du die ganze Zeit?«, fragte sie.
»Ich möchte nicht darüber sprechen.« Er hielt den Blick auf seinen Teller mit Eiern und Speck gerichtet.
Kitty biss frustriert die Zähne zusammen. Natürlich wollte er nicht darüber sprechen – das wollte er ja nie. Nicht über ihre Ehe – und ganz bestimmt nicht über seine Gesundheit. Sie dachte daran, wie sie ihn jahrelang angefleht hatte, einen Arzt zu konsultieren wegen seiner Alpträume und der anderen Symptome von Kampfmüdigkeit, die nicht weggehen wollten. Es hatte nichts genützt: Er war wie ein Kind, das glaubt, nicht gesehen zu werden, wenn es sich die Hände vor die Augen schlägt.
»Ich habe auf dich gewartet«, sagte sie.
»Nun, das war nicht nötig.« Er schnitt die Spitze seines Eis ab und ließ das Eigelb an der Seite herunterlaufen.
»Du warst bei ihr, nicht wahr?«
Theo antwortete nicht. Er kaute und schluckte, ohne aufzublicken. Dann trank er seinen Tee aus und stand auf. Er knallte seine Serviette neben den Teller und verließ das Zimmer. Kitty hörte, wie er sich im Badezimmer die Zähne putzte. Dann schlug die Haustür hinter ihm zu.
Als er weggefahren war, saß Kitty am Tisch, benommen vor Entsetzen. Die Leere, die Theo hinterlassen hatte, war unerträglich. Sie stand auf und ging in sein Arbeitszimmer.
Es roch nach kaltem Zigarettenrauch. Theos Schuhe – die normalerweise nebeneinander unter seinem Bett standen, wie er es im Internat gelernt hatte – lagen verstreut im Zimmer herum. Kitty ergriff sein Jackett, das er über den Stuhl geworfen hatte. Als sie es an die Nase drückte, erkannte sie Charlottes Parfum. Auf dem Bett lag sein zerknittertes Hemd. Es war vorn voller Rotweinflecken. Auf dem Kragen waren Spuren von Lippenstift – ein dunkles Rot, ganz anders als die klaren

Töne, die Kitty bevorzugte. Und am Ärmel hing ein einzelnes rotes Haar, lang und lockig. Kitty hielt es zwischen Daumen und Zeigefinger. Charlottes Haare waren in etwa so lang wie ihre eigenen, bevor Theo ihr befohlen hatte, sie abzuschneiden. Gefiel es ihm, wenn die langen Strähnen beim Liebemachen über seine Haut glitten? Wickelte er sich Charlottes Haar um die Hand und zog dann ihren Kopf zu sich her?
Aber vielleicht waren sie ja noch kein Liebespaar, sagte Kitty sich. Vielleicht hatten sie sich nur geküsst. Andererseits, warum hätten sie aufhören sollen? Es hielt sie ja nichts davon ab – Lady Welmingham war schließlich nicht verheiratet. Theo hatte absolut das Recht dazu, mit ihr eine Affäre zu haben.
Louisa hatte ihrer Schwiegertochter die Regeln erklärt, nach denen zwischen Mitgliedern der britischen Aristokratie außereheliche Affären abliefen. Die »kleine Unterhaltung« hatte stattgefunden, kurz nachdem Kitty und Theo nach Hamilton Hall zurückgezogen waren. Schon vorher hatte Louisa Kitty ein paar Mal zur Seite genommen, um sie zu belehren. Das Mädchen war Australierin und kam aus einer Familie, über die sie nur wenig wusste. Louisa konnte erkennen, dass Kitty keine Ahnung davon hatte, wie Leute wie die Hamiltons lebten. Deshalb brachte sie es ihr mit deutlichen Worten bei.
»Die wichtigste Aufgabe einer Ehefrau ist es, einen männlichen Erben hervorzubringen. Bis sie das getan hat, darf sie unter keinen Umständen eine Affäre haben. Der Mann hingegen wird nie mit einer verheirateten Frau schlafen – natürlich aus seiner Schicht –, die noch keinen Sohn hat. Das wäre wirklich äußerst schlechter Stil. Also, Kitty: Du spielst nicht herum, bis du Theo einen Sohn geschenkt hast. Danach kannst du tun und lassen, was du willst.«

Kitty hatte schockiert gelacht. Louisa redete so pragmatisch über das Thema, als spräche sie über Blumenarrangements oder die angemessene Bestrafung für Dienstboten. Kitty musste sich kneifen, um sicherzugehen, dass sie sich nicht verhört hatte.

»Theo darf also eine Affäre haben und ich nicht?«

»Das scheint ungerecht zu sein, ich weiß, aber es ist so. Die Vaterschaft des Erben darf absolut nicht in Frage gestellt sein.«

Kitty starrte ihre Schwiegermutter an. Lief auch Louisas Ehe so ab? Hatte sie Affären geduldet? Wenn Juri auf ihre Flirtversuche reagiert hätte, hätte sie ihn dann zum Liebhaber genommen? Was den Admiral anging, so hatte er eine offensichtliche Schwäche für Frauen – vor allem für junge Frauen. Kitty merkte es an der Art, wie er die Mädchen in der Kirche und die weiblichen Dienstboten musterte. Sie hatte sogar schon gesehen, wie seine Blicke auf ihr ruhten – er folgte den Bewegungen ihrer Beine, wenn sie sie übereinanderschlug, auch wenn sie immer darauf achtete, den Rock weit genug herunterzuziehen.

»Habe ich mich klar ausgedrückt?« Louisa verzog streng das Gesicht; sie meinte es todernst.

»Du brauchst dir keine Sorgen zu machen«, sagte Kitty. »Keiner von uns wird eine Affäre haben. Wir lieben einander.«

Louisa hatte sie nur seltsam angesehen – Mitleid stand in ihren Augen, vielleicht auch Neid oder eine Mischung aus beidem. Dann hatte sie genickt und war gegangen.

Kitty schüttelte das Haar von ihrem Finger und warf das Hemd zurück aufs Bett. Sie ging aus dem Zimmer und schlug die Tür hinter sich zu. Kurz darauf saß sie in ihren Arbeitssachen im Auto und fuhr zur Mission.

Hier, im Schatten des Affenbrotbaums, kamen ihr die schmerzlichen Ereignisse von gestern Abend und heute früh weit entfernt vor. Sie fühlte sich stärker – als ob der Baum ihr Kraft gegeben hätte. Pater Remi hatte ihr erzählt, dass dieser besondere Affenbrotbaum – er benutzte das Swahili-Wort *buyu* dafür – angeblich zweitausend Jahre alt war. Sie stellte sich vor, wie er immer schon hier gestanden hatte, Jahrhundert um Jahrhundert, während die Menschen kamen und gingen, mit ihrem Schmerz und ihrer Freude, ihren Träumen und ihren Enttäuschungen.

Sie versuchte, pragmatisch über ihre Situation nachzudenken – und benannte die Emotionen, die sie fühlte. Sie war wütend, sie hatte Angst, sie war eifersüchtig. Und sie war schockiert: Es war alles so schnell passiert – Charlotte war doch noch nicht einmal einen Monat hier! Und es war ihr auch peinlich. Wenn die Affäre schon seit der Ankunft der Imkerin bestand, dann wurde in Londoni bestimmt über sie geklatscht. Bei dem Gedanken, dass man schon wieder über sie tuschelte, verzog sie ironisch die Mundwinkel – aber dieses Mal war Theo die Ursache dafür! Sie horchte in sich hinein, suchte nach dem großen Herzschmerz. Aber eigentlich fühlte sie sich nicht allzu niedergeschlagen. Vielleicht hatte Theo sie schon zu oft verletzt und sie zu sehr enttäuscht. Tief im Inneren fühlte sie nur eine große Leere.

Was würde also als Nächstes passieren? Sie und Theo würden zusammenbleiben – das war keine Frage. Charlotte würde letztendlich nach England zurückkehren und einen Mann heiraten, der zu ihr passte. Irgendwann einmal würde Theo wieder mit seiner Frau schlafen wollen. Schließlich musste er ja einen Erben zeugen. Vielleicht würden sie sogar nach Nairobi reisen. Aber zwischen Kitty und ihrem Mann würde es nie mehr echte Liebe oder Vertrauen geben. Sie würden nie die glückliche Familie sein, die sie sich vorgestellt hatte. Ein Schmerz durchfuhr Kitty, als ihr klarwurde, dass ihr Vorhaben, eine bessere Ehe zu führen als ihre Mutter, gescheitert war. Eigentlich hatte sie es sogar schlechter getroffen. Kittys Vater war hart und unnachgiebig, aber sie bezweifelte, dass er untreu war. Und zwischen ihren Eltern herrschte eine grundlegende Loyalität. Bei Dürre oder Buschfeuer, Krankheit oder anderen Katastrophen standen sie Seite an Seite und ertrugen die Schicksalsschläge gemeinsam.

Der Lärm eines großen Fahrzeugs durchbrach ihre Gedanken. Es hielt genau an der anderen Seite des Baums. Kitty runzelte die Stirn. Für den Gefängnislaster war es noch zu früh. Vorsichtig spähte sie um den Baum herum. Schon auf den ersten Blick erkannte sie die altmodischen Speichenräder und die gewölbten Scheinwerfer von Taylors baufälligem Schuppen auf Rädern. Gili saß auf der Haube in seiner Holzkiste. Als das Fahrzeug anhielt, sprang er zu Boden. Taylor kletterte vom Fahrersitz.

Die beiden sahen Kitty gleichzeitig. Taylor winkte freundlich. Als Gili auf sie zusprang, wischte Kitty sich rasch übers Gesicht. Hoffentlich sah ihr niemand an, dass sie geweint hatte. Dann trat sie hinter dem Baum vor und breitete die Arme aus.

Sie drückte den kleinen Affen an die Brust, getröstet von seiner Umarmung.

»Guten Morgen«, rief Taylor. Er war hinten an sein Fahrzeug getreten. Ein Afrikaner reichte ihm Kisten mit Gemüse. Sechs weitere Stammesangehörige hockten auf der Ladefläche. Kitty betrachtete sie neugierig. Ihre Gesichter waren mit rotem Ocker bemalt; Brustkorb und Schultern waren weiß von Asche. Sie hatten Speere, Bögen und Lederköcher voller Pfeile dabei, als wollten sie in die Schlacht ziehen.

Vorsichtig lächelnd trat Kitty näher und begrüßte sie. *»Hamjambo. Habari za asubuhi?«*

Der älteste Mann antwortete für die gesamte Gruppe. Er versicherte Kitty, der Morgen sei gut, und auch ihrem Zuhause, ihren Familien, ihrem Vieh und ihren *shambas* ginge es gut. Kitty zwang sich, zu erwidern, dass auch in ihrem Leben alles gut sei. Bei dieser Begrüßung ging es um Höflichkeit, nicht um Wahrheit. Während sie sprach, musterte sie die Afrikaner. Einige trugen Armbänder aus Fell und Federn, die ihre Armmuskeln betonten. Halsbänder lagen um ihre breiten Schultern. Sie sahen ganz anders aus als die schlicht gekleideten Einheimischen, die sie in Londoni gesehen hatte – exotisch und gefährlich.

Taylor trat auf Kitty zu und streckte die Hände nach Gili aus. Seine Hemdsärmel waren hochgerollt und zeigten seine gebräunten Unterarme. Das Morgenlicht fiel auf sein Gesicht mit dem markanten Kinn und der hohen Stirn. Einen kurzen, magischen Moment lang blickte er Kitty in die Augen. Sie löste die dünnen Arme des Affen von ihrem Hals.

»Wohin bringen Sie diese Männer?« Sie konnte sich nicht vorstellen, dass Taylor etwas mit Stammeskämpfen zu tun hatte. Aber vielleicht fand ja auch eine Art Zeremonie statt. Als der Ernährungsminister Tanganjika das letzte Mal besucht hatte, hatte der Kongara-Club einen Stammestanz organisiert, bei dem die Wagogo genauso angezogen gewesen waren.

»Wir gehen wilden Honig sammeln«, sagte Taylor. Er wies auf die Ebene in entgegengesetzter Richtung zu den Plantagen. »Wir müssen ungefähr eine Stunde fahren – bis hinter diesen Hügeln da hinten. Dort gibt es offenes Grasland mit Dornbäumen.« Er lächelte sie an. »Es ist wunderschön dort.«

Sie schwiegen beide. Dann öffnete sich Kittys Mund wie von selbst. »Kann ich mitkommen?« Sie biss sich auf die Lippe, erstaunt darüber, dass sie so geradeheraus gefragt hatte. Taylor wirkte ebenfalls ein wenig irritiert. »Ist schon in Ordnung«, fügte Kitty hastig hinzu. »Ich hätte nicht fragen sollen.« Aber sie spürte, wie gern sie mitfahren wollte. Plötzlich sehnte sie sich danach, etwas Neues zu sehen, damit sie ihr Leben vergessen konnte. Die Vorfreude der Männer war fast greifbar, und sie dachte daran, wie sie früher mit den Farmarbeitern zu Pferd aufgebrochen war, um die Herden zu mustern. Das war immer ein großer Tag gewesen. Wenn sie Honig fanden, würde sie einfach im Hintergrund bleiben, sagte sie sich, und sich von den Bienen fernhalten.

»Ich würde Sie sehr gern mitnehmen«, sagte Taylor. »Aber für gewöhnlich sind Frauen bei diesem Unternehmen nicht zugelassen. Ich muss abwarten, was sie dazu sagen.«

Er führte ein längeres Gespräch mit den Männern. Kitty konzentrierte sich auf Gili, während die Einheimischen sich berieten und dabei auf sie zeigten. Schließlich kam Taylor zu ihr zurück.

»Sie sind einverstanden, dass Sie mitkommen, weil sie wissen, wie hart Sie hier in der Mission arbeiten. Außerdem zählen Sie nicht wirklich als Frau, da Sie Europäerin sind.« Er grinste. »Ich musste ihnen versprechen, dass ich mich um Sie kümmere und dafür sorge, dass Sie sich gut benehmen.«

Kitty lachte. »Ich werde brav sein.«

Sie spürte, wie die Verzweiflung des Morgens von ihr abfiel. Rasch eilte sie zum Vorplatz, um den Nonnen Bescheid zu sagen. Gestern hatte sie mit Pater Remi vereinbart, dass sie heute Morgen gemeinsam überlegen wollten, wo sie ihr Atelier einrichtete. Er hatte sie ermutigt, das in Angriff zu nehmen, obwohl sie noch nicht zugesagt hatte, die Statue für die Mission zu machen – schließlich hatte sie Theos Erlaubnis noch nicht erhalten. Pater Remi wollte ihr einen Raum im hinteren Teil des Missionsgebäudes zeigen, den er für ideal

hielt. Aber das konnten sie auch noch später in Angriff nehmen. Kitty wusste, dass der Pater nichts gegen ihren Ausflug haben würde.
Taylor wartete an der Beifahrerseite seines Fahrzeugs, als sie zurückkam. »Es wird leider eine holperige Fahrt werden. Nicht so, wie Sie es gewöhnt sind.«
»Das geht schon.« Kitty lächelte innerlich bei der Vorstellung, sie sei in Luxuslimousinen aufgewachsen. Ohne Hilfe schwang sie sich rasch in den Sitz und nahm Gili auf den Schoß.
Taylor blickte sie eine Sekunde lang an und ging dann auf die andere Seite, um seinen Platz hinter dem Steuer einzunehmen. Er schaltete die Zündung ein, und der Motor sprang an. Als das Fahrzeug Tempo aufnahm, klang es, als seien mindestens ein Dutzend Schrauben und Verbindungen locker und klapperten. Kitty rutschte zur Seite, weil sich ihr eine kaputte Sprungfeder in die Haut bohrte.
»Alles in Ordnung?«, schrie Taylor über dem Lärm.
»Ja, danke.«
Kitty lehnte sich zurück. Sie blickte durch eine Art Windschutzscheibe, die auf der Haube montiert war. Ihr Glas war verkratzt und schmutzig, aber wenigstens bot es ein wenig Schutz vor Wind und Staub. Für ein Gespräch war es zu laut. Schweigend saßen sie nebeneinander. Kitty warf Taylor verstohlene Blicke von der Seite zu. Der Mann hatte tiefe Falten um den Mund und eine steile Falte zwischen den Augenbrauen. Schwarze Stoppeln bedeckten sein Kinn, sonnengebleichte Härchen seine Unterarme. Als sie ein weiteres Mal hinschaute, merkte sie, dass er sie ebenfalls musterte. Was mochte er wohl sehen? Eine Frau, die sich mit ihrem Aussehen keine Mühe gegeben hatte. Sah er auch, dass sie kaum geschlafen hatte? Sie hatte das Gefühl, die Worte »ungeliebte Frau«

stünden ihr auf die Stirn geschrieben. Er sah ihr die Demütigung bestimmt an. Allerdings ließ er das nicht erkennen. Als sich ihre Blicke begegneten, lächelte er sie an. Er machte eine weit ausholende Geste, als wolle er mit ihr die Schönheit der Landschaft und des Himmels teilen.
Sie waren erst kurze Zeit gefahren, als Taylor neben einem Mann anhielt, der mit einem kleinen Kind an der Straße entlangging. Als sie die Begrüßung auf Swahili austauschten, hörte Kitty, dass die Ehefrau krank gewesen war. Allerdings war sie wohl wieder genesen, da Taylor und der Mann lächelten, als sie sich verabschiedeten. Bevor er weiterfuhr, zeigte Taylor auf die nahe gelegenen Hügel. Einen Moment lang konnte Kitty nicht erkennen, was er ihr zeigte. Dann jedoch entdeckte sie den Giebel und die steinerne Fassade eines Hauses, das zwischen Felsblöcken beinahe versteckt lag.
»Das ist mein Haus«, sagte Taylor.
Als sie genauer hinblickte, sah Kitty große Fenster mit Ausblick auf die Ebenen und eine Terrasse vor dem Haus. An einem Ende des Hauses stand ein Turm mit einer fantasievollen Spitze. Der Erbauer hatte sich offenbar nicht nur um praktische Erwägungen gekümmert.
»Mein Vater hat es gebaut.« Der Stolz in Taylors Stimme war unüberhörbar. »Ich bin dort geboren.«
»Es sieht sehr hübsch aus«, sagte Kitty. »Von dort hat man bestimmt eine wunderbare Aussicht.«
»Die beste im ganzen Land.« Taylor grinste. Als sie weiterfuhren, bemerkte Kitty, dass Taylor nur langsam das Tempo beschleunigte, um den Mann und das Kind nicht in eine Staubwolke einzuhüllen.
Sie ließen die grünen Hügel hinter sich und fuhren in die Ebene hinunter, wo auf der roten Erde zwischen Grasbüscheln, Sträuchern und kleinen Bäumen mehr Affenbrot-

bäume wuchsen, als Kitty bisher in Tanganjika gesehen hatte. Sie standen in Gruppen zusammen, wobei die riesigen Bäume immer noch einen respektvollen Abstand voneinander wahrten. Als das Fahrzeug zwischen ihnen entlangfuhr, hatte Kitty den Eindruck, die Gespräche der Bäume stockten, um dann wieder aufgenommen zu werden, als sie weg waren.
Die Pisten verschwanden nach und nach, und Taylor steuerte quer durch das Land. Nach einer weiteren halben Stunde veränderte sich die Landschaft erneut. Die Affenbrotbäume wurden weniger, die Büsche größer, das Gras wurde dicker. Ab und zu sah man eine Akazie, das Laubdach perfekt vor dem Himmel geschwungen, und bald befanden sie sich in einem Wald aus diesen anmutigen Bäumen.
Schließlich hielt Taylor an. Staub legte sich auf Kittys Haut, Haare und Kleider. Gili nieste und schüttelte sich. Taylor hielt Kitty eine Wasserflasche hin.
»Durst?«
Sie trank ein paar Schlucke – das Wasser war lauwarm, tat aber gut. Mit dem Saum ihres T-Shirts wischte sie den Flaschenhals ab und gab Taylor die Flasche zurück. Es kam ihr seltsam intim vor, schließlich kannten sie einander ja kaum. Sie wandte sich ab, als Taylor den Kopf zurücklegte und ebenfalls trank.
Hinter ihnen sprangen die Männer von der Ladefläche und begannen, ihre Waffen zu richten.
»Gehen sie jetzt auf die Jagd?«, fragte Kitty.
»Wenn sie eine Gazelle oder ein Eland sehen, jagen sie sie«, erwiderte Taylor. »Aber die Speere und Pfeile dienen hauptsächlich ihrem Schutz. Hier draußen gibt es Löwen. Auch Elefanten und Büffel. Aber keine Sorge, wir passen gut auf Sie auf.«
»Ich habe keine Angst.« Kitty blickte sich um, in der Hoffnung, ein wildes Tier zu sehen. Bisher hatte sie noch keines

der Tiere gesehen, die man normalerweise mit Afrika in Verbindung brachte. Bowie, der alte Jäger, hatte recht gehabt – das Großwild war aus Kongara geflohen.

»Aber bleiben Sie dicht bei mir«, mahnte Taylor.

Kitty blickte auf Gili, der sich in ihre Arme kuschelte. Er war ganz still. Vermutlich hatte er gelernt, wie er sich bei solchen Ausflügen verhalten musste.

Einer der Männer ging ein wenig abseits von der Gruppe. Er war groß und stark, mit ausgeprägten Muskeln an den schlanken Gliedmaßen. Er hob das Gesicht und begann zu pfeifen.

Taylor erklärte leise: »Das ist Nuru. Er ruft den Honiganzeiger. Wenn er es hört, antwortet er – mit einem speziellen Pfiff, den er nur zur Kommunikation mit den Menschen benutzt.«

»Das ist erstaunlich.« Kitty folgte Nurus Blick und suchte die Baumwipfel ab.

»Es ist der einzige Vogel unter siebzehn ähnlichen Spezies, der so etwas tut«, fügte Taylor hinzu.

Wieder pfiff Nuru, eine klare, melodische Tonfolge. Dann blieb er stehen. Er hielt den Kopf schief und lauschte aufmerksam. Eine deutliche Antwort ertönte, und er drehte sich um, um die Quelle auszumachen. Vor ihnen durchbrach ein grauer Vogel das Laubdach eines Baums. Er flog niedrig vor ihnen her, und Nuru und die anderen folgten ihm. Während Nuru den Blick fest auf den Vogel gerichtet hielt, beobachteten die anderen unablässig die Büsche um sie herum, um Gefahren rechtzeitig zu erkennen.

Ab und zu setzte der Vogel sich auf einen Ast und wartete, bis die Männer ihn eingeholt hatten – dann flatterte er weiter. Erstaunt beobachtete Kitty das Schauspiel; es gab keinen Zweifel, dass der kleine Vogel ihnen den Weg zum Honig zeigte.

Schließlich flog er auf einen Ast und blieb dort sitzen.
Einer der Männer sagte etwas zu Nuru. Kitty hörte einen warnenden Unterton. Sie wandte sich zu Taylor. Vielleicht erklärte er ihr ja, was vor sich ging.
»Er hat gesagt: ›Ich hoffe, du hast den Honiganzeiger beim letzten Mal bezahlt‹«, sagte Taylor leise. »Wenn Nuru das nicht getan hat, wird der Vogel sich daran erinnern. Dann bringt er uns stattdessen zur Löwenhöhle.«
Nervös blickte Kitty sich um. Meinte Taylor das ernst? Ein weiterer Mann war zu Nuru getreten, und sie schauten suchend auf die Bäume. Nach ein paar Minuten winkte er triumphierend.
»Nimeipata!« Ich habe es gefunden.
Hoch oben im Stamm eines Baumes befand sich ein Loch, aus dem Bienen herausflogen. Staunend starrte Kitty hinauf – der Vogel hatte Nuru tatsächlich zu einem Bienennest gebracht! Vorsichtig trat sie einen Schritt zurück und drückte Gili an die Brust. »Sind diese Bienen gefährlich?« Sie versuchte, gleichmütig zu klingen, aber sie musste unwillkürlich an Cynthias Mann denken. Sie stellte sich vor, wie er sich in Qualen wand, den ganzen Körper von Bienen bedeckt.
»Sie blasen Rauch in den Bienenstock, bevor sie den Honig nehmen. Das macht sie benommen. Die Männer werden zwar ein paar Stiche abbekommen, aber der Schwarm wird nicht angreifen.« Taylor klang so zuversichtlich, dass Kitty beruhigt war. Sie setzte Gili ab und beobachtete, wie Nuru einen Haufen Zweige anzündete. Eine kleine Flamme stieg auf. Ein anderer Mann hielt etwas hinein.
»Sieht so aus, als hätten sie getrockneten Elefantendung gefunden. Das gibt guten Rauch«, kommentierte Taylor.
Jetzt, wo das Bienennest entdeckt war, brachen alle in aufgeregtes Geschnatter aus.

»Woher wissen Sie das mit dem Honiganzeiger – mit den siebzehn verschiedenen Arten?«, fragte Kitty Taylor.
»Nuru hat es mir erzählt. Seine Vorfahren haben schon lange hier gelebt. Ursprünglich waren sie Dorobo – Jäger und Sammler. Aber vor mehreren Generationen haben sie sich den Wagogo angeschlossen und betreiben seitdem Ackerbau.«
Noro steckte den qualmenden Dung in seine Tasche und kletterte geschmeidig den Baumstamm hinauf. Kitty sah, dass der Honiganzeiger ihm aufmerksam zuschaute. Als Nuru das Loch erreichte, drehte er einen Fellstreifen zu einer Schlinge, um sich an Ort und Stelle zu sichern und die Hände frei zu haben.
Als er den Dung in das Loch steckte, schwärmten plötzlich unzählige Bienen um den Eingang herum. Kitty runzelte nervös die Stirn, aber Nuru wirkte völlig gelassen. Bald bildeten sie eine Wolke um ihn. Er schrie auf, als er gestochen wurde – aber er ließ sich nicht von seiner Aufgabe ablenken. Er griff in das Loch hinein und zog ein großes Stück Honigwabe heraus, das er in seine Tasche fallen ließ. Dann noch eines. Die Zuschauer lächelten einander voller Vorfreude an.
Als Nuru schließlich herunterkletterte, war seine Tasche prall gefüllt. Als Erstes holte er ein Stück Honigwabe heraus und legte es vor den Baum, auf dem der Honiganzeiger saß. Der Vogel flog vom Ast herunter und begann, an der Wabe zu picken.
»Es muss eines der besten Stücke sein«, erklärte Taylor, »mit Larven. Das erwartet der Vogel.«
»Würde er denn wirklich die Menschen zu den Löwen führen, wenn er nicht richtig bezahlt wird?«
»Davon habe ich schon gehört«, bestätigte Taylor.
Nuru begann, die Honigwaben zu verteilen. Taylor und Kitty setzten sich auf einen umgestürzten Baumstamm, den sie vorher auf Skorpione untersucht hatten. Gili quetschte sich zwischen sie. Die Stammesangehörigen bissen ganze Stücke von

der Honigwabe ab und kauten sie. Genießerisch schlossen sie die Augen.
Auch Kitty nahm das Stück an, das ihr gereicht wurde. Sofort brach Gili eine Ecke ab und steckte sie sich in den Mund. Der Honig lief Kitty über die Finger, als sie die Wabe an den Mund hob. Sie schmeckte knusprig und leicht wächsern. Der Honig war unvergleichlich gut – samtig floss er über ihre Zunge. Sein Aroma erinnerte Kitty an Kleeblüten. Plötzlich merkte sie, dass die Wagogo gespannt auf ihr Urteil warteten.
»Köstlich!« Sie schluckte und leckte sich über die Lippen. Aber als sie den zweiten Bissen nahm, erstarrte sie plötzlich. Da war etwas im Honig – cremig, mit einem seltsamen Geschmack. Sie betrachtete das Stück Wabe genauer. Wie der Honiganzeiger hatte auch sie ein Stück mit Larven bekommen. Sie starrte ein paar Sekunden lang darauf, dann überwand sie sich und biss hinein. Schließlich war ihr eine große Ehre zuteilgeworden, die sie dankend annehmen musste.
Taylor nickte anerkennend. »Sie müssen nicht alles aufessen«, murmelte er.
Kitty schaffte noch ein kleines Stück, aber dann stellte sie erleichtert fest, dass die Männer sie nicht mehr anschauten. Sie waren vollauf damit beschäftigt, ihren Honig zu genießen. Nuru reichte zweite Portionen herum, aber er hatte immer noch genug in der Tasche für das Dorf.
»Diese Bienen arbeiten wirklich schwer und machen viel Honig«, sagte Kitty.
»Man sagt doch auch ›fleißiges Bienchen‹.« Taylor grinste.
»Aber ich dachte, die afrikanischen Bienen wären eher träge.« Kaum hatte sie die Worte ausgesprochen, wurde Kitty klar, wie lächerlich sie klangen. Hastig fügte sie erklärend hinzu: »Haben Sie von der Bienenzucht-Idee für das Erdnuss-Projekt gehört?«
»Nein – was für eine Idee?«

Eine Welle der Erleichterung überschwemmte Kitty. Wenn Taylor nichts von den Bienen wusste, dann kannte er auch Charlotte nicht. Das bedeutete, dass die Gerüchte, Lady Welmingham habe eine Affäre mit ihrem Mann, noch nicht zu ihm gedrungen waren. »Sie hatten Probleme mit der Bestäubung, deshalb haben sie eine Imkerin aus England geholt, die europäische Bienen mitgebracht hat. Sie sind gerade dabei, die Bienenkörbe unten an den Plantagen aufzustellen.«

Taylor starrte sie an. »Sind Sie sicher?«

»Ja, alles ist bereit.«

Sie berichtete ihm, dass die Mechaniker in den Werkstätten hölzerne Bienenstöcke nach Lady Welminghams Angaben gebaut hätten. Darin waren importierte Bienenvölker angesiedelt worden, jedes mit seiner eigenen Königin. Charlotte hatte einen Behälter mit Königinnen-Larven mitgebracht, und es hatte große Aufregung gegeben, als sie geschlüpft waren. Beim Abendessen hatte Charlotte ihren Gastgebern beschrieben, wie sie die neuen Königinnen überprüft hatte. Sie hatte jede zerdrückt, deren Aussehen ihr nicht gefiel, und die anderen hatte sie mit winzigen Zeichen markiert. Die Markierungen korrespondierten mit den Aufzeichnungen in ihrem Notizbuch sowie auch mit den Zeichen auf den Bienenstöcken, in denen die jeweilige Königin residieren würde. So, hatte Charlotte erklärt, konnte man messen, wie sie sich fortpflanzten, und nur die besten Völker würden am Leben bleiben. Ihre Art, von Vererbung und Fortpflanzung zu sprechen, hatte Kitty an Louisa erinnert.

»Im Moment«, sagte Kitty zu Taylor, »sind die Bienenstöcke alle mitten auf dem Fußballfeld aufgestapelt, bereit, zu den Feldern transportiert zu werden.«

»Diese Idioten!«, rief Taylor, sprang auf und ging erregt auf und ab. »Wer ist dafür verantwortlich, wissen Sie das?«

Kitty schluckte. Diese extreme Reaktion hatte sie nicht erwartet. »Mein Mann.«
Die Afrikaner sahen ihrem Wortwechsel interessiert zu, zeigten allerdings nicht, ob sie verstanden, was gesagt wurde. Falls sie überhaupt Englisch sprachen, dann sicher nicht besonders viel.
Taylor schwieg einen Moment, dann blieb er stehen und schüttelte den Kopf. »Das ist kompletter Wahnsinn. Er hat keine Ahnung, was er da tut.« Er machte eine weit ausholende Geste, die alles umfasste – das Bienennest, die Bienen, die Stammesangehörigen in ihrem Kriegsschmuck und den Honig. »Diesen Menschen sind Bienen heilig. Das sehen Sie daran, wie sie sich zurechtgemacht haben, um heute hierherzukommen. Honig spielt in jeder wichtigen Phase ihres Lebens eine Rolle: Verlobung, Hochzeit, Schwangerschaft, der Geburt eines Kindes, Tod. Viele der Wagogo-Häuptlinge stehen dem Erdnuss-Projekt feindselig gegenüber, denn es hat viele neue Probleme mit sich gebracht. Sie mussten erleben, wie ihre traditionelle Art zu leben unterminiert wurde. Den Import europäischer Bienen werden sie als einen Angriff auf ihre Souveränität empfinden und zutiefst gekränkt sein.«
Alles, was Taylor sagte, leuchtete Kitty ein. Sie fragte sich, ob Theo wohl darüber nachgedacht hatte, bevor er zu der Entscheidung gekommen war, dass das Erdnuss-Projekt Priorität vor den Sorgen der Afrikaner hatte – oder ob er überhaupt nichts davon wusste.
»Und sie werden auch Angst haben«, fuhr Taylor fort. »Das Leben der Wagogo ist eng mit der Natur verbunden. In den Hügeln haben wir das Wasser der Quelle, aber im Rest des Landes können wir uns nur auf den Regen verlassen. Wenn er zur richtigen Zeit kommt, haben die Menschen genug zu essen. Wenn jedoch Dürre herrscht, verhungern sie. Wenn ein Teil der Natur gestört wird – wie die Bienen –, könnte das

schreckliche Konsequenzen haben.« Er runzelte besorgt die Stirn. »Das Projekt muss einfach gestoppt werden, zumindest, bis man sich mit den Häuptlingen beraten hat. Nichts gegen Ihren Mann, aber ich muss direkt nach ganz oben gehen. Ich werde morgen früh direkt zu Richard fahren.«
»Wird er Ihnen denn zuhören?«, fragte Kitty. Sie hatte zwar ihre Meinung über Richard seit ihren Gesprächen mit Diana geändert – er hatte gezeigt, dass man mit ihm vernünftig reden konnte. Schließlich war er dafür verantwortlich, dass das Ernteergebnis besser wurde, weil das Projekt sonst nie funktionieren würde.
»Das wird er, wenn ich ihm erkläre, was auf dem Spiel steht«, erwiderte Taylor. »Er wird auf keinen Fall einen bewaffneten Aufstand der Dorfbewohner riskieren wollen. Sie haben immer noch kein gutes Wasser; ihre Familien sind immer noch weit weg oder hausen in den Slums. Auf der Werft in Daressalam wird schon gestreikt. Die Spannungen werden sich bis hierher ausbreiten, wenn nichts unternommen wird.«
Kitty nickte – sie hatte von den Problemen in der Hauptstadt gehört. Einige Tage lang hatten die Frauen im Club von nichts anderem geredet als von den Afrikanern, die mit Keulen und Speeren in die Büros marschiert waren und die Europäer bedroht hatten. Als Antwort auf die Krise hatte der Chief Inspector alle höheren Beamten nach Scotland Inch kommen lassen und mit Pistolen ausgestattet. Als Theo mit seiner Waffe nach Hause kam, war Kitty alarmiert gewesen. Leute, die mit Waffen herumliefen, erinnerten sie an die Kriegsjahre. Sie hatte Angst wegen der Wirkung auf Theo. Aber ihn schien die Pistole nicht zu stören. Und er hatte die Drohung heruntergespielt und behauptet, die Waffen seien nur eine vernünftige Vorsichtsmaßnahme. Trotzdem trug er von diesem Zeitpunkt an die Waffe immer bei sich, wenn er zu den Einheiten fuhr.

»Richard wird sofort handeln müssen«, sagte Taylor. »Ich bin froh, dass Sie es mir gesagt haben.«
Bei dem Gedanken, dass Charlottes kostbares Projekt in ernsthafte Schwierigkeiten geraten würde, empfand Kitty so etwas wie Schadenfreude. Fast hoffte sie, Charlotte würde herausfinden, dass Kitty die Ursache für die Aufregung gewesen war, wenn auch unabsichtlich. Das würde sie beinahe für den Ärger entschädigen, den sie mit Sicherheit mit Theo bekommen würde ...
»Sieht so aus, als müssten wir fahren.« Taylor wies auf die Männer, die ihre Speere ergriffen und sich die Köcher über die Schultern hängten. Er streckte die Hand aus, um Kitty hinaufzuhelfen. Ihre Handflächen waren klebrig vom Honig, und sie mussten beide lächeln. »Wir können sie uns im Auto waschen.«
Kitty lachte. »Das nennen Sie ein Auto?«
»Nun, früher einmal war es eines ...«
Kitty spürte, dass Taylor ebenso froh war wie sie, das Thema wechseln zu können. Ihr erregter Wortwechsel passte so gar nicht zu der Schönheit der Landschaft und der entspannten Stimmung der Wagogo. Ein Mann drückte die volle Tasche mit den Honigwaben an sich und sang vor sich hin. Ein anderer säuberte seine Zähne mit einem Zahnstocher. Nuru trat ans Feuer, das immer noch brannte. Er warf einen Blick auf Kitty, wirkte einen Moment lang unentschlossen – hob dann jedoch sein Lendentuch und pinkelte das Feuer aus.
Aus den Augenwinkeln sah sie, dass Taylor sie prüfend anblickte, ob sie entsetzt war.
»Das haben wir auch immer gemacht, wenn wir ein Lager verlassen haben«, sagte sie zu ihm. »Besser, als dass ein Buschfeuer ausbricht.«
Sie brachen auf und schlossen sich der langen Reihe der Männer an. Jetzt, wo Nuru nicht mehr dem Honiganzeiger folgte,

wählte er einen direkteren Weg durch das dichte Gras. Kitty ging neben Taylor, Gili auf dem Arm. Ihnen folgte ein Wagogo mit einem Speer in der Hand.
»Dann haben Sie auch schon Zeit im Busch verbracht?«, fragte Taylor.
Kitty nickte. »Meine Familie lebt auf einer Farm, meilenweit von der nächsten Stadt entfernt.«
»Ach deshalb ...« Taylor verstummte.
»Was deshalb?«
»Deshalb sind Sie so anders als die anderen Damen in Kongara – nicht dass ich eine genauer kennen würde. Aber als Sie mir bei dem Rohr geholfen haben, haben Sie sich nicht ungeschickt angestellt. Sie sprechen Swahili. Und ich habe gesehen, wie Sie für die Mission arbeiten.«
Die Bewunderung in seiner Stimme tat Kitty gut. Ihr wurde klar, wie oft sie in der letzten Zeit kritisiert worden war oder versucht hatte, sich davor zu schützen.
»Sie sind so ... ganz anders als Ihr Mann«, fuhr Taylor fort. »Ich bin ihm ein paar Mal begegnet, und er ist ... nun ja, sehr britisch.«
Kitty merkte Taylor an, dass er seine Worte vorsichtig wählte und nicht sagen wollte, was er wirklich von Theo hielt.
»Ja, wir sind sehr unterschiedlich«, stimmte sie ihm zu. »Wir haben im Krieg geheiratet. Wir waren verliebt, aber wir kannten einander nicht besonders gut.« Sie schwieg einen Moment lang. Als sie weitersprach, galten ihre Worte eher ihr selbst. »Ich glaube, das haben wir beide mittlerweile begriffen – es war ein Fehler.«
Es war ein Fehler.
So eine einfache Aussage – und doch war sie von gewaltiger Bedeutung. Sie war schockiert, dass sie diese Worte ausgesprochen hatte. Und warum redete sie überhaupt so freimütig

mit Taylor? Sie betrachtete die Akazien mit ihrem gefleckten Laub und den weiten blauen Himmel, der sich über ihnen spannte. Es war etwas Wahres an der Landschaft, das es nicht nur akzeptabel machte, dass sie sich öffnete, sondern sogar notwendig. Gesellschaftliche Nettigkeiten – all die Tabus und Konventionen – gehörten zu einer anderen Welt. »Ich weiß nicht, ob es der Krieg war, der ihn so verändert hat«, fuhr sie fort, »oder ob er einfach erwachsen geworden ist. Vielleicht ist er ja tatsächlich so. Und es sind auch noch andere Dinge passiert ... Auf jeden Fall ist er nicht mehr der Mann, in den ich mich verliebt habe.«

Sie gingen im gleichen Rhythmus durch das wogende Gras.

Kitty hätte Taylor gern nach seinem Leben gefragt. Pater Remi hatte ihn einmal als »allein lebenden Mann« bezeichnet. Und er hatte gesagt, seine Eltern lebten nicht mehr. Aber mehr wusste sie nicht von ihm.

»Ich habe meine Verlobte im Krieg verloren«, sagte Taylor, als ob er ihre Gedanken lesen könnte.

Kitty wandte sich zu ihm. Da ihr nur abgedroschene Phrasen einfielen, schwieg sie lieber.

»Ich meine damit nicht, dass sie ums Leben gekommen ist. Sie hat jemand anderen kennengelernt. Ich mache ihr keinen Vorwurf – ich galt jahrelang als vermisst. Ich war Kriegsgefangener, und sie hielt mich für tot.« Taylor schwieg, dann fuhr er fort: »Ich frage mich oft, ob es mit uns beiden funktioniert hätte, wenn wir zusammengeblieben wären. Wir haben uns in England am landwirtschaftlichen College kennengelernt. Sie sagte, ihr gefiele die Vorstellung, in Afrika zu leben. Aber in Wahrheit ist das noch lange nicht für jede Frau das Richtige hier draußen. Natürlich wären wir von der Farm weggezogen, wenn sie es gehasst hätte. Aber ich bin froh, dass ich nie dazu gezwungen worden bin. Der Ort steckt mir im Blut.«

Kitty musterte ihn neugierig. Ihr Vater hatte oft gesagt, er sei an Seven Gums gebunden, aber bei ihm klang es so, als sei das ein lebenslanger Fluch – mit dem auch seine Söhne geschlagen sein würden, wenn er einmal tot war. Und auch Theo saß auf Hamilton Hall fest. In ein paar Jahren, nach Beendigung des Erdnuss-Projekts, würden er und Kitty unweigerlich wieder dorthin zurückkehren und bis an ihr Lebensende dort wohnen. Kitty sah auch die dunkle Seite in der Sorge um ein solches Anwesen, aber für Theo war es nur ein Privileg. Es erstaunte sie, dass Taylor seiner Frau zuliebe von hier weggezogen wäre, denn sie merkte ja, wie sehr er dieses Land liebte. Aber sie zweifelte nicht daran, dass er seine Worte ernst meinte. Schließlich war er auch derjenige, der den Häftlingen half, indem er ihnen Arbeit gab. Die Männer sahen in ihm ihren Retter. Er gab ihnen die Chance, ein wenig Geld zu verdienen, das sie nach Hause zu ihren Familien schicken konnten, und etwas zu lernen, das sie später gebrauchen konnten; sie waren an der frischen Luft und aßen gutes Essen aus der Missionsküche. Bwana Taylor wurde von allen bewundert – und er verdiente es auch.

Kitty warf Taylor einen Blick von der Seite zu. Er hatte nichts weiter über seine Verlobte erzählt, und sie wollte auch nicht fragen. Eines jedoch wusste sie – wer auch immer die Frau war, sie hatte die Chance verpasst, einen Mann mit einem liebevollen, starken Herzen zu heiraten.

Plötzlich standen sie wieder vor dem Fahrzeug. Gili sprang aus Kittys Armen und rannte umher, um seine überschüssige Energie loszuwerden. Taylor holte einen Wasserkanister, und alle wuschen sich die Hände. Dann reichte er Trinkwasser herum. Die Männer tranken, ohne dass die Flasche ihre Lippen berührte. Als sie an der Reihe war, versuchte Kitty, ihrem Beispiel zu folgen, aber das Wasser lief ihr übers Kinn. Alle lach-

ten. Sie tupfte sich das Gesicht mit dem Ärmel ab und stimmte in das allgemeine Gelächter ein. Ihr Fehler spielte keine Rolle. Sie fühlte sich freier als jemals zuvor, fern von allen Problemen und Kümmernissen. In ihr war eine neue Lebendigkeit, und nach den Gesprächen mit Taylor fühlte sie sich ihm nahe.
Nuru holte eine große Bananenstaude, die irgendwo im Fahrzeug gelegen hatte. Dankbar nahm Kitty eine Frucht. Sie hatte plötzlich Hunger. Gili stand neben ihr und Taylor und schälte sorgfältig seine Banane ab, dann knabberte er an einem Ende.
»Er sieht immer so aus, als könne er kein Wässerchen trüben«, sagte Taylor.
Heimweh überfiel Kitty bei seinen Worten. Das hatte ihre Mutter auch gesagt. Ob Taylor es wohl von seiner Mutter übernommen hatte? Wie hatte sie geheißen? Wann war sie gestorben? Was für ein Leben hatte sie geführt? Am liebsten hätte Kitty noch viel mehr über Taylor erfahren und ihm viel mehr von sich erzählt.
»Mir hat der Tag heute gut gefallen«, sagte sie.
»Mir auch«, erwiderte er nur. Aber seine Augen hielten ihre fest – diese seltsamen, faszinierenden Augen mit der zweifarbigen Iris. Im Sonnenschein sah der blaugrüne Kreis um seine Pupillen aus wie Meerwasser. Und der hellbraune Rand leuchtete wie gesponnenes Gold.

17

Kommen wir zu spät?«, fragte Diana. »Meine Uhr ist stehengeblieben.« Sie saß auf dem Beifahrersitz im Hillman; in den letzten Wochen hatte sie endlich ihre Angst davor überwunden, neben dem Fahrer zu sitzen.

»Ich denke nicht«, erwiderte Kitty. »Wir müssen gegen drei Uhr da sein. Dann endet das Tennisturnier.« Sie holperten über die Abkürzung. Im Rückspiegel verschwand der Glockenturm langsam in einer Staubwolke. »Es kommt mir vor wie Zeitverschwendung.«

Die beiden hatten versprochen, einigen der Damen bei der Dekoration des Zelts für den Weihnachtsball zu helfen. Eine Menge Arbeit war bereits erledigt. Das riesige Zelt war auf dem leeren Platz neben dem Club errichtet worden. Männer aus den Traktor-Werkstätten – die gleichen, die schon Charlottes Bienenstöcke gebaut hatten – hatten aus Sperrholz große Engels- und Rentierfiguren und die Heilige Familie ausgesägt. Die Figuren waren vor dem Zelt aufgebaut worden. Die Schulkinder hatten meterlange Papierketten gebastelt. Die Damen brauchten das Ganze jetzt nur noch zu dekorieren.

Diana verdrehte die Augen. »Ich bin ganz deiner Meinung. Ich hätte gern noch weiter mit Chalula geredet. Es gibt noch so viel zu tun, bevor ich abreise.«

Kitty fiel Dianas angespannter Tonfall auf. »Wenn du willst, kannst du mir eine Liste von Dingen dalassen, die ich erledigen soll.«

»Das werde ich wohl müssen. Ich habe mit der Poststelle vereinbart, dass du meine Post bekommst. Du musst nach einem Brief wegen Daudis Revisionsverfahren Ausschau halten. Wenn er da ist, müssen die Eltern informiert werden. Chalula weiß den Namen des Dorfes. Und wenn die Kautionsanhörung für Ndele stattfindet, musst du mich vertreten.«
»Keine Sorge, das mache ich«, beruhigte Kitty sie. Die gleichen Anweisungen hatte Kitty schon Pater Remi gegeben. Chalula hatte alles aufgeschrieben. Kitty verstand, dass Diana sichergehen wollte, dass während ihrer Abwesenheit alles glattlief, aber noch lagen zwei Wochen bis zu ihrer Abreise nach England vor ihr. Wahrscheinlich verdrängte Diana mit dieser ganzen Vorausplanung ihre Nervosität wegen der Reise.
Es fiel Richard und Diana bestimmt schwer, in die Stadt zurückzukehren, in der ihr kleiner Sohn auf tragische Weise ums Leben gekommen war. Phillips Vettern und Cousinen waren alle älter geworden, und ihr eigener Sohn blieb für immer fünf Jahre alt. Kitty fragte sich, ob Diana wohl Angst vor der Reise hatte und ob sie sich danach erkundigen sollte.
Während ihrer gemeinsamen Arbeit für die Mission waren sie sich nahegekommen. Sie teilten so vieles. Nicht nur die alltäglichen Erfahrungen wie das Wechseln eines platten Reifens oder das Bohnenpflücken im Gemüsegarten, sondern auch wirklich anstrengende und bedrohliche Erlebnisse. Erst letzte Woche hatte es nach dem Mittagessen eine Prügelei zwischen zwei Gefangenen gegeben. Pater Remi wurde zu Boden geschlagen, als er versuchte, die Streithähne zu trennen. Der Angriff auf den Priester hatte die anderen Gefangenen wütend gemacht, und ein paar schreckliche Minuten lang hatte sich der Konflikt ausgeweitet. Die *askaris* waren sofort mit Schlagstöcken dazwischengegangen. Als der Vorfall schließ-

lich unter Kontrolle war, mussten fast ein Dutzend Männer wegen ihrer Verletzungen behandelt werden, darunter auch der Pater. Diana hatte Kitty bei der Versorgung der Verwundeten helfen müssen. Sie hatte ihre Sache gut gemacht, aber Kitty hatte gesehen, wie ihre Hände zitterten. Es hatte eine Weile gedauert, bis sie sich wieder beruhigte. Kitty machte sich große Sorgen, dass dieser Vorfall – der zu dem Stress der Heimreise noch dazukam – vielleicht zu viel für Diana gewesen sein könnte.

»Wie kommst du mit deinen Plänen für England voran?«, fragte sie vorsichtig.

»Ich glaube, es ist alles geregelt«, sagte Diana. »Wir müssen nur noch entscheiden, ob wir mit dem Zug nach Norden zu Richards Familie fahren oder uns einen Mietwagen nehmen.«

»Machst du dir Gedanken darüber – ich meine, wie es sein wird?« Kitty hatte das Gefühl, sie könne ein bisschen tiefer bohren.

»Ja«, erwiderte Diana, »manchmal wünsche ich, ich könnte die Reise absagen. Aber wir müssen fahren.« Sie schwieg eine Sekunde lang, als ob sie in sich hineinhorchen wolle. »Richard und ich müssen zusammen zu der Stelle gehen, an der Phillip getötet worden ist. Wir müssen zu seinem Grab gehen und seinen Namen lesen, das Todesdatum. Wir müssen akzeptieren, was geschehen ist. Sonst können wir uns der Zukunft nicht stellen.« Sie legte die Hand auf die Augen. Als sie weitersprach, war ihre Stimme leise. »Aber ich habe Angst.«

Kitty schluckte. Sie bewunderte Diana. Es war schwer, zu glauben, dass diese Frau erst vor zwei Monaten Selbstmord begehen wollte. Die Verwandlung erschien ihr fast wundersam. Gelegentlich sah man kurz die alte, labile Diana. Dann wurde sie angespannt und spröde oder auch schweigsam und distanziert. Sie rauchte viel. Manchmal war ihr Verhalten auch

völlig überdreht und zu fröhlich. Aber Pater Remi war ständig an ihrer Seite, beruhigte sie oder lockte sie aus der Reserve. Und ganz gleich, wie ihre Stimmung war, Diana liebte ihre Arbeit. Sie hörte den Häftlingen, die an ihren Schreibtisch traten, sorgfältig zu und schrieb in ihrer neuen, ordentlichen Art die entsprechenden Briefe. Sie hatte bewiesen, dass sie stark und durchsetzungsfähig sein konnte, dachte Kitty. Diana mochte sich zwar jetzt unter Druck fühlen, aber sie würde der Reise nach England gewachsen sein.
»Du wirst es schaffen«, sagte Kitty zu ihr. »Das weiß ich. Du bist mittlerweile stark geworden. Und ich werde jeden Tag an dich denken«, fügte sie hinzu. »Und die Patres, Chalula, Tesfa und all die anderen ebenso.«
»Danke.« Diana blinzelte. Tränen standen ihr in den Augen. »Ich werde es nicht vergessen.«
Schweigend fuhren sie eine Zeitlang weiter. Das Band ihrer Freundschaft hüllte sie wie eine warme Wolke ein. Als sie am Rand von Londoni ankamen, blickte Kitty erneut auf ihre Armbanduhr und beschleunigte das Tempo, damit sie ein bisschen schneller vorwärtskamen.
»Ich muss mit dir reden, Kitty«, sagte Diana unvermittelt. »Bevor die anderen dabei sind.«
»Natürlich.« Kitty legte sich weitere Worte der Ermutigung und des Mitgefühls zurecht.
»Ich glaube, Theo hat eine Affäre.«
Erschreckt umklammerte Kitty das Lenkrad fester – nicht nur der plötzliche Wechsel des Themas schockierte sie, sondern die Tatsache, diese Worte so unverblümt und offen zu hören. Es machte alles, was sie bereits wusste, noch viel realer. Ihr Magen zog sich zusammen, und ihr wurde übel.
»Es ist diese Bienen-Frau.« Diana klang eher sachlich als aufgebracht.

Kitty nickte wortlos.
»Dann weißt du es also schon«, seufzte Diana. »Du Arme. Natürlich reden alle darüber. Das ist das Allerschlimmste daran. Du musst es einfach durchstehen, Kitty. Stell es dir so vor wie einen Sturm, der vorüberzieht. Halt den Kopf oben und geh mitten hindurch. Es wird vorübergehen.«
Kitty blickte Diana an. »Du klingst, als wüsstest du, wie es ist.«
Diana gestikulierte vage. »Richard hatte auch so seine Flirts. Nichts Ernstes. Schließlich ist es zu erwarten, oder?« Sie klang so, als habe sie sich mit der Situation abgefunden, genau wie Louisa damals. Aber das war keine Überraschung – Diana war immerhin die Tochter eines Earls und kannte die Regeln. Vielleicht gehörten sie ja zur Ausbildung der Debütantinnen, die Louisa so gern beschrieb.
»Bist du sehr böse?« Diana legte Kitty sanft die Hand auf den Arm. »Blöde Frage. Natürlich bist du böse.« Sie drückte Kittys Schulter. »Du musst immer daran denken, Theo ist dein Ehemann. Er gehört dir. Frauen wie Charlotte kommen und gehen. Sie bedeuten nichts.« Ihr Oberschichtakzent verlieh jedem ihrer Sätze ein zusätzliches Gewicht. »Über kurz oder lang wird diese Frau wieder in England sein. Und irgendwann wirst du in der *Times* lesen, dass sie sich mit Lord Sowieso verlobt hat.« Sie stieß ein trockenes Lachen aus. »Möglicherweise wird sie sogar früher als erwartet abreisen. Richard hat Theo angewiesen, das Honig-Projekt zurückzustellen, bis sie sich mit den Häuptlingen beraten haben.«
»Das habe ich gehört«, sagte Kitty. Theo und Charlotte hatten ihrem Ärger und Entsetzen über die Entscheidung an den letzten beiden Abenden lautstark Luft gemacht. »Sie kommt immer noch jeden Abend zum Essen«, fuhr Kitty fort und schüttelte den Kopf. Ihr fehlten die Worte, um diese bizarre

Situation zu beschreiben: Ihr Mann brachte seine Geliebte jeden Abend zum Abendessen mit nach Hause.
»Das ist gut!«, erwiderte Diana. »Du kennst doch die Redensart – behalte deine Feinde im Auge. Wenn sie bei dir zu Hause ist, erkennt sie an, dass du über ihr stehst.«
»Soll ich mit ihr reden?«
»Nein, definitiv nicht. Dazu lässt du dich nicht herab.«
Kitty schüttelte hilflos den Kopf. »Manchmal kann ich es kaum ertragen. Ich sitze am Tisch und habe das Gefühl, ich könnte sie umbringen.« Das war die Wahrheit. Zwar liebte Kitty Theo nicht mehr so, wie sie ihn früher geliebt hatte, aber ein Teil von ihr fühlte sich wie ein Tier, in dessen Territorium eingedrungen worden war. Am liebsten hätte sie ihr die Porzellanhaut zerkratzt.
»Du kannst nur eines tun, Kitty. Kümmere dich um dich selbst.«
»Wie meinst du das?« Kitty runzelte die Stirn.
»Lass dir eine neue Frisur machen. Kauf dir ein neues Parfum – etwas ganz anderes, als du sonst trägst. Und natürlich – Reizwäsche.« Diana klatschte in die Hände. »Sag mir deine Größe, und dann bringe ich dir etwas Schönes aus London mit. Spitze. Seide. Das sind deine Waffen …«
Kitty hätte beinahe gelacht, aber sie wusste, dass Diana es ernst meinte. Die Frau setzte eine Strategie ein, an die sie fest glaubte. Diana mochte sich zwar sehr geändert haben, seit Kitty sie kennengelernt hatte, aber sie war immer noch eine englische Adelige, so wie Kitty immer noch die Tochter eines australischen Farmers war.
Sie fuhren am Hauptquartier vorbei, und unwillkürlich hielt Kitty Ausschau nach Theo und Charlotte – aber der Landrover stand nicht auf seinem Parkplatz.
Als sie den Kreisverkehr erreichten, sagte Diana zu ihr: »Hör mir zu, Kitty. Im Club werden dich alle beobachten. Du

musst einen glücklichen Eindruck machen. Wenn du es nicht schaffst, dann hebe einfach den Kopf und schau arrogant drein. Das ist zwar nicht ganz so gut, aber es funktioniert auch. Wenn jemand dir neugierige Fragen stellt, wechselst du am besten das Thema. Du kannst auch deutlich werden, wenn es nötig ist. Und wenn du meine Hilfe brauchst, nicke, ich greife dann ein.«

Kitty lächelte kläglich. Diana hatte ihre Krallen ausgefahren. Es war gut, zu wissen, dass sie in dieser Zeit der Demütigung eine starke Freundin an ihrer Seite hatte.

»Was ist denn das da?« Diana zeigte nach vorn.

Eine dicke Rauchwolke stieg hinter einem der Bäume auf, die den Club von der Straße abschirmten. Kitty trat aufs Gaspedal. In den schwarzen Rauchwolken waren Flammen zu erkennen.

»Du lieber Himmel!«, keuchte Diana. »Der Club brennt.«

Aber dann kam das Gebäude in Sicht – alles war in Ordnung.

»Es muss das Zelt sein!«, sagte Diana leise.

Als sie um die Ecke bogen, sahen sie, dass das Zelt tatsächlich lichterloh brannte. Das Feuer hatte sich überall ausgebreitet: Leinwand, Holzstangen, Seile – alles brannte. Die Flammen leckten sogar an den Sperrholzfiguren, die vor dem Eingang standen.

Die Straße stand voller Jeeps, Trucks und anderer Fahrzeuge, die hastig abgestellt worden waren. Kitty hielt an und rannte hinter Diana her, die schon ausgestiegen war, bevor das Auto richtig angehalten hatte. In der Nähe des Feuers stand der Feuerwehrwagen. Die Mannschaft der *askaris* leistete Schwerstarbeit – ihre roten Feze hüpften, während sie Wassereimer und Schläuche heranschleppten.

Eine große Menschenmenge hatte sich versammelt. Im Club saß wahrscheinlich kein einziger Gast mehr. Kitty ließ den

Blick über die einzelnen Grüppchen gleiten, die sich auch hier draußen wieder zusammengefunden hatten. Sie sah Alice und die anderen Frauen, die hinter dem japanischen Wandschirm Hof hielten; die Mütter mit ihren Kindern und deren *ayahs*, die sich wohlweislich im Hintergrund hielten. Die Männer in Anzügen. Die Angestellten in ihren weißen Tuniken. Der alte Bowie stand ganz allein da und betrachtete das Feuer, als könne er seinen Augen nicht trauen.
Etwas weiter entfernt stand eine größere Gruppe von Afrikanern. Einige davon waren wahrscheinlich Plantagenarbeiter – sie trugen zerrissene Hemden und Hosen. Andere jedoch waren in traditionelle Gewänder gekleidet: Männer, Frauen und Kinder, die mit weit aufgerissenen Augen das Spektakel verfolgten. *Askaris* liefen in dieser Gruppe umher. Während Kitty noch zuschaute, nahmen sie einen Mann beiseite, legten ihm Handschellen an und zogen ihn zu einer separaten Gruppe von Afrikanern, die auf dem Boden saßen. Vor ihnen stand der Chief Inspector und redete mit Hilfe eines Dolmetschers mit ihnen, wobei er sich Notizen machte. Sein Gesicht war grimmig verzogen, seine Miene bedeutungsschwer.
Diana und Kitty standen einen Moment lang da und blickten ins Feuer. Die letzten Fetzen Leinwand sanken zu Boden, und das Holzgerüst stand nackt da wie ein Skelett.
»Ich habe gehört, wie jemand gesagt hat, es sei Brandstiftung gewesen.« Diana blickte besorgt zu den Afrikanern. »Sie versuchen herauszufinden, wer es gewesen ist.«
Kitty musterte die schwarzen Gesichter. Einige Zuschauer waren immer noch in das Schauspiel der Flammen versunken, aber viele waren durch die Aktionen der *askaris* abgelenkt. Kitty schauderte, als sie in ihren Augen den Hass und den Spott sah, die sie auch schon bei Alfred und den anderen Angestellten im Club oder bei ihrem Hauspersonal erlebt hatte.

»Da sind Richard und Theo.« Diana zupfte Kitty am Ärmel. Kitty erstarrte, als sie zu ihrem Mann blickte. Dianas unverblümter Hinweis auf seine Untreue klang ihr noch in den Ohren. Eigentlich hatte sie keine Lust, Theo – oder auch Richard – jetzt gegenüberzutreten. Aber Diana ging bereits auf die beiden zu.

Die Männer standen nebeneinander, die Hände in den Taschen. Sie hätten auch Zuschauer bei einem Polospiel sein können, wenn ihre Mienen nicht so angespannt gewesen wären. Neben ihnen stand ein *askari.*

Richard begrüßte Kitty und Diana, aber Theo nickte nur kurz und wandte sich wieder dem Feuer zu.

»Hat jemand es absichtlich gelegt?«, fragte Diana ihren Mann.

»Anscheinend ja. Es hat an fünf Stellen gleichzeitig angefangen zu brennen. Jemand hat Benzin genommen.« Er schüttelte den Kopf. »Das soll wohl eine Art Botschaft an uns Europäer sein. Vielleicht hat es etwas mit den Problemen in den Arbeiter-Camps zu tun. Aber es könnte auch einen anderen Grund haben.« Seine Sätze galten Theo, der jedoch nicht den Eindruck machte, als ob er zuhörte.

»Es ist ein schlechter Zeitpunkt für mich, um abzureisen«, fuhr Richard fort. Kitty sah, dass Diana besorgt die Stirn runzelte, aber sie entspannte sich gleich wieder, als ihr Mann sie anlächelte. »Keine Sorge, Diana, wir fahren trotzdem. Aber dieser Vorfall hier muss mit Vorsicht behandelt werden.« Er wandte sich an Theo und wartete auf eine Antwort. Es dauerte ein paar Sekunden, bevor er eine bekam.

»Absolut«, erwiderte Theo, den Blick starr auf das Feuer gerichtet.

»Sie werden einige Konzessionen den Arbeitern gegenüber machen müssen. Geben Sie ihnen eine Gehaltserhöhung. Tun Sie alles, um Ruhe und Ordnung wiederherzustellen.«

Kitty blickte Theo an. Er schaute wie gebannt ins Feuer – die Flammen spiegelten sich in seinen weit aufgerissenen Augen. Die Überreste des Zeltes interessierten ihn nicht – er starrte auf die Holzfiguren – Maria, Joseph, der Engel. Sie sahen aus wie echte Menschen, die bei lebendigem Leib verbrannten. Josephs Oberkörper beugte sich vor, als die Flammen ihn verzehrten. Es sah aus, als winde er sich vor Schmerzen.

Kitty legte ihre Hand auf Theos Arm. Den Ausdruck auf seinem Gesicht kannte sie – so hatte er immer ausgesehen, wenn sie ihn aus einem Alptraum geweckt hatte. »Geht es dir gut?«

Als er nicht reagierte, stieß sie ihn leicht an. »Was ist los?«

Plötzlich erstarrte er und zog seinen Arm weg. Er blickte Kitty überrascht an, murmelte etwas und begann sich umzusehen. Suchend glitt sein Blick über die Menge.

Kitty entdeckte Charlottes rote Haare nur wenige Meter von ihnen entfernt. Neben ihr stand ein Mann, den Kitty als einen der Manager erkannte, Larry Green. Da er äußerst attraktiv und vor allem noch ledig war, wurde im Club ständig über ihn spekuliert. Die beiden unterhielten sich angeregt und interessierten sich nicht für das Treiben um sie herum – das Feuer hätte auch nur zu ihrer Unterhaltung da sein können.

Kitty musterte Charlottes Kleidung. Sie sah sie zum ersten Mal in Arbeitskleidung. Sie trug ein tailliertes Safari-Kostüm, allerdings nicht aus Khaki, sondern aus einem honiggelben Stoff. Es lag viel zu eng an, um wirklich praktisch zu sein, betonte aber die Rundung ihres Hinterteils und ihre schmale Taille. Charlotte warf ihre langen Haare zurück, legte den Kopf in den Nacken und lachte, wobei sie ihre weißen Zähne zeigte. Larrys Körper bog sich ihr entgegen, als würde er von einem Magneten angezogen werden.

Anscheinend hatte Theo das Paar auch entdeckt. Seine Miene verfinsterte sich, als er ihnen zuschaute.

»Entschuldigung«, murmelte er, »ich bin gleich wieder da.«
Kitty wechselte einen Blick mit Diana, als Theo zu Charlotte marschierte. Diana lächelte schwach: Vielleicht war Charlotte ja Theo schon leid. Aber der Gedanke freute Kitty nicht besonders. Ihr wäre es lieber gewesen, wenn Theo eine wirkliche Liebesaffäre gehabt hätte. Was hier vor sich ging, schien ihr geschmacklos.
Das Feuer war mittlerweile heruntergebrannt. Der Engel war verschwunden, Maria ebenfalls, und das Jesuskind war nur noch ein Häufchen Asche. Eine Hälfte von Josephs Körper war von den Feuerwehrmännern gerettet worden, auch das Rentier hatte nur seinen Kopf eingebüßt. Kitty musste an die antiken Statuen im British Museum denken: Überreste, die nicht mehr vollständig waren. Sie klammerte sich an die Erinnerung, weil sie verzweifelt versuchte, sich von Theo abzulenken. In Gedanken verband sie die Museumsstücke mit der Statue, die sie für die Grotte machen sollte. Sie hatte jetzt keine Bedenken mehr, den Auftrag anzunehmen, ganz gleich, was Theo dazu sagte. Er hatte die Regeln gebrochen und damit jedes Recht verspielt, ihr etwas zu verbieten. Sie würde wieder als Künstlerin arbeiten, und das würde ihre Entschädigung für seine Untreue sein. Um noch länger bei dem Thema verweilen zu können, überlegte sie, welche Materialien sie für das Projekt brauchte. Ton, Seil, Metallstäbe, Sackleinen, Gips … Aber Theos Stimme riss sie aus ihren Gedanken. Er redete gerade mit Charlotte über den Brand.
»Nun«, sagte er in seinem autoritärsten Tonfall, »wenn so ein Kerl ein Zelt niederbrennt, dann bewirkt das ja wohl gar nichts! Solchen Leuten gegenüber muss man unnachgiebige Härte zeigen!«
»Absolut«, stimmte Charlotte ihm zu, »wo soll das sonst hinführen?«

Kitty ging ein paar Schritte zur Seite, um nichts mehr hören zu müssen. Der Wind trieb ihr den Qualm zu, und ihr stiegen die Tränen in die Augen. Als sie sie schloss, fühlte sich die Luft sogar noch heißer an, und der Schweiß lief ihr übers Gesicht. Verzweiflung baute sich in ihr auf. Am liebsten wäre sie einfach weggelaufen und hätte sich irgendwo verkrochen. Aber das hätte eine Szene gegeben, der sie sich im Moment nicht gewachsen fühlte.
Sie zwang ihre Gedanken zurück zu der Statue. Es würde eine gewaltige Aufgabe werden. Zuerst musste sie im Dorf ein Kind als Modell auswählen, zahlreiche Skizzen machen und alles genau vermessen, damit die Proportionen stimmten. Dann würde sie ein Modell bauen – dazu musste sie die Metallstäbe auf dem Amboss in die ungefähre Form von Knochen schmieden. Mit Lappen und Hanfseilen würde sie die grobe Gestalt des Kindes nachbilden. Dieses Gestell würde sie mit Ton bedecken. Jetzt kam der Teil, den sie am meisten liebte: Mit den Fingern und feinen Werkzeugen würde sie den Ton modellieren. Die Herausforderung dabei war, das Wesen des Kindes einzufangen – sein Leben, seine Persönlichkeit, seinen Geist. Mit jedem Augenblick würde die Statue lebendiger werden.
Während das Projekt in ihrem Kopf immer deutlichere Formen annahm, spürte Kitty, wie sich in ihr die altbekannte Erregung aufbaute. Die Arbeit würde Monate in Anspruch nehmen; es würde ihre Tage ausfüllen. Und so würde sie überleben. Sie würde sich in ihrer Arbeit verlieren – und Theo und all ihre anderen Kümmernisse ausblenden. Und wenn die Statue des Kindes fertig war, würde sie sich an die nächste Arbeit machen. Vielleicht bildete sie sogar einen Gehilfen aus und gab die Fähigkeiten weiter, die Juri sie gelehrt hatte. In der Stille ihres Ateliers draußen in der Mission würde sie zu

dem Lebenszweck zurückfinden, für den sie ursprünglich nach England gereist war. Damals hatte sie nicht vorgehabt, jemanden zu heiraten. Sie wollte nur Künstlerin werden.
Kitty wandte sich vom Feuer ab. Ihre Haut war mit Asche bedeckt, und im Mund hatte sie einen Geschmack nach Ruß. Aber sie bemerkte es kaum. Erleichterung überflutete sie. Sie hatte ihren Weg gewählt. Ein Teil von ihr würde Theos Frau bleiben, aber der andere Teil würde sich der Kunst widmen, genauso wie es Juri nach dem Tod seiner geliebten Katya getan hatte. Wie er würde sie um Aufrichtigkeit, Reinheit und die Perfektion ihres Könnens ringen. Die Essenz des Lebens einzufangen, die über Schmerz und menschliches Versagen hinausging – dieses Streben würde immer wahr und schön bleiben.

18

Der Geruch nach Chlor vermischte sich mit dem öligen Duft der Kokosnuss-Sonnenmilch. Kitty hatte sich den Hut ins Gesicht gezogen, um sich vor der Sonne zu schützen. Um sie herum plauderten die anderen Frauen. Das Chaos der Weihnachtswoche war gekommen und gegangen. Heute Morgen hatten sich die Gespräche um Gewichtszunahme und mehr Bewegung gedreht, aber jetzt waren alle Themen erschöpft. Pippa las aus einer Liste von nützlichen Ratschlägen für Hausfrauen vor; Alice fragte bei jedem Tipp, ob er wohl funktionieren würde. Audrey beklagte sich, dass sich der Sonnenbrand auf ihren Schultern zu schälen begann.
Kitty fragte sich, wie sie es während Dianas Abwesenheit hier aushalten sollte. Sie war erst vor ein paar Tagen abgereist, und doch fühlte Kitty sich jetzt schon einsam. Sie konnte mit niemandem über die Ereignisse in der Mission sprechen, und auch die jüngsten Probleme mit ihren Hausangestellten konnte sie niemandem anvertrauen. Wenn Diana jetzt hier wäre, dachte Kitty, würde sie ihr sogar von Taylor erzählen. Es war Diana bestimmt schon aufgefallen, wie oft sie sich mit Taylor während der Arbeit in der Mission unterhielt und dass sie in den Teepausen wie selbstverständlich nebeneinandersaßen – aber sie hatten noch nie darüber gesprochen. Die Gespräche über Dianas Reise nach England und über Theo und Charlotte hatten zu einer neuen Offenheit zwischen ihnen geführt, aber seit dem Brand hatten sie kaum noch Zeit füreinander gehabt. Diana hatte alle Hände voll zu tun, die Reise vorzube-

reiten, und außerdem stand ja auch Weihnachten vor der Tür. Aber vielleicht war das auch besser so, dachte Kitty. Sie hätte sowieso nicht genau gewusst, wie sie ihr Verhältnis zu Taylor beschreiben sollte.

Um ihre Gedanken einem weniger gefährlichen Thema zuzuwenden, dachte Kitty daran, wie sie die Armstrongs vor dem Abflug verabschiedet hatte. Diana hatte fantastisch ausgesehen in ihrem neuen Kostüm, das der indische Schneider noch im letzten Moment fertiggestellt hatte. Das kühne orangebraune Muster fiel ins Auge, und der Stoff schmiegte sich perfekt um ihren Körper. Richard war weniger elegant, er hatte sich das Jackett lässig über eine Schulter gehängt. Er war bestimmt erleichtert, dass der Vorfall mit dem Brand noch vor seiner Abreise geklärt worden war. Anscheinend hatte ein ehemaliger Angestellter des Clubs, der entlassen worden war, weil er Lebensmittel gestohlen hatte, das Feuer gelegt.

Weder Richard noch Diana erwähnten die Tatsache, dass Theo nicht auf dem Flugplatz war, obwohl er eigentlich seinem Vorgesetzten diese Höflichkeit hätte erweisen müssen. Theo hatte Kitty gebeten, ihn zu entschuldigen, und behauptet, er sei von seinen neuen Pflichten zu sehr in Anspruch genommen – seit diesem Morgen war er stellvertretender Generaldirektor. In Wahrheit jedoch mied er den Flugplatz, wann immer es möglich war. Er sagte, er könne den Lärm, den Staub und den Geruch nicht ertragen.

Das Flugzeug stand schon bereit. Kitty, Diana und Richard hatten sich auf die sehr formelle englische Art mit Handschlag verabschiedet. Kitty hatte dem Ehepaar eine gute Reise gewünscht. Jetzt wartete sie darauf, dass sie ins Flugzeug stiegen – an diesem öffentlichen Ort würden sie sicher keine Gefühle zeigen. Aber Diana ergriff erneut ihre Hand und blickte Kitty an. Ihre Augen schwammen in Tränen.

»Wie kann ich dir nur danken, Kitty, für alles, was du für mich getan hast?« Dianas Stimme bebte; sie gestikulierte mit der freien Hand, weil sie nicht mehr weitersprechen konnte. Einen Moment lang standen die beiden Frauen voreinander, dann traten sie aufeinander zu und umarmten sich.
Als sie sich endlich voneinander lösten, betupfte Diana ihre Augen mit einem Taschentuch. »Pass auf dich auf und denk daran, was ich dir geraten habe.«
»Ich werde es versuchen.«
»Es wird alles gut«, sagte Diana mit fester Stimme. Jetzt war sie diejenige, die Kitty beruhigte. »Und wenn alles zusammenbricht, kannst du immer noch in ein Kloster eintreten.« Sie grinste – aber die Worte bekamen eine ganz eigene Bedeutung. Kitty dachte an die Nonnen in ihren blauen Gewändern – an die Einfachheit ihres Alltags. Sie stellte sich vor, wie es wäre, wenn sie am Abend die Mission nicht verlassen müsste. Nicht nach Hause zurückkehren müsste, um ihren Part in dem unwürdigen Dreieck zu spielen, das sie mit Theo und Charlotte verband …
»Sagen Sie Theo herzliche Grüße von uns, ja?«, durchbrach Richards Stimme ihre Gedanken.
»Ja, das mache ich«, erwiderte Kitty. Richard hörte sich ein wenig nervös an. Es fiel ihm nicht leicht, gerade jetzt abzureisen – zwar war die Brandursache geklärt, aber es gab andere Probleme. Das Erdnuss-Projekt geriet von einer Krise in die nächste.
Kitty stand am Rand des Rollfelds, abseits von den anderen Leuten, die sich von Passagieren verabschiedeten. Als sie zusah, wie Diana und Richard über die fahrbare Treppe in denselben umgebauten Bomber einstiegen, mit dem sie hierhergekommen war, dachte sie an all die Monate zurück, die seitdem vergangen waren. So vieles war geschehen. So vieles

hatte sich verändert. Sie dachte daran, wie Diana sie an jenem ersten Tag an Theos Stelle abgeholt hatte. Damals war Diana eine Fremde für sie gewesen. Und jetzt war ihr eigener Mann der Fremde.

Kitty eilte zu ihrem Auto, um nach Londoni zurückzufahren – sie wollte nicht allein sein. Sie hatte ihr Auto fast erreicht, als das Flugzeug hinter ihr startete. Die Motoren sprangen klappernd an, und die Propeller drehten sich. Und dann erfüllte lautes, gleichmäßiges Dröhnen die Luft. Der Lärm vibrierte in ihrem Körper und erinnerte sie an den Luftstützpunkt in Skellingthorpe. Sie spürte die alte Angst in der Magengrube. Würde Theos Flugzeug zurückkommen? Oder war dies der letzte Abschied gewesen?

Schuldgefühle stiegen in ihr auf – sie hatte sich noch nie wirklich klargemacht, welche Wirkung diese Geräusche auf Theo haben mussten. Ganz zu schweigen von der auffälligen Form und Größe der Lancasters, die in Kongara landeten und starteten. Abgesehen von den wenigen Fenstern, die hinzugefügt worden waren, unterschieden sie sich kaum von den früheren Bombern. Kein Wunder, dass Theo es vermied, hierherzukommen. Er musste das Entsetzen jener Jahre hier erneut empfinden! Wieder erleben, wie er ein brennendes Flugzeug zu Boden brachte und mit ansehen musste, wie sein Kopilot Bobby bei lebendigem Leib verbrannte. Hatte er sich im Schuldgefühl des Überlebenden verloren? Mitgefühl stieg in Kitty auf und überdeckte Wut und das Gefühl, verraten worden zu sein.

Im Lauf der Jahre hatte sie mitbekommen, welche Strategien Theo anwandte, um mit der Auswirkung dieser Erlebnisse umgehen zu können. Er konnte über bestimmte Aspekte des Kriegs sprechen – das musste er, vor allem hier in Kongara, wo die meisten Männer in der Armee, bei der Marine oder der

Luftwaffe gewesen waren –, aber andere Dinge vermied er. Wenn er auf etwas angesprochen wurde, das über seine Grenzen hinausging, zog er sich hinter eine Mauer des Schweigens zurück. Unwillkürlich verglich Kitty ihn mit Taylor, der buchstäblich mit seinen Ängsten eingesperrt gewesen und so gezwungen worden war, sich mit ihnen auseinanderzusetzen. Er wirkte heute stark, frei und glücklich.

Es kränkte Kitty zwar, es zugeben zu müssen, aber seit Charlottes Ankunft war Theo so fröhlich und entspannt wie schon seit Jahren nicht mehr. Natürlich gab es zwischen Theo und Kitty mehr Spannungen, seit Charlotte in die Schuhschachtel gezogen war. Er war seiner Frau gegenüber noch reizbarer und distanzierter. Aber wenn Kitty ihn allein mit Charlotte sah, war er gut gelaunt, sogar albern. In der letzten Zeit jedoch hatten sich die Dinge geändert. Seit dem Brand waren seine Alpträume wiedergekommen. Kitty war oft nachts aufgewacht, weil er im Schlaf schrie. Manchmal konnte sie seine Worte verstehen – »Steig aus! Steig aus! Um Gottes willen, Bobby!« –, manchmal waren sie jedoch unverständlich. Kitty blieb bei ihm, bis er sich beruhigte, dann ging sie wieder in ihr Schlafzimmer. Dass sie ihn körperlich tröstete, ihm über die Haare strich oder ihn streichelte, war nicht mehr möglich.

Kitty wusste nicht, ob sein Rückfall durch den Brand des Festzeltes verursacht worden war, der traumatische Erinnerungen geweckt hatte, oder ob Charlottes schlechte Laune etwas damit zu tun hatte. Die Imkerin war immer noch wütend, weil sie ihre Arbeit verschieben musste. Beim Abendessen saß sie entweder eisig schweigend da oder wütete gegen die Dummheit des OFC. Theo versuchte, sie zu besänftigen. Die Probleme würden gelöst werden. Sie müssten nur der Form halber mit den Häuptlingen sprechen, behauptete er. Bald würde alles wieder normal laufen. Aber Charlotte beruhigte sich nicht.

Das Weihnachtsdinner war eine Katastrophe gewesen. Wie üblich saßen sie nur zu dritt am Tisch. Die meisten anderen Familien auf dem Millionärshügel hatten sich mit ihren besten Freuden zusammengetan, da niemand hier Familie hatte. Aber Charlotte war wütend auf den OFC – und vor allem auf Richard – und wollte mit niemandem etwas zu tun haben. Kitty hatte sich als Gastgeberin bemüht, die Stimmung ein wenig aufzuheitern, indem sie Knallbonbons auf der Festtafel verteilt hatte, die sie in Ahmeds *duka* gefunden hatte. Sie waren aus rotem und grünem Krepppapier mit silbernen Schneeflocken. Theo, Charlotte und Kitty rissen sie zwar auf, aber niemand setzte die albernen Hüte auf oder las die Witze vor. Unbeachtet lagen sie neben dem Besteck. Als Gabriel den Truthahn mit Beilagen servierte, war es still am Tisch. Eustace hatte sich selbst übertroffen – Cynthia wäre stolz gewesen –, aber niemand hatte Hunger.

Kitty musste an die Weihnachtsessen zu Hause in Australien denken. Die Millers aßen immer bei Tante Josie, die einen behelfsmäßigen Tisch aus Sägeböcken und Brettern auf der Veranda aufgebaut hatte. Die Frauen brachten Platten voller Essen aus der brütend heißen Küche, während die Männer die Hemdsärmel hochkrempelten und Bier tranken. An einem Ende des Tischs saßen alle Vettern und Cousinen. Alle waren guter Dinge und entspannt. Seitdem sie von zu Hause weggegangen war, trauerte Kitty jedes Weihnachten dieser schönen Zeit nach. Und der schlecht gelaunte Gast an diesem Weihnachten machte ihr den Kontrast zwischen Vergangenheit und Gegenwart noch schmerzlicher bewusst als sonst.

Bei Plumpudding und Brandy-Creme hatte Charlotte darüber geredet, wie die Verzögerung des Projekts ihren Bienen schadete. Sie waren sensibel, erklärte sie; sie spürten negative Emotionen. Was der OFC ihnen antat, war ein Verbrechen.

Theo äußerte sein Mitgefühl, aber sie fuhr ihn nur an. Kitty war hin- und hergerissen zwischen dem Vergnügen an ihrem Streit und einem seltsamen Gefühl, Theo beschützen zu müssen, das sie nicht verstand. Am liebsten hätte sie sich selbst ausgelacht – ihr Mann tat ihr leid, weil seine Geliebte ihn schlecht behandelte! Es war verrückt. Und warum feierte sie überhaupt Weihnachten mit den beiden, als sei es das Normalste auf der Welt? Warum stand sie nicht einfach auf und ging? In einer Stunde könnte sie in der Mission sein und mit den Patres ein italienisches Festmahl genießen. Sie hatten viele Gäste heute Abend. Tesfa, Schwester Clara und einige der anderen Nonnen. Ein Priesternovize aus Kenia war zu Besuch. Amosi würde aus der Küche kommen und sich zu ihnen setzen, zusammen mit den anderen Helfern. Taylor würde auch da sein. Und Gili natürlich, der wie ein Kind herumtollen würde ... Kitty wollte so gern dort sein. Sie wusste nicht einmal genau, was sie davon abhielt, sich ins Auto zu setzen und loszufahren. Hatte sie nicht den Mut dazu? Oder fühlte sie sich immer noch an Theo gebunden? War es Stärke oder Schwäche? Sie hatte keine Antwort darauf. Sie konnte nur stumm am Tisch sitzen bleiben und darauf warten, dass die Mahlzeit endlich vorbei war.

Nach Weihnachten mussten alle Mitarbeiter des OFC wieder zur Arbeit erscheinen. Der Landwirtschaftsmanager besuchte die Häuptlinge in der Gegend, um mit ihnen über das geplante Bienenprojekt zu sprechen. Es gab keine guten Neuigkeiten für Charlotte – bis jetzt hatte er noch keine einzige positive Antwort bekommen. Die Wagogo standen der Angelegenheit so ablehnend gegenüber, wie Taylor es vorausgesagt hatte.

Charlotte drohte damit, ihre Sachen zu packen und abzureisen. Sie verbrachte ihre Tage im Club und saß nicht mehr an dem Schreibtisch, der extra für sie im Hauptquartier aufgestellt worden war. Eines Abends hörte Kitty, wie sie mit Theo darüber stritt, dass sie im Club essen könne, mit wem sie wolle – auch mit Larry Green. Theo hatte fast verzweifelt geklungen. Zu dem Stress mit Charlotte kam seine Verantwortung als stellvertretender Generaldirektor, die natürlich mehr Arbeit mit sich brachte. Kitty machte sich Sorgen um ihn. Aber die Kluft zwischen ihnen war mittlerweile so groß, dass sie noch nicht einmal versuchte, mit ihm zu sprechen. Er würde das Gespräch abbrechen, bevor es noch richtig begonnen hätte.

Ein Kichern durchbrach ihre Gedanken. Pippa las einen Witz vor – etwas über einen Mann, der seine Frau mit einem Auto verwechselte. Selbst Alice lachte. Plötzlich konnte Kitty es nicht mehr ertragen, noch länger am Pool zu liegen. Sie war heute früh in den Club gekommen, um auf Theos Wunsch hin ihren Platz als erste Memsahib zu etablieren. Jetzt war sie lange genug da gewesen und konnte fahren, dachte sie.

Sie stand auf und begann, ihr Handtuch zusammenzufalten. Pippa schaute von ihrer Zeitschrift auf und blickte über den Rand ihrer rosa Sonnenbrille. »Gehst du schon?«

Kitty nickte höflich. »Ich habe zu tun.«

Alice warf ihr einen scharfen Blick zu. »Diana ist doch nicht mehr da.«

»Ich fahre allein.« Kitty sah, wie die Frauen neugierige Blicke wechselten. Seit die Affäre zwischen Theo und Charlotte die Runde gemacht hatte, wurde sie genau beobachtet, als ob ihr Leben besonders interessant sei.

»Ich würde gern mitkommen«, sagte Evelyn. Ihre Stimme klang sehnsüchtig.

»Warum das denn?«, fragte Audrey verwirrt.

»Um zu sehen, wie es ist.«

Kitty lächelte Evelyn an. »Du kannst jederzeit kommen. Sag mir nur vorher Bescheid.«
Die Frau schüttelte den Kopf. »Das dürfte ich nie.«
»Nein, wahrscheinlich nicht.« Kitty warf Evelyn einen mitfühlenden Blick zu. Ihr Mann war sogar noch strenger als die anderen.
»Wenn du nicht weißt, womit du dich beschäftigen sollst, Evelyn«, sagte Alice spitz, »dann solltest du dich mehr an den Vorbereitungen für den Quiz-Abend beteiligen. Wir haben noch nicht annähernd genug Fragen.«
Kitty steckte ihr Handtuch in ihre Schultertasche und eilte in den Umkleideschuppen.

In dem feuchten, dämmerigen Raum schlüpfte Kitty rasch in ihr rot und weiß gepunktetes Kleid. Sie machte sich gar nicht erst die Mühe, sich das Chlorwasser abzuduschen. In Gedanken war sie bereits in ihrem Atelier. Sie wollte noch weitere Zeichnungen von dem kleinen Mädchen machen, das sie als Modell für die Skulptur ausgesucht hatte. Tulia war die perfekte Wahl gewesen. Sie konnte klaglos längere Zeit ruhig stehen, als jedes europäische Kind es geschafft hätte. Am Ende jeder Sitzung belohnte Kitty sie mit einer Flasche Fanta, die Tulia langsam, über den Zeitraum einer halben Stunde, Schluck für Schluck trank. Kitty hatte vorgeschlagen, sie auch zu bezahlen, aber Pater Remi hatte gesagt, es sei für Tulia eine große Ehre, für die Statue, die in der Grotte aufgestellt würde, Modell zu sitzen. Geld brauchte sie dafür nicht zu bekommen.
Einige der Häftlinge waren damit beauftragt worden, in der Gegend um die Quelle Ton zu sammeln. Er war geschmeidig und hell – fast wie das Porzellan, das Juri von einem Händler in London mitgebracht hatte. Kitty trocknete sich die Haare

mit dem Handtuch und schlüpfte in ihre Schuhe. Sie lächelte bei der Erinnerung daran, wie stolz Taylor ihr eine Kugel Ton gezeigt hatte. Er hatte sie darauf hingewiesen, dass das Material so fein war, dass man seine Fingerabdrücke sehen konnte. Gerade wollte Kitty den Schuppen verlassen, als sie Stimmen hinter der rückwärtigen Wand hörte.

»Umesikia habari?« Hast du die Neuigkeiten gehört?

»Erzähl sie mir schnell, mein Bruder. Ich muss wieder in die Küche.«

Kitty blieb stehen, um zu lauschen. Zwei Männer redeten miteinander. Es irritierte sie, dass sie gerade dort standen. Die Stelle war mit Dornenbüschen bepflanzt worden, nachdem einer der Angestellten dabei erwischt worden war, wie er durch die Ritzen in den dünnen Holzwänden geschaut hatte.

Wieder ertönte die erste Stimme, aber so leise, dass Kitty nur Bruchstücke verstehen konnte.

»… nyuki kutoka mbali …« Bienen von einem weit entfernten Ort.

»Yule mwenye nywele nyekunu.« Die Frau mit den roten Haaren.

»Mchawi.« Die mit der besonderen Macht.

Bei den nächsten Worten stockte Kitty der Atem. *»Itauawa.«* Sie wird getötet werden. *»Itafanyikiwa leo hii.«* Es wird noch heute geschehen.

Kitty starrte auf die Holzwand, als könne sie hindurchsehen. Wer sagte so schreckliche Dinge? Sie hatte sich bestimmt verhört oder die Swahili-Wörter falsch verstanden. Aber seit Kitty in der Mission arbeitete, hatte sich ihre Kenntnis der Sprache mit jedem Tag verbessert. Die Bedeutung der Worte war völlig klar.

Sie schlich näher an die Wand und lauschte angestrengt, als die Männer weitersprachen.

»Sie sind heute früh zur großen *shamba* aufgebrochen. Ahmeds Junge hat es mir gesagt. Er hat ihnen Benzin verkauft.« Die Stimme klang atemlos vor Wut. »Sie wollte ihre Geisthäuser aufhängen. Sie hat die erste Stelle schon ausgesucht – die doppelten *buyu*-Bäume!«
»Sie hat es verdient zu sterben.«
»Vielleicht ist sie schon tot.«
Eine dritte Stimme vom Pool her unterbrach die beiden. Dieses Mal waren die Worte auf Englisch. »Was macht ihr zwei da drüben? Wollt ihr Ärger bekommen? Geht wieder an die Arbeit!«
Man hörte raschelnde Geräusche und leise Schmerzenslaute. Wahrscheinlich bahnten sich die beiden Männer einen Weg durch das Gebüsch. Sie hastete zur Tür und sah gerade noch zwei Afrikaner davoneilen. Sie trugen einfache Shorts und Hemden und Sandalen aus alten Autoreifen, wie sie viele Leute in der Gegend um Londoni trugen. Kitty blickte ihnen hilflos nach. Sollte sie die Wachen am Pool alarmieren? Die Männer würden natürlich leugnen, was sie gerade gesagt hatten. Und außerdem machte es sowieso keinen Sinn. Wie konnte Charlotte heute schon ihre Bienenstöcke aufstellen? Alice hatte sich gerade erst darüber beklagt, dass ihr Mann noch die ganze Woche mit den Häuptlingen reden müsste und keinen Tag zum Mittagessen nach Hause kam.
Kitty lief zu ihrem Auto – barfuß, die Schuhe in der Hand –, ohne auf die neugierigen Blicke der Gäste im Club zu achten. Sie fuhr sofort zum Hauptquartier, so schnell, dass sie fast ein Huhn überfahren hätte. Theos Landrover war nirgendwo zu sehen. Auch der *askari*, der für gewöhnlich auf dem Parkplatz Wache hielt, war nicht da. Theos Sekretärin bestätigte ihr, dass der stellvertretende Generaldirektor schon früh am Tag

aus Londoni weggefahren sei, zusammen mit Lady Welmingham. Als sie Charlottes Namen erwähnte, unterdrückte sie ein wissendes Lächeln.
»Wohin sind sie gefahren?«, fragte Kitty.
»Zu den Einheiten. Sie haben die Bienenkörbe mitgenommen – endlich.« Sie schauderte. »Ich wohne neben dem Fußballplatz. Ich bin froh, dass sie endlich weg sind.«
Kitty rannte wieder zu ihrem Auto und fuhr zu Scotland Inch. Ihr Magen krampfte sich zusammen, und sie hatte nur noch Angst um ihren Mann.
Zu ihrer Erleichterung stand der Chief Inspector vor dem Hauptzelt und wollte gerade mit einigen *askaris* in einen Jeep steigen. Ungeduldig hörte er zu, als Kitty ihm erzählte, was sie gehört hatte. Sie übersetzte *mchawi* als »Hexe«, damit er es verstand.
Als sie fertig war, schwieg er ein paar Sekunden lang. Kitty ballte frustriert die Fäuste.
»Ich weiß ganz genau, dass sie mit den Bienenkörben dorthin gefahren sind«, sagte sie noch einmal. »Das hat man mir im Hauptquartier gesagt.«
»Das weiß ich auch«, erwiderte der Chief Inspector ruhig. »Theo ist auf dem Weg dorthin hier vorbeigekommen, um mit mir darüber zu sprechen. Ich habe ihm eine bewaffnete Eskorte mitgegeben. Es wird schon alles gutgehen. Und ich habe viel zu tun.« Er lief zum Jeep, in dem bereits seine Leute saßen. »In den Traktor-Werkstätten ist eingebrochen worden.«
Kitty starrte ihn fassungslos an. »Sie haben wohl nicht gehört, was ich gesagt habe! Die Männer haben erklärt, dass sie ermordet werden soll. *Heute noch!*«
Er warf ihr einen herablassenden Blick zu. »Ja, ja, weil die Dame eine Hexe ist.« Er verdrehte die Augen. »Mrs. Hamilton, wenn ich mich um jedes Gerücht und jede Verschwörung

kümmern würde, von der mir berichtet wird, dann würde ich ständig nur im Kreis herumrennen. Es gibt jeden Tag eine neue Geschichte.« Er schmunzelte. »Aber eine ›Hexe‹ – also im Ernst …«

»Sie verstehen nicht«, sagte Kitty. »Bienen sind den Wagogo heilig. Sie bezeichnen jeden, der sich mit ihnen beschäftigt, als *mchawi* – das ist das Wort, das sie dafür benutzen.«

Kitty zog den Swahili-Ausdruck vor – er hatte keine Verbindung zu den Hexengestalten, wie sie in Kindermärchen vorkamen. In der Gesellschaft Tanganjikas besaßen die *mchawi* große Macht. Tesfa hatte ihr von Fällen erzählt, wo sie ihre Macht zu guten Zwecken einsetzten – aber wenn sie Böses anrichten wollten, waren sie furchtbar. Taylors Freund hatte seinen Speer zurückholen müssen, um den Fluch zu durchbrechen. Wenn es ihm nicht gelungen wäre, wäre er gestorben. Für einen *mchawi* war es eine ernste Angelegenheit, der Magie gegen die Nachbarn beschuldigt zu werden. Wenn die Gemeinschaft sie nicht genügend fürchtete, konnten sie aus ihrem Dorf vertrieben oder sogar getötet werden. Häufig waren es alte Frauen, die keinen Sohn oder Mann hatten, der sie beschützte, die als »Hexen« angeklagt wurden – sie wurden zum Sündenbock gemacht, und man gab ihnen die Schuld an Krankheiten, Dürren oder anderen Unglücksfällen. Im Norden des Landes gab es eine Mission der Passionisten, die diesen Ausgestoßenen Zuflucht bot, aber die Mönche hatten nicht genug Platz für die vielen Frauen, die Hilfe suchten. Diese traurigen Fälle gab es ebenso wie die echten *mchawi*, die großes Unheil anrichten konnten. Es spielte keine Rolle, zu welcher Gruppe Charlotte gerechnet wurde. Sie war in großer Gefahr.

Der Chief Inspector seufzte. »Hören Sie, die *askaris* greifen ein, wenn es Probleme gibt. Sie brauchen sich also keine Sor-

gen zu machen. Ich glaube, Sie haben sich ein wenig verrannt.« Er schenkte ihr ein mitleidiges Lächeln. »Vielleicht fühlen Sie sich persönlich betroffen und würden gern Lady Welmingham als Hexe sehen. Wer könnte Ihnen das übelnehmen?«
Kitty blickte ihn nur stumm an. Die einzigen Worte, die ihr in den Sinn kamen, kannte sie aus dem Scherschuppen. Es kostete sie all ihre Selbstbeherrschung, sich umzudrehen und zu gehen.

Der Hillman holperte über die Straße zu den Einheiten. Kitty umklammerte das Lenkrad fest, um den Wagen bei den vielen Schlaglöchern unter Kontrolle zu halten. Die meiste Zeit blickte sie auf die Straße vor sich, aber als die Plantagen in Sicht kamen, schaute sie sich ab und zu rasch um. Die Erdnuss-Schösslinge waren zu richtigen Pflanzen herangewachsen und bildeten hellgrüne Flecken auf der Erde. Sie waren in langen Reihen nebeneinander eingepflanzt, was Kitty an die Zöpfchen erinnerte, die die Mädchen im Dorf sich gegenseitig flochten. Schon beim flüchtigen Hinschauen stellte sie jedoch fest, dass der Boden nicht gleichmäßig mit Pflanzen bedeckt war. Es gab ganze Abschnitte, die spärlicher bewachsen waren, und in der Ferne sah sie einen großen Fleck, auf dem gar nichts wuchs.
Die Felder schienen endlos zu sein, aber schließlich erreichte sie den äußeren Rand der Ansiedlung. So wie es aussah, handelte es sich um das Camp der einheimischen Arbeiter. Ursprünglich hatten auch hier, wie in Londoni, Reihen von Armeezelten gestanden, aber bald schon war das Lager überfüllt gewesen – Hütten aus Wellblech, Spanplatten, ja sogar aus Pappe waren an den Zeltwänden angebaut worden. Alles machte einen ärmlichen Eindruck. Das Lager war menschen-

leer. Die Arbeiter arbeiteten vermutlich auf den Feldern, und ihre Familien waren natürlich nicht hier.

Kitty fuhr schnell weiter. Die Zelte wichen langen Schlafbaracken und Kantinen. Da war eine Wellblechbaracke – eine kleinere Ausgabe der Baracke, die den Kongara-Club beherbergte. Davor lagen riesige Holzspulen, auf denen einmal Stahlkabel aufgewickelt gewesen waren. Sie dienten als Tische und Fässer darum herum als Stühle. Auf einem bunt bemalten Schild, das daneben aufgestellt war, stand *The Contractor's Arms.* Ein paar europäische Arbeiter in schmutzigen Unterhemden und Shorts saßen an einem der Tische und tranken Bier. Kitty bremste und kurbelte ihre Scheibe herunter.

»Wo ist das Hauptgebäude?«, rief sie ihnen zu.

»Auch Ihnen einen wunderschönen guten Morgen«, erwiderte ein Mann mit breitem irischem Akzent sarkastisch.

»Entschuldigung, ich wollte nicht unhöflich sein – es ist ein Notfall.«

Der Ire warf Kitty einen skeptischen Blick zu, dann wies er in die Richtung, in die sie fuhr. »Sie können es gar nicht verpassen.«

Kitty trat aufs Gaspedal. Sie versuchte, die Angst, die in ihr aufstieg, zu unterdrücken. Irgendwo hier draußen war Theo. Und Charlotte mit ihren Bienen. Kitty musste sie finden und aufhalten, bevor es zu spät war. Der schreckliche Satz, den sie im Umkleideraum gehört hatte, kam ihr in den Sinn.

Vielleicht ist sie schon tot.

Kitty wurde es schlecht. Nichts, was Charlotte getan hatte – auch nicht, dass sie mit ihrem Mann geschlafen hatte –, rechtfertigte eine so schreckliche Strafe. Aber sie hatten ja *askaris* dabei, rief sie sich ins Gedächtnis. Männer mit Gewehren würden doch bestimmt mit Männern fertig werden, die mit Speeren und Messern bewaffnet waren, ganz gleich, wie wütend sie waren.

Endlich kamen mehrere große Schuppen und Wassertanks in Sicht. Kitty beugte sich vor und hielt Ausschau nach Theos Landrover. Vor dem Hauptgebäude standen zahlreiche Fahrzeuge, aber alles nur Laster, Traktoren oder schwere Erntemaschinen.

Sie hielt vor dem Gebäude und rannte zum Eingang. Hoffentlich wurde diese Einheit nicht von Larry Green kontrolliert – das würde die Situation noch unnötig verkomplizieren. Als sie hineinlief, legte sie sich im Geiste zurecht, was sie sagen wollte. Beim Chief Inspector war sie zu hastig vorgegangen, um es ihm verständlich zu machen. Sie musste sicherstellen, dass der Mann hier sie ernst nahm. Der Leiter der Einheit besaß zwar keine Autorität über Theo, aber er konnte ihr zumindest helfen, ihn zu finden. Und dann ... Kitty zögerte. Theo hatte ihr schon lange nicht mehr zugehört – warum sollte er es gerade jetzt tun? Aber sie musste es einfach versuchen.

Die Luft im Gebäude war heiß und stickig. Kitty blickte sich rasch um. Ein paar Afrikaner bauten eine Maschine zusammen, die in Einzelteilen auf dem Boden lag. Daneben stand ein Schreibtisch, der bis auf einen elektrischen Ventilator und einen zerbrochenen Bleistift leer war. Auf dem Stuhl saß niemand.

»*Wapi bwana?*«, rief sie den Afrikanern zu. Wo ist der Boss?

Die Männer zeigten vage in die Ferne. »Er ist nicht hier, Memsahib. Vielleicht draußen.«

Kitty drehte sich auf dem Absatz um und marschierte zur Tür. Sie blieb abrupt stehen, als jemand eintrat. Beinahe wären sie zusammengestoßen. Und in diesem Moment erkannte sie ihn auch.

»Kitty! Was machen Sie hier?« Taylor musste an ihrem Gesicht erkannt haben, wie aufgeregt sie war. Besorgt runzelte er die Stirn. »Was, um alles in der Welt, ist los?«

Taylor würde ihr glauben, was sie zu sagen hatte. Bei ihm brauchte sie ihre Sätze nicht sorgfältig zu formulieren. Sie sprudelte alles heraus. Als sie die doppelten *buyu*-Bäume erwähnte, unterbrach er sie.
»Sie sind auf Einheit drei. Wir nehmen Ihr Auto.«
Kitty erwartete, dass Taylor sich ans Steuer setzen würde, aber er sprang auf den Beifahrersitz. Als er seine langen Beine im Fußraum unterbrachte, sprang Gili aufgeregt über ihn hinweg, um sich auf die Ablage hinter den Rücksitzen zu hocken.
»Fahren Sie zurück auf die Hauptstraße«, wies Taylor Kitty an. »Und dann nach links.«
Während der Fahrt erzählte sie Taylor alles, was sie gehört hatte. Als sie meinte, die bewaffneten *askaris* würden Charlotte sicher vor einem Angriff schützen können – selbst wenn viele Personen daran beteiligt wären –, schüttelte er grimmig den Kopf. »Vielleicht beschützen sie sie und Theo, aber es wird trotzdem in einer Katastrophe enden. Bienenstöcke mit fremden Bienen in die Zwillings-*buyus* zu hängen, das ist das Dümmste, was sie tun konnten. Die Wagogo werden außer sich vor Wut sein. Die Bäume sind heilig. Frauen, die nicht empfangen können, bringen Opfer dorthin. Die Leute werden so empört sein, wie die Engländer es wären, wenn jemand Westminster Abbey schänden würde.«
Schweigend fuhren sie weiter. Trotz ihrer Angst war Kitty froh, dass Taylor bei ihr war. Vermutlich war es auch ihm nicht gelungen, vernünftig mit Theo zu reden, aber sie hoffte, dass es hier draußen anders sein würde. Weit weg vom Hauptquartier mit all seinen Insignien europäischer Macht musste Theo doch anerkennen, dass Taylor viel mehr über die Menschen und das Land wusste als er. Er musste einfach Vernunft annehmen.

Ein einzelner Affenbrotbaum kam in Sicht. Er stand mitten auf dem Feld. Die Pflanzen waren außen herum gepflanzt worden. Kitty fragte sich, ob das wohl aus Respekt vor dem Baum geschehen war oder weil es so viel Mühe gekostet hätte, ihn zu entfernen. Ein einsamer *askari* hielt neben dem Stamm Wache.

»Sieht so aus, als seien sie schon am Werk gewesen.« Taylor zeigte auf ein dunkelgraues Gehäuse, das von einem Ast des Baums herunterhing. Er bedeutete Kitty, von der Straße abzubiegen. Sie behielt ihre Geschwindigkeit bei, als sie über die weiche Erde fuhr.

Sie standen noch nicht ganz, da stieg Taylor auch schon aus und rannte zu dem *askari.* Kitty blieb am Steuer sitzen. Aus dieser Entfernung konnte sie nicht verstehen, was gesagt wurde, aber sie sah dem Afrikaner an, wie aufgeregt und besorgt er war.

Taylor kam zurück ins Auto. »Sie haben mit diesem Baum angefangen. Es hat zwar keine Probleme gegeben, aber sie haben den *askari* zur Vorsicht hier zurückgelassen. Er will nicht bleiben. Er glaubt, die Bienen seien verhext. Er sagte, die anderen seien schon vor ein paar Stunden zu den doppelten *buyus* weitergezogen. Hoffentlich kommen wir nicht zu spät.«

Endlich kamen die Zwillingsbäume in Sicht. Sie ragten aus einem Buschdickicht heraus, das sich anscheinend als zu undurchdringlich für die Bulldozer erwiesen hatte. Wie vorher auch, bog Kitty von der Straße ab und fuhr übers Feld auf das Dickicht zu.

Die unteren Stämme der beiden Bäume wurden sichtbar. Kitty stockte der Atem. Eine riesige Menge von Afrikanern hatte sich dort versammelt. Es waren mindestens hundert Stammesangehörige. Nicht weit davon entfernt stand der Landrover. Taylor fluchte leise.

Kitty fuhr weiter. Die Szene entfaltete sich in Bruchstücken vor ihrem Auge. Sie sah die Speere, die Ocker-Rot-Töne der traditionellen Gewänder. Die Sonne schimmerte auf der Windschutzscheibe des Landrovers. In Khaki gekleidete *askaris* standen mitten in der Menge eng zusammengedrängt. Und in der Lücke zwischen den beiden Baumstämmen blitzte rotes Haar auf, eine honiggelbe Bluse. Kitty sah Theos Sonnenhut und sein Gesicht.

»Halten Sie hier an«, sagte Taylor, als sie noch etwa fünfzig Meter entfernt waren. Als Kitty den Motor abstellte, hörte sie, wie einer der *askaris* den Männern etwas zurief. Ein Mann rief etwas zurück, andere fielen ein. Rhythmischer Gesang ertönte, wurde laut und heftig, als immer mehr einstimmten. Der Lärm ängstigte Gili. Er sprang in Kittys Arme und klammerte sich an sie.

»Wenn die Dinge außer Kontrolle geraten, fahren Sie weg, Kitty.« Taylor blickte Kitty in die Augen. »Ich meine es ernst. Ich möchte nicht, dass Ihnen etwas passiert.«

»Seien Sie vorsichtig«, rief Kitty ihm nach.

Taylor ging auf den Mob zu, die Arme locker an den Seiten. Alle sollten sehen, dass er nicht bewaffnet war. Bevor er die Menschenmenge erreichte, begannen die Männer im Hintergrund, mit erhobenen Speeren nach vorn zu drängen. Die *askaris* trieben sie mit den Bajonetten, die sie an ihren Gewehrläufen befestigt hatten, zurück. Man sah nur noch eine wogende Masse von Körpern. Die Leute schrien und schüttelten die Fäuste, aber die Soldaten gewannen die Oberhand. Um Charlotte und Theo entstand ein offener Raum.

Kitty erhob sich von ihrem Sitz, um besser sehen zu können. Charlotte kauerte hinter Theo und schaute sich mit angstvoll aufgerissenen Augen um. Theo stand mit verschränkten Armen da. Wenn er Angst hatte, so ließ er sich nichts anmerken.

Er wirkte wie ein Schuldirektor, der einer unruhigen Klasse gegenübersteht – er wahrte seine Würde und wartete darauf, dass der Tumult sich legte.
Ein Raunen ging durch die Menge, als die Afrikaner Taylor bemerkten. Sie traten zur Seite und ließen ihn zu Theo und Charlotte durchgehen. Die Leute riefen ihm etwas zu, und Kitty sah, wie er nickte. Er bewegte sich langsam und gleichmäßig wie jemand, der auf einen Vogel zugeht und ihn nicht erschrecken will.
Kitty beobachtete gespannt, wie Theo auf Taylor reagieren würde. Aber selbst als er dicht vor ihm stand, weigerte sich Theo, seine Anwesenheit zur Kenntnis zu nehmen. Einer der *askaris* fuchtelte drohend mit seinem Bajonett. Taylor wandte sich von Theo zu den Afrikanern und dann wieder zu Theo. Dabei redete er die ganze Zeit – Kitty sah seine Gesten, aber er war zu weit weg, als dass sie hören konnte, was er sagte.
In diesem Moment rief Charlotte etwas. Der schneidende Tonfall ihrer Stimme und die unhöfliche Art, wie sie auf die Afrikaner zeigte, löste wütendes Murren aus. Taylor hob die Hand.
Ein Jeep näherte sich in den Spuren, die der Hillman auf dem Feld hinterlassen hatte. Wahrscheinlich hatten die Mechaniker gehört, was sie zu Taylor gesagt hatte, und ihren Boss alarmiert. Als der Wagen näher kam, sah Kitty, dass Larry am Steuer saß.
Sie stieg aus dem Auto und ging ein paar Schritte auf die Menschenmenge zu. Theo stand immer noch da wie eine Holzfigur, als nähme er seine Umgebung gar nicht wahr. Kitty blickte ihn alarmiert an. Sie hatte das Gefühl, dass er nicht wirklich hier war. Er war an einem anderen Ort, in einer anderen Zeit. Sie versuchte, Gilis Arme von ihrem Hals zu lösen, um ihn ins Auto zu setzen, aber er ließ sie nicht los und umklammerte sie

immer fester. Irgendetwas an dieser Szene ängstigte ihn zu Tode. Wahrscheinlich erinnerte sie ihn daran, wie er damals gefangen und anschließend gequält worden war.
Sie schlang die Arme um Gili und trat auf die Menge zu. Je näher sie Theo kam, desto deutlicher sah sie den leeren Ausdruck auf seinem Gesicht. Das Herz schlug ihr bis zum Hals.
Plötzlich begann Theo zu schreien: »Steigt aus! Steigt aus!«
Kitty kannte die Worte, die Gesten aus seinen Alpträumen. Sie begann zu rennen, wobei sie Gili fest an die Brust drückte. Es war deutlich zu erkennen, dass die Afrikaner Theos Schreie als direkten Angriff auf sich verstanden. Taylor starrte Theo an. Er wurde aus dem Verhalten des Mannes nicht schlau.
Theo schüttelte den Kopf. »Nein! Nein!«
Kitty sah, wie er in seine Tasche griff. Wie in Zeitlupe zog er seine Pistole heraus, entsicherte sie.
»Theo – nein!«, schrie sie. *»Stopp!«*
Der Klang ihrer Stimme schien seine Trance zu durchbrechen. Er blickte sich nach ihr um – aber er gab nicht zu erkennen, dass er sie sehen konnte.
»Warte!«, schrie Kitty. »Warte!«
Er stand da wie erstarrt, die Pistole in der Hand. Aber dann begann auf einmal Charlotte zu schreien. Die Schreie versetzten ihn wohl in Panik: Er wandte sich nach rechts, dann nach links, als suche er nach einem verborgenen Gegner. Taylor rannte auf ihn zu und sagte ihm, er solle seine Pistole weglegen. Aber Theo hörte gar nicht zu. Unbeholfen hob er die Waffe und begann – ohne zu zielen – zu schießen.
Kittys Augen weiteten sich ungläubig, das konnte nicht sein! Aber direkt vor Theo fiel ein Mann zu Boden. Dann noch einer. Hinter Kitty zersplitterte Glas von der Windschutzscheibe eines Autos. Theo feuerte wie wild in alle Richtungen. Sie hockte sich hin und beugte sich schützend über Gili.

Überall schrien die Leute. Chaos brach aus, als sie versuchten wegzurennen und sich gegenseitig umstießen.
Jetzt war Taylor direkt neben ihm. Theo schien aufzuwachen. Kopfschüttelnd runzelte er die Stirn. Aber der Moment verging, und Theos Gesicht erstarrte wieder zur Maske. Seine Augen wurden dunkel. Der Schrei blieb Kitty in der Kehle stecken, als sie sah, wie er den silberfarbenen Lauf der Pistole auf Taylors Kopf richtete.
Erneut hallte ein Schuss über die Ebenen. Kitty erstarrte. Die Welt schien auf einmal stehengeblieben zu sein. Dann taumelte Theo vorwärts und sank zu Boden.
Voller Entsetzen beobachtete Kitty, wie Blut aus einer Wunde in seinem Rücken drang und sein Khakihemd rot färbte. Erneut ertönte ein Schuss. Erst da bemerkte Kitty den *askari,* der neben ihr stand und mit seinem Gewehr in die Menge zielte.
Taylor schrie den *askari* an, und Kitty brauchte seine Worte nicht zu übersetzen, um zu wissen, was er meinte.
»Hör auf zu schießen! Hör auf zu schießen!«
Er ist schon tot.
Kitty schrie Theos Namen und rannte zu ihm. Er war vornüber gefallen, aber sein Gesicht war zur Seite gedreht. Aus einem Loch an seiner Schläfe rann Blut. Seine Augen waren weit geöffnet, die Augenbrauen hochgezogen, als versuche er, immer noch zu verstehen, was los war. Bewegungslos starrte Kitty ihn an. Ihr Kopf, ihr Herz weigerten sich, zu akzeptieren, was ihre Augen sahen.
Dann kam der Schock, und sie dachte und fühlte gar nichts mehr. Ihr Atem ging stoßweise. Die Erde unter ihren Knien war hart, der beißende Geruch des Schießpulvers drang ihr in die Nase. Ein Vogel stieß einen scharfen Schrei aus.
Augenblicke vergingen. Kitty schaute auf Theos Körper, seine blicklosen Augen. Seine Haare waren blutverschmiert.

Nur undeutlich war sie sich bewusst, dass Taylor neben ihr stand. Sie hörte Charlotte wimmern. Und Larrys Stimme. Er klang schockiert und verwirrt, und sie verstand seine Worte nicht.

Mit großer Anstrengung drehte Kitty den Kopf. Taylor hockte neben einem Stammesangehörigen, der auf dem Boden lag.

»Wapi unasikia uchungu?« Wo hast du Schmerzen. Lass mich sehen.

Er untersuchte ihn rasch, dann trat er zu einem anderen Mann, der ins Bein geschossen worden war. Ein Stück weiter war ein *askari* bereits dabei, jemanden mit einer Schulterwunde notdürftig mit einem Stück Stoff zu verbinden. Zwei weitere Afrikaner schienen lediglich geringfügige Verletzungen zu haben. Niemand sonst war tot, stellte Kitty fest – nur Theo.

Theo. Tot.

Sie ließ die Worte nicht an sich heran. Stattdessen sagte sie sich, sie müsse die Verwundeten versorgen. Janet hatte sie in Erster Hilfe unterrichtet, sie konnte sich nützlich machen, wenn man sie brauchte. Und hier wurde sie gebraucht. Aber ihr Körper war wie erstarrt. Sie konnte sich nicht rühren.

Taylor erhob sich und kam zu ihr. Er hockte sich neben sie. »Oh, Kitty, es tut mir so leid. Ich habe versucht, ihn aufzuhalten …« Er verstummte. Kitty schüttelte nur den Kopf. Sie konnte nicht sprechen. Taylor legte ihr die Hand auf die Schulter. Seine Berührung war fest und sanft zugleich. Am liebsten hätte Kitty sich in seine Arme geschmiegt und ihr Gesicht an seine Brust gedrückt – aber sie wusste, dass sie zusammenbrechen würde, wenn sie das täte. Sie hielt Gili fest an sich gedrückt.

»Kitty, hören Sie mir zu«, sagte Taylor leise. »Wir müssen hier weg.« Er blickte mit gerunzelter Stirn zu den Stammesangehörigen, die sich hinter den Affenbrotbaum zurückgezo-

gen hatten. Die Spitzen ihrer Speere funkelten im Sonnenlicht. Taylor wandte sich wieder Kitty zu. »Die Probleme sind noch nicht vorbei.«
Kitty nickte. Sie hob die Hand, um sich die Haare aus der Stirn zu streichen. Als sie sie zurückzog, erstarrte sie. Ihre Hand war rot von Blut.
Fassungslos starrte sie ihre Hand an. Verzweifelt versuchte sie nachzudenken – sich zu sagen, dass Theo unmöglich auf sie geschossen haben konnte. Es war ein Irrläufer gewesen, genau wie der Schuss, der das Auto getroffen hatte. Er hatte die Pistole auf niemand Bestimmten gerichtet – außer vielleicht auf die Gestalten, die seine Alpträume bevölkerten. Seltsamerweise spürte sie keinen Schmerz. Ihr ganzer Körper war wie betäubt. Erst als Taylor Gili aus ihren Armen nahm, sahen sie, woher das Blut kam. Nicht Kitty war getroffen worden, sondern der Affe, der sich an sie geklammert und den sie mit ihrem Körper geschützt hatte.
Dieser neue Schock ließ Kitty mit einem Schlag wieder hellwach werden. Ruhige Kraft stieg in ihr auf. Sie nahm Taylor Gili aus den Armen und legte den schlaffen kleinen Körper auf die Erde. Sie kniete sich neben ihn und lauschte nach seinem Herzschlag. Er war flach, aber stetig. Gilis Atem streifte ihre Wange. Sie blickte zu Taylor hinauf.
»Er lebt.«
Als Kitty das blutige Fell untersuchte, fand sie zwei Wunden. Eine war nur klein, aber die andere war ein klaffendes Loch, aus dem stetig Blut floss.
Taylor zog ein Taschentuch aus der Tasche und knüllte es zu einem festen Ball zusammen. Kitty nahm es ihm aus der Hand und drückte es auf die größere Wunde.
»Da ist die Kugel ausgetreten«, sagte Taylor. »Sie haben Glück gehabt, dass Sie nicht getroffen wurden. Wahrscheinlich lag es

am Schusswinkel oder daran, wie Sie Gili auf dem Arm hatten.«

Er schnitt mit dem Taschenmesser ein Stück von seinem Hemd ab, damit sie das Taschentuch über der Wunde fixieren konnten.

Als Kitty auch die zweite Wunde bei dem Äffchen versorgt hatte, stand sie auf, Gili fest an sich gedrückt. Taylor schien unschlüssig zu sein. Zuerst streckte er die Arme nach dem Affen aus, aber dann eilte er zu den *askaris* und den verletzten Männern.

Kitty blieb mit Gili zurück. Sie trat zu Theos Leiche. Die ersten Fliegen summten um die Wunde. In der heißen Sonne war das Blut auf seiner Haut bereits getrocknet.

Sie wandte sich ab. Wieder hatte sie das Gefühl, die Realität nicht zulassen zu dürfen, sonst hätte sie nicht die Kraft, sie zu ertragen. Stattdessen wandte sie ihre Aufmerksamkeit Taylor zu, der gerade den *askaris* Anweisungen gab. Zwei Stammesangehörige folgten ihm auf Schritt und Tritt und redeten wild gestikulierend auf ihn ein. Taylor antwortete ihnen in ruhigem Tonfall, aber Kitty sah ihm an, dass er besorgt war.

Taylor trat zu dem *askari,* der auf Theo geschossen hatte. Der Mann saß auf dem Boden, den Kopf in den Händen vergraben, das Gewehr neben sich auf der Erde.

»Umeamua vizuri«, sagte Taylor mit fester Stimme zu ihm. Du musstest schießen. Du hast die richtige Entscheidung getroffen.

Der *askari* hob den Kopf und blickte Taylor an. Nach einer Weile nickte er, und seine Schultern sanken erleichtert herab. Taylor organisierte drei Männer, die Theos Leiche an Schultern und Beinen packten und mit Taylors Hilfe zum Hillman trugen. Kitty blieb an der Stelle stehen, wo Theo gelegen hatte, und starrte auf den dunklen Fleck am Boden. Die beiden

Affenbrotbäume standen daneben, stumme, aufmerksame Wächter. Sie blickte hinauf zu den Ästen. Stofffetzen waren um die graue Rinde gebunden. Einige erst vor kurzem – die Farben leuchteten noch. Andere waren alt und zerschlissen, die Muster nicht mehr zu erkennen. Sie sah kleine Schnitzarbeiten und Lederbeutel, so wie Schamanen sie für ihre Amulette machten. Der Baum strahlte etwas Mächtiges, Fremdes aus. Theo und Charlotte hätten nicht hierherkommen dürfen. Auch das Feld dürfte hier nicht sein. Kitty sollte auch nicht hier sein.

Sie senkte den Blick und stellte fest, dass eine Gruppe von Afrikanern näher gekommen war. Einige blickten sie offen feindselig an. Andere jedoch wirkten eher neugierig. Ganz vorn in der Gruppe stand eine alte Frau. Kitty starrte sie überrascht an. Was machte sie hier unter all diesen Männern? Sie hatte klare, durchdringende Augen in einem altersweisen Gesicht. Die Frau legte die Hand mit der Handfläche nach oben über ihr Herz. Kitty begriff, dass sie mit dieser Geste von Frau zu Frau die Tragödie anerkannte, die sich gerade hier abgespielt hatte. Der Austausch mit der alten Frau gab ihr Kraft. Sie hatte einen Verlust erlitten, den andere vor ihr erlitten – und überlebt hatten. Kitty nickte langsam, dann taumelte sie hinter den anderen her.

Die Afrikaner hatten Theo auf den Rücksitz gelegt. Seine Beine waren gebeugt, damit die Türen geschlossen werden konnten. Jemand hatte einen *kitenge* über ihn gebreitet. Das rote, grüne und gelbe Muster wirkte viel zu fröhlich und voller Leben.

Kitty stieg auf der Beifahrerseite ein, und Taylor setzte sich ans Steuer.

»Wir können losfahren«, sagte er. »Larry bringt die anderen mit.« Bevor er den Motor anließ, beugte er sich zu Gili, der

auf Kittys Schoß lag. Er umfasste das Köpfchen mit beiden Händen und schluckte, als müsse er gegen Tränen ankämpfen. »*Mwanangu gwe*«, murmelte er. Mein kleiner Liebling.
Die zärtlichen Worte lösten Kittys Schock und berührten ihr Herz. Trauer über Theos Tod durchflutete sie, vermischte sich mit der Angst um Gili und mit ihrem Mitgefühl für Taylor. Der Schmerz war kaum zu ertragen. Sie senkte den Kopf und blickte auf Gili – seinen schlaffen kleinen Körper, der auf ihrem rot-weiß gepunkteten Kleid lag. Tränen liefen ihr über die Wangen und tropften auf das weiche graue Fell.

Gilis Augen waren geschlossen, seine kleinen Hände hingen schlaff herunter. Ein Speichelfaden rann ihm aus dem Maul. Das Blut floss immer noch, wenn auch langsamer; das Taschentuch war ein nasser, roter Ball. Kitty wagte es nicht, nach dem Puls des kleinen Affen zu tasten. Fast eine halbe Stunde war vergangen, und seitdem hatte er sich weder bewegt noch einen Laut von sich gegeben. Sie wusste, dass er jeden Moment sterben konnte. Am liebsten wäre ihr gewesen, Taylor wäre noch schneller gefahren, aber sie verstand, dass er Angst hatte, Gili den Erschütterungen auf der holperigen Piste auszusetzen.
Während Kitty angstvoll Gili im Auge behielt, ging sie in Gedanken immer wieder die Ereignisse der vergangenen Stunden durch. Sie sah Theo vor sich, wie er schoss, die Pistole, den kurzen Lauf ... die Rufe, das Schreien. Dann der einzelne, laute Schuss. Theo, der zu Boden sank. Kitty sah alles ganz klar vor sich. Sie konnte sich an jedes Wort erinnern, das gesprochen worden war. In einem Moment war die Wirklichkeit deutlich und real, aber im nächsten konnte sie es nicht fassen, dass Theo tot war – obwohl sie sich seine Leiche auf der Rückbank vorstellte.

»Die anderen kommen auch.«
Taylors Stimme durchbrach ihre Gedanken. Kitty drehte sich um, um durch das Rückfenster zu schauen. Larrys Jeep war hinter ihnen, hielt sich jedoch wegen der Staubwolke, die sie aufwirbelten, in sicherer Entfernung. Charlotte saß vorn auf dem Beifahrersitz. Ihre roten Haare wehen im Wind. Hinter ihr sah Kitty die schwarzen Köpfe der verwundeten Stammesangehörigen. Die *askaris* sah sie nicht, aber sie kamen wahrscheinlich mit dem Landrover nach. Gerade wollte Kitty sich wieder nach vorn umdrehen, als ihr etwas ins Auge fiel. Theos Arm hing über die Kante der Rückbank, und der Anblick zerriss Kitty beinahe das Herz. Die Hand schien so zerbrechlich, sein schmales Handgelenk zu verletzlich. Seine Armbanduhr war groß und schwer. Sie betrachtete das schimmernde Gehäuse aus Weißgold. Theo hatte ihr erzählt, dass er die Uhr zum einundzwanzigsten Geburtstag von seinem Vater geschenkt bekommen hatte. Es hatte ihm viel bedeutet, dass der Admiral die Uhr ausgesucht hatte und nicht Louisa. Eine Welle von Mitgefühl stieg in Kitty auf, als sie an das alte Paar dachte. Wie würden sie die schrecklichen Nachrichten verkraften? Aber sie konnte jetzt nicht an sie denken. Sie hatte genug mit ihren eigenen Gefühlen zu tun. Als sie sich endgültig von dem verhüllten Körper abwandte, glitt ihr Blick über eine kleine Narbe an Theos Unterarm, die er sich in der Kindheit bei einem Unfall mit einem Taschenmesser zugezogen hatte. Und dieser winzige weiße Strich brachte Kitty endlich in die Realität zurück. Die Leiche auf dem Rücksitz war tatsächlich Theo. Der Mann, den sie einmal geliebt hatte. Der einzige Liebhaber, den sie je gehabt hatte.
Sie sah den Mann vor sich, den sie damals kennengelernt hatte – er war so voller Hoffnungen und Träume gewesen, bevor der Krieg seinen Lebensmut zerstört hatte und er wieder un-

ter die Fittiche seiner Eltern gekrochen war. Sie sah ihn vor sich, mit seiner Fliegerbrille und der Lederjacke, wie er an seinem roten Flugzeug stand. Wie sehr sie es geliebt hatte, mit ihm hoch in der Luft zu schweben, während die ganze Welt ihnen zu Füßen lag.

Kitty starrte durch die Windschutzscheibe. Jetzt war Theo frei. Seine Alpträume waren endlich vorüber. Sie stellte sich vor, wie sich seine Seele emporschwang in den blauen afrikanischen Himmel. Sie hatte alle Mühen hinter sich gelassen und schwebte wie ein Adler über das Land.

19

Taylor hielt vor Scotland Inch und hupte, wobei er den Motor laufen ließ. Nach ein paar Sekunden kam der Chief Inspector heraus. Er verzog beleidigt das Gesicht. Als er Kitty auf dem Beifahrersitz erkannte, marschierte er stirnrunzelnd auf sie zu. Taylor winkte ihn zu sich auf die Fahrerseite.

»Ich vermute, Sie haben eine Erklärung für Ihren erschreckenden Mangel an Manieren?« Der Chief Inspector warf ihm einen bösen Blick zu.

»Hamilton ist getötet worden.« Taylors Stimme war leise. »Er liegt hinten im Auto.«

»Was?« Die Augen des Mannes traten beinahe aus ihren Höhlen, als er ins Wageninnere spähte.

»Green ist mit drei Verletzten zum Krankenhaus gefahren«, fügte Taylor hinzu. Er wies auf Gili. »Wir fahren jetzt zum Tierarzt. Ich komme so schnell wie möglich wieder zurück.«

»Nein, nein – auf keinen Fall!« Der Chief Inspector legte seine Hand aufs Wagendach, als wolle er das Auto am Weiterfahren hindern. Er zeigte auf einen Kiesparkplatz, der mit weißen Steinen umrandet war. »Parken Sie dort drüben.«

Taylor schüttelte den Kopf. »Wir halten jetzt nicht hier.«

Taylor fuhr einfach davon. Das Gesicht des Polizeibeamten blieb Kitty im Gedächtnis haften. Schockiert und ungläubig blickte er ihnen nach. Kitty empfand nur Abneigung für den Mann – er hatte sie barsch abgefertigt und ihr seine Hilfe

verweigert. Und auch jetzt spürte sie, dass es ihn eigentlich gar nicht interessierte, was passiert war – er wollte einfach nur bestimmen, was sie tun sollten.
Plötzlich durchbrach etwas Kittys Gedanken. Angespannt beugte sie sich über Gili und lauschte aufmerksam.
»Was ist?«, fragte Taylor.
Kitty antwortete nicht. Sie ließ das kleine Geschöpf nicht aus den Augen. Auf einmal hörte sie ein leises Wimmern. Die Augenlider des Affen flatterten. Sie wandte sich zu Taylor.
»Ich glaube, er kommt zu sich.«
Ein kurzes Lächeln der Erleichterung huschte über Taylors Gesicht. Aber er wusste so gut wie Kitty, dass das allein noch kein gutes Zeichen war.
Kitty streichelte Gili sanft über den Rücken. Die Berührung half ihr, an nichts anderes zu denken.
Als sie sich dem kleinen Backsteingebäude näherten, in dem sich die Tierarztpraxis befand, blickte Kitty sich nach Alan Carrs Laster um. Es konnte durchaus sein, dass der Tierarzt unterwegs war. Seine große Leidenschaft galt der Viehzucht, und man sah ihn oft in der Gegend um Londoni mit seinem Truck herumfahren, ein oder zwei Kühe hinten auf der Ladefläche. Erleichtert stellte Kitty fest, dass er anscheinend zu Hause war. Sein Laster stand unter einem Baum. Und die Eingangstür zur Praxis stand offen.
Taylor schaltete den Motor ab. In der plötzlichen Stille waren die Geräusche in der Umgebung besonders deutlich zu hören – das ferne Krähen eines Hahns, das Tick-Tick des abkühlenden Motors, das Quietschen von Federn. Kitty starrte auf den schlaffen kleinen Körper des Äffchens, als könne sie ihn beschwören, sich zu bewegen. Aber Gili lag reglos auf ihrem Schoß. Er hätte auch tot sein können.

Taylor öffnete seine Tür. Eine Staubwolke drang ins Wageninnere. »Ich bringe ihn hinein«, sagte er. »Ich bin gleich wieder zurück.«
»Nein, warten Sie«, sagte Kitty. Sie wollte nicht allein hier draußen bleiben. Andererseits wollte sie aber auch Theos Leiche nicht allein lassen. Fieberhaft überlegte sie, was sie tun sollte, als plötzlich zwei Jeeps angefahren kamen. Im ersten saß der Chief Inspector; der zweite war voller *askaris.*
Der Chief Inspector sprang aus dem Wagen, den Notizblock bereits in der Hand. Kitty zuckte zusammen, als sie ihn sah. Sie konnte den Gedanken nicht ertragen, jetzt mit ihm sprechen zu müssen.
»Ist schon in Ordnung«, sagte Taylor. »Ich rede mit ihm. Bringen Sie Gili hinein.«
Er kam ums Auto herum, um ihre Tür zu öffnen. Kitty stieg aus, Gili auf den Armen.
»Ich komme gleich nach«, sagte Taylor.
Kitty blieb stocksteif stehen. Plötzlich war sie von Angst überwältigt. Sie würden Gili verlieren, so wie sie Theo verloren hatte. Sie versuchte, tief Luft zu holen, aber es klang wie ein Schluchzen.
Taylor strich ihr sanft eine Haarsträhne aus dem Gesicht und nickte ihr zu. Sie wusste, was er ihr sagen wollte. Du musst noch eine Weile stark sein. Du schaffst es. Als sie ihm in die Augen blickte, spürte sie, wie seine Kraft sie durchdrang. Sie hob das Kinn und erwiderte sein Nicken.

»Was kann ich für Sie tun, Mrs. Hamilton?«
Der Tierarzt blickte kaum von seinem Mikroskop auf, als Kitty die Praxis betrat. Sie kannte Alan kaum – sie waren sich nur ein- oder zweimal im Club begegnet, und zu gesellschaftlichen Anlässen ging er nur äußerst selten. Die Damen im Club waren

unentschlossen, ob das an dem Skandal um die Affäre seiner Frau mit Cynthias unglückseligem Ehemann lag oder ob er einfach nur zu viel arbeitete. Heute war Kitty froh über Alans schroffe Art. Sie hatte nicht die Kraft, höfliche Konversation zu machen. Und sie wollte auch nicht über das sprechen, was vorgefallen war – oder ihm erklären, warum sie gerötete, geschwollene Augen hatte. Wenn sie die Realität zuließ, dann würde sie zu Boden sinken und nicht mehr aufstehen können.
»Ich habe hier einen Affen«, sagte Kitty. »Er ist schwer verletzt.«
»Um Gottes willen, legen Sie ihn aus der Hand, bevor er sie beißt!«
Kitty hob überrascht den Kopf. Aber dann fiel ihr ein, dass selbst das zahmste Tier aggressiv werden konnte, wenn es verletzt war. Alan konnte ja nicht wissen, dass das bei Gili nie der Fall sein würde. Vorsichtig legte sie den Affen auf den Untersuchungstisch aus Edelstahl. Er sah sehr klein aus, wie er dort lag – der Tisch war groß genug für einen großen Hund oder ein Schaf. Als sie die Hände wegzog, stöhnte Gili. Dann drehte er den Kopf weg, als wolle er dem grellen Licht der Lampe über dem Untersuchungstisch entgehen.
»Haben Sie gesehen?«, sagte Kitty zu Alan. »Er hat sich bewegt!«
Der Tierarzt gab keine Antwort. Er betrachtete den Affen mit neutralem Gesichtsausdruck. Nach ein paar Augenblicken seufzte er. »Es war sehr rücksichtsvoll von Ihnen, dass Sie das arme Geschöpf hierhergebracht haben.« Er musterte Kittys blutverschmiertes Kleid. »Aber Sie haben sich Ihr Kleid leider umsonst ruiniert. In diesen Fällen gibt es nur eines. Eine rasche Injektion, und dann schläft er friedlich ein.«
Kitty schluckte. Ihre Kehle war wie zugeschnürt, und sie bekam kein Wort heraus.

»Ich kann Ihnen ansehen, wie sehr Sie das mitnimmt – aber Sie dürfen sich keine Vorwürfe machen«, fügte Alan hinzu. »Das passiert ständig. Autos und wilde Tiere passen eben nicht zusammen.«
Es dauerte ein paar Sekunden, bis Kitty begriff, was er meinte. »Nein – Sie verstehen nicht. Er ist nicht wild. Er ist nicht überfahren worden.«
»Ah, ein Haustier.« Alan schürzte die Lippen. »Mrs. Hamilton, ich will aufrichtig mit Ihnen sein. Ich bin der Meinung, dass man wilde Tiere in ihren natürlichen Lebensräumen lassen sollte. Wenn Sie ein Haustier haben wollen, sollten Sie sich einen Hund oder eine Katze anschaffen. Aber einen Affen sollten Sie sich ganz bestimmt nicht halten. Ich habe schon wirklich schlimme Bisswunden gesehen. Sie können Tollwut bekommen – und dagegen gibt es kein Heilmittel.«
Kitty rang die Hände. Tränen der Verzweiflung traten ihr in die Augen. In ihrem Schock war für sie Gilis Schicksal mit Theos Tod verbunden, als ob sie ihren Mann wieder zum Leben erwecken könne, wenn sie Gili rettete.
»Bitte, tun Sie etwas!«
»In Ordnung. In Ordnung.« Alan hob die Hände, als ob Kitty ihn bedrohen würde. »Ich schaue ihn mir an.«
Der Tierarzt streifte sich Lederhandschuhe über, dann trat er an den Untersuchungstisch und wickelte den Verband um Gilis kleinen Körper ab. Vorsichtig zog er das blutbeschmierte Fell auseinander. »Was ist mit ihm passiert?«
»Man hat auf ihn geschossen. Es war ein Unfall.«
Alan blickte sie an. »Die Leute hier gehen viel zu sorglos mit Gewehren um. Sie denken, nur weil sie in Afrika sind, könnten sie auch ein bisschen jagen.« Er wandte sich wieder dem Äffchen zu und untersuchte es weiter. »Er hat anscheinend innere Verletzungen. Vielleicht sind Organe perforiert. Auch

eine Wirbelsäulenverletzung ist möglich. Ich bleibe bei meinem Rat. Er muss eingeschläfert werden.«
»Sie müssen doch irgendetwas tun können«, flehte Kitty ihn an.
»Na ja, natürlich«, sagte Alan geduldig. »Ich könnte ihn röntgen. Ich könnte ihn natürlich auch operieren. Ich könnte die Arbeit, die ich eigentlich machen soll, zurückstellen, um mich der komplizierten Versorgung dieses Tiers zu widmen. Und am Ende würde es vermutlich doch sterben.«
»Bitte, retten Sie ihn. Ich pflege ihn. Ich tue alles.«
Alans Stimme wurde sanfter. »Das Tier muss von seinen Leiden erlöst werden, Mrs. Hamilton. Wenn Sie möchten, dass ich meine Entscheidung Ihrem Mann erläutere, so bin ich nur zu gern dazu bereit.«
Instinktiv beugte sich Kitty über Gili, um ihn abzuschirmen. Sie blickte zur Tür. Wenn doch Taylor endlich käme! Aber was sollte er bewirken? So unfähig Alan auch in anderen Bereichen seines Lebens sein mochte, Kitty hatte keinen Grund, seine Meinung als Tierarzt anzuzweifeln.
»In so einer Situation handelt man am besten schnell«, fuhr Alan fort. »Wenn man die Sache hinauszögert, so hilft das niemandem. Es wird nur noch schmerzlicher.« Er trat an einen Metallschrank und öffnete die Tür. Über die Schulter sagte er: »Sie können das Tierchen gern festhalten. Aber Sie können es auch bei mir lassen.«
Kittys Gedanken überschlugen sich. Das ging alles viel zu schnell. Sie konnte kaum klar denken.
»Sie können den Kadaver abholen und ihn beerdigen, oder ich lasse ihn wegbringen.« Als er sich umdrehte, hielt er eine Spritze in der Hand. Er trat auf den Tisch zu.
»Fassen Sie ihn nicht an!« Kitty stellte sich zwischen den Arzt und den Affen.

»Mrs. Hamilton, Sie sind selbstsüchtig – verstehen Sie das?« Der Tierarzt sprach mit scharfer Stimme, als ob Kitty ein Kind sei. »Denken Sie doch an das Tier.«
»Daran denke ich ja.« Kitty nahm Gili erneut auf den Arm und drückte ihn an ihre Brust. »Wenn er schon sterben muss, soll es nicht hier sein.«
»Das ist ihre Entscheidung«, erwiderte Alan. »Ich sage Ihnen lediglich, was am besten für das Tier ist.«
Die letzten Worte hörte Kitty schon nicht mehr, so schnell rannte sie aus dem Raum.
Als sie an der Seite des Gebäudes angelangt war, bog Taylor um die Ecke. Als er sie mit Gili im Arm sah, blieb er abrupt stehen.
»Er wollte nicht helfen!«, weinte sie. »Er wolle ihn …« Sie zwang sich weiterzureden. »Er wollte ihn einschläfern.«
Taylors Schultern sanken herab. Sie schwiegen beide. Kitty suchte nach Worten des Trosts, fand aber keine. Schließlich holte er tief Luft. »Sie haben Theo ins Leichenschauhaus drüben am Krankenhaus gebracht. Sie haben gesagt, Sie könnten gleich vorbeikommen.«
Kitty blickte zu den Krankenhausgebäuden, aber dann schüttelte sie den Kopf. Sie war noch nicht bereit, Theos leblosen Körper erneut zu sehen. Und sie wollte Taylor und Gili nicht allein lassen. Einen Moment lang stand sie einfach nur da. Sie spürte die Wärme des kleinen Körpers an ihrer Brust, das kaum wahrnehmbare Heben und Senken des Brustkorbs, während er atmete. Nur ein Wunder konnte ihn jetzt noch retten.
Sie blickte zum Himmel, als ob sie dort Trost finden würde. Sie sah keinen Vogel, keine Wolke – die Sonne brannte gnadenlos heiß, und der Himmel war strahlend blau. Sie wusste nicht mehr, was sie tun sollte. Und dann plötzlich fiel ihr die

Antwort ein. Eine Vision des Friedens. Kühle, stille Luft und willkommener Schatten. Ein Ort, wo sie Zuflucht finden würde vor dem Alptraum, der sich hier abspielte. Und wo es durch ein tiefes Mysterium manchmal möglich war, Heilung zu finden, wenn alle Hoffnung verloren war.

Als das Auto am Rand des Vorplatzes anhielt, standen die beiden Patres im Schatten des Glockenturms, tief ins Gespräch versunken. Als sie Kitty und Taylor gemeinsam ankommen sahen, raffte Pater Remi sein Gewand und kam auf das Auto zugerannt. Pater Paulo lief hinter ihm her, so schnell es seine alten Beine erlaubten.
»Was ist passiert?«
Taylor reichte Pater Paulo Gili durch das offene Fenster und berichtete von den Vorfällen. Kitty schlug unwillkürlich die Hände vors Gesicht, weil ihr auf einmal alles ganz klar vor Augen stand. Während der Fahrt zur Mission hatte sie das Gefühl gehabt, ihr Leben hinge in der Schwebe. Aber jetzt brachen alle Gefühle aus ihr heraus. Panik erfasste sie, und sie spürte dunkles Entsetzen. Dieses Mal, das wusste sie, würde es sie überwältigen und in Dunkelheit einhüllen.
Pater Remi hob Kitty fast aus dem Auto und drückte sie an seine breite Brust. Sie zitterte am ganzen Körper, als sie ihr Gesicht in der groben Baumwolle seines Gewands vergrub. Die Umrisse seines gestickten Ordensabzeichens drückten sich in ihre Wange. Das Herz. Das Zeichen der Liebe und der Hoffnung. Sie hörte Taylors leise Stimme, vermischt mit dem tieferen Bass von Pater Paulo. Dann wurden die Stimmen leiser, und schließlich waren sie weg.
Kitty wusste nicht, wie lange sie so mit Pater Remi dagestanden hatte. Als sie bereit war, führte er sie zu dem Gebäude mit dem Bogengang. Dort wusch Pater Paulo bereits Gilis Verlet-

zungen mit Wasser aus. Mit grimmigem Gesicht trat er beiseite, als der jüngere Pater erschien.
Pater Remi bedeutete Kitty, sich neben Taylor zu stellen.
»Jodtinktur, Kitty«, sagte er, »und meine Salbe.« Pater Remi sprach so, als sei es ein ganz gewöhnlicher Tag in der Klinik.
Dankbar übernahm Kitty die Aufgaben und schlüpfte in ihre Rolle als Krankenschwester. Es beruhigte sie und verband sie stärker mit der Normalität.
Als Pater Remi Jod auf die Wunden tupfte, wimmerte Gili protestierend. Schwach ruderte er mit Armen und Beinen.
Kitty und Taylor blickten sich voller Hoffnung an.
»Halt ihn ruhig, Taylor«, wies der Pater ihn an. »Kitty, nimm ihn bei den Schultern.« Er gab ein wenig Salbe auf die Wunde.
»Das ist gut gegen die Schmerzen.«
Schließlich verband er beide Wunden noch mit weißem Mull, der auf dem dunkelgrauen Fell leuchtete.
Die Salbe wirkte schnell, und bald war Gili wieder ruhig und lag still da. Kitty wusste nicht genau, ob er bewusstlos oder nur eingeschlafen war – zu den Symptomen von Schock gehörte extreme Müdigkeit.
Pater Paulo sagte: »Wir bringen ihn in den Empfangsraum.«
Er sprach Swahili – die einzige Sprache, die alle beherrschten.
»Dort ist es bequemer. Wir haben eine lange Nacht vor uns.«

Der Duft nach Weihrauch drang mit der leichten Brise durch die offenen Fenster und vermischte sich mit dem beißenden Geruch nach Desinfektionsmittel und dem süßen Aroma von Pater Remis Salbe. Und Pater Paulos Stimme, der auf Lateinisch betete, schien durch die Luft zu schweben. Er saß in seinem Lieblingsarmsessel. Neben ihm lag Gili, ausgestreckt auf einem grünen Samtkissen von der Couch, auf dem Boden.
Um die kleine, leblose Gestalt herum saßen Kitty und Taylor,

nebeneinander an seinem Kopf, und Pater Remi mit Schwester Clara zu seinen Füßen auf niedrigen Holzschemeln, die Tesfa gebracht hatte. Der alte Afrikaner hielt sich im Hintergrund und half, wo er konnte – er servierte Tee, brachte ihnen Wasser oder zündete die Bienenwachskerzen von Pater Paulo an.

Einige Stunden waren vergangen. Zweimal schon hatten die Glocken zum Gebet geläutet. Die Spätnachmittagssonne stand tief am Himmel. Ihre Strahlen fielen durch die Fenster. Kitty betrachtete Gilis Gesicht, die blassen Augenlider über seinen runden Augen. Die runzelige Haut um seine Nase und seinen Mund gaben ihm das Aussehen eines weisen alten Mannes, und doch erinnerte er sie auch an ein unschuldiges Baby.

»Findest du nicht auch, dass er tiefer atmet?«, sagte Taylor leise.

Kitty beobachtete Gilis Brust. Sie hätte Taylors Vermutung gern bestätigt. »Vielleicht. Ein wenig«, sagte sie.

Taylors Augen waren dunkle Teiche, und zwischen seinen Brauen stand eine steile Falte. Er griff nach ihrer Hand. Als sich seine Finger um ihre schlossen, spürte Kitty das Bedürfnis, berührt und gewärmt zu werden. Sie fasste seine Hand fester.

»Ich bin froh, dass du hier bist«, sagte er leise.

»Ich auch«, erwiderte Kitty. Sie versuchte, sich vorzustellen, in welcher Situation sie sich jetzt befände, wenn sie nicht in die Mission gekommen wäre. Sie wäre jetzt am Millionärshügel, und alle Nachbarinnen wären da, um ihr zu kondolieren und alle Einzelheiten der Tragödie durchzuhecheln. Da Diana weit weg in London war, würden andere sich als »beste Freundin« anbieten. Vielleicht würde sogar Charlotte vorbeischauen und einen Platz in der Szene beanspruchen. Vielleicht wäre es Kitty

nicht gelungen, ruhig zu bleiben, und jemand hätte den Arzt gerufen, damit er ihr ein Beruhigungsmittel gab. Kitty stellte sich vor, wie sie auf ihrem Bett lag und dem leisen Gemurmel aus dem Wohnzimmer lauschte, dem Klimpern der Eiswürfel, dem Klacken hoher Absätze auf dem Fußboden. Nichts und niemand hätte sie dort vor der Komplexität ihrer Gefühle beschützen können. Wenn sie eine normale Ehefrau gewesen wäre, die ihren Mann liebte und von ihm geliebt worden wäre, dann wäre der Schmerz zwar schlimm gewesen, aber auch rein und einfach. Kitty jedoch empfand verwirrende Gefühle. Ihre Trauer war von Schuldgefühlen, Eifersucht und Wut überschattet. Und das wäre den anderen bestimmt nicht entgangen. In der Gesellschaft von Londoni würde alles noch einmal durchgekaut und besprochen werden …
Kitty blickte sich um und verspürte überwältigende Dankbarkeit, hier und nicht dort zu sein. Sie hatte die Wahl, mit Taylor Zuflucht in der Mission zu suchen, nicht bewusst getroffen. Aber jetzt verstand sie, was das eigentlich bedeutete. Sie hatte der englischen Gesellschaft den Rücken zugewandt – und sich in diese Gruppe von Tanganjikanern begeben. Sie war aus den Grenzen des Lebens, wie sie es kannte, herausgetreten. Und es gab kein Zurück. Sie forschte in sich nach Bedauern oder Angst vor Gefahr. Aber da war nichts.

Schließlich wurde es dunkel und die Luft kühler – die einzigen Anzeichen dafür, dass die Zeit nicht stillstand. Kerzen tauchten den Raum in ein flackerndes Licht. Pater Paulo döste in seinem Sessel, den Kopf gesenkt, den Bart auf der Brust. Pater Remi setzte sich mit Tesfa auf eines der Sofas, und Schwester Clara zog sich in ihr Zimmer zurück. Kitty und Taylor lagen neben Gili auf Matratzen, die aus dem Gästezimmer gebracht worden waren.

Schließlich schlief Taylor ein, das Gesicht dem Samtkissen zugewandt, als ob er auch im Schlaf seinen kleinen Freund im Auge behalten wolle. Kitty hingegen blieb wach. Ihre Gedanken überschlugen sich, und sie versuchte, der Bilderflut, die auf sie einstürmte, Herr zu werden. Wenn sie aufhörte, sich auf Taylor und Gili zu konzentrieren, glitten ihre Gedanken sofort zu Theo. Sie konnte sich nicht vorstellen, wie er in der Leichenhalle lag – sie wusste gar nicht, wie es dort aussah. Wie im Krankenhaus? Oder war sie dunkel und aus nacktem Beton? Wie auch immer, sie hasste die Vorstellung, dass Theo dort allein war. Aber dann sagte sie sich, dass es ja nicht wirklich ihr Mann war, der dort in der Leichenhalle lag – es war nur sein Körper. Der Mensch, der Theo gewesen war, war nicht mehr da. Dieser Gedanke löste weitere Fragen aus. War er einfach erloschen wie eine von Pater Paulos Kerzen? Oder war er in einen anderen Zustand übergegangen? Wieder stellte sich Kitty den Adler vor, der davonflog. War er schon weit weg? Oder war er vielleicht sogar hier und beobachtete sie? Schaute er von oben herunter auf Gili, der auf seinem Kissen lag, auf die Kerzen und das Weihrauchgefäß, auf die Gebetbücher, die Priester und das Kruzifix an der Wand? Der lebende Theo hätte diese Szene als bizarr abgetan. Aber wie mochte er sie jetzt bewerten? Kitty schüttelte den Kopf. Sie staunte über sich selbst. Erst vor kurzem noch war sie sich ganz sicher gewesen, dass sie Juris Überzeugung teilte, mit dem Tod sei alles zu Ende.
Wieder konzentrierte sie sich auf Gili. Die untere Hälfte seines Körpers war verbunden, und er erinnerte sie an eine ägyptische Mumie, die sie einmal im British Museum gesehen hatte. Aber die obere Hälfte sah ganz aus wie er – das freche kleine Geschöpf, das immer nur kuscheln wollte. Kitty dachte daran, wie er die Hand über die Augen legte, wenn sie ihn herumtrug.

Stirb nicht, kleiner Gili.
Sie behielt die Worte tief in sich. Sie hatte Theo verloren. Juri hatte sie auch verloren. Und ihre Familie war für sie quasi ebenfalls gestorben.
Bitte, verlass mich nicht.
Sie blickte zu Pater Paulo, der leise in seinem Sessel schnarchte. Sein Gesicht war grau vor Erschöpfung. Er hielt sich aufrecht, indem er lateinische Texte las oder betete. Er fastete auch – er hatte zwar Wasser von Tesfa angenommen, aber nur zugeschaut, als die anderen Brot und Obst aßen und mit Honig gesüßten Tee tranken. Pater Paulo nahm die Situation genauso ernst wie jeder andere von ihnen. Gili war auch für ihn mehr ein Kind als ein Tier. Schließlich hatte er das Bild des heiligen Franz von Assisi an die Wand des Esszimmers gehängt, neben das Foto des Turiner Grabtuchs. Auf dem Gemälde war der Heilige umgeben von allen möglichen Geschöpfen – einem Kaninchen, einem Lamm, zwei gefleckten Rehen. Ein Vogel saß auf seiner Schulter. Auf dem grünen Gras zu seinen Füßen stand der Spruch: *Wir sind alle Geschöpfe einer Familie.*
Kitty wünschte, sie könnte auch beten. Aber sie hatte nicht den Glauben, der dazu nötig war. Andererseits war sie von der Integrität des alten Priesters absolut überzeugt. Und sie spürte die Liebe, die alle für Gili empfanden – vor allem Taylor, dessen Verbindung mit dem Äffchen während seiner schweren Zeit im Gefängnis sehr tief geworden war. Sie hob den Blick zu dem gerahmten Druck, der über Pater Paulo an der Wand hing – das Bild Jesu, dessen Herz in seiner Brust glühte. Lichtstrahlen drangen aus seinen ausgestreckten Händen wie sichtbare Kraftströme. Kitty stellte sich vor, wie sie über Gili glitten, das zerrissene Fleisch in ihm heilten und ihn wieder stark machten. Sie betrachtete das Bild, als ob Gilis

Überleben von ihrem Durchhaltevermögen abhinge. Aber schließlich wurden auch ihr die Augen schwer. Sie legte sich hin und schlief ein.

Das Morgenlicht schien durch die Fenster und warf einen goldenen Schimmer in den Raum. Kitty bewegte sich und riss die Augen auf, als ihr klarwurde, wo sie war und warum sie hier war. Einen Moment lang blieb sie still liegen und dachte an Theos Tod. Sie fühlte sich verloren und verwirrt und auch von Trauer überwältigt – die gestrigen Ereignisse erschienen ihr immer noch wie ein schrecklicher Traum. Aber dass sie sich hier in diesem Raum befand, war ein Beweis dafür, dass der Alptraum wahr war.

Ihre Gedanken glitten zu Gili. Sie hielt den Blick an die Decke gerichtet – sie wollte nach ihm schauen, fürchtete sich aber zugleich davor. Sie dachte daran, wie oft sie als Kind lebenden Tieren gute Nacht gesagt hatte – mutterlosen Lämmern, Vögeln, Beutelratten – und sie dann am nächsten Morgen kalt und steif vorgefunden hatte.

Sie hielt den Atem an und wandte langsam den Kopf.

Gili blickte sie an. Seine Augen waren offen, glänzend und rund.

»Taylor!«, keuchte sie. »Wach auf!«

Sie flüsterte die Worte nur, aber sie verbreiteten sich im gesamten Zimmer. Alle standen auf und drängten sich um Gili – außer Pater Paulo, der sich in seinem Sessel vorbeugte.

»Bedrängt ihn nicht!«, warnte Taylor.

Gilis Blick wanderte von Gesicht zu Gesicht. Seine Augen waren weit aufgerissen, als sei er verwirrt über all die Aufmerksamkeit.

»Er hat bestimmt Durst«, sagte Pater Remi. Er holte eine Pipette aus dem Schrank in der Klinik und füllte eine Schüssel mit abgekochtem Wasser. Dann kniete er sich neben Gili und stützte das Köpfchen des Äffchens mit einer Hand. Mit der anderen träufelte er ihm Wasser auf die Lippen. Alle warteten atemlos, bis eine rosafarbene Zunge hervorkam und die Flüssigkeit ableckte. Kurz darauf versuchte Gili schon, nach der Pipette zu greifen. Erleichtertes Lachen durchbrach die Spannung.

Danach herrschte wieder tiefes Schweigen. Keiner sagte es laut, aber alle hatten das Gefühl, ein Wunder sei geschehen. Kitty konnte die Hoffnung und Freude, die Taylor ausstrahlte, beinahe körperlich spüren. Auch sie fühlte sich, als sei ihr eine Last von der Seele genommen worden. Sie verstand auf einmal, wie eng Freud und Leid beieinanderliegen – man konnte auch Glück empfinden, obwohl man von Trauer überwältigt war.

Als ob er signalisieren wolle, dass das normale Leben wieder aufgenommen werden müsse, erhob sich Pater Paulo aus seinem Sessel. Zwar sagten alle, er solle doch sitzen bleiben, bis er gefrühstückt habe, aber er machte sich auf den Weg in die Küche. Taylor und Pater Remi hockten neben Gili und überlegten, wie sie ihn am besten pflegen konnten. Kitty stand auf und reckte sich. Dann ging sie nach draußen in den goldenen, noch kühlen Morgen.

Vögel flogen zwischen den Ästen des Affenbrotbaums hin und her. Kitty schlenderte in den Garten und blickte auf die Ebenen hinunter. *Shambas* bildeten ein Muster in verschiedenen Abstufungen von Grün, Braun und Gelb. Das wilde Gras stand dicht. Die ersten Regenfälle hatten alles zum Sprießen gebracht. Die Pflanzen hatten ausgetrieben, im Vertrauen darauf, dass weitere Regenfälle folgen würden, bis die Schösslinge keimten und Frucht trugen. Manchmal regnete es zu wenig oder gar nicht, und Hunger und Verzweiflung waren die Folge. Aber in der nächsten Saison gab es wieder neue Hoffnung. Der Zyklus von Leben und Tod und wieder neuem Leben. Das Gleiche spielte sich auf ihrer Lebensreise ab. Und auch sie musste Vertrauen in die Zukunft haben. Sie schloss die Augen, wandte ihr Gesicht der Sonne zu und ließ sich von ihrer Kraft durchströmen.

Hinter ihr ertönten Schritte. Sie drehte sich um. Taylor stand da, mit einer Blechtasse und einem Stück Papaya in der Hand. Die Frucht duftete, und würziger Dampf stieg von Tesfas Tee auf. Sie blickte Taylor an. Er strahlte Freude, aber auch Stärke aus. Er würde ihr zuhören und helfen, wo immer er konnte, wenn sie mit ihm über ihre Trauer um Theo sprechen wollte. Kitty spürte, wie das Band zwischen ihnen stärker war als jemals zuvor. Sie hatten Besonderes miteinander erlebt, und ihre Nähe konnte jetzt nichts mehr zerstören.

Schweigend standen sie zusammen da, tranken ihren Tee und bissen in das feste Fleisch der Papaya. Nicht weit von ihnen entfernt stolzierte ein Hahn herum und trug stolz sein rotes und orangefarbenes Federkleid zur Schau. Er hob den Kopf und krähte laut und selbstbewusst. Von weiter entfernt antwortete ihm ein anderer Hahn, dann noch einer. Das Krähen schallte über die Hügel, von einem Hahn zum anderen, als ob sie die guten Nachrichten des Morgens weitergeben würden, von einem Hof zum anderen.

20

Kitty schlich auf Zehenspitzen den Flur entlang. Eustace und Gabriel erwarteten sie zwar, aber sie wollte sie nicht gleich auf ihre Anwesenheit aufmerksam machen. Sie hörte das vertraute Stimmengemurmel aus der Küche, unterbrochen von Gelächter. Was fehlte, war das Klappern der Töpfe und der Duft nach Essen. Das Personal befand sich in Warteposition in einem Haus, in dem zurzeit niemand wohnte.

Seit Theos Tod waren fast drei Wochen vergangen. Für Kitty war die Zeit wie im Flug vergangen. Alles, was geschehen war, fühlte sich irreal an. Ganz gewöhnliche Aktivitäten – essen, schlafen, reden – waren reine Echos realer Erfahrungen. Alles war überschattet vom Verlust ihres Mannes und dem, was das bedeutete. Und dahinter stand die Sorge um Gili. Es ging ihm zwar Tag für Tag besser, aber er war immer noch sehr schwach.

Am Morgen nach der Schießerei war Kitty nach Londoni zurückgekehrt. Sie musste beim Chief Inspector ihre Aussage machen, und sie wollte auch in die Leichenhalle gehen, um Theo noch einmal zu sehen. Taylor hatte ihr angeboten, mit ihr zu kommen. Sein Angebot hatte sie gerührt – der besorgte Ausdruck in seinen Augen, sein sanfter Tonfall. Aber sie hatte gewusst, dass sie das allein tun musste.

Auf dem Weg nach Londoni war Kitty am Haus auf dem Millionärshügel vorbeigefahren, um ein paar Kleidungsstücke zu holen. Von Eustace und Gabriel war nichts zu sehen. Vielleicht machten sie gerade die Wäsche oder waren im Garten, aber sie hatte nicht nach ihnen gesucht. Sie war erleichtert,

dass sie ihnen nicht gegenübertreten und ihre Fragen beantworten musste. Sie hatte schnell eine kleine Reisetasche gepackt und war gegangen.
Ihr Gespräch bei Scotland Inch war überraschend kurz gewesen. Anscheinend hatte Larry Green bereits einen detaillierten Bericht der Ereignisse abgegeben. Und der Chief Inspector gab Kitty deutlich zu verstehen, dass er sie nicht für eine zuverlässige Zeugin hielt – schließlich war sie emotional beteiligt. Anscheinend wollte er den Fall so schnell wie möglich abschließen. Kitty hatte den Verdacht, dass keiner etwas von der Tatsache erfahren sollte, dass sie vorher bei ihm gewesen und ihn vor der drohenden Gefahr gewarnt hatte. Er machte ein paar kurze Einträge in sein Notizbuch, dann klappte er es zu und geleitete Kitty aus seinem Büro, um sie zu dem Zimmer hinten im Krankenhaus zu führen, wo man Theo aufgebahrt hatte.
Das Leichenschauhaus hatte Kitty an einen Luftschutzbunker erinnert – auch hier waren die Wände aus nacktem Beton, und es gab kein natürliches Licht. Mitten im Raum stand ein Betontisch, mit einer Abflussrinne außen herum. Auf dem Tisch lag eine Gestalt unter einem dunkelgrünen Leintuch. Der Chief Inspector wich Kitty nicht von der Seite, als sie an den Tisch trat. Ein afrikanischer Angestellter hob das Tuch an.
Da war Theos Gesicht, wächsern und weiß, mit geschlossenen Augen. Die Eintrittswunde der Kugel war nur noch ein kleines Loch in der Haut, die sich am Rand kräuselte. In seinen Nasenlöchern steckten Baumwollstopfen, und sein Kinn war mit einer Bandage hochgebunden, damit der Mund nicht offen stand.
Der Angestellte zog das Leintuch weiter herunter. Große Eisstücke lagen um Theo herum und drückten in sein Fleisch. Es war ein seltsamer Gedanke, dass die Nerven unter dieser blas-

sen Haut nichts mehr spürten. Jemand hatte ihm die Kleidung ausgezogen. Aus Gründen der Schicklichkeit war die Unterhose durch ein Handtuch ersetzt worden. Um sein Handgelenk war ein kleines Pappschild gebunden, auf dem in sauberer Handschrift stand: *Mr. Theodore Hamilton.* Unter dem Namen stand: *Nummer der Einheit, Saison, Gewicht.*

»Ist Ihnen nichts Besseres eingefallen?«, fragte der Chief Inspector. »Ein Etikett von einem Erdnusssack?«

»Das ist das Beste«, bestätigte der Mann. »Es ist sehr starkes Material. Es zerreißt nicht und kann nicht verlorengehen.«

Am meisten berührte Kitty Theos sonnenverbrannte Haut – das gebräunte Dreieck am Hals und seine braunen Arme bis zu den kurzen Hemdsärmeln. Der Anblick war so unmittelbar mit dem Leben verbunden, und jetzt war alles vorbei.

Sie stand da und blickte Theo an, Tränen in den Augen. Für einen kurzen Augenblick hatte der Chief Inspector ihr verlegen die Hand auf die Schulter gelegt, um sie zu trösten. Dann hatte er sich zurückgezogen und mit seinem Notizbuch geraschelt – offensichtlich ein Signal zum Aufbruch.

Als Nächstes hatte Kitty sich in Londoni mit Theos Assistent Toby Carmichael getroffen. Der Chief Inspector hatte zwar gesagt, sie könne sich ein paar Tage Zeit lassen, bevor sie ins Hauptquartier fuhr, aber Kitty hatte erwidert, es sei ihr lieber, sie mache es gleich. Wenn sie zur Mission zurückfuhr, wollte sie alles erledigt haben, um gleich dort bleiben zu können. In den soliden alten Gebäuden, mit dem tröstlichen Klang der Glocken, die zum Gebet läuteten, und den Tauben, die auf dem Turm gurrten, fühlte sie sich weit weg von ihrem Leben in Londoni. Die Mission war ihr Zufluchtsort. Ihr Hafen. Woanders wollte sie gar nicht sein.

Nachdem er ihr sein Beileid ausgedrückt und ihr Tee und Plätzchen angeboten hatte, kam Toby ohne große Umschwei-

fe gleich auf den Punkt. So diplomatisch wie möglich umschiffte er die Details des »Zwischenfalls auf Einheit drei«, sagte Kitty aber, er habe Theos Zusammenbruch kommen sehen. Er deutete sogar an, er habe versucht, mit seinem Boss darüber zu sprechen, aber das konnte Kitty sich nur schwer vorstellen. Toby war ein sensibler, einfühlsamer Mann, aber bestimmte Tatsachen könne er nicht ignorieren, erklärte er ihr. Da Richard immer noch weg war, mussten Theos Aufgabenbereiche – stellvertretender Generaldirektor und Leiter der Verwaltung – sofort wieder besetzt werden. Dem Erdnuss-Projekt drohten, wie immer, Krisen, und sie brauchten jemanden, der alles leitete. Vorsichtig kam Toby auf das Haus auf dem Millionärshügel zu sprechen. Leider würde Mrs. Hamilton ausziehen müssen, und zwar bald. Aber zum Glück stand ja die Schuhschachtel wieder leer. Lady Welmingham hatte mit dem ersten Flug Kongara verlassen – erschüttert von dem entsetzlichen Erlebnis, das sie gehabt hatte. Deshalb konnten sie das Cottage Kitty zur Verfügung stellen für die Zeit, die sie brauchte, um ihre Rückkehr nach England zu organisieren.
Als Toby seine Rede beendet hatte, hatte er Kitty erwartungsvoll angeschaut. War ihm eigentlich klar, dass er ihr das Haus anbot, in dem Theos Geliebte gewohnt hatte? Das musste er doch wissen. Toby missverstand ihr Schweigen und fuhr hastig fort, wie leid es ihm täte, dass Kitty nun auch noch ihr Zuhause verlor. Ihm wäre es lieber, sie könnte auf dem Millionärshügel wohnen bleiben, aber es war leider nicht möglich.
Kitty unterbrach ihn. »Ich werde in der katholischen Mission leben.«
Tobys Augen weiteten sich neugierig. Kitty fragte sich unwillkürlich, was er über die Mission gehört hatte. Er wusste wahrscheinlich, dass sie und Diana dort gearbeitet hatten,

und möglicherweise war er sogar informiert über ihre Freundschaft mit dem Feind des OFC, Bwana Taylor.

»Ich brauche also Ihre Hilfe nicht, vielen Dank«, schloss Kitty. »Aber es ist trotzdem sehr nett von Ihnen. Danke.«

Dann hatte sie sich erhoben, um das Treffen zu beenden. Toby hatte ihr die Hand geschüttelt, als wolle er ihr gratulieren, aber in seinen Augen hatte ein zweifelnder Ausdruck gestanden. Vielleicht um sicherzugehen, dass sie ihre Meinung nicht mehr änderte, hatte er gesagt, er würde dafür sorgen, dass Theos und ihre persönlichen Sachen zusammengepackt wurden und abgeholt werden konnten – das würde ja nicht viel Zeit in Anspruch nehmen, da die Möbel der britischen Regierung gehörten.

Kitty dachte an seine Worte, als sie den Flur entlangschaute. Wie versprochen waren die wenigen persönlichen Gegenstände der Hamiltons – eine gerahmte Fotografie von Theos Elternhaus, eine Vase, die auf dem eingebauten Bücherregal gestanden hatte, ein kleiner persischer Teppich – alle entfernt worden. Am anderen Ende der Diele stand ein mit Klebeband verschlossener Pappkarton.

Sie trat an die Tür zum Schlafzimmer und machte sie auf. Ihr Koffer mit den verblassten Versandaufklebern stand mitten im Zimmer, neben ihrer mit Messingknöpfen beschlagenen Reisetruhe. Daneben lag ihre Handtasche, die Henkel aufgerichtet, als warteten sie darauf, an ihren Arm gehängt zu werden.

Kitty blickte durch das Fenster, an der *manyara*-Hecke vorbei zum Haus nebenan. Wenn doch nur Diana hier wäre – gerade jetzt, wo sie sie so sehr brauchte. Natürlich würde sie sofort zur Mission kommen, wenn sie wieder da wäre und Diana gehört hatte, was passiert war. Aber das würde mindestens noch zwei Wochen dauern – und im Augenblick kam ihr das vor wie eine Ewigkeit.

Sie trat an den Schrank und öffnete die Türen. Abgesehen von den Kleiderbügeln, die noch an der Stange hingen, war er leer. Sie griff in einen Spalt zwischen Rückwand und Boden und zog einen flachen, runden Gegenstand heraus.

Kitty betrachtete die Schildpatt-Puderdose. Als sie mit dem Finger die geschwungenen Initialen nachzeichnete, dachte sie an den Tag, als sie beschlossen hatte, das Erinnerungsstück zu verstecken, falls Theo doch einen Bezug zu Katya herstellte und böse würde. Die Zeit, als sie nichts mehr als die perfekte Ehefrau sein wollte, schien so weit entfernt.

Sie holte tief Luft. Im Zimmer roch es bereits anders. Der blumige Duft ihres Talkumpuders war ersetzt worden durch den Gummigeruch der nicht bezogenen Matratze. Die Platte des Schminktischs war verstaubt, und in der Ecke des Spiegels hatte eine Spinne schon begonnen, ihr Netz zu spinnen. Es war kaum zu glauben, dass es erst wenige Wochen her war, seit Kitty ihr rot-weiß gepunktetes Kleid angezogen hatte und in den Club gefahren war. Damals hatte sie sich die schrecklichen Ereignisse, die jener Tag bringen würde, noch nicht vorstellen können.

Ein letztes Mal blickte sie sich im Schlafzimmer um, dann ging sie durch die Diele ins Wohnzimmer. Am Getränkewagen blieb sie stehen – die Karaffen waren leer und sauber, die Flaschen weggeräumt. Einen Moment lang schloss sie die Augen, um die dunklen Bilder, die in ihr aufstiegen, auszublenden. Theo, der sich immer wieder Whisky nachschenkte, der lallte und Gabriel anschrie. Und Kitty musste dabeisitzen und sich alles anschauen, obwohl sie am liebsten geflohen wäre.

Im Esszimmer betrachtete sie Cynthias Porzellanservice. Sie fragte sich, wie lange es wohl dauern würde, bis die neuen Bewohner bemerkten, dass es unvollständig war. Aber die Frau würde vermutlich sowieso mit ihrem eigenen Porzellan

anreisen – mit irgendetwas Dekorativem und Zartem; nicht so schlicht und solide wie das Geschirr, das Kitty mitgebracht hatte.
Sie trat an den Tisch und fuhr mit der Hand über die seidigglatte Tischplatte. Als Schritte hinter ihr ertönten, blickte sie auf.
»Guten Morgen, Memsahib«, sagten Eustace und Gabriel fast unisono.
»Guten Morgen«, erwiderte Kitty. »Ich bin gekommen, um meine Sachen zu holen.«
»Ja, Memsahib«, sagten sie.
Danach herrschte verlegenes Schweigen.
»Ihr Gepäck ist im Schlafzimmer«, sagte Eustace schließlich.
»Ja, das habe ich gesehen. Danke.«
»Die Kleider des Bwana und seine persönlichen Gegenstände sind zum Flughafen gebracht worden«, fuhr Eustace fort. Vermutlich wegen des Ernstes der Lage sprach er jedes Wort korrekt aus – sogar bei »Flughafen« fehlte der Vokal am Ende, den er sonst anhängte. »Die Dinge, die Ihnen beiden gehört haben, befinden sich im Hauptquartier. Sie mussten wegen der Zollbehörde getrennt werden.«
»Das ist gut. Gut gemacht.« Kitty wünschte, sie hätte die Energie, sich bei den beiden richtig zu bedanken, um ihnen zu zeigen, dass sie ihre Arbeit sehr geschätzt hatte. Natürlich hatte sie frustrierende Situationen mit ihnen erlebt, aber die beiden hatten ihr und Theo gut gedient. »Ich komme noch einmal und verabschiede mich von euch«, sagte sie. Mehr brachte sie im Moment nicht heraus.
»Können wir sonst noch etwas für Sie tun?« Gabriels Stimme klang respektvoller als sonst. Er senkte sogar den Blick. Vielleicht lag es an ihrem Status als Witwe, dachte Kitty. Andererseits konnte es natürlich auch daran liegen, dass sie die ganze

Zeit über in der katholischen Mission gewesen war und nicht Trost bei den anderen Damen im Club gesucht hatte. Sie hatte sich auf eine Art und Weise verhalten, die Gabriel verunsicherte, weil sie nicht den Kategorien entsprach, die er gewöhnt war.

»Die Leiche des Bwana ist schon nach England gebracht worden«, sagte Eustace. Der Ausdruck auf seinem Gesicht machte aus dieser Aussage eine Frage.

»Ja, letzten Freitag«, bestätigte Kitty. Der Chief Inspector hatte eine Nachricht in die Mission geschickt, um sie darüber zu informieren – »Heimführung« war das Wort, das er gebraucht hatte. »Mittlerweile ist er sicher schon beerdigt«, fügte sie hinzu. Die Männer blickten sie aufmerksam an. Offensichtlich wollten sie detailliertere Informationen. »Das Grab ist in der Nähe seines Elternhauses. Er liegt neben seinen Vorfahren.«

Die beiden nickten zustimmend; sie konnten ihre Worte nachvollziehen. Aber Kitty fragte sich unwillkürlich, was sie wohl von der Beerdigungszeremonie gehalten hätten, die in St. Luke in the Fields stattgefunden hatte. Da hatte es bestimmt kein Wehklagen und kein Zerreißen von Kleidung gegeben wie bei der Beerdigung, die Kitty in der Mission miterlebt hatte. Theos Mutter hatte sich sicher nicht über den Sarg geworfen und ihre Trauer zum Ausdruck gebracht, sondern Haltung bewahrt. Und der Admiral auch. Sie dachte an Theos Worte an dem Morgen, als er ihr zum ersten Mal von seinen Alpträumen erzählt hatte. Er hatte darauf bestanden, dass über seine Kriegserlebnisse nicht mehr geredet zu werden brauchte. Dabei hatte er den Lieblingssatz seiner Mutter zitiert: *Was passiert ist, ist passiert.* Jammern oder Klagen hilft ja nichts. Da muss man durch.

Kitty wusste, dass der Verlust ihres Sohnes Louisa bis ins Mark erschüttern würde. Wahrscheinlich würde sie ihre

Schwiegertochter für die Ereignisse verantwortlich machen – wenn Theos Frau nicht diesen unsäglichen Skandal verursacht hätte, hätten sie nicht nach Tanganjika gehen müssen. Dem OFC würde sie bestimmt auch einen Teil der Schuld geben. Dem Kolonialdienst. Afrika. Eines war klar: Weder Louisa noch der Admiral würden jemals verstehen, welche Rolle sie in der Tragödie von Theos Leben gespielt hatten.
»Eine neue Familie kommt«, sagte Eustace. »Der Bwana heißt Major Marsden. Sie haben drei Kinder. Ein Spezialbett ist geschickt worden – zwei Betten in einem.« Verwundert schüttelte er den Kopf, als er mit den Händen anzeigte, dass zwei Kinder übereinandergestapelt schlafen würden.
»Dann werdet ihr viel zu tun haben«, sagte Kitty.
»Ich werde der Memsahib das Rezept für die Politur zeigen«, erklärte Gabriel.
»Und ich werde die Speisekarte auf ein sauberes Blatt Papier schreiben«, sagte Eustace.
Kitty verstand, dass sie sich schon mit dem neuen Leben im Haus auf dem Millionärshügel befassten. Wie mochten wohl die Marsdens hier zurechtkommen? Welche Hoffnungen, Träume und Geheimnisse würden sie wohl mitbringen?
»Sollen wir Ihre Sachen ins Auto tragen?«, fragte Gabriel.
Kitty nickte lächelnd. »Danke.«
Beide Männer eilten ins Schlafzimmer und ließen Kitty allein zurück. Sie ließ den Raum noch einmal auf sich wirken. Dann ging sie ins Wohnzimmer und tat das Gleiche. Schon jetzt kam ihr das Haus fremd vor, und sie fühlte sich wie ein Eindringling. Sie ging durch die Diele und öffnete die Haustür. Auf der Schwelle blieb sie stehen. Hinter ihr lag das leere Haus. Die Luft war schwer von Erinnerungen. Sie schloss die Tür ein letztes Mal und eilte zu ihrem Auto. Sie spürte, wie sie die Vergangenheit hinter sich zurückließ. Die Zukunft lockte.

Epilog

Kitty schlenderte zu einem der Tische neben dem Pool. Es gab keine Stühle mehr, deshalb schwang sie sich auf die solide Terrazzo-Tischplatte. Sie schlüpfte aus ihren Sandalen. Vor ihr lag das leere Betonbecken. Sie konnte sich kaum noch daran erinnern, wie sie hier im kühlen, tiefen Wasser geschwommen war. Über den staubigen Boden des Beckens kroch ein stabdünnes Insekt, länger als ihre Hand. Der Pool war vor Jahren schon geleert worden. Die grün-weißen Sonnenschirme waren weg, ebenso wie das uniformierte Personal. Auch der Zaun war entfernt worden. Die Hütte der Kellner und der Umkleideschuppen waren – wie das Clubgebäude – verriegelt und leer.

Kitty beschattete ihre Augen mit der Hand und blickte zum Spielplatz hinüber. Die Schaukeln und die Rutsche waren noch leuchtend rot, unberührt vom allgemeinen Verfall um sie herum. Afrikanische Kinder spielten dort – sie quietschten vor Freude, als sie die Rutsche bäuchlings oder seitwärts hinunterrutschten; es gab keine *ayahs,* die sie ermahnten, aufzupassen. Ganz oben auf der Leiter stand ein weißes Kind – ein kleines Mädchen. Sie schrie auf Swahili einem Jungen, der unten an der Rutsche stand, zu, er solle aus dem Weg gehen.

Kitty lächelte beim Anblick ihrer Tochter. Ella trug ein einfaches blaues Kleid, das am Saum schon ganz fadenscheinig war. Ihre hellbraunen Haare – so widerspenstig wie die Haare ihres Vaters – hingen ihr lose auf die sonnenverbrannten Schultern. Nur durch die Farbe ihrer Haut und ihrer Haare unterschied sie sich von den anderen Kindern. Sie war wahrscheinlich die Jüngste von ihnen – erst vier Jahre alt –, aber sie gehörte dazu. Sie war selbstbewusst, entspannt und glücklich. Manchmal konnte Kitty es kaum glauben, dass dieses Kind zu ihr gehörte – dass sie eine neue Familie hatte. Sie streckte die linke Hand aus und ließ die Sonnenstrahlen auf dem schmalen Goldring tanzen, den sie am Ringfinger trug. Ihre Gedanken kehrten zu dem Tag zurück, an dem Taylor ihr zum ersten Mal gesagt hatte, dass er sie liebte.

Sie war zu seiner Farm gefahren, um ihm eine Nachricht von Pater Remi zu bringen. Das hätte auch jemand aus dem Dorf übernehmen können, aber sie hatte es zum Vorwand genommen, um endlich einmal dorthin zu kommen. Sie wollte unbedingt wissen, wie das Haus innen aussah. Und natürlich wollte sie auch Taylor treffen.

Vor der Haustür blieb sie stehen und versuchte, einen entspannten Eindruck zu vermitteln – sie war nur eine Nachbarin, die vorbeischaute. Wie es hier in der Gegend üblich war, rief sie statt zu klopfen.

»Hodi, hodi!« Jemand ist hier.

Als keine Antwort kam, drückte sie die Klinke herunter. Die Tür ging auf, und sie hatte den flüchtigen Eindruck eines großen, luftigen Raums mit schattigen Ecken, sonnigen Stellen und hellen Farbflecken. Ihr Blick fiel sofort auf eine Reihe großer Fenster. Es gab fast keine Grenze zwischen drinnen und draußen – die Ecken des Raums vermischten sich mit dem Blick auf Himmel und Erde.

Wieder rief sie, aber es kam immer noch keine Antwort. Eigentlich hätte sie an der Tür warten müssen, aber das Haus, mit seinen Hinweisen auf Taylors Leben, lockte sie hinein.

Mitten im Zimmer drehte sie sich langsam einmal um sich selbst. Sie sah ein Sofa und drei Sessel: einfache, solide Möbel,

wie sie die Patres in der Mission auch hatten. Auf den Polstermöbeln lagen Kissen aus bunten *kitenge*-Stoffen. Runde, gewebte Matten bedeckten den Steinfußboden. Es gab auch niedrige hölzerne Hocker, wie sie die Wagogo benutzten, und zwei Kuhhaut-Trommeln. An der hinteren Wand hing ein mit grünem Filz eingefasstes Zebrafell, und auf der Fensterbank sah sie eine Sammlung von Ebenholz-Schnitzereien – langgliedrige, elegante Krieger und afrikanische Tiere.
Zwischen den afrikanischen Möbeln standen ein paar edle englische Antiquitäten, die auch nach Hamilton Hall gepasst hätten. Kitty betrachtete den Esstisch mit seinen gedrechselten Beinen, die in Löwenpranken endeten. Eine Hälfte war leer geräumt, als ob jetzt gleich dort das Mittagessen serviert werden würde, aber auf der anderen Hälfte lagen Bücher, Zeitungen und zahlreiche Stifte. Auch eine gerahmte Fotografie stand dort. Unwillkürlich trat Kitty näher an den Tisch heran. Das verblasste Foto zeigte einen Mann und eine Frau, die Arm in Arm lachend in die Kamera schauten. Sie sah sofort, dass es Taylors Eltern waren: Er hatte von jedem Elternteil etwas abbekommen.
Sie blieb nicht bei der Fotografie stehen – es kam ihr nicht richtig vor, etwas so Persönliches zu betrachten, ohne dazu aufgefordert worden zu sein. Stattdessen wandte sie sich einem Gemälde zu, das an der Wand hing: ein präimpressionistisches Aquarell im Stil Turners. Der graue englische Nieselregen über einem schiefergrauen Fluss war perfekt eingefangen. Kitty studierte die Technik und war so versunken, dass sie die Schritte erst hörte, als sie direkt hinter ihr waren. Erschreckt fuhr sie herum, um sich zu entschuldigen.
Und da stand er und schaute sie erfreut und überrascht an. Kitty stockte der Atem. Die Zeit schien stillzustehen. Es war, als ob sich seit ihrer ersten Begegnung alles aufgeladen hätte –

jeder Blick, jedes Wort und jedes Lächeln. Dass sie sich die ganze Zeit über zurückgehalten hatten, hatte ihre Gefühle nur noch stärker werden lassen. Jetzt jedoch brauchten sie sie nicht mehr zu verbergen. Nichts stand mehr zwischen ihnen. Sie bewegten sich beide gleichzeitig aufeinander zu. Ein paar Sekunden lang standen sie dicht voreinander und schauten sich in die Augen. Und dann trafen sich ihre Lippen – zögernd, fragend zuerst und dann in tiefem Verlangen. Der Augenblick schien ewig zu dauern und war doch viel zu schnell vorüber.

Als er sich von ihr löste, ließ Taylor seine Hände auf ihren Schultern liegen. »Ich liebe dich, Kitty.«

Sie lächelte. Freude stieg in ihr auf. »Ich liebe dich auch.«

Mehr Worte waren nicht nötig gewesen. Ihre gemeinsame Zukunft lag so klar vor ihnen wie der Blick auf die Ebenen.

Bei der Hochzeit hatte Kitty ein Kleid aus fein gesponnenem Stoff aus Äthiopien getragen – ein Geschenk von Tesfa, der sofort Anspruch darauf erhob, derjenige gewesen zu sein, der Kitty und Taylor zusammengebracht hatte. Die Trauung hatte in der Missionskirche stattgefunden. Pater Paulo hatte die rechten Hände der Brautleute zusammengeführt, und Pater Remi hatte ihnen das Ehegelübde abgenommen. Am selben Tag noch war Kitty aus der Mission zu ihrem Mann in sein Haus am Hügel gezogen.

Und dort – im selben Zimmer, in dem Taylor zur Welt gekommen war – hatte Kitty zwei Jahre später Ella geboren. Schwester Barbara hatte sie, zusammen mit einer afrikanischen Hebamme, entbunden. Das Krankenhaus in Kongara war nicht allzu weit entfernt, für den Fall, dass es Komplikationen geben würde, aber Kitty war froh, dass sie nicht dorthin musste. Zu Hause durfte Taylor dabei sein – Schwester Barbara hatte ihn sogar ausdrücklich dazu ermutigt. Kitty

hatte bei dem Gedanken, was Pippa wohl dazu sagen würde, gelächelt. Nichts konnte weniger würdevoll sein als eine Frau bei der Entbindung! Und natürlich war es eine schmerzhafte, blutige Angelegenheit gewesen – aber Taylor hatte sich vorbildlich um seine Frau gekümmert und sich darauf gefreut, sein Kind zu sehen.
Er war nach Schwester Barbara der Erste, der die kleine Ella im Arm gehalten hatte. Kitty erinnerte sich noch genau an den Augenblick, als er sich schließlich von dem winzigen Bündel losriss, um sie anzuschauen. Sie empfanden beide so viel Liebe, dass Kitty noch heute die Tränen in die Augen traten, wenn sie daran dachte.
»Guck mir zu, Mummy«, rief Ella von der Rutsche.
»Das mache ich!«, antwortete Kitty.
Sie schaute zu, wie Ella breit grinsend die Rutsche hinunterrutschte. Als Kitty in die Hände klatschte, warf ihr das kleine Mädchen einen triumphierenden Blick zu und begann erneut den Aufstieg auf der Leiter.
Angezogen von Kittys Stimme, tauchte Gili zwischen den Kindern auf und kam angesprungen. Er humpelte ein wenig, aber das behinderte ihn nicht. Seine Bewegungen sahen dadurch nur noch komischer aus. Er sprang auf den Tisch und griff sofort nach Kittys Tasche.
»Nein, den kannst du nicht haben.« Schützend legte sie die Hand über den Brief, den sie in die Tasche gesteckt hatte. »Er gehört mir.«
Sie scheuchte den Affen weg und zog den Brief hervor. Als sie gehört hatte, dass in der *duka* ein Brief auf sie wartete, hatte sie angenommen, er sei von Diana, die regelmäßig aus Nairobi schrieb, wo Richard einen Regierungsposten übernommen hatte. Aber auf dem Umschlag, den Ahmed ihr heute früh gereicht hatte, prangte eine australische Briefmarke. Und die

Adresse war in der ordentlichen Handschrift von Kittys Mutter geschrieben.
Kitty schob ihren Finger unter die Klappe des Umschlags und riss ihn auf. Wie immer empfand sie eine Mischung aus Vorfreude und Sorge. Sie konnte es kaum erwarten, den jüngsten Bericht aus Seven Gums zu lesen, aber ihr war auch klar, dass der Brief auch schlechte Nachrichten enthalten konnte. Ihr Vater hatte sich erst kürzlich von der Lungenentzündung erholt, die er sich eingefangen hatte, als er trotz Grippe draußen gearbeitet hatte. In der letzten Saison hatte ein unvorsichtiger Scherer einen Brand in einem der Schuppen verursacht, und sie hatten Glück gehabt, dass sie kein Schaf verloren hatten. Angst war der unausweichliche Begleiter der Liebe. Beides gehörte zum Familienleben dazu – und je mehr Menschen daran beteiligt waren, desto mehr Anlass gab es zur Sorge wie zur Freude. Aber diesen Preis bezahlte Kitty gern.
Sie las den Brief zweimal und saugte jedes Wort auf. Ihre Mutter schrieb, dass Heros Fohlen gesund und stark war. Der neue Farmarbeiter war seinen Lohn wert, und die Millers hatten wie immer einige Preise bei der Landwirtschaftsausstellung gewonnen. Jason ging mit der jüngsten Tochter der Elwoods, und Tim trainierte gerade einen vielversprechenden Hütehund namens Bailey. Der Brief endete mit Tipps von Kittys Vater zum Beschneiden von Obstbäumen.
Kittys Blick blieb an den Schlussworten hängen.
Alles Liebe, Mum.
So einfache Worte – und doch so kostbar. Mittlerweile hatte sie sich zwar daran gewöhnt, Briefe aus Seven Gums zu erhalten, aber selbstverständlich war es für Kitty immer noch nicht. Zu viele Jahre hatte sie am Leben ihrer Eltern und Brüder nicht teilgenommen. Die schmerzliche Erinnerung an das lange Schweigen war nicht vergessen.

Nach Theos Tod hatte Kitty ihren Eltern geschrieben und ihnen erzählt, was passiert war, hatte aber keine Antwort bekommen. Als sie Taylor heiratete, versuchte sie erneut, Kontakt aufzunehmen – vielleicht waren sie ja mit der Zeit nachsichtiger geworden. Aber auch dieses Mal wurde sie ignoriert. Kitty war sich nicht sicher, ob ihre Mutter überhaupt von den Briefen wusste. Ihr Vater holte die Post, und Kitty konnte sich gut vorstellen, dass er sie ungeöffnet zerriss. Es schien, als ob sie alle durch Kittys Entscheidung damals in einem endlosen Kreis von Schuld und Wut gefangen waren, der nie durchbrochen werden konnte.

Rückblickend konnte Kitty verstehen, welchen Schmerz sie ihrer Familie zugefügt hatte und wie selbstsüchtig sie ihnen vorgekommen sein musste. Aber sie bereute es trotzdem nicht, dass sie mit dem Geld ihrer Großmutter nach England gefahren war. Diese Entscheidung hatte ihr ganzes Leben geformt, und auch wenn es schwierige Zeiten gegeben hatte, so war doch vieles gut gewesen. Da war Juri und alles, was er sie gelehrt hatte. Da war die Liebe, die sie zumindest eine Zeitlang mit Theo geteilt hatte. Da waren Afrika, die Patres, Diana und ihre vielen Freunde. Und vor allem waren da Taylor und Ella. Es war unmöglich für Kitty, zu sagen, sie hätte einen anderen Weg gehen sollen, weil nur dieser Weg sie dahin gebracht hatte, wo sie heute war. Und doch war der Verlust ihrer Familie in Australien ein hoher Preis.

Als Ella geboren war, beschloss Kitty, einen letzten Brief zu schicken. Mehr als jemals zuvor sehnte sie sich danach, mit ihrer Mutter zu sprechen – sie hatten jetzt vieles gemeinsam. In den Wochen nach der Geburt hatte Taylor einige Fotos von Ella gemacht. Als die Schwarzweiß-Abzüge aus Daressalam kamen, wählte Kitty ein Foto aus. Zuerst wollte sie eines nehmen, auf dem auch Gili zu sehen war, aber dann entschied sie sich für ein Bild von Ella in einem *kitenge,* die kleine Hand an die Wange gelegt. Auf der Fotografie mit dem weißen Rand sah das Baby sogar noch hinreißender aus als in Wirklichkeit.

Auf die Rückseite hatte Kitty mit Bleistift geschrieben: *Eleanor Miller Taylor, 7 Pfund, 200 Gramm.* Anstatt das Foto an die Post in Wattle Creek zu schicken, hatte sie es an Tante Josie adressiert, die nicht weit weg von Seven Gums lebte. In einem Begleitschreiben bat sie sie, das Foto ihrer Schwägerin ohne den Umschlag in die Hand zu drücken. So würde Kittys Mutter ihr erstes Enkelkind direkt von Angesicht zu Angesicht sehen. Sie würde in diese klaren, hellen Augen blicken …

Als sie den Brief losgeschickt hatte, versuchte Kitty erst einmal, ihn zu vergessen. Sie gestattete sich keine unnötigen Besuche in Ahmeds *duka* – die jetzt Post, Drogerie und allgemeiner Laden in einem war. Sie versuchte, nicht zu bedauern, dass Ella sich so rasch veränderte und sie nicht in der Lage war, der Großmutter in Australien von den täglichen Veränderungen zu erzählen. Aber dann war plötzlich aus heiterem Himmel – Ella konnte bereits sitzen – eine Antwort gekommen. Kitty bewahrte den Brief immer noch in ihrer Nachttischschublade auf, aber sie brauchte ihn nicht zu lesen, um zu wissen, was darin stand. Sie sah die Wörter vor sich – jeden sorgfältigen Bogen und Punkt, den winzigen Tintenklecks auf der Seite. Es war ein kurzer Brief, reserviert und einfach. Kittys Versuche über die Jahre, Kontakt aufzunehmen, wurden nicht erwähnt; die vorsichtige Wortwahl konnte Überraschung, Verlegenheit oder Verletzung – oder alles zusammen – sein. Es gab ein paar Neuigkeiten von der Familie, Nachrichten von der Farm und einen Kommentar übers Wetter. Aber eine Zeile schnürte Kitty die Kehle zu.

Wie willst du ihren Namen abkürzen?

Es war eine Frage. Ein Anfang.
Zuerst antwortete nur Kittys Mutter. Dann, als Kitty über Taylor und die Farm schrieb, kamen auch Kommentare ihres Vaters, wenn auch nur über ihre Mutter. Sie begann, ihm direkt zu schreiben, und von da an fügte er seine Sätze an die Briefe seiner Frau an. Mit der Zeit wurden sie länger und wärmer im Ton. Mit dem Alter war ihr Vater nachsichtiger geworden, stellte Kitty fest – oder vielleicht hatte er auch nur weniger zu tun und weniger Stress. Die Farm hatte profitable Jahre gehabt – gute Ernten, gute Preise –, und jetzt erledigten seine Söhne die meiste Arbeit. Oder war es tatsächlich so, dass er sein kaltes Schweigen, das er so viele Jahre beibehalten hatte, wiedergutmachen wollte? Hatte Kitty recht gehabt, als sie vermutete, dass er die Existenz ihrer Briefe verschwiegen hatte? Sie wusste, dass sie ihn nie fragen würde. Und sie war sich auch nicht sicher, ob sie es überhaupt wissen wollte.
Kitty erklärte ihrem Vater, dass sie das Wasser aus der Quelle auf die Farm leiteten und dreimal im Jahr ernteten. Sie schrieb, dass sie mittlerweile Rosinen produzierten und Wein herstellten und dass sie zahlreiche Arbeiter hatten, die meisten von ihnen ehemalige Sträflinge, die sich ein neues Leben aufbauen wollten. Die Farm beschäftigte keine Strafgefangenen mehr, weil das staatliche Gefängnis eine Farm auf der anderen Seite der Kongara-Berge gekauft hatte, wo die Anbaubedingungen ähnlich waren. Die Patres hatten jetzt mehr Zeit, um sich um die einheimischen Wagogo zu kümmern, was ja auch ihre eigentliche Aufgabe war.
Kitty erzählte ihrem Vater auch vom Niedergang des Erdnuss-Projekts. Als Farmer interessierten ihn sämtliche Details. Er war nicht überrascht, als der OFC schließlich zugeben musste, dass die Ebenen von Kongara völlig falsche Erde für Erdnüsse hatten und man sich einfach nicht darauf verlas-

sen konnte, dass es genügend regnete. Es gab bittere Vorwürfe im britischen Parlament, und die Presse reagierte aufgebracht. Warum waren nicht von Anfang an Bodenproben genommen worden? Warum hatte der OFC Soldaten statt Landwirte eingestellt? Warum war so viel gutes Geld verschwendet worden? Die einzige Erklärung schien zu sein, dass Idealismus über Pragmatismus triumphiert hatte. Der Drang, etwas Gutes zu tun, hatte alle Logik verhindert. Und es hatte von Anfang die Kluft gegeben zwischen den Männern an der Spitze – ob in London oder in Londoni – und den Männern, die die Arbeit machten.

Der Zusammenbruch kam ziemlich plötzlich. Innerhalb weniger Monate waren die meisten Angestellten des OFC aus Kongara verschwunden. Alle Familien in Londoni kehrten nach England zurück. Nur Richard und Diana beschlossen, in Afrika zu bleiben. Ihre Heimreise war ein Erfolg gewesen – eine Zeit der Heilung und der tieferen Bindung –, aber sie hatten auch gemerkt, wie sehr sie es liebten, in Tanganjika zu leben. Sie waren nach Daressalam gezogen – nahe genug, um Kitty und Taylor in den Ferien besuchen zu können. Richard bekam eine Stelle im Kolonialdienst. Diana hatte eine Zeitlang freiwillig in einem Waisenhaus gearbeitet, baute aber jetzt ein eigenes Unternehmen auf: ein Heim für Säuglinge, deren Mütter bei der Geburt gestorben waren.

Nach wenigen Jahren war von den Ansiedlungen und den Plantagen kaum noch etwas zu sehen. In der Ebene wuchs wieder Gras und deckte die Gräben der Pflugscharen zu. Die Elefanten waren zurückgekommen – ihre mächtigen grauen Leiber wirkten seltsam grotesk neben den verrosteten Traktoren, die man dort stehen lassen hatte, wo sie kaputt gegangen waren. In Londoni und an den Einheiten war alles, was man noch zu Geld machen konnte, abgebaut und verkauft worden. Das Ernährungsministerium hatte ein riesiges Vermögen zu Lasten der britischen Steuerzahler verloren, so dass sie so viel Geld wie möglich herausholen wollten. Generatoren, Fahrzeuge und sogar kleinere Gebäude wie die an den Werkstätten wurden auf Trucks verladen und zu den Missionsstationen, Regierungsdepots oder privaten Farmen gebracht. Die Häuser auf dem Millionärshügel pries man im Katalog als »Baumaterial« an. Toiletten, Bäder, Dächer und Wände waren entfernt worden. Zurück blieben nur die Terrazzo-Böden und die Betonwege, die die Wagogo ideal fanden, um Hirse zu stampfen oder ihre Wäsche auszubreiten.

Das Leben in Kongara verlief wieder so, wie es bei der Ankunft der ersten Europäer gewesen war. Die anglikanischen und katholischen Missionare arbeiteten Seite an Seite – spirituelle Rivalen, aber auch Kameraden. Das Kolonialbüro ebnete weiter den Weg für die Unabhängigkeit Tanganjikas. Und die Wagogo fanden einen Weg zwischen all den unterschiedlichen Gruppen. Sie passten sich guten Neuerungen an, pflegten zugleich aber auch ihre Traditionen. In diesem entlegenen Teil Tanganjikas geriet das Erdnuss-Projekt bald in Vergessenheit.

Erst kürzlich hatte Kitty davon gehört, dass man vorhatte, die restlichen OFC-Gebäude in eine Grundschule für die Kinder von Missionaren und Kolonialbeamten umzuwandeln. Wenn das geschehen würde, konnte Ella dort zur Schule gehen. Sie konnte aber auch mit ihren afrikanischen Freunden die kleine Schule besuchen, die Schwester Clara gerade aufbaute. Kitty hatte es nicht eilig mit der Entscheidung. Im Moment brauchte Ella noch keinen Unterricht und keine Bücher. Sie war von früh bis spät draußen unterwegs. Sie konnte bereits eine Ziege melken und Bohnen in einer gerade Reihe und der richtigen Tiefe setzen. Zum Glück grub sie nicht mehr die Erdnüsse aus, um nachzusehen, wie schnell die Nüsse wuchsen, und sie schälte auch keine Blumen mehr aus der Knospe. Sie langweilte sich nie, obwohl sie kaum Spielzeug hatte. Die wenigen Dinge, die sie besaß, waren größtenteils Geschenke von Diana. Sie standen auf einem Regal, wurden selten benutzt und waren gut gehütete Schätze. Für Ella war das alltägliche Leben ein einziges Vergnügen. Sie arbeitete gern mit ihrem Vater auf der Farm, half den Patres in der Mission oder knetete Teig in der Küche zu Hause. Sie hatte ihre eigene Ecke in Kittys neuem Atelier, wo sie mit Wasserfarbe, Kreidestiften und Ton arbeitete. Und wo immer sie hinging, war Gili ihr treuer Begleiter.

Kitty rutschte am Tisch weiter nach hinten, damit sich der Affe bequem auf ihrem Schoß niederlassen konnte. Ein Fahrzeug kam vorbeigefahren. Es war ein Laster voller Leute – Männer, Frauen und Kinder in traditioneller Festtracht, allerdings ohne Speere oder Schilde. Schwarzer Rauch stieg aus dem Auspuff auf, als der Fahrer beschleunigte. Er fuhr aus dem Ort hinaus, vermutlich zur Mission. Heute war das Fest des heiligen Paul, und heute Nachmittag sollte eine besondere Messe in der Kirche stattfinden. Danach gab es auf dem Gelände eine Party. Die meisten Leute würden so früh wie möglich in der Mission eintreffen, um die Gelegenheit voll auszukosten. Amosi hatte wahrscheinlich schon riesige Kessel mit gewürztem Tee gekocht, den die Nonnen verteilten.

Kitty, Taylor und Ella wollten erst zur Messe dorthin gehen. Aus den vergangenen Jahren wusste Kitty, wie die Feierlichkeiten abliefen. Es konzentrierte sich alles auf den alten Priester, Pater Paulo. Ganz gleich, wie oft Pater Remi über Leben und Werk des heiligen Paul, des Gründers des passionistischen Ordens, predigte, die Wagogo zeigten kein Interesse. Der italienische Heilige war schon viel zu lange tot und vor allem viel zu weit weg. Sie zogen es vor, ihren eigenen Pater zu ehren, dessen Name doch beinahe genauso klang. Am Festtag besuchten sie immer zuerst die Grotte, bevor sie in die Kirche gingen, um sich für seine heilende Gabe zu bedanken. Zur vereinbarten Zeit würde Pater Paulo mit seinem Tragesessel zur Grotte getragen. Er konnte kaum noch laufen, und die schmalen Räder seines Rollstuhls, der aus Daressalam geschickt worden war, versanken in der Erde. Seine Freunde trugen ihn lieber in einem gewöhnlichen Sessel mit Tragestangen umher. Zwei Männer hätten durchaus ausgereicht, um den alten Priester hochzuheben, aber es galt als Ehre, ihn zu tragen, und Kitty hatte noch nie weniger als vier Personen an seinem Sessel gesehen.

Die Grotte würde mit Blumen geschmückt sein, deren Duft sich mit dem Geruch der Bienenwachskerzen und des Weihrauchs vermischte. Der Pater würde die Menschen segnen und dann vor dem Altar beten.

Kitty dachte an die Statue auf dem Sockel. Sie stand jetzt mittlerweile seit fast fünf Jahren da. Sofort nachdem sie in die Mission gezogen war, hatte sie mit der Arbeit an der Skulptur begonnen. Auch nach der Hochzeit mit Taylor ging sie jeden Tag ins Atelier. Die Arbeit an der Skulptur hatte fast ein ganzes Jahr in Anspruch genommen.

Während Kitty an dem Bild des Kindes arbeitete, dachte sie daran, wie sehr sie sich selbst ein Kind wünschte. Obwohl Schwester Barbara ihr gesagt hatte, dass viele Frauen einfach länger brauchten, um zu empfangen, hatte sie monatelang Angst, es würde nie passieren. Aber um die Zeit herum, als die Statue fertig wurde, war sie mit Ella schwanger geworden. Es kam ihr vor wie ein Wunder. So oft hatte Kitty in der stillen Grotte gestanden und Dankbarkeit empfunden, weil sie endlich Mutter geworden war. Wenn sie die Statue betrachtete, vergaß sie, dass sie sie gemacht hatte. Das kleine Mädchen wirkte so lebensecht. Ihre Haut war von einem tiefen Dunkelbraun. Ihre Haare eine Masse schwarzer Locken. Sie trug ein ockerfarbenes Gewand wie ein ganz gewöhnliches Dorfkind. Eine Hand hielt sie in einer segnenden Geste erhoben. Aber es war nichts Feierliches an ihr. Ihre braunen Augen – die Augen eines Kindes, das blind zur Welt gekommen war – strahlten vor Freude und Übermut. Vor Leben.

Aus den Augenwinkeln sah Kitty helle Haut und fliegende Haare. Ella lief auf den Parkplatz zu. An dem Ausdruck auf ihrem Gesicht erkannte Kitty, wer kam. Kurz darauf erblickte sie Taylor. Er verzog besorgt das Gesicht – eine steile Falte stand zwischen seinen Augenbrauen. Sie waren heute früh in den Ort gefahren, weil er ein bestimmtes Ersatzteil für eine der Pumpen brauchte, und vermutlich hatte er das Problem nicht lösen können. Aber als er Ella bemerkte, veränderte sich sein Verhalten. Er hockte sich hin, damit sie ihm in die Arme laufen konnte, und hob sie hoch. Kitty sah, wie ähnlich sie sich waren, wenn sie lächelten – Ella war zwar heller als ihr Vater, aber die beiden glichen sich sehr.

Gili hüpfte auf sie zu, damit er nicht vergessen wurde. Taylor nahm Ella auf eine Seite und beugte sich herunter, um dem Äffchen über den Kopf zu streicheln. Winkend kam er auf Kitty zu. Im Gehen blickte er zum Himmel und schaute nach dem Stand der Sonne.

»Ich glaube, wir müssen fahren, oder?«, sagte er. »Wir müssen uns noch umziehen.« Er blickte auf seine Kleidung, die voller Schlamm von der kaputten Pumpe war.

Kitty nickte. »Ich muss auch noch kochen.«

Nach dem Fest würden sie wie immer mit den Patres zusammen zu Abend essen. Wie eine Familie saßen sie dann alle um den langen Esstisch herum. Pater Remi tischte seine hausgemachten Delikatessen auf – Schinken, Oliven, Käse, Salami. Die Männer taten so, als würden sie sich darum streiten, wer den besten Wein hatte. Ella würde von allen verwöhnt werden und viel zu viel von dem türkischen Honig essen, der aus Ahmeds Laden stammte. Kittys Obst-Crumble gehörte auch zur Tradition. Sie hatte ihre eigene Version des Desserts perfektioniert, das sie mit gedünsteter Mango und Passionsfrucht machte. Hinzu kamen Limonensaft, Kokosnuss und Ingwer. Das Obst und die Streusel waren zwar schon vorbereitet, aber das Dessert musste noch im Ofen gebacken werden.

Kitty steckte ihren Brief wieder in die Tasche, dann glitt sie vom Tisch und schlüpfte in ihre Sandalen.

»Wir tragen unsere großen und kleinen Kleider«, verkündete Ella. »Oder, Mummy?«

»Ja, das tun wir«, bestätigte Kitty.

Die beiden Kleider lagen schon bereit, nebeneinander auf dem Doppelbett. Der indische Schneider hatte sie aus dem Stoff gemacht, den Kitty so lange weggelegt hatte – der orangefarbenen Seide, die sie an Katya erinnert hatte. Als sie zur Anprobe zum Schneider gegangen war, hatte Mr. Singh sie informiert, dass in London »Mutter-Tochter-Kleidung« gerade der letzte Schrei war. Kitty hatte gelacht, aber Ella, die dem Gespräch zugehört hatte, war begeistert gewesen. Und da der Schneider sich mit dem Kind verbündet hatte, konnte Kitty nur zustimmen. Das Fest heute war die erste Gelegenheit, ihre neuen Kleider auszuführen. Deshalb würden sie beide am Fest des heiligen Paul in den gleichen Kleidern teilnehmen – Mutter und Tochter in feinster Seide in der Farbe des afrikanischen Sonnenuntergangs.

»Ich kann es kaum erwarten, euch beide in euren schönen Kleidern zu sehen.« Taylor küsste Ella auf den Scheitel, dann beugte er sich zu Kitty und drückte sein Gesicht in ihre Haare. Er roch nach Traubensaft und Erde, und sie spürte die Wärme der Sonne auf seiner Haut. Seine Lippen streiften ihre Wange. »Meine schönen Mädchen …«

Kitty schlang die Arme um ihren Mann und ihr Kind. Ellas Haut war so glatt und weich wie Samt; Taylors Körper war fest und stark. Sie lehnte den Kopf an seine Schulter und schloss die Augen. Was sie in diesem Moment empfand, war eher ein Gefühl als ein Gedanke. Die Worte stiegen aus ihrem Herzen auf, vertraut und außergewöhnlich zugleich.

Hali ya kuwa na furaha.

Der Zustand, voller Freude zu sein.

Nachbemerkung der Autorin

Angeregt zu dem Roman wurde ich durch die Umstände des Erdnuss-Projekts der britischen Regierung, das von 1947 bis 1951 in Tanganjika, dem heutigen Tansania, durchgeführt wurde. Das Projekt fand in zahlreichen Gebieten statt, von denen Kongwa das größte war. Kongara, der Ort im Roman, ist fiktiv. Er hat Ähnlichkeit mit Kongwa, unterscheidet sich allerdings in Charakter und Geschichte.

Meine Recherchen über das Erdnuss-Projekt basieren auf dem Sachbuch *The Groundnut Affair* von Alan Wood, das 1950 erschien. Ich habe auch mit Leuten gesprochen, die in der Zeit des Projekts in den Erdnuss-Siedlungen gelebt haben. Vor allem Glynn Ford und Jean Young haben mir zahlreiche nützliche Informationen geliefert. Ich durfte mir auch Fotos aus dieser Zeit anschauen. Dafür danke ich Edward Bunting, Valeria Gatti, Paul Jackson, Charlie MacDonald, Ray Mullin, Tom Murphy und Jean Young.

Ein allgemeines Bild des Lebens in Tanganjika zeichnen David Reads Memoiren *Beating About the Bush* und Joan Smiths *A Patch of Africa.*

Wie immer habe ich beim Schreiben auch auf Familienerinnerungen zurückgegriffen. Mein Vater Robin Smith hat mir als Erster vorgeschlagen, über das Erdnuss-Projekt einen Roman zu schreiben. Er hat Ende der 1950er Jahre in Tanganjika gearbeitet und fuhr nach Kongwa, um einen Dieselgenerator zu kaufen, der vom OFC versteigert wurde. 2011 fuhren wir gemeinsam – mit meiner Mutter, meiner Schwester und meinem

Sohn – noch einmal dorthin, um uns die Überreste von Londoni anzuschauen und den Grundstein für dieses Buch zu legen.

Mein Vater erinnerte sich auch daran, wie er die katholische Mission Bihawana in der Nähe von Dodoma, heute die Hauptstadt von Tansania, besucht hat, wo die Patres mit dem Anbau von Weinreben experimentierten, die sie von den Besuchen bei ihren Familien in Italien mitgebracht hatten. Nach unserer Rechercheeise nach Kongwa fuhren wir zur Mission und stellten fest, dass es den alten Weinbaubetrieb immer noch gab und nebenan sogar ein neuer gebaut worden war. Der Ort inspirierte mich zu der katholischen Mission im Roman. In Bihawana werden die Reben ständig bewässert, und drei Ernten pro Jahr sind normal. Einige der ersten kommerziellen Weingüter in Ostafrika sind in der Gegend um Dodoma entstanden. Dabei wurde auch auf Sträflingsarbeit zurückgegriffen.

Meine Mutter Elizabeth Smith hat an der Slade School of Art in London studiert, und ich habe einige ihrer Erlebnisse in Kittys Geschichte eingebaut. Mum hat einem bekannten russischen Bildhauer Modell gestanden und verbrachte dafür einige Wochenenden auf seinem Landsitz. Er war der Russischen Revolution mit einer Reisetasche voller Erbstücke entkommen und diente mir als Vorbild für Juri. Solange ich denken kann, war es für mich ganz normal, meine Mutter an der Staffelei stehen zu sehen. Ihre Darstellungen der verschiedenen Landschaften, in denen wir gelebt haben, hat viel zu meiner Sicht der Welt beigetragen.

Wenn Sie mehr erfahren wollen, besuchen Sie meine Website unter www.katherinescholes.com.

Danksagungen

Mein tief empfundener Dank gilt allen, die mir geholfen und mich unterstützt haben, als ich dieses Buch geschrieben habe:

Ali Watts, weil sie so eine warmherzige, inspirierende und scharfsinnige Verlegerin ist.

Allen anderen in der Mannschaft bei Penguin Australia – vor allem Louise Ryan, Sally Bateman, Anyez Lindop, Deb McGowan, Belinda Byrne und Caro Cooper. Danke auch an Saskia Adams.

Fiona Inglis, Annabel Blay, Grace Heifetz und allen anderen bei Curtis Brown Australia.

Kate Cooper bei Curtis Brown London und all meinen Verlegern und Agenten in Übersee.

Robin und Elizabeth Smith, weil sie ihre Lebenserinnerungen mit mir geteilt haben, und für ihre sorgfältige Übersetzung und Überprüfung der Swahili-Sätze im Buch.

Hilary Smith und Clare Smith, weil sie das Manuskript gelesen haben, und für ihr Feedback und ihre Ermutigung.

Andrew und Vanessa Smith, weil sie mir faszinierende Geschichten aus Tanganjika erzählt haben.

Jonny Scholes, weil er mir bei meiner Website geholfen und mir geduldig Tipps gegeben hat, wie man sich als Autorin im einundzwanzigsten Jahrhundert präsentieren muss.

Hugh Prentice für sein anhaltendes Interesse an meinen Afrika-Romanen.

Meinen Gefährten auf der Kongwa-Safari: Alison Talbert, Phil und Barbara Wigg, Hilary Smith, Elizabeth und Robin Smith – und vor allem meinem Sohn Linden Scholes, dessen Anwesenheit die Reise zu etwas Besonderem gemacht hat.

Den Patres und anderen in der katholischen Mission Bihawana, die uns die historischen Gebäude gezeigt haben – unter anderem die verborgenen Zellen, eine Grotte, die noch auf ihre Statue wartet, und sogar den Schrank, in dem die italienischen Patres ihren Prosciutto zu trocknen pflegten.

Janet Allen vom St. Phillips Theological College für ihre herzliche Aufnahme während unseres Aufenthalts im Westgate Hostel in Kongwa. Das 1914 erbaute Gebäude diente als Modell für die italienische Mission im Roman.

Ned Kemp für seine großzügige Gastfreundschaft in Mvumi; vielen Dank auch an den Mvumi School Trust.

Maura Kerr, die mich mit den katholischen Traditionen vertraut gemacht hat.

Meinen lieben Freundinnen – einschließlich der treuen Curry Girls – und allen Mitgliedern meiner großen Familie, die mir bei meiner manchmal einsamen Tätigkeit Gesellschaft leisten.

Und schließlich meinem Mann Roger, der mir immer ein wahrer Partner beim Schreiben ist, von den ersten Ideen bis zur letzten Version des Manuskripts. Ein dickes Dankeschön an dich, wie immer.

KATHERINE SCHOLES

Roter Hibiskus

Roman

Mara und John Sutherland gehört die Raynor Lodge im erst vor kurzem unabhängig gewordenen Tansania. Doch diese ist vom finanziellen Ruin bedroht, und John muss sich immer wieder als Jäger bei Safaris verdingen – was die Ehe auf eine schwere Probe stellt. Als die Lodge während seiner Abwesenheit als Drehort für einen Hollywoodfilm genutzt wird, lernt Mara den attraktiven Schauspieler Peter kennen. Bald gerät sie in mehr als einer Hinsicht in Gefahr. Da kehrt John von der Safari zurück, und es kommt zur Katastrophe …

»Atmosphärisch, packend, gefühlvoll.« Schwaben Echo

KATHERINE SCHOLES

Das Herz einer Löwin

Roman

Eigentlich hatte Emma nur vor, in Tansania an einer Safari teilzunehmen und der Missionsstation einen Besuch abzustatten, auf der ihre Mutter einst an einem tödlichen Fieber starb. Doch dort begegnet sie dem charismatischen Massai-Arzt Daniel, und plötzlich scheint ihr ganzes bisheriges Leben in Frage zu stehen. Als sie dann auch noch auf die kleine Waise Angel trifft, wird ihr klar, dass sie bereits dem Zauber des schwarzen Kontinents erlegen ist. Sie beginnt, um das Mädchen zu kämpfen, und erkennt, dass sie Afrika nicht mehr verlassen will – genauso wenig wie Daniel …

KATHERINE SCHOLES

Die Regenkönigin

Roman

Kate kann ihre Kindheit in Tansania nicht vergessen. Damals wurden ihre Eltern auf grausame Weise umgebracht. Als eines Tages eine fremde Frau im Nachbarhaus einzieht, ahnt Kate nicht, dass mit ihr die Vergangenheit erneut in bedrohliche Nähe gerückt ist: Bei der Nachbarin handelt es sich um Annah, die einst im Leben ihrer Eltern eine große Rolle spielte. Und Annah erzählt Kate von ihrem Leben in Afrika und was damals wirklich geschah …

»Dieses Buch lässt einen nicht mehr los: Die Geschichte ist spannend und aufwühlend zugleich – bis zur letzten Seite.«

Ruhr Nachrichten

KATHERINE SCHOLES

Die Traumtänzerin

Roman

Die junge Zelda, die mit ihrem Vater James auf Tasmanien lebt, glaubt, dass ihre Mutter seit Jahren tot sei. Erst nachdem James gestorben ist, erfährt sie die bittere Wahrheit: Ellen, ihre Mutter, verließ vor vielen Jahren ihre Familie und ging nach Indien. Zelda lässt das Leben ihrer Mutter, die einst eine gefeierte Tänzerin war, keine Ruhe, und sie macht sich auf die Suche nach ihr. Was hat Ellen bewogen, ihr Kind im Stich zu lassen und ein völlig neues Leben anzufangen? Je mehr Zelda von ihrer Mutter erfährt, desto mehr sieht sie sie in einem ganz neuen Licht.